KB209190

한국야담 번역총서 04

계서잡록
溪西雜錄

上

이희평 지음
익선재 야담 연구반 옮김

보고사
BOGOSA

『계서잡록』 읽기

임형택

1.

『계서잡록』은 야담–한문단편의 대표적인 자료집의 하나이다. 이를 독자들이 널리 읽을 수 있도록 하고 연구자들이 편의하게 이용할 수 있도록 번역, 간행을 하는 데는 물론 까닭이 없지 않다.

이우성 선생님과 함께 『이조한문단편집』을 편·역해서 세상에 선보인 것이 반세기도 다 된 일이며, 지난 2012년에는 또 필자 단독으로 『한문서사의 영토–실사와 허구의 사이』란 이름의 책을 내놓았다. 전후 두 차례에 걸친 선발, 역주, 평설, 간행으로 이어지는 일련의 작업 과정을 통해서 '조선 스토리'라고 할 한문서사류를 다양하고도 풍부하게 제시했던 셈이다. 그럼에도 지금 따로 『계서잡록』이란 책의 여러 종 이본들을 수습, 검토해서 역주작업을 수행한 것이다. 야담사에서 이 자료집의 고유한 의미를 중시한 때문이다.

야담이란 명사는 17세기 초엽 유몽인의 『어우야담』에 용례가 처음 보이지만 야담적 성격이 담긴 기록류는 그 이전부터 있어 왔다. 이미 15세기 말에 성현의 『용재총화』가 손꼽히며, 16세기로 내려오면 김안노의 『용천담적기』 등 여러 종이 등장한다. 이런 부류는 기록자 자신의 견문을 기록하는 필기라는 사대부적 글쓰기 형식에서 비롯되어 차츰 분화되는 길로 나가기에 이르렀다.

18세기에 이르러는 필기에서 야담적 성격을 띠는 경향이 더욱 활발하게 일어났다. 신돈복의 『학산한언』, 안석경의 『삽교만록』, 노명흠의 『동패낙송』이 이 지점에서 뚜렷한 성과물인데, 다음 19세기로 오면 『계서잡록』과 함께 이현기의 『기리총화』가 출현하게 된다. 이 지점에서 아울러 주목할 사실이 있다. 소설사에서 빛나는 박지원과 이옥이 같은 시간대에 등장하였다. 박지원과 이옥의 소설로 높이 평가되는 작품들도 물론 다 같은 한문단편으로 성립 과정상에서 다른 점은 있어도 야담과 상호 관련성을 갖는다는 면에서 유사 종이다.

그리고 대략 19세기 중엽에 야담류는 정리, 집성이 되는 단계에 들어선 것 같다. 『계서잡록』과 『기리총화』가 등장하고 얼마 지나지 않은 지점에서 『청구야담』이란 집대성적인 문헌이 출현한 것이다. 『청구야담』은 편찬자와 함께 편찬 연대를 확정 짓기 어렵지만 이 무렵에 이루어진 것으로 추정된다. 필기로부터 분화된 야담으로서, 가장 방대한 자료를 수렴하고 있으면서 처음부터 끝까지 통일된 체제를 갖춘 문헌이 『청구야담』이다. 위에서 들었던 대로 그 여러 가지 호칭들 중에서 하필 야담이란 말로 통용되기에 이른 것은 『청구야담』의 영향력과 무관하지 않겠으나 주로 그 이후 현상으로 여겨진다. 지난 20세기 식민지에서 분단으로 이어진 어렵고 혼란스러운 시간대를 거치면서 야담이란 이름의 대중적 통속물이 한동안 유행했던 현상이다. 이 과정에서 야담이란 명사가 두루 쓰이게 된바 우선 그 자신에게 '저속한 회고적 역사물'이란 인상을 각인시켜 놓은 꼴이 된 사실이다.[1] 야담-한문단편에 학적 관심을 두고 있는 우리로서는 이런 엄연한 사실을 전혀 없었던 일처럼 무심코 지나칠

---

1 임형택, 「야담의 근대적 변모-일제하에서 야담전통의 계승양상」, 『한국한문학연구』 창립 20주년 기념특집호, 1996; 『동아시아 서사와 한국소설사론』, 소명출판, 2022.

일이 아니며 여러모로 숙고할 점이 아닐 수 없다.

『청구야담』을 살펴보면 『계서잡록』 소재의 작품들이 가장 다수를 이루고 있다. 이 분명한 실상이 야담사에서 특히 『계서잡록』에 관심을 갖게 만든 객관적인 이유이다. 그래서 지금 『계서잡록』의 역주작업을 마쳐서 간행하는 이 책에 『계서잡록』은 어떻게 인식해야 할 것인가를 서설로서 제기하는 것이다.

2.

『계서잡록』의 작가 이희평(李羲平, 1772~1839, 자 準汝)은 19세기 전후의 시기에 생존했던 인물이다. 본관이 한산으로 경화사족에 속했던바, 진사가 되어 홍천현감, 금릉군수, 거창군수, 전주판관 등을 거쳐 황주목사에 이르렀으며, 특별히 기록에 남을 행적은 없고 오직 『계서잡록』으로 이름을 전하게 된 것이다. 그가 지방관으로 나가 있던 기간 이외에 거주했던 곳은 서울의 서대문 밖의 원현(圓峴, 둥구재) 아래와 지금 분당 지역이다. 분당의 중앙공원 안에는 한산 이씨의 묘역이 보존되어 있으며, 예전에 한산 이씨를 '숲안(藪內)이씨'라고 일컬었다고 한다. 서대문 밖의 원교와 분당의 낙계촌(樂溪村)[2]은 작중에 종종 나오는 배경이기도 하다.

『계서잡록』은 모두 4권으로 232편의 짤막한 이야기들이 실려 있다. 일관된 분류법을 적용하지 않았더라도 마구 늘어놓은 상태는 아닌 것 같다. 권1을 앞에 배치한 다음에 권2~3으로 이어지며, 끝에 권4를 붙여

---

2 낙계촌(樂溪村): 낙계촌이란 곳은 어디인지 확인이 되지 않는다. 원래 분당중앙공원 지역에 살았던 한산이씨에게 물어보았으나, 대답이 그런 지명은 들어보지 못했다는 것이었다. 추측컨대 낙계는 분당 지역으로 흐르는 냇물인 탄천을 가리키는 것 같다. 탄천을 끼고 있는 지명이 낙생면이었기에 이렇게 생각해보는 것이다. 『계서잡록』의 '계서' 또한 '낙계의 서쪽'이란 의미에서 붙인 듯 싶다. '계서'라는 이희평의 호도 같은 의미로 볼 수 있겠다.

전체를 엮어놓은 모양새다. 정확하지는 않지만 권4를 제외하고는 묶음별로 대략 시순을 좇아 나열되어 있다. 이 묶음 별로 내용 성격을 개관하면서 아울러『계서잡록』은 어디에 착안해서 읽어야 할 것인가를 독자들과 함께 생각해 보려고 한다.

권1 (총 75편)

가문서사로 간주할 수 있다는 것이 제1권의 전반적인 특징이다. 요는 인물에 대한 일화적 기록인데 가문적인 내용이 주를 이루고 있다. 고려 말의 역사에서 비중이 지대한 존재였던 목은 이색으로부터 작가의 부친과 여러 형제들이 활동하던 순조 대에 이르는 기간이다. 가문의 직계와 방계가 주 서술 대상이 되는데 혼인 관계에 의해 맺어지는 인아친(姻婭親)에 미치는가 하면 연관되는 일로 하여 서사 범위가 넓혀지기도 한다. 과거시험을 통해서 중앙 관직에 오르고 지방관으로 나가는 것이 사대부의 본령이었던 터이기에, 국정에 관계되는 문제나 지방에서 발생한 일들이 이야깃거리로 오르게도 된다. 그런 중에 인물들의 행적이나 언설이 끼어들기 마련이다. 자기 자신의 견문을 기록하는 필기의 본디 성격에 부합되는 것이기도 하지만 가문이 중시되었던 조선왕조 사회에서 자연스럽게 성립할 수 있었던 서사의 유형이라고 말할 수 있다. 가문서사를 한데 묶어서 맨 앞에 배치한 점은 유례가 드문『계서잡록』만의 특징이기도 하다.

조선조 사회에서 당쟁이 격화된 이래 명색이 양반이라면 당파로부터 자유로울 수 없었다. 더군다나 경화사족의 경우 가문 자체의 운명이 당쟁에 달려 있었다고 해도 과언이 아니다.『계서잡록』의 작가는 어느 당파에 속해 있었던가? 물론 당파로 환원시켜서 시비를 따지는 일은 부질없는 노릇이지만 가문이 취한 입장은 어느 편이었으며, 여기 가문서사의 내용에 그것이 어떻게 얽혀 있는가 이런 점들은 소홀히 지나쳐서는 안되는 사안이다.

　이희평으로 이어진 가계는 선대부터서 서인 쪽인데 색깔을 뚜렷이 드러내지 않은 편이었다. 그러더니 노소가 분열된 단계로 와서부터 노론적 색깔을 강하게 보여주고 있다. 실례로「이태중(李台重)」(권1: 10·11)은 두 편에 걸쳐서 삼산(三山) 족대부(族大父)라고 호칭된 인물을 서술한 내용이다. 작중에서도 '노론 중의 준론(峻論)'으로 일컬어진 인물인데 그의 이런 성격을 아주 긍정적으로 그려내고 있다. '노론 중의 준론'은 영조의 왕권을 옹호하는 입장이었다. 다음 정조 대에는 정조의 왕권을 옹호하는 시론(時論)과 이와 다른 정견을 주장하는 벽론(僻論)의 대립이 심각하게 전개되었다.「시벽(時僻) 문제」(권1: 57)라는 한 편이 나오기도 한다. 정조의 어머니 혜경궁은 홍봉한의 따님이다. 그런데 홍봉한은 이희평의 고조부의 사위였으므로 혜경궁의 외가는 바로 이희평의 집이 된다. 혜경궁이 어린 시절에 외가에서 지내기도 했다고 한다. 이런 관계로 인해서 이희평 가문이 시파 쪽으로 기운 요인이 되었다고 볼 수 있겠으나,「임금의 하교」(권1: 38)를 보면 그의 친부인 이태영(李泰永)이 정조에게 각별한 신임을 받았음을 알게 한다. 이 제1권에서 편폭이 길고도 재미있게 읽혀지는 것으로는 단연「혜경궁 회갑연」(권1: 51)을 손꼽아야 할 것이다. 혜경궁의 회갑연은 화성 행궁에서 거행되었다. 정조의 치세에서 최대의 역점 사업이 화성신도시 건설이었던바 말하자면 그 사업의 국가적 경축 행사가 혜경궁의 회갑연이었다. 이희평 일가는 당연히 그 회갑연에 초청이 된 것이다. 이희평 형제들은 경축연에 참석했다가 분당의 낙계촌으로 돌아오게 된다. 며칠이 걸린 연회를 마치고 오밤중에 돌아오는 전후의 경험을 서술한 일종의 보고문이다.

　이희평 가계는 영정(英正) 시기의 정국이 변동하는 상황에서 영조 때는 '노론의 준론'으로서, 정조 때는 '노론의 시파'로서 대응하였다. 그러한 정치적 입장이 이 가문의 벼슬길에 유리하게 작용한 것으로 보이는 바, 그러한 당파적 입장은 제2권과 제3권의 서사 내용상에 여러모로 영향을 미친 것이다.

권2~3 (권2 76편, 권3 51편)

제2권은 성종이 서울 성중을 미행하는 이야기 3편으로 시작되어 영조 연간에 이르는 내용이며, 제3권은 어사 박문수의 이야기 2편에서 작가의 당대인 순조 연간에 이르는 내용이다. 비록 분권은 되어 있더라도 실제로는 두 권이 하나로 연속되어 있다. 권1은 위에서 살펴본 바와 같이 작가의 가계에 얽힌 이야기이며, 이 권2~3은 조선 사회 전반의 이야기이다. 전자가 가문서사임에 대해서 후자는 말하자면 일반 서사이다.

요컨대 권2~3에서는 서사의 범위가 가문 중심성을 벗어났고 그 성격 또한 변모가 없지 않았다. 그러면서도 인물 일화적 성격에서는 대체로 이탈을 하지 않은 것이다. 이 점은 권1에서부터 이어진 속성이다. 유명인의 일화에서 벗어나는 이런저런 변모양상도 주의를 요하지만, 먼저 주류적 서사에서 뚜렷한 특성을 주목해 볼까 한다. 그 요인은 다른 어디가 아니고 당파적 입장에 있다. 가문서사에서 드러낸 입장이 일반 서사로 와서도 달라질 수 없었다. 오히려 강하게 드러내면서 인물에 대한 당론적 편견이 잠재되어 있다가 곳곳에서 노출된다. 예컨대 권2에 실린 「노소분당(老少分黨)」(권2: 36·37)은 소론 영수 윤증(尹拯)에 대한 혐오로 감정이입이 된 이야기인데 이는 '노론 준론'의 시선으로 굴절된 사례이다. 권3에 실린 「김상로(金尙魯)」(권3: 7)는 정조가 즉위하면서 곧 제거된 인물로 기생의 유혹으로 벌거벗은 감사가 되는 망신을 톡톡히 당한 이야기인데 이는 '노론 시파'의 관점이 투영된 사례이다. 소론 쪽은 조태억이나 조현명에 대해서 그렇듯 아무쪼록 부정적으로 각색을 한다. 남인 쪽으로는 그나마 눈길이 거의 닿질 않아서 드물게 호출을 하더라도 시답잖은 사람에 지나지 못하는 것이다. 본디 기록은 기록자의 눈으로 본 것이고 기록자의 생각을 적은 것이다.『계서잡록』이 취한 관점은 필기의 본원적 성격에서 유래한 일면이기도 하지만, 그 기록자 이희평의 경우 당파·당론에 스스로 속박된 모습을 종종 드러내는 것이다. 그것이 사고의 형태로 굳어져서『계서잡록』의 특수한 서사 방식으로 작동하고 있다.

인물 일화라고 하면 응당 유명인의 이야기다. 권2 첫머리의 미행하는 성종의 이야기나 권3 첫머리의 암행어사 박문수 이야기 등은 전형적인 인물 일화와 성질이 다르다. 꾸며낸 이야기에 끌어들인 인물일 뿐이다. 인물 중심의 이야기라고 해서 다 인물 일화로 싸잡아 볼 수 없는 것임이 물론이다. 다른 하나를 들자면「회양협(淮陽峽)」(권2: 32)에서는 군도 이야기를 삽입해서 체제에 저항하는 인물을 부각시킨다. 그런 한편 대갓집에 종속된 겸인의 존재감이 커지고 있는 점이 주목된다. 홍봉한가의 겸인으로 등장한「노동지(盧同知)」(권2: 74), 조현명가의 겸인으로 등장한「우육불(禹六不)」(권2: 75)이 그것이다.『계서잡록』은 18세기 무렵 당시에 중간층으로 떠오르고 있던 겸인 부류에 조명을 가한 셈이다. 끝으로 위에서 미처 거론되지 못한 몇 편을 따로 들어서 소개한다. 문제로 삼아볼 점이 담긴 내용이기 때문이다.

「박엽(朴曄)」(권2: 14~18)

박엽은 광해군 때 평안도 관찰사로 있다가 인조반정 당시 반정 세력에 의해 처단을 당했던 역사상의 실제 인물이다. 그를 주인공으로 5편이나 엮은 만큼 비중이 크게 주어졌다. 작중에서 박엽은 지략이 빼어나고 무예가 굉장한 초능력자다. 마치 무협지에서 만나는 초능력의 검객을 연상케 한다. 그의 시대는 누르하치의 후금이 굴기하는 즈음이었다. 그 상황에서 천하의 패권을 장악할 역량을 지닌 인물은 단연코 박엽이라는 것을 본 서사에서 확인시키고 있다. 용골대와 마부대를 제압하는 첫 번째 이야기, 누루하치와 검술로 겨루는 두 번째 이야기에서 보여준 바이다. 황당하기 짝이 없긴 하지만, 어쨌건 그런 불세출의 영걸이 천하대란과 민족 위기를 눈앞에 두고서 국가권력에 의해 허무하게 죽임을 당한 일을 보여주고 있다. 박엽은 광해군과 사촌 동서 사이로 북인 편에 속했다. 이 박엽이란 존재는 근대 야담에 와서 구세의 영웅으로 부각이 되었다. 그에 대해 이처럼 풍부하고 다양한 내용이 담긴 기록은『계서잡록』이외의 자료에서는 보지 못했다. 그에 대한 관점이 서인 일반과 다른데 눈여겨볼 대목이다.

「과천 산지기」 (권2: 34)

이는 북벌이란 국시를 거론한 내용이다. 남한산성의 국치를 당한 이후로 조선의 집권층은 '북벌'을 국시로 내세웠던바『계서잡록』은 이 사안을 곳곳에서 다루거나 건드리고 있다. 바로 앞의「요동벌의 추위」(권2: 33)에서 효종이 미행한 일에 붙여 북벌이 성사되기 어려움을 지적한 뒤 여기에 북벌의 이데올로그인 우암 송시열을 등장시킨다. 유명한 정승 양파 정태화의 집에 우암이 직접 찾아와서 북벌 시 양곡 운송 문제를 의논하는데 양파의 동생이 옆방에 있다가 "그놈 아직 안 갔소"라고 소리친다. 양파는 얼른 "과천 산지기 놈은 벌써 갔고 여기 송정승이 계신다"고 대답하여 곤경을 임기응변으로 넘긴다. 물론 양파의 동생이 북벌론을 못마땅하게 여겨 일부러 한 행동이었다. 양파가 동생에게 말을 함부로 한다고 책망하자 "형님은 북벌 시 군량(軍糧)을 조달할 능력이 있소"하고 반문한다. 양파는 웃으며 "군대가 압록강을 건넌다면 내 양곡을 담당할 수 있지"라고 말했는데 압록강을 건널 일이 애초에 없을 것이라는 뜻이다. 여기에 붙인 작가의 말이 흥미롭다. 우암 역시 북벌의 불가능을 모르지 않는데 '천추후세의 대의'를 위한 것이라고 한다. 시속의 사람들은 이 뜻을 몰라 우암을 우활하다고 비난한다는 것이다.

「김려(金鑢)」(권3: 31)

김려는 서울의 이름난 문인이었다. 정조 말년에 문체반정책을 펼 때 그가 이옥·강이천 등과 함께 문체가 불량한 것으로 걸려들어 유배를 갔다. 그것으로 사건은 일단락이 되었다. 그런데 정조 사후에 재심을 받게 되는바 강이천이 천주교 신부인 주문모와 통한 것으로 사안 자체가 체제 문제로 바뀌었다. '강이천 비어옥(飛語獄)'이다. 그래서 강이천은 죽었고 김려와 이옥은 죽음을 면하고 귀양을 가게 된다. 김려와 이옥은 소위 사교(=천주교)와 연관이 있지도 않았는데 왜 재심을 받아 고난을 겪었던지 풀리지 않는 의혹이었다. 마침 이 기록으로 의혹이 풀릴 수 있었다. 정조는 세자비를 김조순의 딸로 간택하고 미처 매듭짓지 못한 상태에서 세상을 뜬 것이다. 이에 반대하는 정치 세력들이 그 혼사를 훼방하려고 김조순을 사교에 연루된 것으로 조작하기 위해 김려를 사주하였다. 김려는 그에 복종하지 않고 끝내 버텨서 저들의 의도가 성공하지 못했다는 것이다. 정국의 결정적 고비에서의 역사적 증언이다.

「영주 열녀 박씨 사적」(권3: 43)

주인공 박씨는 가난한 양반댁의 청상과부였다. 이 여자를 이웃의 큰 부자가 겁탈하러 들어갔다가 뜻대로 되지 않자 이미 관계를 맺은 것으로 거짓말을 퍼트렸다. 여자는 자신의 결백을 주장하였으나 전혀 받아들여지지 않아서 결국 자결한 것이 전체 사건의 발단이다. 가해자는 자신의 금력을 이용하여 관권을 동원하고 온갖 농락과 허위를 자행해서 순결하고 정직한 여자를 부정하고 나쁜 여자로 뒤바꿔 놓고 말았다. 그런 지경에서 마침내 여자의 결백이 밝혀지고 원한이 씻기는 데까지 얽힌 사건을 해결하는 복잡하고 어려운 경위가 있었다. 사례가 아주 드문 공안류로서 평가할 수 있는 내용이다. 끝에 이 사건에 대해 경상감사가 올린 보고서가 부록으로 실려 있는 점도 특이하다.

권4 (총 30편)

제4권은 앞의 권2~3과 결이 같지 않다. 전체적으로 무명인의 이야기가 다수이지만, 유명한 인물이 등장하더라도 일화적 성격과는 다르다. 배열도 시순을 무시하여 무순으로 나열된 상태라고 말해야 지 맞다. 쭉 읽어 나가면 거의 다 어디선가 보았던 것이라는 생각이 든다. 그리고 대체로 서사로서 완정한 구조이고 편폭도 길어진 편이다. 편편이 재미나게 읽혀서 말하자면 인기 야담으로 명품을 모아놓은 듯싶은 인상이다. (가람본 『계서잡록』의 권4의 내표제에 「溪西雜錄續」이라고 적혀있어 제4권이 속편으로 이루어졌음을 짐작케 한다.)

이 권4에 대해서는 '욕망서사'와 '민족서사' 그리고 '세태서사'를 키워드로 잡아서 읽으면 좋을 것 같다. 이 셋은 유형적 개념과는 다르므로 분류하려는 것이 아니며, 작품들의 대체적 경향성을 짚어보는 취지이다. 따라서 이들 용어는 방법론적 개념이다.

욕망서사 : 인간의 욕망이라면 물질적 욕구인 부와 성욕이 가장 본원적 요소이다. 이 양자가 서사의 요인으로 작동하게 됨은 당연한 현상일 터다. 『이조한문단편집』에서 제1부를 '부', 제2부를 '성과 정'으로 설정하여 엮었던 것은 곧 그러한 인간 현실의 반영이라고 말할 수 있다. 지금 권4에서 「광작(廣作)」(권4: 12)·「안동 도서원(都書員)」(권4: 28)·「우황(牛黃)」(권4: 30)은 치부를 주제로 한 경우이다. 특히 「광작」에서는 몰락 양반의 아들이 치부하는 과정을 사실적으로 그려낸다. 권3의 민담적 치부담에 근거한 「원주의 인삼 장수」(권3: 22)와는 의미가 다르다. 「광동(狂童)」(권4: 3)과 「소설(掃雪)」(권4: 18)은 성욕을 주제로 한 이야기로서 손꼽히며, 「고담(古談)」(권4: 17)은 '성과 정'이라는 문제에 연계시켜서 해석해볼 수 있고, 이 밖에도 성욕으로 사건이 일어난 이야기로 여러 편이 있다. 또한 인간이라면 무언가 이루고 싶고, 갖고 싶고, 누리고 싶은 욕망

이 있기 마련인데, 각가지로 복잡·미묘하다. 근대소설의 복잡성·애매성·난해성도 따지고 들면 실은 발원지가 이곳이다. 권4의 첫머리에 실린 「양봉래(楊蓬萊)」(권4: 1)나 평판작인 「조보(朝報)」(권4: 9) 역시 이에 속하는데 여주인공의 능력과 개성을 부각시킨 점이 특이하다.

　민족서사 : 왜란·호란에 관련해서 꾸며진 여러 편을 민족서사라고 하였다. 우리 삶의 공동체가 위기에 놓인 상황에 연계되어 만들어진 이야기들인데, 우리 민족의 경우 벌써 옛날부터 통일 국가를 이루어왔기 때문에 이렇게 지칭한 것이다. 왜란을 배경으로 삼은 것으로는 「바보 아재」(권4: 11)·「소를 탄 늙은이」(권4: 13) 「김천일(金千鎰)의 부인」(권4: 14)을 들 수 있다. 호란에 직결된 것은 없으며 그 후유증에 관련된 내용으로 「박탁(朴鐸)」(권4: 19)·「척검(擲劍)」(권4: 20)·「북벌대계(北伐大計)」(권4: 21)가 있다. 이 3편은 호란 이후 국가적 이슈로 제기된 북벌론에 결부시켜서 꾸며낸 이야기다. 왜란과 호란은 앞의 권2~3에서 여러모로 다루어졌으며, 권1 가문서사에서도 「이경류(李慶流)」(권1: 5)는 임란 당시 직접 참전한 내용이다. 그런데 권4에서는 민중 의식이 반영된 서사라는 특성을 보여준다. 왜란을 배경으로 삼은 서사에서는 역사상의 대인물에 대조시켜 그 이면의 소인물을 주인공으로 등장시킨 점이 흥미롭다. '바보 아재'나 '소를 탄 늙은이' 같은 무명인이 실은 대단한 공헌을 하였다는, 황당한 내용을 마치 사실인양 들려주고 있다. 「김천일의 부인」도 그 부인이 수단도 비상하고 현철했다고 한다. 북벌론에 결부시킨 이야기를 보면 민중 영웅이 등장하는데 「박탁」이나 「척검」에서 그렇듯 좌절하고 결국 날개 없는 영웅으로 추락하게 되는 서사의 결말부는 깊이 생각하게 만드는 대목이다.

　세태서사 : 『이조한문단편집』은 제3부가 '세태ⅰ-신분동향', 제4부가

'세태ii-시정주변'으로 편성되었다. 전체 3책에서 이 3부와 4부로 한 책을 편성하고 있으니 세태서사의 비중이 얼마나 큰가를 깨닫게 한다. 그런데 지금 권4에는 관인 사회의 뒷이야기, 즉 관변 세태라고 할 수 있는 약간 편이 나오는 정도이다. 신분 동향이나 시정 주변에는 작가의 시선이 덜 미쳤다고 말할 수 있겠다. 앞의 권1~3에서도 신분 동요를 드러내거나 시정 소민을 묘사한 사례는 드문 것 같다. 다만 겸인 부류에 대해서는 경화사족의 청직이이기에 관심의 대상이 되곤 하였다. 여기에도 허적의 겸인이었던 염희도를 주인공으로 내세운 「월해암(月海菴)」(권4: 23)이 있다. 사족의 관변 이야기로서 「꿈」(권4: 2)은 정효준이란 인물의 실사로 전하는 일종의 기담이며, 「태수놀이」(권4: 16)는 이광정이란 유명인에 결부된 미담이다. 이 세태서사를 통해서 작가적 경향성의 일면을 짐작게 한다.

3.

이상에서 모두 4권으로 편성된 『계서잡록』을 각 권별로 어떤 이야기가 실려 있는가를 대략 살펴보았다. 이제 전체를 통관해서 작가의 글쓰기 방식과 그 특징적 성격 및 야담사에서 『계서잡록』을 어떻게 볼 것이냐는 문제에 대한 논의로 이 글을 매듭지으려 한다.

그의 글쓰기 방식 : 권1에 작가가 자기 막내아우와 시작법을 두고 다투는 장면이 나온다. 아우가 "형님은 시를 별로 생각하지도 않고 짓는데 글귀에 병이 없지요. 병이 없는 그것이 병입니다. 저는 승복 못합니다."고 하여, 그 역시 "시란 병이 있고 없고를 불문하고 … 저 자신에게 맞도록 하는 것이다. 네가 시 짓는데 노심초사하는 것 또한 나는 승복 못한다."(「병통 없는 것이 병통이다」(권1: 58))고 맞받은 것이다. 아우의 '병 없는

그것이 병'이란 지적은 시가 딱히 험잡을 곳이 없지만 범상한 수준이라는 의미이다. 이 물론 작시법에 관한 말이지만 글쓰기 일반으로 확대해 보아도 좋을 것 같다. 이번 『계서잡록』의 번역 작업을 쭉 하면서 실감한 바인데 그 자신 작품을 만들겠다는 의식으로 구성하고 꾸미고 다듬은 것으로 생각되지 않았다. 심혈을 기울여 지은 것으로 보기 어려웠다. 그런데 필기의 본디 속성이 그렇기도 하지만 긴장하지 않고 쓴 것이 험잡을 데 없이 자연스럽게 잘 이루어지는 수가 있다. 이렇게 하여 최고 경지에 이른 것을 예로부터 천의무봉(天衣無縫)이라고 불렀다. 특별히 의도하지 않았는데 천연으로 이루어진 결과이다. 전부터 나는 야담–한문단편에서 최상급의 작품은 대개 이런 경지에 가까운 경우라는 생각을 갖고 있었다. 지금 『계서잡록』에도 천의무봉의 수준에 다가선 작품이 드물기는 해도 없지 않다. 다른 한편으로 복잡하게 얽힌 사건·사실을 요령 있게 간추려서 서술한 것들도 있다. 이런 사례는 들어보자면 허다한 것으로 여겨진다. 또한 문면에서 당착이나 오류가 발견되기도 한다. 이런 곳은 각주로 밝혀 놓았는데 이 또한 그 자신의 글쓰기 방식과 무관하지 않다고 본다. 여기에 아울러 지적할 점이 있다. 내용이 사실과 어긋난 부분을 모두 작가가 범한 잘못은 아니라는 것이다. 전하는 이야기를 그대로 따른 데서 발생한 오류가 있다. 사례로 인조반정을 배경으로 삼은 「이기축(李起築)」(권2: 20)을 들어보자. 작중의 결말부에서 위의 이야기는 지석복(池錫福)의 일이 잘 못 전해졌다면서 "이 사실을 몰라서 안 된다"고 명기해 놓은 것이다. 이는 구두 창작의 과정을 거쳐서 기록화가 이루어진 야담 고유의 특성으로 마땅히 주목해야 할 측면이다.

『계서잡록』의 특징적 성격 : 책머리에 심능숙의 서문이 실려 있는바 임방의 『천예록』과 성현의 『용재총화』에 견주어 『계서잡록』은 보고 들은 것만을 기록하여 허탄하고 비속한 면이 없다면서 이렇게 주장한다. "『계서잡록』은 문견을 적실히 채록하여 황탄·비리한 면이 없고 사실을 포착해서 기술하여 불경스럽다는 탄식이 일어나지 않는다. 야승에 실리지 않은 것을 보충하였고 고담으로 널리 알려진 것은 빼버렸다." 고담이란 야담을 지칭하는 말이다. 권4는 위에서 지적한 대로 기존의 야담을 수용한 것이다. 다만 그대로 전재하는 식이 아니라 상당한 정도로 손질이 가해졌다. 심능숙은 아마도 권4는 충분히 검토하지 못한 상태에서 서문을 쓴 것 같다. 요컨대 『계서잡록』은 전반적으로 비속하고 황탄스런 면이 크게 감소되고 사실적인 성격이 증대한 것으로 보인다.

　　야담사에서 『계서잡록』 : 18세기의 후반에서 19세기 전반의 시간대는 야담사의 최고 상승기이다. 나는 다른 자리에서 야담사를 정리하는 말을 한 바 있다. "야담이란 우리 고유의 서사양식은 15세기 말에 『용재총화』에서 출발하여, 17세기 『어우야담』에서 야담이란 자기 이름을 얻었으며, 19세기 전반 『청구야담』에서 집대성이 된 것이다. 특히 18세기 후반 『동패낙송』에서 19세기 전반의 『청구야담』에 이르는 기간은 그야말로 야담의 고전적 시대이다." 노명흠(1713~1775)의 『동패낙송』이 이희평(1772~1839)의 『계서잡록』보다 반세기 정도 앞이고, 이현기(1796~1846)의 『기리총화』와 동시대로서 『계서잡록』이 약간 앞선다.[3] 『청구야담』으

3 　이 3종의 저작 연대는 확실치 않은데 여러모로 검토한 결과 위와 같이 정리한 것이다. 『동패낙송』은 저자 노명흠의 몰년이 확인됨에 따라 저작 연대는 1773년에서 1775년으로 좁혀질 수 있었다. 『계서잡록』은 저자의 자서가 1828년이고 심능숙이 쓴 서문이 1833년이다. 후자로 잡아 연대를 1833년으로 보았다. 『기리총화』는 소재 기록에서 확인된 것으로 1817년과 1818년이 있는데 이후 십수 년이 경과해서 완성된 듯하다. 이 양자의 저작 연대는 비슷할 것으로 생각되지만 몰년이 먼저인 『계서잡록』을 앞으로 배치하였다. 3종 모두 저자가 딱 계획을 세워서 일시에 완성한 것이 아니고 상당한 시일에 걸쳐 서술, 축적된 결과물로 추정된다. 『기리총화』 소재 작품들도 『청구야담』에 수록된 사례를 볼 수 있는데 그 하권이 전무한 점으로 미루어 하권은 『청구야담』 편자에게 접수되지 않았던 것으로 보인다.

로 집대성이 되는 직전의 단계에서 이 3종이 대표적인 야담집이다. 이들 3종이 어떻게 서로 같고 다른가를 간략히 짚어볼까 한다. 3종의 문학적 특징이라면 인간현실의 발견으로 이루어진 사실의 성취를 공통성으로 거론할 수 있다. 이점은 위에서 『계서잡록』의 분석을 통해 언급했던 터인데 『동패낙송』에서도 뚜렷하였으며, 『기리총화』로 와서는 보다 진전된 형식을 구현하고 있다. 이런 경향은 우리 문학사의 전반적인 경향이다. 동 시간대에 등장한 『춘향전』·『흥부전』 등 판소리계 소설과도 상호 관련해서 설명할 필요가 있겠으나 당장은 야담사 자체를 구체적으로 해명하는 과제이다. 이 점에 관해 3종을 비교하여 간단히 지적하려고 한다. 『동패낙송』의 주체인 노명흠은 이희평과 달리 남인계에 속했던 데다가 청주지방의 영락한 사족으로 서울에서 경화사족 가문의 가정교사로 반생을 보낸다. 그것도 홍봉한가에서였다. 『동패낙송』은 그 시절에 지었던 것인데 홍봉한가의 사람들이 여기에 붙인 서발문과 그를 위한 글들을 홍씨가의 문헌에서 찾아볼 수 있다. 홍봉한의 아우인 홍용한이 쓴 「노졸옹전」(拙翁은 노명흠의 호)을 보면 "졸옹은 뱃속은 주렸으되 뜻은 주리지 않았고 명(名)은 없었으되 실(實)은 두터웠다"고 그 인품을 표출해 놓았다. 졸옹의 두터웠다는 실이란 과연 어떤 내실이었을까? 이 점을 확인할 곳은 『동패낙송』을 읽고 상상해 보는 길밖에 아무 데도 없다. 『동패낙송』에 있어서 사실의 성취는 그 창작 주체의 실과 상통하는 것으로 해석할 수 있지 않을까. 『동패낙송』은 『계서잡록』과는 달리 당론에 관계되는 사실은 취급하지 않았을 뿐 아니라 자신의 당색도 드러내지 않는다. 그렇다고 선비로서의 자신의 주체와 함께 당파적 본색을 망각한 것은 결코 아니었다. 그 인품의 '실'은 작중에서 인간현실에 핍진할 수 있었다는 평가가 가능하지 않을까 싶다.[4] 『기리총화』의 작가 이현기의 생애와

---

4   임형택, 「『동패낙송』 연구–야담의 기록화과정과 한문단편의 성립」, 『한국한문학연

행적은 서울서 세거한 소론계의 명족이었다는 이외에 거의 알려진 것이 없다. 『기리총화』라는 이 책이 뒤늦게 발견되어 주목의 대상이 되었지만, 이 책 또한 완전한 상태는 아니다. 이 책이 그를 야담-한문단편의 걸출한 작가로 인지할 수 있게 하였다. 그렇게 판단한 요인으로 두 가지 점이 있는바, 구전의 야담 자료를 재구성하여 나름으로 소설적 플롯을 살려낸 점, 비판적 내용을 풍자서사 혹은 해학서사로 꾸민 점이 『기리총화』를 흥미롭고도 문제작이 되게 한 것이다. 야담 전승의 틀을 따라서 창작적 수완을 발휘한 경우이다.[5] 『계서잡록』으로 말하면 『동패낙송』에서 충실하게 성취된 이후 『기리총화』에서 방향 전환이 시도되는 단계인 그 지점에 나란히 위치한 것이다. 야담을 집대성한 문헌인 『청구야담』에서 『계서잡록』의 비중이 가장 컸다는 현상이 곧 야담사에서 『계서잡록』의 위상을 말해주고 있다.

야담연구의 방법론 문제 : 야담은 오래전에 연구 대상으로 포착되어 한문학의 한 분야로서 뚜렷이 자리 잡았다. 그런데 거기에는 그냥 지나칠 수 없는 문제점이 있는 것으로 여겨져서 끝으로 지적해 둔다. 야담으로 향한 학적 관심은 대체로 자료학의 차원에서 여전히 맴돌면서 진화할 줄을 모르는 것 같다. 야담도 보편적 문학의 일종이라는 인식을 갖지 못하고서 관점이 계속 소재적인 수준에서 벗어나지 못하고 있다. 또한 전체적 시각을 갖지 못하는 데다가, 가치 판단을 결여한 나머지 한문학 일반과 통일적으로 바라보지 못하고 국문문학까지 아우르는 우리 문학

구」 23, 1999; 『동아시아 서사와 한국소설사론』, 소명출판, 2022.

5 『기리총화』에 대해 필자는 「『기리총화』 소재 한문단편」(『민족문학사연구』11, 1997)이란 제목으로 6편의 작품을 번역, 소개하면서 해설적인 글을 붙여 발표한 바 있었다. 그리고 『한문서사의 영토』(태학사, 2012)의 제6부에 새로 발굴된 작품들과 함께 번역하고 평설을 붙여 수록한 바 있다.

사의 흐름을 돌아보려고도 하지 않는다. 미시적 탐구도 오직 총체적 인식을 가질 때 의미를 갖는 것이다. 연구자가 지금 요망하는 방향으로 수행하자면 결코 쉬운 노릇이 아님이 물론이지만, 요는 방법론이다. 문제는 애당초 어떻게 할 것인가를 생각하면서 모색하고 사고하려 들지 않는다는 데 있다.

차례

알림 : 원문 쪽수는 괄호 안에 표기함.

계서잡록 권2

계서잡록 하권 차례

알림 : 하권의 역문 쪽수를 표기함.

계서잡록 권3

계서잡록 권4

일러두기

1. 이 책은 이희평(李羲平)이 지은 『계서잡록(溪西雜錄)』을 번역·주석하고 표점·교감한 것이다.

2. 『계서잡록』은 원래 전 4권 4책으로 엮어진 것이 확실시 된다. 『역주 계서잡록』은 상하 2책으로, 상권에는 원본의 권1과 권2를, 하권에는 원본의 권3과 권4를 수록하였다.

3. 이 책에서 교감의 대상이 된 이본은 다음과 같이 약칭한다. 각 이본에 대한 구체적인 해설은 이본고에서 밝힌다.

   • 성균관대학교 존경각 소장본 ⇒ 성대본
   • 溪西雜錄(亨)·溪西雜錄(利) ⇒ 익선재본 A
   • 이희평본 ⇒ 익선재본 B
   • 자연경실본 ⇒ 익선재본 C
   • 한산이씨본 ⇒ 익선재본 D
   • 서울대학교 일사문고 소장본 ⇒ 일사본
   • 서울대학교 가람문고 소장본 ⇒ 가람본
   • 하버드대학교 옌칭도서관 소장본 ⇒ 하버드대본
   • 서울대학교 규장각한국학연구원 소장 『계서야담(溪西野談)』 ⇒ 『계서야담』
   • 버클리대학교 동아시아도서관 소장 『청구야담(靑邱野談)』 ⇒ 『청구야담』

4. 이 책의 저본은 제1책의 경우 성대본을, 제2책의 경우 익선재본 A를, 제3책의 경우 익선재본 B를, 제4책의 경우 일사본을 이용하였다.

5. 이 책의 번역은 직역을 위주로 하였으나 저자의 의도가 충실히 전달될 수 있도록 현대어로 다듬어서 독자가 쉽게 읽을 수 있도록 유의하였다. 번역문의 주석은 각주로 처리했으며 독자의 이해를 돕기 위해 인명, 지명, 사건, 전고 등에 대한 정보를 되도록 간략히 서술하였다.

6. 이 책의 원문은 저본을 토대로 이본을 참고하여 오탈자를 바로 잡고 문맥에 맞게 수정하였고 해당 사항은 바꾸거나 추가한 경우에만 원문의 각주에 언급하였다.

7. 각 일화에 붙인 제목은 원래 없는 것이나 독자의 이해를 돕고자 편의상 붙인 것이다.

계서잡록
권1

자서(自序)

내가 화산(花山)[1]에서 금릉(金陵)[2]으로 옮기고, 다시 금릉에서 남창(南昌)[3]으로 옮겼는데, 이 세 곳은 모두 산중 고을이라 일이 적었다. 처리할 문서도 번거롭지 않아 매양 봄에서 여름으로 바뀔 철이면 하루 종일 백성의 소장이 한 장도 들어오지 않은 적도 있었다. 이런 때문에 노경을 한가롭게 지낼 수 있었다.

화산에는 관내에 김부여(金溥汝)가 있었고, 금릉에는 이웃 고을에 조숙경(趙叔京)이 있었다. 이 두 사람은 시와 술을 잘하는 좋은 친구였다. 밤낮으로 함께 어울려서 시를 수창하여 거의 빈 날이 없었다. 읊은 시편이 자못 풍성했으니 또한 객지의 시름을 달래고 지루한 날을 보내기에 좋았던 것이다. 남창에는 이런 두 친구가 없어 산골의 하루해는 거의 한 해와 맞먹었다. 문서를 처리하고 나면 겨를이 많아 혼자 앉았다 누웠다 하며 회포를 풀 길이 없었다.

나는 나이가 60에 가까운데도 기억이 아직 흐리지 않기로, 혼자 누워 평소에 귀로 듣고 눈으로 보았던 일들과 우리 집안의 사적, 그 밖의 세상에 돌아다니는 선배들의 고담을 떠올리고 이를 생각나는 대로 기록했다. 그리고 글자를 아는 통인을 시켜 수습하여 책을 만들도록 하고 제목을 '계서잡록'이라 붙였다. 옛날 사람들이 한가로운 시간을 보내고 잠을 쫓았던 종류의 서적을 모방한 것인데 기존의 야승에 실리지 않은 이야기가

---

1   화산(花山): 강원도 홍천의 별칭.
2   금릉(金陵): 금산(金山)의 별칭. 지금 경상북도 김천에 속한 지역.
3   남창(南昌): 지금 경상남도 거창(居昌)의 별칭. 이희평은 홍천과 김천 고을을 거쳐서 거창의 지방관을 지낸 것이다. 그가 거창 부사를 역임한 사실은 『승정원일기』를 통해 확인할 수 있는데 그 시점은 순조 26년인 1826년이다.

많다. 요컨대 한가로운 가운데 소일하는 자료로 만든 것이어서 연대에
맞추어 엮지 않았으므로 뒤섞임이 있는 것은 어쩔 수 없다.

이 책을 읽는 사람들이 어떻게 생각할지 알 수 없다. 여항의 패설 중에
예로부터 전해 와서 사람들의 웃음거리가 되고 있는 이야기 따위는 싣지
않고 빼 두었다.

무자년(1828, 순조 28) 3월 하순에 계서노부(溪西老夫)가 남창의 죽리관
(竹里館)에서 쓰다.

계서잡록서(溪西雜錄序)

『계서잡록(溪西雜錄)』이란 그 작자가 살고 있는 곳이 시내[溪]의 서쪽이기 때문에 준여(準如) 씨가 자호를 삼고, 지은 책에 붙인 이름이다.

아! 옛날에 세련되고 해박하면서 기이를 좋아하는 문인들은 으레 저술을 하여 후세에 전하였다. 그 저술한 바는 한결같지 않다. 혹은 황탄함에 가까운 것이 있으니 수촌(水村)의 『천예록(天倪錄)』이 그러하고, 혹은 비속한 데 가까우니 『용재총화(慵齋叢話)』가 그러하며, 또 혹은 잡박하고 불경스러워 후세 사람들에게 보여주기에 맞지 않은 것도 있다. 유독 이 『계서잡록』은 보고 들은 일만 꼭 채록하여 허탄하고 비속한 오류가 없으며, 사실을 잡아 기술하여 불경스럽다는 한탄이 나올 것이 없다. 야승에 실리지 않은 것을 보충하였고 고담으로 두루 알려진 것들은 빼 버렸다. 위로 목은(牧隱) 선조로부터 아래로 근세의 여러 인물에 이르기까지 진실로 일사일언(一事一言)의 기이한 사적으로 후세에 전할 만한 것들은 기록하지 않은 것이 없다. 모두 다 엮어서 4책을 만들었으니, 귀로 잘 듣고 기억력이 비상하지 않으면 어떻게 이처럼 모두 다 기록할 수 있겠는가. 성명이 더러 바뀌거나 사실에 혹 어긋난 것들이 있다. 이런 등은 각기 문견이 다른 데서 비롯된 것이요, 작자의 잘못은 아니다.

지금 계서는 비록 처지가 어렵고 머리도 백발이지만 정신은 한창때와 다름없다. 가요와 속악부를 잘 지어서 붓을 들어 곡조가 만들어지면 편편이 부르기에 좋아 노래를 여러 기생에게 주었는데, 그의 뜻을 대신 서술하는 경우라도 마치 자기 입에서 나오는 것과 같았다. 때문에 완부(完府)⁴의 가곡들로 남도에 전해지게 된바, 옥랑을 가장 이뻐한 까닭에

---

4 완부(完府): 전주의 별칭. 이희평이 전주 판관으로 있었는데 당시 전라도 감사는 서유

나에게 보내서 모시도록 하여 증정한 노래가 가장 많아 이미 한 권 분량이 되었다. 간혹 일상적인 서찰에 가사를 지어서 보내기도 하는데, 음조에 맞을 뿐 아니라 자기의 의사를 곡진하게 표현한 것이었다. 그 재주의 민첩하고 빛나는 형국은 배워서 능할 수 있는 것이 아니었다. 그런 한편 고사를 이야기하기 좋아하여 밤낮으로 끊이지 않았다. 나는 언젠가 장난조로 "노형의 뱃속에는 노래가 가득 들어있는 데다가, 『계서잡록』 몇십 권이 아직 탈고하지 못한 채로 흉중에 얼마나 남아 있는지 알지 못하겠구려!"라고 말했다.

계서 주인이 나에게 서문을 부탁하는데 거절하지 못해 이와 같이 써서 후일 계서 남루(楠樓)에서 어울려 놀 때에 하나의 기이한 일을 전하는 거리로 삼을까 한다.

계사년(1833, 순조 33) 봄날 소남거사(小楠居士) 심능숙(沈能淑) 영수(英叟)가 서(序)하노라.

구였으며, 심능숙은 태인 현감으로 있었다.

01. 목은 이색(李穡)

우리 선조 목은(牧隱) 선생은 역성혁명의 때를 당하여 포은(圃隱) 선생과 함께 의리상 본조(조선왕조)에서 벼슬할 수 없는 것으로 마음을 정했다. 그래서 포은은 조영규(趙英珪)의 철퇴를 맞아 선죽교 위에서 목숨을 잃었고, 목은 선조는 문을 닫고 나가지 않았다.

태조가 사람을 보내서 만나게 되었다. 태조가 용상에서 내려와 목은을 영접하매 목은은 읍을 하고 절은 하지 않으면서,

"이 늙은이는 앉을 곳이 없습니다."

하고 물러 나왔다.

이초지옥(彛初之獄)[5]이 일어나서 목은 선조도 붙잡혀 청주(淸州) 감옥에 갇히게 되었다. 국문을 아주 엄하게 하여 일이 장차 어떻게 될지 예측할 수 없는 지경이었다. 하루는 새벽부터 큰비가 내리더니 한낮이 되기도 전에 산이 무너지고 물이 범람하였다. 성문이 무너져 밀려든 물에 성내의 집들이 온통 침수되었다. 심문관 및 여러 관노들이 다 물에 휩쓸려 나갔는데 목은은 압각수(鴨脚樹)[6]에 올라가서 간신히 죽음을 면했다. 이 일이 알려지자 불문에 부쳐 무사하게 되었다.

옥천군(玉川君) 유창(劉敞)[7]이 공이 무함을 받아서 옥에 갇혔다는 말을 듣고서

---

5   이초지옥(彛初之獄): 윤이(尹彛)와 이초(李初)의 옥사라는 뜻. 고려 공양왕 초에 파평군(坡坪君) 윤이와 중랑장 이초가 명나라의 힘을 빌려서 이성계를 제거하려고 명나라에 들어가 황제에게, 이성계가 자기 인친(姻親)인 공양왕을 세우고 명을 치려 하여 이에 반대한 이색(李穡)·우현보(禹玄寶) 등이 화를 당했다고 무고하였다. 이 일이 당시 명나라에 가 있었던 왕방(王昉)과 조반(趙胖) 등에게 알려져, 공양왕 2년(1390)에 옥사가 크게 일어났다.

6   압각수(鴨脚樹): 지금 청주의 남문에 있는 은행나무. 천연기념물로 900년이 되었다고 한다.

7   유창(劉敞, ?~1421): 고려 말의 인물로 조선 개국의 공신. 1408년 태조가 죽자 수묘관으로 3년간 묘를 지켰다 한다.

"선생은 하늘이 내신 어른이다. 필시 하늘의 이변이 생길 것이다."
라고 했는데, 과연 그의 말이 증험되었다. 이 일을 두고 어떤 사람이 시
를 지었다. 야승에 실려 있다.[8]

유언비어가 불행히도 주공(周公)에게 미치니
홀연 대풍이 불어 곡식이 쓰러졌다네.[9]
들건대, 청주에 강물이 밀어닥쳤다지,
알겠노라, 천도는 고금이 하나인 줄을.

목은 선조께서 당초에 모여 의론을 정할 적에 응당 전 왕(우왕을 가리
킴)의 아들(창왕)을 세워야 한다고 주장하셨는데 일찍이 지은 시가 있다.

사람의 정이 어찌 무정한 물건과 같으리오
근래 눈에 닿는 것마다 불평이 더해간다.
동쪽 울타리 바라보고 부끄러움 얼굴에 가득하니
국화꽃이 가짜 도연명(陶淵明)을 대하고 있다니.[10]

이 시를 보면 조용히 의리에 나아감을 알 수 있다.

---

8   이 일을~있다: 이 시는 이행(李行)의 『기우집(騎牛集)』, 그리고 이기(李墍)의 『송와잡
    설(松窩雜說)』에는 권근(權近)이 지은 것으로 나와 있다.

9   주공(周公)이 무왕(武王) 사후에 어린 성왕(成王)을 도와 섭정하였는데, 이에 대해 관
    숙(管叔), 채숙(蔡叔) 등이 유언(流言)을 퍼뜨려 모해하고 주왕(紂王)의 아들 무경(武
    庚)과 함께 반란을 일으켰다. 유언을 들은 성왕이 주공을 의심하여 내쫓으려 하자
    천둥이 치고 바람이 거세게 불어 벼가 쓰러지는 등 이변이 일어나서 주공의 누명이
    씻겨질 수 있었다.

10 이 시는 제목이 「국화를 대해 감회가 있어[對菊有感]」이다. 도연명의 「음주(飮酒)」라
    는 제목의 시에 "동쪽 울타리 아래에서 국화를 따다가 멀리 남산을 바라보노라"라는
    구절이 있다. 『송와잡설』에 의하면, 이색이 우왕이 폐위되어 강화도에 가 있을 때
    미복(微服)으로 찾아가서 우왕을 뵌 다음 이 시를 지었다고 한다.

누군가 최곤륜(崔昆侖)에게 물었다.[11]

"고려 왕조가 바뀜에 당해서 목은은 바로 목숨을 바치지 않아 포은 선생처럼 명쾌하게 절의를 지킨 것 같진 않으나, 그의 처음과 끝을 살펴보면 왕씨에 대한 마음으로 끝까지 절의를 온전히 지킨 인물이라 할 것이오. 그런데 목은이 장단으로 귀양 갈 적에 도당(都堂)에 보낸 십절시(十絶詩)에 '신조(辛朝)에서 방(榜)에 올라 비로소 벼슬길에 나갔네'[12]라는 구절이 있지요. 목은이 만약 우왕이 공민왕의 아들임을 분명히 알았다면 어떻게 '신조'라는 말을 음영(吟詠)하는 사이에 쓸 수 있었는지 모르겠소?"

"그 당시 국운이 거의 끊어질 즈음에 와언(訛言)이 마구 일어나는 판국인데, 궁중의 비밀스러운 일을 바깥의 신하로서 어떻게 자세히 알겠습니까? 우왕이 기왕에 신돈의 아들이란 명목으로 폐위되고 나서 목은 역시 후계자를 세우는 데 참여했습니다. 시구에서 위와 같이 쓴 것은 실로 심히 괴이하게 여길 것이 없습니다. 그런데 응당 전 왕의 아들을 세워야 한다는 말을 한 것으로 보면, 필시 왕씨의 아들이 아니라고 생각하지 않은 줄 알 수 있습니다. 만약에 목은이 신돈의 아들임을 분명히 알았다면, 폐위당한 우왕에게 충절을 바칠 수 없게 되었더라도 또한 어찌 왕씨 중에서 다른 후계자를 택하자는 의론을 제출하지 않았겠소? 여기서 그의 숨을 뜻을 엿볼 수 있습니다."

또 말하기를,

"우왕, 창왕이 왕씨 성이 아니라는 점은 중국에서도 듣고 알아서 힐문

---

11 최곤륜(崔昆侖): 곤륜(昆侖)은 최창대(崔昌大, 1669~1720)의 호. 최석정(崔錫鼎)의 아들로, 벼슬은 부제학에 올랐다. 여기서 고려 왕조가 조선 왕조로 바뀌는 과정에 대해 그에게 물었던 사람은 임상덕(林象德)이다. 임상덕은 자가 이호(彝好), 호가 노촌(老村)으로 『동사회강(東史會綱)』이라는 제목의 역사서를 편찬한 인물이다. 여기에 나오는 문답의 기록은 최창대의 『곤륜집(昆侖集)』에 「고려사의 우왕·창왕 사적에 대해 논하여 임이호에게 답함[書麗史禑昌事 荅林彝好]」이란 제목으로 수록되어 있다.

12 「도당의 여러 분들에게 부치다[寄省郎諸兄]」에 나오는 구절.

한 일이 있었으니, 그 당시 고려 왕실의 은밀한 일이 파다하게 알려졌던 것은 여기서 또한 볼 수 있겠습니다."

라고 했다. 이에 대해 곤륜은 이렇게 답변했다.

"그 말로 증언을 삼기에는 부족합니다. 당시에 천명이 이미 고려를 떠났고 인심도 돌아간 곳이 있어서 대소 신료들 가운데 왕씨 쪽 인사는 오히려 적었습니다. 이른바 중국에서 힐문했다 한 것은 중국에 갔던 사신 자신이 만들어 내고 자신이 풀어낸 거짓말이 아닌 줄 어찌 알겠습니까? 운곡(耘谷)[13]은 당시 자신이 들었던 바와 달랐기에, 다른 말의 진실과 허위는 의당 알지 못할 것이 없었을 것입니다. 그의 사실을 기록한 말이 단언을 내리기에 부족함이 없습니다. 그래서 퇴계(退溪) 선생은 서간에서 '(나는) 우리나라 만세 후에는 의당 운곡의 의론을 따를 것이다.'[14]라고 하였고, 상촌(象村)은 이르기를 '우왕과 창왕의 일은 응당 원천석의 기록을 신빙할 역사로 삼아야 할 것이다.'[15]라고 하였습니다. 그의 자세한 견문이 어찌 들은 바 없이 나왔겠습니까."

최곤륜이 이미 이와 같이 밝혔으니 여기서 백대의 공론을 가히 볼 수 있다. 우암(尤庵)은 목은의 신도비에 이렇게 기록했다.

"『고려사』에, '이 모가 누군가에게 말하기를, 호치당(胡致堂)[16]이 「원제

---

13 운곡(耘谷): 원천석(元天錫, 1330~?)을 가리킴. 본관은 원주, 자는 자정(子正), 호는 운곡(耘谷). 고려가 망하게 되자 원주로 내려가서 은둔해 있었으며, 이방원이 왕위에 올라서 불렀으나 나가지 않았다. 당시의 역사를 증언한 기록을 남기면서 "이 책을 가묘에 감추어두고 절대로 펼쳐보지 말라." 하고 자손들에게 유언하였다. 후일에 자손이 꺼내 보고 화를 당할까 두려워 불에 태웠다고 한다. 따로 『운곡시사(耘谷詩史)』가 전한다.

14 여기서 '만세(萬世) 후'라는 것은, 조선왕조가 끝나는 단계를 가리키는 것으로 볼 수 있다. 퇴계는 우왕과 창왕이 사실상 신씨가 아니라고 믿고 있지만, 당시 조선조에서 금기로 삼는 일이기 때문에 완곡하게 표현한 것이다. 성호는 「안백순의 문목에 답하다[答安百順問目]」에서 퇴계의 편지에 이러한 말이 있었는지 모르겠다고 말했다.

15 『상촌고(象村稿)』 권46 「휘언(彙言)」 5에 나오는 말.

16 호치당(胡致堂): 송나라 때 인물인 호인(胡寅). 주자학 계통의 학자.

(元帝)는 실은 성이 우(牛)씨인데[17] 동진(東晉)의 여러 신하들이 그대로 두고 바꾸지 않았던 것은, 필야 북방 호족(胡族)들의 침략을 당하는 위기 상황에서 왕조의 구업에 의존하지 않으면 어떻게 인심을 붙잡을 수 있겠는가.」라고 여겼던 것이니, 내가 신씨에 대해서 이론을 제기하지 않았던 것은 이 뜻이었다.'라고 나와 있다. 이 기록이 곡필(曲筆) 같아 보이는데 당시 여러 공신들이 선생에게 기대어서 창왕을 폐위시킨 일에 정당성을 부여했던 것이다."[18]

위 기록들은 모두 다 신필(信筆)[19]이라 할 수 있다.

그런데 지호(芝湖) 이선(李選)의 잡록[20]에는 목은을 무함하여 본조에 절의를 굽혔다고 말했으니, 실로 해괴한 의론이다. 근래에 성해응(成海應)이 「난대사필(蘭臺史筆)」[21]을 지어서 이선의 잘못을 분명히 분별하여 전후의 사실을 자세히 실어 놓았다. 이선은 어디에 근거하여 이런 말을 했는지 알 수 없으나, 그의 심술이 바르지 못해서 이와 같이 한 것이다. 목은은 큰아들(이종덕李種德)이 화를 입으매,[22] 매양 깊은 산속 사람이

---

17 원제는~우씨인데: 위진(魏晉) 시기에 '현석도(玄石圖)'라는 참서가 유행했는데, 그 윗면에 '소가 말을 계승한다[牛繼馬後]'라는 예언이 적혀 있었다. 사마의(司馬懿)는 이 예언을 꺼려서 장수 우금(牛金)을 독약을 먹여 죽였다. 그런데 사마의의 증손인 낭야공왕(琅邪恭王) 사마근(司馬覲)의 비인 하후씨(夏侯氏)가 아전인 우씨(牛氏)와 간통하여 원제(元帝)를 낳았다. 이 때문에 원제의 성을 우(牛)라고 하는 것이다.

18 『고려사』에~것이다: 『송자대전(宋子大全)』 권171 「목은비음기(牧隱碑陰記)」에 나오는 말.

19 신필(信筆): 믿을 수 있는 기록이라는 말.

20 이선(李選, 1632~1692): 본관은 전주, 자는 택지(擇之), 호는 지호(芝湖)·소백산인(小白山人)이며, 시호는 정간공(正簡公)이다. 송시열의 문인으로 교리, 이조참판 등을 역임했으며, 저서로 『지호집(芝湖集)』이 있다.

21 난대사필(蘭臺史筆): 성해응의 『연경재전집(研經齋全集)』 권58에 '난대사료(蘭室史料)'라는 제목으로 수록되어 있음. 여기에 나오는 내용은 '고실고이(故實考異)'편에 보이는바, 앞에 이선이 목은에 대해 언급한 것도 여기에 함께 실려 있다.

22 창왕(昌王) 1년(1388) 때의 일이다.

없는 곳에 들어가서 통곡하고 내려왔다고 한다. 목은이 후명(後命)[23]을 받았던 것은 정도전이 한 일이요, 태조의 본의가 아니었다.

02. 포은의 출처 문제

　정한강(鄭寒崗)이 퇴계(退溪)에게 다음과 같이 물었다.

　"조남명(曺南冥)이 일찍이 정포은(鄭圃隱)의 출처(出處)에 대해 의심하였는데, 저 역시 포은의 이 일은 자못 가소롭다는 생각이 듭니다. 포은은 공민왕 때 13년간 대신의 자리에 있었는데, '불가하면 그만둔다'[24]는 도리에 비추어 부끄럽다 하겠습니다. 또한 신우(辛禑) 부자를 받들었는데, 우왕이 왕씨의 혈통이라 여겼다고 하면 후일 쫓아내는 데에 참여한 것은 어찌 된 일입니까? 10년 동안 받들다가 하루아침에 쫓아내 죽이다니 이 것이 차마 할 수 있는 일입니까? 만약 왕씨의 혈통이 아니라고 여겼다면 여정(呂政)[25]이 제위에 오르매 영(嬴)씨는 이미 망한 것입니다. 그럼에도 아무런 문제가 없는 듯 받들며 녹을 받아먹었습니다. 이와 같이 하다가 뒷날 고려를 위해 죽은 것은 깊이 이해할 수 없습니다."

　퇴계는 이렇게 대답했다.

23　후명(後命): 제왕이 신하에게 뒤이어 내린 명. 대체로 왕명에 의해 일단 귀양을 가게 되었다가 다시 죽임을 받게 되는 경우를 후명이라고 한다. 목은이 태조를 만나보고 돌아오는 배에서 하사한 술을 마시고 죽었기 때문에 후명이라 한 것이다.

24　불가하면 그만둔다: 『논어』「선진(先進)」에 나오는 말. 공자가 계자연(季子然)의 물음에 대해서 "대신이라고 하면 도로써 임금을 섬겨야 하니, 그렇게 할 수 없으면 그만두어야 한다.[所謂大臣者, 以道事君, 不可則止.]"라고 대답했다.

25　여정(呂政): 진시황(秦始皇)을 가리킴. 진시황의 성명이 영정(嬴政)인데, 그가 여불위(呂不韋)의 아들이란 뜻으로 여정이라고 칭한 것임. 여불위가 진시황의 부친에게 자기의 아들을 임신한 여자를 바쳐서 진시황이 출생했다는 말이 『사기』「여불위열전(呂不韋列傳)」에 들어 있다.

"정자(程子)께서 이르기를, '사람에 대해 응당 허물이 있는 중에서 허물이 없는 것을 찾아낼 일이요, 허물이 없는 가운데서 허물이 있는 것을 찾아낼 일은 아니다.'[26]라고 했다. 포은의 큰 절의는 천지의 경위(經緯)요, 우주의 받침목이라 할 수 있다. 그런데 세상에 의론을 일으키길 좋아하고 남을 공격하기를 즐겨하는 자들은 '사람의 아름다움을 이루어 주는 일(成人之美)'을 좋아하지 않고 시끄럽게 떠들어 그만두지 않고 있다. 나는 매양 귀를 막고 듣고 싶지 않다."[27]

포은이 우왕을 세운 것은 이와 같이 광명정대한 일이었다. 그럼에도 남명과 한강 두 분 다 유현(儒賢)이지만 오히려 의심이 없지 않았다. 그러다가 퇴계에 이르러 의혹이 마침내 변파된 것이다. 목은 선조가 조용히 의에 나아간 일도 후인으로서 함부로 추측하여 의론할 일이 아니다.

03. 목은집(牧隱集)

목은(牧隱) 선생의 문집은 모두 훼판을 당해서 유실된 나머지인 데다가, 개간할 때에 불가(佛家)의 비석에 새겨진 글들을 수집하여 포함시켰던 것이다. 이런 까닭으로 불가의 문자가 많은 편인데 이들은 다 왕명을 받아서 찬한 것이며, 개인적으로 좋아해서 그런 것이 아니다. 후세 사람들이 이런 사실을 알지 못해 불교를 숭상했다고 지탄을 하기도 한다. 참으로 탄식할 일이다.

---

26 『이정유서(二程遺書)』권21에 나오는 말.("先生曰: 君子之於人也, 當於有過中求無過, 不當於無過中求有過.")

27 정자께서~않다: 『퇴계집(退溪集)』권39 「정도가의 문목에 답함[答鄭道可問目]」에 나옴.

04. 토정 이지함(李之菡)

토정(土亭) 이지함(李之菡, 1517~1578)은 나의 9대 조부[28]의 아우이다. 태어나서부터 영특하여 천문, 지리 및 의약, 복서(卜筮), 술수에 통달하지 못하는 것이 없었다. 미래의 일을 미리 알아 세상 사람들이 모두 신인(神人)이라 일컬었다. 두 발목에 바가지 하나씩을 매달고 지팡이에도 바가지를 매달고 바다 위를 평지처럼 걸어서 가보지 않은 곳이 없었다. 소상강(瀟湘江) 동정호(洞庭湖) 같은 중국의 명승지를 두루 가서 보고 돌아왔다 한다. 사해를 돌아다녔는데, 바다는 오색(五色)이 있어서 사방과 중앙으로 구분되어, 각각의 방위에 따라 색깔이 다르다고 하였다.

집이 몹시 가난하여 아침저녁을 거르는 적이 있어도 전혀 마음에 두지 않았다. 하루는 내실에 앉아 있는데, 부인이

"사람들이 다들 군자께서 신이한 재주가 있다고 합디다. 지금 양식이 떨어져서 밥을 짓지 못하는 형편입니다. 어찌 신이한 재주를 한번 부려서 배고픔을 면하게 해주지 않으십니까?"

라고 말했다. 토정은 웃으며

"부인의 말씀이 기왕에 이와 같으니, 내 한번 시험해 보리다."

하고, 여종에게 유기그릇 하나를 주면서 이르는 말이었다.

"이 유기를 가지고 경영교(京營橋)[29] 앞으로 가면 할멈 한 분이 100금을 내고 사려고 할 것이다. 팔아 가지고 오너라."

여종이 명하는 대로 경영교 앞으로 가자 과연 유기그릇을 사려는 할멈이 있어 지시받은 대로 값을 받아 가지고 돌아왔다. 이에 다시 여종에

---

28 9대 조부: 이지번(李之蕃, ?~1575). 자 형백(馨伯), 호 성암(省菴), 본관 한산. 재야의 학자로 인종이 중용하려 했다고 한다.

29 경영교(京營橋): 현재 서울의 종로구 평동 서울적십자병원 앞에 있던 다리. 경기 감영 앞에 있었기 때문에 경영교라고 한 것이며, 경교(京橋), 경구교(京口橋), 경고교(京庫橋), 경교다리 등으로 불렀다.

게 일렀다.

"네가 이 돈을 가지고 서대문 밖의 저자로 가면 삿갓 쓴 사람이 숟가락과 젓가락을 급히 팔려고 할 것이다. 이 돈을 주고 바꿔 오너라."

여종이 또 서대문 밖으로 갔더니 과연 그 말대로 부합이 되었다. 그래서 숟가락과 젓가락을 바꿔 가지고 와서 바쳤는데 은으로 만든 물건이었다. 토정은 다시 또 일렀다.

"이걸 가지고 경영교 앞으로 가면 어떤 노복이 은수저를 잃어버리고 급히 같은 물건으로 구하려 할 것이다. 이것을 보여주면 15냥의 돈을 받을 수 있을 테니 바꿔 가지고 오너라."

여종이 그곳으로 가자 역시 과연 지시한 대로 부합되어 15냥의 돈을 받아 가지고 돌아왔다. 이에 1냥을 여종에게 주면서 이르는 말이었다.

"애당초 유기그릇을 샀던 할멈이 유기를 잃어버려서 돈으로 바꾸었는데 잃어버렸던 유기를 방금 찾아서 도로 무르려고 할 것이다. 다시 물러 주고 오너라."

여종이 다시 경영교 앞으로 가서 할멈을 만나 그릇을 물러 가지고 돌아왔다. 토정은 유기그릇과 함께 얻은 돈을 부인에게 주어 조석의 비용으로 쓰도록 하였다. 부인이 한 번 더 해보시라고 간청하였다. 토정은 웃으며

"이만하면 족하지요. 더해볼 것이 없소."

라고 말했다. 그의 신이한 행적을 보면 이와 같은 일이 허다했다.[30]

---

30 이 작품이 『청구야담』 권9에 「시신술토정청부인(試神術土亭聽夫人)」이라는 제목으로 실려 있다.

05. 이경류(李慶流)

나의 7대조인 이경류(李慶流)[31]는 병조 좌랑(兵曹佐郞)으로 임진왜란을 만났다. 그 중씨는 일찍이 붓을 던지고 무관직으로 진출했는데[32] 조방장(助防將) 변기(邊璣)[33]가 출전할 적에 중씨를 종사관으로 올렸다. 그런데 중씨의 이름자를 좌랑공(이경류)으로 잘못 써넣었다. 중씨는

"네 이름이 잘못 올라 있으니 내가 가는 것이 옳다."

했으나 공은

"기왕에 제 이름이 올라 있으니 제가 가도록 하겠습니다."

하고 말했다. 그리하여 행장을 꾸리고 모친께 하직한 다음 서둘러 부임했다. 변기가 경상 우도로 출정했다가 크게 패하고 달아나, 그 부대가 지휘관을 잃고 혼란에 빠졌다. 공은 순변사(巡邊使) 이일(李鎰)[34]이 상주에 주둔해 있는 것을 알고 단기(單騎)로 달려갔다. 윤섬(尹暹)과 박지(朴箎)[35] 두 분도 막하에 함께 있었다. 또 전세가 불리하여 부대가 온통 무너지고 윤섬과 박지 두 분도 화를 입었다. 공이 출진하여 나가매 하인이 말을 대기하고 있다가 눈물을 흘리면서 만류하여 말했다.

"일이 이미 이 지경에 이르렀으니 얼른 서울로 돌아가는 것이 옳겠습니다."

---

31 이경류(李慶流, 1564~1592): 좌참찬을 지낸 이증(李增)의 아들로, 1591년에 문과에 급제, 상주성 전투에 참전하여 전사했음.

32 이경류의 둘째 형은 이경함(李慶涵, 1553~1627)으로 문과에 급제하여 경상도 관찰사를 지냈고, 셋째 형은 이경준(李慶俊)으로 무과에 합격하여 임진왜란 당시 선조를 호종했으며, 수사, 통제사를 역임했음. 내용상으로 보아 여기서 중씨는 셋째인 이경준이다.

33 변기(邊璣): 무관으로서 임진왜란 당시 조령을 지키는 임무를 맡았던 인물.

34 이일(李鎰, 1538~1601): 자는 중경(重卿). 무관으로서 북쪽 변경에서 여진족을 물리친 바 있으며, 경상도 순변사로서 임진왜란 때 상주성 전투에서 패했다.

35 윤섬(尹暹)·박지(朴箎): 임진왜란 당시 홍문관 교리로 있었던 문관인데, 다 같이 상주성 전투에 참전해서 전사했음. 박지의 이름자인 '箎'의 음은 '지'와 '호'로 두 가지로 읽히는데 이름으로서는 대체로 악기를 뜻하는 '지'의 음으로 쓰는 것이 관행이었다.

공은 웃으며

"국사가 이러한데 내 어찌 살길을 구하겠느냐."

하고 붓을 찾아 노모와 큰형님에게 결별을 고하는 편지를 썼다. 이 편지를 입고 있던 옷으로 싸서 하인에게 주어서 가지고 돌아가도록 했다. 그리고 적진으로 향해 가려는데 하인이 공을 붙들고 울며 놓지를 않았다.

"네 뜻이 아름다우니 내 마땅히 너의 말을 따르겠다. 그런데 지금 몹시 배가 고프니 네가 어디 가서 밥 좀 구해 오려무나."

하인이 이 말을 믿고 의심하지 않은 채 인가를 찾아 밥을 구걸해 돌아오니 공은 이미 자리에 있지 않았다. 하인은 적진을 바라보고 통곡하며 본가로 돌아갔다. 공은 밥을 얻어오라는 핑계를 대서 하인을 보냈던 것이다. 그리고 몸을 돌려 다시 적진으로 나아가 손으로 몇 놈을 때려죽이고 해를 입어 돌아가셨다. 이때 나이는 24세요,[36] 4월 24일, 전사한 곳은 상주 북문 밖의 들판이었다.

하인이 말을 끌고 집으로 돌아와서 집안 식구들은 비로소 공이 전사한 소식을 듣게 되었다. 편지를 써 보낸 날로 기일을 삼고 뒤미쳐 거애(擧哀)[37]를 하였다. 그 하인은 스스로 목을 매 죽었고 말 또한 먹지 않고 죽었다. 편지와 함께 보냈던 의관으로 염을 하고 관에 넣어 광주(廣州) 땅 돌마면(突馬面) 선영의 왼쪽 언덕에 안장하고 그 아래 하인과 말을 장사지냈다.[38] 상주의 사림(士林)들은 설단(設壇)을 하여 제사를 지냈으며 나라에서 도승지의 벼슬을 내렸다. 후일 정조 을묘년(1795)에 어필로 '충

---

36 이재(李縡)가 지은 묘갈(「從事李公墓碣」)에서는 이경류가 전사할 때의 나이가 24세가 아닌 29세로 나와 있다.

37 거애(擧哀): 사람이 죽은 뒤 초혼을 하고 나서 상제(喪制)가 머리를 풀고 슬프게 곡을 하는 일.

38 돌마면(突馬面)은 현재 행정구역으로 경기도 성남시 분당구에 속해 있다. 분당구 소재 중앙공원의 영장산(靈長山)에 한산 이씨의 여러 대 묘가 모셔져 있고, 이경류의 허묘(虛墓)와 함께 그 하인과 말의 무덤이 남아 있다.

신의사단(忠臣義士壇)'이라 써서 북평(北坪)에 비각을 세우고 세 종사관을 함께 향사하도록 명하여 봄가을로 제를 지내고 있다.

공이 돌아가신 후에 혼령이 매일 밤 집으로 찾아왔는데 웃고 말하는 것이 완연히 살아있을 때와 같아 부인 조씨와 말을 주고받는 것이 평소와 다름이 없었다. 매양 음식을 갖추어 올리면 마시고 먹는 것이 생시와 같았는데 뒤에 보면 상에 놓인 음식이 전과 같았다. 매일 날이 저문 다음에 왔다가 닭이 울 임시에 문을 나가는 것이었다. 부인이

"공의 유해는 지금 어디에 있습니까? 아신다면 반장(返葬)을 해야겠습니다."

라고 묻자 공은 서글프게 대답했다.

"허다한 백골 무더기 속에서 어떻게 가려내겠소. 그대로 놓아두는 것이 좋겠소. 나의 백골이 묻혀 있는 자리는 해는 없는 곳이라오."

그밖에 집안일을 처리하는 것이 한결같이 평소와 다름없었다. 소상을 지내고부터는 하루걸러 나타났고 대상 때에 이르러서는

"오늘 이후로는 내 오지 않으리다."

라고 말했다. 이때 아들[39]은 나이가 4세였다. 공이 아이를 어루만지고 탄식하며,

"이 아이는 필시 등과를 하겠으나 불행할 것이오. 때가 그러해서 불행을 당하는데 그때 내가 다시 오겠소."

하고 문밖으로 나갔다. 이후로는 다시 나타나지 않았다. 그 후 20여 년이 지나 광해조에 당해서 아들이 급제하여 가묘에 고할 때에 공중에서 신은(新恩)을 부르는 소리가 들려 사람들이 모두 기이하게 여겼다.

---

[39] 아들의 이름은 이제(李穧, 1589~1631)로, 1616년 문과에 급제, 대구 부사 등을 역임했음. 광해군 8년(1616)에 이원(李源)이라는 인물 등이 역모를 꾀했다는 죄목이 있었는데, 이원이 쓴 편지에 이제의 이름이 적혀 있었다. 이 때문에 이제는 투옥을 당했다가 얼마 후 병이 위독하다는 명목으로 풀려났다.

공의 모친이 생존해 계셨는데 병환이 있었다. 그때가 오뉴월 사이로, 모친께서 목이 말라 병환 중에 옆에 있는 사람에게

"어떻게 하면 귤 한 개를 먹어볼 수 있을까? 먹으면 갈증이 풀릴 텐데."

라고 말했다. 며칠 후 공중에서 "형님!" 하고 부르는 소리가 들렸다. 큰형님이 마당에 내려가서 하늘을 바라보니 구름 가운데에서 공이 귤 세 개를 던지며

"어머님께서 귤을 드시고 싶어 하시기에 제가 동정호(洞庭湖)에 가서 가지고 온 것이오. 한번 드려 보시지요."

라고 말하고는 홀연 사라져 버렸다. 이 귤을 드리자 모친의 병환이 즉시 나았다. 이도암(李陶菴)이 지은 신도비명(神道碑銘)에 "공중에서 귤을 던지니 그 신령스러움 황홀하여라."[40]라고 한 것은 바로 이 일이다.

매양 기일을 당하여 제사를 지낼 때에 합문(闔門)하고 나면 으레 수저 소리가 들렸다. 나의 서증조인 이병현(李秉鉉)이

"내가 젊은 시절에 참사하여 이 소리를 들었는데 근래 와서는 듣지 못했지."

라고 말했다. 종가에서 제사를 지낼 때 잘못해서 음식에 사람털이 떡에 들어간 일이 있었다. 제사를 다 지낸 후에 들으니 바깥에서 하인을 부르는 소리가 들렸다. 집안사람들이 이상히 여겨 들어보니 사랑에서 나는 소리였다. 하인이 명을 받고 들어가 보니 떡을 찐 여종을 붙잡아 오게 하시고서,

"신도(神道)는 사람의 머리카락을 꺼리는 법이다. 네 어찌 이를 조심하지 않았느냐? 네 죄는 매를 맞아 마땅하다."

하고 회초리로 때리도록 명했다. 이 일이 있은 뒤로 언제고 제삿날이 되면 아무리 시간이 오래 지났어도 집안사람들이 소홀히 못하고 각별히

---

40 이재(李縡, 1680~1746)의 『도암집(陶菴集)』 권31에 이 글이 실려 있는데, 제목은 '종사 이공 묘갈(從事李公墓碣)'로 되어 있다.

조심했다.[41]

윤섬은 윤행임(尹行恁)[42]의 선조이며, 박지는 박장설(朴長卨)[43]의 선조이다. 윤행임이 권세를 잡았을 때 윤·박 양공을 부조묘(不祧墓)[44]로 받들 것을 나라에 청하자고 의논했다. 나의 부친[45]께서는 옳지 않다고 보아 "부조묘로 받드는 것은 나라에 큰 공훈을 세운 뒤라야 가능하다. 절의만을 가지고 부조묘로 정한다는 것은 듣지 못했고, 자손으로서 국은을 구한다는 말도 듣지 못했다."

라고 반대했다. 윤행임은 크게 화를 내며, 윤·박 두 분만을 부조묘로 정할 것을 나라에 청원했다. 그래서 공은 거기에 참여하지 않은 것이다. 연전에 친진(親盡)[46]이 되어 신주를 묘소에 묻었다.

06. 이병태(李秉泰)

종증조부 문청공(文淸公) 이병태(李秉泰)[47]는 나의 고조부인 감사공(監司

---

41 이 작품이 『청구야담』 권7에 「투삼귤공중현령(投三橘空中現靈)」이라는 제목으로 실려 있다.

42 윤행임(尹行恁, 1762~1801): 본관은 남원, 자는 성보(聖甫), 호는 석재(碩齋). 1782년에 문과에 급제하여 규장각 직각(直閣)과 이조참의(吏曹參議) 등을 역임한 인물. 윤섬(尹暹)의 7대손이다.

43 박장설(朴長卨, 1729~?): 본관은 밀양, 자는 치교(稚敎), 호는 분서(汾西). 1774년에 문과에 급제하여 대사간(大司諫) 등을 역임했다.

44 부조묘(不祧墓): 신주는 4대 동안 사당에 모시고 제사를 지내는 것이 일반적인 관행이었음. 그런데 나라에 공적이 있는 인물에 대해서 영구히 사당에 봉안하는 절차가 있었다. 이를 부조(不祧) 혹은 부조묘(不祧廟)라고 칭했다.

45 나의 부친: 저자 이희평의 생부는 이태영(李泰永, 1744~1803)으로, 호는 동전(東田), 자는 사앙(士仰)이며 벼슬은 예조참판에 이르렀다.

46 친진(親盡): '친'의 관계가 다 끝났다는 의미. 위로 4대, 즉 고조부까지를 '친'으로 잡아 가묘에 모시고 제사를 받드는 법이다. 4대 내에서 관계가 맺어지는 사람을 '동고조 8촌'이라 하며, 엄밀히 말해서 친족은 이들을 지칭하는 것이다.

公)⁴⁸의 친조카이다. 성품이 지극히 효성스럽고 청렴하여 터럭 끝 하나라도 남의 물건은 취하지 않았다. 지위가 부제학에 이르렀음에도 집은 무릎도 용납하지 못하고 옷은 몸을 가리지 못할 정도였는데, 의론이 고결하여 완악한 사람을 강직하게 만들고 나약한 사람을 긴장하게 만드는 풍모가 있었다. 부친을 여읜 이후로 감사공께 훈도를 받았다.

감사공이 황해도 감사로 계실 때에 병환이 침중했다. 공이 부제학으로 있을 때인데, 임금께 아뢰어 직접 내려가서 뵙고자 했다. 임금께서 특별히 허락하여 가까운 친척집에서 허름한 말과 하인을 빌려서 황해도 감영으로 출발했다. 중도에 타고 간 말이 죽어서 도보로 가서 감영에 당도했는데 혼금(閽禁)에 막혀서 들어가지 못했다. 문지기가 공의 폐포파립(弊袍破笠) 모습이 걸인과 같아 보여서 막고 들어가는 것을 허락하지 않은 것이다. 감사또의 친조카인 걸 알지 못했던 까닭이다. 공 또한 자신이 누구인지 스스로 밝히지 않고 잠깐 문밖에서 기다리고 있었다. 마침 신연(新延)⁴⁹ 하인으로 서울에 올라와서 인사를 드렸던 사람이 공을 알아보고 깜짝 놀라 인사를 올리고 안내해서 들어갔다. 공이 문에 들어서는데 감사공이 그 용모를 보고서,

"이 웬 꼴이냐? 이는 우리 조정을 욕보이는 것이다. 네가 기왕에 말미를 얻은즉, 시임(時任) 부제학으로 역마를 타고 오는 것이 옳다. 지금 거지꼴로 걸어서 오다니, 앞으로 황해도 사람들이 부제학의 지위에 있는 분을 모두 이 모양으로 알겠구나. 어찌 나라에 수치를 끼치는 일이 아니냐? 곧바로 물러가거라!"

---

47 이병태(李秉泰, 1688~1733): 자는 유안(幼安), 호는 동산(東山). 성균관 대사성(大司成)을 지냈다.

48 감사공(監司公): 이집(李潗, 1670~1727)을 가리킴. 자는 계통(季通), 호는 한주(韓州). 황해도 감사로 있다가 병사했다.

49 신연(新延): 지방의 고을에서 새로 부임하는 관장을 모셔오는 일. 그 일을 맡은 아전을 신연리(新延吏)라고 부른다.

하고 꾸짖었다. 공은 감히 문 안으로 들어가지 못하고 황공해서 책실(冊室)로 물러 나왔다. 이윽고 내동헌에서 옷 한 벌, 갓, 두건, 옥관자(玉貫子), 홍대(紅帶)를 내보내서 바꾸어 입고 들어오도록 했다. 공이 지엄한 명을 어길 수 없어 부득이 갈아입으니 머리에서 발끝까지 완전히 달라진 모습이었다. 이에 비로소 징헌(澄軒)[50]에 나아가 절을 올렸다. 감사공이 웃으며,

"이제야 비로소 부제학인 줄 알아보겠구나."

라고 말씀하셨다. 한 달 남짓 그곳에서 머물다가 하직을 여쭙고 떠날 때에 의관을 전부 벗어서 따로 봉해두고 올 때 입고 왔던 의관을 다시 착용하고 돌아갔다.[51]

07. 청백리(淸白吏)

문청공(文淸公)이 처음 경상 감사로 임명받았으나 사퇴하고 부임하지 않았다. 이에 임금이 노하여 합천군수로 보임을 했다. 저인(邸人)[52]이 공의 댁으로 찾아가 뵈니 밥을 짓지 못한 것이 이미 여러 날이었다. 눈앞의 정경이 민망해 보여서 곡식 한 말과 한 두름 청어, 땔감 몇 묶음을 안으로 들여보냈다. 그가 하직하고 간 다음에 보니 상에 흰쌀밥과 생선찌개가 놓여 있었다. 집안사람에게

"이걸 어디서 났느냐?"

라고 물으니, 집안사람이 사실대로 아뢰었다. 공이 정색하고

---

50 징헌(澄軒): 황해도 감영에서 감사가 일상적 업무를 보던 징청각(澄淸閣)을 가리키는 것으로 보임.

51 이 작품이 『청구야담』 권7에 「이부학해영성숙부(李副學海營省叔父)」라는 제목으로 실려 있다.

52 저인(邸人): 지방의 고을에서 중앙과의 연락 업무를 맡아 보는 사람. 경저(京邸)라고 하여 각 고을마다 두었다.

"어떻게 아랫사람에게 명색 없는 물건을 받아들인단 말이냐?"

하고, 그 밥과 찌개를 저인에게 내주었다.

고을에 부임하여 털끝만큼도 불의의 재물은 가까이하지 않고 백성 다스리기를 오직 성심으로 하였다. 마침 큰 가뭄이 들어 온 도내가 모두 기우제를 드렸으나 효과가 없었다. 공은 기우제를 드린 다음 제단 아래 햇볕이 내리쬐는 마당에 엎드리고서 이렇게 다짐했다.

'비가 오지 않으면 죽어도 일어나지 않겠다.'

그리고 미음만 마시고 여러 날 마음속으로 빌었다. 사흘째 되는 날 아침에 검은 구름이 기우제를 드리는 산 위에서 몰려오더니 잠깐 사이에 큰비가 쏟아져 내려 온 고을 경내를 흡족히 적셨다. 그런데 인접한 다른 고을에는 비 한 점도 뿌린 것이 없었다. 온 도내에 합천 한 고을만 크게 풍년이 들었으니, 참으로 기이한 일이 아닐 수 없다.

해인사에는 종이를 만들어 바치는 역(役)이 부과되어 있어 절의 중들이 매양 이 일로 폐단이 컸다. 공이 도임한 뒤로 한 장의 종이도 바치라고 명하지 않았다. 하루는 편지를 쓸 일이 있어서 간폭(簡幅) 3장을 바치라는 뜻으로 해인사에 분부했다. 각 방(房)이 모두 모여서 한 사람마다 일차 다듬이질을 하여 10장을 가져다 바쳤다. 그는 절에서 간폭을 가지고 온 중을 잡아들이라 하여 분부하기를

"관장이 기왕에 3장을 바치라고 분부하였으니, 한 장을 더하거나 덜하더라도 죄를 면할 수 없다. 네 어찌 장 수를 더해서 바쳤느냐?"

하고, 3장만 놓아둔 다음 7장은 도로 돌려주었다. 그 중은 간폭을 받아들고 나가다가 관가의 하예(下隸)에게 주었으나 아무도 받지 않아 부득이 외삼문(外三門)[53]의 문미에 걸어놓고 갔다. 후에 그가 삼문(三門) 밖을 나

---

53 외삼문(外三門): 출입구를 중앙과 좌우로 낸 문. 관아나 사당, 절 등은 대개 삼문으로 하는 제도가 있었다. 여기서는 관아의 바깥쪽에 세웠다고 하여 외삼문이라 이른 것이다.

가다가 보고서 이상하게 여겨 물어서 사실을 알게 되었다. 그는 웃으며 책상 위에 놓아두게 하였다. 체직되어 돌아갈 때에 보니 1장을 더 쓰고 6장이 남아 있었다. 이 6장을 남겨두어 중기(重記)[54]에 기록하게 했다.

그가 한가로운 날 해인사에 유람을 나갔다가 바위에 성명을 새겨 놓은 것이 많은 것을 보고 용소 위에 우뚝 서 있는 바위를 가리키며,

"저 바위 위에 이름을 새기면 좋겠구나. 그런데 바위가 물 깊은 곳에 있어서 발을 붙일 곳이 없으니 새길 도리가 없겠구먼."

하고 혼자 중얼거렸다. 여러 중들이 이 말을 듣고 7일간 재계(齋戒)를 하며 산신에게 기도를 드렸다. 그때가 5월임에도 용소의 물이 얼어서, 이에 나무를 베어서 사닥다리를 만들어 그 바위에 새길 수 있었다. 이는 우리 집에 전해오는 이야기다. 지난번에 해인사에 갔을 때 바위에 이름을 새긴 곳을 찾아보려고 했으나 발견하지 못했다. 이미 마모되어 그런 것인가.

공이 관직이 바뀌어 돌아올 적에 고을의 많은 백성들이 길을 막고,

"원하옵건대, 무슨 물건 하나를 남겨 두어 영세불망(永世不忘)의 자료로 삼도록 해 주옵소서."

라고 아뢰었다. 공은

"내가 너희 고을에서 하나도 몸에 붙인 물건이 없으되, 이 도포 하나를 지어 입었느니라. 이것을 내어주마."

하였는데, 그 도포는 거친 베로 만든 것이었다. 백성들이 그것을 모시고 사당을 세우고 이름하여 청백사(淸白祠)라 불렀다. 오늘에 이르도록 봄가을로 향사를 지내고 있다.[55]

---

54 중기(重記): 전임 관리가 신임 관리에게 사무 인계를 할 적에 재산 목록을 정리한 장부.

55 이 작품이 『청구야담』 권9에 「강양민공립청백사(江陽民共立淸白祠)」라는 제목으로 실려 있다.

08. 낮잠꾸러기 사위

나의 종증대부(從曾大父) 청주공(淸州公) 이병정(李秉鼎)[56]은 백고조부(伯高祖父) 부사공(府使公)의 맏아들이다. 사람됨이 아주 소탈하여 몸을 꾸미거나 법도를 지키는 법이 없었고, 글솜씨가 좋았으나 항시 숨겨서 아는 사람이 없었다. 집이 몹시 가난하여 끼니를 이어갈 계책이 없었는데, 처가댁은 극히 부유했다. 장인 장모 이하로 모두들 이 사위를 얕잡아 보아서 찾아가기라도 하면 장인이

"너는 아침밥을 먹었느냐?"

하고 물었다. 처남이 옆에 있다가 "물어볼 것도 없지요."라고 빈정거렸다. 장인은 종놈을 불러서 이르기를

"아무 동(洞)의 이 서방이 왔는데 밥을 못 먹었다는구나. 안에 혹시 물 만 밥이라도 남아 있거든 갖다주는 것이 좋겠다."

라고 했다. 처가댁에서 박대를 받는 것이 이와 같았다.

뒤늦게 처가댁의 아랫방에 더부살이하면서 언제고 낮이면 종일토록 쿨쿨 잠을 자고 밤이 되어 사방이 고요해진 다음에 아무도 모르게 혼자 글을 읽고 시 짓기를 하는 것이었다. 마침 식년(式年) 과거 때가 돼서 초시를 보이는데, 그는 과거 보는 일에 대해서 개구(開口)도 하지 않았다. 부인이 물었다.

"과거 보일 때가 멀지 않은데 서방님은 과거를 보러 가지 않습니까?"

"과거를 보자 해도 지필묵을 어디서 마련한단 말이오?"

부인이 장신구 등속을 팔아서 돈을 마련해 주었다. 그는 이것으로 과거에 응시할 제반 준비를 하였다. 그때 여러 처남과 동서들이 모두 과거 볼 준비를 하느라 분분하면서도 어느 누구도 그에게 응시하지 않느냐고

---

56 이병정(李秉鼎, 1678~?): 자는 여수(汝受). 1705년 생원시에 합격했으며, 벼슬은 청주 목사에 이르렀다. 아버지는 이오(李澳)이다.

묻는 사람이 없었다. 다들 과장에 들어갔는데 그 역시 처남 동서들과 함께 합격했다. 동서는 시임(時任) 재상의 아들로 처가에서 몹시 사랑을 받는 처지였다. 그를 대하는 것과 비교해 보면 천양의 차이가 있었음에도 그는 태연했다. 방이 나온 것을 보고 여러 사람들이 놀라서 말했다.

"자네는 어떻게 합격했지? 세상일이란 본디 알 수 없으니 요행이라 해야겠군."

그는 웃으며 대답했다.

"우연히 여러 사람들의 뒤를 따라갔다가 여문여필(餘文餘筆)[57]을 얻어서 뜻밖에 합격이 되었다네."

사람들이 다 크게 웃었다. 회시(會試)를 보는 날짜가 되자 그는 바가지로 만든 장기에 종이로 만든 장기판을 몰래 숨겨가지고 과장에 들어갔다. 일찍 시권(試券)을 제출하고 나서 처남의 접(接)[58]으로 찾아갔더니 처남과 동서는 아직 시권을 바치지 못하고 있었다. 그는 일부러 장기판을 꺼내 놓고 한번 두자고 졸라댔다. 다들 너나없이 욕을 하고 꾸짖었으나 그는 계속 장기를 두자고 하며 농담을 걸어서 짐짓 괴롭게 만드는 것이었다.

"이 사람이 무엇 때문에 과장에 들어와 가지고 이처럼 남을 괴롭혀서 과거를 망치려 든단 말인가?"

하고서 몽둥이를 들고 쫓았다. 그가 과장에서 나와 처가댁으로 돌아가자, 처남과 동서들도 뒤미처 돌아왔다. 장인이 얼른 둘째 사위에게 과거를 잘 보았는지 물었다.

---

57 여문여필(餘文餘筆): 과거시험에 문장과 글씨가 중요해서 글을 잘 짓는 사람과 글씨를 잘 쓰는 사람을 과장에 데리고 들어가는 일이 허다히 있었음. 그래서 제출하고 남은 글씨가 있을 수 있었기 때문에 이를 가리켜 여문여필이라고 말했다.

58 접(接): 어떤 일이나 공부를 함께 하는 소규모 집단을 일컫는 말. 공부를 함께 하는 집단을 동접(同接)이라 했고, 과장에도 서로 상부상조하기 위해 접을 만들어 입장하기도 했다. 동학농민전쟁 당시에 기본 조직체를 접이라고 했다.

"미처 시권을 바치지 못하고 한창 글을 쓰고 있는 즈음에 저 이 서방이 어디서 갑자기 나타나더니 장기를 두자고 자꾸 방해를 놓아서 거의 낭패 볼 뻔했습니다."

이처럼 동서가 아뢰는 말에 장인은 혀를 차며 책망하였다.

"너는 무식한 아이로 과거 보는 일이 얼마나 중한지 생각지도 못하고 남의 과거 보는 일을 망치러 든단 말이냐? 사람이 몰염치하고 몰지각한 것이 이 정도라니……."

이러고 나서 물러가라 했으나 그는 전혀 마음을 쓰지 않았다. 방이 나오는 날에 아침밥을 먹고 문밖의 뽕나무 위에 올라가서 오디를 따 먹었다. 이윽고 방군(榜軍)[59]이 찾아왔다. 이에 그 사람이 가지고 온 비봉(秘封)을 빼앗아서 보니 그의 이름이 올라 있었다. 그 방군을 불러서 이렇게 일렀다.

"이건 이 댁 둘째 사위가 합격한 증서이다. 대문 안으로 들어가서 '둘째 사위가 합격했습니다.'라고 아뢰어라."

방군이 그 말대로 하자 온 집안 사람들이 축하하며

"그러면 그렇지."

하고 이어서 "비봉이 어디에 있느냐?"고 방군에게 물었다.

"대문 밖 뽕나무 위의 어떤 선비가 빼앗아 갔습니다."

장인과 동서가 달려 나가서 비봉을 찾았다. 그는 내려오지도 않고 말했다.

"사마시(司馬試)[60]에 합격했으면 됐지, 비봉을 보지 않는다고 무슨 안 될 일이 있소?"

여러 사람들이 꾸짖기도 하고 달래기도 하여 나무에서 내려오게 했다.

---

59 방군(榜軍): 과거에 합격한 사람의 집에 증서를 전달해주던 사령을 일컫는 말.
60 사마시(司馬試): 생원, 진사의 시험을 사마시라고 일컬었음. 생원·진사는 성균관, 즉 태학의 입학 자격 시험에 해당함.

그가 바닥에 내려와서 증서를 보이며

"이건 나의 비봉이라오. 무엇 때문에 찾는 것이요?"

하여, 여러 사람들이 비로소 크게 놀랐다. 그의 처남과 동서는 다 낙방하고 그 혼자 높이 합격한 것이다.

그는 이후로 벼슬길에 올라 여러 큰 고을의 목사를 역임했다. 처가댁은 집안이 완전히 몰락하여 먹고 살기 어려운 지경이 되었다. 그는 장모를 관아에 맞아 후하게 대접하였으되 한 번도 대면하지 않았다고 한다. 당시 사람들이 이 때문에 그를 부족하게 여겼다.[61]

09. 이화중(李華重)

① 작폐(作弊)

나의 족대부(族大父) 이화중(李華重)[62] 씨가 노성(魯城)[63] 현감으로 있을 때의 일이다. 병사(兵使) 윤선신(尹先蓋)이 병기를 검열하는 일로 여러 고을을 순시하는데 가는 곳마다 작폐가 많았다. 도로에 돌멩이가 있으면 반드시 좌수와 수리(首吏)[64]를 불러서 이로 뽑게 하고 몽둥이로 발꿈치를 때려서 피를 토하고 죽는 일도 있었다.

윤 병사가 장차 노성의 경계에 당도할 즈음 현감이 병사의 형을 치도관감(治道監官)[65]으로 차출하여 고을의 경계상에서 대기하도록 했다. 현

---

61 이 작품이 『청구야담』 권7에 「대과방이랑적심(待科榜李郎摘甚)」이라는 제목으로 실려 있다.

62 이화중(李華重): 단릉(丹陵) 이윤영(李胤永, 1714~1759)의 백부로, 1723년 11월 경종의 어비(御批) 위조 사건에 연루된 바 있음. 이화중이 노성 현감(魯城縣監)으로 부임한 것은 1736년이고 김산 군수(金山郡守)로 부임한 것은 1740년이었다.

63 노성(魯城): 충청남도 논산 지역에 속한 옛 고을 이름. 윤씨가 이 지역에서 세거했음.

64 수리(首吏): 각 지방 관아의 수석 아전.

감은 치정(治政)이 매우 엄하여 이속과 백성들이 감히 어기지를 못했던 터였다. 윤 병사의 형 또한 어쩔 수 없이 고을 경계상의 길옆에 서 있었다. 윤 병사가 거기에 당도해서 자기 형이 길옆에 서 있는 것을 보고 말에서 내려 절을 하며 물었다.

"형님, 어찌하여 이렇게 서 계시오?"

그 형이 꾸짖었다.

"네가 병사로 행차를 하니 높기야 높다마는, 부모의 고을에 와서 작폐하여 나로 하여금 이 지경에 이르도록 하였으니 이 무슨 도리냐? 나는 이 땅의 백성이라 관장의 명을 받들어 길을 닦고 있으니 너는 평안히 지나갈 수 있겠구나."

병사는 즉시 사죄하고 아뢰었다.

"제가 어찌 감히 이 고을에 와서 작폐를 하겠습니까? 형님, 마음을 놓으십시오."

드디어 고을에 들어가 삼문(三門) 밖에 자리를 깔고 대죄했다. 현감은 이 사실을 보고받고 나서 관복을 갖추어 입고 삼문 밖에 나가서 병사를 향하여 엎드리고서

"병사또께옵서 어찌 이런 지나친 거조를 하십니까?"

라고 말했다. 윤 병사는 만단으로 사죄를 하다가 수 식경 후에 비로소 그만두었다.

② 쇄마(刷馬)

제주도의 진상물(進上物)이 매번 이 고을을 통과해서 올라갔다. 쇄마(刷馬)[66]로 책정된 것이 거의 십여 바리에 가까웠는데, 현감이 관복을 갖추

---

65 치도감관(治道監官): 관인이 다니는 도로를 정비하기 위한 목적으로 임명된 임시직.
66 쇄마(刷馬): 각 지방의 관에서 이용하기 위해 배치된 말.

어 입고 나가 오리정(五里亭)⁶⁷에서 진상을 맞이하고 분부하기를,

"진상은 나라의 중한 것이니, 객사(客舍)에 봉안하는 것이 옳다."

하며 그 뒤를 따라서 객사청 아래에 섰다.

"제주의 진상물을 내 응당 봉심하리라."

하고서 일일이 짐을 풀어본즉, 정작 진상 물종은 한두 바리에 불과하고, 나머지는 모두 다 제주 목사가 사적으로 올려 보낸 짐이었다. 그가 노하여 꾸짖기를,

"각 고을의 쇄마가 어찌 제주 목사의 진봉물(進封物)을 위해서 준비한 것이라더냐!"

하고 진상 물종은 상 위에 안치하고, 그 밖의 것들은 다 같이 공물로 귀속시켰다. 제주의 하예들은 감히 한마디도 말을 못 하고 물러갔다.

③ 귀 잘린 도적

이화중 씨가 김산(金山)⁶⁸ 군수로 나갔을 때인데, 경내에서 다른 고을의 대동전(大同錢)과 대동목(大同木)⁶⁹으로 상납할 것을 전부 다 잃어버린 사건이 있었다. 임금으로부터 명을 내려 오군영(五軍營)에 포교(捕校)를 보내고 전교하였다. 10일 내에 잡지 못하면 감사는 응당 멀리 유배를 보낼 것이며, 각 영장(營將)들도 아울러 군율을 시행할 것이라는 내용이었다. 온 도(道)가 이 때문에 놀라고 겁을 냈음이 물론이다.

그때 도적의 괴수로 '귀 잘린 놈[耳割者]'이란 별호를 가진 자가 김산 읍내에 거주하고 있었다. 기생을 첩으로 거느리고 밤낮으로 주색을 즐겼으나, 그자는 힘이 절륜해서 사람들이 모두 겁냈으며, 진영(鎭營)의 교졸

---

67 오리정(五里亭): 관아에서 5리 정도 거리에 있는 것으로, 손님을 전송하거나 영접하는 장소.
68 김산(金山): 경상북도 김천의 옛 지명.
69 대동전(大同錢)과 대동목(大同木): 대동법에 의해 징수하는 돈과 포목.

로 오는 자들도 모두 이놈의 소행인 줄 알면서도 그자를 보면 으레 몸을 숙여 절을 하고 지나갔다. 이때 이화중 씨의 조카인 판서 이복영(李復永)[70] 씨가 책실에 머물고 있었는데, 나이가 겨우 약관(弱冠)이었다. 이 일을 알고 속에 분통이 나서 젊은이의 예기(銳氣)로 붙잡고 싶은 마음이 생겼다. 그래서 그 기생과 가까이하고 출입하게 했다. 어느 날 석쇠로 철삭을 만들어 기생에게 자기 방에 걸어두도록 하고 그 도적이 혹시 묻거든 사실대로 말하라고 했다. 기생이 그 말대로 자기 집에 걸어두었더니 도적 괴수가 철삭을 보고 물었다.

"이것은 누가 만든 것이냐?"

"관가의 책실(冊室)[71]이 만든 거랍니다."

"나이는 몇이나 된다드냐?"

"열일고여덟 살이랍니다."

"그 아이는 제법 기특한 모양이구나. 이걸 내 손으로 펴 봐야겠다."

도적은 그 자리에서 철삭을 폈다. 기생이 이 사실을 이복영 씨에게 알리자, 그는 달밤에 기생을 데리고 용금문(湧金門)[72] 아래로 가서 한 번 뛰어올라 문루(門樓)로 올라갔다. 그리고 기생에게 이 일을 도적에게 말하라고 했다. 도적이 이에 이튿날 밤에 또 용금문 아래에 가서 한 번 뛰어올라 문루의 헌함(軒檻) 가까이 올랐다가 더 오르지 못하고 내려왔다. 대개 그 도적은 살이 쪄서 몸이 둔했던 까닭이다. 그는 이 정상을 듣고 나서 아주 독한 소주를 준비하여 기생에게 주면서 이 술을 도적에게 권하여 마시도록 하라고 했다. 그 도적이 잔뜩 취하기를 기다려 방문

---

70 이복영(李復永): 음직(蔭職)으로 고성 군수, 광주 목사 등을 역임하고 공조 판서에 오른 인물. 이태중(李台重, 1694~1756)의 아들.

71 책실(冊室): 책방(冊房)이라고도 부름. 수령의 자질(子姪)이나 수령을 보좌하던 사람이 묵는 곳.

72 용금문(湧金門): 김산 읍내에 세워졌던 문 이름. 현재 김천의 교동에 있었다.

을 걸어 잠그고 뒤편에 불을 질렀다. 기생의 집은 용금문 곁에 있었는데, 그는 철퇴를 가지고 문 위로 올라가서 몸을 들보 사이에 숨기고 있었다. 잠시 후 불이 일어났다. 그 도적은 술에 취해 곯아떨어졌다가 불빛이 오르는 것을 보고 문을 박차고 나가려는데 문이 잠겨 있었다. 이에 손을 뻗쳐 들보의 한쪽을 붙잡고 뛰어올라 몸을 솟구쳤다. 용금문의 문루로 오르려는 것을 그가 어둠 속에서 철퇴를 들어 쳐서 땅바닥으로 떨어지게 하였다. 이내 철퇴로 두 다리를 꺾어서 잡아들였다. 대개 기생 또한 그 자에게 염증을 느끼고 있었지만 두려워 감히 거부하지 못했다. 이런 까닭에 그가 시키는 대로 했던 것이다.

이튿날 온 읍내가 도적놈이 붙잡혔다는 말로 물 끓듯 했다. 관아에서 그자를 붙잡아 들였는데 몸을 움직이질 못해 수레에 묶어 짐짝처럼 실어서 운반했다. 그자는 기생을 불러 가까이 따라오게 하여 담배를 피우고 관문으로 들어갔다. 관정에서 위의를 갖추고 심문을 하는데 하나하나 승복을 했다. 그러다가 일을 함께한 이가 누구누구인지 묻자, 웃으면서 말했다.

"같은 무리가 누군지 물을 것 없소. 이 고을의 관속들 또한 모두 나와 한 편이오. 어떻게 다 죽일 수 있겠소. 내가 바로 상납물을 훔친 도적이오. 나 하나만 죽이면 그만 아니요. 다른 사람들까지 끌어넣을 것 없소. 그런데 책실의 소년 아이가 아직 어리지만 썩 기특합니다. 내가 상놈이라 지모가 양반에 미치지 못한 때문이지, 어찌 내 기력으로 젖비린내 나는 아이에게 죽임을 당할 일이 있겠소?"

그리고 다시는 입을 열지 않았다. 아무리 물어도 대답하는 말이 없었다. 이에 감영에 보고하고 위로 잡아 올려 처형을 했다. 그 고을의 수교(首校)인 백 씨(白氏)는 가자(加資)[73]의 은전(恩典)을 받았다.

---

[73] 가자(加資): 관원들의 임기가 찼거나 근무 성적이 좋아서 품계를 올려 주던 일.

이후로 그는 백부(이화중)에게 죄를 져서 서울 집으로 돌아갔다.

10. 이태중(李台重) ①

나의 족대부 삼산공(三山公) 판서 이태중(李台重)[74] 씨는 국사를 논하다가 임금의 뜻을 어긴 때문에 갑산 부사(甲山府使)로 쫓겨가게 되었다.

당시 영성군(靈城君) 박문수(朴文秀)가 함경도의 관찰사로 있었다. 그는 공이 온다는 말을 듣고 낙민루(樂民樓)[75]에 앉아 기다리고 있었다. 삼산공은 연명(延命)[76]한 다음 올라가서 박문수를 뵈었다.

"영감은 노론(老論) 중의 준론(峻論)이요, 나 또한 소론(少論) 중의 준론으로 이름을 얻은 사람이오. 오늘 이렇게 서로 만나서 마침 조용하니 이야기를 나누어 보는 것도 좋겠소."

박문수가 이렇게 말하자 공 또한 "좋소"라고 대답했다.

"나는 노론이나 소론이나 다 같이 반역했다고 말합니다."

"천하의 의리는 양쪽 다 옳은 것도, 양쪽 다 틀린 것도 없거늘, 무슨 말씀인지 모르겠소."

"소론은 무신(戊申)·을해(乙亥)년에 거병을 한 바가 있으니, 이는 지금 임금님께 반역한 것이며, 노론은 끝내 경종에 대해 반역한 터여서 그렇게 말한 것이오."

---

74 이태중(李台重, 1694~1756): 자는 자삼(子三), 호는 삼산(三山). 영조 때 문과에 급제했으며, 소론에 대해 강경한 입장을 취한 과격파 노론에 속함. 1740년에 소론 측의 정승인 유봉휘(柳鳳輝), 이광좌(李光佐) 등을 파직시킬 것을 주장하다가 갑산 부사로 좌천되었다. 벼슬은 평안도 관찰사, 부제학 등을 거쳐 호조 판서에 이르렀다.
75 낙민루(樂民樓): 함경도의 감영 소재지인 함흥에 있었던 누각. 경치가 좋기로 이름이 있었다.
76 연명(延命): 지방의 수령으로 부임할 때, 그 도의 관찰사에게 신고하는 의식.

이에 삼산공은 웃으며 말했다.

"노론은 군사를 일으킨 행동이 없거늘 어떻게 소론과 같이 말할 수 있겠소? 사또께서 기왕에 마음에 품은 생각을 숨기지 말라 하셨기로, 종내 바른말을 해도 벌주지 않으시겠지요?"

"그렇지요."

"하관(下官)은 소론 가운데서 특히 사또를 역적이라고 말합니다."

박문수는 크게 놀라 얼굴색이 변해, "무슨 말이오?"라고 했다.

"사또께서 삼남(三南) 지방 안렴(按廉)을 3년이나 하셨지요.[77] 그때 역적 이인좌(李麟佐)가 은밀히 힘을 기르고 있었거늘, 그런 정황을 과연 몰랐단 말이오? 만약에 몰랐다면 직무를 유기한 것이요, 만약에 알았다면 불고지죄(不告之罪)에 해당하는 것이오. 이 때문에 사또가 역적인 줄로 압니다."

박문수는 얼굴이 흙빛이 되어

"이런 일은 다시 논할 것이 없소. 이름난 누각에서 풍악을 울리고 놀아봅시다."

하며, 기생을 부르고 음악을 연주하여 실컷 즐기다가 파했다.

11. 이태중(李台重) ②

삼산공(三山公)은 응교(應敎)[78] 벼슬로 부름을 받고 시골서 올라와 서울

---

77 삼남 지방 안렴(按廉): 박문수는 1727년 영남 어사를 지냈는데, 이듬해인 1728년 3월 이인좌의 난이 일어나자 거창(居昌)·안음(安陰)·함양(咸陽)을 두루 다니며 인심을 진정시키고 난에 가담했던 이들을 신문하여 서울로 압송해 올렸다. 이 해 영남 관찰사를 제수받아 1730년까지 3년간 영남을 관할하였다.

78 응교(應敎): 홍문관·예문관에 속한 정4품 벼슬. 가문이 좋은 집에 내려지는 벼슬로서, 문학의 재능이 중요했다.

에 머물러 있었다. 어느 날 이천보(李天輔)[79]를 만나보러 갔는데, 그는 바야흐로 삼전(三銓)[80]의 자리에 있었다. 대문으로 들어가서 마루에 올라서자, 겸인들이 눈을 흘기고 일어나지도 않았다. 삼산공이,

"영감이 집에 계시는가?"

하고 물었다. 겸인이 대답했다.

"집에 계시는데 지금 취침 중이십니다."

"어찌하여 낮잠을 주무시는가?"

"지난밤에 공동(公洞) 홍 참판[81] 영감과 이문(里門) 안의 구 판서[82] 댁에서 이야기하시다가 새벽이 되어서야 돌아오셔서 지금 주무시는 겁니다."

"네가 들어가서 아뢰어라."

"누가 오셨다고 합니까?"

"삼산 이 응교가 왔다고 하면 될 것이다."

겸인은 그제야 손님이 학사(學士)[83]인 줄 알고 문을 열고 들어가서 이천보를 깨워 아뢰었다.

"삼산 사시는 이 응교가 뵈러 왔습니다."

이천보는 황급히 일어나서 삼산공의 자(字)를 불러 말했다.

"자삼(子三), 어찌 들어오지 않소?"

삼산공은 문을 열고 서서, "영감, 별일이 없소?"라고 말했다.

---

79 이천보(李天輔, 1698~1761): 자 의숙(宜叔), 호 진암(晋庵), 본관은 연안(延安). 일찍이 문과에 급제, 이조 참판을 거쳐 좌의정에 이르렀다.
80 삼전(三銓): 이조 참의의 별칭. 인사권을 담당하여 요직으로 일컬어졌다.
81 공동(公洞) 홍 참판: 공동(公洞)은 소공동을 가리키며, 홍 참판은 자가 운장(雲章)이라고 하는 것으로 보아 홍상한(洪象漢, 1701~1769)을 가리킴. 홍상한은 영조 때 권세가인 홍봉한과 사촌 간이다.
82 구 판서: 구택규(具宅奎, 1693~1754)를 가리킴. 그는 정제두(鄭齊斗)의 문인이었던 것으로 미루어 소론에 속한 인물이다. 그가 살던 '이문 안[里門內]'은 서울에 이 지명이 여러 곳에 있는데, 이 글에 나온 곳은 남대문 안에 있었던 것으로 추정됨.
83 학사(學士): 홍문관이나 예문관 소속의 벼슬을 하는 사람을 일컫는 말.

"그렇소."

"기왕에 별일이 없는 줄 알았으니 나는 방으로 들어갈 필요가 없소."

밖에서 이렇게 고하고는 마루에서 내려가 뒤도 돌아보지 않고 가버렸다. 이천보는 크게 놀라 겸인들에게 간밤에 이야기하다가 늦게 돌아온 일을 말한 것을 힐책하고, 이내 가마를 재촉하여 삼산공 뒤를 쫓아가서 소매를 붙잡고 물었다.

"자네가 방안에 들어서지 않고 간 것은 필시 내가 간밤에 늦게까지 이야기한 일로 해서 이러는 것 아닌가! 내가 간밤에 운장(雲章)이 부른 때문에 부득이 함께 갔던 것이요, 실로 내가 가고 싶어 간 것이 아니라네. 자네는 용서하게. 내가 이제 잘못을 알겠네, 잘못했네."

삼산공이 웃으며 말했다.

"사람이 누군들 허물이 없겠나. 고치는 게 귀하지. 운장은 비록 우리가 전부터 알고 친히 지내 온 사람이지만 잘못이 심하군. 양반이 어떻게 구택규(具宅奎) 같은 사람 집에 가서 밤새도록 이야기를 하고 앉았단 말인가. 내 처음에는 영감과 절교를 하려 했네. 영감이 기왕에 잘못을 깨달았으니 도리어 다행스러운 일일세."

이천보는 껄껄 웃으며 말했다.

"사람들이 자네를 보고 고집불통이라더니, 지금 보니 과연 그렇군. 그러나 내 마땅히 스스로 조심하겠네."

12. 계방(桂坊)의 보물

영조께서 춘방(春坊)에 납시어 춘방과 계방(桂坊)[84]의 관원들을 불러서

---

84 춘방(春坊)과 계방(桂坊): 모두 세자궁에 속한 부서로, 세자의 교육과 호위를 담당하

경전의 뜻을 토론하도록 하였다. 또 말씀하시기를,

"오늘 마침 조용하니 너희들은 각기 고담(古談)을 이야기하여 한번 즐

겨보도록 하자."

하여, 여러 신하들이 차례로 고담을 이야기해 드렸다. 이때 나의 족숙(族

叔) 군수공(郡守公) 이운영(李運永)[85]이 세마(洗馬)로 앞에 나가서

"신(臣)이 있는 계방은 요즈음 크게 얻은 것이 있습니다."

하고 아뢰었다.

"무엇을 말하느냐?"

"춘방에 예전부터 투호(投壺)의 기구가 있었고 계방에만 없었습니다.

그래서 신 등이 편지를 보내 일찍이 계방을 거쳐 지방관이 된 이들에게

돈을 거두어서 새로 만들었습니다. 일전에 춘방 사람들이 춘방의 투호

기구가 계방의 새로 만든 것만 못하다고 하여 고풍(古風)[86]으로써 바꿔

갔습니다."

임금께서 웃으며 말했다.

"새것으로 헌것과 바꾸었는데, 크게 얻었다고 할 것이 무엇이냐?"

"춘방의 신하들이 고사(古事)를 알지 못해서 그런 겁니다. 이 투호는

다름 아닌 효종께옵서 심양(瀋陽)에 계실 적에 소일거리로 삼았던 것입니

다. 돌아오시면서 보위에 오르셔서 이것을 춘방에 내려 보내셨던 것입니

다. 이것은 실로 희귀한 물건이니, 어떻게 크게 얻은 것이 아니겠습니까?"

이에 임금께서 이것을 가져오도록 하여 어루만지시며 감회에 젖었다.

춘방에서 아뢰기를,

고 있었음. 춘방은 세자시강원(世子侍講院)이라고 하며 정3품아문(正三品衙門)이었
고, 계방(桂坊)은 세자익위사(世子翊衛司)로서 정5품아문(正五品衙門)이었다.

85 이운영(李運永, 1722~1794): 자는 건지(健之), 호는 옥국재(玉局齋). 이태중(李台重)의
조카. 1759년에 진사가 되고, 그 이듬해 세마(洗馬)로 뽑혔으며 여러 고을의 수령을
역임했다.

86 고풍(古風): 본래 춘방에 있던 투호기(投壺器)가 효종이 쓰던 골동품이기에 한 말임.

"그렇다면 이 기구를 도로 춘방에 가져다 놓는 것이 옳겠습니다."
라고 하자, 임금께서 말씀하셨다.

"그렇지 않다. 그대로 계방의 보물로 남겨 두어라."

춘방의 신하들이 크게 무안하게 여겼다. 이 기구는 그대로 계방에 남
아 있다.

13. 부제학 댁 종씨

나의 서증대부(庶曾大父)인 만호(萬戶)[87] 이병진(李秉晉)이 어영청(御營廳)
별군관(別軍官)[88]으로 순례를 돌다가 술을 마시고 길 위에 앉아 있었다.
등촉으로 길을 밝히고서 한 유생이 담뱃대를 옆으로 물고 지나갔다. 군
졸이 행동거지를 따져 묻자, 옆에서 한 하인이

"네 어찌 감히 붙잡는단 말이냐?"
하고 꾸짖으며 군졸들을 저지했다. 이럴 즈음에 별군관이 쫓아가서 물으
니, 그 하인이 또 아까같이 꾸짖는 것이었다.

"부제학 댁 종씨가 지금 그 댁을 찾아가는데, 어찌 감히 붙잡는단 말
이냐?"

"아무리 부제학의 종씨라도 흰옷을 입고 통금을 범하다니, 어찌하여
법을 어긴단 말이냐?"

그 유생이 하인을 시켜 "저 사람이 누구냐?"라고 묻자, 군졸들이 "우
리 패장(牌將)[89]이다."라고 대답했다. 유생이

---

87 만호(萬戶): 각 도의 진영에 두었던 관직. 육군 만호와 수군 만호가 따로 있었다.
88 별군관(別軍官): 조선 시대 군영에 소속된 군관. 훈련도감(訓鍊都監), 금위영(禁衛營),
    어영청(御營廳) 등에 두었던 무관의 직책.
89 패장(牌將): 일정한 집단의 우두머리를 가리키는 말.

"이 패장이 인사를 모르는구먼. 모름지기 깨우쳐줘야겠군."

라고 하자, 그 유생의 하인이

"이 어른은 부제학 댁의 종씨이다. 얼른 물러가라. 저 패장의 성명이 무엇인고?"

라고 했다. 별군관이 이렇게 대답했다.

"내 성명을 알고 싶으냐? 나는 부제학의 아들이고, 부제학의 삼촌이며, 부제학의 종손이며, 부제학의 사촌이며, 부제학의 오촌이며, 부제학의 육촌이다. 이 여섯 부제학이 집안에 있는데도 패장의 일을 거행하고 있거늘, 저분은 부제학 하나로 통금을 어기고 사람을 모욕한단 말이냐?"

별군관이 군졸을 시켜 붙들고는 못 가게 했다. 유생은 비로소 크게 놀라 무수히 사죄했다. 한참 지나서 그 유생을 놓아 보냈다.

14. 군은 누구요

삼산 족대부 판서공이 평안도 감사로 부임할 때 최진해(崔鎭海)[90]는 그때 선천(宣川) 부사가 되었고, 이인강(李仁綱)[91]은 그때 중화(中和) 부사로 있었다. 그런데 최진해는 영조의 외가였으며, 이인강은 현륭원(顯隆園)[92]의 외가였다. 공이 등정(登程)하는 날에 누군가에게 말했다.

---

90 최진해(崔鎭海, ?~?): 본관은 해주(海州). 영조의 모친인 숙빈 최씨(淑嬪崔氏)의 친정 조카. 1749년 영조의 명으로 부친 최수강(崔壽岡)과 함께 무직(武職)에 제수되었다. 전라좌수사(全羅左水使)·총융사(摠戎使) 등을 역임하였다.

91 이인강(李仁綱, ?~?): 다른 기록에는 '李仁康'으로 나옴. 사도세자의 생모인 영빈(暎嬪) 이씨의 친정 조카.

92 현륭원(顯隆園): 사도세자를 칭함. '현륭원'은 사도세자의 묘 이름으로, 본디 양주 배봉산(拜峰山)에 있던 영우원(永祐園)을 1789년 정조가 수원부 화산으로 옮기면서 개칭한 것이다.

"이 두 사람을 어찌 목민관의 자리에 있게 하겠는가? 당도하면 곧 파출시키겠다."

중화 부사가 들어와서 인사를 드리자, "군은 누구요?" 하고 물었다.

"동궁의 외사촌입니다."

공이 눈을 부릅뜨고 "누구라고? 누구라고?" 묻자, 다시 전과 같이 대답했다. 이에 물러가게 하고 즉시 그 자리에서 장계를 올리되,

"중화 부사 이인강은 사람이 미숙하고 언어도 조리가 없으매 부득이 파출합니다."

라고 했다.

중화 부사를 물리친 뒤에 선천 부사가 와서 연명을 했다. 들어와서 인사를 드리자, 공이 또 묻기를 "군은 누구요?"라고 하자, 최진해가 이렇게 대답했다.

"소인은 선천 부사올시다."

공이 소리를 높여 말했다.

"내 어찌 선천 부사를 모르겠소? 군이 어떤 사람인지 묻는 것이오."

"소인은 문벌이 비천하온데, 나라의 은혜를 입어서 겨우 여기에 이르렀습니다. 소인에게 있어서 이 임무는 더할 수 없이 과람합니다. 사또께옵서 선천 부사 최진해만 아시면 그만입니다. 그 나머지는 물으실 것이 없습니다. 소인의 인아(姻婭) 친척은 시정이 아니면 서리배입니다. 아무아무라고 이름을 들어 아뢴다 한들 사또께서 어떻게 아시겠습니까? 이런 것은 물어보실 것도 없습니다."

공은 빙긋이 웃으며 마음속으로 좋게 여겨 잘 대접해 보냈다. 이로부터 고려하는 것이 다른 지방관과 아주 달라 일일마다 그의 말을 따랐다. 말 한마디로 마음에 꼭 맞는 것이 이와 같았다. 두 사람의 우열은 이를 보더라도 알 수 있다.

15. 나경언(羅景彦)의 고변

나의 조부인 참판부군(參判府君) 이해중(李海重)[93]은 임오년(1762) 오월에 통정대부에 올라 형조참의로 임명되었다. 이때 판서 이지억(李之億)[94]이 체직을 청했고 판서 이규채(李奎采)[95]는 휴가를 청했다. 그래서 부군이 홀로 형조 당상관으로 아문에 들어가는데 문득 소지(所志) 한 장이 들어왔다.

"환관(宦官)·액예(掖隷)[96]들이 서로 의논하여 종사의 위급함이 호흡 간에 달려있으니 당상께옵서 대조(大朝, 영조)께 주달을 하셔야 합니다."

부군이 소지를 보고 놀랍고 의아하여 정소(呈訴)한 자를 붙잡아 들여서 물어보았더니, 그는 액예로 성명은 나경언(羅景彦)[97]이라고 하였다. 그에게 물었다.

"네가 올린 소지는 무슨 일이냐?"

"대조로부터 친국(親鞫)을 받으면 말씀을 올릴 수 있거니와 추국(推鞫)[98]을 당하더라도 결코 발설할 수 없습니다. 하물며 형조의 뜰에서야 말할 수 있겠습니까?"

---

93 이해중(李海重, 1727~1778): 자는 자함(子涵). 1750년(영조 26) 문과에 급제. 1762년 (영조 38) 형조참의 재직 시절 나경언이 장헌세자(莊獻世子)의 허물 10조를 형조에 보고하는 사건이 발생하자 이 일을 영조에게 알린 사실이 있다. 1764년(영조 40) 이후 경주부윤·대사간 등을 역임한 인물.

94 이지억(李之億, 1699~1770): 자 덕수(德庹), 호 성헌(醒軒). 본관은 연안(延安). 공조판서, 한성부 판윤 등을 역임함.

95 이규채(李奎采, 1703~1765): 자는 여량(汝亮), 본관은 한산. 형조참판을 지냄.

96 액예(掖隷): 액정서(掖庭署) 하예의 준말. 궁정에서 임금을 밑에서 보살피며 명을 전달하거나 여러 가지 도구의 관리를 담당한 부서. 여기에는 모두 환관이 근무함.

97 나경언(羅景彦, ?~1762): 액정서 별감(別監)인 나상언(羅尙彦)의 형. 그가 올린 소지는 사도세자의 허물을 10여 조로 나열한 내용이라 하며 여러 조관들의 사주를 받아 한 일이라고 함.

98 추국(推鞫): 의금부에서 국사범을 신문하는 것으로 임금이 직접 신문하는 것을 친국이라 함.

그러고는 입을 꼭 다물고 말하지 않았다. 부군은 그자에게 칼을 씌워 구금하도록 하고 그 문서를 소매에 넣고 당시 세 정승의 집으로 찾아가서 의논을 한바, "청대(請對)⁹⁹하는 것이 옳겠소." 하였다. 함께 청대하기를 청하고 임금께 나아갔다. 친국을 개설하라는 명이 내려, 죄인을 이송하여 금부도사가 법에 따라 붙잡아 친국장으로 데리고 왔다. 임금께서 신문하기를,

"너의 이 소지는 무엇 때문에 올린 것이냐?"

라고 하자, 이렇게 대답했다.

"입으로 아뢰기 어려우니 잠깐 결박을 풀어주시면 글을 올리겠습니다."

임금이 그의 결박을 풀어주라고 명하여 죄인이 상의를 벗어 뒤쪽을 벌리더니 옷 솔기 속에서 종이 한 장을 꺼내서 올렸다. 거기에 적힌 것이 무엇인지 알 수 없었으나 대개 소조(小朝, 세자)와 관련된 것이었다. 임금께서 친람한 연후에 명하여 보는 앞에서 소각하도록 했다. 그리고 죄인은 즉시 사형에 처했다. 그 소지의 내용은 친국에 참여했던 추관(推官)도 보지를 못했다. 부군은 아문 밖에 있다가 이 말을 듣고 종종 걸음을 치며 나오는데 장헌세자(莊獻世子, 사도세자)가 흥화문(興化門) 밖에서 임금의 명을 기다리고 있다가 부군에게 앞으로 나오라고 명하여 말씀하는 것이었다.

"경이 흉서를 바친 것은 공(公)을 위해서인가, 사(私)를 위해서인가?"

"소신은 흉서의 내용이 무엇인지 알지 못하옵니다."

세자가 또 하교하였다.

"소매 속에 넣어가지고 갔으면서 그 내용을 알지 못한다고 하는가?"

"형조에서 올린 장계(狀啓)가 여기 있습니다."

부군은 이렇게 아뢰고 소매 속에서 그 장계를 꺼내 세자에게 올렸다.

---

99 청대(請對): 급한 일로 임금께 뵙기를 청하는 일을 가리키는 말.

세자는 보고 나서 웃으며 말했다.

"그렇다면 흉서는 어디로부터 나왔는가?"

"소신 또한 알지 못하옵는데 아까 아문 밖에서 친국에 참여한 여러 신하의 말을 들으니 죄인이 옷솔기 속에서 꺼내 바쳤다고 합니다."

"그렇다면 형조는 죄가 없으나, 붙잡아 왔을 때에 수색한 도사(都事)와 서리(書吏), 나장(羅將)은 죄가 없을 수 없다. 모두 잡아 가두는 것이 옳다."

"서리와 나장은 저희 형조에서 구금할 수 있으나, 도사는 조관(朝官)이므로 형조에서는 붙잡아 구금할 수 없습니다."

"그렇다면 도사는 의금부로 이송하라."

부군은 말씀을 듣고 물러나와 금부에 예교(睿敎)[100]를 전하고 의금부 서리 서필번(徐必蕃)과 나장 김거복(金去福)을 붙잡아 구금했다. 이내 예교에 따라 포도청으로 이송을 하였으니 이는 오월 초(初)의 일이다. 대조의 큰 처분[101]은 윤(閏) 오월 이십일에 있었다. 그 이후로 임금은 세손의 효심이 상할까 두려워 그때 승정원일기 및 의금부의 문서를 모두 탕춘대(蕩春臺)에서 세초(洗草)[102]하였다. 그 후로 점차 세월이 지나서 다들 임오년 윤오월에 있었던 일을 알지 못했다. 다른 편에서 말을 만들어 이를 빌미로 우리 집을 얽어 넣으려 한다.

병신년(1776)에 일화(日和)[103]의 흉소(凶疏)가 있었고, 임자년(1792)에 이르러는 또 남학 유생 박하원(朴夏源)[104]의 상소가 있었는데 "흉적과 더불

---

100 예교(睿敎): 세자의 하교를 가리키는 말.

101 처분: 임금이 어떤 문제를 조처하는 것을 가리키는 말. 여기서는 1762년(영조 38) 윤5월 13일 영조가 사도세자를 뒤주에 가두어 죽게 만든 사건을 가리킴.

102 세초(洗草): 사초나 초고를 파기하는 일. 문서들은 대개 닥종이를 썼으므로 이를 흐르는 물에 담가 놓으면 글씨가 지워지고 다시 종이를 만들 수 있다. 탕춘대는 서울의 자하문 밖 세검정 개천에 있었으며, 이곳에서 세초의 일을 하였다.

103 일화(日和): 다른 기록에는 이일화(李一和)로 나와 있음. 정조 즉위년에 사도세자의 억울한 죽음을 밝혀야 한다는 상소를 올린 인물. 그는 이 일로 국문을 받아 죽임을 당했다.

어 한통속이다"라고 말하는 데 이르렀다. 사람이 무고해서 얽어 넣는 것이 어떻게 이 지경에까지 이르렀는가? 대개 저 무리들은 오월 아무 날 흉적의 옥사가 일어났으며 아무 날 큰 처분이 있었는데 그 기간이 오륙일에 불과하다고 한다. 그해에 윤달이 있었으며, 흉적의 일은 오월 초에 있었고 큰 처분은 윤달에 있었으니, 한 달도 더 지난 후의 일이라는 것을 알지 못하는 것이다. 필시 알지 못할 이치가 없는데, 이렇게 하지 않으면 죄로 얽어 넣을 수 없는 까닭이다.

이때 우리 아버지[105]는 장단(長湍) 부사로 있다가 업무를 그만두고 집으로 돌아와 문을 닫고 들어앉아 있었다. 양부[106]와 상의하여 상언(上言)을 작성했고 양부로 하여금 장계를 가지고 대궐 문 밖에 가서 석고(席藁)를 하여 전후 사실을 아뢰고 장차 억울함을 호소하려 하였는데, 십여 일 지나 마침 유월의 경사스러운 때를 만나 그만두었다. 칠월 십일일에 경기 감영에서 아버지가 업무를 그만둔 일을 들어 파직시켜야 한다고 보고했다. 임금이 비답하기를,

"일이 어찌 이와 같겠는가? 사실이 서로 어긋나고 경연에서 하교한 이외에 또 먼저 대신과 의논한 조항이 있다. 흥화문에서 장막을 치고 입대할 때에 분명한 하교가 있었으니 그곳에 있었던 사람들이 감읍했을 뿐만 아니라 나 또한 금석처럼 받들고 있다. 이 장계는 장단 부사에게 도로 내려 보내 당일로 복귀하도록 하라."[107]

---

104 박하원(朴夏源): 영남 유생으로 1792년(정조 16)에 사도세자를 모함하여 죽게 만든 자들을 처벌하라는 상소를 올린 인물. 박하원의 상소에서 나경언과 이해중이 한통속이라고 하였다.

105 아버지: 이희평의 생부로 이산중(李山重, 1717~1775)의 아들인 이태영이다.

106 양부: 이희평의 양부는 이해중의 아들인 이도영(李道永, 1749~?)이다.

107 『정조실록』(정조 16년, 7월 15일) 기사에 경기 관찰사 서정수(徐鼎修)가 이태영이 공무를 행하지 않는다며 파직해 달라는 장계를 올렸으나 정조가 장계를 도로 내려보내라고 하교하였다는 기록이 보인다.

은혜로운 말씀이 이처럼 정중하여 삼십여 년 품고 있던 원한이 하루아침에 깨끗이 씻겨져 다시 하늘의 해를 볼 수 있게 되었다. 온 집안이 모여서 감격의 눈물을 흘리며 그날로 조부의 신위 앞에 고했다. 비록 하늘의 해가 비추지 않는 곳이 없기 때문이나 정조 임금의 은택도 하늘과 함께 다함이 없다. 조부 참판부군과 부친의 종형제분들이 모두 저편의 무함을 계속 입어 거의 큰 화를 입을 뻔하였는데, 필경에 지극히 원통한 일이 씻겨졌으니 천신(天神) 또한 필시 밝게 비춰서 이렇게 된 것이리라.

16. 이산중(李山重)

본생(本生) 조부인 군자감 정(軍資監正)을 지낸 부군(府君) 이산중(李山重)[108]은 지조와 행실이 맑고 높아 사람들이 바라보면 모두들 세속의 사람이 아니라고 생각했다. 문을 닫고 글만 읽으며 명예와 이익의 마당에는 완전히 마음이 없었다.

족대부인 삼산공 판서 이태중이 병이 위중하자 익정공(翼靖公) 홍봉한(洪翼靖)[109]이 몸소 문병을 하러 와서 물었다.

"대감께서 만일 불행하시게 되면 가문 내에서 계승할 사람이 누가 있소?"

"한 사람이 있긴 한데, 대감의 힘으로도 이 사람을 벼슬길에 나오게 하기 어려울까 싶소. 만약에 이 사람을 나오게 한다면 세상의 길을 열어 나가는 데 있어 다행일 것입니다."

---

108 이산중(李山重, 1717~1775): 군자감 정(軍資監正)을 지낸 인물로 이조판서에 추증되었다.

109 홍봉한(洪翼靖, 1713~1778): 익정공은 그의 시호. 본관은 풍산(豊山), 자 익여(翼汝), 호 익익재(翼翼齋). 사도세자의 장인으로서 영조 때 벼슬이 영의정까지 이르렀으며, 정치적으로 비중이 큰 인물이었다.

홍봉한이 그가 누구냐고 묻자,

"나의 삼종제가 그 사람이지요."

라고 대답했다. 대개 공을 가리켜 말한 것이다.

홍봉한이 크게 놀라, "그렇다면 자희씨(子熙氏)[110]와 비교하면 어떻소?"
라고 물었다.

자희씨란 곧 부학공(副學公) 이덕중(李德重)의 자(字)이다. 홍봉한의 고
모부[111]인데 평생 존경했던 까닭이다.

삼산공은 웃으며 말했다.

"자희가 어떻게 이 사람을 당할 수 있겠소?"

"나는 이 사람이 그 정도인지 알지 못했소."

이 이후로부터 홍봉한은 꼭 공을 등과(登科)시키려고 하여 여러 차례
말을 전했으나, 공은 한 번도 응하지 않았다. 그에 따라 과거 응시도 하
지 않았으나, 말년에 어버이를 위해서 음직으로 벼슬길에 나갔다. 그렇
지만 홍봉한이 국정을 쥐고 있을 때에는 한 번도 가까이하지 않았다.
홍봉한은 이 때문에 크게 노하였으나 공은 이를 마음에 두지 않았다.

17. 이덕중(李德重)

사람이 등과(登科)를 할 때에는 대체로 꿈에 조짐이 나타나는 일이 많
았다. 나의 족대부인 부학공 이덕중(李德重)이 서학현(西學峴)[112]에 살고

---

110 자희씨(子熙氏): 이덕중(李德重, 1702~1748)을 가리킴. 그의 자가 자이(子彝)로 나오
는데, 여기서 자희는 그의 다른 자로 추정됨. 호는 결재(潔齋). 홍문관 부제학·대사간
·이조참의 등의 요직을 두루 역임하였다.

111 고모부: 『만가보(萬家譜)』에는 이덕중이 홍봉한의 매부로 나와 있음. 홍봉한의 누이
가 이덕중에게 시집감.

112 서학현(西學峴): 지금 서울 태평로 서울시의회 건물이 있는 근방의 지명. 이곳에 서학

있었다. 집이 몹시 가난하였는데, 내일 아침에 정시과(庭試科)에 응시하려고 하여 부인이 남의 집에서 쌀을 빌려 왔다. 한 되도 못 되는 분량을 나무 그릇 속에 놓아두었다. 그날 밤 꿈에 쌀이 낱낱이 작은 용이 되어 나무그릇 속에 가득 찼다. 부인이 깜짝 놀라 일어나서 몸소 방아를 찧고 씻어서 밥을 짓는 즈음에 밖에서 문을 두드리는 소리가 들렸다. 삼산공 판서 이태중이 들어와서 부학공이 놀라 일어나 맞아들이고 물었다.

"형님은 무슨 일로 지금에야 들어오시오?"

이태중이 말했다.

"도보로 올라오다가 발이 부르트고 해가 저물어 어제 대어 오지 못했네. 성 밖의 객점에서 자고 지금 들어오는 길일세."

이태중은 부학공에게는 삼종형이 되는데 당시 결성(結城)[113]에서 살고 있었던 것이다.

부학공이 안으로 들어가 남은 밥이 있는가하고 물었는데, 한 그릇 밖에 없었다. 부학공이 사랑으로 상을 내오라고 하면서, "내가 삼종형님과 나누어 먹고 장차 과장(科場)에 갈 것이오."라고 말했다. 부인이,

"이 밥은 결코 나누어 먹어서는 안 됩니다."

라고 하였다. 부학공이 왜 그러냐고 묻자 부인이 간밤에 꾸었던 꿈을 이야기했다. 부학공이 책망하여,

"어찌 이걸 나 혼자 먹고 형님은 굶도록 할 수 있겠소. 만약에 내가 이런 마음을 먹고 있다면 하느님이 돕지 않을 거요."

하고 상을 내오도록 했다. 부인이 부득이 상을 내간 다음 창을 통해서 엿보았다. 부학공은 형님에게 먼저 먹도록 하고 나머지 반을 자기가 먹는 것이었다. 그리고 함께 과거장으로 갔다. 방이 나오는데 두 분이 모두

이 있어 서학현 또는 서학재로 불렸다.

113 결성(結城): 지금 충청남도 홍성군(洪城郡)에 속한 지명.

합격을 한 것이다.[114]

18. 이해중(李海重) ①

　나의 조부 참판공 이해중(李海重)은 경오년(1750)에 알성과에 합격했다. 그때에 설사병으로 힘들어하여 그 형님이 과거를 보러 가지 말도록 하였는데, 조부께서 기어이 과장에 가기를 청했다. 새벽에 종각 거리를 지나가는데 한 사람이 와서 절을 하며,

　"서방님, 과거 보러 가십니까?"

　라고 묻자,

　"그렇다. 네가 누구냐?"

　라고 묻자, 그 사람이 이렇게 대답하였다.

　"소인은 종각직(鍾閣直)이올시다. 지난밤 꿈에 어떤 사람이 곧바로 종각에 들어와서 손으로 매달린 종을 가지고 밖으로 나와 큰 거리에 서서 주먹으로 세 번 때리는 것이었습니다. 소인은 그 소리에 놀라 깨어 마음에 몹시 괴이하게 여겨 기다리고 있었습니다. 그런데 서방님이 먼저 이 길로 걸어오시는데 모습이 꿈속에 보았던 사람과 비슷했습니다."

　조부는 웃으며 지나갔는데, 그때 과거에 과연 삼하(三下)[115]로 합격이 되었다.

---

114 1730년(영조 6) 정시(庭試)에서 이태중은 병과 14위로 합격하였고, 이덕중은 병과 8위로 합격하였음.

115 삼하(三下): 과거 시험에 합격한 순위를 9등급으로 나누는데 그중에 제일 아래 등급을 삼하라고 했다.

19. 이해중(李海重) ②

갑자년(1744) 과거에 나의 조부 삼형제[116]가 모두 과장에 들어가려고 했다. 나의 조부인 참판공이 전날 밤 꿈에 바깥사랑 뜰이 변해 큰 바다가 되었는데 파도가 넘실대면서 한 마리 황룡이 벼락을 치며 뛰어올라 구름 속으로 들어가더니 서쪽 하늘로 향하여 날아가는 것을 보았다. 그래서 원봉(圓峰) 위에 이르러 승천했고 그 뒤로 셀 수 없이 많은 조그만 용들이 그 꼬리를 따라서 하늘로 날아올랐다. 조부께서 깜짝 놀라 혼잣말하기를, "형님이 이번에 필시 등과를 하실 것이다."라고 했다.

이때 아직 동트기 전인데 온 집안이 소란스러웠다. 조부께서 이상하게 여겨 무슨 일인가 물었더니 큰형수인 조부인(趙夫人)이 순산을 한 것이다. 아들인가 딸인가 물으니 여종이 아들이라고 대답했다. 조부께서 놀라워하며,

"이 아이가 필시 크게 귀하게 될 것이요, 과거에 오르는 자손들도 많을 것이다."

라고 하였다.

나의 아버지 이태영(李泰永)은 갑자생(1744)으로 둥그재[117] 아래 각현(角峴, 갓고개)에서 등과하였고 아들과 손자 여럿이 이어서 등과를 하였으니 과연 조부의 꿈에 부합했다.

조부가 경오년(1750) 등과를 하실 적에 서수(書手)[118]의 손이 느려서 미

---

116 조부 삼형제: 이산중(1717~1775), 이석중(李石重, 1722~1750), 이해중(1727~1778)을 이른다.

117 둥그재: 현재 서대문구 충정로에 있는 지명. 한자로는 원현(圓峴) 혹은 원교(圓嶠)라고도 했으며, 우리말로 둥그재라고 불렀다. 여기 내용으로 보아 이해중의 꿈에서 용이 승천한 원봉(圓峰)은 둥그재의 봉우리를 의미하며, 또 그 옆에 각현(角峴, 갓고개)이라는 지명도 있었다.

118 서수(書手): 원래 글씨를 잘 쓰는 사람을 지칭하는 말. 당시 과거 시험을 보러 가는 자들이 흔히 글을 잘 짓는 거벽과 글씨를 잘 쓰는 서수를 동반해서 들어가기도 했다. 거벽과 서수는 원래 일반명사인데, 과장에 동원되는 사람을 지칭하는 말로 쓰이게

처 반도 베껴 쓰기 전에 장막이 내렸다. 조부는 서수가 느린 것에 화가
나서 시지(試紙)를 빼앗아 과장을 나가려고 했다. 서수는 고집을 부려 시
지를 놓지 않고 글씨를 그대로 써 나갔다. 임금께서,

"아직 과장에 시권을 쓰는 사람들이 있으니, 다시 시권을 거두어 들
여라."

고 하셨다. 이때까지도 아직도 서수는 쓰기를 마치지 못했는데 장막이
또 내리고 해도 이제 저물었다. 임금께서 또,

"여러 선비들이 낸 글이 모두 실망스럽다. 장내에 아직 제출하지 못한
자가 있으면 명하여 거두어들이도록 하라."

하셨다. 이 하교가 내렸을 때 마침 서수가 쓰기를 마쳤다. 그래서 그 시
권을 제출하여 조부께서 급제했다. 이 모두 운수 소관으로 그렇게 된
일이라 하겠다.

20. 이병상(李秉常)

나의 족증대부인 봉조하(奉朝賀) 이병상(李秉常)[119]은 풍채와 위의가 훌
륭하고 얼굴이 옥과 같아 보는 이들이 신선 같은 사람이라고 일컬었다.
집이 둥그재 아래 냉정동(冷井洞)에 있었다. 어느날 밤에 불을 끄고 잠이
들려는데 홀연히 음산한 바람이 방문으로 들어와 냉기가 뼈에 사무쳤다.
그러더니 웬 물건이 그 앞에 놓여서 손으로 만져보니 무슨 마른나무 같
았다. 겸종을 불러 촛불을 켜게 하고 보니 소렴(小斂)을 한 시체였다. 마
음에 몹시 의아하여 염한 것을 풀도록 하여 들여다보니 웬 할미였다.

되었다.

119 이병상(李秉常, 1676~1748): 자는 여오(汝五), 호는 삼산(三山). 일찍이 문과에 급제
하여 대사헌·형조판서 등을 거쳐 봉조하(奉朝賀)에 이르렀다.

다시 처음처럼 묶어서 마루 위에 놓아두었다. 다음날 아침에 알아보니 동구 밖의 떡 파는 집 할미였던 것이다. 죽은 지 3일이 되었는데 홀연히 시체가 사라졌다고 했다. 공이 그 아들을 불러서 시신을 내주었다. 대개 그 여자는 공이 출입할 때에 빼어난 용모를 보고 매양 사모하여 죽을 때까지 그 일념(一念)이 풀리지 않아서 이런 일이 일어난 것이다. 또한 괴이한 일이라 하겠다.

종실(宗室)의 어떤 재상이 부사(副使)로 중국에 가게 되었는데, 떠나기 하루 전에 모친상을 당했다. 그래서 공이 대신 가게 되어 하룻밤 사이에 급히 행장을 꾸려서 떠났다. 행차가 봉산(鳳山)[120]의 객사에 이르러 잠을 자게 되었다. 밤이 깊었는데 홀연 신발을 끄는 소리가 들리고 또 문을 여는 소리가 들리더니 한 사람이 혀를 차며 들어오는 것이었다. 손으로 공을 어루만지더니,

"어찌 자식으로 어미의 병을 구호할 줄도 모르고 이렇게 길을 떠나왔단 말이냐?"

라고 하였다. 공이 가만히 생각해보니 아마도 중국에 사신으로 가려다가 상을 당한 분의 부친인 것 같았다. 그는 연전에 사명을 받들고 나갔다가 돌아오는 길에 병을 얻어 이곳에서 돌아가셨던 것이다. 공은,

"저는 이병상이요. 아무개는 부사로 떠나려다가 상을 당했던 까닭에 제가 대신 오게 된 것입니다."

라고 말했다. 그 귀신은 크게 놀라 급히 문밖으로 나갔다. 이는 종실의 혼령으로, 자기 아들이 이번 사행에 올 것으로 생각해서 객사에 왔던 것이다. 공의 정신과 기백이 이와 같았다.[121]

---

120 봉산(鳳山): 황해도(黃海道) 서쪽에 있는 지역의 명칭.
121 이 작품이 『청구야담』 권8에 「동선관부개봉귀(洞仙館副价逢鬼)」라는 제목으로 실려 있다.

21. 어사출두

문청공(文淸公) 이병태(李秉泰)가 강원도 산골 지역에 왕명을 띠고 어사로 나가게 되었다. 어느 고을을 지나가는데, 읍내에서 거리가 십여 리 되는 곳이고 기왕에 순찰하기로 정한 고을이 아니기 때문에 들어가지 않고 밖으로 지나가서 발걸음을 다른 고을로 향했다. 한 마을에 당도해서 몹시 배가 고파 어느 집 문전에서 밥을 좀 달라고 말했다. 한 여자가 나와서 대답하기를,

"남자가 없는 집이라서 더할 수 없이 가난합니다. 집의 시어머님도 조석을 굶는 형편인데 어떻게 행인의 식사를 대접할 수 있겠습니까?"

라고 하는 것이었다. 그는

"가장이 어디로 갔소?"

하고 물었다. 여자가 말하기를

"물어서 무엇 하겠소? 저의 가장은 이 고을의 이방인데, 기생에 혹해서 노모를 박대하고 아내를 쫓아내 고부가 이 지경에 이르렀답니다."

하며, 혼자 남편을 욕하기를 그만두지 않았다. 이때 방안에서 늙은 할미의 소리가 들렸다.

"얘야, 어쩌자고 긴치 않은 말을 하여 남편의 악행을 드러내느냐? 그럴 것은 없지 않느냐."

그는 며느리의 말에 의분(義憤)을 느껴 바로 길을 돌려 읍내로 향해 가서 이방의 집을 찾았다. 때마침 점심 때가 되어 그 집을 들어가니, 이방이 대청에 앉아서 기생과 함께 점심밥을 먹는 중이었다. 그는 마루가에 앉아서 말했다.

"나는 서울에서 내려온 과객이오. 우연히 이곳에 당도하여 끼니 때를 놓쳤으니 원컨대 밥 한 그릇을 주어 요기할 수 있게 해 주오."

그해는 흉년이 들어 진휼을 하고 있었다. 이방은 눈을 들어 손님의 위아래를 자세히 보더니 머슴을 불러서 이르는 것이었다.

"아까 새끼 낳은 개를 먹이려고 쑨 죽이 있는데, 남은 것이 있느냐?"

"있습니다."

"그러면 한 그릇을 저 걸인에게 주어라."

이윽고 머슴이 겨로 만든 죽 한 그릇을 그의 앞에 갖다 놓았다. 그는 노하여 말했다.

"당신이 아무리 잘 살고 있다 해도 당신은 아전이요, 내 비록 구걸을 한다 해도 양반이라. 끼니를 놓치고 밥을 구하면 당신은 달리 한 그릇 밥을 주는 것이 좋겠거니와, 먹다 남은 밥을 줄 수도 있겠지. 그런데 어떻게 개가 먹다 남긴 것을 사람에게 준단 말인가. 이게 무슨 도리요?"

이방은 눈을 부라리고 얼굴을 찌푸리며 욕설을 내뱉었다.

"네가 양반이면 어찌 너의 사랑에 앉아 있지 않고 무엇 하겠다고 돌아다니느냐? 지금 말할 수 없는 흉년이 들어 이런 물건도 사람들이 얻어먹지 못하거늘 네가 웬 사람인데 감히 이러느냐?"

그러고 죽사발을 들어 때려서, 이마에 상처가 나 피가 흐르고 온몸에 죽물을 뒤집어썼다. 그는 아픔을 참고 나가서 어사출두를 하였다. 이때에 그 고을 관장이 마침 진휼곡(賑恤穀)을 빼돌려 돈으로 만들어 자기 서울 집으로 보낸 문서가 발각되어 봉고파직(封庫罷職)의 조처를 취했다. 그리고 이방은 기생과 함께 곤장을 때려서 처형을 하였다.

한 여자가 원한이 맺혀 한 말로 일이 여기에 이르렀으니, 이른바 "여자가 한을 품으면 오월에 서리가 내린다."라는 옛말은 바로 이를 두고 한 말이라 하겠다.[122]

---

122 이 작품이 『청구야담』 권8에 「홍천읍수의로종(洪川邑繡衣露踪)」이라는 제목으로 실려 있다.

22. 큰형님 이희갑(李羲甲)

나의 본생 조부께서 간성(杆城) 군수로 계실 적에 나의 모친이 임신을 하여 산월이 가까워졌다. 그때가 갑신년(1764) 5월이었다. 본가에서 출산을 하기 위해 서울로 올라가는데, 부친이 보호하여 함께 떠났다. 길이 옹천(甕遷)[123]에 이르러 폭우가 쏟아지고 번개가 치고 뇌성(雷聲)이 울려 사람의 정신을 잃게 만들었다. 그때 가마에 매인 말이 크게 놀랐다. 부친께서 하인들에게 교마(轎馬)에 매인 끈을 풀라 하고 인부를 시켜 매도록 했다. 가마를 사람의 어깨에 옮겨 메려고 할 즈음에 벼락이 한바탕 말머리를 지나서 가까이 있는 회목(檜木)에 내리쳤다. 말이 놀라 뛰어 바위 위로 굴러 바다로 빠져 들었다. 가마는 다행히 사람 어깨에 옮겨진 상태였다. 부친이 깜짝 놀라 급히 가마를 길옆에 내려놓고 발을 걷고 들여다보니, 모친은 혼곤히 잠이 든 상태여서 끝내 무사하였다. 7월에 이르러 큰형님[124]이 태어났다. 귀한 사람은 반드시 천우신조가 있어서 그런 것 같다.

큰형님은 네 살 때 모친을 따라서 수교(水橋)[125]의 외갓집에 가 있었다. 당시 외갓집은 안채가 화재를 만나서 다시 지으려고 하여 기둥이며 들보, 서까래 등 재목을 뒷마당에 쌓아 두었다. 형님이 그 아래서 놀며 서까래를 타고 올라가다가 쌓아 둔 재목이 한꺼번에 무너졌다. 형님은 무너진 재목 속에 깔려 있었다. 집안사람들이 모두 놀라고 어쩔 줄 몰라 하며 필시 불행한 일을 당했으리라고 생각했다. 모친은 기절을 하였고, 외할아버지[126]도 깜짝 놀라 어찌할 줄을 몰라 했다. 곧바로 사람들을 시

---

123 옹천(甕遷): 강원도 통천군의 지명. 우리말로 '독벼랑'이라고 한다. 바다에 접한 둥근 형태의 절벽으로 잔도(棧道)가 나 있다.

124 큰형님: 작자의 큰형님인 이희갑(李羲甲, 1764~1847)으로, 정조~순조 연간에 벼슬이 이조판서에 이른 인물이다.

125 수교(水橋): 수각교(水閣橋). 지금의 서울 남대문로 4가에 있던 지명.

126 외할아버지: 작자의 외조부는 유한갈(俞漢葛, 1722~1795)이라는 인물로, 충주 목사,

켜 재목을 다른 곳으로 옮기고 보니, 나무 세 개가 서로 엇갈린 가운데가 동이를 엎은 모양이 되어 형님은 그 속에 엎드려 있었다. 놀라서 얼굴이 흙빛이었으나 다친 곳은 하나도 없었다. 외할아버지께서는 늘 이 아이가 장차 크게 될 인물이라고 말씀하셨다.[127]

23. 사론(士論)

우리나라는 사림(士林)을 배양하여 공적 문제건 사적 문제건 물론하고 사론(士論)으로 시비를 결정했다. 만약 유벌(儒罰)[128]을 받게 되는 경우 대신 이하 누구도 행공(行公)을 할 수 없었다. 이 때문에 유생이 혹 사혐(私嫌)으로 벌을 받게 되는 일도 있었다. 영조 때 비로소 조정의 벼슬아치가 유벌을 받는 풍조를 금하였다. 사람들이 모두 사론을 중하게 여겨, 유생 중에 수신에 힘쓰고 조행을 잘 닦은 자에 대해서는 대신 이하 모두 몸을 굽혀 예우하고, 만일 큰 일이 있으면 모두 나아가 의논을 하였다.

나의 본생 조부께서 포의로 도성 밖에 살고 계셨으나, 시임(時任)·원임(原任)의 대신이나 판서들 치고 찾아오지 않는 분이 없어서 대문 밖에 수레가 없는 날이 없었으니, 또한 사론을 중시했음을 볼 수가 있다. 향교와 서원의 유임(儒任)에 이르러서도 문학과 그 사람의 그릇을 보아서 하도록 하고, 척리(戚里)는 물리쳐 허용하지 않았다.

익정공(翼靖公) 홍봉한(洪鳳漢)이 매양 우리 부친 형제를 보고 자기의

나주 목사 등을 역임하였다.

127 이 작품이 『청구야담』 권9에 「솔내행옹천봉뇌우(率內行甕遷逢雷雨)」라는 제목으로 실려 있다.

128 유벌(儒罰): 성균관에서 학생들이 자치적으로 가하는 징벌. 삭적(削籍), 부황(付黃), 묵삭(墨削), 명고(鳴鼓) 등이 있었으며, 성균관 출신으로서 관직에 있는 자에게도 가해진 사례가 있다. 후일에는 사실상 당쟁에서 상대 쪽을 공격하는 수단으로 이용되었다.

막내아들[129]을 사충사(四忠祠)[130]의 유사(有司)로 뽑아달라고 부탁했다. 부친은 매양 친지 간에 부탁을 받았으나 척리라는 이유로 끝내 허락하지 않았다. 중부 통덕랑 부군이 몸소 부탁하여, 인해서 자신이 고직(庫直)을 대신하고 그 망기(望記)[131]를 가지고 홍봉한 집으로 가니, 홍봉한은 그것을 보고 기쁨이 얼굴에 넘쳤다. 바로 자기 막내아들을 불러서

"너는 이제 양반이 되었다."

라고 말했다. 금위영으로부터 고직 5민전(緡錢)을 지급했으니, 또한 유임(儒任)이 무거운 것을 볼 수가 있다.

24. 임금의 실언

계사년(1773)에 나의 양부(이도영李道永)가 사마시(司馬試)에 합격하였다. 합격한 생원·진사들을 들여보내라는 임금의 명이 있어 차례로 나아가 부복(俯伏)하고 직분과 성명을 아뢰었다. 차례가 부친에 이르러 생원 신(臣) 모(某)라고 아뢰자 임금께서,

"네 아비의 이름을 아뢰어라."

라고 하여, 급제(及第)[132] 신(臣) 아무라고 아뢰었다. 임금께서 놀라 물었다.

"네 아비를 어찌하여 급제라고 일컫느냐?"

---

129 막내아들: 홍낙륜(洪樂倫)을 가리킴. 후일 음직으로 돈녕부 도정(都正)에 이르렀음.
130 사충사(四忠祠): 노론 사대신으로 일컬어지는 김창집(金昌集)·이이명(李頤命)·이건명(李健命)·조태채(趙泰采)를 배향하기 위해 세운 서원. 경종 재위 시절에 노론과 소론, 남인 사이에 당쟁이 치열하게 일어났는데, 그 과정에서 죽임을 당한 인물들을 위해 영조 연간에 노량진에 건립된 사당.
131 망기(望記): 관직을 임명하는 과정에서 올리는 후보자 명단.
132 급제(及第): 원래 문과 합격자를 일컫는 말인데, 문과에 급제하여 벼슬을 하다가 죄책을 받아 벼슬이 떨어진 경우에 쓰는 칭호였다.

"신의 아비(이해중)가 이조 참의로 있다가 원재외(原在外)로 대간에 의망(擬望)[133]이 되어 삭직(削職)하라는 하명이 있어서 그렇게 말씀드린 것입니다."

"그런가."

임금께서 승지에게 명하여 전지(傳旨)를 쓰도록 했는데,

"아들이 과거에 합격했으니 그 아비의 죄는 의당 용서해야 할 것이다. 고(故) 참의 아무가⋯⋯."

라고 하시다가 문득 크게 놀라서

"내가 망발을 했구나. 남의 아들을 대해서 '고(故)'자를 쓰다니."

하시고, 이어 말씀하셨다.

"너의 아비는 장수할 것이다."

임금님의 말씀이 이러하셨으니 감격할 따름이었다.

25. 이복영(李復永)의 용력

족숙 판서 이복영(李復永)은 대대로 결성(結城) 삼산 땅의 바닷가에 살고 있었다. 매양 아침저녁으로 조수가 밀려들면, 바다의 세 섬이 산봉우리 셋으로 보여서 지명을 삼산이라고 불렀던 것이다. 뒤쪽 산기슭에 사방으로 난간을 낸 정자가 있는데, 공이 여기에 거처하고 있었다. 정자 앞으로 고목이 된 큰 느티나무 한 그루가 서 있었다. 늘 아침이면 고목 가운데서 안개가 일어나 마당에 깔렸다. 매일 그러했다.

어느 날 공이 문을 열고 자세히 보니 안개 낀 가운데 나무 구멍에서 무엇이 머리를 들고 있는 것 같아서 아주 괴이하게 여겼다. 마침 마상총

---

133 의망(擬望): 관원을 임명할 때 세 명의 후보자를 추천하던 일.

(馬上銃)이 옆에 있어서 총을 들고 겨누어 쏘았더니 명중했다. 그것이 머리를 움츠리고 구멍으로 들어갔다. 이윽고 갑자기 벼락 치는 소리가 나서 깜짝 놀라 바라보니 큰 나무가 꺾어지며 거대한 구렁이 한 마리가 피를 흘리며 몸을 반쯤 드러내고 있는데, 크기가 몇 아름이나 되는지 알 수 없었고 뿔과 수염이 달려 있었다. 그 구멍에서 뱀 종류가 셀 수 없이 쏟아져 나왔다. 어떤 놈은 크기가 들보나 서까래만 했고, 작은 것들은 손가락이나 대쪽만 했다. 뱀 떼거리들이 쏟아져 나와 사방으로 둘러싸고 정자로 달라붙었다. 공은 옷을 벗어 붙이고 총철(銃鐵)을 뽑아서 난간 가로 다니며 뱀의 머리를 난간에 접근하는 대로 다 때렸는데, 그 빠르기가 바람 같았다. 만약 하나라도 놓치면 장차 큰 해를 입었을 것이다. 해가 떠오를 때부터 두들겨 패기 시작하여 저녁밥 때에 이르기까지 잠시도 쉬지 못했다. 피가 흘러 마당에 흥건했고 피비린내가 진동했다. 마침내 뱀들이 다 죽었고 공 또한 피로하여 숨을 헐떡이고 쓰러졌다. 집안사람들이 공이 오래도록 내려오지 않는 것을 이상하게 생각하여 올라가보니 죽은 뱀들이 산처럼 쌓여 있었다. 모두들 크게 놀라 건장한 노비 4~5명을 시켜서 바다 속으로 쓸어 넣어 드디어 무사하게 되었다. 공의 용력(勇力)이 이와 같았던 것이다.

젊은 시절에 기생 30여 명을 동원하여 각자 큰 붓에 먹물을 묻혀 둘러서 있게 하고, 공은 가운데에서 기생들에게 붓으로 옷에 칠을 하도록 했다. 다 마치고 나서 보니 옷에 먹물 흔적이 하나도 없었다. 사람들이 모두 놀라고 의아해 하여 발을 들어 올리게 하고 보니 먹물이 거기에 고여 있었다. 대개 발로 먹물을 받아들였던 때문이다.[134]

---

134 이 작품이 『청구야담』 권7에 「섬군사정상영용(殲羣蛇亭上逞勇)」이라는 제목으로 실려 있다.

26. 담양 객사 귀신

계묘년(1783)에 나의 부친이 호남에 시관으로 내려가셨다. 담양(潭陽) 객사(客舍)에 시험 장소를 설치해서 밤중에 촛불을 켜놓고 혼자 앉아 시권(試券)을 검토하고 있었다. 그때 홀연히 어떤 여자가 문을 열고 들어와서 촛불 뒤에 앉는 것이었다.

"네가 관기라면 어찌 부르는 말이 없었는데 당돌하게 들어왔느냐?"

부친이 이같이 물었으나 그 여자는 아무 대답이 없이 손으로 얼굴을 가리며 입을 벌리고 웃는데, 두 송곳니가 창날처럼 뾰족했다. 부친은 그것이 귀신인 줄 알아보고 천천히 겸종을 불렀다. 그 여자가 들어왔던 문으로 나가는데, 겸종 또한 그 문으로 들어왔으나 보지 못했다고 한다.

27. 전염병

갑진년(1784) 여름에 장맛비가 열흘간이나 내려 개지 않았다. 어떤 사람이 와서 둥그재 아래에 사는 가난한 양반이 처와 자식이 다 전염병에 걸려 굶어 죽었는데, 5~6일이 지나도록 아직 염을 하지 못했다고 이야기했다. 부친이 급히 하인을 보내 우선 몇십 꿰미의 돈을 가지고 가서 도와주게 하고 여러 곳의 친구들 및 호조판서, 선혜청 당상과 각 군영의 대장에게 편지를 써서 보내 다들 쌀과 삼베를 내어 부조하도록 했다.

어느 날 관아의 하인 하나가 면포 세 필과 삼베 두 필을 가지고 와서 상가에 부조하면서

"들건대, 참혹한 상을 당해 동네 양반들이 이미 다 도와주셨다는데, 나 또한 약간의 물건으로 부조를 보냅니다."

라고 하여, 그 집 사람이 어디서 오셨는가 물었으나 대답을 않고 갔다고 한다. 대개 우리 부친의 의리에 깊이 감동한 사람일 것이다.

우리 집이 대대로 문밖에 살아서 근처의 가난한 집들의 혼사와 장례에 부친께서 부조하여 일이 많아 거의 백 곳이나 되었다. 한 친구가 친상(親喪)에다가 부인의 상까지 당해서 곤궁하여 초종(初終)을 치를 수 없었다. 부친께서 도와 초종의 범절을 다 차리도록 했다. 그 친구가 죽었을 때도 역시 똑같이 도와주었다. 뒤에 그 아우가 대간(臺諫)이 되어 비리의 일을 잡아서 부친을 탄핵하자 친구들 사이에서 비방하는 말이 크게 일어났다. 이에 그 사람이 와서 사과를 했다. 얼마 지나지 않아 그 사람이 전염병에 걸려 죽었는데 찾아가 보는 사람이 하나도 없었다. 부친이 또 그 집 근처로 가서 포목 등속을 보내 염을 하고 입관하는 절차를 도와주고 돌아오셨다. 당시 여론이 부친의 일을 훌륭하다고 했다.

28. 역관 양국성(梁國成)

일본어 역관 양국성(梁國成)은 소아의원 양형(梁衡)의 아들이다. 양형은 부친의 문하에 출입한 것이 오래되었다. 그런데 그 사람됨이 요망하고 사특하여 부친이 물리쳐 멀리하여 발걸음을 끊고 내왕하지 않은 것이 수십 년이었다.

갑진년(1784)에 부친이 연경에 사신으로 다녀오실 적에[135] 특히 옛정을 생각하여 양국성을 별배(別陪)로 삼아 데리고 가셨다. 미처 복명하기 전에 이율(李瑮)의 옥사[136]가 났는데 양형 또한 거기에 걸려들어 처형을 당했다. 부친이 압록강을 건너 의주에 당도하여, 어느 날 의주 부윤이

---

135 작자의 부친인 이태영은 정조 8년 동지사(冬至使)의 서장관으로 북경에 다녀왔다.
136 이율(李瑮)의 옥사: 정조 9년에 이율, 홍복영(洪福榮), 문양해(文洋海) 및 양형(梁衡)이 역모를 꾀했다는 것으로 의금부에 구금되어 모두 처형을 당한 사건. 양형은 그해의 3월 2일에 조사를 받던 중에 맞아 죽었다.

통군정(統軍亭)에서 연회를 베풀었는데 밖에서 시끄러운 소리가 들렸다. 문득 보고가 들어오기를 서울서 포교가 내려왔다는 것이었다. 이윽고 달리는 말이 곧장 들어오더니 서장관이 어디 있는지 물었다. 이때 자리에 가득 찬 사람들이 놀라서 낯빛이 모두 새파랗게 질렸다. 부친은 태연자약하게 묻기를

"어찌하여 찾는가? 내가 서장관이네."

라고 하자, 포교가

"기찰할 일이 있습니다. 좌우를 물러나게 해 주십시오."

라고 하여, 의주 부윤 이하 모두가 썰물이 물러나듯 자리를 떴다. 포교가 밀지(密旨)를 꺼내 보이는데 곧 양국성을 붙잡아 올리라는 것이었다. 부친은 수역(首譯)에게 명하여 양국성을 체포하도록 하고 그의 문서를 수색해 보니, 그의 아버지와 주고받은 편지에 으레,

"삼대인(三大人)[137]은 세교가 있는 분이니 필시 너를 후하게 대할 것이다."

라는 말이 편지마다 쓰여 있었다. 부친은 하나도 빼버리지 않고 모두 살펴서 봉을 하고 직접 '근봉(謹封)'이라 써서 포교에게 내주었다. 그 후에 임금께 복명을 하자 임금께서 묻기를,

"양형과 서로 친한 사이인가?"

라고 물으셔서 부친이 아뢰기를

"과연 서로 친하였으나 몇 해 전부터 발을 끊어 왕래하지 않았습니다."

라고 했다. 임금께서 웃으며 말씀하셨다.

"나 또한 알고 있다. 지난번 올려보낸 서류 중에 경에게 부탁하는 말이 많이 있더라. 경은 하나도 빼버리지 않았더구나. 사대부의 심사를 볼 수 있었다."

---

137 삼대인(三大人): 여기서는 서장관을 지칭하는 말. 대인은 한어(漢語)에서 우리말로 '나리'에 해당하는 존칭어인데, 정사를 대대인(大大人), 부사를 이대인(二大人), 서장관을 삼대인으로 불렀다.

당시에 신태기(申台耆)가 문사랑(問事郞)¹³⁸으로 국문에 참여하여 그때 있었던 일을 들려주었다.

"양형의 옥사 때에 자네 집과 서로 친하다는 말이 공초에서 나왔는데 임금께서 물으시기를,

'친하다는 것도 여러 가지인데, 네가 이모(李某)와 친하다는 것은 어느 정도이냐?'

라고 하여,

'서로 친한 것이 오래됐지만, 근년으로 와서는 왕래한 일이 없었습니다.'

라고 하였고, 다시 또 홍복영(洪福榮)¹³⁹에게 물으니 그가 아뢰는 말도 다르지 않았네. 임금께서 말씀하시기를,

'그렇다면 어떻게 서로 친하다고 할 수 있겠느냐?'

하시고, 문사랑을 돌아보고

'이모 가(家)의 일을 공공연히 문안(文案)에 올리는 것은 말이 안 된다. 모두 다 일괄해서 빼버리는 것이 옳겠다.'

라고 하셨더라네."

29. 남한산성

정미년(1787)에 부친이 광주 부윤으로 남한산성에 부임하였다. 남한산성은 곧 수어영(守禦營) 관하에 있었는데, 구사(九寺)¹⁴⁰의 군기(軍器)는 승

---

138 문사랑(問事郞): 의금부에서 국사범을 처리할 때 기록의 임무를 담당하는 관직명.

139 홍복영(洪福榮): 당시 이율의 옥사에 걸려들었던 사람. 원문에 '復永'으로 나오는데, 『조선왕조실록』 등의 공적 기록에 '洪福榮'으로 되어 있어서 이를 따랐음.

140 구사(九寺): 당시 남한산성 안에는 절이 9개 있었다. 성을 수축하고 건물을 짓는다거나 수비하는 일을 승려들에게 맡겼는데 그래서 승장(僧將)이 있게 된 것이다.

장(僧將)이 관장하도록 하였다. 어느 날 승장이 와서 이렇게 아뢰었다.

"개원사(開元寺)의 화약 600여 근을 도둑맞았습니다."

무릇 군기를 분실하면 법에 마땅히 죽이게 되어 있었으니 승장은 필시 죽을 것으로 생각했을 것이다. 당시 수어사(守禦使)는 김종수(金鍾秀)[141]였다. 부친은 우선 사실대로 보고하도록 하되, 별도로 서신을 보내어 체포한다고 혼란을 일으키지 말고 전적으로 자신에게 처리하는 일을 맡겨주도록 요청했다. 수어사는 그렇게 하도록 허락했다. 부친은 드디어 남한산성의 별파진(別破陣)[142]을 조사하도록 하였다.

봄철 화약을 찧을 적에 더러는 몰래 십여 근을 훔치는 자도 있었고 수십 근을 훔치는 자도 있었으니, 이때 모두 붙잡혀 와서 구금당한 자가 십여 명이 되었다. 그들 가운데 절에 보관한 화약을 훔친 자도 있었겠지만 역시 누구인지 알 수가 없었다. 하루는 별파진 교사(敎師)가 자기 부대를 거느리고 남장대(南將臺)[143] 아래 앉아서 맹세했다.

"너희들 가운데 누가 화약을 훔쳐낸 자인지 알 수 없으니, 도둑의 누명이 우리 전체에 돌아갈 수밖에 없이 되었다. 무슨 면목으로 성안 사람들을 다시 대할 것이냐! 우리가 일제히 자수하여 500인이 함께 죽는 것이 차라리 낫겠다."

이에 부대원들의 마음이 흉흉해져서 무슨 일이 날지 헤아릴 수 없었다. 부친은 별파진 교사를 불러 지시하였다.

"너희들은 모두 이 남한산성 안에서 정예병이다. 게다가 군기를 관장하고 있는데 어찌 몰래 훔칠 까닭이 있겠느냐? 설사 너희들 가운데 화약

---

141 김종수(金鍾秀, 1728~1799): 정조 때 이조판서, 우의정 등을 역임한 인물. 그가 수어사에 임명되었던 것은 정조 3년(1779)이었다.

142 별파진(別破陣): 군기시(軍器寺)에 소속되어 주로 화포(火砲)를 취급하던 부대. 숙종 때에 제도화된 부대.

143 남장대(南將臺): 성곽의 남쪽에 지휘와 관측을 위해 설치한 누대. 남한산성의 남장대는 1788년에 이태영이 2층으로 증축하고 타운루(唾雲樓)라는 편액을 걸었다.

을 훔친 자가 있다 하더라도, 어찌 한두 사람의 죄로 너희들 모두에게 화가 미치도록 해서 되겠느냐? 지금 너희들을 모두 놓아주겠으니 너희들은 다시 의심하지 말라."

그리고 드디어 다음과 같이 명령을 내렸다.

"내일 성안의 민가들을 모두 수색하겠으니, 한 사람도 성 밖으로 나가는 것을 허락하지 않는다."

이튿날 동이 트기 전에 수교(首校)가 와서 아뢰기를,

"밤에 연무관(演武館) 월대(月臺) 위에 잃어버린 화약이 놓여 있습니다." 하여, 즉시 거두어 달아보도록 했더니 600근에다가 또 200여 근이 되었다. 대개 전날 화약을 쫓을 때 훔쳐 간 자가 집집이 수색한다는 명령이 내렸다는 말을 듣고 숨기기 어려워질 줄 알고 전부 가져다 놓은 것이었다. 이에 창고 속에 봉해서 보관해 두도록 명했다. 기찰하고 수색하는 일을 일시에 그만두게 되어 온 성안이 비로소 평온하게 되었다.

당시에 바야흐로 남장대를 증축하게 되어 몇 길 이상 되는 돌기둥 38개가 필요하였는데, 이 돌기둥은 모두 동문 밖 10여 리 되는 곳에 있었다. 때는 몹시 추운 겨울이라 운반하기 어려워 큰 걱정거리가 되었다. 별파진 군대들이 와서 아뢴 말이었다.

"소인들이 앞서 사또의 큰 은혜를 입어 보답하지 않을 수 없습니다. 청하옵건대, 돌기둥을 운반하여 미약한 힘으로나마 만에 하나 보답하려고 합니다."

결국 소달구지를 쓰지 않고 돌기둥 하나마다 여덟 사람이 붙어서 목도로 운반했다. 북을 울리며 차례차례 조를 지어 나아가니 며칠 사이에 일을 마쳤다. 부친은 그들에게 품삯을 주려고 하였으나 끝내 사양하고 받지 않았다. 결국 억지로 술값 50냥을 주어서 그들의 노고에 보상하였다.

30. 유언비어

정미년(1787) 4월 14일 초저녁에 막교(幕校)[144]가 급히 들어와 은밀히 아뢰기를,

"경내의 백성들이 노인을 부축하고 아이를 안고 엎어지고 넘어지며 울고 소리치며 다투어 산성 안으로 들어와 사방 문을 가득 메울 지경입니다. 모두 난을 피해서 들어왔다고 합니다."

라고 하는 것이었다. 부친은 차분히,

"순찰하는 인원들에게 엄히 지시하여 막지도 말고 동요하지도 않게 하라."

라고 지시했다. 대개 이날 유언비어가 크게 일어나 모두 '도적이 경기 지역에 가까이 이르렀다'고 하였다. 그래서 하루 사이 경기와 충청 사이의 여러 고을에 소요가 크게 일어났던 것이다.

15일 새벽에 부친이 북과 나발을 잡히고 북문으로 나가서 향교에 분향례(焚香禮)를 거행하고는 곧장 연무관(演武館)[145]으로 가서 막객(幕客)과 수어영(守禦營) 본부의 여러 장교와 편을 나누어 활쏘기 시합을 벌였다. 그 풍류가 아주 볼만했으며 분위기가 평안하고 한가로워 보였다. 그날 하루 종일 즐겁게 놀다가 파했다. 피난 왔던 사람들이 서로 돌아보며 자기들끼리 말했다.

"우리 사또께서 저처럼 여유 있게 즐기시니 필시 아무 일이 없는 모양이로군."

그들이 드디어 점차 돌아갔다.

부친이 당초 백성들이 어지럽게 흩어질 즈음 빈집에 도둑이 들 것을 우려하여 곧 각처에 포교를 보내서 잘 살피도록 하여 온 경내가 안온하

---

144 막교(幕校): 광주부에 속한 장교를 가리킴. 감사나 병사, 유수 등에는 참모 역할을 하는 비장이 있었었는데 이를 막객이라 했고, 장교에 대해서는 막교로 칭했음.
145 연무관(演武館): 활쏘기 등 무예를 연습하기 위한 건물.

였다. 며칠 뒤에 염탐하여 최초에 유언비어를 만들어낸 자를 붙잡았는데, 과천 고을의 전(前) 좌수였다. 이 자는 마침내 죽임을 당했다.[146]

31. 선정(善政)

경술년(1790)에 부친이 관례 밖으로 특별히 선정되어 양덕(陽德)[147] 고을에 부임하였다. 어느 날 활쏘기 시험을 보이는데, 한 군교가 허름한 옷을 입고 활을 들고 나와 서자 좌우의 사람들이 그가 꼭 맞추게 하려는 듯했다. 부친이,

"웬 사람인데 여러 사람이 모두 그가 적중하게 하려는가?"

라고 묻자, 어떤 사람이 이렇게 아뢰었다.

"저 사람은 유(劉) 씨로, 집이 몹시 가난하여 삼순구식(三旬九食)도 어려운 형편입니다. 딸 둘이 있는데 나이가 스물이 넘었어도 아직 시집을 못 보내고 있답니다. 그가 화살을 맞추게 하려고 하는 것은 쌀말이나 얻어가도록 하려는 것입니다."

당시 병방(兵房)의 군관 자리가 비어 있었다. 여러 군교가 그 자리를 다투어 노리는데, 부친이 이 사람을 특별히 뽑아서 그 자리에 앉혔다. 그 군교는 전령(傳令)을 붙들고 감격해 울었다. 그리고 자기 처자식들을 대해 으스댔다.

---

146 이 사건은 정조 11년(1787) 봄에 발생했던 일로 여기에서는 과천의 전(前) 좌수가 유언비어를 유포한 것으로 되어 있지만, 『정조실록』에는 제천의 김동익(金東翼)·김동철(金東喆), 충주의 유득겸(柳得謙), 원주의 정진성(鄭鎭星) 등이 정희량(鄭希亮)의 손자 정함(鄭醎)을 받들어 일으키려 했던 역모 사건으로 기록되어 있다. 이들은 오랑캐가 침입한다는 유언비어를 퍼뜨리며 거병하려 했는데, 이 유언비어가 4월 기호지방에 퍼져 백성들이 피난 가는 등의 소요가 일어났다.(『정조실록』 권23 참조)

147 양덕(陽德): 평안남도에 있는 군(郡) 이름.

"이제야 우리 딸들을 시집보낼 수 있게 됐구나."

온 고을 사람들이 흡족하게 여겨 모두 적선이라 일컬었다. 본래 차임(差任)의 순번이 된 군교도,

"선정(善政)이시다. 나는 원망하지 않겠다."

라고 말했다.

한 기생의 집이 유 군교와 이웃에 있었다. 섣달그믐날 기생이 가서 축하하며

"유 병방, 금년에는 오래 지내지 못했던 제사를 지낼 수 있게 됐군요."

라고 말했다.

"우리 사또님 은혜로 두 딸도 이미 정혼했고 조상의 제사도 지낼 수 있게 되었다네. 올해 설날은 더할 수 없이 기쁜 날일세."

기생이 방으로 들어가 보니, 위로 깨끗한 자리를 펴고 상 하나에 밥과 국을 진설했고 아래로 상 서너 개에 밥과 국을 진설해 놓았다. 기생이 또 물었다.

"아래쪽의 네 상은 누구를 위한 것이오?"

"우리 조부모와 부모의 상이라."

"위의 상 하나는 누구를 위한 것이오?"

유 군교의 처가 하늘을 바라보며 두 손을 모으고 대답하는 말이었다.

"우리 사또님 상이라네."

이 말을 들은 사람들은 모두 배를 잡고 웃었다.

32. 적성향교(積城鄉校)의 괴변

임자년(1792) 가을, 부친이 장단(長湍) 부사로 있을 때 적성(積城)[148] 향교의 우암(尤庵) 선생 위판(位版)에 훼손하는 글자를 써 놓은 괴변이 있었

다. 사림들이 일제히 일어나 범인을 잡아 다스리라는 글이 잇달아 들어왔다. 장단에는 토포영(討捕營)[149]이 있었고, 적성은 그 관하였다. 그래서 감영으로부터 향교의 재임(齋任)[150] 및 수복(守僕)[151] 등 십여 인을 붙잡아 보내라 하여 한 달이 넘도록 구금하여 조사했다. 그럼에도 끝내 단서도 찾아내지 못했다. 여러 사람이 진술한바 모두 재임에게 죄를 돌렸다.

재임은 명색 노론으로 나이가 일흔에 가까운 노인이었다. 재임이 그 날 종이와 붓을 가지고 와서 수복에게 이르기를,

"내가 정신이 혼미하여 위판을 봉안하는데 차례로 아무아무인지 기억하고 있지 못하네. 종이에 써서 실수가 없도록 해야겠네."

하고 문을 열고 들어가더니,

"우암 위판에 누가 이런 괴이한 짓을 했는가?"

하고 소리 지르며, 수복을 불렀다. 여러 사람이 모두 들어가 보니 위판의 전면에 '홍상덕·서명규씨(洪相德徐命珪氏)'라는 일곱 자가 적혀 있었다. 글자의 획이 불분명한데 먹으로 쓴 것이 아닌 것 같았다. 재임이 공공연히 필묵(筆墨)을 가지고 들어갔으니 어찌 그 죄를 피할 수 있겠는가. 이에 사방에 사람을 풀어 잡아들이도록 하니 모두 재임이 한 짓이라고 했다. 부친이 재임을 심문하여,

"사사로이 대성전(大聖殿) 문을 열고 들어간 것이 벌써 큰 죄인데, 너는 어찌하여 붓을 들고 들어갔단 말이냐?"

라고 하자, 그 사람은 눈물을 흘리고 더듬거리며 말했다.

---

148 적성(積城): 지금 파주에 속해진 고을 이름. 이 고을의 향교는 현재 파주시 적성면 구읍리에 남아 있음.

149 토포영(討捕營): 진영(鎭營)이라고도 함. 조선시대 병영과 수영 휘하에 두었던 지방 군대의 직소를 말함.

150 재임(齋任): 중앙의 성균관이나 지방의 각 향교에 일을 맡아보는 유생. 전의(典儀), 장의(掌議), 색장(色掌) 등 직이 있었음.

151 수복(守僕): 문묘(文廟)나 서원(書院) 등의 관리 및 제사 등에 관한 일을 맡아보던 구실.

"하늘이 제 정신을 빼앗아 소생으로 하여금 들어가게 하였으니 뭐라고 발명할 말이 없습니다. 얼른 죽여 주시기를 바랍니다."

그의 기색을 살펴보니 억울한 것 같은데 여러 사람의 말이 다 한결같이 그 사람에게 죄를 돌렸다. 감영에서 엄히 다스려 죄상을 밝히라는 공문이 여러 차례 내려왔다. 경향의 사론(士論) 또한 떠들썩하여 모두 죄를 속히 다스리지 않는다고 비난하였으며, 성균관의 유생들은 통문(通文)을 돌리는 데까지 이르렀다.

그래도 부친은 재임을 가두어 두기만 하고 형벌을 가하지 않았다. 며칠 후에 부친은 취침하다가 문득 일어나서 포교 중에 영리한 자를 불러 미복(微服)을 하고 들어오도록 하였다.

"수복의 가까운 친척 가운데, 같은 마을 사는 사람으로 수복과 틈이 있는 자를 가만히 말이 안 나오게 불러오너라."

며칠 후에 과연 수복의 이성(異姓) 사촌인 오(吳)가를 붙잡아 왔다. 이 사람은 본디 주사가 심해서 사람들이 다들 멀리했기 때문에 누차 수복이 되고 싶었지만 시켜주지 않았다. 매번 수복들과 다투는데 이렇게 말했다.

"내 필시 너를 무거운 죄에 빠뜨리고 대신 내가 수복이 되겠다."

홍상덕(洪相德)이 향교의 일을 맡고 있을 때, 그는 술버릇이 고약하다는 이유로 군뢰(軍牢)[152]로 강등되고 여러 차례 곤장을 맞았는데 서울로 올라가는 제수(祭需)를 짊어진 채로 도망친 일이 있었다. 또 서명규(徐命珪)가 향교에서 일을 맡고 있을 때, 그는 사령으로 누차 죄를 받은 적이 있었다. 이에 오가를 옥중에 단단히 가두어 두었다.

형방 아전인 왕관(王寬)은 본디 사람이 영리하다고 일컬음을 받았던 터인데, 앞에서 일을 아뢸 때 문득 붙잡아 오게 하여 칼을 씌워 엄히 가두어 두었다. 다음에 죄상을 다스리겠다고 했으나 사람들은 무슨 영문

---

152 군뢰(軍牢): 군대 안에서 죄인을 다루는 병졸.

인지 알 수 없었다. 며칠 후에 왕 형방을 불러오도록 하여 칼을 벗기고 모자를 쓰도록 한 다음, 가까이 오게 해서 물었다. 이미 그 정황을 알아낸 것이다. 왕 형방은 옥중에서 오가와 친하게 되어 먼저 다른 일로 수작을 걸고 이어 그 사건에 미쳐서 웃으며 말했다.

"이 일을 네가 저지른 것이 틀림없다. 우리 사또는 귀신같이 밝은 분인데 네가 어떻게 발명하고 빠져나올 것이냐? 또한 너 하나 때문에 허다한 사람들이 갇혀서 지금 죽을 지경에 이르렀다. 이 어찌 악행을 쌓는 짓이 아니겠느냐. 네가 만약 자수를 하면 귀양을 가는 데 그치겠으나 계속 숨기려 들다가는 형장을 몇 차례 맞고 죽게 될 것이다. 어찌 생각이 미치지 못하느냐?"

오가는 머리를 떨어뜨리고 있다가 이윽고 허탈하게 웃으며 말했다.

"내 이미 붙잡혔는데, 어떻게 죄를 벗어날 수 있겠소. 그런데 사또는 어떻게 내가 한 짓인 줄 알까? 내가 붙잡혔을 때 이미 분명히 알았던 것이지."

즉시 오가를 데려오도록 하여 심문했더니 하나하나 실토하여, 어떻게 홍상덕·서명규 두 사람의 이름을 쓰게 되었는가를 물었다.

"두 등내(等內)[153]에게 누차 엄한 형장을 받게 된 까닭으로 마음속에 원한을 품고 있다가 우연히 쓰게 된 겁니다."

"먹으로 썼느냐?"

"아닙니다. 손톱으로 썼지요."

"왜 썼느냐?"

"수복이 죄를 얻어 쫓겨나고 대신 제가 맡을까 싶어서였습지요."

"어찌해서 우암 선생의 위판에다 썼느냐?"

"어느 어른의 위판인지 모르고 대성전 문에 들어가 처음 보였던 때문

---

153 등내(等內): 지방 고을에서 원님을 지칭하는 말.

입지요."

오가에게 글씨를 써서 바치라고 했더니, '홍상덕·서명규' 여섯 자가 위판 위에 써진 글자와 한 손에서 나온 것임을 의심할 바 없었다.

"빠진 글자가 있는데 다시 써넣어 보아라."

오가는 웃으며 말했다.

"'씨(氏)'자 이지요."

다시 또 칼을 씌워 옥에 가두고 영문(營門)에 죄인을 붙잡은 것으로 보고했다. 삭녕(朔寧) 군수가 참핵관(參覈官)[154]으로 배정이 되었다. 개좌 (開坐)[155] 문목(問目)에서, 오가는 글자를 대략 알았던 까닭에 참핵관의 '참 (參)'자를 목 벨 '참(斬)'자로 잘못 알고서 저 혼자 통곡을 했다.

"오늘 내가 죽는구나!"

오가는 관정에 나오자 앞서 실토했던 말을 바꾸는 것이었다. 이에 부 친은 소리를 높여 꾸짖었다.

"너의 죄는 실로 만 번 죽일 죄이다. 그런데 우리나라 법이 유배 보내 는 데 그쳐서 너를 죽일 수 없는 것이 안타깝구나."

오가는 비로소 머리를 쳐들고

"오늘 제 머리를 베지 않습니까?"

라고 하더니, 사실대로 바로 아뢰는데 전에 실토했던 말과 부합하였다. 드디어 그의 공초 내용대로 감영에 보고해서 엄히 형장을 맞고 유배를 갔다. 그리고 붙잡혀 있었던 재임과 수복 등 10여 인은 모두 죄를 면하여 풀려나게 되었다. 모두 눈물을 흘리며 두 손을 모아 감사를 드리었다. 재임은 더욱 감격해 눈물을 흘리며,

---

154 참핵관(參覈官): 지방의 고을에서 재판에 관한 일은 그 고을의 관장이 담당하는데, 이웃 고을의 수령이 재판에 참여하는 것을 참핵관이라고 함.

155 개좌(開坐): 원래 기관의 장이 임석하는 것을 가리키는 말. 여기서는 재판을 개시하는 것을 뜻함.

"소생이 스스로 지은 죄를 발명할 도리가 없었습니다. 소생이 소생에게 물어보더라도 죄를 면할 수 없지요. 나이 일흔이 넘어 정신이 흐릿해져 이럴 지경에 이르렀습니다. 스스로 생각해도 꼭 죽을죄를 지었지만 밝게 살피시는 은혜에 힘입어 억울함을 씻고 무사히 돌아가게 됐습니다. 지금 저는 늙어 견마지로(犬馬之勞)를 바칠 도리가 없으나 죽을 때까지 결초보은하여 만에 하나라도 은혜를 갚고자 하옵니다."

라 말하고, 머뭇거리며 멍하니 서서 금방 떠나지 못했다. 나는 당시에 부친을 옆에서 모시고 있었던 터여서,

"어떻게 재임의 억울함을 아셨습니까?"

하고 여쭈어보았더니, 이렇게 말씀하셨다.

"나는 재임이 명색 노론인 줄로 들었다. 어찌 우암의 위판에 그런 글자를 쓰겠느냐? 허다한 글자에 어찌 꼭 '홍상덕·서명규' 두 사람의 이름을 썼겠느냐? 때문에 그가 억울한 줄 알았더니라."

33. 산송(山訟)

을묘년(1795)에 부친이 경상도 감사로 순행하여 예안(禮安)[156] 고을에 당도했다. 그때 이가(李哥) 양반이 퇴계(退溪)의 후예라며 산송(山訟)의 일로 와서 호소하였다.

대개 이가는 손가(孫哥) 양반의 선영 안에 산지(山地) 하나를 샀는데, 손가의 선산은 바로 읍내 아전인 신가(申哥)에게 침해를 입은 곳이었다. 이미 장사를 지낼 수 있도록 땅을 파놓고 상여가 산 아래에 도착해서

---

156 예안(禮安): 지금 안동에 소속된 고을인데, 이 고을에는 도산서원이 있고 퇴계의 후손인 진성(眞城) 이씨가 많이 살고 있다.

바야흐로 하관하려는 때였다. 이때 손가의 사촌이라고 일컫는 자가 본전(本錢)을 가지고 와서 말하기를,

"저의 사촌이 가난하고 의지할 곳이 없어 선산을 파는 데 이르렀으니 이는 크게 부끄러운 일입니다. 제가 전답을 팔아서 본전을 다 가지고 왔으니, 원하옵건대 물러 주옵소서."
라고 하였다. 그래서 이가는 장사를 지내지 못하고 와서 호소한 것이었다.

사실인즉, 본전은 100냥인데 신가 아전이 몰래 150냥을 손가 사촌에게 주고 나머지 50냥은 나누어 먹은 것이다. 그래서 100냥으로 도로 물러 달라는 것이었다. 비록 그 사실을 자세히 안다 해도 신가는 준 적이 없다 하고, 손가는 받은 적이 없다고 하였다. 그래서 본관에게 사실을 조사하도록 했으나, 손가는 관으로부터 그 자손이 선조를 위해서, 이미 팔았던 선산을 돌려받았는지만을 따져볼 따름이요, 실제로 돈을 받았는지 아닌지는 물어볼 것이 없다고 하였다. '제가 돈을 받았을 때 누가 그것을 보았단 말입니까?'라고 하여 끝내 그 진범을 잡지 못했다고 보고하였다.

사실이 비록 이와 같아도 법에 있어서는 다스릴 도리가 없었다. 제사(題辭)를 내려 이가는 장례를 치를 수 없다 하고, 신가 아전에 이르러서는 "그가 일개 아전으로 처음에 양반이 장사 때에 장난을 친 것은 만 번이나 통탄스럽고 해괴한 일이다. 1차로 엄히 처벌을 한 뒤에 놓아줄 것이다."라고 판결하였다.

어느날 이생이 부친께 와서 호소하기를,

"소생이 신가를 길에서 만났는데, 사람이 많은 장터 가운데에서 만단으로 욕을 보였으니 그 죄를 다스려 주기를 청하옵니다."
라고 하는 것이었다. 그래서 잡아들이도록 한즉, 신가는 나이가 근 60이었다. 본디 부자로 이름이 있는 자여서, 납속을 하여 가자(加資)를 받아 일찍이 아장(亞將)을 지냈으며 그 아들, 사위, 아우, 조카 등 20여 명도

모두 이방, 호장 등을 역임하여 온 고을에서 권력을 쥐고 있었다. 신가를 잡아들일 때 그 자제들 20여 명도 모두 관(冠)을 벗고 뒤를 따라서 들어오는 것이었다. 감사가,

"너희들은 웬 사람들이냐?"

라고 묻자, 신가의 자질들이라고 아뢰었다. 감사는 큰 소리로 호령하여,

"내가 악형을 가한 것도 아니고, 그 아비에게 형을 내린 것도 아닌데 저들이 어찌 감히 이러느냐?"

라 하고, 모두 다 칼을 씌워 엄하게 가두어 두었다. 신가는 안동부에 옮겨서 구속해 놓았다. 부친이 안동부에 도착했는데, 그때가 마침 도회[157] 하는 날이었다. 시험장을 개설한 뒤에 많은 선비들을 둘러서 있게 하고, 신가를 잡아들이게 하여 심문하였다.

"어찌하여 양반을 욕보였느냐?"

"소인이 어찌 감히 양반을 욕보였겠습니까. 길에서 이씨 양반을 만났기로 문안을 드리매 말에서 내리지도 않고 대답을 한 까닭에, 소인이 '양반이란 참으로 이런 것이오. 당신은 신녕(新寧)[158] 원님이라 해서 자세(藉勢)하고 있소? 나 또한 평산 신씨로, 한 신녕 원님이 있으니 족히 자세를 할 만합니다.'라고 했지요."

이에 부친이 호령하였다.

"그게 양반을 욕보이는 짓이 아니냐? 너는 아전으로 퇴임한 자이다. 어찌 감히 신녕 원님 등의 말을 써서 양반을 욕보이느냐?"

그리고 엄히 형벌을 가하도록 하고 도로 하옥시켰다. 둘러선 선비들이 모두 통쾌하다고 일컬었다.

---

157 도회(都會): 여러 가지 뜻이 있으나, 여기서는 감사가 순행을 할 즈음해서 유생들에게 보이는 시험을 뜻한다.

158 신녕(新寧): 지금 경상북도 영천시에 속한 지명. 당시 신녕현은 영천(永川)의 속현이었음.

34. 칠성 바위

우리 부친이 영남의 감사로 계실 때 여러 형제가 다 내려가서 모시고 있었다. 달성(達城) 북문의 들판에 일곱 덩이의 암석이 북두칠성 모양으로 서 있었는데, 읍지를 상고해 보니 이렇게 나와 있었다.

어느 때인지 알 수 없는데, 일곱 개 돌덩이가 걸어서 오고 있었다. 사람들이 다들 의아하여 "돌도 걸어오는가?"라고 말했더니, 돌이 그 자리에 멈추어 섰다. 그 이후로 마을의 이름을 칠성(七星)이라 불렀다.

우리 형제가 우연히 그곳에 놀러갔다가 그 돌덩이를 보고 기이하게 여겨서 각각 돌에다가 이름을 써서 새겨 놓았다. 대개 우리가 7형제인 까닭이었다. 이에 땅을 사서 나무를 심어 가꾸도록 했다. 지금은 울창하게 숲을 이루어 대구의 한 명승이 되었다.[159]

35. 태수희(太守戲)

금산(金山) 지역에 '가태수(假太守) 행차'가 있었으니, 이는 오인(午人, 남인을 지칭함) 연소배들이 전부터 해 왔던 놀이였다. 금산의 관장인 이정서(李廷書)가 크게 놀라 군교를 출동시켜 유생 70여 인을 잡아들이고 칼을 씌워 가두어 놓은 다음, 밤중에 비밀 보고를 하였다. 부친이 웃으며 지시하기를,

"이건 필시 태수 놀이다."

라고 하였다. 이에 판결을 내리시기를,

"시절이 화평하고 풍년이 들어 관아와 촌락이 다 평온하여, 젊은 유생

---

159 지금 대구의 칠성동이라는 동명(洞名)으로 남아 있다. 현재 이 바위들이 대구역 부근에 옮겨져 있다.

들이 이런 놀이를 벌인 것은 태평 시절을 즐기는 일이라 할 수 있다.
그런데 추로지향(鄒魯之鄉)160에서 살면서 제사를 받드는 놀이를 벌이는
것은 좋다고 하겠으나, 놀이라고 하면서 아전과 향임(鄉任)들을 모시고
군졸과 관노 등속이 늘어서서 일산을 펼치고 소리치고 노래하며 백주
대낮에 큰길을 행진하면서도 부끄러워할 줄 모르다니. 당초에 금지하지
못한 것은 부형들의 잘못이려니와 어찌 깊이 책망할 것이 있겠느냐? 며
칠 옥중에 가두어 두면 족히 징벌이 될 것이다."
라고 하였다. 그러고 나서 전부 다 놓아주고 과거시험을 정지시키도록
했다. 온 경내의 선비들이 다투어 와서 칭송하며 훌륭한 처사라고 탄복
하였다.

36. 임금의 정탈(定奪)

정조 때에 나의 부친이 좌승지로서 승정원에 있었고, 큰형님이 옥당
으로 재직하고 있었다. 어느 날 경연에서 형님은 상번(上番)으로, 후일
정승이 된 임한호(林漢浩)161는 하번(下番)으로 경연의 자리에 있다가 파하
고 나서 임금께서 물었다.

"상번은 하번의 나이를 알고 있는가?"

형님이

"마침 잊어서 알지 못합니다."

라고 아뢰자, 임금이 책망하였다.

---

160 추로지향(鄒魯之鄉): 공자와 맹자의 고향이라는 뜻으로, 예절을 알고 학문이 왕성한
   곳을 이르는 말.
161 임한호(林漢浩, 1752~1827): 본관은 나주, 자는 경소(景昭)이며, 정조 때 문과에 급제
   하여 이조참의를 거쳐 우의정에 올랐다.

"하번은 나와 동갑인데 상번이 모른다니……. 그렇다면 내 나이도 알지 못하겠구나. 어찌 이런 도리가 있단 말이냐?"

이내 승지에게 말해서 하교(下敎)를 쓰도록 했다.

"임금의 나이를 알지 못하고 있으니, 어찌 어버이의 나이를 알겠는가? 만 번 해괴하도다. 이와같이 하교하니, 가서 임금과 어버이의 나이를 알지 못하는 아비와 자식에게 보여주어라."

또 말씀하셨다.

"임금과 어버이의 나이를 모르는 자는 누구인가? 그런 자의 아비는 누구인가? 승정원으로부터 현고(現告)¹⁶²를 들어 올리라."

현고에 임금과 어버이의 나이를 모르는 자의 아비는 좌승지이고, 임금과 어버이의 나이를 모르는 자는 이교리(二校理)¹⁶³라고 쓰도록 했다. 대개 형님은 일교리(一校理)였으며 후일 대사성을 지낸 박길원(朴吉源)¹⁶⁴은 당시 이교리였는데, 잘못 이교리라고 쓴 것이다. 임금이 또 말씀하시를,

"좌승지는 누구이며, 이교리는 누구인가? 성명을 써서 승정원에 들이라."

라고 했다. 좌승지는 모(某)이고, 이교리는 박길원이라고 써서 올렸다. 임금은 크게 웃으셨고, 모시고 있던 여러 신하도 모두 입을 가리고 웃었다. 대개 임금께서는 이교리가 누구인지 이미 알고 있으면서 일부러 이런 말씀을 하신 것이었다.

박 대사성은 같은 동네에 살면서 우리 부친과 사이가 좋은 분이었다. 부친께서는 매양 그분을 놀려서

"이는 임금께 정탈(定奪)¹⁶⁵을 한 바이다."

---

162 현고(現告): 과오를 저지른 당사자가 누구인지를 밝혀서 보고하는 것.
163 이교리(二校理): 부교리(副校理)를 가리킴. 옥당(玉堂)은 홍문관의 별칭.
164 박길원(朴吉源, 1738~?): 본관은 반남, 자는 백상(伯常)이며, 정조 때 과거에 합격하여 벼슬이 성균관 대사성에 이르렀다.
165 정탈(定奪): 임금의 결재를 받는 것을 이르는 말.

라고 하니, 박 대사성은 웃으며 대답하지 못했다. 일시 우스운 일로 세상에 전해졌다.

37. 살인 옥사

정사년(1797) 여름에 나의 부친이 앞서의 의망(擬望)으로 형조참의에 제수되면서 임금께서 하교하셨다.

"정관(政官)·기당(騎堂)¹⁶⁶은 별로 어려운 일이 없어 누구나 다 할 수 있지만, 형관(刑官, 형조판서직)에 이르러서는 내가 적임자 찾기를 어렵게 여기고 있다. 지금 특별히 제수하는 바이니, 형관 한 자리를 경(卿)은 사양해선 안 되니 모름지기 이 뜻을 알도록 하라."

6월부터 9월까지 체임되지 않아 날마다 관아에 나아가서 판결하시기를 흐르는 물 같이 하되, 평반(平反)¹⁶⁷하기로 힘을 썼다. 전옥(典獄)에 오래 갇혀 있어 사면받을 만하되 사면을 얻지 못한 자가 무릇 7명이었는데, 10여 년이나 오래 갇혀 있는 상태였다. 초기(草記)¹⁶⁸에 근거해서 판결하는데, 모두 다 사형에서 감등하여 정배를 보내거나 특별히 방면해 주거나 했다. 그래서 일반 남녀들을 밝은 임금님의 아래에 한 사람도 원통함이 없도록 하였다. 의심스러운 살인 옥사나 억울하게 갇혀 있는 자들이 모두 살길을 얻도록 하여 전후로 이에 힘입어 살아난 자들이 20여 인이 되었다. 일찍이 우리 형제들에게 말씀하시기를,

---

166 정관(政官)·기당(騎堂): 조선시대 관제에서 일반행정업무는 이조(吏曹)에서 담당하고, 무반 쪽은 병조(兵曹)에서 담당했다. 이조 쪽을 정관이라 하며 병조 쪽을 기당이라고 한 것이다. 기(騎)는 병조에 대해 붙이는 글자임.

167 평반(平反): 죄를 공평히 판결하는 것을 가리키는 말.

168 초기(草記): 지방 관아에서 중앙에 요점을 정리해 올리는 문서.

"옥사의 정황은 자세히 살펴보지 않을 수 없다. 응당 죽여야 함에도 죽이지 않는 것은 법을 어기는 일이요, 응당 죽여야 하지 않음에도 죽이는 것은 차마 할 수 없는 일이다. 여기에는 털끝만큼의 착오도 없어야만 한다."

라고 하셨다.

예전에 나의 부친이 황해도 문화(文化) 현령으로 있을 적에 신천(信川) 고을에서 옥사가 있었다. 신천의 장교로 은퇴한 자가 집이 큰 부자이고, 나이가 늙어 자식을 두지 못했는데 회갑의 나이에 이르러 아들을 낳았다. 아들은 생김새가 비범하기까지 하여 금이야 옥이야 사랑했다. 아이의 나이 7~8세쯤 되어서 관아에 드나들며 글자를 배우게 했다. 관아의 여러 사람도 다들 아이를 기특하게 여겼다. 그 아비는 이 아이가 관의 역을 지게 될까 걱정하여 질청(秩廳)[169]이나 군교청, 통인청(通引廳)[170]에 모두 수백 금을 바쳐서 유재(留財)로 쓰게 하고 오직 관의 역을 맡지 않게 되기를 바라며 공부하도록 했다.

어느 날 그 사람이 머리를 흩트리고 울면서 관정으로 들어와 가슴을 치고 발을 구르며 거의 기절을 했다가 깨어나서 땅을 두드리며 통곡하고,

"소인의 아들이 조금 전에 누구에게 죽임을 당했습니다. 원하옵건대 사또께서는 이 원수를 갚아 주옵소서."

라고 아뢰는 것이었다. 온 고을 사람들이 다들 놀라고 참혹하게 여겨서 그 자세한 까닭을 물어보니, 어떤 사람이 아이의 고환을 잘라 죽였다고 하는 것이었다. 관장(官長)이 크게 놀라 즉시 수색하여 잡아들이라 했더니 며칠 지나지 않아서 포교가 한 사람을 붙잡아 왔는데, 곧 점소이(店小

---

169 질청(秩廳): 각 지방 관아의 육방 관속들이 사무를 보는 곳. 연청(椽廳), 작사청(作事廳)이라고도 함.

170 통인청(通引廳): 통인이 근무하는 처소. 통인은 일명 방자로, 관장을 시중드는 일을 맡음.

二)[171]였다. 그날 아이를 등에 업고 가서 이웃의 무당이 굿하는 것을 구경하고 해가 저문 다음에 돌아와서 중문 안에 내려놓았다고 하였다. 점소이의 주머니를 뒤져 보았더니 기름종이 한쪽이 들어 있었는데, 그 종이에는 고깃덩이를 쌌던 핏자국이 있었다. 즉시 붙잡아 심문하니, 그날 과연 함께 이웃집으로 갔다가 돌아와서 도로 그 집에 데려다 두었다는 것이다. 그 밖의 일들은 알지 못하며 주머니 속의 피 묻은 종이는 저번에 군교들을 호궤(犒饋)[172]할 때 구운 고기를 싸서 가지고 와 노모에게 드린 것이라고 하였다.

그는 생김새가 험상궂고 더벅머리에다가 수염이 거칠고 나이가 40세쯤 되는 총각이었다. 그자에게 관정의 위엄을 보이고 형장을 가하자 낱낱이 승복하였다. 과연 어떤 사람의 돈을 받고 아이의 고환을 잘라내 주었다는 것이었다. 그 사람은 생면부지로 어디 사는지도 알지 못하는데 풍창(風瘡)[173]으로 인해 8~9세 아이의 고환을 구하는 까닭에 20 꿰미의 돈을 받았으며, 돈은 주인집 마구 안에 묻어 놓았다고 하였다. 그러고 나서 아이의 고환은 기름종이로 싸서 그 사람에게 주었다는 것이다. 사람을 시켜 파 보도록 했더니 마구간 뒤에서 과연 12 꿰미의 돈이 나왔다. 이에 결말을 지어 옥사를 성립하게 되었다. 이때 상하 관속들이 너나없이 분개하여 죽도록 형벌을 가해서 거의 무릎이 꺾이고 뼈가 가루가 될 지경이 되었다.

몇 달 지나 문화 고을에서 출장을 나온 포교가 온정(溫井)[174] 근처를 돌아다니다가 어떤 사람이 주변을 살피는 것이 자못 수상해 보여서 붙잡아 심문하고 주머니를 뒤져 보았더니 종이에 싸인 어린아이의 고환이

---

171 점소이(店小二): 주막이나 객점의 심부름꾼을 가리키는 말.
172 호궤(犒饋): 군사들에게 수고를 치하하고 위로하기 위해서 술과 음식을 대접하는 일.
173 풍창(風瘡): 피부병의 일종으로 나환(癩患), 즉 문둥병을 가리키는 것임.
174 온정(溫井): 온천과 같은 말. 신천에 오래된 온천이 있었음.

들어 있었다. 그래서 구타를 하여 마구 캐물은즉 아무 마을에 사는 10세 아이의 것이라고 했다. 이번만 그랬던 것이 아니요, 지난번에 신천 읍내로 가서 아무개의 아들을 유인해서 고환을 잘라내서 먹었다는 것이었다. 즉시 묶어 놓고 와서 아뢰었다. 전후의 경위를 자세히 심문한즉, 이 자는 과연 지난번에 아이를 죽였던 범인이었다. 이에 신천으로 이송하였다. 지난번에 범인으로 붙잡혀 있었던 점소이를 방면하였는데 몸이 이미 행보할 수 없는 상태였다. 다시 물어본즉 눈물을 흘리며 아뢰기를,

"주머니 속에 있었던 종이의 핏자국은 실제로 호궤할 그때 고기를 쌌던 것이요, 마구간 뒤에 묻어 놓았던 돈은 제가 물을 팔아 얻은 이득을 모아놓은 것입니다. 엄한 형장을 맞고 아픔을 견디지 못해 부득이 거짓 자복을 했던 것입니다."

라고 하는 것이었다.

이 옥사로 보건대 무릇 여러 실제 정황을 자세히 신중하게 살펴보지 않을 수 없으니, 삼복성안(三覆成案)[175]이 참으로 까닭이 있는 말이다. 이는 내가 부친께 직접 들었던 일인데, 지금 너희들을 위해서 이 말을 한다.

38. 임금의 하교

정사년(1797) 여름에 나의 부친이 앞서의 의망(擬望)으로 승지에 임명되어 성정각(誠正閣)[176]에 입시를 하였다. 이때 임금께서 다음과 같이 하교하셨다.

---

175 삼복성안(三覆成案): 사건을 세 번 심리하여 문서로 작성하는 일.

176 성정각(誠正閣): 성정(誠正)이란 성의(誠意)와 정심(正心)의 앞 글자를 따온 것이다. 서울의 창덕궁(昌德宮) 안에 있는 전각의 이름으로, 왕이 경연(經筵)을 여는 곳으로 자주 쓰였다.

"내가 매양 경에게 한번 말을 하려다가 미처 못 한 것이 있다. 지난 임자년(1792)에 남학(南學)[177]의 유생들이 경의 집안에 대해 올린 소로 인해서 한 번 액운을 겪었다 할 수 있으며, 또한 해를 입었다가 복이 된 일이라고도 할 수 있다. 모년 형조의 일은 만만 번 당치 않은 일로, 다만 내가 본디 다 알고 있는 일일 뿐 아니라 그때 선세자(先世子)께서 영을 내리신 것 또한 남김없이 환히 밝혀진 바이다. 세상의 일이 아무리 험하다지만, 그 일의 전말을 알지도 못하면서 공연히 경의 집을 물어뜯는 것은 참으로 이상하다.

국정(鞫庭)의 흉서와 조정(曹庭)의 소지(所志)는 단락이 각각 다르니 오늘날 조정에 있는 여러 신하로 모년의 일을 경험한 자라면 누군들 알지 못하겠는가. 이런 까닭에 나는 기유년(1789) 현륭원지(顯隆園誌)[178]를 다시 편찬했던 것이다. 나경언의 일을 구별해 썼던 일은 아마도 들어서 알 것이다. 한번 툭 털어 밝히고 싶지 않은 바가 아니었으되 일이 차마 말하기도 어려운 데다 듣기도 매우 불편하고, 또 별다른 실마리가 없는 까닭에 그대로 따랐던 것이다. 필경에는 유생의 상소가 나와서 더없이 무함을 받았으니 인심이나 세상일이 어찌 이와 같이 험악한가? 그러니 이 문제를 잘 해명한다면 또한 다행이라 하겠다.

경의 평생을 보건대 중후근신(重厚謹愼)하며 풍류와 재능을 갖추고 있는 데다가 세상에 미움을 받지 않는데도, 이 문제로 남의 비난을 계속 받아 중간에 침체하고 어려움에 처하게 된 것 또한 필시 여기에 까닭이 있었다고 하겠다. 내가 잘 알고 있는 바이지만, 경이 이런 처지에 놓였던 것은 실로 경의 운수가 때에 따라 막혀서 그런 것이었다. 나는 기왕에 선세자가 내리신 영을 받들었던 까닭에 지난번 경기감영에서 올린 장계

---

177 남학(南學): 서울에 설치했던 사학(四學)의 하나. 지금 이곳이 남학동으로 불리고 있다.
178 현륭원지(顯隆園誌): 사도세자의 능이 원래 서울 지역의 배봉산에 있었는데, 1789년에 수원으로 옮기면서 편찬했던 책. 지금 현륭원은 융릉(隆陵)으로 일컬어지고 있다.

에 윤허하여 툭 털어 밝힌 바 있다. 이에 경의 집에 여러 해 쌓인 원통한 일이 환히 해명된 터이니, 경의 집에 있어서는 어찌 크게 다행한 일이 아니겠는가?"

부친이 임금 앞에 엎드려 삼가 듣다가 자신도 모르게 피눈물이 얼굴을 덮으며 울먹이는 소리가 함께 나와 아뢰었다.

"신의 숙부가 여러 해 원통한 일을 겪었는데 천행으로 하늘과 땅 같은 인자하심에 힘입어 해와 달이 남김없이 비추어 주심으로 이와 같이 해명해 주셨습니다. 신의 집은 대대로 분골쇄신을 하더라도 어떻게 만의 하나나마 보답을 할 수 있으오리까?"

임금께서 손을 저으며 말씀하셨다.

"이는 그럴 일이 아니다. 모두 선세자의 일월처럼 밝으심으로 비추지 않은 것이 없는 지극한 인자하심과 거룩한 은택이다. 이 일은 긴가민가 하면서 곡진히 조화를 덮고 있은즉 은덕이라고 할 수도 있겠으나, 이 일의 실상이 비로소 드러나게 된 데 불과할 따름이니 무슨 은덕이라고 할 것이 있겠느냐. 이 이후로 세상 사람들이 어찌 경의 집안을 헐뜯을 이치가 있겠는가? 나는 매번 경의 재능과 국량을 아깝게 여겨, 여러 번 경연에서 하교했던 것이다."

39. 충청도 감사

무오년(1798) 가을에 나의 부친 이태영(李泰永)이 도승지로 입시하였는데, 이때에 충청도 감사의 사직소가 올라왔다. 당시 차대(次對)[179]가 있어

---

179 차대(次對): 의정(議政), 대간(臺諫), 옥당(玉堂) 등이 매달 6차에 걸쳐 임금 앞에서 국정에 대해 논하는 일.

서 대신들이 등연(登筵)[180]을 했다. 임금께서 충청도 감사에게 내리는 비답에 "사직소대로 시행하라."라고 부친에게 쓰도록 명하셨다. 그리고 대신들에게 하교하시기를,

"충청도는 지금 한발의 재앙이 매우 심하여 백성들이 신음하고 괴로워하고 있다. 이때에 당해서 이곳의 감사는 특별히 유능한 사람을 택해서 보내야 할 것이다. 경들이 추천을 하면 이 자리에서 바로 비답을 내리겠다."

라고 하였다. 이병모(李秉模)[181]가 앞으로 나아가

"어용겸과 박종래가 적합합니다."

라고 아뢰자, 임금이 말씀하셨다.

"가합하지 않다. 이때에 당해서 백성을 다스리는 일을 능숙하지 않은 사람에게 맡길 수 없다. 다시 추천을 하여 2품으로 의망에 올려라."

이병모가 또

"심진현이 적합합니다."

라고 아뢰자, 임금께서

"이밖에 다른 사람이 없느냐? 다시 추천을 하여라."

하여, 이병모는 한참을 생각하던 끝에 아뢰었다.

"신의 어리석은 소견으로는 종내 적합한 사람을 떠올리기 어렵습니다. 신하를 아는 것은 임금만 한 분이 없다는데, 오직 성상께서 뽑으셔야 하겠습니다."

임금께서는

"도승지가 어떠한가?"

---

180 등연(登筵): 신하들이 정사를 보고하기 위해 임금께 나아가는 것.

181 이병모(李秉模, 1742~1806): 자는 이칙(彝則), 호는 정수재(靜修齋), 본관은 덕수(德水). 벼슬은 홍문관 제학 등을 거쳐 영의정을 지낸 인물. 무오년 당시에 그는 의정(議政)으로 있었음.

라고 말씀하셨다. 이병모가 미처 대답을 못하고 있는데, 또 물으시기를,

"어떠한가? 어떠한가?"

라고 하여, 이병모가

"노련하고 통달한 사람입니다."

라고 아뢰자, 임금이 말씀하셨다.

"영남의 감사 자리에서 돌아와 1년도 지나지 않은데다가 바야흐로 조정에 사람이 없는 때를 당하였다. 이 사람은 외직으로 보낼 수 없는 형편이지만, 두루 생각해보니 이 사람이 아니고는 적합한 사람이 없지만, 그렇다고 호서 지방을 포기할 수 있겠느냐?"

인하여 이조판서에게 명해서 의망을 들이라 하여 낙점을 받게 되었다. 이어 며칠 내에 바로 하직하고 부임하라는 하교가 있었다. 차대를 파한 뒤에 도승지는 입시하라는 하교가 있어 부친이 가까이 나아가자 임금께서 말씀하셨다.

"경이 조정에 돌아온 지 얼마 되지 않아서 또 이렇게 나가게 되니, 비록 부득이한 일이지만 나의 마음은 서글퍼서 형언할 수 없구려. 오래지 않아 응당 불러들일 터이니 그 사이 잘 지내길 바라오. 호서 지방에 든 흉년은 전고(前古)에 없었던 바인데, 구제하는 시책은 장차 어떻게 운영하려오?"

"신이 비록 대략은 들었으나, 지금 이 자리에서 실정을 들어서 자세히 아뢰기는 어렵습니다."

이에 임금이 다음과 같이 말씀하셨다.

"경이 내려가면 편의대로 행하도록 하오. 호서 한 도(道)는 내 다시 근심하지 않을 것이니 경에게 전적으로 맡기는 것이오."

40. 진휼책

당시에 충청도 도내가 크게 기근이 들어 백성들이 모두 유랑을 하여 무리를 이루어 도적질을 하기도 해서 온 경내가 소란스러웠다. 서울에까지 말이 퍼져서 들리는 소리가 매우 해괴하였다. 부임한 처음에 백성들이 열 명이고 백 명이고 떼를 지어 다투어 와서 호소를 하는데 살려달라는 소리뿐이었고, 문서와 소장이 뜰에 가득 차 닭 울음을 들을 때까지 그칠 줄 몰랐다. 부친이 그들에게 일일이 달래고 깨우치며 먼저 나라에서 구휼의 시책을 내리신 거룩한 덕을 알리고, 또 감영에서 환곡이며 진대(賑貸)[182]의 대책을 세운 것을 알리며

"너희들 모두 마음을 놓고 기다릴 것이요, 이처럼 소동을 피울 것이 없다."

라고 말씀하셨다. 백성들이 모두들 손을 모아 칭송하며

"오직 사또의 처분을 바라오니, 젖 먹는 아이가 먹을 것을 바라는 것과 같습니다. 지금 하시는 말씀을 듣자오니, 어찌 우리를 속이시겠습니까."

하고 모두들 돌아갔다. 그로부터서 백성들이 서로들 축하하며 말했다.

"우리들이 다행히도 이런 훌륭한 사또를 만나 장차 굶어 죽어 구렁을 메꿀 일은 면하게 되었으니 어찌 기쁘지 않은가."

백성들의 송사가 곧바로 줄어들어 온 도내가 안도하게 되었다. 각 고을의 수령들도 모두들

"지금 우리가 이 사또를 만났으니, 온 도내 백성들의 목숨을 걱정하지 않아도 되겠구나."

라고 하였다. 백성들이 각기 전답의 재결(災結)[183]을 가지고 와서 호소하면

"여러 말 할 것이 없다. 감영에서 필히 적절한 처분을 내릴 것이다."

---

182 진대(賑貸): 흉년이 들었을 때 백성들에게 곡식을 빌려주는 제도.

183 재결(災結): 가뭄이나 홍수 등의 피해로 농사가 제대로 되지 못한 경우 조세를 면제해 주는 것을 가리킴.

라고 말하여, 다 고무되고 기뻐했다.

41. 평안도 감사

기미년(1799) 겨울에 부친은 평안도 감사로 전직(轉職)이 되었다. 입시를 하였을 때 임금이 하교하기를,

"경이 외직으로 나가 있는 것이 오래되었다고 하겠다. 조정에 사람이 귀한 때를 당하여 경과 같은 재목을 다시 외직으로 나가 있게 하고 싶지 않으나, 지금 관서 한 도(道)를 돌아보건대 도무지 말이 아니구려. 경이 아니고는 앉힐 사람이 없소. 평양은 번화하기로 예로부터 일컬어져 왔는데, 최근에 와서는 민생이 도탄에 빠지고 전곡(錢穀) 또한 고갈이 되어 날로 더욱 심해가고 있소. 경은 모름지기 내려가서 일일이 복구를 하여 나로 하여금 관서 지방에 대한 우려가 없도록 하오."

라고 하셨다. 부친은 재주가 미치지 못하는 데다가 여러 지방관을 역임한 점을 들어서 누누이 나가기 어렵다고 아뢰었으나 끝내 받아들여지지 못했다. 물러나온 이후에 또 소를 올려 사양했으나 비답하시는 말씀이 더욱 간곡했다. 뒤에 입시하는 기회에 또 앞으로 나아가 사임을 허락해 주시길 아뢰었으나 임금이 다음과 같이 하교하셨다.

"면전에서 사임하는 것은 대신이 아니고는 감히 할 수 없다. 감사가 어찌 감히 이러는가?"

그리고 명하셨다.

"평안도 감사는 내일 사조(辭朝)하도록 하라."

부친은 부득이 물러나왔다.

누군가 묻기를,

"면전에서 사임하는 것은 대신이 아니고는 할 수 없는 법이거늘, 혹시

미처 몰랐습니까?"

라고 하여, 부친은 웃으면서 다음과 같이 말씀하셨다.

"내 어찌 몰랐겠소. 우리나라는 자고로 외직을 가볍게 여기고 내직을 중하게 여겼으니, 고인은 외직으로 나가는 것을 좌천으로 생각하였지요. 지금에 와서는 군현의 수령이라도 연거푸 하게 되면 사람들이 다들 부러워하는데 하물며 큰 도에 이르러서는 말할 것이 있겠소. 방백(方伯)의 직책은 결코 가볍지 않고 중한 것인데 나의 재주가 미치지 못할 뿐 아니라, 지금 바야흐로 방백으로 나가고 싶은데 얻지 못하는 사람이 많이 있지요. 내가 어떤 사람인데 8~9년 사이에 네 도를 연이어 맡아 내가 아니고는 맡을 수 없는 것처럼 하겠소. 필경 낭패를 볼 것은 나 스스로 잘 아는 바요. 이런 까닭에 면전에서 사임하여 죄를 얻으려고 했던 것이오. 그런데 끝내 뜻대로 되지 않았으니 스스로 탄식하지 않을 수 없구려."

42. 죽은 자는 말을 못한다

중화현(中和縣)[184]에 살인 옥사가 있었다. 김가란 자가 자기 일가로 질부(姪婦) 되는 여자의 방에 들어갔는데, 그 질부가 김가를 칼로 찔러서 죽인 사건이었다. 그 마을에서 자기네들끼리 화해를 하고 덮어 두었는데 고을에 알려져서 염탐을 하여 감영에 보고한 것이 있었다. 그 여자는 사내가 남모르게 방으로 들어와서 강간하는 일이 있을까 두려워 칼로 찔렀다고 하였으며, 그 자는 전에부터 술버릇이 사나워 매양 그 여자의 단점을 말하여 마음에 늘 불쾌했다고 했다. 여러 사람들의 의논이,

"이 자가 여자의 방에 뛰어든 그 마음은 알 만하다. 필시 간음을 하고

---

184 중화현(中和縣): 평양시 중화군의 옛 이름.

자 해서 그런 것이요, 그렇지 않다면 어찌 여자의 방에 들어갔겠는가."
라고 하였다.

이에 부친은 다음과 같이 말씀하였다.

"그 자가 여자의 방에 들어간 것은 관계치 않고 출입했던 까닭이다.
어찌 간음할 생각으로 들어갔겠는가. 그 자는 이미 죽었으니 지금은 말
로 해명할 수가 없다. 그런데 그의 긴가민가한 행적을 가지고 사람을
패륜의 길로 몰아넣으니, 죽은 자에게는 어찌 원통하지 않겠는가. 대저
옥사의 실정은 양 편의 말을 들어서 판결하는 법이다. 한 사람은 살았고
한 사람은 죽은 경우에 오로지 산 자만 위하고 죽은 자를 돌아보지 않으
면 어찌 말이 되겠는가. 여러 사람의 의논이 극히 온당하지 못하다. 판결
문이 한 번 작성되면 곧 천고의 죄인이 되고 마니, 이 어찌 어진 군자의
마음이겠는가."

43. 민심

부친이 남한산성[185]의 유수로 계실 적에 마침 임금이 정릉(靖陵)으로
거둥한다는 명이 있었다. 부친은 도로 도차원(道路都差員)[186]으로 바야흐
로 한강나루에 부교를 설치했다. 일을 마친 뒤에 강물이 발원하는 지역
에서 큰 비가 쏟아져 내려 저녁에 이르러는 물이 넘쳐 배다리에 물이
두세 자나 차 있었다. 그 이튿날 새벽이 바로 거둥이 궁에서 나오는 날이
었다. 모두들 황겁하여 흙과 돌로 물을 막았으나, 조반 때에 이르러서도

---

185 남한산성: 남한산성이 광주부에 위치해 있었다. 그래서 "남한산성에 있을 때"라는
    것은 곧 부친인 이태영이 광주 부윤으로 있었다는 것을 의미한다.
186 도로 도차원(道路都差員): 도차원은 도내의 수령 중에서 어떤 중요한 임무를 수행하도
    록 하기 위해 뽑힌 관원. 여기서는 곧 도로를 관리하는 임무를 띤 도차원을 가리킴.

그 물이 범람하는 것을 막아낼 도리가 없었다. 임금의 행차가 주정소(晝停所)[187]에 다다르자 경기감사와 도로 도차원을 잡아들이라 명하고 아울러 파직을 시켰다. 이때 부친에게는 백의(白衣)로 역사를 감독하도록 하라는 명이 있었다.

그러자 광주 지역의 백성들 백 명, 천 명이 무리를 지어 어가 앞에 나와서

"저희 백성들이 이 관장을 잃으면 어린 아이들이 젖이 끊어지는 것과 같사오니, 원하옵건대 몇 년을 그대로 두어 주옵소서."

라고 호소하였다. 임금께서는,

"너희들 금년의 전세(田稅)를 반감해 줄 것이니 모두 물러가거라."

라고 말씀하셨다. 백성들은 모두 울면서

"전세를 반으로 줄여주시는 것은 원하는 바 아니옵고, 오직 어진 관장을 그대로 두어 주시기를 바라나이다."

라고 하였다. 임금께서 웃으면서 말씀하셨다.

"백성들의 소원이 이와 같지만 죄는 용서할 수 없다."

부친께서 백의로 역사를 감독하실 때에 백성들은

"만약 우리가 수해를 물리치면 관장이 그대로 머무실 것이다."

하며, 남녀를 막론하고 다들 나서서 일을 하는데, 여자들은 흙과 돌을 이고 아이들은 손으로 모래를 움켜쥐고 나섰다. 일시에 모두들 거들어서 물로 인해서 끊어진 곳을 어가가 잘 건널 수 있었다. 여기에서 백성들의 마음을 잘 볼 수 있다.

---

187 주정소(晝停所): 임금이 행차를 할 때에 휴식이나 식사를 하기 위해 마련한 곳.

44. 사당(舍堂)

부친이 경상감사로 있을 때의 일이다. 마침 6월 18일 생신을 맞아, 도내의 수령 삼십여 인이 모여 연회를 베풀어 축하하고 저물녘에 파하였다. 부친은 여러 수령들을 보고,

"오늘의 모임은 나 때문에 여러 수령들이 실컷 즐기지 못하였소. 연회의 기구와 노래 부르고 춤추는 기생들을 모두 다 보내줄 것이니, 밤에 영리청(營吏廳)[188]에 모여서 밤이 다할 때까지 놀며 즐기는 것이 좋겠소." 라고 말씀하셨다. 그리고 각 담당자에게 분부하여 필요한 것들을 갖추어 보내도록 했다. 여러 고을의 수령들이 한 자리에 모여 연회를 벌였다. 술이 취하자 어느 고을 원은 흥이 나서 관대와 도포를 벗어 버리고 거사 모양으로 꾸미고 한 기생을 사당 모양으로 꾸민 다음, 뜰에서 소고를 치며 마주 보고 춤을 추었다. 좌중이 모두 크게 웃었다. 대개 그 관장은 어려서부터 이 놀이를 잘하여 세상에서 이름이 있어 새벽까지 놀다가 파했던 것이다. 부친은 이 이야기를 듣고 해괴하게 여겨,

"어찌 관장으로서 감영의 모임에서 그런 해괴한 짓을 한단 말인가?" 하고서, 연말의 평가에서 하 등급을 주었다.

45. 큰형님

부친이 황해도 감사로 계실 때에 큰형님이 마침 부친을 뵈러 와서 우리 여러 형제들이 다 모였다. 어느 날 밤 부친을 모시고 앉았다가 밤이 깊어진 뒤에 물러가겠다고 아뢰자 부친이 큰형님만 남아 있으라고 하셨다. 나는 방문을 나가서 창문 뒤에 앉아 있다가 우연히 부친이 큰형님에

---

188 영리청(營吏廳): 감영 소속 아전들이 사무를 보는 곳.

게 하시는 말씀을 듣게 되었다.

"너는 네 여러 동생들에게 너무 엄정하여 네 아우들이 너를 보면 모두 위축이 되어 감히 바로 보지 못하는구나. 네가 큰형으로서 솔선하여 가르쳤기 때문에 네 아우들이 빗나가지 않았다. 지금은 다 장성하였으니 전과 같이 할 것이 없겠다."

형님은 삼가 하교를 받들어 그 후로부터 사색(辭色)이 많이 부드러워 졌다.

46. 삼마치(三馬峙)

첨지 민백안(閔百恒)은 무변인 민백항(閔百頊)의 서동생[庶弟]이다. 통영의 군막에 있을 때에 고성 기생을 보아서 딸 하나를 낳았는데, 결혼할 나이가 되었는되었는데도 데려가지 않았다. 부친이 경상도 감사로 계실 때에 나의 양부가 마침 한산도로 유람을 가는 길에 고성을 지나가게 되어 그 여자를 보고 안타깝게 여겨서 말에 사람을 붙여 서울로 올려 보냈다. 그래서 민씨 집에서는 홍천(洪川) 땅으로 시집을 보냈던 것이다.

내가 홍천 군수로 있을 때에 그 서녀의 시가인 이씨가 마침 홍천 관문 밖 멀지 않은 곳에 살고 있었는데, 그녀가 바느질로 생계를 이어가는 형편이었다. 관아의 비복들이 삯을 주고 옷을 바느질을 하게 했다. 그래서 그녀의 여덟 살 난 아이가 종종 관아로 왕래하게 되어, 관속들이 다 동정하여 더러 떡과 고기 등속을 주곤 하였다. 내아(內衙)에서도 또한 그 정상이 가긍한 줄 알았기에 매양 쌀과 고기로 도와주었다. 그녀는 감사히 여겼음이 물론이다.

그 남편인 이사윤(李士允)이란 사람 또한 관아에 들락거려서 서로 친숙하였다. 그런데 그 사람 됨됨이가 게을러빠져 열손가락을 까딱도 않고

의식을 오로지 그 아내에게 의존하였다. 그런 까닭에 나는 종종 그를 책망하여

"남자로서 처자식의 의복과 음식을 마련해주지 못하고 도리어 아내에게 의존하다니, 이 어찌 남자의 도리인가? 산전(山田)이 주위에 많은데 어찌 농사에 힘쓰지 않는가?"
라고 했으나, 끝내 듣지를 않았다.

그러다가 신사년(1821) 봄에 그가 문득 찾아와서 말하기를,

"민(民)이 장차 삼마치(三馬峙)[189] 골짜기로 이사 가려고 합니다."
라고 해서 까닭을 물은즉, 그곳에는 빈집이 있고 놀고 있는 밭이 많기 때문이라고 하였다. 나는 또 그를 책망했다.

"어느 곳인들 밭이 없는가. 오직 사람이 힘써 일하는가, 하지 않는가에 달려 있지. 네가 나고 자란 마을에서 살아간다면 아무리 굶어 죽는 지경에 이른다 해도 따끈한 물 한 그릇 가지고 와서 구해줄 사람도 있을 것일세. 동네를 떠나서 홀로 살아가면 누가 너의 형편을 알아서 동정을 해주겠는가. 더구나 삼마치란 곳은 호랑이가 득실거려서, 듣건대 인가라고는 두 집뿐이라대. 너는 가련한 아내를 호랑이 먹이로 만들려고 그런 생각을 냈단 말인가. 절대로 안 될 일일세."

이렇게 신신당부하고 이웃에 사는 그의 친척 아저씨에게 만류하도록 시키기까지 했다. 그래도 끝내 듣지 않고 삼마치로 이사를 떠났다. 나는 아이들에게,

"사윤의 처는 그에게 과분한 사람이다. 처가 없으면 그는 굶어 죽을 것이다. 이번에 산골로 들어가면 그의 처는 필시 호랑이 밥이 되고 말겠다."
라고 말했다. 며칠이 지나지 않아 이사윤이 와서 울상을 하고 말하기를,

---

[189] 삼마치(三馬峙): 지금 강원도 홍천군 홍천읍 원터에서 남면으로 가는 길에 있는 고개. 고개가 험하여 세 마리의 말을 갈아타고 넘어 다녔다는 데서 삼마치(三馬峙)란 지명이 유래하였다고 한다.

"어제 민의 처가 호랑이에게 물려갔습니다."

라고 하는 것이었다. 나는 그의 말을 듣고 큰 소리로 꾸짖었다.

"내가 이르지 않았던가!"

이에 관노를 시켜 이사윤을 관문 밖으로 쫓아냈다. 그리고 급히 인부
를 징발하고 포수를 여러 명 동원하여 가서 그 시체를 찾도록 했더니,
벌써 살은 다 먹어서 해골만 남은 상태였다. 포목을 지급해서 장사를
치러주도록 했다. 그로부터 이사윤과는 관계를 끊어버렸다.

47. 납속동지(納粟同知)

임술년(1802)에 나의 큰형님이 귀양살이를 하게 된 까닭에 부친께서
벼슬을 버리고 낙계촌(樂溪村) 새집으로 내려와서 농사짓기와 고기잡이
를 즐기며 지내고 계셨다.[190] 나도 9월 무렵 낙계촌으로 와서 모시고 있
었다.

때마침 가을이라, 불었던 물이 맑아지고 누렇게 익은 벼가 타작마당
에 오르니 이야말로 단풍 들고 국화꽃 핀 가절(佳節)이었다. 부친은 어른
아이 6, 7인과 더불어 앞 냇물로 천렵을 나가, 삿갓에 낚싯대를 들고
동네 늙은이들과 어울려서 함께 노셨다. 나 또한 옆에서 모시고 있었다.
이때 어떤 유생이 괴나리봇짐을 지고 죽장을 끌고 나타나서는 냇가에
앉아 쉬다가 부친을 보고 묻는 말이었다.

"당신, 어디 사시오?"

"여기 수내(藪內)[191] 마을 사오."

---

190 작자의 큰형님은 병조판서 등을 역임한 이희갑(李羲甲)이다. 낙계촌(樂溪村)은 지금
   분당의 수내동에 있었다.

191 수내(藪內): 지금 경기도 성남시 분당구에 속해 있는 지명으로, '숲안'이라고 부르고

그 사람이 또 물었다.

"당신, 금관자를 보니 납속동지(納粟同知)[192] 같소."

"그렇소."

"기왕에 납속을 했으니 집이 필시 부자인가 보오?"

"부자 말을 좀 듣지. 생원은 어느 고장 사람이며, 무슨 일로 이곳을 지나가오?"

"나는 충청도 아무 고을 사람이라오. 서울이 굉장하단 말을 듣고 한번 구경하고 싶어서 올라오는 길이지요. 이곳을 지나는데 여기 수내 마을에 서울 이 참판 영감이 평안 감사에서 물러나 지금 와 계신다대요. 과연 그렇소?"

"그런답디다."

"이 영감은 후덕군자요, 고금에 드문 복인이라고 경향에 유명합디다. 한번 승안(承顏)이라도 했으면 좋겠는데, 길이 없네요. 당신 또한 이 어르신을 알고 계시오?"

"그 댁 울타리 아래 살고 있거늘 어찌 모를 이치가 있겠소."

"그렇다면 나로 하여금 통자(通刺)[193]를 하여 한번 뵙도록 해 줄 수 없겠소?"

"나같이 시골 사는 사람이 어찌 감히 재상댁에 사람을 천거한단 말이오? 나로서는 할 수 없는 일이오."

그 사람은 또 말했다.

"당신은 아들을 몇이나 두었소?"

한자로 '수내'로 표기하게 된 것이다. 이곳에 작자의 가문인 한산 이씨가 세거하여, 지금 중앙공원에 유적의 일부가 남아 있다.

192 납속동지(納粟同知): 동지(同知)는 동지중추부사(同知中樞府事)의 준말로 종2품 관직이다. 대체로 흉년을 당해서 나라에 양곡을 바친 자에게 내려주는 벼슬인데, 실질적인 의미가 없는 명예직에 불과한 것임.

193 통자(通刺): 남의 집을 방문할 때 명함을 드리는 일.

"자식이 일고여덟 명이라오."

"복인이시오. 복이 이 참판과 방불합니다."

그리고 담배를 청하였다. 부친이 초합(草盒)을 꺼내 놓자 그 사람이 열어 보고는 깜짝 놀라 소리쳤다.

"이건 삼등초(三蹬草)[194]로군. 이런 걸 어디서 났소?"

"이 참판 댁 동네에 사는 연고로 그 댁에서 얻었지요."

"좋네요. 이런 담배는 내 처음 보는 것입니다. 조금만 나눠 주실 수 없을까요?"

부친은 웃으면서 허락하고 그에게 반을 덜어 주었다. 그 사람은 감사해하며

"돌아가는 길에 다시 꼭 들리리다."

하고 떠났다. 좌중 사람들이 너나없이 포복절도하며

"그 사람이 눈은 붙어 있으되 눈동자가 없구먼! 아무리 외양으로만 본다 해도 시골 늙은이와 어찌 비슷할 것인가."

라고들 했다. 부친이 웃으면서 말했다.

"시골구석의 나이 어리고 무지한 사람의 일을 탓할 것이 없다. 나는 오늘 반나절을 잘 보냈구나."

모두 한 번 크게 웃고 파했다.[195]

---

194 삼등초(三蹬草): 삼등(三蹬)은 평안남도 강동군에 속한 고을 이름이다. 이곳에서 생산된 담배가 유명해서 '삼등초'로 일컬어졌다.

195 이 작품이 『청구야담』 권9에 「낙계촌이재봉향유(樂溪村李宰逢鄕儒)」라는 제목으로 실려 있다.

48. 꿈속의 일

내가 일곱 살 때 낙계촌에 있으면서 모친을 모시고 잤다. 꿈에 문밖을 나가자 어떤 거사가 나를 부르더니 이르기를,

"너는 나를 따라서 우리 집에 가자."

라고 하는 것이었다. 그리고 나를 등에 업고 가서 길을 돌아 깊은 산속으로 들어갔다. 한 툭 트인 골짜기가 극히 청결한데 초옥 몇 칸이 서 있었으며, 그 집 앞뒤로 아름다운 꽃들이 피어 있었고 기이한 새들이 날아다녔다. 그곳에 한 할멈이 나를 맞이하며

"이 아이는 누구 집 아이인가?"

라고 묻자, 거사가 이렇게 대답하였다.

"아무 마을 아이인데, 나와 인연이 있는 까닭에 내 일부러 데리고 왔다오."

이내 그곳에 머물러 며칠이 지났다. 나는 문득 부모형제를 그리워하는 마음이 일어나서 울며 밥을 먹지 않았다. 거사가 왜 그러냐고 물어서 나는 부모형제가 보고 싶다고 말하였다. 거사가 할멈을 돌아보며

"이 아이가 여기 있고 싶지 않다는데, 어찌 하면 좋겠소?"

라고 하여, 할멈은 이렇게 말하는 것이었다.

"속세와의 인연이 다하지 않아서 그런 것이겠지. 쟤가 집으로 가고 싶어 하는데, 보내주어도 무방하겠지요."

거사는 다시 나를 등에 업고 산골에서 내려와 우리 집 문밖에 내려놓더니

"내가 72년 뒤에 응당 또 와서 너를 데리고 갈 것이다."

라고 하는데, 곧 놀라 꿈이 깼다. 모친께서 내가 꿈속에서 우는 것이 이상하여 물어서 나는 꿈속의 일을 죽 말씀드렸다. 모친은 촛불을 켜라 하시고 책력에다가 그 햇수를 써 넣었다. 지금도 그때 일이 역력히 생각나는데, 72년 뒤라고 한 것은 내가 더 72년을 산다는 말이 아닐까? 7살에서 72년을

더하면 79세까지 산다는 말이 아닐까? 알 수 없는 노릇이다.

49. 동파촌(東坡村)

장단의 동파역[196] 마을 뒷산은 나의 진외가(眞外家) 선영으로 나무가
무성했다.

병신년(1776)[197]에 나의 진외종조 퇴헌공(退軒公)[198]이 추탈관작(追奪官
爵)[199]을 당했고, 진외가의 아저씨 형제들 모두 귀양을 갔다. 퇴헌공의
부인 김씨는 자부와 함께 제각(祭閣)에 머물러 있었다. 동파촌 사람들이
날마다 산에 들어가 나무를 해 가서 민둥산이 될 지경이었다. 진외가의
아저씨뻘인 감역공(監役公)이 마침 충청도에서 성묘를 와서, 하루는 마을
앞의 노상에다가 술과 안주를 마련하여 벌려 놓고 동네 사람들을 불러
모아 이르기를,

"당신들이 우리 집이 폐족 상태라 하여 날마다 우리 선산에 들어가서
나무를 해 가니, 이 어찌 마음 아픈 일이 아니겠소. 지금 이렇게 술과
안주를 대접하니, 이후로는 다시 선산을 범하는 일이 없어야겠소."
라고 하였다. 마을 사람들 중에 나이도 들고 사람 도리를 다소간 아는

---

196 동파역: 현재 행정구역은 파주시 진동면 동파리로 되어 있는데, 임진강을 건너 개성
    으로 가는 길목에 있다.

197 정조가 즉위한 해. 이때 과거의 당쟁으로 인한 정치적 갈등이 심각하게 되어 정유년
    (1777) 홍계희의 아들들과 조영순의 아들들이 역모에 관여되었다 하여 유배를 갔으
    며, 조영순은 추탈관작에 처해졌다.

198 퇴헌공(退軒公): 조영순(趙榮順, 1725~1775). 양주(楊州) 조씨로 노론사대신의 하나
    인 조태채(趙泰采, 1660~1722)의 손자. 벼슬은 부제학, 형조참판에 이름.

199 추탈관작(追奪官爵): 사후에 관작을 박탈하는 것을 가리키는 말. 조영순은 1777년에
    추탈관작을 당했다가 1800년(정조 24)에 관작이 회복되었음. 여기 내용은 복권이
    되기 이전의 일이다.

이들은 모두,

"말씀이 이와 같거늘 저희들이 감히 어찌 범하겠습니까."

라고 하였다. 그런데 나이 젊고 패악한 사람들은 개개이 큰 소리로,

"우리가 저 산에 들어가서 자꾸 나무를 해와야만 저 집의 술을 또 얻어먹을 것이 아니오."

라고 하여 그 피해가 더 심했다. 그런 중에 노란머리라는 별명을 가진 자가 그 마을에서 가장 악종이어서 사람들과 싸울 때면 으레 칼을 뽑아서 자기 가슴을 긋고 노소반상(老少班常)의 구분을 전혀 가리지 않아서, 사람들이 다들 그를 뱀이나 전갈처럼 두려워했다. 이 자가 매양 산에 올라가서 나무를 하여 산지기가 보고 금하면, 그 자는 도끼를 들고 대문으로 달려들어 도끼질을 해대며

"역적의 집은 때려 부숴야 옳지."

라고 소리치며 바깥사랑 대청과 대문을 다 때려 부수고, 또 안으로 들어가서 중문을 때려 부수고, 또 대청에 도끼질을 해댔다. 이런 사달이 나자 김씨 부인 고부는 덜덜 떨며 감히 한 마디 말도 못하고 이불을 둘러쓰고 엎드려 있었다. 그 자는 한바탕 욕설을 퍼붓다가 나갔다.

동지(同知) 조영욱(趙榮煜)은 서자로서 퇴헌공과 재종간이었다. 통영의 군막에 있다가 마침 자기 집으로 돌아왔는데, 집이 그 선영과 가까이에 있었다. 그 이튿날 김씨 부인에게 인사를 드리러 오자, 김씨 부인은 눈물을 흘리며 지난 일을 이야기했다. 조 동지는,

"이런 놈은 죽여도 아까울 것이 없다."

하고, 곧 밖으로 나가서 통영에서 데리고 온 관노 몇 사람을 불렀다. 관노들이 즉시 노란머리를 잡아왔다. 이 자는 붙잡혀 오면서도 욕설이 입에서 끊이지 않았다. 조 동지는 큰소리로 꾸짖었다.

"우리가 비록 폐족이라지만 양반이란 이름은 그대로 남아 있다. 네가 어찌 감히 이런 짓을 한단 말이냐. 내가 지금 나이 60여 세로 동지의

지위에 있으니 이만하면 분수에 족하다. 집에는 자식 하나 없으니 내 한 몸뚱이뿐이다. 너를 때려죽이고 내가 대신 죽더라도 아쉬울 것 없다."

그리고 관노들에게 분부하여 삼끈으로 꼭꼭 묶은 다음, 손가락 굵기만한 새로 돋아난 나뭇가지를 가지고 머리에서부터 아랫도리까지 무수히 때렸다. 4~5명이 교대해서 매질을 했는데, 처음에는 욕설이 전처럼 끊이지 않다가 마침내 살려달라고 애걸을 하였다. 회초리질 하는 것이 수백 대에 이르러 기운이 가물가물해지는 상태에 이르렀다. 조동지가

"그 자가 죽었느냐?"

하고 물었다. 관노들이 아뢰기를,

"죽었습니다."

하는 것이었다. 그래서 그자를 문밖으로 끌어냈다.

"문밖에 그대로 두어라. 살아나기를 기다려서 다시 매질을 해야겠다."

그러고는 관노를 시켜서 문밖에서 슬그머니 묶인 것을 풀어 놓아주었다. 노란머리는 정신을 차리자 무릎으로 기어 저의 집으로 돌아갔다. 바로 그날 밤 저의 처자식을 이끌고 도망을 쳐서 어디로 갔는지 알 수 없었다.

그 이후로는 마을 사람들이 낙엽 하나라도 감히 주워가지 못해 선산의 나무들이 잘 자랐다.

조 동지의 이 행동은 유쾌하다 할 것이다. 내가 그에게

"그처럼 때리다가 죽어버리면 어찌하려고 했소?"

라고 묻자, 조 동지는 웃으며 이렇게 대답했다.

"그때는 정말로 내가 대신 죽을 마음이었다오."

50. 두견주(杜鵑酒)

우리 집이 육각재(六角峴)[200]에 있었다. 도둑이 내협실에 들었는데, 그

때 마침 봄철이라 두견주가 바야흐로 익고 있었다. 도둑이 술항아리를 기울여 마시고는 취해서 쓰러져 코를 우레처럼 골았다. 새벽에 집안사람들이 깜짝 놀라 문을 열고 들여다보니 그릇 따위와 옷가지를 온통 끌어내서 짐바리 하나를 만들어 베고 곯아떨어진 것이었다. 이에 하인을 불러 묶어 포도청으로 보냈다. 그 자는 군문(軍門)의 병사로 각종 열쇠를 가지고 있어서 몇 개나 되는지 셀 수 없는 지경이었다. 참으로 포복절도할 일이라 여기에 기록해 둔다.

51. 혜경궁 회갑연

정조 을묘년(1795)은 곧 혜경궁(惠慶宮)의 회갑이 되는 해이다. 임금께서 한편으로 기쁘고 다른 한편으로 걱정스러운 마음에다, 겸하여 부친이 비운에 돌아가신 애통함이 있었다. 그해 윤2월에 자궁(慈宮)을 모시고 화성으로 행차하여 현륭원(顯隆園)에서 술을 올리는 예를 행하고 행궁[201]으로 돌아와서 회갑연을 베풀었다. 당시에 자궁의 내외 친척 중에서 동성(同姓)의 경우 8촌까지, 이성(異姓)의 경우 6촌까지로, 문관·무변·음직을 물론하고 모두 연회에 참석하도록 했다. 또한 모시고 온 문무백관 및 군사들과 관속들까지도 모두 꽃을 꽂도록 하였다.

이때 우리는 자궁의 외가 쪽으로 6촌척의 후손이기 때문에[202] 부친과 여러 형제들이 다 이 연회에 참석하였다. 새벽에 행궁의 뜰로 나가니 자궁께서는 낙남헌(洛南軒)의 방에 앉아계시고, 그 방에는 주렴을 드리워

---

200 육각재(六角峴): 지금 서울의 종로구 인왕산 기슭에 있는 지명.
201 행궁: 임금이 거둥할 때에 임시로 거처하는 궁전.
202 작자의 아버지 이태영은 혜경궁 홍씨의 큰외삼촌인 이병건의 손자여서 작자는 6촌에 해당한다.

서 성상께서 주렴 밖 대청 위에 서 계셨다. 주렴 앞에다 꽃문양을 넣은 동이를 두고, 3색의 복사꽃 조화를 꽂아 놓았으며 차일죽(遮日竹)에도 모두 꽃을 묶어 놓았다. 모시고 온 문관·무관 및 연회에 참석한 여러 신하나 영관(伶官)과 관속들도 모두 꽃을 꽂아서 화려하고 휘황한 광경은 형용하기 어려운 지경이었다. 의장(儀仗)이나 거행하는 찬인(贊引)들은 모두 기녀들이 하도록 했다. 뜰에는 크게 풍악을 벌렸다. 문관·무관·음직을 막론하고 큰 상차림을 각각 내려주었다. 또 술을 하사하는데 기녀들이 오색 한삼을 드리우고 은술잔에 돌려가며 따라서 거의 10여 잔씩을 마시기에 이르렀다. 성상께서 하교하시기를,

"오늘은 취하지 않으면 돌아갈 수 없다."

라고 하셔서 모두들 술을 양껏 마셨다. 나는 꽃을 옷깃의 앞섶에 꽂았다. 대개 머리에 꽂고 싶지 않았던 것은 과거시험에 합격하는 데 지장이 있을까 싶어서였다. 술이 두세 순배 돌았을 때 실수가 있을까 걱정이 되어 술잔을 받아서 몰래 자리 아래 쏟아버렸다. 오후에 또 상차림이 나왔는데, 앞서 나왔던 상과 함께 나란히 좌우에 놓아두었다. 성상께서 7언율시 한 수를 지어 내리시고, 연회에 참여한 여러 신하들에게 화답하는 시를 짓도록 하였다. 나 또한 다음과 같이 화답시를 지었다.

우리 동방을 하늘이 도우사 복록이 새로우니
나라의 큰 경사 금년 봄에 이르렀네.
축수하는 연회에 천세를 부르니
장락의 술동이 육순을 기리며
거룩한 예법 천상의 음악이 울리고
전각에 앉은 분들 모두 오색의 꽃을 꽂았구나.
소신은 이날 무한히 축하를 드리오니
선계의 복사꽃 몇 번이나 피었을꼬.

저녁이 되어 잠깐 물러났다. 저녁 식사를 한 뒤에 다시 행궁의 뜰로 나가서 이내 밤이 점점 깊어갔다. 밤에는 번철(燔鐵)[203]을 설치했는데 사람마다 각기 하나씩이었으며, 팔뚝만 한 밀랍초가 한 사람 사이마다 놓여 있었다. 그리고 행궁의 처마에는 청홍사 등불을 걸어놓아서 대낮같이 밝았다. 마치 나의 몸이 현포(玄圃)·요지(瑤池)[204]에 있는 것 같았다. 파루(罷漏) 후에 물러나오니 벌써 동이 터오고 있었다. 의막(依幕)[205]으로 돌아와서 잠깐 눈을 붙였다.

둘째 날에는 양로연을 행하여 각각 황건(黃巾)과 구공(鳩筇)[206]을 나눠 주시자, 부로들이 모두 취흥이 나서 천세를 불렀다. 일시에 모두들 일어나 춤을 추니 그야말로 장관이었다. 저녁에 임금께서 장대(將臺)에 납시어 화포를 쏘고 매화포(埋火砲)[207]를 터뜨리니 화광이 성안에 가득 차고 포성이 온 산을 울렸다. 그리고 성조(城操)[208]를 시행하여 온 성이 붉게 물드니 이 또한 장관이었다. 밤이 깊어서 파하여 사처로 돌아왔다.

셋째 날 어가가 돌아가시매, 시흥[209]에서 대기하라는 하교가 있었던 까닭에 평여(平汝)[210]와 함께 후진으로 따라가서 시흥에 당도하니 날이 거의 저물었다. 승지가 하교를 전하기를,

"오늘 자궁께서 너희들을 불러 보시려고 했으나 기운이 편치 않으시

---

203 번철(燔鐵): 고기를 굽거나 전을 부칠 때 사용하는 철판.
204 현포(玄圃)·요지(瑤池): 현포는 신선이 사는 세계로 곤륜산의 꼭대기에 있다고도 함. 요지는 도교의 여신인 서왕모가 있다는 세계.
205 의막(依幕): 임시로 머물기 위해 설치한 시설. 대개 천으로 막처럼 만들었음.
206 구공(鳩筇): 손잡이 부분을 새 모양으로 만든 지팡이를 가리키는 말. 대개 임금이 내리는 지팡이는 이 모양으로 만들었다.
207 매화포(埋火砲): 폭죽과 유사한 것으로, 화약을 땅속에 묻어 터뜨린 것을 가리키는 말.
208 성조(城操): 성에서 행하는 군사훈련의 일종.
209 시흥: 지금 서울시 금천구 시흥동 지역.
210 평여(平汝): 이희평의 여러 형제 중 다섯째인 이희준(李羲準, 1775~1842)의 자. 벼슬은 예조판서에 이름.

니, 너희들은 평안히 집으로 돌아가도록 하여라."

라고 하였다. 이에 명을 받들어 물러나왔다. 그런데 다음날이 한식이었다. 화성에서 낙계촌까지의 거리는 40리쯤 되는데, 시흥에서 낙계촌까지는 조금 멀었고 가는 길을 몰랐다. 게다가 타고 있던 말은 황해도 감영의 고마(雇馬)[211]이고 수행하는 하인들도 모두 황해도 감영의 관노여서 모두 다 낙계촌 길은 초행이었다. 주막집에서 길을 물어보니 군천(軍川)[212] 장터 옆에서 동쪽으로 가라고 하는 것이었다. 그래서 곳곳마다 물어서 가느라고 군천에 당도하니 해가 벌써 저물었다. 이때 희미한 달이 떠서 샛길을 찾아가서 산골길로 잘못 들어가 10여 리를 갔다.

그때 말이 문득 놀라 멈칫거려서 아무리 채찍질을 해도 가지 않았다. 뒤를 따르던 하인이 소리를 질러 '아버지!' 하고 외치며 말 앞에 가서서는 것이었다. 나와 평여는 깜짝 놀라 왜 그러냐고 물었으나 그는 대답도 못하고 손으로 한 곳을 가리킬 뿐이었다. 이에 둘러보니 길옆으로 4~5간 떨어진 곳에 큰 바위가 있는데, 바위 위에 등잔불 2개가 불빛을 발하여 끊이지 않고 깜빡였다. 그것이 호랑이임을 알 수 있었다. 마음에 놀랍고 겁났지만 피할 도리가 없기에 평여와 함께 부싯돌을 쳐서 불을 내 담배에 불을 붙였다. 그 담뱃대로 호랑이가 있는 곳을 향해서 담배를 피워 불빛을 내고 말방울을 울리며 천천히 길을 가 거의 수십 리를 갔으나, 그 바위는 그대로 원래 있었던 곳에 있었다. 먼 마을에서 개 짖는 소리가 들려 마음이 심히 기뻤다. 개 짖는 소리를 따라서 인가를 찾아가니 비로소 큰길로 나올 수 있었다. 이곳은 추현(秋峴)[213]이다. 주막집 문에

---

211 고마(雇馬): 원래 세를 주고 빌려서 이용하는 말을 가리키는데, 민간에서 남에게 빌려 타는 경우도 고마라고 하며, 지방 관아에서도 백성들에게 징발하는 것을 고마라고 했다.

212 군천(軍川): 현재 행정구역으로는 안양시 호계동 근방에 있는 지명. 예전에는 그 지역에 군포천장이 유명했다고 함.

213 추현(秋峴): 지금 경기의 성남시 분당구와 광주시 오포읍 사이에 있는 고개. 현재는

다다라 주인을 불러 문을 열어달라고 청하였으나 대답하는 사람의 소리가 없었다. 대개 밤이 이미 깊어서였다. 주인집 개가 사람을 보자 짖고 나섰는데, 막 문을 나서자 호랑이가 물어가 버렸다. 눈앞에서 이 정상을 보고 모골이 송연하여 급히 주인을 부르니 주인놈이 비로소 문을 열고 나와 맞아들이는 것이었다.

"어느 행차신지 모르겠으나 야심한데 이렇게 오셨습니까. 이곳은 호환이 잦아 간밤에도 한 사람이 물려갔답니다. 이런 까닭에 날이 저문 뒤부터 해가 뜨기 전까지는 사람들이 감히 문밖을 나가지 못합니다. 행차는 어쩌자고 험한 길을 무릅쓰고 이렇게 오셨습니까."

급히 방문을 열고 들어간즉 닭들이 벌써 어지럽게 울었으며 땀으로 옷이 젖어 있었다. 저녁도 거른 채 평여와 함께 자리에 들어 혼곤히 잠이 들었다. 날이 환히 밝아진 뒤에 재촉을 하여 비로소 아침밥을 먹고 뒤편 재를 넘어서 낙계촌으로 돌아왔다.

한식 성묘를 갔다가 돌아오는 길에 평여에게,

"전날 오전까지는 극히 화려했는데 밤에는 위태롭기 그지없었구나. 하루 사이에 일이 그와 같이 달라지다니…"

하고 허허 웃었다.

52. 홍장(紅娥) 이야기

나는 경진년(1820) 8월에 영동으로 유람을 나가 강릉 경포대에 올라갔다. 경포대는 호숫가에 있으며, 호수는 이름을 경호(鏡湖)라고 한다. 10리의 평평한 호수가 물이 잔잔하고 깊지 않아서 예로부터 사람이 물에 빠

태재고개로 불리고 있음.

져 죽는 일이 없기에 일명 '군자호(君子湖)'라고 일컬어지기도 한다. 호수의 바깥으로 바다가 닿아 있어 하늘처럼 큰데, 모랫둑 하나를 사이에 두고 파도가 매일 와서 부딪쳐도 둑이 무너지는 일이 없이 각각 한 구역을 이루고 있다. 이 또한 하나의 기이한 일이다.

세상에 전하는 이야기에, 이 호수 자리에 옛날 어떤 부자가 살았는데 성질이 인색하여 곡식을 만 포나 쌓아놓고도 단 한 톨도 남에게 주는 법이 없었다. 어느 날 문밖에 한 노승이 와서 양식을 구걸했는데 주인은 줄 곡식이 없다고 대답했다. 그 중이 정색을 하고

"앞뒤로 잔뜩 곡식을 쌓아놓고도 없다고 하다니, 무슨 말씀이요?"
라고 하자, 주인은 성을 내며

"중놈이 어찌 감히 그런 소리를 하느냐!"
하고서, 그릇에 인분을 담아서 주었다. 노승은 바랑을 열고 절을 하며 그것을 받아 갔다.

얼마 지나지 않아 우레가 치고 비가 쏟아지더니 땅이 문득 꺼져서 호수가 되었으며, 그 집안사람들은 하나도 살아나올 수 없었다고 한다. 그리고 만 포의 곡식이 흩어져서 물에 들어가서 모두 조개로 변했는데, 그 조개를 '제곡(齊穀)'[214]이라 부른다. 호숫가의 사람들이 아침저녁으로 이 조개를 채취하여 흉년에는 구황의 양식으로 삼고 있다. 일이 괴이하지만 우선 기록해 둔다.

경호 가운데에 홍장암(紅嬙巖)이 있다. 홍장은 옛날 명기인데, 감사 아무가 순행을 나와 강릉에 왔을 때 그녀를 몹시 좋아해서 잊지 못했다고

---

214 제곡(齊穀): 허균의 「도문대작(屠門大嚼)」(『성소부부고』 권26)에 '제곡'이란 항목이 있는데, "작은 조개로 껍질이 자주색이며 경포에 서식하고 있다. 흉년이면 그것을 주워 먹어서 굶주리지 않기 때문에 곡식과 같다는 뜻에서 제곡이라고 이름한 것이다."라고 하였다.(齊穀, 小蛤紫甲, 鏡浦有之. 凶年食之則不飢, 故名之)

한다. 매양 그 고을 원을 만나면 홍장에 대한 이야기가 끊이지 않았다. 고을 원은 감사와 아주 가까운 사이였는데, 감사를 속이고 싶어서 거짓말을 꾸며 냈다.

"홍장은 달포 전에 죽었답니다."

이 말을 들은 감사는 망연하여 몹시 슬퍼했다. 그 후에 다시 순행을 하여 이곳에 당도하자 무엇을 잃은 듯이 슬퍼하여 즐거운 기색이 전혀 없었다. 고을 원이 말하기를,

"오늘 밤 달빛이 참으로 좋으니 경호에서 한 번 놀아보지 않으시겠습니까? 이 호수는 선계(仙界)라, 매양 바람이 맑고 달이 밝을 때에는 종종 생황과 피리 소리에 학의 울음이 들립니다. 홍장이란 여자는 명창이지요. 신선이 되어 함께 어울려 여기 와 놀지도 모릅니다. 만약 그러면 한 번쯤 만날지도 모르지요."

라고 하니, 감사는 기뻐 그 말을 따라서 배를 타고 달빛을 따라가며 정신을 집중하여 바라보았다. 이때에 산에 뜬 달이 낮과 같이 밝은데 물과 하늘이 한 빛이요, 갈대숲에 이슬이 하얗고 밤안개가 걷히며 바람이 시원하게 불어왔다. 밤은 삼경인데 홀연 옥피리 소리가 멀리서부터 다가오며 흐느끼는 듯 목메는 듯 가까운 것도 같고 먼 것도 같았다. 감사는 귀를 기울여 듣더니 옷깃을 여미고 물었다.

"이 무슨 소리요?"

"필시 해상의 선녀가 놀러온 것입니다. 사또께서 선연(仙緣)이 있으시기에 이 소리를 듣게 된 듯합니다. 소리를 찾아가면 이 배를 향해 오는 것을 만날 텐데요. 일이 또한 매우 기이하군요."

감사는 혹시 만날까 싶어 기뻐하여 향을 피우고 기다렸다. 이윽고 조그만 배 한 척이 바람을 따라서 지나가는데 머리가 하얀 노인 한 분이 칠성관(七星冠)[215]을 쓰고 우의(羽衣)[216]를 입고 배 위에 단정히 앉아 있었다. 그 앞으로 푸른 옷을 입은 두 동자가 옥피리를 비껴 불고 서 있었으

며, 옆으로 한 젊은 여자가 푸른 저고리에 붉은 치마를 입고 술잔을 받들고 시립(侍立)해 있는데 표연히 하늘에서 구름을 밟고 걷는 자태였다. 감사는 정신을 빼앗긴 듯 술에 취한 듯 뚫어지라고 바라보았다. 배가 가까이 다가와서 보니 완연히 홍장이었다. 곧 몸을 일으켜 뱃머리로 올라가 머리를 조아려 절을 하고 아뢰었다.

"인간 세상의 속된 몸이 신선이 내려오신 줄 알지 못하여 영접하는 예를 잃었으니, 신선께옵서는 제 죄를 용서해 주옵소서."

신선이 웃으며,

"그대도 천상의 신선이러니 인간 세상에 유배를 온 지 오래되었군요. 오늘 밤 이렇게 만난 것 또한 하나의 선연이 있어서지요."

하고 빙긋이 웃으며 옆에 있는 미인을 가리키고 말했다.

"그대는 이 낭자를 모르시오? 이 여자 또한 옥황상제를 모시는 향탁의 시아(侍兒)이러니 인간 세상으로 귀양을 왔답니다. 지금 기한이 차서 돌아갑니다."

감사가 눈을 들어 바라보니 과연 전날에 만났던 홍장이 틀림없었다. 청산이 살짝 찌푸리고 추파가 가볍게 움직이듯 원망하는 것도 같고 시름하는 것도 같아 마음을 걷잡지 못하는 듯 보였다. 감사는 그녀의 손을 잡고 울먹였다.

"너는 어떻게 차마 나를 버리고 떠난단 말이냐."

홍장 또한 눈물을 닦으며 아뢰는 것이었다.

"속세의 인연이 이미 다했으니 이제 그만이군요. 대감이 소녀를 그리워하는 마음이 실로 하늘에 닿았기에 옥황상제께서 소녀에게 하룻밤의 말미를 주셔서, 신선님을 따라와서 한 번 만나는 기회를 얻은 것입니다."

---

215 칠성관(七星冠): 칠성의 도안이 들어간 모자로 도사가 착용했던 것임.
216 우의(羽衣): 신선이 입는 옷으로 깃털로 만들었다고 함.

감사가 신선을 대하여

"기왕에 상제의 조칙을 받들었사오니, 홍장에게 말미를 주실 수 있겠습니까?"

라고 아뢰자, 신선은 웃으며 대답했다.

"기왕에 상제의 명이 있었으니 함께 가시지요. 저는 인간의 밥 짓는 연기를 싫어하니 도성 가까이 갈 수 없군요. 그대는 홍랑과 함께 배를 타고 가시지요."

그리고 홍장에게 경계하여 말하는 것이었다.

"이 또한 천상에서 이미 정해진 인연이니 이 분과 함께 성 안으로 들어갔다가 날이 밝기 전에 나오너라. 나는 배를 대놓고 기다리겠다."

홍장은 옷깃을 여미고 "말씀대로 하겠습니다."라고 아뢰었다.

신선은 선상에서 일어나 감사와 홍장을 떠나보내고 나서 한 가닥 맑은 바람이 불자 노를 돌려 떠났다. 감사는 홍장과 가마를 함께 타고 돌아와서 손을 잡고 침실로 들어갔다. 그 밤의 애틋한 정과 운우(雲雨)의 꿈은 평시와 다름이 없었다. 이내 잠이 깊이 들었다가 해가 떠서 문득 놀라 깨어나 속으로 홍장은 이미 떠났으려니 하고 눈을 들어 바라보았다. 홍장은 그린 듯이 옆에 앉아 단장을 하고 있지 않은가. 이상해서 물었으나 웃기만 하고 말을 하지 않았다. 이윽고 그 고을 사또가 들어와서 웃으며 묻는 것이었다.

"양대(陽臺)의 꿈²¹⁷과 낙포(洛浦)의 인연²¹⁸은 그 즐거움이 어떠하십니

---

217 양대(陽臺)의 꿈: 남녀가 사랑을 이루는 것을 표현한 말. 초(楚)나라 회왕(懷王)이 양대에서 무산 선녀를 꿈속에서 만나 인연을 맺었다는 데서 유래한 것으로, 운우지정(雲雨之情)이라고도 한다. 중국 전국시대 말기의 시인인 송옥(宋玉)이 지은 「고당부(高唐賦)」 서문에 나온다.

218 낙포(洛浦)의 인연: 낙포는 낙수(洛水)의 물가를 가리킴. 삼국시대 위(魏)나라의 시인 조식(曹植)의 「낙신부(洛神賦)」에 나온다. 작중에서 조식이 낙수를 지나다가 낙수의 여신인 복비(宓妃, 복희씨의 딸)를 만났다고 한다.

까? 하관(下官)은 월로(月老)의 공적이 없을 수 없습니다."

감사는 비로소 속임을 당한 줄 알고 함께 크게 웃었다. 대개 그 고을 사또는 미리 신선과 선동을 거짓으로 꾸며놓고 속였던 것이다. 이 일은 양소유(楊少遊)가 가춘운(賈春雲)을 만났던 이야기[219]와 아주 비슷하다. 그곳에 바위가 있어 이름을 '홍장암'이라고 부른다. 이 사적이 읍지에 실려 있다는데[220] 나는 미처 보지 못하고 단지 전하는 이야기를 듣고 위와 같이 기록한다.[221]

53. 괴질(怪疾)

무오년(1798) 겨울에 돌림감기[輪感]가 서도(西道)로부터 발생하여 경향(京鄕) 간에 두루 유행하였다. 이 병에 걸린 사람은 10에 7, 8은 죽었다. 세간에서는 연경병(燕京病)이라고 칭했다.[222]

---

219 양소유(楊少遊)가~이야기: 가춘운은 『구운몽』에 등장하는 여성 인물의 하나. 양소유가 가춘운이 죽은 줄 알고 안타깝게 여겼는데, 가춘운이 귀신을 가장하고 나타나자 사랑을 나눈 것으로 설정되어 있다.

220 이 이야기가 기록에서 최초로 확인되는 것은 서거정(徐居正)의 『동인시화(東人詩話)』이다. 그 이후 『신증동국여지승람(新增東國輿地勝覽)』이나 강릉의 읍지인 『임영지(臨瀛誌)』에도 보이며, 「관동별곡」에도 "홍장고사를 헌사타 하리로다"라고 나온다. 여기에 실린 내용과 다른 여러 기록은 약간의 차이점이 있다. 원래 기록상에는 강릉의 지방관이 고려 말·조선 초의 인물인 조운흘(趙云仡, 1332~1404)이며 감사는 박신(朴信, 1362~1444)으로 되어 있다.

221 이 작품이 『청구야담』 권9에 「경포호순상인선연(鏡浦湖巡相認仙緣)」이라는 제목으로 실려 있다.

222 세간에서는~칭했다: 이 질병은 일종의 유행성 독감으로 추정됨. 이에 대해 여러 기록에 나오는데, 『정조실록』(정조 23년, 1월 13일)에는 이 질병의 사망자가 모두 12만 8천여 인이었으며, 전·후임 정승이 사망한 것으로 나와 있다. 정약용의 『목민심서·애민(愛民)·관질(寬疾)』에도 이 질병에 대한 언급이 있으며, 이현기의 『기리총화』에는 상당히 자세한 말이 나온다.

신사(1821), 임오(1822) 두 해 사이에도 괴질(怪疾)[223]이 서쪽으로부터 들어와서 사망자가 뒤를 이었다. 그 증세는 한두 차례 설사를 하면서 다리 부위에서부터 무슨 기운이 위로 올라가 복부에 이르면 바로 죽는 것이었다. 민간에서 서승(鼠升)[224]이라고 부르는 것이었다. 그 기운이 위로 올라오는데, 계란만 하기도 하고 밤톨만 하기도 하여 밖으로 표출되면서 위로 올라갔다. 침으로 그 기를 찔러서 독혈이 나오면 더러 살아나기도 했다.

신사년에는 여름 장마로 음습했던 까닭에 물에 가까이 사는 사람이 많이 걸렸고, 임오년에는 가물어서 몹시 더웠던 까닭에 산기슭에 사는 사람들이 많이 걸렸다. 그 병이 전염하는 것이 운기(運氣)[225]와 같아서 팔도에 두루 퍼져 사람들이 걸리는 것을 면할 수 없었다.

내가 홍천 현감으로 있을 때 마침 신사년 가을에 금강산으로 유람을 갔다가 구룡연(九龍淵)에 도착하여 일곱째 아우가 죽었다는 비보를 들었다. 신흥사(神興寺)에서 거애(擧哀)[226]를 하고 급급히 서둘러 돌아왔다. 홍천 경계의 천감역(泉甘驛)[227]에 당도해서 이 증세가 걸렸는데, 하룻밤 사이에 수십 차 설사를 했다. 강작하여 관부에 빨리 돌아와 소도제(消導劑)[228]를 많이 복용했더니 요행히 죽음을 면했다. 그런 이후로 원기가 점차 쇠약해져서 백병(百病)이 일어났는데, 대개 전에 들어보지 못하던 괴

---

223 괴질(怪疾): 콜레라를 일컫던 말.『순조실록』(순조 21, 8월)에 이 질환에 대한 기록이 나온다.『목민심서·애민·관질』에 이에 대한 증세와 약방문이 나와 있다.

224 서승(鼠升): 선교사 언더우드(Underwood)의 한영사전에는 우리말의 쥐통(鼠痛)을 콜레라로 번역해 놓았다. 민간에서는 쥐 귀신이 들어서 이 병에 걸린다고 여겨서 이 말이 붙여졌다고 한다. 이와 관련하여 서승이라는 말도 생긴 것으로 생각된다.

225 운기(運氣): 전염병을 지칭하는 말로, 이 말이 특히 장티푸스에 붙여지기도 했다.

226 거애(擧哀): 발상과 같은 뜻인데, 이 경우 멀리 떨어져 있기 때문에 동생의 죽음을 애통해하는 의식을 행한 것이다.

227 천감역(泉甘驛): 지금의 강원도 홍천군 두촌면 역내리에 있었던 역 이름.

228 소도제(消導劑): 소화제를 이르는 말.

이한 증세였다.

54. 과장(科場)

우리 백씨(伯氏)[229]는 과장의 폐해에 대해서 아주 엄격하여 서로 통해 청탁을 하거나 차작(借作)하는 일 등을 엄금했다. 그래서 자질(子姪)들은 감히 생의(生意)도 할 수 없었다. 백씨는 일찍이 이렇게 말씀하셨다.

"과거 공부를 부지런히 하다가 나이가 노경에 이르러 남의 손을 빌어 글을 짓는 것은 혹 괴상하다 할 것이 없겠으나, 미련한 아이가 1급의 글과 글씨를 구해서 관광(觀光)[230]을 하고 또 시관에게 청탁을 하여 초시·회시에 합격하고 이를 스스로 경축하는 행사를 벌이는데, 그렇다면 한두 살 아이라고 못할 것이 무엇이 있겠는가. 그리고도 무슨 경축할 일이 있겠으며, 또 무슨 의미가 있겠느냐. 나의 자질들이 만약 지은 바 과문(科文)을 가지고 와서 나에게 보여주어 그것이 글이 되면 과장에 가도록 허락하겠거니와, 그렇지 않으면 백수(白首)가 되더라도 허용할 수 없다. 나의 자질들은 절대 명을 어기지 말라."

조카 아이 하나가 막 관례를 올리고 그 부친의 임소에서 서울로 올라와 있었는데, 마침 과거 시험 보는 때가 되었다. 백씨는 그 아이의 공부가 아직 이루어지지 않았다 하여 과거 시험을 보는 날에 제 아비의 임소로 돌아가도록 하였다. 당시에 어떤 친지가 이 일을 듣고 역시 자기 아들이 과거 시험 보는 것을 중지시켰다.

---

229 백씨(伯氏): 이희평의 형이자 형제 중 첫째인 이희갑.

230 관광(觀光): '관국지광(觀國之光)'에서 온 말로, 시골 사람이 서울 구경하는 것을 관광이라 일컫기도 했다. 여기서는 이 말을 과거시험 보는 데 쓴 것이다.

55. 김재찬(金載瓚)

백씨(伯氏)가 의주(義州) 부윤으로 있을 때 일이다. 김재찬(金載瓚)[231] 대
감이 동지사(冬至使)로 의주에 당도해서는 대단치 않은 일로 아랫것들에
게 노하여, 단속을 잘하지 못했다는 이유로 수향(首鄕)·수교(首校)·수리
(首吏) 이하 사령이나 기녀들까지 일시에 잡아들여 숫자가 20여 명에 이
르렀다. 이들에게 곤장 등 형벌을 일시에 시행하여 보기에 매우 처참했
다. 이때 백씨는 옆자리에 앉아 있었는데, 김대감이 때때로 기색을 살펴
보는데도 백씨는 기색이 조금도 변하지 않았다.

"내가 이 고을 하예(下隸)들에게 형벌을 많이 가하거늘, 그대의 마음에
불편함이 없겠소?"

김대감의 말에 백씨는 웃으며

"대감은 시생(侍生)에게 부집(父執)의 어른이십니다. 시생에게 과실이
있으면 뜰에 세우고 꾸짖을 수 있는 처지입니다. 하물며 아랫것들에 대
해서야 말할 것이 있겠습니까. 또한 별성행차(別星行次)[232]라도 아랫것들
을 엄히 다스려야 거행하는 것이 나아질 것입니다."
라고 대답하고, 조금도 불편한 표정이 없이 종일토록 담소하며 저물녘에
가서 자리를 파했다. 김대감은 웃으며 옆 사람에게,

"오늘 나는 대신감 하나를 보았군."
이라고 말했다.

그리고 우리 부친께 편지를 보내 이렇게 말하였다.

---

231 김재찬(金載瓚, 1746~1827): 본관은 연안(延安). 자는 국보(國寶), 호는 해석(海石).
　　영의정을 지낸 김익(金熤)의 아들이다. 영조 때 문과에 급제, 정조 때 초계문신으로
　　뽑히고 순조 때 삼정승을 역임했다. 문집은 『해석유고(海石遺稿)』인데, 대표적 작품
　　으로 「금사사의 노거사 노래(金沙寺老居士歌)」와 「부여에서 만난 검객(扶餘豪士歌)」
　　이 있으며, 가사 작품으로 「기성별곡(箕城別曲)」이 있다.
232 별성행차(別星行次): 별성은 임금의 특명을 받고 내려온 신하를 뜻하는 말로, 별성행
　　차는 어사나 사신이 내려온 것을 가리킨다.

"이번 길에 영윤(令胤)을 만나보니, 젊은 사람이 강하고 부드럽기가 적절하고 국량이 크고 넓으니 조정에 큰 다행입니다."

서흥(瑞興)의 기생 경매(鏡梅)는 자못 자색이 있었다. 백씨가 여러 해 전 지나는 길에 그녀에게 수청을 들게 하였다. 그 후 김대감이 평안도 감사로서 지나는 길에, 우리 백씨가 가까이 한 여자인 줄 모르고 수청을 들도록 했다. 뒤에 또 백씨가 문례관(問禮官)[233]이 되어 서도로 가다가 이 고을에 들렀다. 경매가 와서 문안을 드리매 백씨가 이르기를,

"김대감님이 내가 본 기생인 줄 모르고 너를 가까이하셨다는구나. 내가 이 사실을 알고서 어찌 너를 다시 가까이할 수 있겠느냐. 비록 선후의 구별은 있다 하더라도 김대감님은 나에게 가까운 어른이시다. 이미 안 뒤에는 혐의를 멀리하지 않을 수 없다."

라고 하며 내보냈다. 뒤에 김대감은 이 말을 듣고 탄식하였다.

"젊은 사람의 처사가 이럴 줄 생각도 못 했다. 내가 그에 미치지 못하겠구나."

그 후로 백씨는 돌아오는 길에도 다시 그녀를 가까이하지 않아서 드디어 '묵은 밭'[閑田]이 되었다.

백씨는 일찍이 우리들에게 이렇게 경계하셨다.

"색계상(色界上)에서 사람을 책망하기 어렵다는 것 또한 도리에 어긋난 말이다. 사람이 색계상에서 경계하지 않고서 사람이라고 말할 이치가 있겠느냐. 너희들은 모름지기 조심하여라."

---

233 문례관(問禮官): 중국 사신이 왔을 때 접반하기 위해 나갔던 임시 관원. 절차나 예절의 문제를 자문한다는 데서 붙여진 명칭이다.

56. 큰형님의 가문 운영

백씨(伯氏)는 우애가 돈독하여 아침저녁 사이에 한 가지라도 특별한 음식이 있으면 필히 나누어 보냈다. 방이 썰렁하면 아무리 깊은 밤이라도 꼭 땔나무를 나누어 보내 방을 데우도록 했다. 여러 집에 우환이 생기면 아무리 깊은 밤중이라도 백씨에게 가서 아뢰었으며, 그러면 백씨는 반드시 일어나 몸소 가서 살펴보고 쓸 만한 약을 지시하였다. 이런 까닭에 여러 집에서는 우환이 있더라도 백씨가 옆에 있으면 아픈 사람이 안심할 뿐 아니라 그 집안사람들도 모두 걱정하지 않았다. 백씨가 약물에 이르기까지 몸소 살펴서 쓰게 한 것이다.

형제자매의 집에 모두 식구를 헤아려서 날짜별로 양식을 지급하였으며, 내외종·육촌 간까지도 가난하여 살아가기 어려운 집에는 양식을 대주어 이를 기다려 밥을 짓는 집이 십여 가(家)나 되었다. 매양 해가 뜨기 전에 중문을 처음 열면 자루를 진 사내종이나 그릇을 든 계집종이 떼를 지어 와서 식구를 셈하여 하루의 양식을 나누어 주었다. 내가 일찍이,

"매일 양식을 지급하여 이처럼 번거롭게 하시오? 그믐날에 다음 한 달의 양식을 미리 지급하지 않으시고."

라고 아뢴 적이 있었다. 백씨는 웃으며 말하였다.

"불가하다."

나는 마음속으로 승복하지 않았다.

갑술년(1814)에 백씨는 함경도 관찰사로 부임하고 중씨(仲氏: 이희두李羲斗)는 청도 군수로 나갔다. 내가 우리 형제간의 다음 차례라 여러 집에 양식을 나누어주는 일을 담당하였는데, 매일 오고가며 나누어주는 것이 괴로워서 이에 한 달 양식을 미리 나누어주었다. 그런데 20일이 되자 여러 집에서 양식이 떨어졌다고 호소했다. 대개 양식으로 땔감과 반찬을 바꾸었던 까닭이다. 그래서 나는 말했다.

"우리 백씨는 진짜 성인이로구나."

을해년(1815) 봄에 쌀 한 섬의 값이 27냥도 넘었다. 한 달에 30두(斗)들이 30섬을 가져야만 한 달의 양식을 나누어 줄 수 있었다. 7월 그믐에도 이 분량을 사들였는데, 8월 보름에 이르러서는 농사가 풍년이 들어 쌀 한 섬 값이 7냥이 되었다. 보름 사이에 600냥을 잃어버린 셈이다. 지금 생각해도 애석하다.

57. 시벽(時僻) 문제

심반(沈鎣)[234]은 문밖 사람(門外人)[235]이다. 그는 젊어서 과거 준비를 하여 나의 백씨(伯氏)와 오랫동안 함께 공부했다. 그런데 집이 본디 빈한하여 친상을 당했을 때나 상처를 했을 때 치상(治喪)의 방도를 차릴 수 없어 백씨가 일일이 도와주었으니, 정의가 두터운 것이 친형제와 다름이 없었다. 그의 숙부로 심노현(沈魯賢)이란 이가 있었는데, 조금 재주가 있어 문밖의 친구들 집에 노닐었으며, 나와 더불어 함께 글짓기 공부를 하여 매양 접장(接長)이라고 불렀다. 그와는 서로 간격이 없이 오고가곤 하였다.

임자~계축연간(1792~1793)에 시벽(時僻)의 의론[236]이 나왔는데, 심노현은 심환지(沈煥之)[237] 및 역적 권유(權裕)[238]의 문하에 쫓아다녔으며, 자기

---

234 심반(沈鎣, 1757~1815): 본관은 청송(靑松), 자는 유안(幼安). 1792년(정조 16) 문과에 급제했으며, 사간원정언(司諫院正言)·교리(校理) 등을 지냈다.

235 문밖 사람(門外人): 서울 도성의 밖에 거주하는 사람이라는 말인데, 이 말이 특정한 지역과 부류를 가리켰던 것으로 추정된다.

236 시벽(時僻)의 의론: 시파(時派)와 벽파(僻派)가 출현한 것을 가리키는데, 논쟁의 핵심이 되었던 것은 사도세자가 죽임을 당한 일을 어떻게 처리하느냐는 문제였다. 벽파는 기본적으로 원칙을 지켜서 영조가 세운 의리를 따라야 한다는 입장이었으며, 시파는 사도세자가 억울하게 죽임을 당한 배경을 밝혀 처리해야 한다는 입장이었다. 시파와 벽파의 갈등은 정조 시대를 지나 순조 대에 이르기까지 당쟁의 이슈가 되었는데, 기존의 당론과 달리 노론 쪽이나 남인 쪽에 다 시파와 벽파가 있었다.

조카인 심반도 그쪽에 발을 붙이게 했다. 당시에는 심반도 이미 과거에 합격한 상태였다. 어느 날 새벽에 심반이 갑자기 찾아와서 백씨를 보고서

"그대는 지금의 상황을 알고 있는가?"

하여, 백씨는 "모르겠네."라고 대답했다.

"시론(時論) 편에 서유린(徐有隣)[239] 같은 자들은 모두 역적 쪽으로 돌아 갔지. 벽론(僻論)이 득세를 하여 우리 종인(宗人)이 바야흐로 날리게 될 것인데, 그대는 지금 나와 함께 가는 것이 좋겠네."

"나는 시파다 벽파다 하는 것이 무언지 모르네. 가고 싶으면 자네나 갈 것이지, 어찌 나까지 끌고 가려 하는가? 나는 스스로 나이니, 따로 주장하는 곳이 없고 역시 가고 싶은 곳도 없다네."

심반이 백씨를 갖가지로 협박하기도 하고 유혹하기도 했지만, 백씨는 정색을 하고 말했다.

"그만두게. 그대는 가고 싶으면 가게. 내 어찌 그대를 따라 할 것인가."

"그대는 고집이 지나치군. 후일 화망(禍網)에 걸리면 내 응당 구해줄 것일세."

심반은 이렇듯 탄식했으나 백씨(伯氏)는 웃으며 대꾸했다.

"군의 뜻만은 감사하네."

그 후로 심노현이 반드시 우리 집을 해치려 들었으니, 그가 은혜를 저버린 것이 이와 같았다. 신유년(1801)에 형님께서 칠원(漆原)으로 귀양

---

237 심환지(沈煥之, 1730~1802): 본관은 청송(靑松), 자는 휘원(輝元), 호는 만포(晚圃). 노론 계통의 인물로, 벽파의 대표적 인물이었으며 정조가 죽고 순조가 즉위한 시점에 영의정의 위치에 있었다.

238 역적 권유(權裕): 원문이 '賊裕'로 되어 있어서 이렇게 번역하였다. 권유(1745~1804) 는 영조 때 문과에 급제하여 노론 강경파의 입장에서 남인을 공격하는 데 앞장섰으며, 1801년 신유옥사 때 대사헌으로 발탁되어 벽파의 입장을 대변했다.

239 서유린(徐有隣, 1738~1802): 본관은 달성(達城), 자는 원덕(元德), 호는 영호(穎湖). 1766년 문과에 급제하여 벼슬은 병조판서·좌참찬 등을 역임했으며, 1800년에 경흥 으로 유배 갔다가 그곳에서 죽었다.

을 갔는데, 당시 심반은 고을 원으로 있으면서 편지 한 장 보내지 않다가 마지막 7~8개월 뒤에 서울로 편지를 부쳤다.

을축년(1805) 권유의 옥사[240]가 일어나서 심노현은 함께 참여한 것으로 복주되었다. 심반 또한 앞길이 막혀 김포, 홍천 등지에서 살다가 죽었다. 그가 죽은 뒤 염을 하여 반장(返葬)할 길이 없었는데 백씨(伯氏)는 이 말을 듣고 동정하여 넉넉히 치상할 비용을 보내주었다. 당시 여론이 이 일을 훌륭하게 여겼다.

58. 병통 없는 것이 병통이다

일곱째인 문여(文汝)[241]는 성품과 행실이 고결했으며 문사(文思)가 또한 맑고 빼어났다. 어릴 적부터 이상한 병에 걸려 여러 해 고질이 되었다. 매양 문자에 마음을 붙여 안 읽어본 책이 없었고, 더욱이 시에 힘을 써서 작품이 맑고 새로워서 당시(唐詩)·송시(宋詩)에 부끄럽지 않았다. 늦게 과거 시험을 보았으나 여러 번 낙방하고, 이에 뜻을 얻지 못해 실의에 빠졌다. 시와 술로 즐겼는데 끝내 성취한 바 없이 나이 사십을 겨우 넘어 세상을 떠났다.

대저 그가 지은 시와 문이 약간 편 있어 후세에 전할 만한 것이었는데 완성을 하지 못하였다. 내가 언젠가 그에게

"시를 짓는 것이란 흥취를 따라서 음영을 하다가 흥취가 다하면 그만

---

240 을축년(1805) 권유의 옥사: 권유가 김조순(金祖淳)의 딸을 왕후로 맞아들이는 데 반대하여 일어난 사건. 그가 반대 상소를 올린 것은 1801년이며, 이 일이 1804년에 다시 문제가 되어 역적으로 죽임을 당하기에 이르렀다. 심노현(1750~1804)은 이때 알고도 고발하지 않았다는 것으로 함께 죽임을 당했다.

241 문여(文汝): 이희평의 여러 형제 중 일곱째인 이희화(李羲華, 1780~1821)이다.

두는 것이 좋다. 너는 매번 음영할 때에 마음과 정신을 다 써서 피를 토하는 지경에 이르는데, 어찌 꼭 그럴 것이 있느냐."

고 하니, 문여가 웃으면서 대답했다.

"저마다 자기 성질에 따라 하는 것이지요. 우리 형의 시편들은 별로 생각하지도 않고 짓는데 글귀에 병이 없지요. 형님은 병이 없는 저것이 병입니다. 아우는 승복하지 못하겠습니다."

내가 웃으면서 대꾸하였다.

"병이 있고 없고를 물론하고 저에게 맞게 하는 것이지. 네가 글 짓는 데 노심초사하는 것 또한 나는 승복할 수 없구나."

이내 둘이 마주보고 크게 웃었다.

59. 홍경래 난

신미년(1811) 평안도 역적 홍경래(洪景來)·이희저(李希著)가 박천(博川), 가산(嘉山) 등지에서 기병을 하여 군현들을 연거푸 함락하였다. 가산 군수 정시(鄭蓍)[242]는 적을 꾸짖으며 끝내 굴복하지 않고 죽었다. 그밖에는 모두 다 함성만 들어도 맞아들여 항복했다. 위급하다는 보고가 날마다 올라오매 조야가 흉흉했다. 병조판서 심상규(沈象奎)[243]는 사대문을 폐쇄하자고 청하였다. 당시에 나의 백씨(伯氏)는 비변사 당상(堂上)으로서 의논하는 좌석에 참여하여 그 일이 불가함을 힘껏 주장하였다.

"성문을 한번 닫고 보면 인심이 배나 더 시끄러울 것입니다. 성문을

---

242 정시(鄭蓍, 1768~1811): 본관은 청주(淸州), 자는 덕원(德園), 호는 백우(伯友). 1799년 무과에 급제하고, 1811년 가산 군수로 부임했다.
243 심상규(沈象奎, 1766~1838): 본관은 청송(靑松), 자는 가권(可權), 호는 두실(斗室). 1789년 문과에 급제, 병조판서를 거쳐 우의정에 이르렀다.

닫는 것은 아무 이익될 것이 없으니, 평소처럼 문을 열고 닫고 하여 인심을 안정시키는 것만 못합니다."

당시 재상이 이 의론을 따랐다. 이때에 도성 안팎의 무뢰배들이 둥그재 위에 모여서 문밖에 부유한 집들을 나열해 적어놓고, 순무사(巡撫使)가 출전한 뒤에 약탈을 하기로 약속하였다. 나의 큰집 또한 그 가운데 들어가 있었다. 둥그재(圓峴)에 모인 사람들 중에 한 사람이 우리 큰집 이름 위에다가 붓으로 표시하고 말했다.

"이 댁은 크게 불가합니다."

그 무리들이 이상하게 여겨 왜 그러냐고 묻자, 이렇게 대답했다는 것이다.

"이 댁은 대대로 성 밖에 사는데, 일찍이 마을 사람들에게 어질지 못한 일을 한 적이 없다오. 전부터 후덕한 집으로 세상에서 일컬어지고 있지. 이는 우리들이 익히 아는 바라. 우리들이 어찌 이 댁에 해를 끼친단 말이오."

모두들 "그렇다."라고 했다. 당시 그 무리에 참여했던 중에 어떤 사람이 친히 아는 사람에게 이야기하여 전해오는 말이다.

60. 홍천 고을

무인년(1818) 봄에 나는 홍천(洪川) 현감으로 부임하였다. 홍천은 산골의 한가로운 고을이라 민속이 순후해서 송사도 드물었다. 그래서 읍내에 사는 김덕(金德) 옹과 잘 지냈으며, 그의 조카인 김기증(金箕曾, 자 而述)·김기석(金箕晳, 자 聖與)이나 종질인 김기도(金箕燾, 자 溥汝) 같은 사람들과 밤낮으로 어울려 놀았다. 매일 그렇게 지내 5년이 하루 같았다. 김덕, 이 친구는 향촌에서 잘 지내 무릇 관가의 일에 대해서는 조금만치도 관여하지 않았으며, 관문에는 아예 발을 들여놓지 않았다. 나는 매양 아침 저녁으로 지팡이를 짚고 방문하여 서로 정의가 돈독하기 친척과 다름이 없었다.

이 친구는 매번 나에게 말이 거칠고 성질이 급한 것을 경계하여 유익한 바가 많았다. 이 친구가 일찍이 이르기를,

"명부(明府)[244]께서는 성질이 급하니 섭생(攝生)의 방도가 아닙니다. 민(民)[245]은 성질이 심히 느긋하니, 민은 응당 명부의 약과를 먼저 먹겠소이다."[246]

라고 하여, 나는 웃으며

"내 응당 먼저 형의 약과를 먹을 것이오."

라고 대답했다. 이처럼 서로 농담을 나누었다.

그는 불행히 신사년(1821)에 돌림병에 걸려 끝내 일어나지 못했다. 나는 제문을 지어 그의 죽음을 애도했다.

61. 홍천향교(洪川鄕校)

홍천 고을의 향교 대성전(大聖殿)이 퇴락하여 장마철이면 유지(油紙)로 각 위(位)의 위판을 덮어서 보기에 해괴하였다. 객사(客舍)[247] 또한 비가 새서 전패(殿牌)가 거의 상해버린 상태에 이르렀다.

---

244 명부(明府): 지방관에 대한 존칭

245 민(民): 이 경우, 민은 고을의 백성이 자기 고을 관장에 대해 자신을 지칭하는 말.

246 명부의~먹겠소이다: 우리 속담에 "약과는 누가 먼저 먹는지"라는 말이 있다. 이는 친구 간에 쓰는 말이다. 먼저 죽은 친구의 제사상에 오르는 약과를 살아 있는 다른 친구가 먹는다는 뜻이다.

247 객사(客舍): 각 고을에 임금의 전패(殿牌)를 모시는 건물로서, 특별한 행사를 하는 곳. 전패는 임금을 상징하는 나무패. 패에 전(殿)자를 새겨서 전패라고 한 것임.

나는 향교와 객사를 중건하기로 계획하여 마침내 재물과 인력을 동원해서 다시 깨끗하게 세웠다. 객사의 문은 따로 편액이 없었는데, 나는 화양관(華陽館)이라 이름을 짓고 현판을 각해서 걸었다. 읍내 앞으로 강이 흐르는데 따로 이름이 없었다. 그래서 내가 화양강(華陽江)[248]이란 이름을 붙이고서, 객사의 이름 또한 이것을 취했다.

오성(五聖)[249]의 위패를 옮겨 모신 뒤에 옛 건물을 철거하였는데, 여우며 살쾡이가 전각의 아래에 굴을 파서 살아온 것이 근 백여 년이 되었다. 거기에 사람의 해골이 언덕처럼 쌓여 있었다. 나는 재임(齋任)의 유생에게 말했다.

"사가(私家)의 사당도 흉한 것이 묻혀 있으면 그 집이 필시 망하는 법이오. 지금 이 향교는 한 고을 유생의 종갓집 사당인 셈이거늘, 흉한 물건이 이처럼 많이 쌓였으니 이 고을의 유생으로 초시에 합격한 사람도 하나 나오지 않은 것은 실로 이 때문 아니겠소. 내가 지금 이 고을의 선비들을 위하여 깨끗이 청소했으니, 이로부터서 아마도 과거에 합격한 사람이 나오게 될 것이오."

그리고 일꾼을 시켜 아울러 정비하고 해골을 수습하니 거의 몇 짐에 이르렀다. 산 뒤편의 정결한 곳을 택하여 잘 묻어 주었다. 건물들이 일신(一新)하게 되었으니, 대체로 170년 후에 중건한 것이다.

62. 통인(通引)

내가 홍천 고을에 있을 때 하루는 담배를 피우며 앉아 있는데, 통인

---

248 화양강(華陽江): 지금도 홍천 읍내로 흐르는 강을 화양강이라고 함.
249 오성(五聖): 유교에서 모시는 성현으로 공자, 안자, 증자, 자사, 맹자를 가리킴. 이들의 위패를 향교에 모셨다.

한 사람이 공문을 들고 들어오다가 보지 못하고 잘못 담뱃대를 찼다. 그래서 물부리가 윗입술로 거의 2촌(寸)이나 들어가 피가 낭자하게 흘렀다. 통인은 얼굴이 하얗게 질려 벌벌 떨고 서 있었다. 나는 일시 정신을 잃었다가 이윽고 정신을 차리고 그 아이에게 조심하지 않음을 책망하였다. 수리(首吏)가 와서 죄를 청하였는데, 나는 과실이라 하여 용서해 주었다.

그 후에 마침 큰 체경(體鏡)을 얻어서 앞에 놓아두었다. 통인 아이가 또 발로 차서 깨트려 버렸다. 나는 또한 심히 책하지 않았다. 여름철이 되어 들창문을 올려서 들보 위에 늘어진 들쇠[鐵釘]에 걸어 놓았다가 통인을 시켜서 내리도록 했다. 그 아이가 막대로 쳐서 내리다가 문이 떨어져 화로를 깨뜨렸다. 나는 아이를 매로 엄히 벌주었다. 누군가 앞뒤로 다르게 처리한 데 대해서 물어, 나는 이렇게 대답했다.

"지난번의 일은 아이가 모르고 한 것이지만, 오늘의 일은 알고도 일부러 저지른 것이다. 그런 까닭에 죄를 다스림이 먼젓번과 이번이 달랐다."

63. 호랑이 ①

홍천 땅에는 호환(虎患)이 많았다. 어느 날 아침에 큰 호랑이 한 마리가 남산(南山)[250] 위에 있는데, 그 산은 관아에서 바로 바라보이는 곳이었다. 아전과 관노들을 동원하여 저마다 창검을 들고 잡으러 갔다. 그중에 변(卞)가 아전이 자못 용력이 있어서 창을 들고 앞장서 올라갔는데, 호랑이가 돌아보며 으르렁거리고 변가 아전은 주저앉아 누런 물을 토하자 바로

---

250 남산(南山): 홍천 읍내 가까이에 있는 산. 원문은 '南案山'으로 되어 있으며, 홍천에 안산(案山)과 남산(南山)이 있는데 여기서는 남산으로 번역함.

죽었다. 호랑이가 얼마나 무서운지 알 만하였으나, 필경에 이 호랑이를 붙잡았다.

64. 호랑이 ②

두촌면(斗村面)의 어떤 사람이 숯을 팔고 돌아와서 지게를 외양간 뒤에 놓아두었다. 밤이 깊어 큰 호랑이가 내려와 외양간을 덮쳐서, 소가 놀라고 사람이 잠에서 깨어 불을 들고 고함을 질렀다. 호랑이는 놀라서 달아났다. 놓아둔 지게의 멜빵이 사람의 머리털을 꼬아서 만든 것인데 어쩌다가 호랑이의 뒷다리에 감겼다. 이에 호랑이가 펄쩍 뛰면 지게가 뒤에서 몸을 때렸다. 뛰면 뛸수록 지게 다리가 몸을 치는 것이 형세로 보아 그럴 수밖에 없었다. 필경에는 지게가 온통 파손되고 다리 한쪽만 남았으나 연달아 호랑이 등을 때렸다. 호랑이가 제풀에 분노를 못 이겨 정강이를 물어뜯어서 지게 다리를 부쉈으나 머리털 끈은 종내 풀리지 않았다. 그래서 호랑이는 은적암(隱寂庵)[251] 앞의 숲속에 늘어져서 큰 소리로 포효하였다. 해가 뜬 뒤에 은적암 중이 호랑이 소리를 듣고 모두 일어나 언덕으로 올라가서 바라보았다. 한 중이 술이 취한 김에

"정강이가 부러진 호랑이가 어떻게 사람을 해칠 것이냐. 내가 가까이 가보겠다."

하고서, 호랑이에게 접근했다가 발이 풀언덕에 미끄러져 굴러서 호랑이 앞에 떨어졌다. 그래서 그 중은 호랑이에게 물려서 죽었다. 중들이 급히 관아에 와서 아뢴 까닭에 포수를 보내 붙잡게 했다. 잡혀 와서 보니 지게의 끈이 아직도 호랑이의 뒷다리에 감겨 있었다.

---

251 은적암(隱寂庵): 홍천의 북쪽 가리산(加里山) 아래 있던 절.

65. 울지장군(尉遲將軍)

　　홍천의 동면(東面)은 인제(麟蹄)와 접경지역이다. 3간의 원집[院宇][252]을 지어서 매양 봄, 가을로 감사가 순력(巡歷)할 때면 이곳에서 말을 바꿔 타기도 하고 감사를 맞이하기도 했다. 그 앞으로 수십 호 정도 되는 동네가 있는데, 원촌(院村)이라고 부르는 곳이었다.

　　경진년(1820) 봄에 원촌의 어떤 사람이 경강(京江)[253]에 사는 고모를 만나러 갔다. 그의 고모는 무당이어서 설 명절이 되어 떡이며 고기 등속이 많아서, 마침 조카를 보고서 문신(門神)이 그려진 종이에다가 떡과 고기를 싸 주었다.

　　"돌아가서 가족들과 나누어 먹어라."

　　그는 떡과 고기를 싼 것을 받아가지고 와서 처자와 나누어 먹고, 그 종이는 상자 속에 넣어 두었다. 그런데 아내가 갑자기 병이 나서 동네 무당에게 물어보니

　　"집에 문신 그림을 가지고 있어 동티가 난 것이다."

라고 하여, 그것을 꺼내 보여주니 무당은 방울을 흔들고 몸을 떨며 이르기를

　　"나는 울지장군(尉遲將軍)[254]이다. 어찌 나를 너희 집에 놓아둔단 말이냐. 공청(公廳)에 잘 모셔 놓아라."

하여, 그 사람이 대답했다.

252　원집[院宇]: 『홍천현읍지』에 천감역(泉甘驛)이 현의 동쪽 5리에 있고, 그곳에 3칸의 원이 있다고 기록되어 있음.

253　경강(京江): 한강이 서울 지역을 흐를 때 불렀던 이름. 각 지역마다 이름이 있었는데, 한강·용산강·마포강·노들강·서강 등으로 일컬어졌음.

254　울지장군(尉遲將軍): 중국 당나라 때 장군인 울지공(尉遲恭, 585~658). 자가 경덕(敬德)이어서 울지경덕으로 많이 일컬어진 인물이다. 그런데 후일에 그가 문신(門神)으로 민간에서 널리 받들어졌으며, 우리나라에도 그 풍속이 들어와 문에 그의 화상을 붙이기도 했다.

"공청은 적당한 곳이 없사오니 어떻게 하리까?"

무당은 그림 종이를 받들고 따라오라 하더니 원집의 중앙 벽에 걸어 놓게 했다. 그 뒤로부터 소나 말을 타고 지나가는 사람이 내리지 않으면 필시 재앙이 있었다. 또한 오고 가는 사람도 으레 절을 하고 한 푼 돈을 놓고서 지나가 온 마을의 폐해가 되었다.

2월 보름경에 이르러 순행(巡行)이 곧 경내에 이르게 되었다. 이때 마을 사람들이 와서 그 연유를 호소하여 빨리 곧 제거하도록 하였다. 그러나 누구도 감히 손을 대는 사람이 없었다. 마침 은적암의 한 젊은 중이 지나다가 보고서

"이 그림을 나를 주면, 우리 절의 문신으로 모실까 합니다."

하여, 마을 사람들이 모두 좋다고 허락하며 가지고 가도록 했다. 그 젊은 중은 그림을 가지고 가서 절의 문에 붙였다.

며칠 후 그 절에 같이 있는 한 중이 갑자기 미쳐서 소리를 지르며,

"내가 울지장군이다. 너희 절의 문신이 아니거늘 어찌 감히 나를 여기에 두느냐? 속히 얼른 공청에 도로 모셔다 놓아라. 그렇지 않으면 너희 절도 함께 망할 것이다."

라고 하는 것이었다. 여러 스님은 깜짝 놀라 처음에 그림을 가지고 왔던 중을 매를 쳐서 벌주고, 다시 원래 있던 곳에 가져다주도록 했다. 그 중이 그림을 들고 원촌으로 내려가자, 원촌 사람들이 접수하지 않고 쫓아버렸다. 그 중은 그야말로 진퇴유곡(進退維谷)이라, 마음속에서 잔뜩 노여움이 올라와

"절에서도 받아들이지 않고 원촌에서도 받아들이지 않으니, 나는 이 그림을 들고 어디로 가야 한단 말이냐. 죽기는 일반이다."

하고서, 그림을 불에 태워버렸다. 그래도 아무 일이 없었다. 참으로 이상한 이야기이다.

66. 도깨비

신사년(1821) 오월 어느 날, 저녁 식사 후에 아이들이 와서

"내아에 도깨비 변이 났습니다."

라고 말하는 것이었다. 나는 그럴 리가 있겠나 싶었지만 급히 일어나서 안으로 들어갔다. 부녀자들이 다들 깜짝 놀라 얼굴이 흙빛 같았다. 내가 괴이해서 물어본즉,

"갑자기 흙덩이나 기왓장 같은 것들이 창문을 때립니다."

라고 대답하였다. 그래서 내가 잠깐 앉아서 살피고 있는데 여종들이 달려와서

"아까는 동쪽 상방(上房)[255]의 문을 때리더니 지금은 서쪽 상방의 문을 때립니다."

라고 고하였다. 그래서 내가 서쪽 상방으로 가자, 또 아뢰기를

"동쪽 상방의 문을 때립니다."

라고 하는 것이었다. 무언가 내가 가는 대로 따라서 피했다가 때렸다가 하여 밤이 새도록 끝나지 않았다. 나는 안방에 들어가 앉아 안정시켰다. 그런 일이 매일 그치지 않아 온 가족을 장교청(將校廳)[256]으로 피해 가 있도록 하고, 곧 서울 집으로 치송(治送)하려고 생각했다. 나만 홀로 동헌에 머물러 있었는데, 관아의 내실 밖에서는 그런 이상한 일이 없었다. 내권(內眷)이 피접을 나가고 3~4일이 지나도 아무 일도 일어나지 않았다. 그래서 나는 나가서 내권을 보고

"이제는 무사하니 조금 생량(生凉)하기를 기다려서 서울길을 떠나도록 하시오."

라고 이르고, 안으로 들어갔다. 그러자 또 먼저 관아에 있을 때처럼 돌을

---

255 상방(上房): 한옥의 가옥 구조에서 대청의 동쪽에 있는 방을 동상방, 서쪽에 있는 방을 서상방이라 이름.

256 장교청(將校廳): 각 고을의 장교들이 근무하는 건물. 줄여서 장청(將廳)이라고도 함.

던지는 소리가 들렸다. 나는,

"귀신이 싫어하는 모양이니 여기 더 있을 수 없겠군."

하고, 서울집으로 치송을 하였다. 그리고 나는 그곳에 홀로 머물러 있었다. 가족을 떠나보내고 4~5일 지나서 읍내에 돌림병이 크게 일어나 며칠 사이에 죽은 사람이 거의 5~60명에 가까웠다. 나 또한 떠날 준비를 하여 서울로 돌아갔다.

이 일은 귀신이 지도한 것 같으니, 어찌 이상하지 않은가. 책실은 초가 집이었는데, 그때 마침 정오경에 내아에 들어와서 뒷창문을 열고 앉으니 담장 밖이 곧 책실이었다. 내가 우연히 눈을 들어 바라보니 푸른 불이 책실의 지붕 위에서 문득 일어나더니, 짚으로 덮은 지붕 위에 이윽고 불이 붙어 다 타서 없어졌다. 이는 귀신불이다. 어느 날은 또 저녁에 내 아의 장광의 독이 깨지는 소리가 들렸다. 가서 보도록 하니 목침만 한 돌덩이가 무수히 떨어져서 그 소리가 벼락 치는 것 같았다. 그런데 장독 은 조금도 깨지지 않고 온전했으니, 또한 기이한 일이다. 이 모두 내 눈 으로 본 일이다.

67. 홍천의 뽕나무

홍천 고을은 누에치기에 힘써 산뽕나무가 많았다. 남자·여자가 떼를 지어 산에 올라가 뽕을 채취하는데, 매년 호랑이에게 물려서 죽은 사람 이 많았다. 나는 백성들에게 뽕나무 심기를 권장하여 대호(大戶)는 80주 (株), 중호(中戶)는 50주, 소호(小戶)는 30주로 규정을 세웠다. 그리하여 집 뒤의 울타리 아래도 심고, 밭 가에도 심도록 하여, 장교를 보내 제대로 하였는지 여부를 점검하였다. 백성 중에 게으른 자는 가지를 잘라 땅에 꽂아 그 숫자를 채우기도 했다. 그래서 나는 이런 자들을 엄히 다스렸다.

뒤에 들으니 뽕나무가 아주 무성하여 그 효과를 본다고 한다. 읍내의
서북 지역이 아주 허성해서 땅을 돋우고 나무를 심어, 지금은 숲을 이루
었다고 들었다.

68. 삼인봉(三印峰)

금릉(金陵) 고을로 옮겼을 때의 일이다. 읍내의 터에 물구멍을 막지
못했는데, 풍수설에 이 고을 사람들이 가난한 것은 모두 여기에 까닭이
있다고 하였다. 그래서 용금문(湧金門)²⁵⁷ 바깥에 흙을 쌓고 나무 심기를
홍천 고을에 있을 때와 같이했다.

관아의 동쪽에 있는 조그만 봉우리가 신비해 보였다. 그때 중씨(仲
氏)²⁵⁸가 선산(善山) 부사로 와 있고, 성여(成汝)²⁵⁹가 순천 부사로서 역시
여기에 와서 삼형제가 모이게 되었다. 삼형제가 함께 그 봉우리에 올라
가서 시를 읊고 놀았다. 그래서 그곳에 돌을 세우고 '삼인봉(三印峰)'이라
고 표시하였다. 선산에는 동헌의 뒤편으로 큰 암석이 하나 있어서 '삼인
암(三印巖)'이라고 각을 하였다. 그 후에 나는 중씨를 모시고 양여(讓汝)²⁶⁰
의 지례(知禮)²⁶¹ 임지에 가서 놀았다. 그때 시냇가에 가서 고기를 잡아
그곳을 '삼인포(三印浦)'라고 이름 지었다. 모두 아름다운 일로 전하게 되
었다.

---

257 용금문(湧金門): 당시 김천의 구화산에 있었던 누대 서쪽에 있었던 문. 지금 김천시에
　　있는 봉황대는 새로 이전한 것이며, 그전에 있던 것은 터만 남아 있음.
258 중씨(仲氏): 이희평의 여러 형제 중 둘째인 이의두(李義斗, 1768~?).
259 성여(成汝): 이희평의 여러 형제 중 여섯째인 이의조(李義肇, 1776~?).
260 양여(讓汝): 이희평의 여러 형제 중 넷째인 이의승(李義升, 1774~?).
261 지례(知禮): 지금의 김천시에 속한 지명인데, 당시에는 독립된 현이었음.

69. 삼십이층

백씨(伯氏)는 경술년(1790) 과거에 급제하였다.[262] 이후수(李後秀)는 판서 이조원(李祖源)[263]의 아들인데 역시 이 과거 시험에 응시를 하였다. 꿈에 보니, 공중에 단청한 누각 32층이 있어 걸어서 최상층을 올라갔다. 그곳에 어떤 백발 노옹이 앉아 있다가 쫓아내며

"내려가라."

하였다. 이후수가 그 아래층으로 내려가자 노인이 또 쫓아내서 차츰차츰 최하층에 이르렀다. 그러고도 또 쫓아내기에

"이게 누구 집인데 그러시오?"

하고 물었다.

"이곳은 이모(李某)의 집이란다. 너는 잠시도 머물 수 없다."

이후수는 잠깐 머물러 있겠다고 간청했으나 노인은 듣지 않고 쫓아내서 누각에서 나왔다. 깜짝 놀라 깨어보니 한 꿈이었다.

이때 과거에 이후수는 예비에는 합격이 되었으나 떨어지고 말았다. 사람들을 만나면 이 꿈 이야기를 하며

"공연히 이모(李某)를 위해서 꿈을 꾸었다."

라고 말했다 한다.

70. 말꿈

기사년(1809) 겨울에 나는 성여(成汝)와 증광감시(增廣監試) 종장(終場)에

---

262 이희평의 큰형인 이희갑은 경술년(1790) 증광시에 합격을 하였고, 이후수(李後秀, 1760~?)는 낙방한 것으로 문과방목에서 확인된다.

263 이조원(李祖源, 1735~1806): 자(字)는 현지(玄之), 호는 판교(板橋), 본관은 연안. 영조 때 문과에 올라 벼슬은 호조판서에 이르렀다.

합격하였고, 정질(鼎侄)²⁶⁴은 구일제(九日製)²⁶⁵에 합격하여 역시 응시할 수 있게 되었다.

감시 초장(初場)의 방을 기다리던 날, 한 여종이 마님에게 말하기를,

"간밤 꿈에 말 3필이 사랑 앞 마당에 달려와서 한바탕 울다가 한 마리는 담을 넘어 달아나는 것을 보았습니다."

라고 하는 것이었다. 이 여종은 꿈에 말을 보면 사마시(司馬試)²⁶⁶에 합격할 징조임을 알지 못하고 있었다. 나는 이 말을 듣고서 세 숙질 중의 두 사람은 합격할 것이라고 생각을 하였다. 그런데 다 같이 떨어지고 집에 머무르고 있었던 시골의 서수(書手) 두 사람이 다 합격을 하고 내려간 것이다.

나는 근래 연년이 우환이 있었고 신유년(1801)에는 백씨가 유배를 가서 응시를 못해 7차례나 감시를 보지 못했다. 매양 감시를 시행하는 전날 저녁 꿈에 말이 달아나는 것을 보았는데 매번 쫓아낸 것이었다. 경오년(1810) 감시를 보는 데 꿈에 말 한 필이 대문으로 들어와서 잡아서 타는 것을 보았다. 말 꿈이 소과(小科)의 징조라는 말은 헛말이 아닌 것 같다.

71. 평양의 번화

예로부터 평양을 번화한 승경으로 일컬었다. 그곳의 강산이 수려하고

---

264 정질(鼎侄): 이희두의 아들 이정재(李鼎在)를 가리킴.

265 구일제(九日製): 성균관에서 학생에게 9월 9일, 즉 중구일(重九日)에 보이는 시험. 국제(菊製)라고도 함.

266 사마시(司馬試): 성균관에 입학할 자격을 부여하는 것을 목적으로 실시한 과거 시험. 소과(小科) 또는 생원·진사라고도 함.

누대가 화려한데 사람들이 모두 놀며 즐기는 것으로 일을 삼았다. 봄철에 꽃 피는 때나 가을에 단풍이 물든 때에 작은 배를 타고 풍악을 벌여 혹은 노래 부르고 혹은 젓대를 불고 혹은 현악기를 타고, 오르락내리락하여 강을 덮는다. 길거리에서 노니는 협객들이며 노래하고 춤추는 무리가 대로상에 끊이질 않아 미모와 음식과 의복으로 서로 다투어, 이런 까닭으로 우리 속담에 "평양 사람은 3대 가는 부자가 없다"고 한다. 중국 물화가 저자에 가득 쌓였고 부호며 대상인이 많아 세상에서 일컫기를, 서경은 중국의 진회(秦淮)[267]나 양절(兩浙)[268]에 비견되는 곳이라고 한다. 성 안에는 인가가 조밀하고 도로가 비좁은데다가 개·돼지 등속을 많이 길러서 좌우로 더러운 것들이 많다. 그래서 평양의 승경은 오로지 성 밖의 강에 있었다.

나의 백씨가 일찍이 이렇게 말씀하셨다.

"평양을 감상하려면 모름지기 평양의 숲이 끝나는 곳에 가야 한다. 그곳에서 바라보면 훌륭한 성곽이 햇빛에 빛나고 채색한 누각이 구름 속에 들어가 있는데, 흰 모래 맑은 물가에 돛대가 야단스럽게 모여 있고 누대의 그림자가 거꾸로 비치니 실로 그림 가운데 풍경이다. 서성거리며 바라보다가 '과연 명소 절경이로다.'라고 감탄한다. 절대 강을 건너 성안으로 가지 말것이다. 곧바로 돌아오면 참으로 평양의 전모가 마음에 남아 잊지 못한다. 만약 성안으로 한 번 들어갔다 하면 지저분하여 차마 볼 수 없는 것들을 보게 되어 성 밖을 보고 감탄했던 마음이 한꺼번에 사라지고 말 것이다. 어찌 한탄스럽지 않겠는가."

---

267 진회(秦淮): 중국 남경(南京)의 별칭. 남경은 옛날 육조 시대부터 지금에 이르기까지 번화한 곳인데, 특히 진회하(秦淮河)는 화려하고 사람이 많이 모여드는 유흥지로 이름이 있었음.
268 양절(兩浙): 절강성 지역을 절동(浙東), 절서(浙西)로 나누어 일컬은 명칭. 특히 항주가 예로부터 지금까지 경치도 좋고 번화한 곳으로 유명함.

이 말은 참으로 운치 있는 말이다. 나 또한 성의 안과 밖을 두루 돌아다녀서 이 말씀이 틀리지 않음을 느꼈던 때문이다.

72. 민애(閔愛)

내가 평양 감영의 책실에 있을 때,[269] 마침 늦봄이 되어 기악(妓樂)을 대동하고 성을 따라 놀러나갔다. 쉬엄쉬엄 가서 보통문(普通門)[270]에 이르러, 성 위에서 바라보니 한 큰 기와집이 있었다.

"이게 누구의 집이냐?"

내가 이렇게 물으니, 한 기생이

"감영 기생 민애의 집이올시다."

하기에 다시 물었다.

"그 기생이 어찌하여 저렇게 큰 집을 차지하고 있느냐?"

기생들이 웃으며

"기이한 이야기가 있습니다마는 말하기 어렵습니다."

했다. 그 자리에 민애의 동생인 민옥이 따라와 있었기 때문이다. 내가 기어이 대답을 하도록 하였더니, 그 기생은 다음과 같은 이야기를 하였다.

연전에 정 판서 등내(等內)가 계실 때에 책방의 정 주서(注書) 나으리[271]가 민애를 몹시 사랑하여 푹 빠졌다. 그래서 잠깐도 곁을 떠나지 못하게

---

269 작자의 부친인 이태영은 1799년(정조 23)~1801년(순조 원년)에 평안도 감사로 부임을 하였다.

270 보통문(普通門): 평양 내성의 문은 6개인데, 그중 서문(西門)의 이름.

271 나으리: 원문은 '進賜'인데, 이두로 아랫사람이 어른을 칭하던 말이다. '정 주서(注書)'는 감사의 아들을 가리키는데 여기서 '주서'는 관직명이다.

했는데, 그때 외성(外城)의 이 좌수(座首)가 수만 금 거부여서 돈 1천 냥을 봉해 놓고 말하기를

"만약에 민애와 한 번 만나 말을 나누면 응당 이 돈을 줄 것이다." 라고 하여, 어떤 사람이 그대로 말을 전했다. 민애는 그 돈이 탐났지만 밖으로 나갈 도리가 없었다. 아무 날 밖에서 이 좌수와 만나기로 약속을 하고 정 주서 나으리 앞에서 슬픈 표정을 지으며 눈물을 닦았다. 정 주서가 이상히 여겨 묻자 이렇게 대답했다.

"쇤네가 일찍이 어머니를 여의고 외조모께 길러졌습니다. 오늘이 외조모가 돌아가신 날입니다. 제 외가에는 제사를 모실 사람이 하나도 없으니, 제사를 궐할 수밖에 없습니다. 이 때문에 마음이 슬펐던 것입니다."

정 주서는 그 말을 듣고 동정하여 감영의 창고에서 제수를 갖추어 주게 하고, 나가서 제사를 드리라고 하였다. 그러고도 마음에 의심이 들어서 가까이에서 시중드는 통인을 보내 따라가 보도록 했다. 그랬더니 제사란 거짓말을 한 것이었고, 이 좌수와 행락을 하려는 참이었다. 그래서 들어와 사실대로 아뢰었더니 정 주서는 발끈 성을 내어 급히 일어나 선화당(宣化堂)[272]으로 들어가 문을 두드렸는데, 그때는 이미 밤중이라 사또께서 깜짝 놀라 물었다.

"주서야, 어찌하여 자지 않고 왔느냐?"

"민애가 나를 속이고 제사를 지낸다고 나가서 시방 외성 이 좌수 아무와 놀아나고 있으니, 어찌 이런 분통할 일이 있겠습니까? 아버지, 급히 나졸들을 보내서 연놈을 함께 붙잡아 들여서 엄히 다스려 주소서."

사또는,

"이 무슨 큰일이라고 야밤 삼경에 이런 해괴한 짓을 벌인단 말이냐.

---

272 선화당(宣化堂): 각 도 관찰사의 집무실. '승류선화(承流宣化)'에서 유래한 말인데, 승류(承流)는 제왕의 은택을 받는다는 뜻이고, 선화(宣化)는 그것을 멀리 펼친다는 뜻.

얼른 돌아가서 편히 잠이나 자거라."

라고 책망을 하였다. 정 주서는 발을 구르며

"대인께서 소자의 말을 들어주시지 않으면 저는 죽겠습니다."

라고 하였다. 사또는 혀를 차며 말했다.

"가 있어라."

그리고 시종을 불러서 입번 포교를 불러오게 하여 분부를 내렸다.

"너는 입번 나졸을 수대로 거느리고 나가서 민애의 집을 둘러싸고 그 남녀 둘 다 한꺼번에 끌고 오너라."

포교는 명을 받들고 나가서 나졸들을 불러 그녀의 집을 포위하게 하고, 포교는 집 대문 앞에 서서 문을 열라고 소리쳤다. 이때 가는 비가 내리고 있었다. 이 좌수는 방에 있으면서 덜덜 떨었다.

"조금도 겁내지 말고, 의관을 챙겨들고 저의 허리를 뒤에서 꼭 잡으십시오."

그러더니 민애는 치마로 머리를 둘러써 이 좌수의 몸을 가리게 하고, 그러고는 비를 피하는 것처럼 하고 뛰어나가 대문간 안으로 들어섰다.

"웬 사람인지 모르겠지만, 밤에 와서 남의 집 문을 두드리오?"

"누군지 물을 것 없고, 얼른 대문이나 열어라."

장교가 이렇게 소리치자,

"문은 열어서 무엇 하리오?"

하며 민애는 문을 열었다. 그리고 문을 열며 한쪽 문 뒤로 이 좌수의 몸을 숨기게 했다. 나졸들이 뒤는 돌아보지 않고 곧바로 방안으로 뛰어들어가자, 이 틈을 타서 이 좌수를 대문 밖으로 나가 그 집 앞에 있는 삼화(三和)[273] 기생 낭이의 집으로 피하게 했다. 나졸이 방 안팎을 샅샅이

---

[273] 삼화(三和): 평안남도 용강군에 합해진 고을 이름. 여기서 삼화 기생이란, 삼화 출신의 기생이 평양으로 뽑혀 올라온 경우를 말함.

뒤졌으나 아무도 없었다. 민애가

"무엇 하러 왔소?"

하고 묻자, 나졸이 대답했다.

"사또께서 분부하시기를, 너와 외성의 이 좌수가 동침하고 있으니 우리들을 시켜 한꺼번에 잡아오라 하신 고로 온 것이다. 이가는 시방 어디에 있느냐?"

"이곳에 아무도 없는 것은 여러분들 눈으로 본 바입니다. 이가가 파리·모기 같은 미물도 아닌데 어디에 숨길 수 있단 말입니까? 샅샅이 찾아보옵소서."

포교가 이에 두루 찾아보았으나 끝내 찾아낼 수 없었다. 부득이 돌아와서 사실대로 아뢰어 그대로 두게 되었다. 그날 밤에 민애는 낭이의 집에 가서 이 좌수와 행락을 하였다. 그리고 이튿날 편지를 써서 정 주서에게 고결(告訣)을 하였다.

"쇤네가 나으리를 모시는 데에 별달리 죄를 얻은 바 없사온데 한밤중에 군사들을 동원하여 집안을 수색하시니, 쇤네의 집이 역적의 집입니까? 어째서 적몰하려고 하시는 것입니까. 쇤네가 비록 나으리께 덕을 보지 못할지언정, 어찌 이웃 사람들에게 비웃음거리가 되겠습니까. 지금부터 다시는 나으리를 대면하지 못하겠습니다. 원컨대 나으리는 저처럼 더러운 여자를 마음에 두지 마시고, 절대가인 중에서 깨끗한 사람을 구해 수청을 들게 하옵소서. 첩 또한 사람입니다. 어찌 외조모 제삿날 음행을 할 수 있겠습니까?"

정 주서는 화가 나서 여러 날 부르지 않았지만, 끝내 잊지를 못하고 다시 편지로 불러도 민애는 거절하고 가지 않았다. 그러고도 며칠 지나 마음에 잊지를 못하여 하루 사이에 편지를 5~6차나 보내기에 이르렀다. 그래도 응하지 않았다. 그러다가 다음과 같이 물었다.

"전에 말한 사람이 누구입니까? 그 사람을 가리켜주면 들어가겠습니다."

정 주서는 부득이 통인이 말한 것이라고 사실대로 알려주었다. 민애는 이와 같이 답을 하였다.

"이 통인이 나으리가 계시지 않은 틈을 타서 일찍이 저의 손목을 붙잡기에, 그의 뺨을 때려준 일이 있었습니다. 그런 까닭으로 저를 무고한 것입니다. 통인을 쫓아내 죄를 다스려주시면 응당 들어갈 것입니다."

정 주서는 부득이 수리(首吏)에게 분부하여 통인을 엄히 다스리게 하고 명단에서 빼내어 쫓아내게 했다. 민애는 비로소 책방에 다시 들어갔다고 한다.

후일에 이 좌수는,

"내가 처음에 천 냥을 너에게 주려고 하였는데, 너의 기발한 꾀가 사람을 감복시킬 뿐 아니라, 그날 밤에 나를 치욕에서 면하게 하였으니 더욱 기특한 노릇이다."

하고, 5백 냥을 더 주었다. 민애는 그 돈으로 이 집을 산 것이다.

나는 이 이야기를 듣고 한바탕 웃었다.[274]

73. 밀화 갓끈

나의 백씨(伯氏)가 의주 부윤에 임명을 받고 떠나려고 하면서, 조정의 체모로 훈련대장 조심태(趙心泰)[275]를 찾아가서 작별인사를 드리게 되었다. 조대장은 전에부터 친숙한 사이라서 작별함에 다다라 이르기를,

---

274 이 작품이 『청구야담』 권9에 「혹요기책실축지인(惑妖妓冊室逐知印)」이라는 제목으로 실려 있다.

275 조심태(趙心泰, 1740~1799): 본관은 평양(平壤), 자는 집중(執仲). 영조 때 무과에 급제하여 정조 대에 와서 수원 부사와 수원 유수로 있으면서 현륭원을 이전하고 화성 축조하는 데 공을 세웠다. 그가 1791년에 수원 부사에서 훈련대장으로 올랐다.

"젊은 명관이 새로 부임하는 행차는 좋은 일이라 하지 않을 수 없겠군. 나에게 순(純) 밀화(蜜花)[276] 갓끈 상품(上品)이 있는데, 빌려드리겠소. 이것을 길 떠나는 선물로 삼으리다."

라고 하였다. 백씨가 집에 돌아오자 조대장이 즉시 한 하인을 시켜서 그 물건을 보내왔다. 대개 이것은 연시(燕市)에서 새로 나온 물건으로, 크기가 밤톨만 하여 값이 천 냥에 가까운 갓끈이었다. 백씨는 그것을 달고 부임했다. 후일에 백씨는 남의 중한 보물을 오래 가지고 있을 수 없다 하고, 편지를 써서 함께 돌려보냈다.

그 후에 조대장이 나의 부친을 보고 웃으며 이렇게 말했다.

"자제 영감은 오늘날 세상에 아주 드문 욕심 없는 사람이더군요. 내가 지난번에 갓끈을 빌려준 것은 빌려준 것이 아니요, 선물로 주려는 것이었소. 말만 빌려준다고 한 것이었지요. 그런데 가서 즉시 돌려보냅디다. 오늘날 명사들은 이런 물건을 보면 으레 빼앗고 싶어서 백 가지로 요구를 하지요. 자제는 이미 손에 들어온 물건을 돌려보내니, 청렴함을 알겠더이다. 요즘 사람과는 크게 다르군요."

74. 가정교사 김동지(金同知)

동지(同知) 김관수(金觀洙)는 양지(陽智)[277] 사람이다. 약관 시절부터 우리 집에 와 머물면서 간혹 1~2년에 한 번씩 자기 집을 내왕하며 계속 우리 집에 있었다. 이 분은 인품이 소박하고 정직하여 털끝만큼도 남의 것을 취하지도 않고 남에게 주지도 않았다. 집안의 크고 작은 일을 모두

---

276 밀화(蜜花): 호박의 일종으로 노랗고 우윳빛이 나는 것이 특징.
277 양지(陽智): 현재 경기도 용인에 속한 고을 이름.

담당해서 맡아 본 것이 50여 년이나 되었다. 이 분의 동향 사람들이 비웃으며 말하기를,

"어찌 집으로 돌아가서 힘써 농사를 지을 것이지, 서울에서 허랑하게 놀고 있는가."

라고 하였지만 개의하지 않았다. 나의 부친의 막하(幕下)에 연이어 있으면서 얻는 것을 모두 논밭으로 바꾸어 말년에는 부가옹(富家翁)이란 말을 듣게 되었다.

신축년(1781)에 우리 모친이 돌아가신 이후로 형제 여섯을 돌봐줄 사람이 없어, 김동지가 밤이면 한 이불에서 같이 자고 낮이면 글을 가르치고 공부를 시켰다. 우리 여러 형제들이 다 잘 자라서 학업을 성취한 것은 모두 이 분의 공이었다.

사장(査丈)인 판서 김문순(金文淳)[278] 어른이 일찍이 그를 두고

"이런 사람을 어디서 얻어 가정교사를 시킬 수 있을까."

라고 칭찬하고, 백씨에게 이르기를

"이 사람은 그대 집안의 보배일세."

라고 하였다.

나이 들어 늙은 뒤에 비로소 자기 집으로 돌아갔는데, 병이 위중하다는 소식을 듣고 우리 형제들이 봉암(鳳巖)[279]의 본가로 찾아가 뵈었다. 김동지가 우리들 손을 붙잡고 한숨을 쉬며

"이제 그대들과 영결을 하게 되었군. 지금 나를 찾아 준 것도 뜻이 고맙기 그지없네. 어떻게 내가 잠깐이나마 더 목숨이 붙어 있어 죽지 않고 다시 서울로 가서 자네들 형제와 자녀들을 낱낱이 한 번 보고 돌아와 죽으면 여한이 없겠네."

---

278 김문순(金文淳, 1744~1811): 본관은 안동, 자는 재인(在人). 김창집(金昌集)의 현손으로, 이희갑의 장인이 되었다. 벼슬은 이조판서 등을 거쳐 우참찬에 이르렀다.

279 봉암(鳳巖): 현재 경기도 용인시 남사면에 봉암이라는 지명이 있었던 것으로 추정됨.

라고 하였다. 이분이 우리 집에 정다운 마음을 가진 것이 이와 같았다. 아들 하나가 그 뜻을 이어 우리 집에 내왕하여 발길이 끊이지 않았다.

75. 희작(戱作)

우리 여러 형제들은 어릴 때에 동지 김관수(金觀洙)에게 공부를 했다. 이 분의 생일이 동짓달에 있어서 우리들이 의복과 버선을 갖추어 선물로 드리면서 희작(戱作)으로 축하하는 글을 지어 올렸다.

"양(陽)이 동하기 시작하는 가회(葭灰)·호교(虎交)의 날[280]이 막 지나매 경사를 맞아 초석(草席)에 생명이 움트는 때에 이르니
귀 빠진 날 경축하는 일을 어찌 그만두리오.
우리 선생님은 양지(陽智)의 생원이요, 책방의 비장이로다.
서울에서 노닌 40년에 스스로 일컫기를 오오자(吾吾子) 선생이라 하였다. (김동지는 오오당吾吾堂으로 자호를 하였다.)
아동 6~7인을 가르치니 '도도평장아(都都平丈我)'라는 칭호를 듣는데 불과하였네.(옛날 학구가 학생들에게 논어를 가르치는데 '郁郁乎文哉'를 '都都平丈我'라고 잘못 읽었다는 말이 있다.)
제자들이 글을 외우는데 눈을 돌려 바라보고 머리를 기울여 들었노라.
천자문, 사략, 통감에 10년의 공부를 헛되게 하였고
금낭과 토시, 버선은 3층의 호사를 이루었도다."

---

280 가회(葭灰)·호교(虎交)의 날: 가회(葭灰)는 절기를 알아보는 법에 관련한 말로, 율관(律管)에 갈대의 재를 넣어 그것이 날리는 것을 살펴서 판단했다고 함. (『後漢書』「律曆志」) 호교(虎交)는 범이 교미하는 것을 뜻하는 말인데, 동지 때를 가리킴.(『禮記』「月令」)

이 글이 한때 웃음의 재료로 전해졌다.

내가 금릉(金陵)에 있을 때 선산(善山) 원인 친구 이솔경(李率卿)[281]의 생일이 바로 5월달이어서 잔치를 벌이고 나를 초청했다. 나는 병으로 가지 못하고 축하하는 글을 다음과 같이 지어 보냈다.

"남녀가 서로 좋아하니 뿔이 떨어진 달이 돌아왔고 (5월에 사슴뿔이 떨어져서 이렇게 말한 것이다. 책을 끼고 각선생을 맞았도다.)
좋은 철, 길한 날 생명을 얻은 때가 돌아왔으니,
귀 빠진 이 날에 경축하는 일 어찌 그만두리오.
오직 우리 사또는 옛날 양반인데 지금은 어떤 성씨인가. (본이 전의인데, 속담에서 기롱하는 말이 있기 때문이다.)
살성(煞星)[282]이 처첩의 궁(宮)에 비쳐서, 아름다운 시호가 이미 충장(衝葬)에 더해졌고 (옛날 사람들이 처첩이 연달아 죽게 되면, 그때 사람들이 시호를 더해서 충장이라고 했다. 대개 부딪히면 장사를 지내는 때문이다. 이 친구는 처첩의 상을 연이어 당했던 것이다.)
원년에 태자의 칭호를 세웠으니 건륭을 이어서 보위에 올랐도다. (이 친구의 처음 자가 嘉卿이었는데, 연호가 嘉慶으로 바뀌었던 까닭에 嘉자를 率자로 바꾼 것이다. 사람들이 모두 장난삼아 건륭의 태자라고 말했던 때문이다.)
관부에는 말하는 꽃이 있으니 상으로 주는 세아전(洗兒錢)[283]이 얼마나 많겠으며

---

281 이솔경(李率卿): 이형회(李亨會, 1770~1827)를 말함. 솔경은 그의 자. 본관은 전의, 순조 때 음관으로 벼슬에 나아가, 1824년 선산 부사에 부임하였고 재임 중 급서하였다.
282 살성(煞星): 별자리의 하나로, 이 별이 비치면 사람의 운명이 불길하게 된다고 함.
283 세아전(洗兒錢): 아이가 출생한 지 3일째 되는 날 사람들을 초대하고 아이의 몸을 씻기는 풍속이 있었으며, 이때 사람들이 축하하는 돈을 주는 것을 일컬음.

백성들은 바람에 쏠리는 풀이라 속수의(續壽衣)를 올리리라. (옛날의 태
수는 생일날 뇌물을 받으며, "이는 수壽를 더하는 옷이니 받지 않을 수 없다."라고
했다.)

생각건대 이 벗은 교남(嶠南)[284]에 같이 수령으로 내려와 있는 나쁜 이
웃이로되, 반중(泮中)[285]의 옛 벗이었다네.

지금 오고 가지 못하니, 생일잔치에 참여하지 못함이 안타깝고

마시고 먹다 보면 유시(遺矢)의 탄[286]이 있을까 걱정되어서였네."

그 당시 이웃 고을에서 초청받아 온 수령들이 이 글을 보고 포복절도
했다고 한다.

---

284 교남(嶠南): 경상도의 별칭

285 반중(泮中): 성균관의 별칭인데, 이 두 사람이 함께 성균관의 유생으로 있었기 때문에
     이렇게 표현한 것임.

286 유시(遺矢): 대변을 조절하지 못하고 흘리는 것을 가리키는 말.

계서잡록
권2

01. 천명(天命)

성종은 때때로 미행을 하였다. 어느 날 밤에 달빛이 눈에 비치는데, 임금이 두세 명의 내시를 데리고 미복으로 나가서 남산 아래에 당도하였다. 삼경이 바로 지나 아무 소리도 들리지 않고 사방이 고요하였다. 산 아래 몇 칸의 조그만 집에 등불이 까막까막한데 글 읽는 소리가 들렸다. 임금은 복건(幅巾), 도복(道服)[1]으로 방문을 열고 들어갔다. 주인은 깜짝 놀라 일어나서 손님을 맞이하고 묻기를,

"웬 분이신데, 깊은 밤에 여기를 오셨소?"

라고 하였다. 임금은,

"우연히 지나다가 글 읽는 소리를 듣고 들어온 것이오."

라고 답하고, 이내 또 물었다.

"읽고 있는 책이 무엇이오?"

"『주역』입니다."

임금이 그에게 어려운 대목에 대해 물었는데, 응대하는 말이 물 흐르듯 하였다. 참으로 큰 선비였다.

"나이 얼마나 됐소?"

"오십이 넘었습니다."

"과거시험은 그만두지 않았소?"

"운수가 기박하여 누차 과거시험에 실패했지요."

임금이 그가 지은 초고를 보여 달라고 하여 읽어보니 낱낱이 명작이었다. 임금은 괴이하게 여겨 물었다.

"이처럼 실재(實才)가 있는 사람이 아직까지 급제하지 못했다니, 이는 담당자의 책임이로군."

---

1 복건(幅巾), 도복(道服): 복건은 모자의 일종으로 베로 만든 것이며, 도복은 도포를 가리키는데 선비의 일상 차림이다.

"몹시 가난하고 어려운 때문인데, 어찌 유사(有司)가 불공정하다고 원망하겠습니까."

임금은 초고 가운데에서 한 편의 제목과 지은 내용을 자세히 들여다보고 나서 물었다.

"모레 별과가 있다던데, 혹시 듣지 못했소?"

"들어보지 못했소이다. 언제 그런 영이 내렸답디까?"

"아까 위에서 명을 내리셨는데, 우선 힘써서 시험을 보도록 하시오."

임금은 이내 인사하고 나와서 액예(掖隸)[2]를 시켜 2곡(斛)의 쌀과 10근의 고기를 밖에서 들여놓게 하고 갔다. 궁궐로 돌아온 다음 바로 별과를 보이도록 명했다. 당일에 임금은 직접 그날 유생의 초고 속에서 보았던 제목으로 출제를 하여 내걸게 했다. 그러고 나서 그 유생의 글이 들어오기를 기다리고 있는데, 얼마 지나지 않아 시권(試券)이 들어왔다. 과연 그날 밤에 보았던 부(賦)가 들어온 것이다. 임금은 크게 칭찬을 하며 어비(御批)[3]를 많이 찍어서 1등으로 뽑아 올렸다. 방(榜)을 붙이는 시각에 신은(新恩)을 불러보니 그날 밤에 보았던 유생이 아니고 웬 젊은 선비였다. 임금은 의아하여 물었다.

"이게 네가 지은 글이냐?"

"아니옵니다. 소신의 늙은 스승의 초고 가운데에 들어 있기에 보고 써서 바친 것입니다."

임금은 다시 물었다.

"너의 스승은 어찌 응시를 하지 않았느냐?"

"신의 스승은 우연히 쌀과 고기가 들어와서 배불리 먹고 갑자기 체해서 과장에 들어오지 못한 것입니다. 그래서 소신이 그의 초고를 들고

---

2   액예(掖隸): 궁정에서 임금을 모시는 인원.

3   어비(御批): 글을 평가할 때 좋은 대목에 점을 찍었는데, 이를 비점(批點)이라고 하였다. 어비는 임금이 평가를 내렸다는 말이다.

온 것입니다."

임금은 한참을 묵묵히 있다가 물러가도록 했다. 대개 내려주었던 쌀과 고기로 오래 주린 창자에 과식을 하여 병이 났던 것이다. 이로 보건대, 어찌 천명이 아니겠는가. 그 유생은 이 병으로 끝내 일어나지 못했다고 한다.[4]

02. 인작(人鵲)

성종이 또 밤에 미행을 나가 어떤 동네를 지나갔다. 그 동네는 아주 외진 곳인데, 멀리서 보니 사립문이 열린 곳으로 한 여자가 나오고, 문 앞에 서 있는 나무에서 까치 소리가 들렸다. 그 여자는 사방을 둘러보고 아무도 보이지 않자 나무 밑으로 가서 까치 소리를 내는 것이었다. 그리고 입에 나뭇가지를 물고 올라가더니 위에서 까치 소리를 내서 화답하는 모양이었다. 임금은 의아한 마음이 들어서 인기척을 냈다. 그 여자는 놀라 얼른 피해서 문 안으로 들어갔고, 이어서 한 남자가 나무 위에서 내려와 역시 사립문 안으로 들어갔다. 임금은 따라 들어가서 무슨 연유인지 물었다. 그 남자의 대답은 이러했다.

"이 사람은 젊어서부터 과거 공부를 하여 지금 나이가 오십 가까이 되는데 아직도 합격을 하지 못했답니다. 전에 들건대, 집의 남쪽에 까치가 집을 지으면 등과(登科)를 한다고 합니다. 그래서 문 앞에 이 나무를 심은 것이 벌써 10년이 지났습니다. 그런데도 까치는 와서 집을 짓지 않았습니다. 오늘 밤에 늙은 처와 더불어 까치 한 쌍이 서로 화답하는

---

4   이 작품이 『청구야담』 권8에 「설별과소년고중(設別科少年高中)」이라는 제목으로 실려 있다.

소리를 내며 나뭇가지를 입에 물고 집을 짓는 모양을 냈습니다. 심심한 가운데 장난을 친 것이지요. 그러다가 뜻밖에 손님에게 들킨 겁니다. 손님은 웬 분이신데 깊은 밤에 여길 오셨소?"

임금은 웃으면서도 안타까운 마음이 들어 그냥 과객(過客)이라 대답하고 그곳을 떠났다. 대궐로 돌아온 이튿날 과거 시험을 보인다는 명을 내고 '인작(人鵲)'이라는 시제를 내걸었다. 온 과장의 선비들이 모두 제목의 뜻을 어떻게 풀이할지 몰랐지만, 그 선비만 홀로 알고 있는 일이기에 글을 지어 바치고 합격을 하였다.

집 남쪽의 까치집의 영험함이 이와 같았으니, 또한 때가 맞아서 그렇게 된 것이리라.

03. 이석(李石)

성종께서 꿈에 보니, 황룡이 숭례문으로 들어오는데 이마 위에 '이석(李石)'이라고 쓰여 있었다. 임금은 놀라 잠이 깨어서 내시에게 물었다.

"밤이 얼마쯤 되었느냐?"

"거의 파루(罷漏)[5] 시각이 되었습니다."

이내 한 별감을 불러 명하기를,

"지금 즉시 숭례문 안으로 가서 대문이 열리기를 기다려 처음 들어오는 사람을 누구건 물론하고 너희 집으로 데려다 두고 돌아와서 아뢰어라." 라고 하였다. 별감이 명을 받고 나가서 숭례문으로 가서 기다리는데 이윽고 대문이 열리면서 한 총각이 숯을 지고 들어오는 것이었다. 별감이

---

5   파루(罷漏): '루(漏)'는 물시계를 뜻하는 말로, 파루는 물이 다 떨어졌다는 의미이며 새벽을 가리킨다. 새벽 4시경을 파루라 했고 이때 통금 해제를 알리는 종을 울렸다.

붙잡으니 그 사람은 놀라서 벌벌 떨었다. 이에 그 사람을 데리고 가서 자기 집에 두고 들어와 임금께 아뢰었다.

이때 알성과(謁聖科)가 며칠 사이에 있었다. 임금이 별감에게 명하였다.

"그 사람을 너희 집에 두고 조석을 대접하다가, 과거시험 날짜가 되면 상투를 틀어올리고 유건(儒巾)과 청포(靑袍)를 갖추어 입히되 시지(試紙)[6] 와 필묵(筆墨)은 주지 말고 네가 함께 데리고 과장(科場)으로 들어오너라. 그러고서 그가 하는 행동이 어떤지 살펴보도록 하라."

별감은 명을 받들고 나가서 그 아이에게 물어보았다.

"너는 과장에 들어가겠느냐?"

"소인은 무식한 사람으로 숯을 팔아서 살아가는데 어떻게 과장에 들어갑니까."

별감은 하교에 따라 그에게 유건과 청포를 입히고 억지로 데리고 과장으로 갔다. 함께 장원봉(壯元峯)[7] 아래에 앉아있게 하였으니 할 일은 관광(觀光)[8] 뿐이었다. 시각이 오후로 가서 방이 거의 나올 즈음 여러 선비들이 장원봉 아래 모여 있는데, 옆의 한 백발노인이 자주 시선을 그에게 돌려 자세히 보더니 가까이 다가와서 묻는 말이었다.

"너는 석이가 아니냐?"

"그렇습니다."

그 노인은 그의 손을 붙잡고 눈물을 흘리며 말했다.

"네가 과연 이 세상에 살아 있다니! 나는 너의 아버지와 절친한 친구다. 너의 아버지와 같이 공부한 것이 몇 년이나 되었는지 기억이 없는데,

---

6　시지(試紙): 과거시험에 제출하는 답안지를 가리키는데, 이를 정초지(正草紙)라고도 하였다.

7　장원봉(壯元峯): 창경궁 관덕정(觀德亭) 근처의 작은 언덕으로, 과거를 보던 선비들이 휴식을 취하는 곳이다.

8　관광(觀光): 관국지광(觀國之光)의 준말로, 서울이나 대궐을 구경하는 것을 가리키며, 과거시험을 보는 것도 관광이라 하였다.

아무 해에 전염병이 돌아 너희 집 식구들이 다 병에 걸려 죽었더란다. 그때 너의 유모가 너를 안고 어디론가 떠났더니라. 당시 네 나이는 두세 살밖에 되지 않았다. 지금 네가 이처럼 장성하였는데, 내가 어떻게 알아보겠느냐. 지금 이처럼 상봉하자 내 마음에 문득 감흥이 일어나서 너를 정녕 알아본 것이니, 이 어찌 천운이 아니겠느냐? 네 아버지의 초고가 나에게 있는데, 오늘 나온 제목은 나와 너의 아버지가 옛날 함께 지어보았던 것이다. 나는 전에 지었던 것을 그대로 썼고, 네 아버지의 글은 남아 있다. 너는 과거를 보았느냐?"

"제가 어찌 감히 과거를 볼 수 있겠습니까? 옆에 이 분이 권하기에 대궐의 위의나 볼까 싶어서 들어와 본 것입니다."

그 노인은 이르기를,

"나에게 쓰지 않은 정초지(正草紙)가 있으니, 너도 과거를 볼 수 있겠다." 하고서, 그 글을 베껴 써서 비봉(秘封)을 하고 '이석(李石)'이라 써서 정권(呈卷)을 하였다. 얼마 지나지 않아 방이 나오는데, 이석이 수석으로 올라 있었다. 신은(新恩)을 부른 뒤에 임금께서 입시하라고 명하여 물었다.

"이 글이 네가 지은 것이냐?"

이석은 사실대로 아뢰었다. 임금은 그 노인을 찾아서 입시하도록 명하고 이렇게 하교하였다.

"지금 너에게 능참봉(陵參奉)을 제수하니, 이석에게 글을 가르치도록 하여라."

그 노인은 능참봉이 되어 이석을 가르치게 한 것이다. 후에 이석은 지위가 참판에 이르러 성종 때의 명신이 되었다고 한다.

04. 서고청(徐孤靑)

고청(孤靑) 서기(徐起)[9]는 정승 심열(沈悅)[10] 댁의 사노(私奴)였다. 심정승이 돌아가신 뒤에 그 아들을 가르치며 매양 아침이면 부인께 문안을 드리고 집안의 앞뒤를 몸소 청소하였다. 심정승의 아들이 혹시 잘못이 있으면 반드시 가묘(家廟)의 문을 열고 매를 때리거나 책망을 하였다. 서고청의 겸손하고도 분수를 지키는 것이 이와 같았다.

어느 날 뜻밖의 일로 부인께 죄를 받고서 자기 집으로 돌아왔다. 서고청의 집은 바로 심정승 댁 문밖에 있었다. 그 이튿날 초헌(軺軒)[11]들이 그 골목을 메우며 들어왔다. 심정승 댁에서는 그 집 대문으로 들어올 것으로 생각했는데 대문을 지나쳐서 서고청의 집으로 들어가는 것이었다. 비복들이 이 일을 심정승 부인께 아뢰자 부인은 뉘우치고 불러서 물었다. 서고청은 곧 대답을 하였다.

"소인이 마침 재상댁 문하에 출입을 하였기로 여러 재상들이 소인이 죄를 받은 것을 알고 위문하려 온 것입니다."

심정승 부인은 비로소 크게 뉘우치고 이후로 그를 노비로 대접하지 않았다. 서고청의 행실은 송귀봉(宋龜峯)[12]보다 크게 나은 점이 있었다.

---

9 서기(徐起, 1523~1591): 본관은 이천(利川), 자는 대가(待可), 호는 고청초로(孤靑樵老)
   ·구당(龜堂)·이와(頤窩). 이지함(李之菡)을 사사하였으며 학문과 강학에 전념하였다.

10 심열(沈悅, 1569~1646): 본관은 청송(靑松). 자는 학이(學而), 호는 남파(南坡). 벼슬은
   영의정에까지 올랐다.

11 초헌(軺軒): 2품 이상의 고관이 타던 가마를 이름.

12 송귀봉(宋龜峯): 송익필(宋翼弼, 1534~1599)을 말함. 본관은 여산(礪山), 자는 운장(雲
   長), 귀봉(龜峯)은 그의 호. 할머니가 안돈후(安敦厚)의 비첩 소생이어서 신분이 낮았
   으나, 학자로서 이름이 있었고 시를 잘했다.

05. 정북창(鄭北窓) ①

북창 정렴(鄭磏)[13]은 정순붕(鄭順朋)[14]의 아들이다. 태어날 때부터 신이한 재주를 지니고 있어 백가(百家)의 술(術)에 속하는 학술에 대해서 능통하지 않은 것이 없었다. 미래의 일도 능히 알았고 새나 짐승의 소리까지도 모두 알았다. 그의 부친을 따라 연경(燕京)에 들어간 일이 있었는데 여러 나라에서 온 사신들과 각기 그 나라의 말로 대화를 자유롭게 하였다. 유구국(琉球國)의 사신이 말하기를,

"제가 우리나라에 있을 때 앞날을 점쳐 보니 아무 해 아무 달 아무 날에 중국으로 들어가는데 그때 응당 천하의 이인(異人)을 만날 것이라고 하였소. 당신이 정말 그 사람인가 봅니다."

하며, 기록한 책자를 꺼내서 보여주는데 연월일이 그대로 맞아떨어졌다.

06. 정북창(鄭北窓) ②

정북창의 동갑 친구 한 사람이 중한 병에 걸려 아무리 치료를 하고 약물을 써도 효과가 없었다. 그의 늙은 부친이 정북창이 신이한 줄 알고 찾아와서 묻자 북창이 대답을 하였다.

"수명이 이미 다했으니 구할 방도가 없습니다."

그의 부친은 울면서 구해낼 방도를 알고자 한다고 애걸하였다. 정북

---

13 정렴(鄭磏, 1506~1549): 본관은 온양(溫陽). 자는 사결(士潔), 호는 북창(北窓). 정순붕의 아들인데 자기 아버지가 하는 일을 못마땅하게 여겨 세상을 등지고 살았다. 시를 잘하는 것으로 이름이 있었으며, 여러 가지 이적(異蹟)을 행한 것으로 전해지고 있다. 그의 동생 정작(鄭碏)은 호가 고옥(古玉)으로 역시 시를 잘하는 것으로 이름이 높았으며, 두 사람의 시집 『북창고옥시집(北窓古玉詩集)』이 후세에 전하고 있다.

14 정순붕(鄭順朋, 1484~1548): 연산군 때 문과에 급제하여 명종 때 벼슬이 영의정까지 올랐다. 을사사화를 주도한 것으로 후세에 나쁜 이름을 들었다.

창은 그 부친을 안타깝게 여겨 말했다.

"그렇다면 부득불 저의 수명 10년을 덜어서 공의 아드님 수명에 붙여 주어야겠군요."

그러고서 다음과 같이 이르는 것이었다.

"공이 다음날 밤 삼경 뒤에 홀로 남산 꼭대기에 올라가면 필시 붉은 옷을 입은 중과 검은 옷을 입은 중이 마주 앉아 있을 것이외다. 그 앞에 엎드려 아드님의 목숨을 빌어 보십시오. 그 중이 아무리 성을 내서 쫓더라도 절대로 물러나지 말고 지팡이로 때리더라도 절대로 물러서지 마십시오. 정성을 끝까지 다하면 저절로 알 만한 일이 있으리다."

정북창이 말한 대로, 그 사람이 다음 날 밤에 혼자 달빛을 타고 남산으로 올라갔더니 과연 두 중이 앉아 있었다. 이에 앞으로 나아가서 울며 애걸하였다. 두 중은 깜짝 놀라 말했다.

"지나가는 산승이 여기 잠깐 쉬고 있는 것이오. 당신은 웬 사람인데 여기 와서 이런 해괴한 행동을 하는 것이오? 당신 아들의 수명이 긴지 짧은지 빈승이 어찌 알겠소. 얼른 물러가시오."

그 사람은 말을 못 들은 것처럼 한결같이 애걸복걸을 하였다. 두 중은 성을 내며,

"이 사람이 미쳤구먼. 쫓아버려야겠네."

하며 지팡이를 들어 때렸다. 그 사람은 아파서 참을 수 없었지만 여전히 엎드려 울며 애걸하였다. 이윽고 붉은 옷을 입은 중이 웃으며 말했다.

"이는 필시 정렴이 가르쳐 준 것이지. 이 아이의 하는 짓이 괴탄스럽군. 응당 그의 수명 10년을 감해서 이 사람의 수명에 보태주어도 무방하겠다."

검은 옷을 입은 중도 머리를 끄덕이며

"그러지."

라고 하였다. 두 중이 그제야 일어서며

"그럼 해보지."

라고 하는 것이었다.

검은 옷 입은 중이 소매 속에서 책자 하나를 꺼내 붉은 옷 입은 중에게
주었다. 붉은 옷 입은 중은 그 책자를 받아서 달빛 아래서 붓을 들어서
글자를 쓰는 것 같았다. 그러고서 말하기를,

"당신의 아들은 지금부터 수명이 10년 연장될 것이오. 돌아가서 정렴
에게 다시는 천기를 누설하지 말라고 일러주시오."

라고 하더니, 홀연 보이지 않았다.

대개 붉은 옷 입은 중은 남두성(南斗星)이고 검은 옷 입은 중은 북두성
(北斗星)이다. 그 노인은 이에 자기 집으로 돌아갔다. 그의 아들은 병이
점차 나아서 10년 후에 죽었다. 정북창은 나이 오십이 지나 죽었는데
그 두 중의 말과 다름 없었다.

07. 곽망우당(郭忘憂堂)

곽재우(郭再祐)는 현풍 사람으로 호를 망우당(忘憂堂)이라 했고, 임진왜
란을 당해서 의병을 일으켜 가는 곳마다 대적할 자가 없었다. 피가 갑옷
에 베어 온통 붉어져서 군중에서 '홍의장군'이라 일컬었다. 큰 공을 많이
세웠는데 난이 끝난 뒤 고향 집으로 돌아가 다시는 세상일에 대하여 아
랑곳하지 않았다. 산속에 들어가서 신선술을 닦아 끝내 어디로 갔는지
알 수 없다. 그 아버지 항렬의 팔형제가 모두 이름에 '달릴 주(走)' 자가
들어 있는데 다들 대담하고 책략이 있어 향리에서 모두 존경하고 두려워
했다. 그래서 매양 서로 경계하기를, "곽주(郭走)는 두려워 해야 한다."라
고 말했다 한다. 지금 시속에서 이르는 '곽주귀(郭走鬼)'란 대개 여기에서
유래한 것이다.

08. 김덕령(金德齡)

김덕령(金德齡)[15]은 용력이 절등하여 여러 길의 담장을 뛰어넘을 수 있었다. 대개 그의 두 겨드랑이에 날개가 달려 있었다고 한다.

임진왜란을 당해서 의병을 일으켜 가는 곳마다 싸움에 이겨 왜적들이 모두 그의 예봉을 피해 달아났다. 광해군이 분조(分朝)[16]에 있으면서 그를 익호장군(翼虎將軍)에 봉하고 수놓은 깃발을 하사하여 부대 앞에 세우도록 했다. 큰 공을 미처 세우기도 전에 권간(權奸)에게 무함을 당해, 금부도사가 내려와 죄인을 호송하는 수레에 실어 붙잡아 갔다. 어느 날 그 수레가 한 곳에 당도해서 잠시 쉬고 있었다. 옆에 산이 아주 험준한데 그 꼭대기 위에 어떤 사람이 김덕령의 자를 부르는 것이었다.

"경수(景樹), 당신을 여기서 내가 기다리고 있다네. 여기 올라와서 이별주나 같이 드세."

김덕령은 수레 속에서 금부도사에게 청했다.

"저 이는 나의 절친한 벗이오. 잠깐 묶인 것을 풀어주어 가서 만나고 오게 해주오."

금부도사가 그 요청을 들어주지 않자 김덕령은 이렇게 말했다.

"내가 도망칠까 걱정하시오? 나는 지금 신하 된 몸으로 임금의 명을 순순히 받아들인 까닭에 잡혀가는 것이오. 그렇지 않고 도피하려 했다면 이 세상에 나를 잡아갈 사람이 없을 것이오. 당신은 한번 보시오."

그러고서 몸을 한번 움직이자 쇠줄이 그대로 끊어졌다. 그리고 손을

---

15 김덕령(金德齡, 1567~1596): 본관은 광산(光山). 자는 경수(景樹), 시호는 충장공(忠壯公). 원래 광주땅의 석저촌(石底村, 후일 충효리로 바뀌었음)에서 태어나 성혼(成渾)의 문하에서 수학하였다. 임진왜란 당시 의병을 일으켜 광해분조(光海分朝)로부터 익호장군(翼虎將軍)의 호칭을 받은 바 있다. 임진왜란과 정유재란의 사이에 충청도에서 반란을 일으킨 이몽학(李夢鶴)과 내통했다는 무고를 받아 결국 죽임을 당했다. 후일 그의 행적과 저술을 모은 『김충장공유사(金忠壯公遺事)』란 책이 간행된 바 있다.

16 분조(分朝): 전시와 같은 긴급 상황에서 별도로 설치한 조정. 임진왜란 때 광해군이 전라도로 내려가서 분조를 설치하였다.

들어 그 수레를 치니 역시 부서져서 빠져나와 몸을 솟구쳤다. 한번 훌쩍 뛰어 산봉우리로 올라가서 그 사람과 손을 잡고 크게 통곡을 하였다. 그 사람이 김덕령을 보고 책망을 하는 것이었다.

"내 매양 너에게 경계하기를, 우리나라는 조그마하여 몸뚱이를 용납하기 어려우니 세상에 나가지 말고 나와 함께 은둔해 사는 것이 좋다고 하였지. 너는 내 말을 듣지 않더니 끝내 어떠하냐?"

김덕령은 눈물을 뿌리며 말했다.

"이 또한 천명이다. 난들 어찌할 것인가."

그 사람이 술을 따라 권하면서,

"오늘 당신과 영결을 하는데 당신 마음이 어떠오? 스스로 이미 여기 이르렀으니 순순히 천명을 받아들이는 것이 옳소."

하자 김덕령 또한,

"나 역시 그렇네."

하고 연거푸 여러 잔을 기울이고 나서 눈물을 뿌리며 작별하는 것이었다. 이내 그 사람은 홀연 보이지 않았으며 김덕령 또한 몸을 날려 뛰어 내려와 다시 그 수레 속으로 들어갔다. 옆에서 보던 사람들이 모두 놀라 경악을 하였다.

실려 온 수레가 서울에 당도하자 임금이 국문하기를,

"너는 웬 까닭으로 역모를 하였느냐?"라고 하여, 김덕령은

"당초에 그런 일이 없었으며 억지로 얽어 만든 것입니다."

라고 진술하였다. 결안(結案)[17]을 하도록 하였으나 끝내 불복하고,

"만약에 충효 두 글자로 결안을 한다면 가하거니와 그렇지 않으면 결코 서명을 하지 않겠소."

라고 하여 허락을 하였다. 이에 '난을 평정하지 못했으니 신하로서 불충

---

17 결안(結案): 사형에 해당하는 죄를 결정하는 것을 가리키는 말.

이요, 이름을 날려 어버이를 영화롭게 하지 못했으니 자식으로서 불효를 저질렀다.'라고 결안을 하여 형을 당하게 되었다. 형을 집행할 때에 칼날이 목에 들어가지 않았다. 그는 웃으며,

"너희들이 칼로 만 번 내리치더라도 결단코 나를 죽이지 못할 것이다. 내가 스스로 칼날을 받기로 한 뒤에라야 가능할 것이다."

라고 하였다. 그리고 목을 뽑아 목에 있는 비늘을 제거한 다음에 그의 말처럼 칼로 쳐서 머리가 잘렸다. 그의 충의와 용력으로 공을 이루지 못하고 마침내 남의 모함을 받아서 죽었으니 그 애석함을 어찌 이길 수 있으랴! 후일에 신원을 받아 복관(復官)이 되었다.

09. 공북루시(拱北樓詩)

월사(月沙) 이정귀(李廷龜)[18]는 문장으로 세상에 이름이 높았다. 당시 서경(西坰) 유근(柳根)[19] 또한 문장을 하는 사람이었는데 월사는 인정을 하지 않았다. 서경은 이 때문에 크게 노하여 말하는 사이에 매양 좋지 않은 감정을 표출했다.

서경이 충청도 감사로 나갔을 때에 월사의 친지 한 사람이 추노(推奴)의 일로 충청도로 내려가면서 공주 감영에 부탁 편지 한 통을 써 줄 것을 청하였다. 월사는 웃으며 말했다.

"이 노옹(老翁)에게 나는 문자 간의 일로 대단히 득죄를 하였으니 만약

---

18 이정귀(李廷龜, 1564~1635): 본관은 연안(延安). 자는 성징(聖徵), 호는 월사(月沙). 당대 한문사대가로 일컬어졌다. 벼슬은 대제학을 거쳐 좌의정에 이르렀다. 문집으로 『월사집(月沙集)』을 남겼다.

19 유근(柳根, 1549~1627): 본관은 진주(晉州). 자는 회부(晦夫), 서경(西坰)은 그의 호. 그가 충청감사를 지낸 것은 1603년이며, 대제학을 역임하였다. 당대 시문으로 이름이 높아 중국과 일본의 사신이 왔을 때 접반사(接伴使)로 많이 참여한 바 있다.

내 말로 부탁을 하면 도리어 해를 볼 것일세. 하지 않는 것만 같지 못하네."

그 사람이 굳이 청하매 월사는 한참을 생각하다가 말했다.

"들으니 이 노옹이 새로 공북루(拱北樓)²⁰를 지어 놓고 시를 지었다는 군. 자네는 나의 부탁 편지를 꼭 가지고 갈 필요가 없으니 공주 감영에 가서 통자(通刺)²¹를 하면 필시 만나줄 것일세. 들어가 만나면 서울서 내려올 때에 나를 보았다고 하게. 그러면 필시 성질을 내며 '아무개가 또 내 시를 폄하했겠지.'라고 말할 걸세. 자네는 '그렇지 않습니다. 소생을 대하여 말하기를, 서경이 이번 공북루에 붙인 시의 「소동파의 적벽은 지금 창벽이요, 유량²²의 남루는 곧 북루로다[蘇仙赤壁今蒼壁, 庾亮南樓是北樓]」라는 시구는 성당(盛唐)의 여러 시들도 이보다 나을 수 없다고 합디다.'라고 대답을 하게. 그러면 도움을 줄 걸세."

그 사람은 월사의 말을 단단히 기억하고 떠났다. 공주 감영에 당도하여 통자를 한즉 과연 만나볼 수 있었다. 서로 인사를 마치고 나서 말을 꺼냈다.

"소생이 내려올 때에 월사 영감을 보고 왔습니다."

서경이 듣자마자 발끈하고 얼굴색이 변해서 다음과 같이 말했다.

"아무개가 또 내 시문을 깎아내렸겠지?"

"그렇지 않았습니다. 영감께서 공북루를 새로 지으면서 붙인 시가 있다지요?"

"그렇지."

"아무 영감께서 제 2연은 성당의 여러 작품도 일두지(一頭地)²³를 양보할 것이라고 합디다."

---

20 공북루(拱北樓): 공주의 공산성(公山城)에 있는 누각으로 유근이 충청감사로 있을 당시 중건한 것이다.
21 통자(通刺): 남의 집을 방문할 때 명함을 들여보내는 것.
22 유량(庾亮, 289~340): 동진(東晉)의 인물. 그가 무창(武昌)의 자사로 있을 때 남루(南樓)에 올라가서 가을밤의 흥취를 표현한 시구가 유명하다.
23 일두지(一頭地): 제일 앞의 자리.

서경은 기뻐하며 말했다.

"그건 나의 평생 제일의 작이야. 아무개가 능히 알아보다니 그도 시율의 공부가 진경(進境)이 있어 이런 게야."

이어서 낭랑히 한 번 읊은 후에 물었다.

"자네는 무슨 일로 여기 내려왔는가?"

그 사람은 내려온 까닭을 아뢰었다.

서경이 말하기를,

"양반이 어찌 직접 추노를 나가겠나? 우선 여기 감영에 남아 있게. 내 응당 추심하여 거두어 오도록 하겠네."

하고 그 고을에 공문을 엄하게 내려 즉각 일일이 몸값을 받아 올리라 하면서, 만약에 지연이 되면 수리(首吏)와 수향(首鄕)[24]을 엄히 조처하겠다고 하였다. 며칠이 지나지 않아 그 고을에 보고가 올라왔다. 노비들의 신공(身貢)을 일일이 받아 올려서 이에 돌아가는 짐 꾸러미가 자못 풍성하였다.

그 후에 서경이 공주에서 교체되어 돌아오자 월사가 인사를 드리러 간즉 서경이 말을 붙였다.

"근래 영감의 시 공부가 크게 나아졌습디다."

"무슨 말씀이오?"

"나의 공북루 시가 좋은 줄 능히 알아보니 시 공부가 크게 나아간 효과가 아니겠소?"

월사는 웃으며 대답했다.

"영감의 이 시는 더욱 말이 안 됩니다. 시구 상에 적벽과 창벽, 남루와 북루를 끌어 붙이다니 어떻게 말이 됩니까? 이야말로 제가 영감께 더욱

---

24 수리(首吏)와 수향(首鄕): 아전의 우두머리를 수리, 향청의 우두머리인 좌수를 수향이라 한다.

승복하지 못하는 바이오."

서경은 한참을 입을 다물고 있다가 노하여 소리쳤다.

"내가 당신에게 속임을 당하다니!"

이 이야기를 듣는 사람들은 모두 허리를 꺾어 쥐었다.

10. 월사부인(月沙夫人)

월사(月沙)의 부인은 판서 권극지(權克智)[25]의 따님이다. 덕행이 있었으며 백주(白洲)[26] · 현주(玄洲)[27] 두 아들이 다 현달하였는데, 집안을 다스리는 데 검소하였고 화려한 의상은 몸에 붙이지 않았다. 이때 어느 공주댁에서 며느리를 맞이하여서, 임금으로부터 조정의 명부(命婦)들은 모두 그 연회에 참석하라는 특명이 있었다. 조관(朝官)의 부인들이 화려함을 서로 다투어 이날 연회에 진주와 비취 등 장식과 비단옷이 사람들의 눈길을 사로잡았다. 뒤미처 교자(較子) 한 대가 들어와 어떤 노부인이 지팡이를 짚고 나오는데 갈포 저고리에 베 치마를 착용해서 극히 거칠고 볼품없는 차림새였다. 그 노부인이 대청에 오르는데 공주가 신을 거꾸로 신고 달려왔다. 여러 젊은 부인네들이 모두들 손가락질하고 웃다가 놀라워했는데 어느 댁 따님인지 몰랐다. 공주가 그 부인을 상좌(上座)에 맞아 앉히고 예를 차리는 것이 매우 공손하였다. 좌중의 사람들은 더욱 의아해했다. 음식이 나온 뒤에 그 노부인이 먼저 일어나서 돌아가겠다고 고하자 공주는 날이 아직 저물지 않았다고 만류하였다. 노부인의 대답하는

---

25 권극지(權克智, 1538~1592): 본관은 안동(安東). 자는 택중(擇中). 임진왜란이 일어나서 국왕이 몽진할 당시 예조판서로서 갑자기 병으로 사망한 인물임.

26 백주(白洲): 월사의 큰아들 이명한(李明漢, 1595~1645).

27 현주(玄洲): 월사의 작은아들 이소한(李昭漢, 1598~1645).

말이 이러했다.

"저희 집 대감은 약원(藥院) 도제조(都提調)로 새벽에 벌써 부궐(赴闕)하셨으며 큰아이는 이조판서로 바야흐로 정석(政席)[28]에 나갔고 작은아이는 도승지(都承旨)로 숙직(宿直)을 보고 있습니다. 늙은 이 몸이 집에 돌아가서 저녁밥을 준비해서 보내야겠습니다."

좌중이 비로소 월사의 부인인 줄 알고서 크게 놀랐다.

11. 동동희(鼕鼕戲)

석루(石樓) 이경전(李慶全)[29]은 아계(鵝溪) 이산해(李山海)의 아들로, 젊어서부터 글을 잘했다. 명종 시절에 동동고(鼕鼕鼓)[30]라는 놀이가 있었는데, 오인(午人)[31] 중 젊고 재주 있는 무리들은 모두 이 놀이에 끼어들었다. 더러 머리를 흩트리고 맨발로 거리에서 북을 울리고 춤을 추며 혹은 노래를 부르는가 하면 혹은 곡을 하기도 했는데, 매일 상습적으로 했던 것이다. 오인들의 예절에 구애받지 않는 것이 이와 같았다.

선조께서 중국 사신을 모화관(慕華館) 연향대(宴饗臺)에서 전별하는 연

---

28 정석(政席): 벼슬아치들의 인사를 처리하는 자리를 이름. 이명한이 당시 인사를 담당하는 이조판서로 있었다.

29 이경전(李慶全, 1567~1644): 본관은 한산(韓山). 자는 중집(仲集). 석루(石樓)는 그의 호. 선조 때 영의정을 지낸 이산해(李山海)의 아들이다. 벼슬은 형조판서에 이르렀으며 문집으로 『석루집(石樓集)』을 남겼다.

30 동동고(鼕鼕鼓): 고려가요의 하나인 「동동」을 이용해서 만든 연희(演戲)의 하나. 이익(李瀷)의 『성호사설(星湖僿說)』에 이에 대해 언급한 말이 있다. 선조 때 명문의 자제 이경전·이수록(李綏祿)·백진민(白振民)·김두남(金斗男)·유극신(柳克新)·김성립(金誠立)·정효성(鄭孝誠)·정협(鄭協) 등 40여 명의 청년들이 무리를 지어 대로에서 동동곡(鼕鼕曲)을 부르며 놀면서 웃고 울고 했다는 것이다.

31 오인(午人): 남인을 가리키는 말. 오(午)는 남방에 속하기 때문에 흔히 남인을 지칭하는 말로 썼다. 대개 이 표현은 반대파에서 남인을 가리키는 말로 흔히 쓰였다.

회를 벌이는데 사신이 우리나라 사람의 재주를 시험해보려고 하여 떠날 임시에 임금께 청하였다.

"제가 방금 일어서려는데 잊어버린 일이 있소이다. 아무리 급하더라도 부득불 청해야겠습니다. 조정의 신하 중에 시를 잘하는 사람이 백사마(白司馬)의 「비파행(琵琶行)」 운을 따라서 지금 즉석에서 차운(次韻)을 해서 전별하는 시를 지어주면 좋겠습니다."

임금이 여러 신하들에게 물었으나, 하겠다고 나서는 자가 아무도 없었는데 누군가 말했다.

"유생 중에 이경전이 아니고는 이 일을 해낼 사람이 없습니다."

임금께서 그를 찾아 입시(入侍)하도록 명했다. 이때 석루는 또 역시 동동고 놀이를 하느라 술에 취해 대로상에 나가 있었다. 사자가 왕명을 전하고 그를 데리고 함께 왔다. 석루가 앞으로 나와 엎드리자, 임금이 그에게 명하여 백거이(白居易)의 「비파행」을 차운하되 사신이 운자(韻字)를 불러 입에서 떨어지는 대로 글을 지으라고 하였다. 석루는 덥수룩해진 머리로 얼굴이 불콰해져서 부르는 운자에 따라서 글을 지어 올렸다. 사신은 이미 지어 놓은 글이 있는가 의심하여 원작의 '늙어 시집을 가서 상인의 아낙이 되었더라[老大嫁作商人婦]'라는 구절에 이르자 '며느리 부(婦)' 자를 일부러 '지아비 부(夫)' 자로 바꿔 불렀다. 그런데도 석루는 바로 이렇게 지어 불렀다.

"예로부터 시대를 슬퍼하는 지사가 있었으되 지금껏 이별을 한스러워하는 장부는 없도다[傷時從古有志士, 恨別由來無丈夫]."

사신은 크게 놀라 칭찬해 마지않았다. 전편을 다 지을 때까지 해는 아직 정오도 되지 않았다. 사신은 여러 사람들을 둘러보며 말했다.

"조선에도 이처럼 재주 있는 선비가 있군요."

12. 초혼(招魂)

충주 목사를 지낸 정백창(鄭百昌)[32] 역시 소시에 동동고 놀이를 하였고 무당이 초혼(招魂)하는 일도 잘했다. 그가 충주 목사로 있을 때 백강(白江) 이경여(李敬輿)[33]는 충청 감사로 있었다. 언젠가 정 백창이 감영에 올라갔는데 감사가 마침 틈이 있어서 물었다.

"목사는 지금도 초혼하는 일을 할 수 있소?"

"할 수 있지요."

"만약 그렇다면 나를 위하여 한번 시험해 보시오."

"좋습니다."

그러고는 조용한 방을 깨끗이 치워 달라고 청했다. 감사는 그의 말대로 방을 깨끗이 치워놓고 초혼의 일을 하게 했다. 정백창은 향을 피우고 방울을 울리며 백강의 부친의 혼을 불러와서 말을 나누는데 언어 수작이 평상시와 똑같았다. 백강은 크게 놀라 중지하도록 간청을 했으나 끝내 듣지 않고 불러온 혼과 말을 주고받고 했다. 백강이 백 가지로 애걸해서야 그만두었다.

13. 서경덕(徐敬德)

화담(花潭) 서경덕(徐敬德)은 학문이 넓고 아는 것이 많아 천문과 지리, 술수의 학에 통하지 않는 것이 없었다. 장단(長湍) 땅의 화담[34] 가에 살아

---

32 정백창(鄭百昌, 1588~1635): 본관은 진주(晋州), 자는 덕여(德餘), 호는 현곡(玄谷). 벼슬은 이조참판을 거쳐 경기감사에 이르렀다. 충주 목사를 지낸 경력은 그에게서는 보이지 않으며 그의 부친 정효성(鄭孝誠)이 충주 목사를 지낸 것으로 되어 있다.

33 이경여(李敬輿, 1585~1657): 본관은 전주(全州), 자는 직부(直夫), 백강(白江)은 그의 호. 충청 감사를 지낸 것은 1627년이며, 벼슬은 영의정에 이르렀다.

34 화담(花潭): 개성 북쪽에 위치한 오관산(五冠山) 아래 마을인 영통동(靈通洞) 입구에

서 화담이라고 호를 지어 불렀다.

어느 날 학도를 모아 강의를 하는 자리에 홀연히 한 노승이 찾아와 절을 하고 돌아갔다. 화담은 그 중을 전송하고 나서 문득 탄식해 마지않았다. 학도들이 무슨 일이냐고 묻자 대답한 말이었다.

"너희들 저 중을 아느냐?"

"모릅니다."

"아무 산의 산신령 호랑이란다. 아무 마을에 사는 사람의 딸이 마침 신랑을 맞이하는데 지금 저것의 해를 당할 것이다. 안타까운 노릇이다."

한 학생이 물어보았다.

"선생님께서 그런 줄 아신다면 구제할 방도도 있지 않겠습니까?"

"있기야 있지. 다만 보낼 만한 사람이 없구나."

그 학생이 아뢰었다.

"제가 가보겠습니다."

"그러면 좋겠구나."

하고서 책 한 권을 주며 당부하는 말이었다.

"이 책은 불경(佛經)이다. 처녀의 집은 백 리 내의 아무 마을 아무 곳에 있으니 너는 이 불경을 가지고 그 집으로 가거라. 절대 먼저 말을 내지 말고 다만 대청에다 제상과 촛불을 마련해 놓게 한 다음, 그 처녀는 방 안에 있도록 하고 사방의 문을 잠그고서 힘센 여종 오륙 명이 그 처녀를 꼭 붙잡고 놓아주지 말도록 하여라. 너는 대청 위에서 이 불경을 읽되 한 글자도 틀리면 안 되느니라. 닭이 울 때까지 잘 넘기면 자연히 무사하게 될 것이다. 조심하고 조심하여라!"

그 사람이 지시하는 말씀을 듣고 나서 급히 그 집으로 갔더니 집안이 온통 분주했다. 연유를 물은즉 '내일 새 신랑을 맞게 되어 지금 바야흐로

있던 못의 이름임.

폐백을 받으려 합니다.'라고 하였다. 그 사람이 들어가서 주인을 만나보고 인사를 나눈 다음에 말했다.

"오늘밤 주인댁에 큰 액운이 닥칩니다. 때문에 내가 와서 화를 면하도록 하려 합니다. 꼭 이렇게 이렇게 해야 합니다."

주인은 그의 말을 믿지 않고 말하기를,

"어디서 온 과객인데 이런 허튼 소리를 하오?"

라고 하였다.

"내 말이 허튼 소리인지 아닌지는 오늘밤이 지나면 자연히 알게 될 것이오. 오늘밤이 지나도 나의 말이 징험이 없으면 그때 가서 쫓아내도 안될 것이 없지 않겠소. 우선 나의 말대로 해야 좋을 것이오."

주인은 마음에 심히 의아해하면서도 우선 그의 말대로 마련해 놓고 기다렸다. 그 처녀 또한 그의 말대로 하여 방 안에 들어갔고, 그 사람은 대청에 단정히 앉아 촛불 아래서 불경을 읽었다. 삼경 즈음에 문득 벼락 치는 소리가 울려 집안사람들이 모두 벌벌 떨며 달아났다. 호랑이가 마당에 쭈그리고 앉아 으르렁거리는 것을 보고도 그 사람은 안색이 조금도 변하지 않고 불경 읽기를 그치지 않았다.

이 때 그 집 처녀는 똥이 마렵다고 하면서 한사코 나가려 하였다. 여종들이 옆에서 단단히 붙들어서, 처녀는 발버둥을 쳤으나 벗어날 수 없었다. 그 호랑이는 문득 크게 으르렁거리며 대청 앞의 나무를 세 번이나 물어뜯었다. 그러고 나서 호랑이는 사라졌고 처녀는 혼절하여 쓰러졌다. 집안사람들이 비로소 정신을 차리고 따뜻한 물을 떠다가 입에 떠 넣으니 이윽고 깨어났다. 그 사람이 불경을 읽고 나오자 온 집안사람들이 다 와서 감사의 인사를 드렸다. 모두들 신인(神人)이라 여기면서 수백 금으로 은혜를 갚고자 했다. 그 사람은 사양하며,

"나는 재물을 탐내 온 사람이 아니오."

라 말하고 옷깃을 떨치고 떠났다. 돌아가서 화담 선생을 뵙고 아뢰니

화담은 웃으며 말했다.

"네 어찌 세 곳을 잘못 읽었더냐?"

"잘못 읽은 곳이 없습니다."

"조금 전에 그 중이 또 지나가며 나에게 사람을 살려준 공을 치하하고 또 이렇게 말하더라. '불경을 세 차례 잘못 읽은 까닭에 대청의 나무를 물어뜯었다'라는구나. 그래서 나도 알았더니라."

그 사람이 다시 생각해보니 과연 잘못 읽은 때였다.[35]

14. 박엽(朴曄) ①-용골대(龍骨大)·마부대(馬夫大)

박엽(朴曄)[36]은 광해조(光海朝) 사람으로 장수의 지략이 있었고 천문·지리·음양·술수의 학(學)에 통달하지 않은 것이 없었다. 광해군과 동서간으로 평안도 감사가 되어 십 년을 바뀌지 않아 위엄이 평안도 지역에 떨쳤으며 북쪽 되놈까지 두려워하여 변경을 감히 넘보지 못했다.

박엽은 어느 날 막객(幕客)[37]을 불러 준비해 둔 술과 안주를 내주면서 말했다.

"이걸 가지고 중화(中和)의 구현(駒峴)[38] 아래로 가서 기다리고 있으면 필시 두 건장한 남자가 채찍을 들고 지나갈 것이다. 나의 뜻으로 이렇게

---

35 이 작품이 『청구야담』 권9에 「구처녀화담시신술(救處女花潭試神術)」이라는 제목으로 실려 있다.

36 박엽(朴曄, 1570~1623): 본관 반남(潘南), 자 숙야(叔夜), 호 약창(藥窓). 1597년 문과에 급제하여 평안도 관찰사를 지내다 인조반정 때 죽임을 당했다. 그의 부인은 유덕신(柳德新)의 딸인데 광해군은 유덕신과 형제 사이인 유자신(柳自新)의 딸과 결혼했으므로 박엽과 광해군은 사촌 동서지간이었다.

37 막객(幕客): 감사를 보좌하는 비장(裨將)의 별칭.

38 구현(駒峴): 지금 평양시에 속한 중화군 삼흥리에 있는 지명.

말하여라. '너희들이 들어와서 우리나라 땅을 돌아다닌 지 한 달도 넘는데 다른 사람들은 다 알지 못해도 나는 벌써 알고 있다. 여행의 노고가 참으로 많을 것이니 술과 안주를 보내노라. 한번 실컷 마시고 얼른 돌아가는 것이 좋겠다.'"

막객은 구현으로 가서 기다리고 있었더니 과연 지나가는 두 사람을 만났다. 막객이 그의 말을 전하자 두 사람은 서로 돌아보며 실색하고 대답하는 말이다.

"우리가 여기 들어와 있기는 하지만 장군을 어찌 감히 소홀히 보겠습니까. 장군은 신인(神人)이십니다. 장군이 여기 계실 때까지는 저희가 다시 오지 않겠소이다."

하고 술을 마시고서 떠나갔다. 대개 이들은 용골대(龍骨大)·마부대(馬夫大)[39]였다. 우리나라에 몰래 들어와서 허실을 탐문하려고 하여 혹 승정원의 대예(帶隸)가 되기도 하였는데 사람들이 모두 알지 못하고 있었지만, 박엽 홀로 알았던 것이다.

15. 박엽(朴燁) ②-누르하치

박엽이 한 기생을 사랑했는데, 어느 날 말하였다.

"오늘 밤에 네가 나를 따라 어느 곳에 가서 장관을 구경하지 않겠느냐?"

"그렇게 하지요."

밤이 되자 박엽은 직접 호마(胡馬) 한 필을 끌어내 안장을 갖추고 그 기생을 앞에 앉혀 가느다란 끈으로 허리를 단단히 묶어 자기 몸에도 얽

---

39 용골대(龍骨大)·마부대(馬夫大): 청나라 사람으로 용골대는 영아이대(英俄爾岱), 마부대는 마복탑(馬福塔)이다. 이 두 사람은 병자호란 당시 청나라 부대의 지휘관으로서 활약했다.

어맸다. 그리고 눈을 꼭 감도록 하였다.

"절대 눈을 떠서는 안 된다."

그러고서 채찍을 들어 치니 두 귀에 바람 소리만 들렸다. 한 곳에 다다라 기생에게 눈을 뜨라고 하는 것이었다. 기생이 비로소 정신을 차려서 눈을 뜨고 둘러보니 광막한 평원에 구름 같은 장막들이 하늘에 닿아 있고 등불이 휘황했다. 기생을 장막 안의 침상 아래에 엎드려 있게 하고 박엽 자신은 침상 위에 우뚝이 앉아 있었다. 이윽고 바라 소리가 울리면서 천만의 기병이 땅을 쓸며 몰려오는 것이었다. 한 대장이 말에서 내리더니 칼을 집고 장막 안으로 들어와서 웃으며 말했다.

"네가 과연 왔구나."

박엽 또한 그에 호응해서 말했다.

"내가 왔다."

"오늘 한번 검술을 시험하여 승부를 내보자."

"좋다."

그리고 박엽은 칼을 들고 일어나 침상에서 내려가 그 되놈 장수와 함께 나가서 평원 위에 마주 섰다. 서로 칼을 들고 맞서서 치고 찌르는 싸움이 벌어졌다. 얼마 지나자 두 사람이 하얀 무지개로 변하여 하늘로 올라갔다. 공중에서 칼이 부딪치는 소리만 들리더니 이윽고 되놈 장수가 땅에 떨어졌다. 박엽도 공중에서 날아내려 와서 적장의 가슴에 걸터앉아서 물었다.

"어떠냐?"

적장은 거듭거듭 빌었다.

"이제부터는 감히 맞서지 않겠습니다."

박엽은 웃으며 일어나 함께 장막 안으로 들어와서 술을 청하여 같이 마셨다. 적장은 먼저 일어나서 돌아가겠다고 했다. 기병들이 먼저와 같이 앞뒤로 옹위하여 떠나는 것이었다. 몇 마장 가지 못해서 한 소리 포성이 울리더니 그 허다한 적군의 인마가 온통 다 공중으로 사라지고 화염이 하늘을 뒤덮었다. 오직 적장 한 사람만 남았다. 적장은 다시 나아와 살려달라고 빌었다. 박엽은 머리를 끄덕이며 돌아가도록 했다. 그리고 기생을 나오라고 하여 다시 올 때 모양으로 호마를 타고 돌아왔다.

대개 그곳은 금나라 칸[40]의 아버지인 누르하치가 군사를 조련하는 장소였고, 그 장수는 다름 아닌 누르하치였다. 수만의 기병들이 일시에 모두 다 불에 타 버린 것이다.

16. 박엽(朴曄) ③－호승(虎僧)

박엽이 관서(關西) 지방에 관찰사로 있을 때의 일이다. 친히 아는 어느 재상이 자기 아들을 보내서 부탁하는 말을 하였다.

"이 아이는 아직 장가를 들지 않았는데, 점치는 사람에게 물어보았더니 금년에 큰 액운이 있다 하면서 만약 장군의 곁에 두면 무사하리라 합니다. 그래서 이 아이를 보내니, 바라옵건대 옆에 두어 액운을 넘길 수 있도록 해 주옵소서."

박엽은 옆에 있도록 허락했다.

어느 날 그 소년이 낮잠을 자는 것을 박엽이 일으켜 깨우고 일렀다.

"오늘 밤 너에게 큰 액운이 있다. 만약 내 말대로 하면 면할 수 있겠거니와 그렇지 않으면 액운을 면할 수 없다."

"명하시는 대로 하지 않겠습니까."

"우선 기다리고 있거라."

날이 기울어 황혼이 되자 박엽은 자기가 타던 말을 끌어와서 안장을

---

40 금나라 칸: 뒤에 청나라 태종이 된 홍타이지(洪太極).

갖추고 그 소년에게 타게 하면서 경계하여 말했다.

"너는 이 말을 타고 가는 대로 맡겨두어라. 이 말이 몇 리를 가다가 한 곳에 다다르면 멈춰 설 것이다. 너는 이때 말에서 내려 오솔길을 따라 가거라. 몇 리 가다 보면 필시 한 거찰(巨刹)이 나오는데, 오래된 폐사(廢寺)가 있을 것이다. 상방(上房)[41]으로 들어가면 큰 호피 하나가 있을 터이니, 너는 그걸 뒤집어쓰고 누워 있거라. 한 노승이 와서 그 가죽을 찾을 텐데, 절대로 주어서는 안 된다. 그렇게 하다가 빼앗길 지경이 되면 칼로 가죽을 자르려고 하여라. 그 노승은 감히 빼앗지 못할 것이다. 이렇게 버티다가 닭이 울 때가 되면 무사하게 된다. 닭이 울고 나서는 그 가죽을 주어도 괜찮다. 네가 가서 능히 시키는 대로 하겠느냐?"

"가르침대로 따르겠습니다."

그리하여 소년은 말을 타고 문을 나섰다. 말은 나는 듯이 달려서 두 귀에 바람 소리만 들렸다. 어디로 향해 가는지 알 수 없이 산을 지나고 고개를 넘어 어느 한 골짝에 당도하여 말이 멈춰 섰다. 이에 말에서 내려 희미한 달빛을 받고 풀섶길을 따라서 갔다. 몇 리를 가자 과연 한 폐사가 나왔다. 그 절로 들어가 상방(上房)의 문을 열어보니 먼지가 잔뜩 쌓여 있는데, 방의 아랫목 구들에 큰 호피 한 장이 펼쳐져 있었다. 이에 소년은 박엽의 말대로 그 호피를 뒤집어쓰고 누웠다. 수 식경이 지나자 홀연 문을 두드리는 소리가 들리며 무섭게 생긴 노승이 문을 열고 들어오더니

"이 아이가 와 있구나."

하고, 가까이 다가와서 말했다.

"이 가죽을 어찌하여 네가 둘러쓰고 누워 있느냐? 얼른 나에게 돌려 다오."

소년은 아무 말도 없이 그대로 누워 있었다. 노승이 빼앗으려고 하자

---

[41] 상방(上房): 사찰의 주지가 거처하는 방.

소년은 칼을 들어 가죽을 자르는 시늉을 했고 노승도 물러나 앉았다. 이와 같이 하기를 5~6차 하여 서로 버티고 있는 사이에 꼬끼오하고 닭 울음소리가 들렸다. 노승은 미소를 지으며 말했다.

"이건 박엽이 시킨 거로군. 그러나 어찌할 것이냐?"

그러고 나서 소년을 일으키며 말했다.

"이제 가죽을 나에게 돌려주어도 무방하니라. 일어나 앉아라."

소년은 박엽이 이르는 말을 들었던 까닭에 호피를 노승에게 주고 일 어나 앉았다. 노승은 또 말하는 것이었다.

"너의 위아래 옷을 벗어서 나에게 주거라. 그리고 절대로 문을 열고 내다보지 말아라."

소년은 그 노승의 말대로 옷을 벗어 내주었다. 노승은 옷과 가죽을 가지고 밖으로 나가는 것이었다. 소년이 조용히 창구멍으로 엿보니, 노 승이 가죽을 뒤집어쓰자 한 마리 큰 호랑이로 변해 으르렁하고 한 소리 지르더니 앞으로 달려들어 옷을 박박 찢어놓았다. 그리고 가죽을 벗고 노승으로 바뀌었다. 다시 방문으로 들어와서 낡은 상자 하나를 꺼내 열 고 중의 상·하의를 꺼내 소년에게 입도록 하였다. 그리고 두루마리 종이 하나를 꺼내 펼쳐 보고 주묵(朱墨)으로 소년의 이름자 위에 점을 찍어 놓는 것이었다. 그러고 나서 말했다.

"너는 이제 돌아가서 박엽에게 천기를 누설하지 말라고 말을 전하여 라. 너는 이제부터는 호랑이 무리에 들어가더라도 결코 해를 입을 걱정 이 없을 것이다."

또 기름먹인 종이 한쪽을 주더니,

"이것을 가지고 나가서 만약 길을 막는 자가 있거든 내어 보여라." 고 하였다. 소년은 그의 말대로 문을 나섰다. 곳곳에 호랑이가 나와 길을 막았는데 그때마다 그 유지(油紙)를 보이면 호랑이는 머리를 숙이고 달아 났다. 골짜기를 벗어나기 전에 호랑이 한 마리가 앞을 막아서서 유지를 꺼내 보였더니 보지도 않고 잡아먹으려고 달려들었다. 소년은 호랑이에게 말했다.

"네가 이런다면 나와 함께 절로 가서 노승 앞에서 재판받도록 하자."

호랑이가 머리를 끄덕이고 소년과 함께 절로 다시 돌아오니 노승은 아직도 떠나지 않고 있었다. 함께 온 사연을 이야기하자 노승은 꾸짖는 것이었다.

"네 어찌 내 명령을 어겼느냐?"

"명령을 모르는 바 아니오나, 3일이나 굶었는데 고기를 보고 어떻게 그냥 놓아줍니까? 아무리 명령을 어기더라도 이 아이는 놓아줄 수 없습니다."

"그렇다면 대신 먹을 것을 주겠노라."

"그러면 좋지요."

"동쪽으로 5리쯤 가면 한 사람이 전립(氈笠)[42]을 쓰고 올 것이다. 너의 요깃거리이다."

그 호랑이는 노승의 말대로 문을 나가더니 수 식경 후에 홀연히 멀리서 총성이 들려왔다. 노승은 웃으며,

"그놈이 죽었다."

라고 말하는 것이었다. 소년이 연유를 묻자 노승은 이렇게 말했다.

"그놈은 나의 졸개이다. 명령을 따르지 않았던 까닭에 아까 동쪽으로 보내서 포수에게 준 것이다."

대개 전립을 쓴 사람이란 포수를 가리킨 것이다. 소년이 인사를 하고 골짝을 빠져나오자 하늘이 밝아왔다. 마침 타고 온 말이 풀을 뜯고 있어서 그 말을 타고 돌아왔다. 박엽을 뵙고 간밤에 경험한 일들을 이야기하니, 박엽은 머리를 끄덕이고 소년을 본가로 떠나보냈다. 후에 소년은 과

---

42 전립(氈笠): 벙거지. 무인이 쓰는 모자인데, 여기에서는 포수를 가리킴.

연 크게 현달하였다고 한다.[43]

17. 박엽(朴曄) ④-홍전립(紅氈笠)

계해년(1623)에 이연평(李延平)[44] 등 여러 사람이 거사(擧事)하려고 모의하는데, 능성군(綾城君) 구인후(具仁垕)[45]도 거기에 참여했다. 당시 구인후는 박엽의 막하에 있었는데 어느 날 사퇴하고 떠나려 하자, 박엽은 붉은 융단 30바리를 전별의 뜻으로 주는 것이었다. 구인후가 쓸 데가 없다고 받으려 하지 않자, 박엽은 웃으며 말했다.

"훗날에 쓸 일이 있을 터이니 우선 가지고 가오."
그러고서 구인후의 손을 잡고 부탁하는 말을 하였다.

"나중에 군(君)이 나의 시신을 잘 거두어주기를 바라오."
구인후가 놀라서 말했다.

"이 무슨 말씀이십니까."

"군은 우선 마음에 새겨두기 바라오."
구인후는 하직하고 떠났다. 후에 박엽이 후명(後命)[46]을 받게 되었는데 온 조정이 다 그를 두려워하여 아무도 내려갈 사람이 없었다. 구인후가 자청하여 내려가 집행하였다. 박엽에게 원수진 집이 많아서 허다한 사람

---

43 이 작품이 『청구야담』 권9에 「탁대액박엽수신방(度大厄朴曄授神方)」이라는 제목으로 실려 있다.

44 이연평(李延平): 인조반정의 공신인 이귀(李貴, 1557~1633)를 가리킴. 그가 연평부원군(延平府院君)으로 봉해졌기 때문에 '이연평'이라고 호칭한 것임.

45 구인후(具仁垕, 1578~1658): 본관 능성(綾城). 자는 중재(仲載). 무인으로서, 인조반정에 참여하여 공신이 되었고 우의정에까지 올랐음.

46 후명(後命): 유배를 보냈다가 사약을 내리는 것. 인조반정으로 처형당할 때 박엽은 평안도 관찰사로 있었음.

들이 칼을 가지고 덤벼들었다. 구인후는 일절 금지하고 입관하여 상행
(喪行)을 호송하였다. 상행이 중화(中和)⁴⁷ 땅에 도달했을 때 마침 구인후
가 어영대장에 제수되어 앞서서 올라오게 되었다. 그래서 원수진 집 사
람들이 뒤따라와서 달려들어 관을 부수고 시체를 마디마디 찢어놓고 흩
어졌다. 박엽이 천인(千人)을 죽인 앙화를 받은 것이다.

박엽이 어린 시절에 점을 쳐 보았더니 '천인(千人)을 죽이지 않으면
천인이 너를 죽인다.'라고 나왔다. '천인'이란 구인후의 어린 시절의 이
름인데, 박엽이 잘못 알고 무고한 사람을 많이 죽여 천인의 수를 채우려
고 하였으니 참으로 탄식할 일이다.

인조반정 당시 관군과 반정군이 구별이 되지 않기 때문에 붉은 융단
을 가지고 전립(氈笠)을 만들어 썼다. 지금 홍전립(紅氈笠)은 여기서 비롯
되었다고 한다. 박엽은 이런 일을 미리 알았던 까닭으로 붉은 융단을
주었던 것이다.

18. 박엽(朴燁) ⑤-반정(反正)

계해년(1623) 3월에 반정(反正)이 일어났다. 박엽은 홀로 촛불 아래 앉아
칼을 어루만지며 탄식하고 있었다. 이때 창밖에서 기침 소리가 들렸다.

"누구냐?"

"비장 아무개로소이다."

"무엇 때문에 왔느냐?"

"사또께옵서는 서울 기별을 들었습니까?"

"들어서 알고 있다."

---

47 중화(中和): 평안남도에 있는 지명으로, 평양에서 서울로 오는 길목에 있음.

"사또께서는 장차 어떻게 하시렵니까?"

"너에게 묻건대, 장차 어떻게 하면 좋겠느냐?"

"소인에게는 상중하의 3가지 계책이 있습니다. 사또께서는 이 3가지 계책 중에서 하나를 택하실 수 있겠습니다."

"상책(上策)은 무엇이냐?"

"사또께서 군사를 이끌고 반기를 들어 북쪽으로 금나라 사람과 통하면 임진강 이북은 조선의 땅이 되지 못할 것입니다. 못 되어도 위타(尉佗)[48]의 계책보다 못하지 않을 것입니다."

"중책(中策)이란 무엇이냐?"

"급히 3만의 군대를 발동시켜 소인으로 하여금 거느리게 하고 북을 울리며 서울로 진군한다면, 그 승패는 알 수 없습니다."

"하책(下策)이란 무엇이냐?"

"사또께서는 대대로 국록(國祿)을 먹은 신하입니다. 나라의 명을 순순히 따르면 됩니다."

박엽은 한동안 침묵하다가 '휴우.' 하고 탄식하며 말했다.

"나는 하책을 따르겠노라."

"소인은 이제 하직하고 떠나겠습니다."

그가 어디로 갔는지 알 수 없었다. 이 사람이 누구인지도 알 수 없고, 성명 또한 세상에 알려지지 않았다.

---

48 위타(尉佗): 남월왕(南越王)의 이름. 조타(趙佗)라고도 함. 원래 진나라 때 남해군(南海郡) 용천현령(龍川縣令)이었는데 진나라가 망하매 주변의 계림군(桂林郡)과 상군(象郡)을 병합하여 남월(南越)국을 세우고 무왕(武王)으로 일컬었음. 위타가 남월국을 세운 데 못지 않게 크게 떨칠 것이라는 의미.

19. 정충신(鄭忠信)

금남군(錦南君)[49] 정충신(鄭忠信)은 광주(光州) 사람이다. 그 부친이 향리로 있었는데 나이 60에 가깝도록 아들이 없었다. 어느 날 밤 꿈에 무등산이 갈라지며 청룡이 뛰어나와 전신을 감싸는 것이었다. 놀라 잠을 깨니 땀이 나서 등이 흠뻑 젖어 있었다. 마음이 적이 괴이하였으나 그대로 다시 누웠다. 그러자 또 꿈에 무등산이 갈라지며 이번에는 백호가 뛰어나와서 품속에 들어왔다. 깜짝 놀라 일어나서 잠이 오지 않는데 한밤중에 달빛이 뜰에 가득했다. 섬돌을 내려와 달빛 아래 서성이는데, 부엌에 누군가 잠들어 있었다. 가까이 가서 보니 부엌데기 여종이었다. 문득 마음이 동해서 교합을 했는데 이내 임신하였다. 그래서 정충신이 태어난 것이다. 그는 골격이 보통 아이와 달랐으며, 자라서 본 고을의 통인이 되었다.

도원수(都元帥) 권율(權慄)이 당시 목사로 있으면서 그를 보고 특이하게 여겼다. 그가 보통 사람이 아닌 줄 알아보고 데리고 서울로 올라와서 자기의 사위인 이항복(李恒福)의 집에 보내 겸인으로 기르게 하였다. 뒷날 임진왜란을 당하여 공을 많이 세워서 지위가 부원수(副元帥)에 오르고 금남군(錦南君)의 봉(封)을 받게 되었다.

정충신이 북쪽 변방에 있을 때 누르하치와 서로 친하게 지냈다. 어느 날 누르하치가 그를 청하여 함께 술을 마시게 되었다. 그 자리에 자기의 여러 아들들을 불러 차례로 절을 하게 했는데, 정충신은 이들의 절을 비스듬히 앉아서 받다가 여섯째 아들[50]에 이르러 자세히 보고 몸을 일으켜 예를 표하였다.

---

49 금남군(錦南君): 정충신(鄭忠信, 1576~1636)이 이괄의 난 때에 큰 공을 세워 금남군의 봉을 받게 되었다. 정충신의 묘와 사당이 지금 광주광역시에 있으며, 광주의 중심 거리가 금남로로 일컬어지고 있다.

50 여섯째 아들: 청나라를 창업한 청 태종 홍타이지를 가리키는 것으로 보인다.

"당신은 어찌해서 이 아이를 보고는 일어나 예를 표하시오?"

누르하치가 이렇게 묻자, 정충신은 대답했다.

"진시황(秦始皇) 같은 인물이 다시 세상에 나올 줄 몰랐소."

"당신은 아직 모르고 있소. 이 아이는 당 태종(唐太宗)[51]처럼 될 것이오."

이 아이가 곧 금나라의 칸이었으니, 후일 과연 명나라를 대신하여 천자가 되었다.

20. 이기축(李起築)

이기축(李起築)은 점사(店舍)[52]의 머슴이다. 사람됨이 아주 어리석어서 동서남북도 분간하지 못할 지경이었다. 오직 먹기 좋아하고 힘이 무척 장사였다. 객점의 주인은 그를 종으로 부렸다. 주인집의 딸이 나이가 시집갈 때가 되었는데, 자못 글을 알았고 타고나기를 굉장히 영민하여 부모의 사랑을 독차지했다. 좋은 신랑감을 택하여 시집을 보내려 하였으나 그녀는 원하지 않고, 이렇게 말했다.

"제 신랑은 제가 고르겠습니다. 이기축(李己丑)에게 시집가렵니다."

'己丑'이란 그가 기축생이기 때문에 붙여진 이름이다. '起築'이라 한 것은 후일에 개명한 것이다. 그 부모는 크게 놀라 야단을 쳤다.

"너는 무슨 까닭으로 저런 머슴 놈에게 시집을 가려느냐?"

그리고 다시는 말도 꺼내지 못하게 하였으나, 그녀는 안 그러면 죽겠

---

51 당 태종(唐太宗): 당나라 2대 황제인 이세민(李世民). 제1대 황제는 고조(高祖) 이연(李淵)이지만, 건국의 과정에서 중요한 역할을 하고 훌륭한 치적을 남긴 것은 태종이었다. 반면에 진시황은 천하를 통일하였으나 오래 가지 못했기 때문에, 본문에서 누르하치가 당 태종이 될 것이라고 말한 것이다.

52 점사(店舍): 주막집. 당시에는 원(院)에 행객(行客)이 머물고 술과 밥을 먹기도 하여 주막으로 불리게 되었다.

다고 하면서 결코 다른 데로 가지 않겠다고 고집을 부렸다. 부모가 책망도 하고 타이르기도 했으나 끝내 듣지 않아 어찌할 도리가 없어 허락할 수밖에 없었다. 그녀는 기축과 짝을 맺은 다음 친정에 머물러 살지 않고 함께 서울로 올라가겠다고 하면서, 조그만 집 한 채를 사서 살아가겠다고 하였다. 그 부모 또한 여기 있으면 남의 비웃음거리만 되겠기에 멀리 떨어져 살게 하는 편이 좋다고 생각하였다. 그래서 살림 밑천을 마련해 주어 떠나보냈다. 그녀는 기축과 함께 서울로 올라와서 장동(壯洞)[53]에 집을 장만하고 술을 팔아서 살아갔다. 술맛이 맑고 준하여 사람들 입에 오르내렸다.

그녀는 어느 날 『사략(史略)』 초권(初卷)을 기축에게 주면서, "이윤이 태갑을 폐하여 동궁에 추방하다"[54]라는 대목에 표를 하여 주고 말했다.

"이 책을 가지고 신무문(神武門)[55] 뒤로 나가면 소나무 그늘 아래 몇 분이 모여 있을 것이니, 이 부분을 내보이고 가르쳐 달라고 하셔요."

기축이 그 말대로 신무문 밖으로 나갔더니 과연 일고여덟 사람이 둘러앉아서 무언가 이야기를 나누고 있었다. 그의 말을 듣고 서로 둘러보며 크게 놀라 물었다.

"너에게 누가 시키더냐?"

"소인의 아내가 이렇게 하라고 합디다."

여러 사람이 그의 집을 물어 함께 찾아간즉, 그녀는 맞이하여 앉히고 주안상을 마련해서 대접했다. 그러고서 부탁하는 말이었다.

"여러분들이 하시는 일을 저는 이미 알고 있습니다. 제 남편이 비록

---

53 장동(壯洞): 인왕산 자락에 있던 곳으로, 지금의 청운동 일대.

54 이윤이~추방하다: 이윤(伊尹)은 은나라의 현명한 재상으로, 임금인 태갑(太甲)이 실정(失政)을 하여 동궁(桐宮)으로 쫓아냈다. 특히 이 대목을 지적한 것은 반정을 암시하는 뜻이 있어서이다.

55 신무문(神武門): 경복궁의 북쪽 대문.

어리석지만, 힘이 장사이니 장차 쓸 데가 있을 겁니다. 일을 이룬 다음에 공훈을 세운 명단에 오를 수 있다면 다행이겠습니다. 저희 집에는 좋은 술이 많이 있으니, 의논하실 때 저희 집으로 모이셔도 무방하겠습니다. 이곳은 조용해서 사람들이 알지 못할 것입니다.”

여러 사람이 다 깜짝 놀라 허락하였다. 그들은 곧 승평부원군(昇平府院君)[56], 연평부원군(延平府院君)[57] 등이었다. 그 후로 거사하여 창의문으로 진입할 적에 이기축이 앞장을 서서 장군목(將軍木)을 절단하고 들어갔던 것이다. 대사를 마치고 공훈을 논함에 당해서 이기축은 2등 공신이 되었다.[58]

이기축은 곧 완풍부원군(完豊府院君)[59]의 종제인 완계군(完溪君)[60]이다. 그의 초명은 ‘정[町]’이라는 글자를 썼다. 계해반정 시에 선봉장으로 공을 세웠다. 정축(1637) 2월에 소현세자와 봉림대군을 모시고 팔장사(八壯士)[61]를 거느리고 심양에 호종하였다가 5년 만에 비로소 돌아왔다. 그는 본래 문식이 있는 사람이었다. 당초에 어찌 모르는 사람이었겠는가. 이 책에 기록된 내용은 지석복(池錫福)의 일인데 잘못 전해진 것이다. 이 글을 읽는 이는 알아두어야 할 것이다. 완계군이 개명을 할

---

56 승평부원군(昇平府院君): 인조반정의 공신인 김류(金瑬).
57 연평부원군(延平府院君): 인조반정의 공신인 이귀(李貴).
58 비슷한 이야기가 『청구야담』 권2에 「책훈명양처명감(策勳名良妻明鑑)」이라는 제목으로 실려 있다.
59 완풍부원군(完豊府院君): 인조반정의 공신인 이서(李曙, 1580~1637). 반정공신으로서 병조판서에까지 이름.
60 완계군(完溪君): 이기축이 인조반정의 공신으로 받은 칭호.
61 팔장사(八壯士): 세자와 대군이 심양에 볼모로 갈 때 호위무사로 데리고 갔던 여덟 무사(武士). 박배원(朴培元)·조양(趙壤)·신진익(申晉翼)·장애성(張愛聲)·오효성(吳孝誠)·김지웅(金志雄)·박기성(朴起星)·장사민(張士敏). (이덕무, 『靑莊館全書 卷57 盎葉記4 八壯士』)

적에 인조께서 특별히 그를 위해 지금 이름으로 바꾸어 공신 기록에 올리도록 했던 까닭이다.[62]

21. 정명수(鄭命壽)

병자년(1636)에 남한산성에서 항복을 하여 인조가 청나라 장수를 길옆에서 맞이하게 되었다. 통역관으로 나온 정명수(鄭命壽)[63]는 우리나라 사람으로, 그의 아비가 사람을 죽여 처형을 당했기 때문에, 도망쳐 청나라 진영으로 들어가 통역관이 되었다가 이번에 나왔던 것이다. 그가 말을 타고 지나다가 인조 임금을 채찍으로 가리키며 패악한 말을 하고 갔다.

안타깝다. 만약에 강동의 여러 신하들[64]이 여기에 있었다면 필시 비수를 날렸을 것이다. 우리 조정의 여러 신하들 중에 한 사람도 주욕신사(主辱臣死)[65]의 의리를 지킨 사람이 없었다. 통탄스러움을 이길 수 없도다! 그때에 당해서 만약에 즉각 그를 찔러 죽인 자가 있었다면 후세에 길이 빛이 났을 것이다. 그런 일을 능히 해내지 못했으니, 천추에 충신열사(忠臣烈士)의 한이 되고 있다.

---

62 이기축은~까닭이다: 익선재본 A 서미(書眉)에 주석으로 붙인 말이다.

63 정명수(鄭命壽, ?~1653): 평안도 은산(殷山) 출신의 인물. 청나라의 통역관이 되어 우리나라에 대해 여러 가지 악행을 한 것으로 유명하다.

64 강동의 여러 신하들: 강동은 삼국시대 오나라를 가리킴. 오나라의 신하들은 주군 손권을 위해 용맹을 떨쳤음.

65 주욕신사(主辱臣死): 주군이 욕을 보면 신하는 주군을 위해 죽는다는 뜻. (『史記』,「范雎蔡澤列傳」)

22. 미정(尾井)의 물

백사(이항복李恒福)가 광해조(光海朝) 때에 폐모(廢母)를 반대하는 상소를 올린 때문에 함경도 북청으로 귀양을 가게 되었다. 몸에 병이 있는 데다가 음식이 입에 맞지 않아 매양 미정(尾井)[66]의 물과 왕십리의 김치가 생각났지만 길이 멀어 가져올 도리가 없어 한탄할 따름이었다.

어느 날 서울에 있던 정금남(정충신)이 하늘의 별을 보고 크게 놀라 말했다.

"오성대감께서 곧 돌아가시겠군."

그리고 급히 말을 갖추어 미정의 물과 왕십리의 김치를 용기에 담아서 말 등에 싣고 밤낮으로 달려 북청의 유배지에 당도하였다. 일부러 알리지 않도록 하고, 먼저 미정의 물로 만든 차와 왕십리 김치를 밥상에 차려서 올렸다. 백사는 음식을 들고 나서 차를 마시며 물었다.

"정충신이 왔구나. 어찌 들어와 나를 보지 않는가."

23. 마의(馬醫)

정금남(정충신鄭忠信)이 포도대장 겸 훈련도감 중군(中軍)[67]으로 있을 때인데, 어느 날 백사(이항복)를 가서 뵈었다.

"내가 타는 말은 너도 알다시피 내가 아주 아끼고, 성질도 양순하며 걷기도 잘한다. 지금 갑자기 병이 났는데, 네가 살펴보고 약을 써 보도록 하여라."

---

66 미정(尾井): 지금 서울 서대문 밖에 있던 우물의 이름. 이곳의 물이 매우 좋았다고 한다.
67 중군(中軍): 부관(副官)에 해당하는 직(職)으로, 여기서는 훈련도감(訓鍊都監) 대장의 바로 아래 직위이다.

백사가 이렇게 말하자, 정금남은 공손히 대답하고 내려가 몸소 말을 끌어내서 마당에서 걸음을 걷도록 해보고 병을 알아서 약을 쓰도록 했다. 이때 한 재상이 마침 옆에 앉았다가 정금남을 보고 말했다.

"영감은 말의 병도 아시오?"

"대략 알지요."

"내일 나를 찾아주었으면 좋겠소."

"그러지요."

이튿날 정금남이 그 재상을 찾아가니, 재상은 말을 가리키며 말하였다.

"이 말이 병이 들었는데, 영감이 말의 병을 아신다니 잠깐 살펴보시고 약을 알려주시면 좋겠소."

정금남은 대청마루로 나가 앉아 하인을 불러서 지시하는 것이었다.

"도감(都監)에 급히 가서 마의(馬醫) 한 사람을 불러오너라."

하인은 명을 받들고 나갔다. 이에 재상이 물었다.

"영감이 기왕에 말의 병에 대해서 아시는데, 왜 직접 보지 않소?"

"소인이 아무리 하찮은 사람이라 해도 무재(武宰)[68]의 지위에 있습니다. 어찌 마의의 일을 의논하겠습니까."

"그렇다면 어제 오성대감 댁에서는 어찌 말을 보고 약을 쓴 것이오?"

정금남은 냉소하며 말했다.

"대감, 어떻게 오성대감과 견주어 말씀한단 말이오?"

그러고는 곧 인사하고 나갔다.

---

[68] 무재(武宰): 무관(武官)으로 재상급이라는 말. 훈련도감 중군은 종2품에 해당한다.

24. 용음(龍吟)

선조가 의주로 몽진(蒙塵)가 있을 때 명나라 장수 이여송(李如松)이 군대를 거느리고 압록강을 건너왔다. 홀연 괴이한 소문이 돌았는데, 조정의 신하 가운데 명망이 높은 서애(西厓) 류성룡(柳成龍)·한음(漢陰) 이덕형(李德馨)·백사(白沙) 이항복(李恒福) 쪽으로 인심이 온통 쏠린다는 것이었다. 돌아다니는 말이 자자해서 온 조정이 흉흉하여 어찌할 줄을 몰랐다. 한음이 백사를 보고 말했다.

"세상에 어찌 이런 변괴가 있단 말이오. 이를 장차 어찌한단 말이오?"

"그대가 다행히 나의 위에 있군."

백사는 이렇게 말했다. 얼마 지나지 않아서 백사가 들어가 영의정 오음(梧陰) 윤두수(尹斗壽)를 보고서 이 일을 이야기했다. 오음은 눈을 부릅뜨고 뚫어지게 바라보며 아무 말이 없었다. 백사는 황겁해서 물러나와 누군가에게 말했다.

"나는 평생에 놀라 겁낸 일이 없거늘, 오늘 영상(領相)을 뵈러 갔다가 나도 모르게 등에 땀이 흠뻑 적셨다오."

이때 조신(朝臣)들이 임금께 북쪽을 바라보고[69] 통곡을 하게 했는데, 이여송이 옥음(玉音)을 듣고서

"이는 용이 내는 소리로군."

이라고 말했다. 이로부터 드디어 흉흉한 소문이 잠잠해졌다.

---

[69] 북쪽을 바라보고(北望): 명나라 황제에게 감사해하는 의식. '임금은 남면이치(王者南面而治)'라 하여 북쪽에서 남쪽을 향해 정치를 한다는 말이 있다.

25. 숙세지원(宿世之怨)

　오성(鰲城) 이항복(李恒福)은 호를 백사(白沙)라 했는데, 문학의 재능과 덕행의 명망을 겸비하여 당시 제일의 인물로 인정을 받았다. 소시에 이웃에 사는 재상의 아들과 친하게 지내어 서로 오고 가는 사이였다. 그런데 그 사람이 여러 해 고질병을 앓아 점차 어찌할 도리가 없는 지경에 이르렀다. 그의 부친은 외아들 때문에 밤낮으로 노심초사하여 백방으로 의원을 부른다, 점을 친다 하였다. 한 번은 유명한 소경 점쟁이가 사람의 생사를 귀신같이 안다는 말을 듣고 말(馬)을 보내 맞아 와서 점을 쳐 보도록 했다. 그 점쟁이는 괘(卦)를 벌여놓고 한참을 머리를 흔들며 중얼거리더니 점괘를 풀이하는 것이었다.

　"아무래도 화를 면하지 못하겠군. 금년 모(某)월 모일에 죽겠소이다."

　그의 아버지는 눈물로 호소했다.

　"혹시 구해낼 방도가 없겠소?"

　"한 가지 구할 방도가 있긴 하지만, 그것은 결코 발설할 수 없는 일입니다."

　"무슨 말인지 꼭 듣고 싶소."

　"만약에 말을 했다가는 저는 필시 죽고야 말 것입니다. 어찌 남을 위해서 대신 죽을 수 있겠습니까."

　점쟁이가 이렇게 말을 하자 아버지는 계속 눈물을 흘리며 말이나 해달라고 조르는 것이었다. 점쟁이는 얼굴을 붉히고 말하였다.

　"대감의 말씀은 인정에 어긋납니다. 살기를 바라고 죽기를 싫어하는 것은 사람이라면 누구나 가지고 있는 마음입니다. 대감께서는 자식을 꼭 살리고 싶겠지만, 저는 유독 자신을 위하지 말란 말씀입니까. 이 일은 다시 말하실 것이 없습니다."

　아버지는 어찌할 도리가 없어 눈물만 흘리고 앉아 있을 따름이었다.

　이때 그 병든 아들의 처가 안에서 칼 하나를 들고 뛰어나와 점쟁이의

멱살을 붙들고 말했다.

"나는 병자(病者)의 아내입니다. 지아비가 죽으면 나는 따라 죽기로 이미 마음에 결심했소. 당신이 알지 못해서 말을 하지 않는다면 용혹무괴(容或無怪)려니와, 기왕에 점괘를 풀이하였으니 구할 방도도 있을 것이오. 죽을 것이라고 말하고 끝내 구할 방도는 말하지 않는다니……. 내 이미 듣고 알았으니, 이 마당에 이르러 어찌 남녀가 다름을 따지겠소? 내가 이 칼로 너를 찌르고 나 또한 자살할 것이오. 네가 죽는 것이 일반이오. 기왕에 이래도 죽고 저래도 죽는 걸 알면, 어찌 분명히 말을 하여 사람의 생명을 구하지 않으려오."

점쟁이가 한참을 묵묵히 있다가,

"말(言)이 한 번 입에서 나가면 아무리 빨리 달리는 말(馬)도 쫓아갈 수 없다는 속담이 바로 이를 두고 한 말이로군. 내 장차 이를 터이니 이 손이나 놓아주시오."

하고서 이르기를,

"이항복이라는 사람이 있지요?"

라고 하자, 아버지가 말했다.

"과연 있지요. 바로 우리 아이의 친구라오."

"오늘부터서 이 사람을 맞아 와서 자제와 함께 있도록 하여 잠시도 곁을 떠나지 못하도록 하십시오. 그러다가 아무 날이 지나면 자연히 무사하게 될 것이외다."

그리고 나서 당부하기를,

"저는 그날로 바로 죽게 될 것입니다. 저의 처자(妻子)를 댁의 식구처럼 잘 보살펴 주옵소서."

하고 나서 작별을 고하고 떠났다.

그날 바로 백사를 맞이하여 그 이야기를 죽 하고, 자기 아들과 같이 머물러 있기를 간곡히 청하였다. 백사 또한 허락하였다. 그로부터 백사는 그 집에 와 있으면서 병자와 기거(起居)를 함께 했다. 정해 놓은 그날 밤에 이르러 백사는 병자와 함께 자리에 누워 있었다. 삼경(三更)이 되자 음산한 바람이 문 사이로 들어와 촛불이 가물거렸다. 병자는 그만 정신이 아득하여 깨어나지 못했는데, 백사가 자리에 누운 채 촛불의 그림자 뒤로 바라보니 흉악하게 생긴 귀신이 칼을 짚고 서서 백사의 이름을 부르며,

"이항복, 너는 이 병인(病人)을 나에게 내주는 게 좋겠다."

고 하여 백사가 물었다.

"왜 그러느냐?"

"이 사람은 나와 전생의 원수인데, 오늘 밤 아무 시각이 원수를 갚기로 정해진 기일이라. 만약 이 시각을 놓치면 어느 때 원수를 갚을지 알 수 없노라."

"주인이 이 아들을 나에게 부탁했거늘, 내 어찌 너에게 주어서 죽도록 하겠느냐. 얼른 물러가라."

"네가 나에게 주지 않으면, 나는 너와 병자를 다 죽이겠노라."

"나는 죽으면 그만이다. 내가 죽지 않고는 결코 너에게 줄 수 없다."

귀신은 크게 노하여 칼을 뽑아 들고 백사에게 달려들더니 홀연 몸을 움찔하고 물러섰다. 이와 같이 하기를 세 차례나 하고나서 칼을 던지고 엎드려서 울며 청하는 것이었다.

"원하옵건대 대감께옵서는 저의 사정을 불쌍히 여기사 이 사람을 내주옵소서."

"너는 어찌하여 나를 죽이지 않느냐?"

"대감의 나라의 동량(棟樑)이요, 이름이 청사(靑史)에 오르는 정인군자(正人君子)이올시다. 제가 어찌 감히 해칠 수 있으리까. 오직 원하옵건대 병자를 제게 내주옵소서."

"나를 죽이는 것 외에는 다른 계책이 없다."

그리고 백사는 병자를 꼭 끌어안고 있었다. 이러는 즈음에 먼 마을에서 닭 울음소리가 들려왔다. 귀신은 통곡을 하며,

"어느 해 이 원수를 갚을 것인가. 이런 원통한 일이 있을까. 이 일은 필시 아무 마을의 소경 점쟁이가 가르쳐준 것이다. 내 이놈에게 분풀이를 해야겠다."

라고 하고서 칼을 짚고 방문을 나갔는데 어디로 갔는지 알 수 없었다.

병자는 정신을 잃고 쓰러져 있다가 따뜻한 물을 입에 넣자 이내 소생을 하였다. 다음날 아침 해가 떠오를 무렵 소경 점쟁이의 부음이 전해졌다. 그 댁에서는 장례 절차 일체를 후히 도와주고 뒤에까지 그의 처자식들을 잘 보살펴 주었다고 한다.

26. 송익필(宋翼弼)

귀봉(龜峯) 송익필(宋翼弼)[70]은 정승 안당(安瑭)[71] 집의 여종인 감정(甘丁)의 아들이다. 송사련(宋祀連)이 감정을 첩으로 삼아서 귀봉을 낳았던 것이다.[72]

그는 문장이 기걸(奇傑)한데다 도학(道學)이 대단하여 후생들의 사표가되었다. 율곡(栗谷) 이선생(李珥)이나 우계(牛溪) 성선생(成渾) 같은 분들이다 인정하고 교유해서, 공부하는 사람들이 모두 귀봉 선생이라고 일컬었다. 그런데 인품이 자부하기를 높이 하여 오만한 데 가까워 스스로 겸손

---

70 송익필(宋翼弼, 1534~1599): 본관은 여산(礪山). 자는 운장(雲長), 귀봉(龜峯)은 그의 호이다. 학자로서 이름이 높았고 시에도 빼어났다. 문집으로 『귀봉집(龜峯集)』이 있다.

71 안당(安瑭, 1461~1521): 본관은 순흥(順興). 중종 때 좌의정을 지냈으며, 중종 16년(1521)에 송사련의 고변으로 처형을 당했다.

72 감정은 송사련의 어머니이고, 송사련은 송익필의 아버지이다. 따라서 송익필은 감정의 아들이 아니라 손자이다. 작중에서는 착오를 일으킨 것으로 보인다.

해 하는 덕성은 서고청(徐孤靑)에 미치지 못했다. 한 번은 율곡을 보고
말했다.

"숙헌(叔獻, 율곡의 자), 나와 혼인관계를 맺는 것이 어떻소?"

율곡은 웃으며 대답했다.

"우리나라는 자고로 명분을 중히 하니, 이는 불가한 일이오."

귀봉도 웃으며 대답했다.

"숙헌 역시 속객(俗客)을 면치 못했구려."

귀봉이 그런 연고를 알지 못하는 바 아님에도 이 말을 꺼낸 것은 한
번 율곡을 시험해보고 싶어 그런 것이었다. 그렇긴 하나 그의 오만한
태도는 이와 같았다.

사계(沙溪) 김선생(金長生)이 귀봉을 스승으로 섬겼는데, 일찍이 귀봉이
사계의 집을 방문했다. 사계가 팥밥으로 대접을 하였다. 귀봉은,

"네가 잡곡을 넣은 밥으로 나를 대접하다니, 어른을 대하는 도리가
아니다."

라고 책망을 하였다고 한다.

귀봉이 어머니의 상을 당해서 문인들이 물었다.

"명정(銘旌)을 어떻게 써야 할까요?"

"숙헌이 오면 응당 쓸 것이다."

조금 기다리자 이윽고 율곡이 와서 조문을 하였다. 그리고 명정에 이
렇게 썼다.

"사비 감정의 구(私婢甘丁之柩)."

문인들은 모두 아연실색을 하였다.

율곡이 그렇게 쓴 일과 귀봉이 받아들인 일을 어찌 타인들이 할 수
있는 일이겠는가.

27. 왕세정(王世貞)

월사(月沙)가 연경(燕京)에 가서 엄주(弇州) 왕세정(王世貞)[73]과 친숙한 사이가 되어 문장지교(文章之交)를 맺게 되었다. 일찍이 이른 아침에 방문한 즉, 왕세정은 공복(公服)을 갖추어 입고 일어나면서 말했다.

"마침 입궐할 일이 있으니 조금 기다리시면 돌아오겠소이다. 그대는 나의 서재에서 여러 책들을 마음대로 꺼내 보며 내가 돌아오기를 기다리도록 하시지요."

그리고 그 집의 사람에게 조반을 준비해서 대령하라고 지시하는 것이었다. 왕세정이 나간 후에 떡 종류와 면, 술, 어육(魚肉), 과일 등속이 연이어 나왔다. 월사는 나오는 대로 먹으며 책을 보고 있었다. 왕세정은 해가 올라온 뒤에야 돌아와서 물었다.

"월사, 아침 식사를 다 드셨소?"

"조반은 아직 먹지 않았소."

그가 깜짝 놀라 집안사람을 책망하자,

"아까 이미 올렸습니다."

라고 대답하는 것이었다. 그는 크게 웃으며 말했다.

"내가 잊었군. 조선 사람은 한 그릇 밥과 한 그릇 미역국을 아침저녁으로 먹지. 우리들이 하는 식사와 어찌 같을 것이냐. 얼른 밥하고 국을 갖추어 오너라."

월사가 귀국한 후에 누군가에게,

"내가 그때 부끄러워 죽을 맛이었지."

라고 말했다. 한 번은 월사가 그를 찾아갔는데, 마침 촉(蜀) 땅의 태수로

---

73 왕세정(王世貞, 1526~1590): 중국 명나라의 문학가. 자는 원미(元美). 호는 봉주(鳳州) 또는 엄주산인(弇州山人). 1547년 진사가 되어 남경(南京) 형부상서(刑部尙書) 등을 지냈다. 명나라 가정(嘉靖) 연간에 문장으로 이름을 떨친 후칠자(後七子)의 한 사람이다. 문집으로 『엄주산인사부고(弇州山人四部稿)』 등이 전한다.

있는 사람이 자기 부친을 위해서 비문을 청하였다. 태수가 예단으로 촉금(蜀錦) 한 수레, 쌍륙(雙陸) 1벌, 미인 청홍상(靑紅裳) 각 15인, 황금으로 만든 향로를 보내왔다. 대국에서 예물을 갖추는 것이 풍부하기가 이와 같았다.

28. 신익성(申翊聖) ①

동양위(東陽尉) 신익성(申翊聖)[74]은 상촌(象村)의 아들이다. 문장과 재능이 당대에 으뜸이었는데, 일찍이 부마가 되었기 때문에 벼슬에 올라 판서·정승이 되지 못하는 것을 한스럽게 여겼다. 그래서 매양 옹주를 보고,

"내가 부마의 처지가 아니라면 지금 세상에서 문형(文衡)이 될 사람이 나를 빼놓고 누구겠소?"

라고 불만을 토로했다.

매양 출입할 적에는 초헌(軺軒)을 타고 대로로 다니지 않고 으레껏 나귀를 타고 부채로 얼굴을 가리고 사잇길로 다녔다. 항상 뜻을 펴지 못하는 것으로 답답하게 여겼다.

한 번은 가까운 친척집에서 혼사에 금교(金轎)를 빌려 쓰려고 하자, 동양위가 빌려가도록 했다. 상궁 나인이,

"이 가마는 옹주마마가 타시는 것이오니, 남에게 빌려줄 수 없습니다."

라고 반대했다. 동양위는 노하여,

"가마가 있는데 사람이 타도록 허락하지 않으면, 이걸 어디다 쓰겠소?"

하고 부숴버리라고 명했다. 선조께서는 그가 문형이 되지 못함을 한하여

---

74 신익성(申翊聖, 1588~1644): 문장사대가(四大家)로 이름이 높은 신흠(申欽)의 아들. 정숙옹주와 결혼하여 동양위(東陽尉)로 봉해졌다. 문집으로 『낙전당집(樂全堂集)』이 있다.

그러는 줄로 짐작했다. 마침 문형을 새로 뽑게 되어 문형에 권점(圈點)[75]을 한 후에, 낙점(落點)을 받은 사람에게 시제(試題)를 내보도록 했다. 그리고 동양위로 하여금 그 시제를 평가하도록 하면서,

"문형으로 낙점받은 사람의 시제를 평가하니, 도리어 문형보다 낫지 않은가?"

라고 했다.

29. 신익성(申翊聖) ②

동양위(東陽尉)는 추수(推數)[76]를 잘했다. 한 번은 충청도로 성묫길을 떠나서 어느 점사(店舍)에 당도하여 식사를 하게 되었다. 점사의 주인집에서 마침 말이 새끼를 낳았는데, 동양위가 그 사주를 맞춰보니 그야말로 명마(名馬)였다. 주인을 불러 일렀다.

"이 망아지를 내가 사고 싶다. 네가 허락하겠느냐?"

"이건 형편없는 말의 새끼인데 무슨 값을 따질 게 있겠습니까?"

"그렇지 않다. 무릇 물건이란 다 주인이 있는데, 마침 나의 행장에 가진 것이라고는 이 돈 뿐이다."

그리고 30냥을 그 값으로 내주었다. 점주(店主)는 기대한 것보다 많아서 크게 기뻐하며 돈을 받았다. 동양위는 점주에게 일렀다.

"이 망아지를 우선 너희 집에서 잘 먹이도록 해라. 다음에 응당 데려갈 것이다."

---

75 권점(圈點): 조정에서 관인(官人)을 뽑았을 때 후보자 3인을 임금에게 올리는데 이를 삼망(三望)이라 했으며, 임금은 이 중의 1인에게 동그라미를 쳐서 의사표시를 하는데 이를 권점이라 했다. 권점을 받은 것을 낙점(落點)이라고 했다.

76 추수(推數): 사주(四柱)와 같은 술수(術數)를 점친다는 말.

그러고는 떠나갔다.

이후로 그 말은 '동양궁(東陽宮) 망아지'로 일컬어졌다. 그 말은 3~4년이 지나자 마구 날뛰어 제어할 수 없었으며, 사람을 보면 차고 물려고 하여 모두들 무서워 피했다. 인하여 묶은 줄을 끊어버리고 뒷산으로 올라가서 제멋대로 풀을 뜯어먹으며 돌아오지 않고 해를 넘겼다. 3~4년 지난 후에 동양위가 다시 성묏길을 가다가 이 점사에 들렀다. 그 말이 크게 히힝 하는 소리가 들리더니 산 위에서 나는 듯이 달려 내려왔다. 동양위를 보고 아주 기뻐하는 모양이었다. 동양위는 몸소 손으로 말을 쓰다듬으며 재갈을 물리고 안장을 갖추어 끌고 서울로 올라갔다. 이 말은 비할 바 없이 날래고 빼어나 천리마로 일컬음을 받고 서울 도성에서 유명하게 되었다. 광해군이 듣고 사복 내시(司僕內寺)에 들여 기르게 했다.

동양위는 폐모(廢母) 문제를 논의할 때에 반대를 하여 제주도로 귀양 을 가게 되었다. 어느 날 문득 벽력(霹靂)소리처럼 말 울음소리가 들려왔 다. 동양위는 깜짝 놀라 말했다.

"이건 우리 천리마의 소리다. 어떻게 바다를 건너 여기까지 올 이치가 있겠느냐?"

이윽고 천리마가 질주해 들어오는데 그대로 법안(法鞍)[77]을 하고 있었 다. 동양위는 더욱 놀라고 의아하여 손으로 어루만지며 말했다.

"네가 나를 살리고 싶으면 지금부터는 다시 소리를 내지 말아라."

그리고 뒤뜰에 토굴을 만들어놓고 그 말을 숨겨놓았다. 대체로 광해 군이 춘당대에서 이 말을 타고 달리다가 말이 마구 날뛰어 광해군을 땅 에 떨어드리고 궁중의 문을 뛰쳐나와 곧바로 제주도로 향해 달려와서 험한 물길의 바다를 건너 온 것이었다.

그 다음해 계해(癸亥)년 3월에 말이 문득 길게 울음소리를 냈다. 동양

---

77 법안(法鞍): 임금이 타는 말에 착용하는 안장을 가리키는 말.

위는 크게 놀라 타이르는 말을 하였다. 그날이 바로 인조반정(仁祖反正)이 일어난 날이었다. 동양위가 해배(解配)되어 돌아와 항상 이 말을 타고 다녔는데, 뒤에 어떻게 되었는지는 알지 못한다.

후에 들으니, 그 어미 말은 늘 여름이면 강가에서 풀을 뜯었는데 하루는 구름과 안개로 사방이 캄캄하더니 폭우가 쏟아져 내리는데, 용 한 마리가 강물 속에서 솟아나와 교합을 했다고 한다. 이 천리마는 용의 씨라서 그렇다는 것이다.

30. 기천 홍명하(洪命夏)

기천(沂川) 홍명하(洪命夏)[78] 정승은 김좌명(金佐明)[79] 판서와 함께 동양위(東陽尉)의 사위였다. 김공은 일찍이 과거에 급제하여 명망이 높았는데, 홍공은 나이 사십에 궁한 선비로 집이 가난하여 동양위 댁 문하에서 처가살이를 하고 있었다. 그래서 장모인 옹주 이하로 모두들 그를 천대하였다. 처남인 신면(申冕)[80] 또한 일찍이 과거에 급제하였고 사람됨이 교만하여 기천을 더욱 박절하게 대해 하인처럼 보았다. 어느 날 기천 앞에 놓인 상에 마침 꿩 다리가 올라와 있었다. 신면은 그것을 들어서 개에게 던지며 말했다.

"가난한 선비의 상에 웬 꿩 다리냐?"

기천은 웃음을 띠고 있을 뿐 조금도 노여운 기색을 보이지 않았다.

---

78 홍명하(洪命夏, 1607~1667): 본관 남양, 자 대이(大而), 호 기천(沂川). 벼슬은 영의정에게까지 올랐다. 문집은 『기천집(沂川集)』이 있다.

79 김좌명(金佐明, 1616~1671): 본관 청풍, 호 귀계(歸溪)·귀천(歸川). 김육(金堉)의 아들로 벼슬은 판서·대제학에 이르렀다.

80 신면(申冕, 1607~1652): 동양위 신익성의 아들로 김자점(金自點, 1588~1651)의 옥사에 관련되어 죽음을 당했다.

동양위만은 사위가 필시 늦게 현달할 줄 알고 매양 자기 아들을 책망하며 사위에 대해 각별히 마음을 썼다. 김공이 마침 문형(文衡)의 자리에 있어서 기천은 표문(表文) 몇 수를 지어 보이며

"과거 시험에 쓸 수 있겠소?"

하고 물었으나, 김공은 보지도 않고 부채로 그것을 들어올리며

"표범 가죽인가, 범 가죽인가!"

라고 하는데 기천은 웃으며 거두어 들였다. 또 하루는 동양위가 출타하였다가 저물어 돌아오는데 작은 사랑에서 생황과 노래 소리가 나는 것을 듣고 옆에 시종에게 물으니 자제 영감과 함께 김판서 대감 및 다른 벼슬아치 몇 분이 풍악을 벌리고 놀고 있다고 하였다. 동양위가 기천도 자리에 있느냐고 묻자

"홍생은 아랫방에서 잠을 자고 있습니다."

라고 아뢰었다. 동양위는 눈살을 찌푸리며

"아이들 일이란 이상하구나."

하고 기천을 불러 물었다.

"너는 어찌해서 저 놀이에 참여하지 않았느냐?"

"재상들 모임인데 유생이 낄 자리가 아닙니다. 더구나 불청객인데요."

"너는 나와 더불어 같이 노는 것이 좋겠다."

동양위는 이렇게 말하고 풍악을 대령하라 하여 즐겁게 놀다가 파했다.

동양위는 병이 들어 위경(危境)에 처하매 기천의 손을 붙들고 한 손으로 술잔을 들어 마시기를 권하며 말하였다.

"내가 너에게 부탁할 말이 한 가지 있다. 이 술을 마시고 나의 임종의 말을 들어다오."

기천은 겸양하는 어조로 답하였다.

"하교가 무슨 말씀인지 모르겠사오나 말씀을 먼저 듣고 나서 이 술잔을 들겠사옵니다."

동양위가 거듭해서

"술을 마신 뒤에 내 응당 말을 하겠다."

라고 간곡히 청하였으나, 기천은 한결같이 응하지를 않았다. 동양위가 4~5차 권해도 끝내 듣지를 않으므로 이에 술잔을 땅에 던지며 눈물을 흘리며 탄식하였다.

"우리 집이 망했구나."

그리고 이내 숨을 거두었는데 대개 아들을 부탁하는 말을 하려 한 것이다. 그 후로 기천은 과거에 급제하여 십여 년 사이에 지위가 좌의정에 올랐다. 숙종 조에 신면의 옥사가 나서 임금이 홍정승에게

"신면이 어떤 사람인가?"

하고 물었으나 알지 못한다고 아뢰어 마침내 신면은 죽음을 당했다. 신면이 평소 한 일들로 기천이 깊이 원한을 품었던 것이다. 그래도 기왕에 동양위의 지우(知遇)를 받았던 터이니 한 마디 하여 그를 구해 동양위로부터 지우를 받았던 은혜를 갚는 편이 좋았을 것이다. 이렇게 하지 않은 기천의 행사는 극히 안타깝다.

기천이 정승이 된 뒤에도 김좌명은 문형의 임무를 맡고 있었다. 중국에 보내는 표문은 문형이 지어 올리는데 사륙문으로 하게 되어 있었다. 그리고 먼저 대신에게 검토를 받고 임금께 올리는 것이 관례였다. 김공이 지은 표문을 대신에게 검토를 받게 되는데 기천이 부채로 들어올리며

"표범 가죽인가, 범 가죽인가!"

라고 하였다. 이 또한 국량이 좁은 처사이다.[81]

---

81 이 작품이 『청구야담』 권7에 「홍상국조궁만달(洪相國早窮晩達)」이라는 제목으로 실려 있다.

31. 대관(臺官)의 직언

효종 때에 인조의 시호에 대해서 의논하여 인조로 정해졌다. 이에 시남(市南) 유계(兪棨)[82]가 상소하여 바로잡아야 한다고 주장하기를

"무고한 사람을 많이 죽였는데 '인(仁)'이라 할 수 있겠습니까? 되놈 앞에 무릎을 꿇었거늘 '조(祖)'를 붙일 수 있겠습니까? 대행대왕(大行大王)[83]의 시호를 바꾸도록 하옵소서."

라고 하자, 효종은 통곡을 하며 벽 위에 이렇게 썼다.

"유계는 내 아버지의 원수이다."

즉시 국청(鞠廳)을 전정(殿庭)에 설치하도록 명하였다. 이때에 상하 모두 황겁해 하였고 화가 헤아릴 수 없는 것이라 아무도 말하는 사람이 없었다. 사간원 정언으로 있는 윤모(尹某)가 자기의 노친(老親)에게 눈물을 흘리며 하직하기를

"조정에서 바야흐로 잘못된 거조가 일어나고 있는데 소자가 대관(臺官)으로서 의리상 입을 다물고 있을 수 없습니다. 간쟁을 하면 필시 화를 면할 수 없겠습니다."

라고 하매, 노친 역시 눈물을 흘리며 말했다.

"네가 이미 임금의 녹을 먹고 있는 바에 충성을 다하지 않을 수 있겠느냐?"

그리고 이내 서로 영결을 하고 떠났다. 윤 대관은 곧바로 사간원으로 들어가서 발계(發啓)[84]를 하였다.

"간신(諫臣)을 때려죽이는 일은 걸주(桀紂)도 하지 않은 바입니다. 청하

---

82 유계(兪棨, 1607~1664): 시남(市南)은 그의 호, 본관은 기계(杞溪)이다. 학자로서 벼슬은 이조참판에 이르렀으며, 저술로 『시남집(市南集)』과 『여사제강(麗史提綱)』 등이 있다.

83 대행대왕(大行大王): 승하한 지 얼마 안 되어 시호가 정해지지 않은 임금을 부르는 말.

84 발계(發啓): 사헌부와 사간원의 관원이 신하에게 내리는 처벌에 대해서 타당한가의 여부를 논의하여 임금께 올리는 일.

옵건대 형을 정지해 주옵소서."

그리고 또 계를 올렸다.

"전하께서 일을 이대로 시행하신다면 전고에 없는 잘못입니다. 그런데 한 사람도 바로잡도록 아뢰는 자가 없다면 조정의 신료들은 모두 삭직을 해야 할 것입니다."

임금이

"아뢴 그대로 시행하라."

라고 답을 했다.

유시남(俞市南)의 이 상소는 고인의 직언을 하는 풍조에 부끄러움이 없다. 다만 친휘(親諱)[85]의 의리에 있어서 흠이 있는 것 같다. 세상 사람들이 혹 이런 일로 자기의 어버이에게 적용한다면 대대로 원수라고 생각하여 자손에게까지 이르러 군신의 사이를 가로막게 될 것이다. 비록 이와는 다르다 해도 시호를 개정하겠다고 한 것은 지나친 일이라 하겠다. 윤 대관이 직언으로 바로잡으려 한 것은 실로 아름다운 일이요, 효종이 마음을 돌린 아량은 만 번 감탄할 만한 일이다.

32. 회양협(淮陽峽)

정양파(鄭陽坡)[86]가 젊은 시절에 친구 두 사람과 절간에서 글을 읽고 있었다. 어느 날 서로 품은 뜻을 이야기하다가 각기 평생의 소망을 털어 놓게 되었다.

---

85 친휘(親諱): 친어버이의 허물에 대해서는 허물을 드러내지 않는다는 뜻. 『춘추공양전(春秋公羊傳)』의 '爲親者諱'에서 비롯된 말이다. 즉 인조의 아들인 효종의 입장에서는 '친휘'의 의리가 있다는 의미.

86 정양파(鄭陽坡, 1602~1673): 양파는 숙종 때 영의정을 역임한 정태화(鄭太和)의 호.

양파는

"나는 일찍 등과하여 조정에 들어가 치군택민(致君澤民)을 이루고 이름을 역사서에 드리우게 되면 좋겠다."

라고 하였으며, 한 사람은 이렇게 말했다.

"나는 벼슬은 바라는 바 아니요, 산 좋고 물 맑은 곳에 살며 평생을 즐기는 것이 소원이라네."

그 중 한 친구는 아무 말이 없었다. 두 사람이

"자네는 왜 말이 없나?"

하고 재촉했다.

"나의 소망은 자네들과 크게 다르이. 묻지 말아주게."

두 사람이 강요를 해서야 입을 열었다.

"나는 불행히도 조그만 나라에 태어나서 세상을 둘러보아도 몸을 둘만한 곳이 보이지 않네. 차라리 내 멋대로 놀아 군도의 괴수나 될까 하이. 심산궁곡으로 들어가 수만의 부하를 거느리고 불의의 재물을 빼앗아 양식을 삼고 산간을 횡행하며 가동(歌童)·무녀(舞女)를 앞에 늘어세우고 산해진미를 실컷 먹으며 세월을 보내려고 하네. 이렇게 지내면 족하지"

두 사람은 웃으며 말이 의롭지 못함을 책망하고 말았다.

후일에 과연 양파는 급제하여 영의정에 이르렀고, 산수를 벗하며 살아가겠다던 그 친구는 포의(布衣)[87]로 늙었으며, 다른 한 친구는 어디로 갔는지 종적을 알 수 없었다.

양파가 함경도 감사로 있을 때의 일이었다. 포의로 늙어가는 사람이 궁하여 지내기 어려운 형편이라, 동창의 정의를 믿고 도보로 구걸 행각에 나서서 함경도 길로 향해 갔다. 발길이 회양 땅에 이르러서 뜻밖에 웬 건장한 사나이가 한 필 준마를 대령하고 있다가 맞이하는 것이었다.

---

87 포의(布衣): 베옷. 벼슬이 없는 선비를 가리킨다.

"소인이 사또의 장령(將令)을 받들어 여기서 기다린 지 오랩니다. 주저마시고 어서 타십쇼."

포의는 이상해서 물었다.

"너희 사또는 누구시며, 어디 계시느냐?"

"가시면 자연 아시리다."

포의가 말 등에 오르자 말은 비호처럼 달렸다. 몇 십 리를 갔을 때 바꿔 탈 말을 대령하고 음식물까지 차려놓고서 기다리는 사람이 있었다. 괴이해서 또 물었으나 그의 대답은 전과 같았다. 다시 몇 십 리를 달려가자 또 먼저같이 대기하고 있었다. 점차 깊은 산협으로 들어가서 밤이 되어서도 쉬지 않고 횃불을 들어 길을 밝히고 달렸다. 무슨 영문에 어디로 향해 가는지도 모르고 다만 그 사나이의 말대로 갔던 것이다.

이튿날 오정에 어느 동구로 들어섰다. 심심산중에 인가가 즐비한데, 그 가운데 한 붉은 대문이 서 있어 세 겹의 문으로 통과해 들어갔다. 말에서 내려 들어서자 섬돌 아래에 어떤 사람이 기다리는데, 머리에 자총립(紫驄笠)을 썼고, 몸에 남색 운문단(雲紋緞)[88] 철릭을 입었고, 허리에 홍대(紅帶)를 띠고, 발에는 흑화(黑靴)를 신었다. 신장이 8척에 얼굴은 분을 칠한 듯 하얗고, 하목해구(河目海口)[89]로 의표가 당당하고 위풍이 늠름하지 않은가. 그가 껄껄 웃으며 포의의 손을 잡고 함께 섬돌을 올랐다.

"아무개, 별래무양(別來無恙)한가?"

포의는 처음에는 그가 누군지 짐작도 할 수 없었다. 좌정한 후에 자세히 보니 절간에서 같이 글을 읽을 적에 군도의 괴수가 소원이라던 그 친구다.

"우리가 산사에서 작별한 이후로 자네의 종적은 도무지 알 길이 없더

---

88 운문단(雲紋緞): 구름무늬가 박힌 비단의 일종.
89 하목해구(河目海口): 눈이 크고 입이 넓은 얼굴. 관상학에서 걸출한 인물을 이렇게 표현했음.

니, 오늘 여기서 만나다니!"

포의는 놀라 소리쳤다.

"내가 전에 말하지 않던가? 이제 나의 뜻을 이루었네. 세상의 부귀가 나는 부럽지 않으이. 누군들 세상에 나아가 공명을 이룰 뜻이 없겠는가? 하나 운명이 남의 손에 매여 일평생 몸을 사리고 파리가 발을 비비고 개가 꼬리를 치는 모양으로 살아야 하지. 그러다가도 비끗 실수하면 동문 거리에 목이 매달리고 처자는 노비로 박히지 않던가? 어찌 그런 걸 소원하겠나? 나는 이미 세상의 구속을 벗어나 이 심심산골로 들어온 것이네. 부하가 수만에 재물은 산처럼 쌓여 서절구투(鼠竊狗偸)나 일삼는 좀도둑들이 한껏 남의 보따리나 터는 것과는 비길 바가 아니지. 나의 부하들이 조선팔도에 두루 나가 있어 연시(燕市)⁹⁰·왜관(倭館)⁹¹의 물화들이 안 들어오는 것이 없고, 탐관오리의 재물이라면 필히 탈취하니 나의 권세와 부는 왕과 공후에 못지않다네. 인생이 얼마나 되겠나? 애오라지 내 뜻대로 맞게 살아야지."

이내 술상을 들이라 하니 미희들이 쌍쌍이 상을 받들고 나왔다. 수륙진미를 벌여 술은 향기롭고 안주는 풍성하였다. 함께 실컷 술을 마시며 한 상에서 밥을 먹고, 한 침상에서 잠을 잤다. 그 이튿날에는 산채를 벌여놓은 규모와 산수 경개도 구경시켜 주었다.

"자네 이번 행차에 정모(鄭某)를 보러 가는 건 무슨 구함이 있어선가?"

"그렇다네."

"그 사람 도량을 자넨 왜 모르는가? 조금 주기야 하겠지만 자네 기대에 미치지 못할 것이네. 며칠 여기서 묵다가 바로 돌아가게."

"꼭 그러기야 하겠는가? 지난날 동창의 정의를 그 사람도 생각할 터

---

90 연시(燕市): 북경의 시장. 조선 사신이 이곳에서 물화를 무역해 왔음.
91 왜관(倭館): 일본인과 통상을 하는 장소로 지금의 부산에 설치되었음.

이지.”

“좀 보태준댔자 기껏 몇 냥에 지나지 않을 텐데 그걸 바라고 원행을 한단 말인가? 내가 후히 돕겠네. 가지 말게.”

그래도 포의는 듣지 않고 막무가내로 가겠다고 나섰다.

“꼭 그러겠다면 다시 말리지는 않겠네. 그대 뜻대로 가게.”

그리고는 수일을 머무르다가 그 사람이 떠나려고 하자 적장이 부하들로 하여금 올 때처럼 말로 호송하게 하고, 출발에 임해 경계하여 말했다.

“자네 정모를 보게 되면 절대로 내가 여기 있다는 말을 하지 말게. 정모가 제아무리 나를 잡겠다고 나서도 잡힐 내가 아닐세. 정모 앞에 자네가 내 이야기를 하면, 그 당장에 말이 나의 귀에 들어올 것이네. 그 때는 자네 머리를 보전치 못할 걸세. 아무쪼록 조심하여 발설하지 말게.”

“뭘 그럴 이치가 있겠나?”

이처럼 포의는 맹세를 하였다. 포의가 산채를 떠나자 대장은 웃으며 영문(營門)까지 배웅하였다. 들어올 때 탔던 말을 타고 산협을 벗어나 큰 길에 다다르자 수행한 사나이는 하직하고 물러갔다. 포의는 터덜터덜 걸어서 함경도 감영에 다다라 감사를 만났다. 서로 인사를 나눈 뒤에 그는 소리를 낮추어 밀고하는 것이었다.

“영감, 우리가 소시에 산사에서 함께 글 읽던 아무개를 기억하시는지?”

“한번 헤어진 이후로 종무소식이지.”

“시방 영감의 경내에 잠복해 있는 대적이 바로 그 사람이라오. 제 말로 졸개가 수만이라고 호언하지만 모두 팔도 각처에 흩어져 있고 지금 수하의 군졸은 많지 않고 오합지졸이라서 문제가 안 될 겁니다. 영감이 만약 영리하고 날랜 교졸 3,40명만 저에게 빌려 주시면 당장 그자를 잡아다 영문 앞에 꿇리리다.”

감사는 웃으며 말했다.

“그 사람이 비록 도둑의 괴수 노릇을 하고 있다지만 아직 우리 관내의 고을에 작폐(作弊)가 없고, 또 자네의 용력이나 재주를 헤아리건대 그 사람을 당하겠나? 공연히 화를 자초하지. 자네 그만두게."

포의는 정색을 했다.

"영감, 대적이 경내에 잠복해 있는 줄 알고도 덮어두고 잡으려 하지 않다가 뒷날 형세가 커지면 책임이 누구에게 돌아가겠소? 정 나의 말을 따르지 않으시면 나는 상경해서 고변(告變)할 터이오."

감사는 부득이 허락하고 며칠 묵다가 돌아가게 했다. 노자로 주는 물건이 약소하여 과연 그 적장의 말과 꼭 맞았다. 교졸은 요청한 수만큼 뽑아 주었다.

포의는 교졸들을 거느리고 다시 오던 길을 되짚어서 나아갔다. 회양 땅에 이르러 산 좌우편 숲속에 교졸들을 매복시키고서

"내가 먼저 들어갈 터이니 너희들은 여기서 기다리고 있거라."

하고 단신으로 나섰다. 몇 리를 들어가자 지난번 말을 세우고 등대해 있던 그 사나이가 다시 나타나서 대장의 말로 함께 가시자고 청하는 것이었다. 그런데 타고 갈 말도 보내지 않아 마음속으로 퍽 의아한 생각이 들었다. 동구에 다다랐을 때

"저놈을 묶어라."

하는 대갈일성과 함께 졸개들이 무수히 덤벼들어 그를 묶어가지고 앞에서 끌고 뒤에서 밀어 독수리가 토끼를 채 가는 형국으로 잡아갔다. 포의는 헐떡이며 뜰 아래로 끌려갔다. 고개를 들어 바라보니 대장이 위의를 차리고 앉아 있었다. 노하여 꾸짖는 말이다.

"너는 무슨 낯을 들고 와서 나를 바라보느냐?"

"내가 무슨 죄가 있다고 이다지 욕보이오?"

"내가 먼저 말하지 않더냐? 네가 기어코 함흥 감영에 가서 얻은 것이 나의 말과 다르더냐? 또, 떠날 때 당부하던 말을 생각지 않고 감사에게 까바치고서 지금 무슨 혀를 놀리느냐?"

"하늘에 뜬 해를 두고 맹세하지만 그런 일이 없소. 어디서 무슨 말을 듣고 나를 의심하시오?"

대장이 부하들을 호령하였다.

"함흥 감영의 교졸들을 잡아들여라."

명이 떨어지기가 바쁘게 수십 명의 교졸들이 묶여 일시에 뜰 앞으로 나왔다. 대장이 그들을 가리키며

"저것들이 무엇이냐?"

하니, 포의의 낯이 흙빛으로 변하였다. 대답할 말이 없어 다만,

"죽을죄를 졌습니다, 죽을죄를 졌습니다."

하고 빌었다. 대장은 냉소하였다.

"쥐새끼 같은 너에게 어찌 내 칼을 더럽히겠느냐? 곤장이나 맞아라."

곤장 10여 대를 치도록 한 다음에 다시 결박을 지었다. 감영의 교졸들은 풀어주며

"너희들 이자를 따라서 여기까지 오느라 고생 많았다."

하고, 각기 은자(銀子) 20냥을 내주도록 하는 것이었다.

"돌아가서 너희 사또님 전에 이런 얼뜬 위인의 말을 다시는 곧이듣지 말라고 아뢰어라."

그리고 명을 내려 각 곳간에 쌓인 재물·은전·기물 등속을 꺼내어 모두 바리바리 실은 다음 산채에 온통 불을 싸지르는 것이었다.

"세상 사람들이 알게 되었으니 이곳에 더 머물 수 없다."

또 한 부하를 시켜 포의를 산채 밖의 큰길까지 쫓아 보냈다. 그러고 나서 모두들 일시에 어디론가 떠나는 것이었다.

포의는 가까스로 풀려나서 자기 집으로 돌아갔다. 그 사이 자기 집이 다른 동네로 이사를 해서 그곳을 찾아갔더니 집의 규모가 전에 비교할 바가 아니었다. 집사람에게 영문을 물었다.

"아니, 함흥 감영에 계실 적에 편지와 함께 재물을 보내셨던 것 아닙

니까?"

그 처가 어리둥절해 하며 받았던 편지를 꺼내 보였다. 편지의 글씨가 자기의 필적과 아주 흡사했지만 기실 자기 글씨가 아니었다. 함흥 감영에서 보냈다는 돈이며 베와 비단은 굉장히 많은 양이었다. 생각해보니 대장이 자기의 필적을 모방해서 보내온 것임에 틀림없었다.

그는 자기의 소행을 후회해 마지않았다. 어떤 이는 '그때 함경 감사는 양파가 아니다'라고도 하는데, 잘 알 수 없다.

33. 요동벌의 추위

효종 또한 간간이 미행을 하였다. 어느 날 밤 걸어서 궁궐 담 뒤를 지나가는데, 이때 눈 내린 밤이 몹시 추웠다. 군막에 수직(守直)을 서는 한 군사가 밖에서 들어오며,

"추위가 이렇듯 매서운데 어떻게 밤을 새울까?"

라고 하는 것이었다.

"오늘 여기 밤을 어찌 춥다고 하느냐?"

또 한 군사가 말을 했다.

"무슨 말이냐?"

"우리들이 요동벌에서 노숙하게 될지도 모르는데 어떻게 춥다고 말할 수 있겠느냐?"

"우리들이 무엇 때문에 요동벌에서 노숙을 한단 말이냐."

"임금님이 지금 바야흐로 북벌을 의논하시는데, 그러면 우리들이 어찌 출정하지 않겠느냐?"

"그럴 이치가 없다."

"회덕(懷德)[92]의 송 정승 대감이 일전에 들어오셔서 독대하여 이미 계

책을 정했다고 하더라."

그러자 그 군사는 또 말했다.

"필시 그렇지 않을 것이다."

"네가 어떻게 그걸 아느냐?"

"임금님께서는 결단력이 없으신데, 이런 큰일을 어떻게 결행하시겠느냐."

"네가 또 어떻게 그걸 알았느냐?"

그 군사가 대답하는 말이었다.

"임금님께서 만약 결단력이 있으시다면, 연전에 왕자로서 강화도를 지키실 때에 김경징(金慶徵)93을 어찌 참수하지 못하셨을까. 김경징 하나도 그 죄를 바로 다스리지 못하셨거늘, 어찌 대국(大國)에 대해서야 말할 것 있겠느냐. 나는 이 때문에 그럴 줄 안다."

효종은 이 말을 듣고 분하고 한스러운 마음을 이기지 못하며 대궐로 돌아갔다.

34. 과천 산지기

효종 때에 우암(尤庵) 선생은 세상에 볼 수 없는 지우(知遇)를 받았다. 선생이 춘추대의(春秋大義)를 밝혔기로 효종은 북벌의 일을 선생에게 위탁하였다. 선생은 북벌의 일이 이루어지지 못할 줄 알지 못한 것은 아니

---

92 회덕(懷德): 지금 대전광역시에 포함된 지역. 송시열이 이곳에 살았기 때문에 일컬은 것임.
93 김경징(金慶徵, 1589~1637): 인조반정의 공신인 김류(金瑬)의 아들로, 병자호란 당시에 한성부 판윤으로서 강화도 방어 임무를 맡았는데 함락되어 나라에 큰 낭패를 끼쳤다.

었다. 그러나 장차 천하 후세에 대의를 펴기 위해 한 것이었으니, 제갈량이 여섯 번 기산(祈山)[94]으로 출정한 뜻과 같았다. 그럼에도 시속의 무리들이 이 뜻을 이해하지 못하고 매양 우암의 주장이 우활(迂闊)하다고 말들을 하는데, 이런 무리들을 어찌 족히 책할 것이나 있겠는가.

우암은 독대를 파한 후에 양파 정태화(鄭太和) 정승에게 들러 만났다. 이때 그 아우인 정지화(鄭至和) 정승이 곁에 있다가 눈썹을 찌푸리며 자리를 피하면서,

"이 늙은이가 무엇 하러 왔을까."

라고 중얼거렸다. 이윽고 우암이 자리에 앉자 양파 대감이 물었다.

"오늘 독대하실 때에 무슨 말씀을 나누셨습니까."

"바로 북벌에 관한 일이었지요. 주상께서 군량을 운송하는 데 적당한 사람이 없어 걱정하십디다. 그래서 소생이 대감을 추천하였지요. 대감의 의향이 어떠신지 모르겠소."

"소생은 재주가 비록 소하(蕭何)[95]에 미칠 바는 못 되지만 어찌 소하를 본받지 못하겠습니까. 군량 한 가지 문제는 소생이 직접 감당해보겠소이다."

"그러시면 국가에 다행이로소이다."

두 사람 사이에 잠깐 주고받는 말소리가 없었는데 정지화가 골방에 있다가 큰소리로 묻는 말이다.

"그놈 갔소?"

양파는 얼른 미소를 지으며 대답했다.

"과천 산지기[96]놈은 벌써 갔고, 여기 송상(宋相)이 계신다."

---

94 기산(祈山): 중국의 서쪽 변방인 촉한(蜀漢) 지역에서 중국 중심부로 들어오는 군사적 요충지. 제갈량이 조조의 위(魏)나라를 치기 위해 이곳으로 여러 번 공략해 들어왔다.
95 소하(蕭何): 유방이 항우의 초나라와 싸워 한나라를 건국하는 데 주로 군수(軍需)를 담당했던 공신.

이야기를 마치고서 우암은 일어나 나갔다. 양파는 아우를 불러 책망을 하였다.

"군(君)은 어찌하여 말을 그렇게 가볍게 하느냐?"

"형님은 어떻게 군량을 담당하시겠소? 지금 예산으로 군량을 어떻게 댄단 말입니까. 사세(事勢)를 헤아리지도 않고서 이처럼 가볍게 말씀하신단 말입니까. 아우는 속으로 웃으며 승복하지 못하는 것입니다."

양파는 웃으며 대답했다.

"군은 내가 감당하지 못할 줄 생각하지?"

"형님이 아무리 감당할 재주가 있으시더라도 양곡이 없는 걸 어떻게 하신단 말입니까."

양파는 또 웃으며 말했다.

"군사가 압록강을 건너게 되면 내가 군량을 맡을 일이 생길 것이다."

두 분이 함께 웃고 자리를 끝냈다.

35. 복제(服制) 문제[97]

우암(尤庵)이 효종을 만난 것은 제갈공명이 소열황제를 만난 것과 같다. 어찌 털끝만큼이라도 효종을 가볍게 생각하는 뜻이 있었겠는가. 복제(服制)의 의론[98]을 두고 말하면 곧 천경지위(天經地緯)[99]이거늘, 어찌 그

---

96 과천 산지기: 정태화는 본관이 동래로 그 선산이 지금 서울특별시 동작구 사당동에 있었는데, 이곳이 전에는 과천 땅이었음.

97 익선재본 D에만 있음.

98 복제(服制)의 의론: 현종~숙종 기간에 복제 문제를 둘러싸고 남인과 서인 사이에 격렬한 다툼이 있었는데 이를 가리킴. 효종이 사망하자 그 계모인 자의대비(慈懿大妃)의 복제를 어떻게 하느냐에 대한 문제로 서인과 남인 사이에 다툼이 일어났는데, 서인은 효종이 둘째 아들이므로 1년복을 입어야 한다고 주장했고, 남인측은 효종이 왕위를

사이에 사적인 뜻이 개입되어 있었겠는가. 남인 중에 윤휴·허목 무리들
이 선생의 속마음에 가볍게 보는 뜻이 있었다고 지탄하여, 선생이 마침
내 이로 인해 화를 입게 된 것이다. 아! 이 얼마나 원통한가.

36. 노소분당(老少分黨) ①[100]

이윤(尼尹)[101]은 스승을 배반한 것으로 버림을 당했다. 임금과 스승과
부모는 똑같이 섬겨야 하기 때문에 생삼사일(生三事一)[102]의 의리는 지극
히 중한 것이다. 만약에 스승으로 삼은 분이 자기의 아버지를 무함(誣陷)
한 일이 있더라도 제자 된 도리에 있어서는 마땅히 스스로 조용히 있을
바를 생각해야 할 것이요, 칼을 거꾸로 들고 배반해서는 옳지 않다. 그런
데 이윤에 이르러서는 그렇게 하지 않았다. 우옹(尤翁)은 처음부터 그 부

계승했으므로 장자가 입는 3년복을 입어야 한다고 주장했다. 이후 복제 문제로 다툼
이 계속되어 송시열은 마침내 죽임을 당하는데 이르렀다.

99 천경지위(天經地緯): 천지간의 질서를 가리키는 말. 곧 대원칙, 경위천지(經緯天地)라
고도 한다. 복제의 문제에서 1년복을 입느냐, 3년복을 입느냐 하는 문제는 천지간의
대원칙이라는 뜻에서 쓴 표현이다.

100 익선재본 D에만 있음.

101 이윤(尼尹): 윤증을 가리킴. 윤증이 충청도 노성(魯城)에 세거했으므로 그 고호 이산
(尼山)을 따서 이윤(尼尹)이라고 칭한 것이다. 노성은 현재 논산시에 속한 고을 이름이
다. 윤증은 노서(魯西) 윤선거(尹宣擧)의 아들이며 원래 우암 송시열의 제자였다. 송시
열은 윤선거와 친구 사이였는데, 병자호란 때 윤선거가 강화도로 피란을 갔다가 적군
에게 함락되었음에도 자결하지 않은 일에 대해 의리를 지키지 못했다고 부정적인
평가를 내렸다. 윤증이 송시열에게 이를 바로잡아달라고 요청했으나 받아들여지지
않았고, 마침내 그 문하에서 버림을 당하게 되었다. 이로 인한 갈등이 계속되었는데
이를 회니시비(懷尼是非)라 하며, 이것이 서인이 노론과 소론으로 나뉘는 하나의 계
기가 되었다.

102 생삼사일(生三事一): 임금·스승·부모를 한결같이 섬긴다는 뜻의 말.《국어(國語)·진
어(晉語)》의 "사람은 부모와 임금과 스승의 의해 존재하므로 한결같이 섬겨야 한다."
에서 나온 말이다. (《國語·晉語》: "民生於三, 事之如一.")

친의 일을 무함하지 않았는데, 단지 묘갈명이 바라는 바에 부합하지 않는다고 하여 트집을 잡아 배척하여 이렇게 말했다.

"율곡은 절에 들어간 잘못이 있었거니와 선인(先人)은 죽어야 할 의리가 없었다."[103]

율곡이 만약 누구와 죽기로 약속한 일이 있었다면 끌어다가 말할 수도 있겠지만, 지금 여기에 처음부터 딱 부합되는 일도 아닌데 이처럼 말하는 것 또한 이상하다. 또한 이윤은 남인배(南人輩)가 득세할 것으로 보고 우암이 필시 화를 면치 못하여 그 화가 자신에게까지 미칠 것이 두려웠다. 그래서 일찍이 스스로 갈라설 계책을 세워 기유(己酉)년의 의서(擬書)를 만들어 보내는 데에 이르렀다. 그가 이해득실을 계산하는 병통이 이와 같았던 것이다.

그가 올린 소에서, 자기 부친이 사죄신(死罪臣)이라고 일컬었던 것은 지난날 스스로 폐인이라고 한 일을 두고 말한 것이 아니요, 임금의 명을 게을리한 것으로 그렇게 자칭한 것이라고 하였다. 노서(魯西) 윤선거가 강화도에 있을 때 친구 및 자기 처와 죽기로 약속하고서 죽지 않았던 것은 그 자신이 죽을 때까지 한스러운 일이었다. '죽을 사(死)' 한 글자는 실로 쉽게 남에게 책임 지울 수 없는 것이다. 윤선거가 이 때문에 폐인으로 자처하자 우암이나 동춘(同春, 송준길) 같은 여러 선생들이 그가 허물을 스스로 뉘우친 것을 귀하게 여겨 긍정했던 것이다. 그 자신의 상소에서 사죄신(死罪臣)이라고 자칭한 것은 이 때문이었다. 그럼에도 그 아들이 도리어 이 때문에 진작에 죽은 부친을 무함했다고 말한 것은 어찌 자식 된 도리이겠는가. 이윤이 우암의 문하에서 배척을 당한 이후 스스

---

103 율곡(栗谷) 이이(李珥)는 소년 시에 어머니를 여의고 금강산의 절에 들어가서 중 노릇을 한 적이 있었다. 여기서 '선인(先人)'은 윤증의 입장에서 그 아버지를 가리킨다. 이 구절은 윤증이 나양좌에게 보낸 편지에 썼던 말을 인용한 것이다. 송시열을 변론하는 측에서는 이 말을 문제 삼아 선현(先賢)을 무함했다고 윤증을 공격하였다.

로 젊은 무리들과 결탁을 했던 것이요, 처음부터 젊은 무리들의 영수가 되었던 것은 아니다. 젊은 무리들의 영수는 응당 조지겸(趙持謙), 한태동(韓泰東)으로 우두머리를 삼는 것이 옳은데, 지금 소론들이 명재(明齋, 윤증의 호)를 일컬어 우두머리로 추대하는 것은 도리어 우스운 일이다.[104]

37. 노소분당(老少分黨) ②[105]

이윤(尼尹)이 우암의 문하와 갈라서지 않았을 때에 문도(門徒) 가운데 젊은이들은 더러 이윤에게 수학을 하기도 했으니, 이는 괴이한 일이 아니다. 경주 부윤을 지낸 한성보(韓聖輔)[106]는 우암 문하에서 손꼽히는 제자였다. 그의 4형제 중에 세 사람 또한 우암에게 수학하였고, 그중 한 사람과 자질(子姪)들이 다 이윤의 문하에서 공부하였다. 한성보는 아들이 없어 조카 한배하(韓配夏)를 아들로 삼았다. 이윤이 배척을 당하게 되매 한공은 한배하에게 이윤과 절연을 하라고 하면서,

"저(彼)는 이미 스승을 배반한 자이니, 그대로 관계를 맺어서는 안 된다." 라고 일렀다.

"아버님께서 이미 스승을 배반한 것으로 죄를 삼으셨는데, 어찌 소자로 하여금 또 스승을 배반하라고 하십니까. 결코 이 명은 받을 수 없습니다."

---

104 숙종 때 일어난 경신환국(庚申換局)에서 우암 송시열이 중용되어 처리한 행사에 대해 같은 서인 내에서도 부당하다고 생각하는 일군의 관료 엘리트층이 있었다. 이들을 팔학사(八學士)로 일컬었는데, 조지겸과 한태동은 그 대표적인 인물이었다. 이들 8학사가 송시열에게 이의를 제기한 이것이 노소 분당의 한 계기가 되었다. 노소 분당이 일어나게 된 과정에서 회니시비(懷尼是非)와는 그 계기가 다르기 때문에 여기에서 이렇게 말한 것이다.

105 익선재본 D에만 있음.

106 한성보(韓聖輔, 1620~1697): 본관은 청주, 자는 여석(汝碩). 우암 송시열의 제자로 남원부사, 경주부윤 등을 역임했다.

한배하가 이렇게 대답하여 이 때문에 부자가 서로 보지 않은 것이 몇 달이나 되었다. 한배하가 후일 왕명을 받들고 호서 지방을 지나게 되매 한공이 경계하기를,

"청주 땅을 지나갈 적에 모름지기 화양동에 들러 선생님 영정에 참배하고 가는 것이 옳다."

하고 이르자, 한배하는 말했다.

"어찌 감히 명을 받들지 않겠습니까."

그리고 출발하여 강을 건너매 그의 아우 한배주(韓配周)가 뒤따라와서 말했다.

"들으니, 형님이 송모(宋某)의 화상에 절을 하시겠다는데 과연 그럴 겁니까?"

"그래야지."

"송 아무개는 흉악한 자입니다. 형님이 어찌 그 사당에 가서 절을 한단 말입니까."

"아버지의 명이시거늘, 어찌 받들지 않겠느냐."

"형님이 가서 절을 드리려고 하면, 응당 저는 따라가서 그 화상에 침을 뱉을 겁니다. 이제 이 아우는 응당 백부 앞으로 편지를 쓰겠습니다."

그리고 이렇게 편지를 썼다.

"송 아무개는 온 세상이 바야흐로 그의 가죽을 깔고 앉고 그 고기를 씹어 먹으려 하거늘, 백부께서는 어찌 제 형으로 하여금 그 사당에 가서 배알하라고 하십니까."

한공은 이 편지의 답장에 이렇게 썼다.

"네가 선생의 가죽을 깔고 싶으면 먼저 나의 가죽을 깔 것이요, 네가 선생의 고기를 먹고 싶으면 먼저 나의 고기를 먹어라."

한배하 형제는 이 때문에 세상에 버림을 받았던 것이다.

그 후에 이윤을 은일[107]의 명단에서 삭제해야 한다는 상소가 올라왔

다. 한공의 셋째 아우의 아들이 진사로, 일찍 부모를 여의고 백부 앞으로 양자를 들어갔다. 마침 반임(泮任)으로서 '근실(謹悉)'이라고 썼다.[108] 그런데 그 누이가 이윤의 자부(子婦)였다. 이윤이 그 자부를 불러 물었다.

"너는 너의 집의 일을 아느냐?"

"모르고 있습니다."

"네 오빠가 반임으로서 나를 은일에서 삭제하라고 아뢰었다는구나. 여자의 도리로서는 중한 바가 시가에 있다. 너는 가서 네 집의 사당에 하직을 고하고 너의 남매간의 정의(情義)도 끊어야 옳다."

그의 누이는 가마를 타고 곧바로 사당 앞에 다다라 통곡한 다음 하직을 하고 자기 오빠도 보지 않고 곧바로 돌아왔다.

38. 유신(儒臣)[109]

숙종 때에 춘당대의 못가에 3간의 누대를 세우고 이름을 관풍루(觀豐樓)라고 붙였다. 이때 판서 윤강(尹絳)[110]이 부제학으로 있으면서 임금에게 소를 올려 간하였다.

---

107 은일(隱逸): 재야의 학자로서 도덕과 학문이 높아 임금이 특별히 불러들여 쓰는 인물을 가리키는 말. 어느 벼슬자리보다도 영예스럽게 여겼음. 윤증이 은일로 등용이 되었기 때문에 거기에서 퇴출을 시켜야 한다고 주장했던 것임.

108 반임(泮任): 반(泮)은 성균관의 별칭이며, 성균관 학생 중에서 대표가 되어 일을 맡은 것을 가리켜 반임(泮任)이라고 칭했다. 장의(掌議)는 그중 하나이다. 근실은 성균관 학생들이 의견을 모아 나라에 글을 올리는 경우, 반임으로 있는 사람이 그것을 승인하는 의미로 '謹悉'이라는 두 글자를 썼다.

109 익선재본 D에만 있음.

110 윤강(尹絳, 1597~1667): 본관은 파평(坡平), 자는 자준(子駿). 벼슬은 부제학, 이조판서 등을 역임했다. 여기에서 이야기가 숙종 때의 일로 되어 있는데, 그는 숙종이 왕위에 오르기 전인 현종 때 세상을 떠난 인물이다.

"때가 아닌데 토목의 역사를 일으키는 것은 나라가 망할 조짐이올시다."

임금은 우비(優批)[111]를 하고 표피(豹皮) 한 벌을 상으로 내려주며 직접 와서 받아 가라고 명하였다. 윤강이 명을 받들고 입궐을 하니 한 내시가 앞에서 인도하여 춘당대에 이르렀다. 이윽고 군졸들이 큰소리로 외쳐 붙잡아 들이라는 명이 떨어졌다. 윤강은 붙잡혀서 뜰 아래 엎드렸다. 임금은 조그만 누각 위에 편복(便服)을 입고 앉아 꾸짖는 것이었다.

"너는 이 누각을 보아라. 3간에 불과하다. 무슨 때가 아닌 공사를 일으켜 망국의 조짐이라고 말할 것이 있느냐. 너희들은 으레 산수 간에 정자다 누각이다 지어놓고 즐기는데, 나만은 이 조그만 누각 하나 지을 수 없단 말이냐. 너희들이 명성을 얻고자 하여 이런 소를 올리니, 나는 마음에 늘 통한이 생긴다. 곤장을 쳐야겠다."

이에 윤강이 아뢰었다.

"소신이 비록 만 번 죽을죄를 졌다 하더라도 맡은 직분이 옥서(玉署)의 장[112]입니다. 전하께서는 유신(儒臣)[113]을 욕보일 수 없습니다."

"유신이면 죄를 다스릴 수 없단 말이냐?"

임금은 명하여 곤장 5대를 치게 한 후에 이르는 말이었다.

"너는 유신으로서 이처럼 곤장을 맞았으니 너에게 부끄럽고 욕되는 일이다. 네가 나가서 떠들어 말하여라. 나에게 있어서는 잘못된 거조이지만, 너에게 있어서도 몸과 이름에 욕됨이 없겠느냐."

그러고 나서 표범 가죽을 가지고 나가도록 명하였다.

---

111 우비(優批): 상소에 대하여 임금이 좋은 답을 하는 것을 이르는 말.

112 옥서(玉署)의 장: 옥서는 홍문관의 별칭. 옥당(玉堂)이라고도 함. 옥당의 장은 부제학인데, 특히 문학과 명망이 높은 인물이 맡는 것이 당시 관행이었다. '유신의 장'은 대개 홍문관 부제학을 가리킨다.

113 유신(儒臣): 조선조의 관직 제도에서 문학과 학문으로 명망이 높은 자리에 앉은 신하를 지칭하는 말인데, 특히 옥당(玉堂)의 신하들을 가리켜 유신이라고 일컬었다.

39. 궁중의 놀이

숙종이 건강이 좋지 않아서 하루는 이원(梨園)의 음악과 기녀들을 불러들이도록 명하여 궁정에서 풍악을 벌였다. 이때에 대간 윤모(尹某)가 홀로 대청(臺廳)[114]으로 나아가,

"바르지 않은 여색과 점잖지 않은 풍악을 벌이는 것은 예전 제왕들이 망국(亡國)을 불러들인 일입니다. 빨리 철거하도록 하옵소서."

하고 아뢰었다. 임금이 대로하여 즉시 친국(親鞫)을 하라는 명을 내리니, 온 조정이 경황이 없었다. 우선 의금부로부터 대관과 서리, 갈도(喝道)[115]까지 모두 머리를 가리고 붙잡아 들였다. 의금부 당상관들과 포도대장이 부름을 받고 와서 모든 일들을 미리 준비했는데 아무런 동정이 없었다. 관악기와 현악기의 소리가 끊이지 않더니 신시(申時: 오후 4시 전후)가 지나 하교하기를,

"다시 생각하니 대간의 말이 좋다. 아까 설국(設鞫)하라는 명은 거두어들이노라."

하였다. 이에 대신(臺臣) 및 하예들이 모두 다 풀려났다. 그리고 포상이 없을 수 없다 하여 궁정 안으로부터 다담(茶啖) 2상과 어주(御酒) 2병이 내려왔는데, 하나는 대예(臺隸)들에게 주라는 것이었다. 또 호피(虎皮) 한 벌을 내려주라고 하였다. 대간 및 하예들은 놀란 마음이 겨우 안정이 되어 마음껏 취하고 배를 불렸다. 위아래 할 것 없이 모두 다 잔뜩 취했다.

돌아갈 때에 다다라 앞장선 하예(下隸)들이 호피를 뒤집어쓰고 큰 도로에서 마구 소리를 질러댔다. 길옆에서 구경하던 사람들이 웬일인가 묻자 대답하기를,

---

114 대청(臺廳): 사헌부와 사간원을 통칭하여 대간(臺諫)이라 하며, 이들이 모여서 의논하는 곳을 대청이라 함.
115 갈도(喝道): 높은 관원이 행차할 때 길 앞에서 소리쳐 사람들을 비켜서도록 하는 사람. 가도(呵導) 혹은 가금(呵禁)이라고도 함.

"우리 주상전하께서 기생을 데리고 모여 즐기시다가 금란(禁亂)[116] 사령에게 걸렸는데, 우리들이 바야흐로 용서를 해주고 돌아가노라."

하여 듣는 이들이 허리를 꺾고 웃었다. 간원(諫院)에 지금도 그때 하사받았던 호피가 보관되어 있다.

40. 혼서지(婚書紙)

판서 윤강(尹絳)은 숙종 때 사람이다. 초취(初娶) 부인의 몸에서 두 아들을 두었으니 지완(趾完)[117]과 지선(趾善)[118] 형제였다. 윤공은 상배(喪配)를 하고 다시 부인을 맞아들이지 않았는데, 이미 큰아들은 벼슬이 참판에 이르렀고, 둘째 아들은 벼슬이 통정대부(通政大夫)[119]가 되었다.

윤공이 말년에 충청도 감사로 나가서 여러 고을을 순행하는 길에 어느 고을을 들리게 되었다. 읍내 사람들이 상하남녀(上下男女)를 물론하고 구경 나온 사람들로 담을 쌓았으며 부녀자들이 낮은 울타리에 기대어 있었다. 그러다가 사람은 많고 울타리가 약하여 여자들 쪽으로 넘어졌다. 그래서 모두 놀라 달아나는데, 그중에 한 처자가 조급해하지 않고 차분히 몸을 돌려서 앉았다. 윤공은 교자(轎子) 안에서 그 처자의 행동거지를 눈여겨 보고 물어본즉, 그 고을 좌수의 딸이라고 하였다. 관아로

---

116 금란(禁亂): 대로상에서 제멋대로 상행위를 하는 것을 난전(亂廛)이라 하며, 이를 금하는 것을 금란(禁亂)이라고 함.

117 윤지완(尹趾完, 1635~1718): 호는 동산(東山). 윤강의 3남으로 어머니는 동래 정씨(東萊鄭氏)이다. 1662년 문과 급제 후 어영대장(御營大將)·예조판서·병조판서·우의정 등을 지냈다.

118 윤지선(尹趾善, 1627~1704): 호는 두포(杜浦). 윤강의 차남으로 어머니는 동래 정씨이다. 1662년 문과 급제 후 도승지·병조판서·이조판서·좌의정 등을 지냈다.

119 통정대부(通政大夫): 정3품으로, 승지는 이 품계에 해당하였다.

들어가서 좌수를 불러 물었다.

"네게 딸이 있다는데 나이가 지금 얼마나 되느냐?"

좌수는 엎드려서 땀을 흘리며 아뢰었다.

"소인은 딸 하나를 두었사온데, 지금 나이 20세로 미처 시집을 보내지 못했습니다."

"내가 너의 딸을 맞아 계실(繼室)로 삼고싶다. 내일 내가 갈 터이니 초례청을 마련하고 기다리도록 하여라."

좌수는 "예예." 하고 물러갔다. 이튿날 윤공은 관복을 갖추고 마두(馬頭)[120]에게 채단(采緞)을 보내 성례(成禮)를 하였다. 첫날밤을 보내고 돌아와서 다시 가만히 생각해보니 그야말로 경솔한 행동을 한 것이었다. 부끄럽기 짝이 없는 노릇이라 집의 사람에게 알도록 하지 않고, 관직이 바뀌어 돌아올 때에도 아무 말도 하지 않은 채 그냥 친정에 두어 데려가지도 않았다.

어느 날 윤공 댁의 대문 밖에서 시끄러운 소리가 들리더니 전하는 말이 부인 행차가 당도했다는 것이었다. 두 자제가 영문을 알지 못해,

"이게 웬일입니까?"

하고 부친에게 여쭈어보았다. 윤공은 눈살을 찌푸리고 말했다.

"네 아비가 노망난 일을 저질렀구나. 일이 여기에 이르렀으니 장차 어찌할거나."

이윽고 무명베로 휘장을 한, 다 헤진 가마 한 대가 소에 얹혀 들어왔다. 중문 안에 가마가 멈춰 서 한 여자가 내려서는데, 네모진 얼굴에 입은 크고 허리는 몇 아름이나 되며 키는 8척 장신이었다. 그 여자가 대청 위로 걸어 올라와 자리에 앉더니 여종을 불러대는 것이었다. 이때에 큰

---

120 마두(馬頭): 양반이 행차하는 말 앞에 서는 사람이라는 뜻에서 나온 말인데, 대개 안내나 교섭 등의 역할을 맡았다. 중국 사신으로 가는 데 으레 마두가 있었다.

자제 참판 부인과 작은 자제 승지(承旨) 부인도 모두 당황해 하였으며 여종들은 모두 입을 가리고 웃음을 참았다. 위아래로 너나없이 어찌할 바를 몰라 하는데, 그 부인이 큰 소리로 꾸짖었다.

"종년들은 어찌하여 나오지 않느냐?"

그녀들 중에 한 담대한 여종이 웃음을 참으며 몸을 숙이고 나왔다.

"듣건대 너희 집에 참판·승지 두 영감이 계시다는데 들어오라고 하여라."

여종이 밖으로 나가서 이 말을 전하자, 윤공은 두 아들에게 말했다.

"우선 들어가 보아라."

두 자제가 들어오자 부인은 말했다.

"얼른 다시 나가서 의관을 갖추어 입고 들어오너라."

두 자제는 부득이 밖으로 나가 도포를 입고 들어섰다. 다시 뜰 아래 서 있도록 하더니 품속에서 혼서지(婚書紙) 하나를 꺼내 그들 앞으로 던지며 말했다.

"너희들은 이것을 보아라. 내가 이것을 가지고 있다. 나는 너희들의 서모(庶母)가 아니고 계모이다. 너희 아버지가 무슨 까닭으로 나와 절연하였는지 모르겠으나 너희들은 이미 급제를 하여 지위가 금관자·옥관자의 반열에 이르렀거늘, 사람의 도리가 이와 같이 수신제가(修身齊家)를 하지 못했으니 어떻게 임금을 섬기겠느냐. 하늘이 높고 땅은 낮은데 어찌 이런 도리가 있겠느냐."

두 사람은 머리를 숙이고 호령하는 말을 들고서 오직 죽을 죄를 졌다고 할 따름이었다. 이내 그들을 대청으로 올라오라 하여 두 아들과 두 며느리의 절을 앉아서 받았다.

그리고 또 내상방(內上房)[121]을 정돈하도록 하여 거처하니 온 집안이

---

121 내상방(內上房): 안방을 지칭함. 정침(正寢)이라 하여 한 가정에서 주부가 거처하는

숙연하였다. 판서는 사랑에 앉아 있으면서 혀를 내두르고 아무 말도 하지 않았다. 부인은 내상방에 거처한 지 한 달이 지나자 큰 자부를 불러 일렀다.

"내가 안방에 거처한 것은 오래 있으려는 생각이 아니었네. 명색 주부가 되어 집안 살림이 어떤지 알지 못했는데 이제 한 달이 지나 대강 어떤지 알았으니 앞으로는 자네가 살림을 맡도록 하게나. 나는 건넛방에 물러가 있는 것이 좋겠네."

부인은 이내 건넛방으로 처소를 옮겼다. 그 이후로 지인(趾仁)[122]·지경(趾慶)[123] 형제를 낳아서 모두 현달하였다. 윤공이 세상을 떠난 이후로 네 아들 중에 둘은 정승에 올랐고 둘은 판서가 되어 돌아가며 영예로운 봉양을 받았다.[124] 그 부인이 나이 80이 넘어 노환으로 운명할 때에 이르러 네 아들들이 약물을 받들어 올리며 눈물을 흘리고 마시도록 권했다. 부인은 머리를 저으며 말했다.

"나는 먼 시골의 미천한 여자로 다행히 높은 가문에 의탁을 하여 제공들의 지극한 효성으로 일생을 안락하게 지냈소. 지금 나이 80에 또 약을 먹어 더 살기를 바라겠소. 다만 일생 동안 한스러운 일이 있으니, 제공들이 나를 생각하여 나의 조카 하나에게 일명(一命)[125]의 벼슬을 받도록 한다면 장차 죽어도 눈을 감겠소."

곳이다.

122 윤지인(尹趾仁, 1656~1718): 호는 양강(楊江). 윤강의 5남으로 어머니는 전주 유씨(全州柳氏)이다. 1694년 문과 급제 후 병조판서 등을 지냈다.

123 윤지경(尹趾慶, 1652~1723): 윤강의 4남으로 어머니는 전주 유씨이다. 진사시에 합격하였다.

124 윤강은 원래 다섯 아들을 두었는데 맏아들이 일찍 죽어서 네 아들이라고 한 것이다. 여기에 나온 네 아들의 순서는 사실과 다르다. 첫째 윤지선은 좌의정, 둘째 윤지완은 우의정이며, 셋째 윤지경은 목사(牧使), 넷째 윤지인은 병조판서를 지낸 것으로 되어 있다.

125 일명(一命): 나라에서 처음 내리는 벼슬.

네 아들이 다 같이 눈물을 머금고 대답하는 것이었다.

"저희들이 응당 말씀을 받들겠사오니, 원하옵건대 이 약을 드소서."

부인은 끝내 약을 마시지 않고 숨을 거두어서 두 대신(大臣)과 두 중신 (重臣) 아들이 상주 노릇을 하였다. 조정의 백관들이 모두 와서 문상을 하는데, 네 상주가 이조판서에게 눈물을 흘리며 모친이 임종 시에 한 말을 전하여 얼마 지나지 않아서 과연 조카가 장작감(匠作監)[126]으로 임명 이 되었다.

41. 유상(柳常)

유상(柳常)이란 사람은 숙종 대의 명의(名醫)였다. 특히 역병(疫病) 치료 에 정통해서 어린아이들을 많이 살려냈다. 중촌(中村)[127]에 어느 집이 매 우 부유하였는데 시어머니와 며느리가 다 과부였다. 집에는 오직 유복자 하나뿐으로, 나이는 겨우 5~6세여서 역병을 아직 겪지 않았다. 아이의 모친이 유의(柳醫)의 집 문전에 집 한 채를 사서 아들을 전적으로 유의에 게 부탁하였다. 새로 나온 반찬이나 좋은 술과 안주를 날마다 대접하는 것이었다. 이와 같이 하기 여러 해에 아침저녁으로 항상 소홀히 한 적이 없었다. 유의 또한 동정을 하고 그 뜻에 감동하여 아이를 옆에 데려다 놓고 가르쳤다.

어느 날 그 아이가 역병을 앓아서 첫 단계에서부터 벌써 치료할 수 없는 증세가 나타났다. 유의는 스스로 마음속에 맹세했다.

"내 만약 이 아이를 구출해 내지 못하면 다시는 의술을 가지고 나서지

---

126 장작감(匠作監): 선공감(繕工監)의 별칭.

127 중촌(中村): 중인들이 거주하는 마을. 서울의 서린동·광교 주변 지역인데, 역관이나 의관이 이곳에 주로 살았다.

않으리라."

약탕기 5~6개를 앞에 벌여놓고 따뜻하고 서늘하고 뜨겁고 차고를 구분하여, 보(補)하는 약제와 배설하는 약제로 따로따로 가려서 증세에 따라 바꾸어 썼다.

하루는 사몽비몽(似夢非夢)간에 누군가 찾아와서 유의의 이름을 부르며 말했다.

"너는 어찌하여 이 아이의 병을 반드시 구해내려 하는가."

"이 아이는 정경(情景)이 불쌍하여 반드시 구해내려 한다."

"너는 꼭 살려내려 하느냐? 나는 꼭 죽이고 말겠다."

"너는 어찌하여 꼭 이 아이를 죽이려 하느냐?"

"이 아이는 나와 숙원(宿怨)이 있는 때문이다. 너는 굳이 약을 쓰려 할 것이 없다."

"나의 기술이 다 떨어지면 어찌할 수 없겠지만, 나의 기술은 다할 데가 없을 것이다. 네가 아무리 죽이려 한다 해도 나는 꼭 살려내고야 말겠다."

"너는 우선 두고 보아라."

유의도 말했다.

"너는 우선 두고 보아라."

그 사람은 노여운 기색을 띠고 대문을 나갔다. 유의는 연달아 약을 써서 간신히 20일에 이르렀다. 하루는 그 사람이 또 와서 묻는 것이었다.

"오늘 이후로 네가 이 아이를 살려낼 수 있을지, 너는 두고 보아라."

그리고 대문을 나가 사라졌다. 이윽고 대문 밖에서 시끄러운 소리가 들리더니 내국(內局)의 이속(吏屬)과 하인 및 승정원의 하인들이 숨을 헐떡이며 와서 말하기를,

"성상께옵서 역병의 증세로 평안치 못하니 급히 입시(入侍)하라."

하고, 급박하게 재촉하여 말을 달려 갔다.[128] 유의는 한 번 입궐한 이후로 다시 나올 수 없었다. 그래서 며칠 사이에 그 아이는 구해낼 수 없었다고

한다.

숙종의 병세는 극히 위중해서 유의는 저미고(猪尾膏)[129]를 쓰려고 하여 이에 대해 명성대비전(明聖大妃殿)[130]에 아뢰었다. 대비전은 크게 놀라 하교하였다.

"이런 강한 약을 어떻게 올릴 수 있겠느냐? 이건 불가하다."

유의는 이때 주렴 아래 엎드려 있었는데, 대비는 안에서 또 말씀하였다.

"너는 이 약을 써야겠느냐?"

"쓰지 않을 수 없습니다."

대비는 발을 구르며,

"너는 머리가 두 개 달렸느냐?"

라고 하였으나, 유의는 부복(俯伏)을 한 채 아뢰었다.

"소신의 머리를 자른다 하시더라도, 이 약을 올린 다음에 효험을 문책하옵소서."

대비는 끝내 허락하지 않았다. 이에 유의는 그 약을 소매 속에 숨기고 임금 곁으로 나아가 가만히 드시도록 했다. 한 식경이 지나 임금의 환후가 나아져서 평복(平復)이 되었다. 비록 천지신명의 도움에 힘입은 바이지만 유의의 의술이 신통했던 것이다.

후에 그는 이 공로로 풍덕[131] 부사(豊德府使)로 제수되어 부임하였다. 한 번은 숙종께서 연포탕(軟泡湯)[132]을 자시고 관격(關格)이 되었다. 그래서 파발마로 유의를 불러 들어오도록 했다. 유의는 주야로 달려서 신문

---

128 1683년(숙종9)에 숙종이 천연두에 걸린 바 있다.

129 저미고(猪尾膏): 천연두에 쓰는 처방. 어린 수퇘지의 꼬리를 칼로 찢어 얻은 피에 용뇌(龍腦)를 개어 만든 환약이다.

130 명성대비(明聖大妃): 현종(顯宗)의 비(妃)로, 숙종의 모친인 명성왕후 김씨.

131 풍덕(豊德): 개성 가까이 있었던 고을 이름.

132 연포탕(軟泡湯): 『동국세시기(東國歲時記)』에 의하면 닭고기를 삶은 국물에 기름에 지진 두부를 넣어 끓인 탕이다.

(新門) 밖에 당도하였다. 성문이 아직 열리지 않아서 병조에 보고하여 성문을 열어주도록 하였다. 그러느라 시간이 자못 지체되었는데, 유의는 우연히 성 밑의 한 초가집에 등불이 반짝이는 것을 보고 그 집에 들어가 잠깐 쉬게 되었다. 그런데 그 집에서 한 할멈이 방 안의 여자아이에게,

"아까 쌀뜨물은 어디에 두었느냐? 태포(太泡)[133] 위에 떨어질까 걱정되는구나."

라고 하는 말을 듣고, 유의는 이상히 여겨 물어보았더니 대답이 이러했다.

"쌀뜨물이 태포에 떨어지면 즉시 녹아버리는 까닭이지요."

이윽고 열쇠를 가져와서 성문이 열렸다. 유의는 입궐하여 임금의 증상을 살펴보니 연포탕으로 체한 것이었다. 즉시 내국에 쌀뜨물 한 그릇을 들이도록 하였다. 그것을 약간 따뜻하게 하여 임금께 올렸더니 체기(滯氣)가 곧 내려갔다. 이 또한 신이한 일이다.[134]

42. 보은(報恩)

한 유생이 붓을 던지고 무예 쪽으로 길을 바꾸었다. 모화관에서 활쏘기 연습을 하다가 석양에 파하고 돌아오는데 한 내행(內行)이 가마를 타고 오고 있었다. 뒤에는 배행(陪行)이 없고 다만 동비(童婢) 하나가 따라오는데 제법 예쁘장했다. 유생은 그것을 보고 욕심이 생겨 허리에 화살을 차고 어깨에 활을 메고 따라가서 앞서거니 뒤서거니 했다. 마침 바람이 불어 발이 걷히기에 가마 안을 얼핏 보니 여인이 소복을 하고 앉았는데 참으로 경국지색(傾國之色)이었다. 유생은 정신이 황홀해져서 마음속으

---

133 태포(太泡): 두부.

134 이 작품이 『청구야담』 권9에 「진미감유상청가언(進米泔柳瑢聽街言)」이라는 제목으로 실려 있다.

로 생각하기를,

"저게 누구 집 부인일까? 우선 따라가서 그 집이나 알아두어야겠다."

하고, 이내 가마 뒤를 쫓아갔다. 가마는 대로를 따라 신문(新門) 안으로 들어가더니 방향을 돌려 남촌[135] 아무 동의 어느 대가(大家)로 들어가는 것이었다. 유생이 대문 밖에서 서성거리는데 날은 이미 저물었다. 그래서 점사(店舍)에 들어가 밥을 사 먹고 활과 화살을 띠고서 그 저택의 앞뒤를 두루 살펴보니 뚫고 들어갈 곳이 없었다. 그 저택의 뒷담장이 조그만 언덕에 기대어 그렇게 높지 않아 그 언덕에 올라가 내려다보았다. 담장 안으로 정원이 있고 대숲이 어울려 있어 몸을 숨길 만했다. 이에 달빛을 타고 뒷담장을 넘어가 정원으로 내려가니 그 아래가 곧 그 집의 뒷면이었다. 동서로 두 방의 등불이 환하여 쌍창(雙窓)으로 비치고 있었다. 그 창문 아래로 접근하여 살그머니 동쪽 방안을 엿보니 한 안노인네가 침상에 몸을 기대어 있고, 아까 보았던 그 여자가 등불 아래서 언문소설책을 읽고 있는데 목소리가 낭랑하여 마치 옥이 부서지는 것 같았다. 유생은 창문 아래 몸을 숨기고서 창틈으로 엿볼 뿐이었다. 노인네가 여자에게,

"오늘은 아무래도 피곤할 터이니 네 방으로 가서 쉬도록 하여라."

라고 이르는 것이었다. 그 여자는 명을 받들고 물러나 서쪽 방으로 갔다. 유생이 바깥에서 발을 옮겨 서쪽 창문 밖에서 엿보니 여자가 아까 그 동비를 불러서 일렀다.

"산에 갔다 오느라 너도 피곤할 터이니 나가서 너희 어미 집에 가 자고 내일 아침에 일찍 오너라."

동비가 문을 열고 나가자 여자는 일어나서 위쪽 창문을 닫는 것이었다. 유생은 기뻐 속으로 말했다.

"이 여자가 혼자 자게 되었으니 내가 틈을 타서 들어갈 수 있겠군."

---

[135] 남촌: 남산 밑에 있는 마을을 일컬었던 말.

숨을 죽이고 계속 방안을 들여다보니, 여자는 농을 열고 비단이불을 꺼내 방에 깔았다. 그리고 나서 담배를 피우며 창문 아래 앉아 있는데 뭔가 생각을 하는 것 같았다. 유생은 의아한 마음이 일어났다. 얼마 안 있어 후원의 대숲에서 인기척 소리가 들려왔다. 유생은 놀랍고 겁도 나서 몸을 숨기고 피해서 바라보니 한 대머리 화상이 대숲을 헤치고 가까이 와 뒤쪽 창문을 두드리는 것이었다. 여자가 안에서 창문을 열고 맞이했다. 유생이 바로 그 뒤를 따라가서 창문을 통해 엿보니, 그 화상이 여자를 끌어안고 온갖 음란한 장난을 다 하였다. 이윽고 여자가 일어나 상 쪽으로 가서 술병과 찬합을 들고 와서 잔에 술을 가득 따라 권하니, 화상은 한 번에 술을 죽 마시고 나서 물었다.

"오늘 묘에 다녀왔는데 슬픈 마음이 들지 않습디까?"

여자는 웃음을 머금고 말했다.

"네가 있는데 내 어찌 슬픈 마음이 들겠니? 더구나 그 묘는 빈 무덤인데 무슨 슬프고 말고 할 것이 있겠느냐."

그리고 이내 그 중과 더불어 한바탕 음란한 짓을 벌이고 나서 나체로 함께 이불 속에 들어가 서로 끌어안고 눕는 것이었다. 이때 유생이 처음 뒤따라가며 끓어올랐던 욕망이 구름처럼 안개처럼 사라지고 분개한 마음이 배나 타올랐다. 이에 활을 들고 화살을 시위에 먹여 창틈으로 쏘아 화상의 머리를 정통으로 맞추니, 화살이 정수리에 꽂혔다. 여자는 놀라서 일어나 벌벌 떨며 급히 이불에 그 중의 시체를 싸서 다락 위에 올려놓았다.

유생은 이 전후의 과정을 자세히 엿보고 나서 다시 뒷담을 넘어 밖으로 나왔다. 때는 이미 새벽종이 울린 다음이어서 그대로 집으로 돌아왔다. 그날 밤 잠이 들자 비몽사몽간에 나이 18~9세쯤 되어 보이는 한 청포(青袍)를 입은 젊은이가 앞에 와서 절을 하며 말하는 것이었다.

"그대가 나의 원수를 갚아주심에 감사하여 이렇게 사례하러 왔습니다."

유생은 놀라서 물었다.

"당신은 어떤 사람이며 원수라니 누구 말이오? 나는 누구를 위해서 원수를 갚아 준 일이 없거늘 무슨 사례를 하러 왔단 말이오."

그 사람은 울먹이며 대답을 하였다.

"저는 아무 동 아무 재상의 외아들입니다. 절에 올라가 글을 읽을 때 그 절의 중이 우리 집에 양식을 가지러 내왕을 하였지요. 내 처 되는 사람이 그와 눈이 맞아 마침내 간통을 하게 됐답니다. 한 번은 제가 집에 다녀오는 길에 이 중이 동행을 하였는데 사람이 아무도 없는 곳에 이르러 나를 발로 차 죽이고 시체는 산 뒤의 바위구멍 속에 숨겨 놓았답니다. 이제 3년이 됐지요. 저는 원통한 죽음을 당하고도 원수를 갚고 한을 씻지 못했다오. 간밤에 그대가 활을 쏘아 죽인 자가 곧 그 중이고, 여자는 나의 처입니다. 이제 원수를 갚았으니 더없이 감사하오이다. 그런데 또 한 가지 부탁드릴 일이 있소이다. 그대는 부디 제 부친을 가서 뵙고 나의 시체가 있는 곳을 알려 주어 제대로 장사를 지내게 해 준다면 은혜가 더욱 크겠습니다."

그 사람은 말을 마치고 홀연 어딘가로 사라졌다. 유생이 잠에서 깨어나 보니 한 꿈이었다. 마음에 심히 이상하여 이튿날 다시 그 댁으로 찾아가서 통자(通刺)[136]를 하고 들어갔다. 그 노재상이 일어나서 자리에 앉자 유생이 말을 물었다.

"대감께서는 자제가 몇이나 있습니까?"

주인 대감은 눈물을 흘리며 말했다.

"이 늙은이가 운명이 기박해서 자녀 간에 하나도 두지 못하고 있다가 50이 넘어서야 아들 하나를 얻어 손바닥에 쥔 구슬처럼 아꼈는데, 장가

---

136 통자(通刺): 다른 사람의 집을 방문할 때 자기의 명함을 들여보내는 절차가 있었는데, 이것을 이름. '刺'는 명함을 의미함.

를 들고 절에 올라가 글공부를 하다가 호랑이에게 물려가서 삼년상도 아직 마치지 못했다오."

"소생(小生)이 한 가지 의아한 일이 있사오니 우선 저를 따라 시신이 있는 곳을 찾아가 보시겠습니까?"

주인 대감은 크게 놀라 통탄해하며 물었다.

"어떻게 안단 말이요?"

"우선 가 보기나 하시지요."

주인 대감은 즉시 안장말을 갖추어 타고 유생과 동행하여 그 절에 이르렀다. 말에서 내려 산에 올라가 절 뒤편으로 얼마쯤 가자 큰 바위구멍이 있는데 흙과 돌로 그 입구가 막혀 있었다. 하인들을 시켜 흙과 돌을 제거하고 손으로 더듬어보니 시체 한 구가 나왔다. 꺼내어 보니 과연 대감댁의 아들이었는데, 얼굴이 살아 있을 때 모습과 다름없었다. 그 대감은 시신을 끌어안고 통곡을 하며 거의 기절했다가 깨어나서 유생을 향해 묻는 것이었다.

"네가 어떻게 이걸 알았느냐. 이는 필시 너의 소행이다."

유생은 웃으며 말했다.

"만약에 제가 그런 흉악한 일을 저질렀다면 어떻게 대감을 보고 말을 하겠습니까. 우선 운구(運柩)를 하고 돌아가 자부의 처소에 가서 까닭을 물어보십시오. 그 방의 다락 위에 증거할 물건이 있을 터이니 대감은 모름지기 서두르십시오."

대감은 한편으로 시신을 운반하여 절간 안에 안치하여 장사 치를 준비를 하도록 하고 집으로 돌아가 곧장 자부의 방으로 가서 말했다.

"내가 조복(朝服)을 너의 방 다락 위에 놓아두었느니라. 내가 꺼내 봐야겠으니 얼른 다락문을 열어라."

자부는 어찌할 줄을 모르고 대답하기를,

"이것이야 제가 꺼내오면 될 걸 어찌 시아버님께서 몸소 번거롭게 찾으신단 말입니까."

라고 하는데, 그 기색이 자못 수상해 보였다. 대감이 다락으로 가서 자물
쇠를 열고 올라서자 흉악한 냄새가 코를 찔렀다. 농 뒤쪽으로 찾아 들어
가 보니 이불에 싸인 것이 있었다. 그것을 끌어내다 방안에 펼쳐놓으니
한 젊은 거대한 화상의 시체인데, 정수리에 화살이 꽂혀 있었다.

"이게 웬 것이냐?"

하고 대감이 묻자, 자부는 얼굴이 흙빛이 되어 벌벌 떨며 감히 대답을
하지 못했다. 이에 그 친정아버지와 오빠들을 불러 이 사실을 말하고
자부를 쫓아냈다. 그 아버지는 딸을 칼로 찔러서 죽였다고 한다. 그리고
나서 대감은 아들의 시신을 다시 선산에 장사지냈다.

어느 날 밤 유생이 또 비몽사몽간인데 그 젊은이가 다시 와서 백번이
나 절하고 감사를 드리며 말했다.

"당신의 은혜는 갚을 길이 없군요. 이번 과거 날짜가 멀지 않은데, 나
올 시제(試題)는 내가 평소에 지어보았던 것이라오. 그 글을 내가 다 외워
전할 수 있으니, 그대가 이 글을 써서 정권(呈券)[137]을 하면 반드시 합격할
것이오."

그러고서 부(賦) 한 수를 외워 들려주는데 제목은 '가을바람에 후회하는
마음이 싹트다.[秋風悔心萌]'였다. 유생은 그대로 받아서 적었다. 며칠 후에
과거 시험이 다가와서 과장에 들어갔더니 과연 그 제목이었다. 그래서
꿈에서 들었던 부를 써서 정권을 하였는데, '추풍이 저녁에 일어나 소슬하
니, 우주는 툭 트여 광막하여라.[秋風颯兮夕起, 玉宇郭乎崢嶸]'라는 구절에서
'秋'를 '金'으로 잘못 바꾸어 썼다. 당시 죽천(竹泉) 김진규(金鎭圭)[138]가 주시

---

137 정권(呈券): 과거시험장에서 답안지를 시권(試券)이라 하였는데, 이를 제출하는 것을
정권이라고 했다.

138 김진규(金鎭圭, 1658~1716): 본관은 광산(光山), 죽천(竹泉)은 그의 호이다. 광성부원군
김만기(金萬基)의 아들로 대제학을 역임했으며 당대에 글을 잘한다는 평판을 들었다.

관(主試官)을 맡았는데 그의 시권을 보고서,

"이 부는 참으로 잘 지었는데 귀신이 지은 것 같군. 우리들의 안목을 시험해 보는 것이 아닐까?"

라고 하다가 '秋風'을 '金風'이라고 쓴 구절에 이르러 웃으며 말했다.

"이건 귀신이 지은 것이 아니로군."

그러고서 뽑아서 1등으로 올려놓았다. 누군가 옆에서 왜 그런지 물으니 죽천은 이렇게 대답했다.

"귀신은 금(金)을 꺼리는 법이라오. 만약 귀신의 작이라면 필시 '金'자를 쓰지 않았을 것이오. 그래서 귀신이 지은 것이 아닌 줄 알았지."

방(榜)이 나왔는데 과연 그 유생이 장원을 하였다. 그의 성명은 방목(榜目)을 참고해 보면 누군지 알 수 있겠으나 미처 살펴보지 못했다.

43. 김진사(金進士)

김 진사 아무개는 지략이 있었으나 집이 가난하고 불우하여 뜻을 얻지 못해 늘 답답한 심경이었다. 마침 친하게 지내는 재상의 아들과 다음 날 함께 동쪽 교외로 나가서 친구의 반우(返虞)[139]를 맞아 조문하기로 약속하였다. 이날 동이 트기 전에 창밖에서 누군가 와서 말하기를,

"아무 댁의 아무가 말을 보내면서, '누구의 반우가 새벽에 들어온다고 들었으니 우리들은 아무래도 날이 새기 전에 성 밖으로 나가야 되겠기에 인마(人馬)를 보낸다고 하며, 급히 타고 오시라 해라.'고 하십디다."

라고 하였다. 김생은 그 말을 믿고 의심하지 않아 대령한 말을 타고 대문을 나갔다. 말은 나는 듯이 달렸는데, 동대문 밖의 종암(鐘岩)[140]에 당도하

---

139 반우(返虞): 장사 치른 후에 신주를 집으로 모셔오는 일.

도록 해가 아직 떠오르지 않았다. 김생이 마부에게 물었다.

"너희 상전은 어디에 계시느냐?"

"앞으로 나아가면 계십니다."

마부는 그대로 채찍을 가해서 다락원[141]을 지나 대로를 따라서 달렸다. 한 곳에 이르자 건장한 사내가 다른 말에 안장을 갖추고서 대기하고 있었다. 옆에는 또 한 사람이 술과 안주에 밥상을 갖추어 올리는 것이었다. 김생은 더욱 의아하여 물었다.

"너희들은 웬 사람이며, 이게 무슨 일이냐?"

그 사람들이 대답하기를,

"우선 이걸 드시고 말을 바꾸어 타고 가시면 자연히 알 수 있을 겁니다."

라고 하는 것이었다. 김생은 부득이 그의 말대로 주식(酒食)을 들고 나서 말을 바꿔 타고 갔다. 5~60리를 가자 또 사람들이 아까처럼 주식과 안장말을 대령하고 있었다. 김생은 어쩔 수 없이 또 전과 같이 주식을 들고 말을 바꿔 탔다. 밤낮으로 쉬지 않고 달려 매번 5~60리를 가면 으레 사람들이 대기하고 있었다. 철령(鐵嶺)[142]을 지나자 대로에서 벗어나 산길로 들어가 고개를 넘고 산을 넘어 또 며칠을 갔다. 한 곳에 당도한즉 사방이 산으로 둘러싸인 가운데에 신선이 사는 것 같은 곳이 나왔다. 그곳에 인가가 즐비한데 관가 모양으로 세 개의 붉은 대문이 있는 큰 집이 있었다. 거기서 말을 내려 문을 여럿 거쳐서 들어가니 대청이 있는 건물이 나오는데, '취의청(聚義廳)'[143]이란 현판이 달려 있었다. 양쪽으로

---

140 종암(鐘岩): 동대문에서 동북쪽으로 나가는 지점에 개운산(開運山)이 있고, 이곳에 쇠북처럼 생긴 바위가 있어서 이렇게 불렸다. 여기에서 그곳 지명이 유래하여 종암동이 되었다.

141 다락원: 지금 서울과 의정부시의 경계에 있는 지명. 이곳에 원(院)이 있었으며, 한자명으로 누원(樓院)이라고 했다.

142 철령(鐵嶺): 서울에서 함흥으로 가는 대로상에 있는 큰 고개로, 지금 북한의 강원도 회양군과 고산군 사이임.

방이 있어서 김생이 방문으로 들어가 보니 어떤 장부가 이불을 둘러쓰고 누워 있었다. 좌우로 모시고 있는 사람이 여럿이어서, 장부가 부축을 받아 앉았는데 병이 침중하여 곧 숨이 넘어갈 것 같았다. 그가 김생을 바라보고 말하는 것이었다.

"나 또한 서울 사람으로 이곳에 잘못 들어와서 햇수가 많이 지났소. 이제 병이 들어 죽게 되었는데 나를 대신할 사람이 없구려. 듣자 하니 그대가 지략이 있다 하여 여기에 모셔온 것이니 굳이 사양할 것이 없소. 만약에 회피하려 하다가는 필시 큰 화를 당할 것이오. 잘 생각해 보시오. 여기 휘하에는 군졸이 천여 명 있고 창고에도 가득 차 있으니 나를 대신하여 잘 처리하기 바라오. 내 비록 도적 무리의 대장이라 하나 일찍이 못할 짓을 한 바가 없고 탐관오리의 재물이나 인색하여 남에게 베풀지 않는 부자, 밖에서 들어온 연시(燕市)와 왜관(倭館)¹⁴⁴의 물화들 중 취할 만한 것을 취해 와서 군수(軍需)의 쓰임에 충당하였다오. 그대 또한 이처럼 하는 것이 좋을 것이오. 이 세상에 사람이 살아가자면 공명은 하늘에 달려 있어 인력으로 어찌할 수 없거늘 여기 앉아 군졸들을 호령하는 것만 같겠소? 아리따운 미녀들과 산해진미가 그들먹하니 공경(公卿)과도 바꾸지 않는 자리라 할 것이오. 힘써 행하기 바라오."

그는 말을 마치자 자리에 누워 다시는 말이 없었다. 김생은 비로소 그가 도적 대장인 줄 알고 마음에 무척 놀랐으나 벗어날 도리가 없었다. 우선 대청 위에 앉아 있는데, 군교로 보이는 자들 10여 명이 와서 뜰 아래에서 절을 하였고 군졸들도 일시에 모두 배알을 하는 것이었다. 그리고 사립(絲笠)¹⁴⁵을 머리에 씌우고 남포(藍袍)¹⁴⁶를 몸에 입히는데, 김생

---

143 취의청(聚義廳): 의리로 집결되었다는 뜻에서 붙여진 건물 이름. 『수호전(水滸傳)』에서 108 두령이 양산박(梁山泊)에 결집했을 때 중심 건물을 취의청이라고 일컬었다.

144 연시(燕市)와 왜관(倭館): 연시는 북경의 시장을 가리키는 말. 왜관은 일본과의 교류를 담당하는 곳으로 지금의 부산 지역에 설치했던 관사(館舍)를 이르는 말.

은 부득이 그대로 받아들였다. 저들이 공궤(供饋)하는 범절은 지극히 풍성하고 정결하였다.

  김생은 건넛방에 들어가 있는데 이날 밤 대장이 운명을 하였다. 군중에서 발상(發喪)을 하는데 상복을 입고 치상(治喪)하는 것이 또한 극히 호사스러웠다. 성복(成服)한 후에 뒷산 기슭에 장사를 지냈다. 김생은 이모저모 생각을 해 보았으나 몸을 빼낼 계책이 도무지 없었다. 7~8일이 지나자 군중에서 저희들끼리 더러 쑥덕거리는 말이 들렸다.

  "이전의 대장이 돌아가시고 새로 대장을 모셔와서 이제 근 10일이 되는데, 아직까지 전혀 계책을 생각해 낸 것이 없으니 일개 밥주머니나 다름없군. 장차 어디에 쓸까. 며칠 기다려 보았다가 계속 이 모양이면 불가불(不可不) 죽여 없애고 다시 사람을 구해 오는 것이 좋겠군."

  김생은 이런 말을 얼핏 듣고 크게 겁이 났다. 이튿날 아침에 대청에 앉아 군교 중 두목 되는 자를 불러 분부했다.

  "그 사이에 옛 대장의 상을 다 치르지 못했기로 물어볼 겨를이 없었다. 지금 군중에 비축된 물자는 부족한 것이 없느냐?"

  "상당한 저축이 있었사오나 상을 치르는 데 거의 다 쓰고 지금은 남은 것이 많지 않아 시방 이 때문에 근심을 하고 있사옵니다."

  "내일 바로 군졸들을 출동시킬 것이니 군령판(軍令板)을 속히 들여오너라."

  두목은 명을 받고 물러가서 이내 곧 군령판을 올리는데, 그 뒤에 빼앗아 올 집이 열거되어 있었다. 김생이 영흥(永興) 주진사(朱進士) 가(家)를 찍어내자 두목은 부복하여 아뢰었다.

  "이 집은 과연 큰 부자이오나, 실로 탈취해 올 도리가 없습니다. 그

---

145 사립(絲笠): 명주실로 싸개를 하여 만든 갓으로 관원들이 썼음.
146 남포(藍袍): 무관이 입던 남색 겉옷.

동네의 4~500호가 모두 그 집 노속(奴屬)이라 집집마다 문설주에 큰 방울이 하나씩 달려 있고, 거기에 끈을 연결하여 전부 주진사 가로 이어져 있습니다. 만약 무슨 일이 발생하여 한 곳에서 방울 줄을 당기면 수많은 방울들이 한꺼번에 울리게 됩니다. 한 번 들어갔다가는 무사히 나올 가망이 없으니 이를 장차 어찌합니까?"

김생은 크게 꾸짖었다.

"장령(將令)이 한 번 나가면 물불이라도 가리지 말아야 하겠거늘, 감히 어지러운 말을 하여 군중을 동요시킨단 말이냐?"

하고, 그 자를 즉시 잡아들여 엄히 곤장 6~7대를 때린 다음에 분부했다.

"이번에는 내가 직접 나가겠노라."

이튿날 김생은 감영의 비장 모양으로 차리고 청철릭(靑天翼)에 장패(將牌)를 착용했다. 그리고 큰 상자와 큰 농짝 10여 바리를 말에 실었다. 뒤에 따르는 사람들 또한 모두 역졸의 모양으로 꾸몄다. 해가 저물 무렵에 주진사 집으로 달려 들어가서 함흥 감영의 진상품을 운반해 가는 비장이라고 말하였다. 그 집의 대문으로 들어가자 주진사는 황겁히 영접하는 것이었다. 서로 인사를 나눈 뒤에 김생은 주인을 향하여 말하였다.

"이 짐은 감영에서 특별히 진상하는 물종(物種)이올시다. 중대한 물건이라 밖에 놓아둘 수 없으니 대청에 들여놓아야겠소이다."

주인이 그의 말에 따라 물화들을 대청에 들여다 놓고 저녁식사를 준비하여 대접하였다. 밤이 되어 주인과 베개를 나란히 하고 누웠다. 주인이 잠이 깊이 들었다가 무엇이 가슴을 눌러 답답함을 느끼고 놀라 눈을 떴다. 아까 그 감영 비장이란 자가 가슴을 꽉 누르고 앉아 손에 장검을 들고 협박하는 말이었다.

"네가 소리를 내면 이 칼로 너를 찌를 것이다. 겁낼 것도 없으니 소리 지르지도 말아라. 나는 감영의 비장이 아니고 군도(群盜)의 대장이다. 너에게 군량을 빌리려 하니, 너희 집 재물이 있는 곳을 가리켜 주어야 네가 살 수 있다. 그렇게 하지 않다가는 너의 목숨은 오늘로 끝장이다. 너는 목숨이 중하냐, 재물이 중하냐?"

주인은 얼굴이 흙빛이 되고 땀이 등을 흠뻑 적신 상태로 애걸복걸 목숨을 비는 것이었다.

"말씀대로 일일이 시행할 터이오니 제 목숨만 살려주소서."

대장은 그렇게 하겠노라 하고, 곧 데리고 온 무리들을 불러 창고를 열고 낱낱이 찾아내도록 했다. 이렇게 하는 즈음에 주진사 집안의 사람들이 다들 놀라서 어쩔 줄 몰라 하는데, 그 중에 접근하여 손을 쓰려는 자들이 있으면 주진사는 연거푸 소리를 질러,

"내게 가까이 오려 하지 말고 창고에 있는 물건들을 마음대로 꺼내가 도록 두어라!"

라고 하였다. 이에 그 무리들이 창고 속으로 마구 들어가서 포목(布木) 등속이나 금은보화며 돈을 끌어내서 그 집의 소나 말까지 모두 동원하여 실었다. 거의 수백 바리에 가까웠는데 동구 밖으로 운반해 가도록 했다. 그리고 대장은 왼손으로 주인의 손을 붙잡고 오른손으로 장검을 쥐고서 대문을 나가 동구 밖에 이르렀다. 그러고선 주인의 손을 놓아버리고 말에 올라 질풍처럼 달려 떠났다. 이 한 번의 출동으로 만여 금이 넘는 재물을 취득하여 군중에서는 너나없이 귀신같다고 일컬었다.

4~5일이 지난 후에 김생은 또 군령판을 들이라고 명했다. 이번에는 석왕사(釋王寺)를 치자고 하자, 두목 되는 자가 또 어렵다고 아뢰는 말이었다.

"이 절은 입구로 들어가는 길이 하나밖에 없으니, 만약 깊이 들어갔다가 관군이 동구를 막으면 나올 길이 없습니다. 이를 어떻게 하겠습니까?"

김생은 꾸짖어 물리치고 분부하기를,

"이번에도 내가 갈 터이다."

하고, 함흥의 중군(中軍)[147] 복색으로 차리고서 군교와 병졸을 다수 거느

리고 출동하였다. 그네들 무리 중의 몇 사람을 붉은 줄로 결박을 지워 도적 모양으로 꾸미고서 끌고 절로 들어갔다. 절의 문루(門樓) 위에 앉아 도적 모양으로 묶어 온 자들을 불러놓고 갖은 형벌을 가하며 심문하여, 그들이 중의 이름을 대어 부르는 대로 하나하나 잡아 묶었다. 절간의 4~500명 중이 차례차례 다 결박을 당했다. 이에 불기(佛器) 등속이며 여러 가지 재물들을 모두 다 말등에 싣고 일시에 함께 떠났다. 이때 중 몇이 뒷산에서 나무를 하다가 일이 이렇게 되어가는 형상을 보고서 급히 안변 고을에 알렸다. 본 고을 관장은 크게 놀라 긴급히 관노, 사령, 군교 등을 출동시켜 절의 입구로 쳐들어가게 하였다. 군도들은 이 일을 알고 급히 대장에게 보고했다. 김생은 자기들 무리 중에서 4~5명의 머리를 깎아 중 모양으로 만들어 얼굴에 피를 묻히고 앓는 소리를 내며 나가서 관군을 향해 말하도록 했다.

"도적 무리들은 뒷산을 넘어 달아났습니다. 관군은 빨리 산 뒤편 길로 쫓아가십시오. 이 동구로는 들어갈 것이 없습니다."

관군은 그 말을 듣고 모두들 산의 뒤편 길로 달려갔다. 김생은 이에 절에서 빠져나와 무사히 돌아갔다. 이번에도 돈이며 포목 등속 100여 바리를 얻어서 도중(都中)의 재물이 아주 풍족하게 되었다. 이처럼 계획을 세워 탈취해 온 것이 이에 그치지 않았는데 다 기록하지 못한다.

그로부터 2~3년 후에 김생은 도중의 무리를 전부 모아놓고 말하였다.

"너희들도 다 일반 백성이다. 기한(饑寒)에 쫓겨서 이런 행동을 한 것인데, 결코 장구한 계책은 되지 못한다. 너희들에게 각기 재물을 나누어 줄 터인데, 그러면 먹고사는 데 어려움이 없을 것이다. 굳이 도적질을 할 것이 있겠느냐? 나 또한 여기에 오래 있을 사람이 아니다. 창고에 들어 있는 물화들을 각자 고루 나누어 가지고 고향으로 돌아가서 평민으

로 살아가면 좋을 것이다. 너희들 마음이 어떠하냐?"

도중의 모든 사람들이 말했다.

"오직 장군의 명대로 따르겠소이다."

김생은 이에 비축된 재물들을 꺼내어 모두 하나하나 균분(均分)하여 각자에게 주고 자기들의 고향으로 돌아가도록 하였다. 그러고 나서 김생은 산채의 건물들에 다 불을 지르고, 말을 타고 산에서 나와 자기 집으로 돌아갔다.

이 이야기는 내가 어린 시절에 누군가에게 들었던 것이다. 김생의 이름은 잊어서 기억하지 못하는데, 옛날에 과연 이런 일이 있었던가의 여부는 모르겠다.

44. 발계(發啓)

조지겸(趙持謙)[148]은 호가 오재(汚齋)이고 한태동(韓泰東)[149]은 호가 시와(是窩)인데, 매양 김환(金煥)[150]이 일으킨 옥사가 잘못이라고 하여 그 일을 가지고 노론을 제거하려 했다. 매번 대관(臺官)[151]으로 직무를 처리함에

---

148 조지겸(趙持謙, 1639~1685): 본관 풍양(豐壤), 자 광보(光甫), 호 오재(汚齋)로, 벼슬은 부제학 등을 거쳐 경상도 관찰사에 이르렀다. 노소분당(老少分黨)의 과정에서 중요한 역할을 하였다.

149 한태동(韓泰東, 1646~1687): 본관 청주(淸州), 자 노첨(魯瞻), 호 시와(是窩). 벼슬은 사간, 집의 등을 역임했으며, 문집으로 『시와유고(是窩遺稿)』가 있다. 소론팔학사(少論八學士)의 한 사람.

150 김환(金煥, ?~1689): 숙종 때의 무관. 경신환국 때 김석주(金錫胄)・김익훈(金益勳) 등의 사주를 받아서 남인들이 반역을 도모한다고 무고한 죄명으로 유배형에 처해진 사실이 있다.

151 대관(臺官): 관인의 규찰을 담당하는 사헌부를 가리킴. 사헌부와 사간원을 통칭하기도 함.

당해서 이 문제로 발계(發啓)[152]하려 했으나 의논이 맞지 않아서 계책을 이루지 못했다. 한 번은 경연 자리에, 조지겸은 사간(司諫)으로 한태동은 집의(執義)로 나갔다. 삼사(三司)에서 노론은 한 사람도 참여한 자가 없었고, 단지 소재(疎齋) 이공(李公)이 18세 나이로 홍문관 정자(正字)가 되어 참석하게 되었다. 한태동과 조지겸은 이때를 놓칠 수 없다 하고 곧 양사(兩司) 합계(合啓)로 발의하려 했다. 바깥에 있는 노론의 여러 사람들이 다들 말했다.

"이제 큰 화가 일어나게 되겠구나. 이를 어찌할까. 이이명(李頤命)[153]은 스물 이전의 신출내기인데 어떻게 기회를 잘 보아서 대응할 수 있겠는가."

경연이 파한 다음에 승지가 양사에 명하기를, '앞으로 나와 발계를 하시오' 하여, 한태동과 조지겸이 몸을 일으키고 발계를 하려고 했다. 이럴 즈음에 소재가 아뢰었다.

"오늘 경연은 대단히 중요한 문제를 논하고 있습니다. 신이 보기에 집의 한태동이 술에 잔뜩 취해 있으니 추고(推考)[154]를 하심이 어떠하올지?"

대개 한태동은 술을 마시지 않았는데 콧병이 있어서 콧등이 온통 붉은 상태였다. 승지는 큰 소리로,

"대간(臺諫)은 속히 피혐(避嫌)[155]을 하시오."

라고 소리쳤다. 한태동은 마음에 그 일이 이루어지지 못할 줄 알고 분통을 이기지 못했다. 곧 일어나 피혐을 하는 사이에 말을 더듬거려서 소리

---

152 발계(發啓): 의금부에서 처리한 사건에 대해 사헌부와 사간원에서 이의를 제기하여 임금께 거론하는 일.

153 이이명(李頤命, 1658~1722): 본관 전주(全州), 자 지인(智仁)·양숙(養叔), 호 소재(疎齋)로, 1680년 문과에 급제하여 홍문관 정자로 임명되었으며 경종 때 좌의정에 이르렀다. 당시 노론과 소론의 갈등 과정에서 김창집(金昌集) 등과 함께 관직을 삭탈당하고 남해에 유배된 후 사사(賜死)되었다. 노론사대신(老論四大臣)으로 일컬어진다.

154 추고(推考): 벼슬아치의 잘못을 제기하는 일.

155 피혐(避嫌): 벼슬아치가 어떤 혐의되는 일이 있어 자리에서 물러나는 것.

가 분명치 못했다. 이를 보고 임금은,

"크게 취했군. 파직을 시켜야겠다."

라고 말했다. 조지겸이 혼자 있게 되니 발계를 하지 못하고 파하였다. 그 후에 소론 대관은 소재가 임금을 속였다고 논박을 했다. 하지만 소재가 어려운 상황에서 임시변통했던 것을 알 수 있다.

45. 나씨 부인(羅氏夫人)

문곡(文谷) 김수항(金壽恒)[156]의 부인은 나씨인데, 명촌(明村) 나양좌(羅良佐)[157]의 누이동생이다. 사람을 알아보는 눈이 놀라웠는데, 딸을 위해 신랑감을 구하려고 셋째 아들인 삼연(三淵)[158]에게 민씨(閔氏) 댁에 가서 여러 소년들을 만나보고 정혼을 하라고 하였다. 삼연은 민씨 댁을 찾아가서 보고 돌아와서 아뢰기를,

"민씨 댁의 아들들은 모두 기가 약하고 외모가 빼어나지 못해 마땅한 자가 없습디다."

라고 하였다. 나씨 부인이 말했다.

"그 댁은 명가이거늘 후진(後進)들이 필시 그렇지 않을 것이다."

그 후에 삼연이 이씨 댁의 아들을 골라 정혼하고서 아뢰기를,

"오늘 과연 아름다운 신랑감을 얻었습니다."

라고 하였다. 나씨 부인이 물었다.

---

156 김수항(金壽恒, 1629~1689): 문곡(文谷)은 그의 호. 벼슬은 영의정에 이르렀으며, 서인·노론의 중추적인 인물로 기사환국 때 죽임을 당하였다.

157 나양좌(羅良佐, 1638~1710): 명촌(明村)은 그의 호. 원래 서인으로, 노소의 분당 과정에서 소론 측에 섰던 인물이다.

158 삼연(三淵): 김창흡(金昌翕, 1653~1722)의 호.

"누구이고 풍모가 어떻더냐?

"풍채가 훌륭하고 재주가 출중해서 참으로 큰 그릇이 될 사람입니다."

"그렇다면 좋겠구나."

사위를 맞아 혼례를 치르는 날에 부인이 보고 탄식하였다.

"셋째는 눈이 있으되 눈알이 없구나."

삼연이 이상하게 여겨 물으니 부인이 말했다.

"신랑이 좋긴 좋으나 수한(壽限)이 크게 부족하다. 길어봤자 30을 넘지 못할 것이다. 너는 무엇을 취해 정혼을 하였느냐?"

이윽고 부인은 깊이 생각하더니 탄식하며 말했다.

"내 딸이 먼저 죽겠구나! 이또한 어찌하겠느냐."

그러면서도 삼연을 책망하기를 그만두지 않았는데, 삼연은 끝내 수긍하지 않았다. 어느 날 모두 약관의 나이인 민진후(閔鎭厚)·민진원(閔鎭遠)[159] 등 민씨 댁의 여러 종형제들이 마침 무슨 일이 있어 들렀다. 삼연이 안으로 들어가서 말씀드렸다.

"어머니께서 매양 민씨 댁과 혼사를 이루지 못한 것을 한탄하시는데, 마침 지금 민씨 댁 젊은이들이 왔습니다. 어머니께서 창틈으로 엿보시면 필시 소자의 말이 틀리지 않은 줄 아실 것입니다."

나씨 부인은 그 말대로 엿보고 나서 역시 삼연을 책망하였다.

"네 눈은 과연 눈알이 없구나. 이 젊은이들은 모두 귀인이 되어 이름을 후세에 남길 큰 그릇이다. 혼사를 이루지 못했던 것이 안타깝구나!"

후일에 과연 그 말과 부합이 되어 민씨 형제들은 모두 현달을 했다. 이씨 사위는 겨우 30이 지나 참봉으로 요절하였다. 부인의 딸은 그보다 1년 전에 세상을 떴다.

---

159 민진후(閔鎭厚)·민진원(閔鎭遠): 이들 형제는 인현왕후의 친정아버지인 민유중(閔維重)의 아들이다. 이 가문은 고종 때 명성황후에 이르기까지 외척으로서 크게 득세를 하였다.

나씨 부인은 일찍이 비단 3필을 짜서 그 중의 1필로 문곡의 관복을 짓는 데 쓰고 나머지 2필은 깊이 간직해두고 있었다. 둘째 아들인 농암 (農巖)이 문과에 급제하였을 때에도 그 비단으로 조복을 짓는 것을 허락하지 않았다. 그 후에 몽와(夢窩)[160]가 음직으로 있다가 급제하였는데, 이번에는 그 비단으로 조복을 짓도록 하였다. 그리고 1필은 그대로 간직해두었다가 손서(孫婿) 조문명(趙文命)이 급제를 하자 조복을 짓도록 하였다. 이 세 사람이 모두 정승의 지위에 올랐다. 부인은 정승에 이르지 못한 사람에게는 그 비단으로 조복을 해줄 수 없다고 생각했던 것이다.

농암이 급제를 하고 나서 들어가 모친을 뵙자 나씨 부인이 눈살을 찌푸리며,

"너는 어찌하여 산림처사의 모양을 하고 있느냐?"

라고 말했다. 그 후 몽와가 급제를 하여 들어와 뵙자 웃으며

"우리집에 대신이 또 나왔구나."

라고 좋아했다 한다.[161]

46. 병조 서리(胥吏)

이우당(二憂堂) 조충익(趙忠翼)[162] 공은 상배(喪配)한 뒤로 슬픔을 이기지 못했다. 그때 병조판서로 있었는데, 마침 무슨 공사가 있어서 새벽에 일어나 병조의 서리가 청좌(請坐)[163]하러 오기를 기다렸는데 소식이 없었다.

---

160 몽와(夢窩): 김창집(金昌集, 1648~1722)의 호.
161 이 작품이 『청구야담』권8에 「제금포부인선상(製錦袍夫人善相)」이라는 제목으로 실려 있다.
162 조충익(趙忠翼): 조태채(趙泰采, 1660~1722)를 말함. 이우당(二憂堂)은 그의 호. 본관이 풍양(豊壤)으로 노론사대신의 한 사람.
163 청좌(請坐): 관부(官府)에서 고관에게 이속(吏屬)을 보내 참석하도록 청하는 일.

거의 해가 떠오를 때에 이르러도 오지 않자, 조공은 크게 노해 수레를 재촉해서 출근을 했다. 곧 그 서리를 붙잡아 오게 하여 장차 곤장으로 다스릴 판이었다. 서리가 울면서 아뢰었다.

"소인은 극히 비통한 사정이 있기로, 원하옵건대 한번 말씀이나 드리고 죽겠사옵니다."

"무슨 까닭이냐?"

"소인은 상처(喪妻)를 하였는데, 집에 어린 자식이 셋이 있습니다. 첫째 아들은 나이 이제 5세요, 둘째 아들은 3세요, 딸 하나가 이제 태어난 지 겨우 1년이 되었습니다. 소인이 몸소 어미 노릇을 하여 길러야 할 처지인데, 오늘 새벽에 일어나자 어린 딸이 보채서 이웃집 여자를 청하여 젖을 먹였습니다. 이윽고 또 두 아들놈이 배고파 울부짖어서 소인은 돈을 주고 죽을 사서 먹여야 했습니다. 이러느라고 자연히 늦어진 것입니다. 소인은 기왕에 공사가 있는 줄 아는 데다가 대감께옵서 위엄이 있으신 줄 잘 아는데 어찌 감히 일부러 죄를 범하였겠습니까?"

조공은 그의 말을 듣고 슬퍼 눈물을 닦으며,

"너의 사정이 나와 흡사하구나."

하고, 이내 용서해주었다. 그리고 쌀과 베를 넉넉히 주어 아이를 양육할 밑천이 되도록 하였다.

대개 그 서리에게는 처음부터 이런 일이 있지 않았는데, 대감의 실정을 잘 알았던 까닭에 이처럼 거짓말을 꾸며대서 죄책을 면한 것이었다.

47. 조문명(趙文命)

문익공(文翼公) 유척기(俞拓基)[164]가 영남 관찰사로 있을 때 순행을 하여 경주에 당도했다. 경주 부윤은 조문명(趙文命)[165]이었다. 유공은 그의 사람됨이 장차 크게 쓰일 줄 알았던 까닭에 그의 도량을 시험해 보기 위해 조그만 일을 잡아가지고 부(府)의 관노들을 다스려서 처벌을 면한 자가 하나도 없었다. 유공은 관노들을 다 붙잡아 다스리고 나서 조문명을 돌아보고 말했다.

"내가 영감의 관아에 와서 관노들을 붙잡아 다스리기를 이처럼 많이 하였으니, 영감의 심사에 어떤 생각이 드십니까?"

조문명이 웃으며

"사또께서 전 도(道)를 맡아 계시니, 이들은 다 사또의 아랫사람입니다. 또한 저들 스스로 죄를 지어 벌을 받는 걸 하관(下官)에게 관계될 것이 있겠습니까?"

하고 대답하는데, 기색이 조금도 변함이 없었다. 유공은 웃으며 말했다.

"내가 오늘 다행히 한 대신을 얻었군!"

그 후에 유공이 판서급으로 양주 목사에 보임(補任)이 되었다. 이때 조문명은 총융사(摠戎使)[166]의 직함을 띠고 있었다. 양주는 총융사의 관하에 있었기 때문에 유공은 양주 목사로서 한번은 총융사에게 명함을 올리게 되었다. 예를 마치고 문을 나갈 때에 조문명은 웃으며 말했다.

"연전에 내가 대감 앞에서 이 예를 거행했는데, 지금 대감이 이 예를 나의 앞에서 거행하게 되니 세상 일은 참으로 알 수가 없군요."

유공은 물끄러미 보고서 웃으며 말했다.

"애석하다! 수상(首相)이 되기는 어렵겠군."

그 후 조문명은 과연 좌의정에 그치고 영의정까지 오르지는 못했다.

---

164 유척기(俞拓基, 1691~1767): 본관은 기계(杞溪), 호는 지수재(知守齋). 숙종 때 문과에 급제하여 영조 때 영의정에 이른 인물.

165 조문명(趙文命, 1680~1732): 풍양 조씨로, 유척기와 비슷한 시기에 관직에 오름. 이 이야기에서처럼 벼슬이 좌의정에 그치고 영의정에는 오르지 못했다.

166 총융사(摠戎使): 병조에 속한 직함으로, 수원, 광주, 양주, 장단, 남양의 5개 영(營)에 대한 순회 조련을 담당했다.

옛 사람들은 한 마디 말로써 지위가 오르는 데 한계가 있는 줄 아는 것이
이와 같았다.

48. 이덕재(李德載)

　삼연(三淵) 김창흡(金昌翕) 선생은 만년에 설악산의 암자에 은거하여 그
곳을 영시암(永矢庵)이라고 하였다. 중과 함께 거처하였는데, 어느 날 밤
그 중이 호랑이에게 물려 죽었다. 삼연은 글을 지어 조문하고 애달파하
는 마음을 이기지 못했다.

　그로부터 며칠 후에 사위인 이덕재(李德載)[167]가 인사를 드리러 왔는데,
이때 나이는 16~7세에 불과했다. 삼연은 그에게 전에 있었던 일을 이야
기하고, 절대 문밖에 나가지 말라고 경계하였다. 그런데 저녁밥을 들고
난 뒤에 사위는 어디로 갔는지 알 수 없었다. 삼연이 연달아 불렀으나
대답하는 소리가 들려오지 않았다. 이에 크게 놀라 중들을 불러 모아
횃불을 들고 찾아 나섰다. 그때 달빛이 낮처럼 밝았는데, 그는 혼자 산
뒤쪽으로 배회하고 있었다. 삼연은 그를 보고 크게 꾸짖었다.

　"내가 말하지 않았더냐. 일전에 같이 있던 중이 호랑이에게 물려 죽었
다고. 너는 어린 아이로 혼자서 아무도 없는 이 밤중에 산에 올라갔으니
혹시 호환(虎患)이라도 만났다면 어찌할 뻔했느냐? 네가 어른의 말을 듣
지 않는 것이 이와 같구나."

　사위는 웃음을 머금고 뒤를 따라 내려왔다. 암자에 당도하여 좌정을
하자, 삼연은 또 사위를 책망하고 경계하였다. 그는 웃으며 대답했다.

---

167 이덕재(李德載, 1683~1739): 본관은 전의(全義). 영조 때에 문과에 급제했으며, 이인
　　좌의 난 때 종사관으로 참여하여 공을 세운 바 있다.

"장인어른께서 같이 있던 중이 호랑이에게 물려 죽었다 하여 오래도록 몹시 걱정하시기로, 소자가 아까 산에 올라가서 호랑이를 찔러 죽여 그 중의 원수를 갚았습니다."

삼연은 사위의 말을 믿지 않고,

"어떻게 그럴 수가 있느냐?"

라고 하였다. 이튿날 아침에 여러 중들과 가서 찾아보았더니, 산 아래 골짝에 큰 호랑이 한 마리가 난자를 당해 쓰러져 있었다. 모두들 크게 놀랐다.

대개 그는 절등한 용력이 있었던 데다가 검술이 빼어났던 것이다.

49. 주시관(主試官)

죽천(竹泉) 김진규(金鎭圭)는 매번 주시관(主試官)을 맡았는데, 감식안이 귀신같았다. 충청도로 성묘를 갔다가 돌아오는 길이었는데, 마침 회시(會試)[168]의 기일이 당도해 있었다. 그때 한 선비가 말을 타고 앞에 가는데 말 위에서 책자 하나를 들고 종일 보고 있었다. 점심을 먹거나 숙소에 들 때에도 죽천과 같은 객점에 들었다. 죽천은 마음으로 심히 괴이하게 여겨 숙박하는 객점에 당도했을 때 사람을 시켜 그를 불러 물었더니 회시를 보러 가는 사람이었다. 그가 스스로 이렇게 말하였다.

"소생은 늙은 부모를 모신 처지로 지금 7, 8차나 상경을 하는데 매번 회시에 떨어져서 사정이 절박하옵니다."

"보는 책은 무슨 책인가? 잠깐도 손에서 떼지 않더군."

---

168 회시(會試): 과거시험의 절차로, 지방에서 뽑힌 이들이 중앙에 올라와서 보게 되는 시험. 감시(監試), 혹은 복시(覆試)라고도 함.

하고 죽천이 묻자, 대답하는 말이 이러했다.

"근래 제가 지은 초고입니다. 지금은 나이가 들어 정신이 혼미해져서 책을 덮으면 금방 잊어버립니다. 그래서 항시 눈을 대고 있는 것입니다."

죽천이 그 책자를 달라고 하여 읽어보니, 편편이 아주 잘 지은 글이었다. 이에 탄식하며 물었다.

"과거시험 공부가 이처럼 근실하고 글귀를 엮어내는 것도 이같이 참신한데, 어찌해서 여러 번 낙방했단 말인가? 이는 담당자의 책임이 아닐 수 없다."

"이제는 나이도 들고 겁이 많아져서 제가 짓고 쓸 때에 번번이 자획이 옆으로 써지니, 이러고도 어떻게 떨어지지 않겠습니까? 지금 올라가더라도 으레 그럴 터여서 처음부터 응시하지 않으려 했지만 노친께서 간절히 권하시기로 부득이 이런 긴치 않은 걸음을 한 것입니다."

죽천은 그의 말을 듣고 연민의 정이 일어나 위로하여,

"이번엔 모름지기 노력하여 응시를 해 보게."

라고 하였다. 그리고 서울에 들어가자 이번에도 역시 회시의 주시관을 맡게 되었다. 시권(試券)들을 살펴보는데, 그 중의 하나가 자획이 모두 좌서횡서(左書橫書)[169]로 쓰여 있었다. 죽천은 그 시권을 보고 웃으면서,

"이건 틀림없이 그 자의 시권이겠군."

하고 여러 시관들을 향해서 말했다.

"이건 실공(實工)이 있는 노숙한 선비의 시권이라. 이번에는 우리가 적선을 하는 것이 좋겠소."

그리고 다른 시관들의 대답을 듣지도 않고 뽑아 올렸다. 방(榜)을 내기 전에 봉한 부분을 풀어보니 연령이 그렇게 늙은 사람이 아니어서 마음에

---

169 좌서횡서(左書橫書): 좌서는 글자의 오른쪽과 왼쪽을 뒤집어서 쓰는 식이고, 횡서는 옆으로 쓰는 식이다. 여기서는 글씨가 삐뚤빼뚤 써진 모양을 의미하는 것으로 보임.

적이 의아한 생각이 들었다. 방이 나간 후에 신은(新恩)들이 은문(恩門)[170] 앞에 와서 인사를 드리는데, 그 사람 또한 그 속에 들어 있었다. 죽천은 축하하며 말했다.

"오래 낙방한 끝에 이렇게 합격의 영예를 얻었으니 다행이로군."

그 사람이 이렇게 대답하는 것이었다.

"저는 이번이 첫 시험으로, 바로 합격한 것입니다."

"노친시하(老親侍下)에 즐겁게 해드릴 수 있겠군."

그는 또 이렇게 대답하는 것이었다.

"저는 영감하(永感下)[171]이올시다."

죽천은 괴이하게 여기며 또 물었다.

"지난번 길에서 만났을 적에 어찌하여 거짓말을 하였는가?"

그 사람은 뒤로 물러서 땅에 엎드려 아뢰었다.

"소생은 대감께옵서 주시관(主試官)을 맡으실 줄 알고 속였던 것입니다. 그렇지 않았다면 대감께서 어찌 저를 뽑아주셨겠습니까? 죽을죄를 졌습니다."

죽천은 한참을 물끄러미 바라보다가 어이없어 웃고 말았다.[172]

50. 별성(別星)

노봉(老峰) 민정중(閔鼎重)과 여양부원군(驪陽府院君) 민유중(閔維重)[173] 형

---

170 은문(恩門): 시관(試官)을 뜻하는 말.

171 영감하(永感下): 부모가 다 돌아가신 처지를 가리키는 말.

172 이 작품이 『청구야담』 권7에 「향유용계만죽천(鄕儒用計瞞竹泉)」이라는 제목으로 실려 있다.

173 노봉(老峰) 민정중(閔鼎重)과 여양부원군(驪陽府院君) 민유중(閔維重): 민정중(1628~ 1692)은 벼슬이 좌의정에까지 올랐으며, 민유중(1630~1687)은 그의 딸이 인현왕후로

제는 우애가 돈독하였다. 형제가 다 술을 좋아하였으나, 감사공(監司公)[174]이 매양 금하여 마음껏 마시지 못하게 하였다. 감사공이 원주 감영에 부임해 있을 때 형제가 함께 부친을 뵈러 갔다. 이때 형은 이조참판으로 부름을 받았고 동생은 부제학으로 부름을 받았는데, 일시에 나란히 당도한 것이었다. 감사공은 이날 특별히 술을 마실 수 있도록 허락했다. 형제가 술잔을 주고받고 하여 잔뜩 취한 다음에 객사로 나갔다. 객사 대청위에 앉아서 연이어 술을 내오라고 재촉하니, 하예(下隷)들은 순사또님의 분부라 하여 감히 술을 더 내올 수 없다고 말하였다. 형제는 취중에 큰소리로,

"너의 순사또가 별성(別星)[175]을 대접하는 것이 실로 이럴 수 없는 법이다."
하고 계속 외치다가 이내 곯아떨어졌다.

술이 깬 다음에 취한 중에 실언한 말을 듣고 형제는 크게 놀라 방문 밖에 자리를 깔고 죄를 청하였다. 감사공은 웃고서 책망하지 않았다.

51. 항우(項羽)

무과 시험을 준비하는 사람(그의 성명은 잊었음)이 있었는데, 그가 사는 동네에 폐허가 된 집 하나가 있었다. 귀신이 나온다고 하여 버려진 집이었다. 여러 무과 응시생 친구들이 그 집에 모여 노름하려고 이 사람으로 하여금 먼저 가서 청소하고 기다리도록 했다. 그가 밤에 그 집에 가서 촛불을 켜고 자리를 펼쳐 놓는데, 하늘에서 문득 큰 비가 쏟아졌다. 저녁

뽑혀서 여양부원군의 봉을 받았다.

174 감사공(監司公): 민정중과 민유중의 부친인 민광훈(閔光勳, 1595~1659)을 이름. 강원도 관찰사를 역임했기 때문에 여기에서 감사공으로 일컬은 것임.

175 별성(別星): 임금의 특별한 명을 받은 벼슬아치를 일컫는 말.

종이 이미 울렸는데도 아무도 오는 사람이 없었다. 그가 촛불 아래 홀로 앉아 있는데, 밤은 삼경(三更)에 이르렀다. 홀연 군마(軍馬)의 소리가 들려서 그가 깜짝 놀라 눈을 들어 바라보니, 웬 장군이 칼을 차고 말을 타고서 병졸을 무수히 거느리고 들어오는 것이었다. 그는 대청 아래로 내려가서 계단 아래 엎드렸다. 그리고 눈을 들어 그 장수를 보니 두 눈은 중동(重瞳)이요, 타고 있는 말이 오추마(烏騅馬)였다. 섬돌 앞에 다다라 말에서 내리더니 그를 일어나게 하고 말했다.

"너는 나를 따라서 마루로 올라오너라."

그는 벌벌 떨며 숨을 죽이고 뒤를 따라 대청으로 올라갔다. 장군이 윗자리에 앉으면서 그에게 앉으라고 명했다. 그리고 묻는 것이었다.

"너는 내가 누군지 알겠느냐?"

그는 『사기(史記)』를 대략 읽었던 까닭에 이렇게 대답했다.

"장군의 눈을 바라보니 중동(重瞳)이요, 타신 말은 오추마입니다. 서초패왕(西楚覇王)이 아니십니까?"

장군은 웃으며 대답하는 것이었다.

"그렇다. 그런데 나는 패공(沛公)과 8년을 다투다가 마침내 지고 말았구나. 세상 사람들이 나를 어떤 사람이라고 하느냐? 나는 전장(戰場)에서 지력이 부족했던 것이 아니요, 하늘이 나를 망하게 했던 것이다. 세상 사람들이 이를 아느냐?"

"이 사실은 『사기(史記)』의 남궁주석(南宮酒席)의 문답[176]에 나옵니다. 어찌 들어서 알지 못하겠습니까?"

신장(神將)은 노하여 꾸짖었다.

"슬프다. 애들하고는 말을 못 하겠구나. 한나라 때 나온 『사기』는 내

---

[176] 남궁주석(南宮酒席)의 문답: 유방(劉邦) 즉 한 고조(漢高祖)가 항우를 이기고 나서 낙양(洛陽)의 남궁(南宮)에서 연회를 열었을 때 신하들과 문답한 내용을 말함. 이는 『사기(史記)』의 「고조본기(高祖本紀)」에 나오는 기록임.

가 죽은 후로도 한참 뒤에 지어진 것이다. 내가 그걸 어떻게 알겠느냐? 네가 말해보아라."

그는 아뢰었다.

"그 책에 '패공은 삼걸(三傑)[177]을 썼는데, 대왕은 범증(范增) 한 사람도 쓰지 못했던 까닭에 승패가 갈린 것이다'라고 나와 있습니다."

신장은 혀를 차며 탄식했다.

"과연 그랬지. 나 또한 후회한다."

"소인이 평생 탄식하고 안타까워하는 일이 있습니다. 대왕께 여쭈어 볼 수 있겠습니까."

"무슨 일이냐?"

"대왕이 동성(東城)[178]에서 패전했더라도 한번 오강(烏江)을 건너 다시 강동(江東)의 병사를 일으켰다면 천하의 득실은 알 수 없었을 것입니다. 대왕이 필마단기(匹馬單騎)로 천하를 횡행할 적에 이 세상에 대왕을 감히 묶을 자가 없었습니다. 대왕께서는 어찌하여 일시의 분을 이기지 못하고 자결하는 데 이르렀으니, 어찌 애석하지 않으리까! 대장부로서 어찌하여 아녀자처럼 구구하고 사소한 일에 얽매인단 말입니까."

신장은 그의 말을 다 듣지도 않고 칼로 기둥을 치며 일어나 소리쳤다.

"말을 그만두어라. 나 또한 그때 일을 생각하면 분통이 터져 죽을 것 같구나. 나는 가겠다."

이내 마루에서 내려가 말을 타고 중문으로 나갔다. 그가 가만히 그 뒤를 따라가니 집의 뒤쪽으로 가서 종적이 사라졌다. 마음에 몹시 괴이하게 여겨 이튿날 아침에 집 뒤쪽으로 가서 둘러보니 허청(虛廳) 4~5칸

---

177 삼걸(三傑): 유방(劉邦)을 도와 천하를 얻는 데 큰 공을 세운 세 사람. 소하(蕭何), 장량(張良), 한신(韓信)을 가리킴.

178 동성(東城): 중국 안휘성(安徽省) 정원현(定遠縣)에 있었던 지명으로, 항우가 마지막으로 싸우다 패전한 곳임.

이 있었다. 그곳에 먼지가 잔뜩 쌓인 가운데 벽에 항우가 기병(起兵)하여 오강을 건너는 그림과 홍문(鴻門)에서 잔치하는 그림이 붙어 있는데, 온통 파손된 상태였다. 이에 그 그림 두 폭을 불에 태워버렸다. 이후로 그 집에는 그런 재앙이 일어나지 않아서 그 사람이 들어가 살았다.[179]

52. 유척기(俞拓基)

판서 신임(申銋)[180]은 호가 한죽당(寒竹堂)인데, 사람을 알아보는 지감(知鑑)이 있었다. 그는 아들을 하나 두었는데, 이 아들에게는 유복녀(遺腹女)가 있을 뿐이었다. 이 유복녀가 시집갈 나이에 이르자 홀로 된 며느리가 매양 시아버지에게,

"이 아이의 신랑감은 시아버님께서 필히 몸소 관상을 보아 택해 주옵소서."

라고 청하였다.

"너는 어떤 신랑감을 구하느냐?"

"수명은 80에 이르기까지 해로하고 지위가 대관(大官)에 이르고 집이 부유한 데다가 아들을 많이 둘 사람이면 크게 다행이겠습니다."

공은 웃으며 말했다.

"세상에 어떻게 그토록 겸비한 사람이 있단 말이냐. 만약 너의 소원에 부합할 사람을 찾는다면 졸지에 얻기 어려울 것이다."

---

179 이 작품이 『청구야담』 권7에 「무거폐사봉항우(武擧廢舍逢項羽)」라는 제목으로 실려 있다.

180 신임(申銋, 1639~1725): 본관은 평산(平山), 자는 화중(華仲), 호는 한죽당(寒竹堂). 1686년 문과에 급제하여 벼슬이 대사헌, 공조판서에 이르렀다. 경종 때 소론과 대립하여 제주도로 유배 가 있다가, 영조가 즉위하면서 해배되어 돌아오는 중에 병사하였다.

그 후로 바깥에 출타했다가 돌아오면 으레 신랑감으로 마땅한 사람을 구했느냐고 꼭 물어서 매양 아직 찾지 못했다고 대답하였다.

　　하루는 신공(申公)이 초헌을 타고 장동(壯洞)을 지나다가 여러 아이가 노는 것을 보았다. 아이들이 장난들을 치는 중에 10여 세쯤 되어 보이는 한 아이가 헝클어진 머리에 죽마(竹馬)를 타고 천방지축으로 뛰어다녔다. 신공이 초헌을 세워놓고 자세히 살펴보니, 옷은 남루하여 몸도 가리지 못했으나 두 눈이 부리부리하고 입이 넓적한데 골격이 범상치 않았다. 이에 하인을 시켜 그 아이를 불러오게 했더니 아이가 머리를 저으며 오려고 하지 않아 신공이 여러 하인을 동원해서 붙잡아오도록 했다. 그 아이가 울부짖으며 소리쳤다.

　　"웬 관원인데 공연히 나를 잡아간단 말이오? 내가 무슨 죄가 있길래 이럽니까?"

　　여러 하인이 붙들어 초헌 앞에 끌고 왔다.

　　"너의 문벌은 어떠하냐?"

　　신공의 물음에 아이는 이렇게 대답하는 것이었다.

　　"문벌은 알아서 무얼 합니까? 나는 양반이오."

　　"네 나이 몇이며, 너의 집은 어디에 있느냐? 성명은 무엇이라고 하느냐?"

　　"군정(軍丁)으로 끌어가려고 하는 것이오? 무엇 때문에 성명과 나이와 거주를 다 묻습니까? 나는 성이 유씨(俞氏)이고 나이는 13세이며 우리 집은 건너편 동네에 있습니다. 무엇 때문에 묻습니까? 얼른 나를 놓아주시오."

　　신공이 아이를 놓아주고 그의 집을 찾아가니, 비바람도 가리지 못할 조그만 집이었다. 집에는 홀로 된 어머니만 있어 여종을 불러 말을 전하도록 하는 것이었다.

　　"'나는 아무 동(洞) 사는 신모(申某)올시다. 나에게 손녀 하나가 있어 구혼하는 참인데, 오늘 댁의 도령과 정혼하고 가려 합니다.'라고 아뢰어라."

그리고 나서 하인들을 단속하여 집에 돌아가거든 삼가 말을 내지 못하도록 단단히 일렀다. 이내 다른 데로 들렀다가 날이 저물어 귀가하자 며느리가 또 신랑감을 골랐느냐고 물었다. 공은 웃으며 대답했다.

"네가 어떤 신랑감을 구하고 싶다고 하였더냐?"

며느리는 대답하는 말이 처음에 했던 바와 같았다. 공이 웃으며 말했다.

"오늘 신랑감을 구했느니라."

며느리는 반가워하며 물었다.

"어느 댁 아들이며, 집은 어디에 있습니까?

"그 집을 알 필요가 없느니라. 뒤에 응당 알게 될 것이다."

그리고 공은 더 말하지 않았다. 그러다가 함 받는 날이 되어서야 비로소 말을 해주었다. 안에서 급히 일을 잘 아는 늙은 여종을 보내 그 집의 사는 형편이 어떤지, 신랑감이 어떻게 생겼는지를 알아보고 오도록 했다. 그 여종이 돌아와서 아뢰는 말이었다.

"집은 두어 간 초옥에 비바람도 가리지 못하고 솥에는 이끼가 낄 지경이며 부엌 위에는 거미줄이 매달려 있습니다. 신랑은 눈이 광주리처럼 크고 머리는 쑥대처럼 헝클어져 있어 하나도 볼 것이 없습디다. 우리 아가씨가 그 댁에 들어가면 필시 방아도 손수 찧어야 할 겁니다. 꽃 같고 옥 같은 우리 아가씨를 곱게 곱게 자란 약한 몸으로 이런 집에 어떻게 보낸단 말입니까?"

며느리가 이 말을 듣자 간이 떨어지고 혼이 나갔으나 함을 받는 날이 눈앞에 있는지라 일이 이제 어찌할 도리가 없는 지경이었다. 울먹이며 신랑 맞을 차비를 할 수밖에 없었다.

이튿날 신랑이 들어와서 초례를 치렀다. 며느리가 신랑을 눈앞에 보니 과연 어제 늙은 여종에게 들었던 말과 같았다. 바로 한결같이 가증스러운 신랑이라, 마음이 온통 찢겨 나가는 듯했지만 어찌할 수 없었다. 초례를 치르고 3일이 지나 신랑을 떠나보냈는데 저녁때 신랑이 다시 돌아왔다. 신공이 물었다.

"너는 어째서 금방 돌아왔느냐?"

"집에 돌아가 보니 저녁밥이 기약 없습디다. 돌아오는 사람과 말이 있기에 도로 왔습니다."

신공은 웃으며 그대로 있도록 했다. 그로부터 날마다 가지 않고 있으면서 연일 안에 들어가 자는 것이었다. 신부는 연약한 여자의 몸으로 사나이에게 괴로움을 당하여 거의 병이 날 지경이었다. 신공은 걱정한 나머지 타일렀다.

"너는 어째서 날마다 안에 들어가 자느냐? 오늘은 사랑으로 나와서 나와 함께 자도록 하여라."

"예. 그렇게 하겠습니다."

밤에 되어 신공이 잠자리에 들자 신랑은 그 앞에 침구를 폈다. 신공이 막 눈을 붙이자 신랑이 손으로 신공의 가슴을 쳤다. 신공이 놀라,

"이게 무슨 짓이냐?"

라고 소리치자 신랑은 대답하였다.

"저는 잠자리가 불안하면 잠결에 이런 일이 허다히 있습니다."

"다시는 이러지 말아라."

"예. 그렇게 하지요."

그리고 나서 얼마 지나지 않아 또 발로 몸을 차는 것이었다. 신공은 또 놀라서 질책해 마지않았다. 그런데도 손과 발로 치고 차고 하여 신공은 그 괴로움을 도저히 견딜 수 없는 지경이었다.

"너는 안에 들어가서 자거라. 너와는 도저히 함께 잘 수 없구나."

신랑은 얼른 이부자리를 말아 어깨에 메고 안으로 뛰어 들어갔다. 그때 처가댁에 와 있던 친척들이 마침 신방에서 잠을 자다가 한밤중에 놀라 일어나서 몸을 피했다. 신랑은 큰 소리로 외치는 것이었다.

"부인네들은 저마다 얼른 피하시되, 유서방댁은 그대로 남겨 두시지요."

이런 까닭으로 처가댁의 상하 모두 유서방을 싫어하고 괴롭게 여겼다.

신공이 황해도 감사가 되어 내행(內行)을 데리고 갈 적에 유서방으로 하여금 모시고 가도록 했다. 며느리가 아뢰기를,

"유서방은 데리고 가지 마십시오. 우선 남겨 두어서 제 여식이 얼마 동안이나마 쉬게 하는 것이 좋겠습니다."

라고 하였다. 신공은 그 말을 따르지 않고 데리고 갔다. 먹을 진상할 즈음에 신공은 유서방을 불러 물었다.

"너도 먹을 갖고 싶으냐?"

"좋지요."

신공은 "네 마음대로 가져가라"고 일렀다. 유서방은 직접 나가서 제 손으로 큰 먹 100동(同)[181]을 골라서 따로 놓아두는 것이었다. 담당 비장이 앞으로 나와서 아뢰었다.

"이러다가는 진상품이 부족해질 염려가 있습니다."

"급히 서둘러 먹을 다시 주조하라."

유서방은 서실(書室)에 돌아가서 하인들에게 먹을 다 주어버려, 하나도 남은 것이 없었다고 한다.

유서방은 곧 정승 유척기(俞拓基)이다. 수명이 80에 이르도록 해로하였고 지위도 영상(領相)에 이르렀으며 아들도 넷을 두었다. 집까지 부유하여 과연 신공의 말이 그대로 부합되었다.

그 후로 유척기 또한 황해도 감사가 되매 사위인 남원 부사를 지낸 홍익삼(洪益三)[182]을 데리고 갔다. 또 역시 먹을 진상할 때를 당하여 유척기는 사위를 불러 먹을 마음대로 골라 갖도록 했다. 홍서방은 큰 먹 2동, 중간 먹 3동, 작은 먹 5동을 골라 따로 놓아두는 것이었다.

---

181 동(同): 물건을 세는 단위로, 먹의 경우 10자루가 1동이다.
182 홍익삼(洪益三, 1706~1756): 본관은 남양(南陽), 자는 계우(季友). 영조 때 문과에 급제하여 벼슬은 대사간에 이르렀다.

"왜 더 고르지 않느냐?"

"무릇 물(物)이란 모두 쓰이는 곳이 정해져 있습니다. 제가 만약 양껏 고르고 보면 진상을 어떻게 하겠습니까. 서울의 친지들에게 무엇으로 예를 표하시렵니까. 저는 10동만 가지면 충분합니다."

유척기는 슬쩍 보고 웃으며 말했다.

"더없이 정확하군. 음관(蔭官)의 재목으로 알맞겠군."

후일 과연 그의 말과 같이 되었다.[183]

53. 해인사 노승

합천 원님 모씨는 나이 60세로 아들이 하나뿐이었다. 사랑에 빠진 나머지 가르치는 방도를 잃어, 나이 13세가 되도록 목불식정(目不識丁)이었다.

해인사의 대사(大師) 한 사람이 전부터 원님과 친숙한 사이여서 관아에 더러 왕래하였다. 어느 날 와서 보고 말하기를,

"도련님이 이제 유년기를 넘었는데 입학도 하지 못했으니 장차 어떻게 하시겠습니까?"

"아무리 글을 가르치려고 해도 게으름을 부려 명을 따르지 않는데, 차마 매를 들지 못해 이 지경에 이르렀다네. 크게 한스럽군."

"사부가(士夫家)의 자제로서 소년 시에 공부하지 않고 보면 장차 세상이 버린 사람이 될 겁니다. 오로지 자애로운 마음으로 대하기만 하고 공부시키지 않아서야 되겠습니까? 그 인물·범백(凡百)이 장차 세상에 유용한 사람이 되겠거늘, 이처럼 포기하고 보면 매우 안타까운 일입니다.

---

[183] 이 작품이 『청구야담』 권9에 「택손서신재선상(擇孫婿申宰善相)」이라는 제목으로 실려 있다.

소승이 장차 가르쳐보고 싶은데 허락하시겠습니까?"

"불감청(不敢請)이언정 고소원(固所願)이라. 대사가 만약 가르쳐주어 해몽(解蒙)을 시켜 준다면 어찌 크게 다행이 아니겠는가."

"만약 그러시다면 한 가지 약정할 일이 있습니다. 생사여탈의 권한을 저한테 맡기시고 오직 글공부의 과정을 엄히 세운다는 의미로 문서를 만들어 도장을 찍어서 소승에게 주옵소서. 그리고 한번 절간으로 보낸 이후로는 등내(等內)[184]의 관속들을 일체 오고 가지 못하도록 제한하여 자식에 대한 은정(恩情)을 완전히 끊어버린 연후에라야 가능할 것입니다. 의복, 음식을 지공하는 일에 대해서는 소승이 알아서 마련할 터요, 보낼 것이 있으시다면 중들이 내왕하는 편에 소승에게 바로 보내주시는 것이 타당하겠습니다. 사또께서는 이렇게 시행할 수 있겠습니까?"

"명하는 대로 따르겠네."

이에 그의 말대로 하여 문서를 작성해 주었다. 그날로부터 바로 아이를 절간으로 보내고 내왕을 완전히 끊었다. 아이는 절에 올라 온 이후 좌우로 뛰어다니며 노승을 모욕하여 욕설을 하고 뺨을 때리는 등 못하는 짓이 없었다. 대사는 보고도 못 본 척하며 제가 하는 대로 놓아두었다. 사오일 지난 날 아침에 대사는 장삼을 갖추어 입고 안상(案上)을 앞에 놓고 바로 앉았는데 제자 삼사십 인이 나란히 시좌를 하여 그 의례가 대단히 엄숙하였다. 대사는 사리승(闍利僧)[185]에게 명하여 그 아이를 붙잡아오도록 하니, 그 아이는 울부짖으며 욕설을 퍼부었다.

"너희 중놈들, 어찌 감히 양반을 이처럼 욕보이는가. 내가 집으로 돌아가 우리 아버지께 아뢰어 너희들을 때려죽일 것이다."

그리고 또

---

184 등내(等內): 지방 군현의 관장을 그 지방 사람들이 일컫는 말. 여기서는 관아의 뜻으로 쓰임.
185 사리승(闍利僧): 승려, 상좌를 가리킴.

"천 번, 만 번 죽여도 싼 까까머리 중놈아!"

라고 꾸짖었다. 죽어라고 잡히지 않자, 대사는 큰소리를 쳐서 여러 중에게 명하여 끌어 오도록 하였다. 중들이 달려들어 붙잡아다 꿇어 앉혔다. 대사는 소년의 아버지가 직접 쓴 문서를 꺼내 보이며 말했다.

"너의 대인이 이것을 써서 나에게 주었더니라. 이제부터 너의 생사는 나의 손에 달려 있다. 너는 양반가 자제로서 한 글자도 알아보지 못하면서 오로지 패악한 짓만 일삼으니 살아서 무엇 하겠느냐. 이런 버릇을 그대로 가지고 있다가는 장차 너희 가문을 망치고 말 것이다. 우선 내가 내리는 벌을 받아라."

하고서 송곳 끝을 불에 벌겋게 달구어 아이의 허벅지를 찔렀다. 아이는 기절했다가 반 식경이 지나서야 소생하였다. 대사가 또 송곳 끝으로 찌르려 하자, 아이는 살려달라고 애걸하는 것이었다.

"이제부터는 대사의 명을 따르겠으니 다시는 찌르지 마옵소서."

대사는 송곳을 손에 쥐고 책망하고 타이르고 하다가 이윽고 풀어주었다. 아이를 앞에 불러서 먼저 천자문을 가르치는데 날짜별로 과정을 정하고 조금도 쉴 틈을 주지 않았다. 아이는 나이가 들어가자 지능도 늘어, 하나를 들으면 열을 알고 열을 들으면 백을 알 정도가 되었다. 4~5개월 사이에 『천자문』과 『통감(通鑑)』[186]을 모두 통하였으며 밤낮을 가리지 않고 부지런히 공부하여 게으름이 없었다. 일 년 남짓하여 문리가 나고 절에 머무는 동안 공부가 크게 이루어져서 매양 글을 읽을 때 혼자 속으로 다짐하기를,

'내가 사대부의 자손으로 중놈에게 이처럼 욕을 당하고 있다니. 이 모두 공부를 게을리한 소치이다. 내가 장차 부지런히 공부하여 과거에

---

186 『통감(通鑑)』: 중국 고대의 역사를 편년체로 간결하게 서술한 책. 한문을 읽히는 교재로 이용되었다.

오른 다음에 반드시 이 중놈을 때려죽여 오늘의 한을 갚을 것이다.'
라고 했다. 이 일념으로 게을리 않고 더욱 공부에 힘을 썼다. 대사는 또
과거 시험에 관계되는 공부를 시켰다. 하루는 아이를 앞으로 나오게 하
여 이렇게 일렀다.

"너의 공부는 이제 넉넉하니 과유(科儒)[187]가 되기에 충분하다. 내일
나와 함께 산에서 내려가도록 하자."

이튿날 대사는 아이를 데리고 관아로 와서 아뢰었다.

"이제는 글이 다 이루어졌습니다. 등과하고 나면 문임(文任)도 남에게
양보하지 않을 겁니다. 소승은 이로부터 하직하고 돌아가겠습니다."

그러고는 아이를 남겨 두고 떠났다. 그 아이는 비로소 혼처를 구해서
혼인하였다. 아이가 상경하여 과장(科場)에 출입하더니 몇 년 후 과연 과
거에 급제했다. 그리고 수십 년 지나 경상도 감사가 되자 크게 기뻐하며
마음속으로 말했다.

'나는 이제 해인사의 노승을 죽여서 지난날에 쌓인 분을 풀 것이다.'

그가 경상도에 부임을 하여 순행을 나갔는데, 형구(形具)를 갖추되 곤
장을 특별히 준비하고 집장사령(執杖司令)으로 매질을 잘하는 자 3~4인
을 골라서 따라오도록 신칙을 하였다. 해인사에 당도하면 그 노승을 때
려죽일 계획이었던 것이다. 행차가 홍류동(紅流洞)[188]에 이르렀을 때 이
노승이 여러 승려를 거느리고 길옆에서 공손히 영접하는 것이었다. 감사
가 이를 보고 교자(轎子)에서 내려 노승의 손을 붙잡고 정답게 인사를
하였다. 노승이 흔연히 웃으며 말했다.

"소승이 죽지 않고 감사또의 위의를 뵙게 되니 더없이 다행이옵니다."

그리고 같이 절로 들어가니, 노승이 청하여 말했다.

---

187 과유(科儒): 과거 시험에 응시하는 선비를 가리키는 말.
188 홍류동(紅流洞): 해인사로 들어가는 계곡의 길로, 경치가 좋은 것으로 유명함. 지금의
    경상남도 합천군 가야면에 있음.

"소승이 거처하는 방은 사또께옵서 예전에 공부하던 곳입니다. 오늘 밤에는 하처(下處)를 옮기시어 소승과 함께 베개를 나란히 하고 주무시는 것이 어떻겠습니까?"

감사가 허락하여 함께 그 방에 들었다. 시각이 깊어진 뒤에 노승이 물었다.

"사또께서 소년 시 공부할 적에 필시 소승을 죽일 마음이 있었지요?"

"그러했지."

"문과에 급제하여 감사가 되실 때까지 그 마음을 그대로 가지고 있었지요?"

"그러했지."

"순행을 떠날 때 마음에 맹세하고 소승을 때려죽이려고 따로 형장을 갖추고 집장사령을 뽑아 데리고 오지 않았습니까?"

"그러했지."

"그랬다면 사또께서는 왜 때려죽이지 않고 교자에서 내려 정답게 대하셨습니까?"

"지금까지 품어온 원한을 마음에 잊지 않고 있었으되, 대사의 얼굴을 대하매 그런 마음이 얼음이 녹고 구름이 흩어지듯 사라져서 저절로 반가운 마음이 일어났던 까닭이었네."

"소승 또한 이미 헤아려 알았습니다. 사또께서는 장차 지위가 대관에 이르실 터인데 모년 모월 모일 평양 감사로 부임하실 때 소승이 응당 상좌를 보낼 터입니다. 사또께서는 필히 예우를 하고 소승을 보는 것 같이 대하여 함께 같은 방에서 주무셔야 합니다. 제 말을 삼가 잊지 마시고 모름지기 이와 같이 하옵소서."

감사는 그렇게 하겠노라고 대답했다. 노승은 또 종이 한 장을 꺼내 보이며

"이건 소승이 사또를 위하여 운수를 헤아려 햇수 별로 적어 놓은 것입

니다. 수명을 얼마나 누리시고 지위가 몇 품에 오를지 훤히 알 수 있을 겁니다. 아까 말씀드린 평양 감영의 일은 삼가 잊지 마옵소서."
라고 하니, 감사는 그렇게 하겠노라고 대답했다. 이튿날 감사는 쌀과 포목, 돈 등을 절에 많이 지급하고 떠났다.

그 후 몇 년이 지난 뒤에 과연 평양 감사로 부임하였다. 어느 날 감영의 문지기가 고하였다.

"경상도 합천군 해인사에서 올라온 중이 찾아와서 뵙겠다 합니다."
감사는 홀연히 깨닫고 즉시 들어오게 하였다. 대청에 올라오도록 하여 소매를 잡고 무릎을 맞대고 노승의 안부를 물었다. 상을 나란히 하여 저녁밥을 들고 밤이 되어서는 한 방에 자리를 들었다. 시각이 깊어졌는데 방바닥이 지나치게 더워 감사는 그 중과 잠자리를 바꾸어 누웠다. 깊이 잠이 든 중에 홀연 피비린내가 나서 중을 손으로 더듬어 보니, 중이 누운 곳에 물기가 있어 손에 적셨다. 이내 통인을 불러서 불을 밝히고 보니 중의 배가 칼로 난자당한 상태로 오장이 튀어나와 방바닥에 유혈이 낭자했다. 감사는 깜짝 놀라 급히 시신을 밖으로 옮겨 놓도록 하였다. 이튿날 아침에 철저히 조사하도록 했더니 감사가 사랑하는 기생을 관노가 좋아하여 서로 간에 현혹이 된 관계였다. 이런 까닭에 악감을 품고 감사를 해치려고 들어왔다가 방의 아랫목에 있는 사람이 감사인 줄 알고 그를 찔렀던 것이다. 이에 붙잡아서 엄히 심문하니 일일이 사실대로 불어서 드디어 법으로 다스렸다. 중은 치상(治喪)을 하여 본사에 내려보냈다.

대개 대사는 미리 이런 환란이 있을 줄 알고 상좌로 하여금 그 액을 대신 받도록 하였던 것이다. 그 후로 감사는 공명과 수한이 모두 대사가 적어 놓은 평생 운수와 그대로 부합되었다.[189]

---

[189] 이 작품이 『청구야담』 권8에 「교아동해인사승위사(敎衙童海印寺僧爲師)」라는 제목으로 실려 있다.

54. 호팔자(好八字)

유(柳) 아무는 서울 사람이다. 일찍이 글을 잘한다는 명성이 있어 20세 전에 사마시(司馬試)에 합격하였으나, 집이 몹시 빈궁하여 수원 땅에 내려가 살았다. 그의 처 모(某)씨는 재주도 있고 아름다웠는데, 그녀가 바느질해서 살아가는 형편이었다.

어느 날 문밖에서 전하는 말이 검무를 잘하는 여자가 왔다고 하였다. 유생은 안마당으로 불러들여서 검무를 한번 추어보도록 하였다. 그 여자는 집안으로 들어와서 유생의 처를 자세히 바라보더니 곧바로 마루로 올라와 서로 붙들고 방성대곡(放聲大哭)을 하는 것이었다. 유생은 무슨 영문인지 몰라 자기 아내에게 물었으나, 다만 전부터 잘 아는 사람인 까닭이라고 대답할 뿐이었다. 그리하여 검무를 보이지도 않고 여러 날 머물러 있게 하다가 떠나보냈다.

이후 4~5일이 지나 집 앞의 길을 바라보니 산뜻한 가마 3채가 준마에 매어 오는데, 앞에 여종 몇 쌍이 말을 타고 있었으며 뒤에는 배행(陪行)이 없었다. 이 행렬이 곧바로 그의 집으로 들어오고 있었다. 유생은 의아하여 사람을 시켜서

"어디서 오신 내행(內行)인데, 우리 집에 잘못 들어오는 것이오?"
하고 물었으나, 하예는 대답도 않고 대문 안으로 들어오더니 안문 안에서 가마를 내렸다. 따라온 사람과 말은 모두 점막(店幕)으로 들어가 쉬었다. 유생은 의아한 마음이 배나 더 생겨서 안에 글을 써 들여보냈으나,

"나중에 응당 알게 될 것입니다. 굳이 물으실 것이 없습니다."
라고 하였다. 그날 저녁밥부터 유생의 상에 오른 반찬이 수륙진미(水陸珍味)를 갖추어서 풍성하였다. 유생은 마음에 더욱 의혹이 일어 또 글을 써 물었으나,

"배불리 잘 자시고, 굳이 물어보실 것이 없습니다. 나중에 응당 아시리다. 앞으로 며칠 동안은 안으로 들어오실 생각을 마십시오."

라고 하였다. 다음날 아침저녁의 밥상도 또한 같았다. 여러 날이 지나서 안에서 편지로 서울 길을 떠나자고 청하는 것이었다. 유생은 괴이하여 자기 처를 중문간에서 잠깐 만나자고 하여 물었다.

"내행은 어느 곳에서 왔으며, 조석의 지공(支供)은 어찌하여 전에 비해 풍성하게 되었고, 서울 길을 가자는 것은 무슨 까닭에 하는 말이며, 서울 길은 웬 곡절이 있는데 어떻게 치행(治行)을 해서 출발하는 것이오?"

그의 처는 웃으며 말했다.

"군이 억지로 물을 것이 없습니다. 조금 지나면 아시리이다. 서울 길을 가는 인마(人馬)에 대해서는 마음을 두실 것이 없습니다. 응당 다 준비해 두었으니 떠나시기만 하면 됩니다."

유생은 더욱 의혹이 일었지만 그냥 하는 대로 맡겨둘 밖에 없었다.

그 이튿날 가마 3채를 전처럼 말에 붙여 끌었으며, 그 자신이 타고 갈 말 또한 이미 안장을 갖추어 대기하고 있었다. 그래서 우선 말을 타고 가마 뒤를 따라갔다. 서울의 남대문에 당도해서 회동(會洞)[190]의 큰 저택에 가마 3채가 안문으로 들어가고, 자기는 중문 밖에서 하마(下馬)하여 들어가니 널찍한 사랑채인데 음식상과 함께 자리가 마련되어 있었다. 그리고 서책이며 붓과 벼루 등속이 갖추어 있었고 타구며 요강 등 기물도 좌우에 벌여 있었다. 갓을 쓴 사람 몇이 겸종(傔從)처럼 명령을 기다리며 서 있었다. 이윽고 노속(奴屬) 4~5인이 뜰에 들어와 배알하는 것이었다. 유생이 물었다.

"너희들은 누구냐?"

"저희들은 댁의 하예입니다."

"이 집은 누구의 집이냐?"

"진사님 댁이올습니다."

---

190 회동(會洞): 지금 서울 중구의 회현동(會賢洞)에 속한 지명.

"좌우에 펼쳐진 기물들은 어디서 온 것이냐?"

"모두 진사님이 사용하실 물건이옵니다."

유생은 놀라고 의심스러워 완전히 운무 가운데 들어가 앉아 있는 것 같았다. 저녁밥을 들고 나서 촛불을 밝히고 앉아 있는데 그의 처가 편지로 고해 왔다.

"오늘 밤 미인 한 사람을 내보내겠으니, 고적한 마음을 잠깐 위로하소서."

유생은,

"미인이라니 누구를 말하는 것이며, 이 무슨 일인가?"

라고 답을 하였으나, 그의 아내는 "나중에 아실 겁니다."라고 대답할 뿐이었다.

밤이 깊은 후에 겸종들은 모두 다 밖으로 나갔다. 안쪽 문에서 시녀 둘이 한 빼어난 미인을 곱게 단장을 시켜 부축해 나와서 촛불 아래 앉혀 두는 것이었다. 시녀가 또 침구를 가지고 들어왔다. 유생은 어떤 사람인가 물었으나 웃기만 하고 대답이 없었다. 이내 더불어 같이 잠자리에 들었다. 이튿날 아침에 그의 처가 새 사람을 얻은 데 대하여 축하하는 편지를 쓰고 덧붙여서,

"오늘 밤에도 다른 미인을 바꾸어 보내지요."

라고 하였다. 유생은 도무지 그 연유를 알 수 없어 그냥 맡겨둘 따름이었다. 그날 밤에도 시녀가 어제처럼 한 미인을 부축해서 들어오는데, 그 얼굴을 살펴보니 다른 여자였다. 유생은 또 그녀와 더불어 함께 잠자리에 들었다. 이튿날 아침에 그의 처가 또 축하하는 편지를 써서 보냈다. 이날 오후 대문 밖에서 문득 갈도(喝導)[191]하는 소리가 들리더니 한 하인이 들어와서,

---

191 갈도(喝導): 고관의 행차 앞에서 길을 비키라고 소리치는 일.

"권 판서 대감 행차가 들어오십니다."

라고 아뢰는 것이었다. 유생은 놀라 얼른 마루에서 내려가 공손히 대기했다. 이윽고 한 백발의 재상이 초헌을 타고 들어오더니 유생을 보고서 반갑게 손을 잡았다. 대청에 올라와서 정좌하매, 유생은 절을 드리고 여쭈었다.

"대감께옵서는 어떤 존귀한 분이신지, 소생은 아직 한 번도 뵙지를 못했습니다. 무슨 일로 왕림을 하셨습니까?"

그 대감은 웃으며 말하는 것이었다.

"군은 아직도 꿈에서 깨어나지 못했는가? 내가 우선 이야기하겠네. 군과 같은 호팔자(好八字)는 고금에 짝이 없으리라. 연전에 군의 처가댁과 우리 집, 그리고 역관 현 지사(玄知事)의 집이 담을 사이에 두고 나란히 있었는데, 동년 동월 동일에 세 집에서 모두 딸을 낳았더라네. 매우 희한한 일인 까닭에 세 집에서 늘 애들이 오고 가고 하였지. 차츰 자라면서 세 딸은 아침저녁으로 서로 어울려 놀면서 저희들끼리 평생 한 사람을 섬기기로 함께 약속하고 맹세했던 모양인데, 나는 그 사실을 까맣게 모르고 있었다네. 두 집에서도 필시 알지 못했겠지. 그 후 군의 처가댁은 어디로 이사 가서 다시는 소식을 듣지 못했지. 나의 여식은 서녀(庶女)인데 출가할 나이가 되어 혼인을 의논한즉, 죽어도 시집을 가지 않겠다고 하면서 이미 전에 약속하여 마땅히 군의 처를 따라서 한 사람을 섬기겠다고 하였네. 그렇지 않으면 부모님 댁에서 늙어 죽더라도 결단코 다른 집에 가지 않겠다고 고집을 부리더군. 현 지사의 딸도 역시 그러하여 아무리 야단치고 달랬으나 끝내 마음을 돌리지 않아 25세가 지나도록 아직도 시집을 가지 못하였지. 전에 들으니, 현 지사의 딸은 검술을 배우고 남장을 하고서 팔방을 돌아다니며 군의 처가를 찾으려고 하였더라네. 그러다가 일전에 마침내 수원 땅에서 군의 처를 만나게 된 것이지. 그저께 밤에 나왔던 여자는 나의 서녀이고, 어젯밤에 나왔던 여자는 현 지사의 딸이라. 이 집과 노비, 가장집물과 서책 그리고 전토 등속은 모두 나와 현지사가 장만한 것이라네. 군은 일거(一擧)에 두 미인과 큰 재산을 얻었으니, 옛날의 양소유도 이보다 나을 것이 없겠네. 군이야말로 참으로 호팔자이지."

이내 사람을 시켜서 현 지사를 오게 했다. 얼마 안 있어 한 노인이 금관자에 붉은 각대를 띠고 앞에 와서 인사를 하였다. 권 대감은

"이분이 현 지사라네."

하고 가리켜 주었다. 세 사람이 같이 앉아서 술과 안주를 성대하게 차리고 종일토록 즐기다가 자리를 파했다. 권 대감은 다름 아닌 권대운(權大運)[192]이었다. 유생은 1처 2첩을 거느리고 한 집에서 화락하며 몇 년을 보냈다. 어느 날 유생의 처가 말했다.

"지금 조정을 보건대, 남인이 득세하여 권 판서는 남인의 영수로 권세를 잡고 있지 않아요? 근래 일어난 일은 모두 인륜에 어긋난 일이니 오래지 않아 필시 패하고 말 것입니다. 패하고 보면 필시 화가 미칠 겁니다. 생각하옵건대 일찍이 낙향하여 화를 면할 계책을 차리는 것만 같지 못합니다."

유생은 그 말을 그럴듯하게 여겨 가산을 다 팔아가지고 처첩을 거느리고 시골로 내려갔다. 그리고 다시는 서울 출입을 하지 않았다. 갑술년[193]에 민왕후가 복위되고 나서 남인들이 모두 죽임을 당하고 쫓겨날 적에 권대운 또한 그 속에 들어가 있었다. 유생 홀로 수좌율(收坐律)[194]에 걸리지 않았으니, 유생의 처는 여자 중에 식견이 있는 사람이라고 하겠

---

192 권대운(權大運, 1612~1699): 본관은 안동(安東). 숙종 연간 남인의 중요한 인물로서, 벼슬은 영의정에까지 올랐다. 갑술환국(甲戌換局) 때 삭탈관직을 당하고 멀리 유배 가게 되었다.
193 갑술년: 1694년으로 이때 희빈 장씨가 폐위되고 인현왕후가 복위되면서 남인이 실권하고 노론이 득세하게 되었다.
194 수좌율(收坐律): 연좌죄에 해당하는 말. '隨坐'라고도 함.

다. 당시 남인의 재상들 중에 그에 미칠 자가 있겠는가![195]

55. 겸인 홍동석(洪東錫)

  홍동석(洪東錫)은 선혜청 서리로 이우당(二憂堂) 조태채(趙泰采)[196]의 겸인이었다. 신임(辛壬) 연간(1721~1722)에 소론 대관(臺官)이 발계(發啓)를 하고, 일부러 홍동석을 시켜 그 문서를 쓰도록 했다. 홍동석은 붓을 던지며 이렇게 아뢰었다.

  "아들은 자기 아버지의 죄명을 쓸 수가 없는 법입니다. 겸인과 그 주인으로 모시는 관원 사이에는 부자의 의리가 있으니, 소인은 이 문서를 쓸 수 없습니다."

  여러 대관들이 노하여 그를 구금하고 형장을 몇 차례 가하는 데 이르렀으나, 홍동석은 끝끝내 그 문서를 쓰지 않았다.

  이우당이 제주도로 유배를 가매 홍동석은 선혜청 이속 자리에서 스스로 물러나 이우당을 따라 내려갔다. 후명(後命)이 내릴 때에 이르러 회헌(悔軒) 조관빈(趙觀彬)[197]은 그 사실을 알고 말을 달려 내려갔다. 그 행차가 배소(配所)에 당도하자면 30리쯤 남았을 때 사약도사(賜藥都事)가 먼저 들이닥쳤다. 도사가 사약 사발을 마시라고 재촉하는데 홍동석이 옆에 있다

---

195 이 작품이 『청구야담』 권7에 「유상사선빈후부(柳上舍先貧後富)」라는 제목으로 실려 있다.
196 조태채(趙泰采, 1660~1722): 본관은 양주(楊州), 이우당(二憂堂)은 그의 호. 경종 때 노론사대신의 한 사람으로, 연잉군(延礽君, 후에 영조가 됨)의 세제 책봉을 주장하다가 소론 측의 탄핵을 당해서 진도로 귀양 가고, 그곳에서 사약을 받았다. 여기서 그의 유배지를 제주도라고 한 것은 착오로 보인다.
197 조관빈(趙觀彬, 1691~1757): 조태채의 아들로, 회헌(悔軒)은 그의 호. 영조 때 관직이 호조판서에 이름.

가 간절히 청하였다.

"듣건대 죄인의 아들이 머지않아 당도할 것이랍니다. 조금만 지체해 주시면 부자간에 상면할 수 있겠습니다."

도사는 허락하지 않았다. 이에 홍동석이 발로 그 약사발을 차서 땅에 엎어뜨렸다. 여러 사람들이 모두 깜짝 놀랐으나 어찌할 도리가 없었다. 도사는 부득이 약사발을 바닷물에 잘못 빠뜨린 것으로 위에 보고서를 올렸는데, 그럴 즈음 회헌이 도착했다. 의금부로부터 다시 약사발을 내려보내느라 시일이 한 달 남짓 걸렸다. 후명을 받을 때에 이우당은 아들 회헌을 돌아보고,

"너는 동석이를 동기(同氣)처럼 여겨야 할 것이다."
라고 일렀다.

홍동석은 상행(喪行)을 따라서 서울로 올라와 다시 선혜청 아전이 되었다. 그 자리를 대대로 계승하여 그의 아들, 손자들이 조공(趙公) 댁의 문하에 출입하여 한 식구처럼 안으로도 내왕했다고 한다. 그의 손자 홍우정(洪禹鼎)은 곧 나의 부친의 겸인이었는데, 또한 의기가 있는 사람이었다. 사복시의 서리로 늙어서 퇴임하였는데 뒤에 가자(加資)[198]를 받았고, 연전에 작고하였다.

56. 관상(觀相)

연산(連山) 사는 김수(金銖)는 관상을 잘 보는 사람으로, 노론사대신의 문하에 출입하였다. 신임(辛壬) 연간 이전의 일이다. 그가 교외에서 어가(御駕)의 거둥을 관람하여 조반(朝班) 행렬 사이의 여러 사람을 둘러보다

---

198 가자(加資): 관원들의 임기가 찼거나 근무 성적이 좋은 경우 품계를 올려주는 일.

가 혼자 탄식하였다. 그러다가 맨 끝의 산반(散班)[199]의 행렬에, 외모도 훤칠하지 못하고 못난 말을 탄 조관이 끼어 있었다. 지나가는 사람에게 저 이가 누구냐고 물은즉 심 첨지(沈僉知)라고 가리켜 주었다. 그의 집이 어느 동인지 알아두어서 이튿날 방문을 하였다. 심 첨지라는 이는 놀라 일어나 맞으며,

"성명을 들은 지 오래였으되 맞아올 길이 없었더니, 오늘 무슨 바람이 불어서 이렇게 오셨소?"

라고 말하였다.

"저는 관상을 보는 재주가 있어 영감의 상을 보아 드리기 위해 왔소이다."

그리고서 김수는 이렇게 말했다.

"영감은 크게 귀인이 될 상입니다. 몇 년 이내에 지위가 필시 일품에 오를 겁니다."

"그럴 이치가 있겠소?"

"관상의 법이 없다면 모르거니와 있다면 제 말이 틀리지 않을 것입니다."

이어서 말하기를,

"영감께 부탁드릴 말씀이 있는데, 영감은 잊지 않고 기억하시겠습니까?"

라고 하니, 심 첨지는 "우선 말해보시오."라고 하였다. 김수는 종이와 붓을 달라고 하여,

"모년 모월 모일에 호서의 김모는 고향 땅으로 돌아가 다시는 문밖 출입을 하지 않았다."

라고 써서 벽에 붙여 놓고서 이렇게 말했다.

"후일에 필시 무슨 사건이 생길 터인데, 소생은 오늘로부터 곧바로 고향으로 돌아가 다시는 서울 출입을 않겠소이다. 영감께서는 모름지기 마음에 기억해두시고 저를 살려주옵소서."

---

[199] 산반(散班): 품계만 있고 실질적인 자리가 없는 벼슬자리를 이름.

심 첨지는 놀라고 의아하여,

"무슨 말이 그렇게 망령되오?"

라고 말했다. 김수는,

"말이 망령되고 망령되지 않고를 물론하고, 우선 제가 여기 써 놓은 말로 증언을 해주옵소서."

라고 말한 다음, 하직하고 나갔다. 심 첨지는 마음속으로 적이 의아하게 여겼다. 그는 곧 심단(沈檀)²⁰⁰이니, 신임 연간에 판금오(判金吾)가 되어 대옥(大獄)을 담당하게 되었다. 국청에서 겸인들의 입에 호서의 김수란 사람이 아직도 들락거린다는 말이 여러번 나왔다. 이에 심단은 크게 깨달아

"김생은 귀신 같은 사람이로군."

이라고 속으로 말하고 드디어 입을 열었다.

"김생이 연래에는 서울에 있지 않은 사실을 내가 잘 알고 있소."

하고 마침내 그를 힘써 구제하였다.

57. 노론사대신(老論四大臣)

경종의 병환이 오래 낫지 않고 있었는데 후계가 정해지지 못했다. 당시 삼종(三宗)²⁰¹의 혈맥으로는 단지 영조가 있을 뿐이었다. 사대신(四大臣) 중에서 몽와(夢窩) 김창집(金昌集) 공과 소재(疏齋) 이이명(李頤命) 공, 한포재(寒圃齋) 이건명(李健命) 공이 국가의 깊은 우려가 되는 문제라고 생각하여 후계자를 세우자는 의론을 제기해서, 이정소(李廷熽)²⁰² 공이 상

---

200 심단(沈檀, 1645~1730): 본관은 청송(靑松), 호는 약현(藥峴), 추우당(追尤堂). 윤선도의 외손자. 1673년 문과에 급제하여 대사헌, 판의금부사 등을 역임한 인물이다.

201 삼종(三宗): 여기서는 효종, 현종, 숙종으로 이어지는 왕통을 가리킴.

202 이정소(李廷熽, 1674~1736): 본관은 전주(全州), 호는 춘파(春坡). 1714년 문과에 급

소를 하여 청하였다. 조태구(趙泰耈), 최석항(崔錫恒), 김일경(金一鏡), 유봉휘(柳鳳輝) 등의 무리가 필히 그 의론을 저지하고자 했다. 이우당(二憂堂) 조태채(趙泰采) 공은 조태구와 종형제간이었다. 세 대신이 대사를 논하면서 이우당은 조태구 쪽이라 하여 함께 대사를 상의하지 않았다. 이우당이 가서 세 분을 보고 말하였다.

"세 대감께서 대사를 의논하는 것으로 알고 있는데, 소생을 참여시키지 않은 것은 무슨 까닭이오? 혹시 소생의 종항간에 걸리는 일이 있다 하여 그런 것이오? 공사(公私)가 다르고 의리가 지극히 엄중하거늘, 어찌 사사로움으로 공을 해칠 것이오? 소생 또한 그 의논에 참여하겠소."

그리하여 이우당도 함께 그 의논에 참여하게 되었다. 이분들을 사대신으로 일컫는다.

조태구·유봉휘 등은 영조가 영명한 것을 꺼리고 경종 병중에 권세를 부릴 수 있는 것을 좋아하여 마침내 큰 옥사를 일으켰다. 사대신 및 나라에 충성을 바친 신하들을 한꺼번에 제거하여, 크게는 주륙을 하고 작게는 귀양을 보내서 조정이 일시에 비고 말았다. 이것이 신임사화(辛壬士禍)이다. 이우당 또한 그 가운데 들어 있었다. 그 둘째 아들인 회헌공(悔軒公, 조관빈)이 조태구 형제의 집에 가서 울며 호소했으나, 조태구는 회헌에게

"너의 아버지가 만일 우리에게 한마디라도 한다면 마땅히 힘써 구하도록 하겠다."

라고 말했다. 회헌이 울며 돌아와 그 말을 아뢰니, 이우당은 노하여 꾸짖고 끝내 한마디 말도 하지 않아 후명(後命)을 받는 데 이르렀음에도 후회하는 마음이 없었다.

갑진년(1724) 영조가 등극한 다음에 사대신이 모두 복관되었다. 병신년(1776) 정조의 치제문(致祭文)에

제하여 병조참판 등을 역임한 인물이다.

"화(禍)가 가문 안에서 일어나 충(忠)과 역(逆)이 갈라졌다."[203]
라고 한 말씀은 위의 일을 의미한다.

그때 화가 하늘까지 닿아 노론 쪽 사람들은 모두 일망타진이 되었고
여자들까지 다 유배를 보냈다. 나의 증대고모는 김달행(金達行) 공[204]에게
시집을 갔으니 몽와의 손부인데, 역시 귀양 보내는 속에 들어 있었다.
의금부의 하예가 대고모님의 이름을 묻자 몸종이 그의 뺨을 때리며,

"네가 어찌 감히 우리 상전의 이름자를 묻느냐?"
라고 하였다 한다. 듣는 사람들이 다들 웃었다.

58. 장붕익(張鵬翼) ①

무숙공(武肅公) 장붕익(張鵬翼)[205]은 집이 가난하고 어버이가 늙어 붓을
버리고 무과로 나아가 지위가 형조판서에 이르렀다. 무신난(戊申亂)과 을
해년의 역변(逆變)이 일어났을 때, 그가 장붕익이 갑옷을 입고 칼을 들고
대전의 문밖에 서 있자 영조는 안심하고 취침을 하였다. 그가 나라의
안위를 짊어진 것이 이와 같았던 것이다. 형조판서에 훈련대장과 포도대
장을 겸하여 항상 초헌을 탔다.

어느 날 성 밖을 나가 한 동네를 지나가는데, 그때 마침 생원진사과의

---

203 정조의 치제문은 「충익공조태채치제문(忠翼公趙泰采致祭文)」(『홍재전서(弘齋全書)』
권20)으로, 해당 구절은 "變起門墻, 忠逆洒判."이다. 저본에는 "禍起肅墻, 忠逆乃判."으
로 나와 있다.

204 김달행(金達行, 1706~1738): 본관은 안동(安東). 김창집의 손자. 1800~1802년에 김조
순(金祖淳)의 할아버지로서 이조참의, 이조참판을 거쳐 이조판서로 추증되었음.

205 장붕익(張鵬翼, 1674~1735): 본관은 인동(仁同). 현종~숙종 연간의 무신. 1699년 무과
에 급제하여 한성판윤, 훈련대장, 포도대장 등을 역임하고 형조판서까지 올랐다. 이인
좌의 난(1728)때 총관(摠管)으로서 영조를 호위하였다. 시호는 무숙공(武肅公)이다.

합격자를 발표하여 곳곳에 풍악의 소리가 울렸고 집집마다 광대를 불러들였다. 길옆의 우물가에 한 여종이 물을 긷고 있는데 옆에서 누군가 물었다.

"너희 집 신은(新恩)은 어떻게 응방(應榜)²⁰⁶을 하신다느냐?"

"응방은 둘째 문제이고 조석을 잇기 어려워 우리 집 노상전(老上典)이 바야흐로 부황이 든 상태인데, 응방을 생각이나 할 것이오?"

이때 장공이 그 말을 듣고 초헌을 멈추고 그 여종을 가까이 불러 물었다.

"너의 집은 어디 있으며, 너의 상전이 응방을 하게 되었느냐?"

그녀는

"우리 집이 아무 곳에 있습니다."

하고 손으로 가리키는데, 멀지 않은 곳에 비바람도 가리지 못할 몇 칸의 조그만 집이었다. 이에 장공은 찾아가 그 집 앞에서 신래(新來)²⁰⁷를 부르니 선비는 거기에 응하지 않고 이렇게 말했다.

"무장이 어찌 신래를 부른단 말이오? 나는 나갈 수가 없소."

장공이 말했다.

"나 또한 생진(生進)이다. 생진이 생진을 부르는데 안 될 것은 무엇인가. 얼른 나오너라."

선비는 부득이 나와서 부름에 응하여 여러 차례 나가고 물러나고 한 다음 함께 문 안으로 들어갔다.

"응방은 어떻게 하려는가?"

장공이 묻자 선비는 대답을 하였다.

"아침, 저녁도 거르는 형편인데 응방을 어떻게 생각이나 하겠습니까?"

---

²⁰⁶ 응방(應榜): 과거시험 급제자가 발표 행사에 참여하는 것을 가리키는 말.

²⁰⁷ 신래(新來): 원래는 과거 합격자를 이르는 말로 신은(新恩)과 동의어임. 서울 풍속에서 과거 합격자는 가까운 어른들께 찾아가 뵙는데, 이때 어른이 신래를 불러 앞으로 나오고 물러나게 했다. 이 절차를 신래라고 일컫게 되었다.

"응방은 내 마땅히 할 수 있도록 마련해 주겠네."

그리고 또 장공은 말했다.

"시하(侍下)의 처지로는 응당 광대를 불러야지."

"시하이긴 하지만 응방도 할 도리가 없는데, 어떻게 광대를 부르는 일을 의논이나 하겠습니까?"

"그렇지 않지. 시하의 사람으로서 어떻게 광대를 부르지 않을 수 있겠는가?"

그리고서 장공은 포도청에 분부하여 광대 4인을 잘 뽑아 보내되 복식도 선명하게 차려입고 창방(唱榜)[208]하는 앞에 대령하도록 하였다.

"내 장차 여기 머물러 있으면서 한번 놀아보겠노라."

장공은 도감신영(都監新營)[209]에서 밤잔치를 성대하게 마련하도록 하여 이곳에 대령하도록 하였으며, 좌우의 산대[210]는 포청으로 하여금 대령하도록 분부했다. 날이 저물어 선비의 집 앞 큰 거리에 놀이마당을 펼치고 밤이 새도록 풍악을 잡히다가 새벽이 되어 자리를 파했다. 또 300전을 그의 노친에게 드리도록 하고 떠났다. 선배의 풍류가 이와 같았다.

59. 장붕익(張鵬翼) ②

나의 고조부[211]의 치제(致祭)[212] 시에 조정의 벼슬아치들이 많이 모였

---

208 창방(唱榜): 대과나 소과 등 과거시험에 합격했을 때 벌이는 잔치. 문희연(聞喜宴)이라고도 함. 문과 합격자는 어사화를 꽂고 광대와 기생을 불러 즐겁게 노는 것이 관습이 되어 있었다.

209 도감신영(都監新營): 훈련도감 신영(新營). 별칭 북영(北營)인데, 창덕궁 근방에 있었다.

210 산대(山臺): 원문은 산붕(山棚). 공연 가설무대를 이름. 중국의 사신을 맞아 벌이는 놀이를 산대희라 일컬었음. 산대희를 관장하는 좌산대도감(左山臺都監)과 우산대도감(右山臺都監)이 있었다.

다. 이때 무숙공(武肅公) 장붕익(張鵬翼)이 한성판윤 겸 훈련대장으로 자리에 참여하여 대청에서 안석에 기대어 담배를 피우고 있었다. 대관(臺官)으로 있었던 유척기(兪拓基)가 뒤에 와서 대청으로 오르려다가 곧 발을 돌려 나갔다. 좌석에 앉은 손들은 모두 왜 그런지 까닭을 알지 못했다. 유공은 작은 사랑에 앉았다가 사간원의 서리에게 분부하였다.

"대청에 앉은 분들 중에 담뱃대를 빗겨 물고 안석에 기대 있는 중신(重臣)이 누구라더냐?"

"훈련대장 사또올시다."

유공은 소리를 질렀다.

"오늘 이 자리는 공석(公席)이다. 무장이 어찌 감히 공석에서 이처럼 무례할 수 있단 말이냐? 그 하인을 발패(發牌)[213]를 하여 잡아오도록 하라."

훈련원 사람이 사간원의 분부로 장공에게 아뢰자, 이내 장공은 담뱃대를 던지면서 일어나며

"가야겠군."

하는데, 한번 눈썹을 찌푸리자 망건이 터졌다.

후에 장공은 유공을 만나자 법을 바로 집행했다는 의미로 감사를 드리고 서로 즐겁게 담소하다가 헤어졌다. 유공이 법을 잘 집행한 것과 장공의 기개가 대개 볼 만하다.

---

211 고조부: 이집(李潗, 1670~1727)을 이름. 문과에 급제하여 벼슬은 황해도 관찰사에 이르렀음.

212 치제(致祭): 지위가 높았던 신하에 대해 나라에서 예를 갖추어 지내주는 제사.

213 발패(發牌): 패(牌)를 발부하여 기강을 어긴 자를 잡아 오도록 하는 것. 패는 지금의 영장에 해당하는 것.

60. 장붕익(張鵬翼) ③

무신 장붕익(張鵬翼)은 충(忠)과 역(逆)의 구별이 매우 엄정하였다. 당시 정승인 이광좌(李光佐)[214]를 부를 경우 반드시 성을 빼고 불렀다. 차대(次對)[215]하는 자리에서 이광좌가 아뢰었다.

"요즘 무장들이 교만한 언행이 많아 한심하옵니다. 신이 기왕에 대신의 반열에 끼어 있음에도 소신을 모멸하는 일이 아주 심합니다. 조정의 체모가 이와 같아서는 안 될 듯하옵니다."

"그 무장이 누구냐?"

"훈련대장이옵니다."

임금이 하문(下問)하려고 할 때에 마침 우의정인 단암(丹巖) 민진원(閔鎭遠)[216]이 들어왔다. 장공이 계단에서 내려와 공손히 맞았다. 경연(經筵)에 있던 신하들이 모두 놀라고 해괴하게 여겼다. 장공은 민정승을 따라 올라와서 민정승이 자리에 앉은 다음에 나아가 엎드리고 아뢰었다.

"소신은 대신을 공경하는 것이 이와 같습니다. 저 영상은 곧 역신(逆臣)입니다. 신이 비록 무신이오나 어찌 적신(賊臣)에게 예를 갖추어 대하겠습니까?"

임금은 대로하여 장붕익을 관직에서 쫓아내도록 명했다.

---

214 이광좌(李光佐, 1674~1740): 본관은 경주(慶州), 자는 상보(尙輔), 호는 운곡(雲谷)이다. 백사 이항복의 후손이며 당파는 소론에 속했음. 1725년(영조 1)에 영의정에 올랐음.

215 차대(次對): 매달 여섯 차례씩 의정(議政), 대간(臺諫), 옥당(玉堂)들이 임금 앞에 나아가 정무를 보고하던 일.

216 민진원(閔鎭遠, 1664~1736): 본관은 여흥(驪興), 호는 단암(丹巖)·세심(洗心). 민유중(閔維重)의 아들이자 조선 후기의 문신. 1721년 왕세제 연잉군의 대리청정을 실현하도록 하였으며, 1724년 영조가 즉위하고 노론이 집권하자 우의정에 올랐다. 노론의 거두로서 소론과 대결하며 탕평책을 반대했다. 문장과 글씨에 능하였다.

61. 대장 신여철(申汝哲)

　대장 신여철(申汝哲)[217]이 젊은 시절에 훈련원(訓練院) 사정(射亭)으로 활쏘기 연습을 나갔다. 돌아오는 길에 훈련도감 군졸 하나가 술에 잔뜩 취하여 욕설을 하기에 그를 발로 차서 죽였다. 그리고 곧바로 정익공(貞翼公) 이완(李浣)[218]의 집으로 가서 통자(通刺)를 하니 들어오라고 하였다. 인사를 마치자 이공이 물었다.

　"무슨 일로 왔는가?"

　신여철은 아뢰기를,

　"저는 이름이 아무개올시다. 아까 사정에서 돌아오는 길에 도감 군사 하나가 이러저러 하기로 제가 끝내 그를 발로 차서 죽였습니다. 이를 어쩌면 좋겠습니까?"

　이공은 웃으며 말했다.

　"'살인자사(殺人者死)'라는 법령이 지엄하거늘 어떻게 감히 이 법령을 피할 수 있겠느냐?"

　"죽기는 매한가지입니다. 군사 하나를 죽이고 죽임을 당하는 것은 대장부의 일이 아닙니다. 그 대장을 죽이고 저도 죽으면 어떻겠습니까?"

　"네가 나를 죽이려느냐?"

　"5보 이내에 대장께서는 원조를 청할 사람이 없습니다."

　이공은 웃으며 말했다.

　"우선 좀 기다려라."

하고 훈련도감 집사에게 분부하였다.

　"들건대 군졸 하나가 큰 길에서 술에 취해서 거짓 죽은 척하고 있을

---

217 신여철(申汝哲, 1634~1701): 본관은 평산(平山). 숙종 때 무장으로 훈련대장에 올랐으며 형조판서, 호조판서 등도 역임했다.

218 이완(李浣, 1602~1674): 본관은 경주(慶州). 효종 때 무장으로 신임을 받아 훈련대장에 임명되었다. 오랫동안 다른 자리로 옮기면서도 훈련대장은 겸하고 있었다.

터이니 바로 떠메고 오너라."

졸개들이 명을 받고 그 자를 떠메어 오자, 잡아들여 곤장을 치고 내보냈다. 이에 신여철은 무사하게 되었다. 이공은 그를 잠깐 머무르도록 하고 일렀다.

"너는 큰 그릇이다. 자주 왕래하도록 하여라."

그리고 그를 사랑하기를 친아들이나 조카처럼 하였다. 어느 날 이공은 신여철을 불러서 말했다.

"내가 친히 아는 사람 집이 멀지 않은 곳에 있는데 염병(染病)에 걸려 온 가족이 죽어 시신을 처리할 사람이 하나도 없다. 내가 필요한 물건을 마련해 놓았으니 오늘 밤 네가 그 집에 가서 직접 염을 하는 것이 좋겠다."

신여철은 "예."하고 나가서, 밤이 되자 촛불을 들고 그 집으로 갔다. 한 방 안에 시신이 다섯 구가 있어서, 포목을 가지고 차례차례 염을 하였다. 세 번째 시신에 이르러 염을 하려고 손을 대니 갑자기 시신이 일어나 뺨을 때리는 것이었다. 그러자 촛불도 꺼졌다. 신여철은 조금도 놀라지 않고 손으로 더듬으며 말했다.

"어떻게 이런 일이?"

그리고 사람을 불러 촛불을 붙여 오도록 했는데, 그 시신이 일어나 크게 웃는데 다름 아닌 이공이었다. 이공이 신여철의 담력을 시험해보기 위해 먼저 와서 시체 옆에 누워 있었던 것이다.

62. 부평 김생

세상에 전하기를, '내시의 처와 상관하면 과거에 합격한다'는 말이 있다. 후일 정승에 오른 조현명(趙顯命)[219]이 젊은 시절에 이 말을 듣고 한번 시험해보고 싶었다. 중간에 사람을 놓아 장동(壯洞)[220] 사는 어느 내시의 처에게 뜻을 전했더니 그녀 또한 허락을 했다. 아무 날 내시가 숙직을 하러 들어간 뒤에 남몰래 오기로 약속을 하여, 기약한 날 찾아가니 과연 내시가 없었다. 그녀와 정을 통하고 누워있는데, 깊은 밤에 문을 여는 소리가 들리더니 내시가 집으로 들어왔다. 조현명은 당황하여 어찌할 줄 모르고 있는데 그녀가 이르는 말이었다.

"여기 앉아 계시면서 묻는 대로 대답하시면 됩니다."

이윽고 내시가 공복을 입은 채 방안으로 들어왔다.

"대감, 어찌하여 밤에 나왔소?"

라고 그녀가 묻자 내시는,

"마침 명을 받들어 육상궁(毓祥宮)²²¹에 갔다가 돌아오는 길에 잠깐 당신을 보려고 왔지."

그리고 내시는 조현명을 돌아보고 말했다.

"이 사람이 누군가?"

그녀는 웃으며 대답하였다.

"부평(富平) 사는 저의 사촌 오빠입니다."

내시는 의심스러워하는 태도로 말했다.

"그대가 부평 김생이오? 어찌 진즉 찾아오지 않고 이제서야 왔는가? 언제 들어왔소?"

"바로 오늘 밤 오는 길이오."

그때 마침 과거 시험을 보는 기일이어서 내시가 말했다.

"과거를 보러 왔소?"

219 조현명(趙顯命, 1690~1752): 본관은 풍양(豊壤), 호는 귀록(歸鹿). 영조 때 문과에 올라 벼슬이 영의정에 이른 인물.

220 장동(壯洞): 인왕산 아래에서 창의문(彰義門)에 이르는 지역에 있었던 지명으로 장의동(壯義洞)이라고도 했다. 현재의 종로구 청운효자동 일대에 해당한다.

221 육상궁(毓祥宮): 영조의 생모인 숙빈 최씨를 모신 사당. 현재 청와대 근방에 있는 7궁의 하나로 되어 있다.

"그렇다오."

내시는 서둘러 일어서며 말했다.

"나는 곧 들어가 봐야겠군. 남매간에 오래 막혔던 정회를 풀지."

그리고 일어나면서 당부하는 말이었다.

"그대가 과장에 들어오면 필히 생강밭 옆에 자리를 잡아요. 내가 수라
의 다담상에 올랐던 음식을 가져다 드리리다."

"좋소."

내시가 나간 뒤에 웃으며 그녀와 함께 자리에 들었다가 새벽이 되어
서야 돌아갔다.

며칠 후에 조현명은 과장에 들어가서 내시가 찾아올 것을 염려하여
일부러 장원봉(壯元峰) 아래 자리를 잡았다. 바라보니 어느 내시가 옆에
한 홍의(紅衣)²²²를 거느리고 과장 안을 돌아다니며, "부평 김생(金生), 어
디에 앉아 있소?"하고 소리치며 찾는 것이었다.

과장의 사람들이 다 영문을 몰라 하는데 조현명만 홀로 알고서 그
사람이 가까워오자 부채로 얼굴을 가리고 돌아누웠다. 옆에 있는 친구들
이 조롱했다.

"네가 김생이지? 어찌하여 부르는 소리를 듣고 몸을 피하는가?"

조현명은 아무 대답도 않고 그대로 있었다. 내시가 가까이 다가오자
옆의 친구들이 웃으며 손가락으로 가리키고,

"여기 누워 있다오."

라고 하였다. 내시는 부채를 들춰 보고서,

"그렇군. 여기 있으면서 비록 아무리 소란스런 가운데라도 왜 대답을
하지 않소?"

---

222 홍의(紅衣): 별감이나 능원의 수복(守僕)이 입던 옷, 또는 그 사람을 이름. 여기서는
   궁궐에서 내시를 수종하는 사람을 지칭하는 것으로 보임.

라고 말했다. 그리고 홍의가 휴대하고 있던 과자며 음식 등속을 받아서 건네며 말했다.

"이것으로 우선 요기를 하시오."

동접(同接)들이 다들 웃었으나 조현명은 한 마디 대꾸도 하지 못했다. 마침내 조현명은 그 과거에 합격을 하였는데, 친구들 사이에서 종종 조롱을 받았다 한다.

63. 철공(鐵公)

김굉(金埏)[223]이란 이는 영조 때 대관(臺官)으로, 성격이 강직하고 하기 어려운 말을 마구 하여 사람들이 철공(鐵公)이라고 불렀다. 송순명(宋淳明)[224]이 평안도 관찰사로 임명을 받아 조정에 하직하고 남문 밖으로 나갔는데, 이때에 전별하는 사람들이 나와서 잔칫상이 풍성하였다. 김굉도 마침 자리를 함께하여 술잔을 나누었다. 상을 치운 지 얼마 지나지 않아 송순명은 좌석에 있는 손님들에게 말하기를

"저의 고모 댁이 가까이 있으니 잠깐 인사를 드리고 오겠소이다. 잠시 앉아들 계십시오."

하고 문을 나갔다. 얼마 지나지 않아서 돌아와 발정(發程)을 하려고 하여 손님들이 모두 작별하고 떠났다. 이때 김 대관이 정색을 하고 말했다.

"영감, 떠날 수 없습니다. 기다리셔야 합니다."

---

223 김굉(金埏, 1739~1816): 본관 의성(義城), 자는 자야(子野), 호는 귀와(龜窩). 정조 때 문과에 급제하여 벼슬이 사헌부의 지평(持平)에 이르렀다. 본문에서 그를 영조 때 대관(臺官)을 지냈다고 한 것은 실제 사실과 맞지 않는 것으로 보인다.

224 송순명(宋淳明, 1708~?): 본관 여산(礪山), 자는 화숙(和叔). 그의 이력을 보면 1774년에 대사헌이 되고 1775년 개성 유수로 나갔다가 정조가 왕위에 오른 직후에 파직이 된 것으로 나와 있다.

"무슨 까닭이오?"

"영감은 주인으로서 좌상(座上)에 있는 손들을 돌아보지 않고 먼저 일어섰으니, 이는 빈주(賓主)의 예절을 크게 잃은 것이오, 음식을 하인들에게 나누어주는데 곧 일어서서 나갔으니, 하인들은 어느 겨를에 남은 음식들을 먹을 수 있겠소? 이는 아랫사람의 실정에 통하지 않은 것이오. 크게 예절을 잃었고 하정(下情)에 통하지 못하였거늘, 어떻게 한 도의 책임을 맡을 수 있으며 여러 고을의 수령들을 통솔할 수 있단 말이오? 내 장차 소장(疏章)을 써서 올리겠소."

하고, 곧 일어섰다. 송순명은 그의 말을 장난으로 하는 소리로 생각하고 출발을 하였다.

김 대관은 집으로 돌아가서 즉시 소장을 써서 송순명에 대해 비판을 가했다.

"신이 새로 임명된 평안도 관찰사를 사석에서 한두 가지 본 바가 있는데 크게 예절을 잃었고 하정에 통하지 못하니, 방백(方伯)의 자리에 그대로 두어선 안 됩니다. 청하옵건대 다시 선발하옵소서."

임금은 청원한 대로 조처를 취하였다. 송순명은 겨우 고양(高陽)에 당도해서 교체를 당했다. 옛날 관인들은 경계하는 것이 이와 같았다.

64. 이술원(李述原)

영조 무신년(1728)에 영남의 역적 정희량(鄭希亮)이 안음(安陰)²²⁵에서 군대를 일으켜 이인좌(李麟佐)와 호응을 하였다. 정희량은 동계(桐溪)²²⁶의

---

225 안음(安陰): 고을 이름으로, 안의현으로 바뀌었다가 지금은 함양군과 거창군으로 분속이 되었다.

226 동계(桐溪): 정온(鄭蘊, 1569~1641)의 호. 남명(南冥) 조식(曺植)의 문인으로 병자호란

종손으로서 초명은 준유(遵儒)였다. 이름난 조상의 후손인 데다가 학문으로 일컬어져 경상 우도에서 자못 이름이 있었다. 그런데 올빼미 같은 흉악한 성질로 감히 반역할 계책을 세우고 이웅보(李熊輔)²²⁷를 모주(謀主)로 삼아 먼저 격문을 돌리고 거창으로 진군을 하였다. 거창 원은 도주를 해서 좌수 이술원(李述原)을 붙잡아 함께 기병을 하자고 하였다. 이술원은 의리를 내세워 책망을 하는데 말씨가 서릿발 같았다. 정희량이 항복을 시키려고 하자, 이술원은 분개하여 꾸짖었다.

"내 머리는 자를 수 있을지언정 나의 무릎은 너에게 꿇을 수 없다. 네가 이름난 조상의 자손으로서 대대로 나라에 은혜를 입었거늘, 국가가 너에게 무엇을 저버렸다고 네가 이런 행동을 하는가? 너는 유독 네 조상의 충절을 더럽히려느냐?"

정희량은 노하여 칼로 위협하였지만, 이술원은 끝내 굴하지 않고 죽임을 당하여 목숨이 끊어질 때까지 꾸짖는 소리가 그치지 않았다. 그의 아들 이우방(李遇芳)이 시신을 수습하여 염을 하고 침류정(枕流亭)²²⁸에 안치하고 통곡하며 부르짖었다.

"내 아버지의 원수를 갚지 못하고 살아서 무엇하리오? 복수한 다음에 장례를 지내도 될 것이다."

이에 백의(白衣)로 군사를 일으켜 적군과 우두령(牛頭嶺)²²⁹ 아래에서 싸웠는데, 이우방이 앞장을 섰다. 밤에 고지에 올라가 이렇게 외쳤다.

"거창의 군민(軍民)들은 나의 말을 들으시오! 정희량은 나라의 역적입니다. 당신들이 그의 뒤를 따르다가는 곧 죽게 될 것이오. 당신들 중에

당시 화의를 반대하여 덕유산으로 들어가 세상을 등지고 은거하였다. 벼슬은 이조참판에 이르렀으며, 절의가 높은 것으로 후세에 추앙을 받은 인물이다. 그의 종가는 원래 안의현에 있었는데, 지금은 거창 땅이 되었다.

227 이웅보(李熊輔, ?~1728): 이인좌의 동생으로, 본래 이름은 이웅좌(李熊佐)였다.

228 침류정(枕流亭): 거창 읍내에 있는 정자.

229 우두령(牛頭嶺): 지금의 경북 김천과 경남 거창 사이에 있는 고개.

혹 역적을 묶어 우리 진중(陣中)에 잡아오면 전의 죄를 용서받고 공훈을 세울 것이라. 순리와 반역에 따른 이해는 분변하기 어렵지 않다오."

이처럼 소리치며 돌아다니자 고을의 군교(軍校) 몇 사람이 마침 적진에 있어서 밤에 정희량을 결박하여 끌고 왔다. 진영에서 의논을 하는데 모두들 역적을 함거(檻車)에 가두어 대진(大陣)으로 올려보내는 것이 옳다고 하였다. 그러나 이우방은 울며 호소하였다.

"아비를 죽인 원수를 내 어찌 한시라도 같은 하늘 아래 두고 보겠소?"

칼을 들어 정희량의 배를 가르고 간을 꺼내어 자기 부친의 영구(靈柩) 앞에 놓고 제를 올린 다음 장사를 지냈다. 조정에서는 이술원에 대해 정려(旌閭)를 세우고 증직을 하였다. 그가 살던 웅양면(熊陽面)에 사당을 세우고 이름을 포충사라 하여 봄과 가을로 제향을 지내도록 했다. 이우방은 나라에서 첫 벼슬을 주어 현감을 지냈다.

65. 마상재(馬上才)

당시에 반역이 일어났다는 보고가 날마다 올라와서 조정이 흉흉하였다. 나라에서 오명항(吳命恒)을 순무사로 삼고 이수량(李遂良)을 부관으로 삼아 출전하여 안성 땅에 진지(陣地)를 세우고 이인좌(李麟佐)의 군과 대치를 하게 되었다. 오명항이 기병 부대를 먼저 출동하여 싸우도록 하자, 이수량이 말했다.

"보병을 앞에 두고 기병을 뒤에 두는 것이 좋습니다. 지금 기병을 앞에 세웠다가 만약에 싸움이 불리하면 보병들은 싸우지 않고 저절로 흩어질 것입니다. 기병을 앞세워 싸우는 것은 옳지 않습니다."

그러나 오명항은 따르지 않았다. 이수량은 부득이 기병을 앞세워 접전을 하게 했는데, 기사(騎士) 중에 마상재(馬上才)를 잘하는 자가 있어서 달리는 말의 등 위에서 눕기도 하고 서기도 하는가 하면, 말의 배에 붙어서 몸을 드러냈다 감추었다 하기도 했다. 이인좌는 원래 눈 한쪽이 멀어 애꾸였는데, 마상재를 처음 보는 터라 마음으로 신기하게 여겼다. 장막 안에서 구멍을 뚫고 내다보았는데, 기사 중에 활을 잘 쏘는 자가 있어 안장 위에 몸을 눕히고 활을 당겨 쏘아 그의 눈을 맞추니 다른 한쪽 눈도 멀게 되었다. 적군의 진영이 크게 혼란에 빠졌다. 이에 관군은 승기를 잡아 공격하여 적진이 크게 무너졌다. 추격하여 죽산 땅에 이르러 이인좌를 잡아 목을 베었다.

66. 남연년(南延年)

이인좌(李麟佐)가 난을 일으켰을 때, 처음에 상여를 거짓으로 꾸미며 병장기를 묶어 관 모양으로 만들었으니, 상여꾼은 모두 도적의 무리였던 것이다. 수십 채의 상여를 떠메고 청주 성내로 들어오자, 영장(營將) 남연년(南延年)과 비장(裨將) 홍림(洪霖)이 병사 이봉상(李鳳祥)에게 아뢰기를

"상여 수십 채가 성내로 들어오다니 일이 심히 괴이합니다. 청하옵건대, 조사하여 기찰하옵소서."
라고 하였다. 병사 이봉상은 취해서 말했다.

"상여가 지나가는 것을 어찌 굳이 의심할 것이 있는가? 그대들은 물러가시오."

이때 밤이 깊어가는데, 한 쌍의 까치가 다락 위의 들보를 오르내리고 울어대며, 쫓아내도 가지 않았다. 이윽고 난이 일어나 성 안이 크게 혼란스러워지고 적군이 영문(營門)으로 들이닥치니[230] 이 병사는 정신없는 가

---

230 영조 4년(1728) 3월 15일에 일어난 이인좌의 난이다. 이인좌는 장례행렬로 위장하여

운데 후원의 대숲 속으로 달아나 몸을 숨겼다. 남연년이 누각 위에서 호령을 하니 적군은 병사가 어디 갔느냐고 물었다. 남연년은,

"내가 병사다."

하고, 적군을 꾸짖으며 맞서다가 해를 입었다. 적군 중에 이 병사를 알아보는 자가 있어, 남연년을 보고 "이 사람이 아닙니다."라고 하였다.

마침내 죽림 속에서 이 병사를 발견해 찔러 죽였다. 비장 홍림은 자기 몸으로 막다가 함께 해를 당했다. 이들 병사와 영장, 비장에게 조정에서 함께 정려를 내리고 증직의 의전을 베풀었다.

그 후 어떤 사람이 청주성 밖 남석교(南石橋)의 돌 위에 시를 지어 붙였다.

삼경에 까치가 울어 지붕 위 요란한데,
대청의 촛불이 꺼지고 취한 꿈이 어지럽더라.
비장은 참모의 절의를 온전히 지켰고,
병사는 도리어 대숲에서 죽은 혼이 되었네.
남제운(南霽雲)[231]의 충절은 당나라 역사에 빛나는데,
이릉[232](李陵)은 홀로 무슨 마음에 조국의 은혜를 배반했던고.
우습다, 어부[233]의 공을 앉아서 받다니.
한때의 영예가 향촌에 빛나도다.

성 안으로 들어온 뒤 삽시간에 청주성을 점령하였다.

231 남제운(南霽雲, ?~757): 당나라 안녹산의 난 때의 충신. 수양성(睢陽城)의 부장(部將)으로 있었는데, 성이 적군에게 포위를 당하자 끝까지 항전하였다. 하란진명(賀蘭進明)에게 원조를 청하러 갔으나 도움을 얻지 못하자 자기 손가락을 깨물어 강한 의지를 표명하고 돌아와 다 함께 장렬히 죽은 사적이 있다.

232 이릉(李陵, ?~BC74): 한나라 무제 때의 장군, 흉노를 정벌하러 나갔다가 세가 불리하여 흉노에게 항복한 사적이 있다.

233 어부: 어부지리(漁父之利)라는 성어에서 나온 말. 이봉상의 태도를 비꼰 것으로 보임.

이 시가 사람들 사이에 전파되었으나 누가 지었는지 알 수 없었다. 그 후로 남연년의 면례(緬禮)[234]를 행할 때에 친구 사이에 만사를 청하였다. 유생 유언길(俞彦吉)은 지추(知樞) 유언술(俞彦述)과 종형제 간인데, 이에 응하여 만시를 지었다.

> 나의 머리털은 자를지언정 이 무릎은 꿇지 않으리.
> 날카로운 칼날에 만 번 찔려 죽었네.
> 이날 밤 절의가 결판났으니
> 늦봄의 하늘도 눈바람으로 슬퍼하였지.
> 이름은 변방에서 주먹을 쥐고 죽은 한연년(韓延年)[235]에 부합하고
> 성곽은 수양성(睢陽城)에서 손가락 깨물고 돌아왔던 남제운을 생각케 하네.
> 우습구나, 오영(五營)의 순무사(巡撫使)[236]는
> 어찌하여 죽지 않고 무사히 돌아왔던고?"

병사 이봉상의 자손이 이 시를 보고, 청주 남석교 돌 위에 쓴 시 또한 이 사람의 작이라고 지목했다. 그가 원한을 호소하는 지경에 이르러, 유언길이 마침내 귀양을 가는 데 이르렀으니, 이는 곧 시안(詩案)[237]이라 하겠다.

---

234 면례(緬禮): 무덤을 옮겨 장사(葬事)를 다시 지내는 일.
235 한연년(韓延年): 한나라 무제 때의 장군. 이릉을 따라 출전하여 맨손으로 싸우다가 죽었다. 여기서는 남연년과 한연년이 이름이 같기 때문에 끌어온 것이다.
236 오영(五營)의 순무사(巡撫使): 누구를 가리키는지 확실치 않으나, 이인좌의 난을 진압하기 위한 사령관으로 나갔던 오명항을 가리키는 것으로 추정된다.
237 시안(詩案): 시를 지은 것으로 화를 입은 것을 가리키는 말.

67. 기우객(騎牛客)

판서 윤급(尹汲)은 풍채가 훌륭하고 글을 잘했으며 뜻이 또한 높아, 일찍이 누구와 쉽게 사귀려 하지 않았다. 그가 한성판윤으로 있을 때에 한성부의 이례(吏隸)들이 모두 지금 세상에 지체나 풍모나 언론이나 문장으로 윤 대감의 위에 설 사람이 없다고 하였다.

어느 날 관아가 파해서 돌아오는 길에 우연히 소를 타고 가는 사람을 만났는데, 해진 옷을 입고 지나가는 것이었다. 피차간에 바라보다가 초헌에서 내리고 소에서 내려 손을 잡았다. 초헌에서 내린 분이 기우객(騎牛客)을 보고 무슨 일로 올라왔는지 물었다.

"듣건대 미중(美仲)이 식사를 거른 지 이미 3일이 지났답디다. 어제 우리 집에서 마침 환자(還子)를 탔기로 쌀을 싣고 와서 먹이려고 합니다." 라고 하는 것이었다. 한성부의 이례들이 모두 놀라서 기우객이 누군지 알아보니 부제학 임재(臨齋) 윤심형(尹心衡)인 줄 알게 되었다. 미중은 정언 이언세(李彦世)의 자이다.

68. 고려장군

정승 최규서(崔奎瑞)[238]가 소시에 여러 친구들과 약속하여 소정동(小貞洞)[239]의 빈집에 모여서 글을 지었다. 이 집은 귀신의 재앙으로 사람들이

---

238 최규서(崔奎瑞, 1650~1735): 본관은 해주(海州), 자는 문숙(文叔), 호는 간재(艮齋). 숙종 때 문과에 급제하여 경종 연간에 정승의 지위에 올랐으며, 신임사화(辛壬士禍)가 일어날 무렵 벼슬에서 물러나 용인으로 내려갔다. 1728년(영조 4) 무신난(戊申亂)이 일어나자 용인에 있으면서 이 정보를 먼저 듣고 조정으로 달려와 고변한 사실이 있다.

239 소정동(小貞洞): 정동(貞洞)은 서울의 중구에 있는 지명으로, 태조의 둘째 부인인 신덕왕후의 능인 정릉(貞陵)이 있었던 데서 유래한 이름. 소정동은 현재 정동길의 동쪽 지역에 해당한다. 정릉은 후에 이장하여 지금 서울의 성북구에 정릉동이라는 지명이

여러 명 죽어서, 이 때문에 폐가가 된 것이 여러 해였다. 그 집의 대청이 자못 넓어서 친구들이 매일 낮이면 모여 과거 시험을 대비하는 글짓기를 하고 저녁이면 헤어지곤 하였다.

하루는 최규서가 그 집에 먼저 당도했는데, 하늘에서 폭우가 쏟아져 종일 그치지 않아 도로에 사람이 통하지 못했다. 어느덧 해가 저물어 저녁밥을 간신히 날라 와서 먹은 다음에 촛불을 밝히고 대청에 앉아 있었다. 밤이 2~3경쯤 되었을 무렵 음산한 바람이 휙 일어나더니 홀연히 어디선가 신발을 끄는 소리가 들려왔다. 최규서는 바야흐로 책을 보고 있다가 섬찟 놀라 바라보니 금으로 된 갑주(甲冑)를 입은 장군이 칼을 짚고 위풍도 늠름하게 들어오는데, 그 뒤로 금관조복(金冠朝服)을 입은 재상 한 사람이 홀을 들고 따라와서 촛불 앞에 서는 것이었다. 앞서 온 장군이 큰 소리로 꾸짖었다.

"너는 어린 유생으로 어른이 오는 걸 보고도 비스듬히 앉아서 일어나지도 않는다니, 예법에 비추어 뭐라고 하겠느냐?"

최규서는 일어나서 읍을 하고 말했다.

"마침 글을 보는 데 팔려서 어른이 다가오시는 것을 알지 못해 영접하는 예의를 잃었으니, 송구함을 이기지 못하겠사옵니다."

그 장군은 흔연히 웃으며 말했다.

"오늘 비로소 사나이를 만났군."

최규서가 손을 들어 자리에 앉으시라고 청하자, 조복을 입은 사람이 갑주를 입은 장군을 모시고 앉는 것이었다. 장군이 수염을 쓰다듬으며 말했다.

"나는 고려의 장군이다. 내 뒤에 있는 사람은 각간(角干)으로, 나의 아들이다. 우리 부자는 사람에게 호소할 일이 있어서, 매번 찾아오면 심약

있다.

한 사람은 겁을 내 죽었다네. 이런 연유로 오늘날까지 할 말이 있어도 토로하지 못했다네. 이제 그대를 보니 전의 사람들과는 다르군. 크게 귀하게 될 사람인 줄 알겠어. 나의 무덤은 사랑채 앞 지붕 동쪽 주춧돌 아래에 있고, 내 아들의 무덤은 서쪽 주춧돌 아래에 있다네. 사람들이 다 알지 못하고 무덤 위에 기둥을 세웠는데, 시일이 오래되자 주춧돌이 점점 내려와서 지금은 거의 관 뚜껑 위에 놓이게 되었다네. 절박한 마음에 이 일을 주인에게 호소하여 이장을 하도록 하려 했으나, 일이 여의치 않아 여러 해를 지나치고 말았지. 그대를 만난 것이 얼마나 다행인가! 그대가 나를 위해 이장을 해주면 장차 크게 보답을 하겠노라."

최규서가 대답했다.

"이는 어렵지 않은 일입니다. 그러나 우리 집이 아닌 데다가 손에 가진 물건이 없으니, 어떻게 시행할 수 있겠습니까?"

장군이 말했다.

"어렵지 않은 일일세. 지금 앉아 있는 대청의 몇 번째 마루판 아래 땅을 몇 자 파면, 묻어놓은 은항아리가 나올 걸세. 그걸 꺼내 쓰면 모든 비용을 충당할 것일세."

최규서는 "그렇게 하지요."라고 대답했다. 그들 부자가 감사의 인사를 하고 떠나는데, 대청에서 내려가자 곧 어디로 갔는지 알 수 없었다. 날이 밝자 구름이 걷히고 비도 그쳤다. 최규서는 귀가한 뒤 그 집의 주인을 찾아가 헐값으로 그 집을 샀다. 그리고 대청 아래 땅을 팠더니 과연 은항아리가 나와 그것을 꺼내서 돈으로 바꾸었다. 사랑채의 앞 처마를 허물고 주춧돌을 들어냈더니, 그 아래에 과연 은끈으로 매단 검은 관이 있었다. 관 하나는 '고려 장군(高麗將軍)'이라 쓰여 있었고, 다른 하나는 '고려 각간(高麗角干)'이라고 쓰여 있었다. 최규서는 글을 지어 제를 올리고, 다른 산의 정결한 곳을 골라 장사를 지냈다.

그리고 며칠 후에 먼저 찾아왔었던 장군과 각간이 다시 나타나 감사해 마지않으며 하는 말이었다.

"자네에게 힘입어 우리 부자의 체백(體魄)이 다행히 묻힐 곳을 얻었네. 이 은혜를 장차 어떻게 갚을까? 내가 자네를 위하여 평생의 운세를 뽑아서 연도대로 정리해왔네. 이것으로 은혜를 갚는 바이네. 또 한 가지 당부할 말이 있네. 자네는 단단히 기억하여 잊지 말게. 자네는 아무 해에 필시 병조판서에 제수될 것이네. 명을 받는 그날 즉시 시골로 내려가게. 그렇지 않으면 큰 화가 곧 닥칠 것이니, 조심하고 조심하며 부디 잊지 말아야 하네."

최규서는 "알겠습니다."라고 대답했다. 그 혼령은 곧 떠나갔다. 그 후에 최규서는 과거에 급제하였는데, 집안의 길흉이나 관직에 나가고 물러난 일시가 부합하지 않음이 없었다. 이후 정미(丁未) 연간(1727)에 병조판서가 되었는데, 신인(神人)이 당부했던 말을 잊고 여러 날 공무를 보고 있었다. 어느 날 친구의 반우(返虞)하는 것을 보기 위해 도성 밖에 나갔는데, 뒤에서 최규서의 성명을 부르는 소리가 들렸다. 뒤를 돌아보니, 그 귀신이 구름 사이에 서서 크게 꾸짖는 것이었다.

"자네는 어찌하여 내 말을 잊어버리고 시골로 내려가지 않는가? 변고가 눈앞에 닥쳤으니 얼른 내려가게."

최규서는 문득 깨닫고 그날로 상소를 올리고 용인의 선산 아래로 내려갔다.[240]

이듬해 3월 무신년 역적의 변이 일어났는데, 최규서는 먼저 듣고 고변을 하여 공신 대열에 참여했다. 이 사적은 그의 연보에 실려 있다. 연보 기록은 보지 못하고 전해주는 사람의 이야기에 의거해서 위와 같이 기록한다.[241]

---

240 비슷한 이야기가 『청구야담』 권6에 「빙최몽고총득전(憑崔夢古塚得全)」이라는 제목으로 실려 있다.

241 원문에는 이 뒤에 "규서는 최석정의 처음 자이다.(奎瑞卽崔錫鼎初字也.)"라고 나와 있

69. 와퇴법(臥椎法)

병사(兵使) 이원(李源)[242]은 이여송(李如松) 제독의 후손이다. 조정에서 이여송이 임진왜란 때 도와준 공이 크다 하여 그 후손을 기용해서 지위가 병사에 이르렀던 것이다. 그는 용력이 놀라워 여러 길 담장을 뛰어넘었으며 석궁 하나를 당겨 쏠 수 있었다. 그의 당숙인 모(某) 씨가 춘천 땅에 살고 있는데, 몸소 농사를 지어 살아가는 형편이었다. 그 역시 힘이 무등장사였으나 사람들이 모두 알지를 못했다. 봄철에 땅을 갈 때 집이 가난하여 소가 없어서 직접 쟁기를 쥐고 밭을 가는데, 소가 가는 것보다 나을 지경이었다. 이 때문에 사람들이 대단히 놀라워했다.

그의 친구 중에 풍천(豊川) 원님으로 있는 사람이 있었다. 어느 날 그를 찾아가서 말했다.

"내가 큰 화가 앞에 있는데 면하려고 하는데 힘이 부족하네. 자네가 친구의 정으로 나를 구해줄 수 있겠는가?"

"어떻게 하면 좋겠는가?"

"내가 기력이 충실해진 연후에라야 이 화를 면할 수 있네. 그런데 내 형편이 궁하여 뜻대로 할 수 없군. 오늘부터 자네가 나에게 매일 소 한 마리를 온전히 먹을 수 있게 해주겠나? 소 10마리를 먹어야만 해볼 수 있겠네."

풍천 원님은 그렇게 해주기로 허락했다. 이생(李生)은 날마다 소를 끌고 오도록 하여 앞에서 잡아 그 피를 마시고, 또 고기를 들고 빨아먹어

는데, 이는 사실과 다르다. 최규서는 해주 최씨로 자가 문숙(文叔)이며, 최석정(崔錫鼎, 1646~1715)은 전주 최씨로 자가 여화(汝和)이다. 다 같이 영의정을 지낸 인물인데, 최규서의 생존 시기가 최석정보다 조금 뒤이다.

242 이원(李源, ?~1798): 정조 때 무인으로 원래 춘천에 거주하였다. 이여송(李如松)의 네 번째 회갑을 맞아 그의 사당인 선무사(宣武祠)에 제사를 드리고 그 후손인 이원을 발탁하여 병사(兵使)에 제수했다는 기록이 『홍재전서』와 『정조실록』 등에 보인다. 이후 벼슬이 경상병사 등을 거쳐 도총관에 이르렀다.

고기 빛이 하얗게 된 다음에 버렸다. 매일 이와 같이 하더니 원님에게 부탁하는 것이었다.

"일간에 한 중이 와서 내가 와 있는지 여부를 물을 것이네. 그러면 아직 오지 않았다고 대답을 해주게. 그 자가 만약에 믿지 않는다면 내가 기약한 날을 적어둔 편지를 놓아두겠으니, 이걸 꺼내서 보여주게."

원님은 그렇게 하기로 했다. 며칠이 지나서 문지기가 들어와,

"강원도 오대산의 중이 와서 뵙겠다고 합니다."

라고 하여, 들어오도록 했다. 생김새가 흉악해 보이는 건장한 중이 들어와서 예를 표하고 묻는 것이었다.

"춘천 이생이 여기 왔습니까?"

"약속은 있으나 아직 오지 않았다."

"소승과 여기서 만나기로 분명히 약속했습니다. 약속한 날이 지났는데 오지 않았다니, 심히 의아스럽습니다."

원님은 그의 편지를 보여주며 말했다.

"편지가 여기 있으니 보아라. 아무 날 오겠다고 하였지."

그 중은 편지를 보고 나서 "그날 다시 오겠습니다." 하고 하직 인사를 하고 물러갔다. 원님이 괴이하게 생각하여 이생에게 물었더니, 이생은

"저 중은 나를 죽이려는 자인데, 나의 기력이 충실하지 못하기 때문에 저를 대적하지 못한다네. 그래서 10여 일 기력을 보충한 다음에 저와 겨루어보려고 하는 것이라네."

라고 하였다. 기약한 날에 그 중이 또 와서 뵙기를 청하였다. 이때 이생은 자리에 있었는데, 그 중이 들어오면서 말했다.

"이생이 왔나?"

이생은 문을 열고 나가면서 말했다.

"내가 여기 있다."

그 중이 냉소하며 말하는 것이었다.

"네가 와 있구나. 어서 내려오너라."

이생은 허리 사이에서 철퇴 하나를 꺼내 들고 내려와 그 중과 마주 섰다. 그 중도 철퇴 하나를 꺼내 들고 맞붙어 싸웠다. 얼마 뒤 둘이 하나 가 되어 흰 무지개처럼 떠서 하늘 끝까지 닿았는데, 공중에서 철퇴가 부딪치는 소리만 들렸다. 이윽고 이생은 공중에서 철퇴를 끼고 땅에 떨 어지더니 얼굴을 위로 들고 시체처럼 쓰러졌다. 옆의 사람들이 모두 놀 라워했는데, 이생은 눈을 끔쩍이며 가까이 오지 못하도록 하였다. 금방 그 중이 또 흰 구름 속에서 철퇴를 끼고 날아 내려오는데 매가 꿩을 치는 것 같았다. 그 중이 이생이 쓰러진 곳으로 오자 이생은 홀연 철퇴를 들었 다. 그 중의 머리가 부서지며 땅에 쓰러져 즉사했다. 이생은 숨을 헐떡이 며 일어나서 말했다.

"내가 이 중과 매양 철퇴로 겨루었는데, 내가 힘이 부쳐 이기질 못했 네. 오늘 또 그에게 거의 지게 되어서 부득이 와퇴법(臥槌法)을 썼는데, 요행히 그가 알지 못하고 곧바로 덮친 것이네. 그가 만약 이 법을 알고 옆으로 내려왔으면, 나는 죽임을 면할 수 없었지. 이 또한 운이지."

그는 며칠 머물다가 춘천으로 돌아가겠다고 하였다. 원님이 그 중의 내력을 물었으나 대답을 해주지 않고 떠났다. 그는 춘천의 산 아래 숨어 살았다고 한다.[243]

70. 육상궁(毓祥宮)

영조는 매양 육상궁(毓祥宮)에 행차를 하였다. 판서 조중회(趙重晦)[244]가

---

243 비슷한 이야기가 『청구야담』 권6에 「투검술이비장참승(鬪劍術李裨將斬僧)」이라는 제목으로 실려 있다.
244 조중회(趙重晦, 1711~1782): 본관은 함안(咸安), 자는 익장(益章). 1736년(영조 12)에

대신(臺臣, 언관)으로서 상소하여,

"세시(歲時)에 태묘(太廟)에도 아직 배알을 못했는데 먼저 사묘(私廟)에 행차하는 것은 예의에 불가합니다."

라고 아뢰었다. 임금이 대노하여 즉시 덩을 타고 흥화문(興化門)[245]으로 나갔다. 워낙 창졸간의 일이라 시위하는 신하들과 호위하는 군졸들이 다 갖춰지지 못한 형편이었다. 야주개[夜峴]를 지나 육상궁에 당도하여 임금이 눈물을 흘리며 하교하는 것이었다.

"불초자 때문에 돌아가신 어머님께 욕이 미쳤으니, 무슨 면목으로 신민을 대한단 말인가? 내 마땅히 스스로 죽을 것이다. 군사들에게 명하여 창을 들고 둘러싸서 대신(大臣) 이하 누구도 들어오지 못하게 하라. 만약에 사람을 들여보내면 대장을 마땅히 군율로 죽일 것이다."

또 이렇게 하교하였다.

"내 팔십 노인으로, 얼음 위에 앉아 있으면 오래지 않아 죽을 것이다."

그리고서 얼음과 눈이 녹은 물속에 수족을 담그고 있었다. 계절이 이른 봄이라 얼음이 아직 녹기도 전이었다. 이때 백관들이 뒤따라 도착하였으나 가로막는 바람에 들어가지 못했다. 정조께서 홀로 세손으로 모시고 있다가[246] 머리를 조아리고 눈물을 흘리며 간하였으나 끝내 듣지 않았다. 잠시 후 임금의 옥체가 부들부들 떨려 세손이 울며 다시 간하자, 임금은

"조중회의 머리를 잘라 가져와서 내 눈앞에 놓아라. 그러면 나는 궁으

문과에 급제하였으며 벼슬은 예조판서에 이르렀다. 여기에 나온 일은 그가 사헌부 정언에 오른 1743년(영조 19)의 일이다.

245 흥화문(興化門): 조선왕조의 이궁(離宮)이었던 경희궁(慶熙宮)의 정문. 원래의 위치는 지금의 서울 신문로 구세군회관 자리이다.

246 정조께서~있다가: 이 일은 실제 있었던 사건으로, 시점은 영조 19년(1743)이었다. 당시는 사도세자가 살아있을 때였으므로, 이 상황에 있었던 것은 세손인 정조 아니라 세자인 사도세자였다. 이 기록에는 세손인 정조로 되어 있으나 그대로 두었다.

로 돌아가겠노라."

하였다. 세손이 황급히 문을 나와서 대신을 불러 명령하였다.

"조중회 머리를 빨리 베어 오너라."

이때 정승 김상복(金相福)이 군사들이 에워싼 밖에 서 있다가 아뢰었다.

"조중회는 죽여야 할 죄가 없습니다. 어찌 엄명을 내리신다고 무고한 사람을 죽이실 수 있겠습니까? 바라옵건대 저하께서 더욱 성심으로 아뢰어 성상의 마음을 돌리도록 하옵소서."

세손은 발을 동동 구르며 울면서 또 명을 내렸다.

"종사(宗社)의 위태로움이 경각간에 달려있거늘, 대신은 어찌 조중회 한 사람을 아낀단 말인가. 명을 받들지 못하겠단 말인가?"

김상복이 아뢰기를,

"이 일은 대조(大朝)[247]의 지나친 처사입니다. 어찌 과도한 처사를 내리셔서 언관을 죽인단 말이옵니까? 신이 죽더라도 명을 받들지 못하겠습니다."

하였다. 상하가 서로 버티는 즈음에 임금으로부터 하교가 내려왔다.

"조중회를 우선 참수하지 말고, 먼저 정청(庭請)[248]으로 계사를 올리도록 하라."

우의정이 여러 신하들을 거느리고 계사를 지어서 올리자 임금은 보고서 그것을 찢어 땅에 버리고 말했다.

"이것이 계사이냐? 조중회의 행장이로구나."

여러 신하들이 나라의 형(刑)을 바로 잡아야 한다는 뜻으로 다시 계사를 지어 올리자, 임금이 삼배도(三倍道)[249]로 귀양을 보내 제주에 안치하

---

247 대조(大朝): 임금을 가리키는 말.
248 정청(庭請): 국가 중대사가 있을 때 세자나 대신이 임금 앞에 나아가 계를 올리고 전교를 기다리는 절차.
249 삼배도(三倍道): 배도(倍道)는 일정한 거리에 걸리는 시간을 배로 빨리해서 가는 것으

도록 했다. 그날로 귀양을 떠나보내고 임금은 환궁을 하였다. 조중회가 제주에 도착하기도 전에 풀어주라는 명이 내렸다.

71. 성초점(省草店)

판서 이정보(李鼎輔)[250]는 부제학으로 있을 때에 친상(親喪)을 당했다. 어느 날 충청도의 선산에 성묘를 갔다가 외아들이 병에 걸렸다는 급보를 받고 황급히 발길을 돌려 길이 성초점(省草店)[251]에 이르렀다. 이때 날이 이미 저물어 객점에 관목어(貫目魚)[252] 상인 10여 인이 먼저 들어와 있었고, 이공(李公)은 건너편 작은 방에 들었다. 그는 깊은 밤 달이 밝아 잠을 이루지 못하고 있었다. 한 상인이 문을 열고 나가서 소변을 보다가 하늘을 바라보더니 문득 친구의 자(字)를 부르는 것이었다.

"아무개, 좀 나와 보게."

이윽고 또 한 사람이 나와서 마주앉았다. 먼저 나왔던 사람이 하늘의 별자리를 손으로 가리키며 말했다.

"필성(畢星)[253]이 아무 별자리를 범하고 있으니, 내일 낮이면 필시 큰 비가 내려 여러 날 그치지 않겠군. 아침 일찍 일어나서 무슨 내(川)를 건너야 되겠어."

뒤에 나온 사람도 하늘을 올려다보고 말했다.

"그렇겠군."

로, 삼배도는 3배로 빨리해서 가는 것을 이름.

250 이정보(李鼎輔, 1693~1766): 본관은 연안(延安). 영조 때 인물로, 벼슬은 부제학을 거쳐 예조판서에 이르렀음.

251 성초점(省草店): 서울과 충청도 사이에 있었던 객점으로 보이나 어디인지 미상.

252 관목어(貫目魚): 말린 청어를 이름.

253 필성(畢星): 28수(宿)의 하나로 군사의 일과 비를 주관한다고 하는 별.

그리고 서로 말을 주고받는 것이었다.

"오늘 만났던 수령의 행차를 자네는 아는가?"

"영광 군수라고 하더군"

"그 사람 어떻던가?"

"풍채가 호방하더군."

"그의 얼굴이 흉한 기운이 없던가?"

"10년 뒤면 필시 수레 위에서 춤을 출걸세. 지극히 흉한 상이야."

"오늘 이 객점에 든 상인(喪人)은 어떻던가?"

"극히 귀한 사람이야. 지금도 귀인인 것 같은데, 재상의 반열에 오를 걸세."

"그의 눈썹 사이에 무슨 나타난 기운이 없던가?"

"그 형상이 극히 맑고 준수하더군. 그런데 자식 궁(宮)이 아주 희귀하던걸. 필시 외아들이 병에 걸렸다는 급보를 받고 올라가는 것이야. 그렇지만 내일 오후면 구할 수 없게 될걸. 그리고는 자식이 없을 터이니 걱정스럽겠군."

이공은 그들이 하는 말을 듣고 의아하게 여겨 문을 열고 내다보았다. 그들은 이내 방안으로 들어가고 코 고는 소리만 우레처럼 들렸다. 이공은 소리를 높여,

"아까 밖에서 이야기하던 분이 누구신지? 한 번 보고 싶소이다."

라고 연거푸 말했으나 대꾸하는 사람이 없었다. 얼마 지나지 않아 새벽 닭이 울어 행인들은 모두 일어나서 밥을 재촉해 먹고 길을 나서는 것이었다. 이공 또한 말을 먹이고 출발했다. 정오를 지나면서 과연 큰비가 쏟아져 냇물이 불어 행인들이 여러 날 통행하지 못했다. 이공이 집에 도착해보니 그의 아들은 벌써 죽은 뒤였다. 과연 그 말과 부합하였다. 영광 군수는 신치운(申致雲)[254]인데 을해년(1755) 역모 사건에 걸려 죽임을 당했다.

72. 주금(酒禁)

통제사(統制使) 유진항(柳鎭恒)[255]은 젊은 시절에 선전관으로 입직을 하였다. 그해는 임오년(1762)으로 주금(酒禁)[256]이 극히 엄하였다. 어느 날 달이 밝은 밤에 문득 입직 선전관은 입시하라는 명이 떨어져서, 유진항이 명을 받들고 입시를 하였다. 임금은 장검 한 자루를 내려주며 하명하였다.

"듣건대, 여염에서 아직도 술을 많이 빚는다고 한다. 네가 모름지기 이 칼을 가지고 나가서, 3일의 기한 동안 술을 빚은 자를 잡아오도록 하라. 그렇지 않으면 네 머리를 가져다 바쳐라."

유진항은 이 명을 받들고 물러나 집으로 돌아가서 소매로 얼굴을 가리고 드러누웠다. 그의 사랑하는 첩이 물었다.

"어찌 이처럼 실의에 빠져 우울해하십니까?"

"내가 술을 좋아하는 것은 너도 아는 바 아니냐. 술을 마시지 못한 지 오래되고 보니 목이 말라 죽고 싶구나."

"날이 저물면 나서보지요. 조금만 기다리셔요."

밤이 되어 그녀는,

"제가 술 있는 집을 알아요. 제가 직접 가지 않으면 사올 수 없습니다." 하고서 술병을 차고 너울로 얼굴을 가린 채 대문을 나섰다. 유진항이 그 뒤를 몰래 따라가 보니, 동촌(東村)[257]의 한 초가로 들어가서 술을 사가

<hr>

254 신치운(申致雲, 1700~1755): 본관은 평산(平山). 경종 때 문과에 급제하여 승지 등 벼슬을 역임하였는데, 1755년 나주 벽서 사건에 연루되어 처형당한 인물이다.

255 유진항(柳鎭恒, 1720~1801): 1753년(영조 29) 무과에 급제하여 선전관이 되었고 회령부사를 거쳐 삼도수군통제사에 이르렀음.

256 주금(酒禁): 쌀의 소비를 줄이기 위해 술을 빚는 일을 금하는 것. 근대 이전에는 흉년이 자주 들었기 때문에 주금을 엄하게 하는 일이 허다히 있었다.

257 동촌(東村): 지금 서울의 종로구 이화동과 효제동 일대를 일컫는 말. 이 지역에 소론들이 많이 거주했음.

지고 나오는 것이었다. 유진항은 그녀가 가지고 온 술을 달게 마시고 다시 술을 사 오라고 했다. 그녀가 또 그 집으로 가서 술을 사 오자, 유진항은 술병을 차고 일어났다. 그녀가 괴이하게 여겨 묻자, 유진항은 이렇게 대답하는 것이었다.

"아무 곳의 아무 친구는 나와 술동무이지. 이런 귀한 물건을 얻었는데, 어찌 나 혼자만 즐겨 마시겠나? 그 친구에게 가서 함께 마실 걸세."

그리고 대문을 나가 동촌의 그 집을 찾아가니, 몇 칸의 조그만 집이 비바람도 가리지 못할 형편이었다. 한 선비가 등불을 돋우고 앉아 글을 읽다가 그를 보고 괴이하게 여기며 일어나 맞았다.

"어디서 온 손님인데 깊은 밤에 여길 오셨소?"

유진항은 자리에 앉아 말하기를,

"나는 왕명을 받들고 있소."

하고서 허리에서 술병을 꺼내 놓고 말했다.

"이것이 댁에서 판 물건이지요. 일전에 하교가 이러이러하였습니다. 지금 이미 포착을 하였으니, 불가불 나와 동행을 해야겠소."

유생은 한참 말이 없다가 입을 열었다.

"이미 국법을 범했는데, 어떻게 핑계를 댈 수 있겠습니까? 그런데 저희 집에 노모가 계시니 인사를 드리고 가려고 하는데, 어떻겠습니까?"

"그러시오."

유생은 안으로 들어가더니 소리를 낮춰 어머니를 부르는 것이었다. 노모가 놀라서,

"진사인가? 무슨 일로 자지 않고 들어왔는가?"

하고 묻자, 유생이 대답하는 말이었다.

"전에 말씀드리지 않았습니까? 사부(士夫)는 아무리 굶어죽더라도 국법을 범할 수 없다고. 어머니께서 끝내 듣지 않으셔서 지금 잡혀가게 되었으니, 소자는 이제 죽게 되었습니다."

그의 모친은 목을 놓아 통곡하였다.

　"천지신명이시여! 이 무슨 일입니까? 내가 몰래 술을 빚은 것은 재물을 탐해서 그런 것이 아니고 너를 위해 아침저녁의 끼니를 마련하기 위한 것이었다. 지금 이렇게 된 건 다 나의 죄이다. 이를 어찌할거나?"

　이럴 즈음에 그의 처도 놀라 일어나서 가슴을 두드리며 통곡을 했다. 그 선비는 천천히 말했다.

　"일이 이미 여기에 이른 걸 울어본들 무슨 도움이 있겠소? 다만 내가 자식을 두지 못했으니, 내가 죽은 뒤에 당신은 내가 있을 때와 같이 노모를 봉양해주기 바라오. 그리고 아무 동 아무 형님이 아들 몇을 두었으니, 그 중 하나를 데려다가 양자로 삼아서 잘 살아가시오."

　선비는 이렇게 신신부탁을 하고 나왔다. 유진항은 밖에서 전후의 말을 다 듣고 마음이 매우 안타까웠다. 선비가 밖으로 나오자 물었다.

　"노모의 춘추는 얼마나 되시오?"

　"70이 넘으셨습니다."

　"아들은 두었소?"

　"없습니다."

　"이런 경색은 사람으로서 차마 보지 못하겠소. 나는 자식이 둘이 있는데다가 시하(侍下)의 처지도 아니라오. 내가 대신 죽어도 좋으니, 당신은 마음을 놓으시오."

　술병을 다 내오도록 하여 마주앉아 대작을 하고 술병들을 다 깨뜨려 뜰에 묻었다. 떠나면서 또 말했다.

　"노모를 모신 처지에서 집안 형편이 말이 아닌 듯하니, 이 칼로서 조금이나마 한때의 인정을 표하겠소. 모름지기 이걸 팔아서 노모를 봉양하도록 하시오."

　유진항은 차고 있던 칼을 풀어 그에게 주고 떠났다. 주인은 고사를 하였으나 돌아보지 않고 갔다. 주인이, "성명이 어떻게 되십니까?" 하고

물었으나,

"나는 선전관(宣傳官)이오. 성명을 물어 무엇 하겠소."

하고 표연히 사라졌다.

다음날이 곧 기한이었다. 유진항은 대궐에 들어가 대죄하자 임금이
물었다.

"주금(酒禁)을 범한 자를 잡아왔느냐?"

"잡지 못하였사옵니다."

임금이 노하여 꾸짖었다.

"그렇다면 네 머리는 어디에 있느냐?"

유진항이 아무 말을 못하고 엎드려 있자, 이윽고 임금이 삼배도(三倍
道)로 제주에 안치하라는 명을 내렸다. 유진항은 귀양을 가서 몇 년 지나
귀양이 풀렸으나 10여 년을 불우하게 지냈다. 만년에 다시 복직이 되어
초계(草溪)[258] 군수로 임명이 되었다. 군수로서 몇 년 지내는 사이에 오로
지 자기 주머니를 채우는 데 힘써서 백성들의 원성이 높았다.

그러던 중에 어느 날 어사가 출도하여 봉고(封庫)[259]를 하고 곧바로 정
당(政堂)에 들어와서 수향(首鄕)과 수리(首吏) 및 창색(倉色) 등 여러 사람을
한꺼번에 잡아들여 바야흐로 곤장을 치며 심문을 하였다. 유진항이 창문
으로 내다보니, 어사는 다른 누가 아닌 지난번 동촌의 밀주를 담갔던
집의 유생이었다. 그래서 보기를 간청했으나, 어사는 해괴하게 여겨 대
답도 않고,

"본관이 무슨 얼굴로 보기를 청하오? 염치가 없군."

이라고 하였다. 유진항은 곧바로 나가서 인사를 했으나, 어사는 돌아보
지도 않고 정색한 채로 똑바로 앉아 있었다. 유진항이 물었다.

---

258 초계(草溪): 지금의 경상남도 합천군에 속한 고을 이름.

259 봉고(封庫): 창고를 봉쇄한다는 뜻으로 암행어사가 출두를 하여 조사를 하기 위한
절차로서 취했던 조처.

"어사또는 본관을 알아보시겠소?"

어사는 묵묵부답으로 혼잣말을 했다.

"내가 본관을 어떻게 안단 말이오?"

"어사의 댁이 전에 동촌의 아무 동에 있지 않았소?"

어사는 조금 놀라 말했다.

"어찌하여 묻소?"

"아무 해 아무 달 아무 날 밤에 주금의 일로 왕명을 받들고 나온 선전관을 혹시 기억하시겠소?"

어사는 더욱 놀라고 의아해서 말했다.

"물론 기억하고 있소."

"본관이 곧 그때 그 사람이라오."

어사는 급히 일어나 손을 붙잡고 눈물을 비 오듯 떨어뜨리며 말했다.

"저의 은인이십니다. 지금 이렇게 상봉하니 천운이 아니겠습니까?"

이내 형구를 모두 물리치라 하고 여러 죄인들을 아울러 석방하였다. 그날 밤새 풍악을 울리고 즐기며 회포를 풀었다. 그리고 여러 날 머물러 있다가 돌아가서 즉시 임금께 포장(襃獎)하는 계문을 올렸다. 앞서 어사가 올린 계문으로 포장하는 말이 이보다 뛰어난 것은 없을 지경이었다. 임금은 그의 치적을 가상하게 여겨 특별히 삭주부사를 제수했다. 그 후에 어사는 지위가 대신에 이르렀는데 가는 곳마다 이 이야기를 하여 온 세상에서 그를 의로운 사람으로 여겼다. 유진항은 대번에 윗자리로 뛰어올라 통제사에 이르렀다. 그 어사는 소론 대신으로 성명을 잊었기에 기록하지 못한다.[260]

---

[260] 이 작품이 『청구야담』 권8에 「사궁유유통사수보(赦窮儒柳統使受報)」라는 제목으로 실려 있다.

73. 동방일사(東方一士)

익정공(翼靖公) 홍봉한(洪鳳漢)은 나의 고조부[261]의 셋째 사위이다. 혜경
궁(惠慶宮)이 평동(平洞)[262] 옛집에서 태어나 우리 집에서 성장하여 대궐에
들어가는데 이르렀기에 만년에는 매양 옛집이 그대로 내려오는가를 물
으시곤 하였다. 홍공이 과거에 급제하고 나서 영조의 지우(知遇)를 받아
관심이 지극하여, 권세를 잡은 것이 23년이나 되었다. 그 자제들이 차례
로 과거에 급제하여 가문이 빛났다.

당시에 김귀주(金龜柱)[263] 또한 척리(戚里)[264]로서 권세가 비등비등하여
서로 시기하는 마음을 갖게 되었다. 그래서 인심을 얻기 위해 스스로
선비들에게 몸을 낮추어 대접하고 유생 중에 가난하여 상사와 혼사의
마련이 없는 자들을 힘껏 도와서, 이 때문에 명망이 대단히 높았다. 참판
김광묵(金光默)이 정언으로 있을 때 홍공을 뵈러 찾아갔는데, 마침 홍공
이 내실에 들어가 있어서 겸인들이 즉시 통보를 하지 않아 기다린 것이
한 식경이나 되었다. 김 정언은 크게 성이 나서 보지 않고 가버렸다. 이
후로 아주 혐오하는 마음이 생겨 김귀주와 김종수(金鍾秀) 쪽에 밀착이
되었다. 이 여러 사람들이 서로 당파를 이루어 '공홍파(攻洪派)'라 일컬었
는데 그들 18학사는 주장이 과격하였고 모두 김귀주를 영수로 받들었다.
이로부터 남당(南黨)과 북당(北黨)이 나누어지게 되었다. 동류(同類) 중에
노숙한 분들의 주장은 모두 혜경궁이 외롭고 위태로우니 홍 정승을 배척

---

261 고조부: 이집(李潗, 1670~1727)을 말함. 숙종~영조 때 문신으로 벼슬이 황해도 관찰
사에 이르렀다.
262 평동(平洞): 조선시대 한성부(漢城府) 서부 반송방(盤松坊)에 있던 지명. 일명 거평동
(居平洞)이라고도 하며, 지금 경희궁 근처에 평동이라는 동명이 남아 있다.
263 김귀주(金龜柱, 1740~1786): 본관은 경주(慶州)로, 영조의 장인인 김한구(金漢耈)의
아들. 사도세자가 죽음을 당하는 데에 한 역할을 했다고 하며, 정치적으로 홍봉한과
대립하는 입장이었다. 정조가 즉위하면서 유배형에 처해졌다. 저술로 『가암유고(可庵
遺稿)』가 있다.
264 척리(戚里): 국왕의 내외척을 가리키는 말.

할 수 없다고 하였다. 공홍파들은 이쪽을 '홍당(洪黨)'이라고 지목하여 서로 공격하기를 일삼았다.

김귀주는 유생 가운데에서 홍 정승을 배척하는 상소를 쓸 사람을 찾았는데, 당시 청주 유생 한유(韓鍮)가 『유곤록(裕昆錄)』[265]의 문제로 상경하여 상소를 준비하고 있었다. 그는 사람됨이 사납고 독한 사람이었다. 김귀주는 그를 친밀하게 대하여 자기 집 뒤의 정자에 머물도록 하고 마치 연(燕) 태자(太子) 단(丹)[266]이 형가(荊軻)를 예우하듯이 하였다. 매양 홍봉한을 공격할 일로 권유를 하였으나 한유가

"나는 다른 일로 서울에 올라왔소. 저와 아무런 혐의가 없거늘 시임(時任) 영의정을 내 무슨 까닭으로 비난하는 상소를 올리겠소."

라고 하자, 김귀주는

"그냥 해본 말이오."

하고 다시 강권하지 않았다.

어느 날 홍 정승이 김귀주를 보러 왔다가 후원에서 사람이 말하는 소리를 듣고 물었다.

"뒤의 정자에 누가 있습니까?"

"청주의 한유란 사람은 동방일사(東方一士)인데, 내가 집에 초청해 두었습니다."

"영감과 나는 외척이니 밖에서 객을 끌어들일 필요가 없겠소."

홍 정승은 이렇게 말하고 조금 있다가 돌아갔다.

이튿날 김귀주는 한 하인을 내세워 한유가 있는 자리에서 홍 정승의

---

265 『유곤록(裕昆錄)』: 원명은 『어제엄제방유곤록(御製嚴堤防裕昆錄)』. 탕평의 정당성을 주장하는 영조의 입장을 담고 있으며, 전문은 15장으로 되어 있다. 영조 40년에 편찬된 것이다.

266 연(燕) 태자(太子) 단(丹): 전국 말기에 연나라가 진(秦)나라의 위세에 국운이 위태롭게 되자 형가(荊軻)와 같은 자객을 크게 예우하여 진시황을 암살하고자 한 인물.

분부를 전갈하도록 거짓으로 꾸몄다. 서로 이렇게 약속한 다음, 김귀주는 산정에 올라가 한유와 더불어 이야기를 나누었다. 이때 문득 한 하인이 올라와서 묻는 말이었다.

"영감님은 어디에 계십니까?"

이에 김귀주는

"어디서 왔는가?"

하였다.

"소인은 국동(國洞)²⁶⁷ 영상댁 하예입니다. 대감이 전갈하시기를, '어제 만나 뵈어 기뻤습니다만 밤 사이 안후가 어떠신지? 어제 말씀드리지 않았습니까. 저와 영감은 다 같이 척리이니 밖에서 사람을 끌어들일 필요가 없습니다. 청주의 한가로 말하면 더욱 괴물이니 오래 머무르게 두는 것은 불가하며 속히 쫓아 보내는 것이 좋겠습니다.'"

한유가 이 말을 듣고 발끈 성을 내 낯빛이 붉으락푸르락해져서 일어나 상소를 하겠다고 자청했다. 주인이 그럴 필요가 없다고 만류하였으나 머리카락이 온통 들고 일어날 지경이 되었다. 그리고 소매를 털고 일어서더니 드디어 왼손에 도끼를 들고 오른손에 자리를 들고 대궐 문밖으로 나아가서 상소를 올린 것이다.

"청하옵건대, 홍봉한의 머리를 베어 귀신과 사람들에게 사죄하도록 해야 합니다."

이에 임금이 즉시 형을 집행하려고 하였고, 이어서 또 심의지(沈儀之)²⁶⁸의 상소가 있었다. 대체로 모두 다 목숨을 내놓고 편든 자들이니, 이는 김귀주가 충동해서 상소를 올리도록 한 것이었다.

---

267 국동(國洞): 지금의 종로구 안국동.
268 심의지(沈儀之): 저본에는 '沈懿之'로 나와 있으나, 『영조실록』의 표기를 따라 바꿈.

74. 노동지(盧同知)

노 동지(盧同知)는 남양 사람이다. 활을 잘 쏘는데도 운수가 기박해서 매번 초시(初試)의 방에는 붙지만 회시(會試)에서 번번이 떨어졌다.

어느 날 인정종(人定鐘)[269]이 난 후 술이 잔뜩 취한 김에 육조 앞 큰길에 버티고 서 있었다. 그날은 어영청(御營廳)[270]에서 순라를 도는 날이었다. 나졸이 붙들자 그는 손으로 나졸을 후려쳤다. 패장(牌將)[271]이 달려들자 또 패장을 때려주었다. 연달아 4, 5인을 때려눕히고 나서 그 자리를 떠나지 않고 서 있었다. 각 패의 나졸들이 우르르 몰려들어 그를 결박 지어, 이튿날 아침을 기다려 대장 아문(牙門)[272] 밖에다 대기시켰다.

대장은 곧 안국동 홍 정승[273]이었다. 홍공이 그를 잡아들이라 하여 물었다.

"너는 순라법의 뜻을 아느냐?"

"아옵니다."

"그런데 왜 순라꾼을 때렸느냐?"

"한 말씀 드리고 죽고 싶어서입니다. 잠깐 결박을 풀어주소서."

홍공이 명하여 결박을 풀어주니 노군은 일어나서 아뢰는 것이었다.

"소인은 남양의 거자(擧子)[274]로 약간 용력도 있고 말 타고 활쏘기에 능하온데 운수가 기박하여 회시에 응시한 것이 전후 무려 10차에 가까웠으되 이번에 또 낙방을 하고, 스스로 신세를 돌아보매 죽으려 해도 죽기가 어려웠습니다. 재상의 문하에 의탁해서 진출할 방도를 세워보고

---

269 인정종(人定鐘): 통금을 알리는 종. 지금 서울의 종각에 있는 종을 가리킨다.

270 어영청(御營廳): 삼군문(三軍門)의 하나, 효종 3년에 설치되어 고종 21년에 폐해짐.

271 패장(牌將): 포도청이나 어영청 등에서 구역을 나누어 순라를 도는데, 일정한 단위의 우두머리를 말함.

272 아문(牙門): 대장이 주재하는 군영의 문.

273 홍 정승: 홍봉한(洪鳳漢)을 가리킴.

274 거자(擧子): 과거에 응시하는 사람을 가리키는 말.

자 해도 또한 길이 없습니다. 시방 명망이 대감보다 높은 분이 없기로 적이 한번 뵙고자 하였으나, 문지기가 가로막아 마지못해 이런 계교를 부려본 것이옵니다. 순라군을 두들겨 패면 반드시 이 뜰 아래 잡혀올 것이라, 한번 존안(尊顔)을 뵙고 진정을 아뢰려는 것이었지요. 만약 순라를 때리지 않고 기껏 야경을 범하기만 하면 집사청(執事廳)에서 곤장이나 얻어맞고 쫓겨날 것이니 어떻게 이 뜰 아래 들어올 수 있겠사옵니까? 사또께서는 모름지기 저의 이 정상을 굽어 살펴주소서. 또한 한 사람이 두 사람을 상대하면 두 사람 몫의 용력이 있다고 쳐줄 것인데, 소인은 다섯을 때려눕혔으니 다섯 사람의 용력이 있다고 할 것입니다. 사또께서 소인을 문하에 거두어주심이 어떠하올지요?"

홍공은 그를 눈여겨보더니 웃으며 말하였다.

"아까 두들겨 맞은 장교들은 어디 있느냐?"

그 장교들이 명을 받고 대령하자 홍공이 영을 내렸다.

"너희들 교졸 대여섯 놈이 저 한 사람에게 두들겨 맞았으니 장차 어디다 쓸 것이냐? 너희는 장교의 패(牌)를 풀어놓고 나가거라."

하여 다 물러가도록 하고, 그 전령패(傳令牌)[275]를 노군이 차도록 하여 문하에 머물게 했다.

그는 사람됨이 온갖 일에 영리하고 민첩해서 매사가 주인의 뜻에 맞았다. 이 때문에 총애가 날로 높아져서 안팎의 크고 작은 일들을 모두 맡겼는데, 그는 일처리가 적절해서 한 가지 일도 엉성하거나 걱정을 끼치는 법이 없었다. 홍공은 그를 좌우 수족같이 여기게 되었다.

그는 별군관(別軍官)[276]으로부터 승진하여 오랫동안 직무를 부지런히 수행한 것으로 선사포(宣沙浦)[277] 첨사(僉使)[278]에 임명이 되었다. 부임할

---

275 전령패(傳令牌): 명령을 전하는 표.
276 별군관(別軍官): 훈련도감·금위영(禁衛營)·어영청·수어청(守禦廳) 등에 속한 장교의 일종.

때 홍공이 감영 및 병영에 편지로 부탁을 해서 매사에 잘 보아주도록 했다. 그는 3년 동안의 임기 사이에 한 번도 홍공에게 편지로 문안을 아뢰지 않아 문하의 사람들이 모두 그를 배은망덕한 사람으로 여겼다. 그가 임기를 마치고 돌아올 때 홍공께 배알하러 찾아가니 홍공은 흔연히 맞았다.

"그간에 별 탈이 없었으며 녹봉은 얼마나 되더냐?"

"소인이 사또의 은택을 입어 좋은 진(鎭)을 맡아서 3년의 소득이 어느 정도 되어 남양의 논밭을 사들였기에, 이제 평생을 잘 지낼 만하옵니다."

"매우 다행한 일이로구나."

홍공이 기뻐하는데, 노군은 이내 일어서서 하직을 고하는 것이었다. 홍공이 놀라 물었다.

"네가 여기 와가지고 왜 머물러 있으려 않고 곧 돌아가려 하느냐?"

"소인이 정성을 바쳐 사또께 힘을 다했던 것은 장차 구하는 바가 있어서였사옵니다. 이제 소득이 바라던 바를 넘어 흡족하온데 다시 무엇하러 남아 있겠사옵니까? 이제 떠날까 하옵니다."

홍공은 할 말이 없어 고개만 끄덕였다.

그가 홍공의 문을 나설 때 누군가 그에게 은혜를 저버린 데 대해 책망을 하였다. 그는 웃으며 말했다.

"내 어찌 모르겠느냐? 내가 대감의 문하에 있은 지 10여 년이다. 여러 지역에서 보내온 물건들을 사또께서 어찌 모두 다 살피시겠느냐? 웬만한 물건은 모두 우리들의 차지가 된다. 내가 조그마한 진(鎭)의 첨사로 비록 온 진의 힘을 기울여서 봉물(封物)을 올리더라도 청지기들의 눈에 차지 않는 볼품없는 물건에 불과할 테니, 매우 긴치 않은 짓이라. 이런

---

277 선사포(宣沙浦): 지금 평안북도 서해안의 철산군에 있는 지명.
278 첨사(僉使): 진영(鎭營)에 배치된 종3품의 무관. 첨절제사(僉節制使)의 준말.

까닭으로 나는 하지 않았더니라."

그는 남양의 고향집으로 돌아가서 발걸음을 딱 끊고 다시는 소식을 통하지 않았다.

병신년(丙申年)[279]에 홍공은 실각하여 고양 문봉(文峯)[280]의 선영 아래 은거해 있었다. 이때 와서는 청지기 가운데 하나도 모시는 자가 없었다. 노군은 이때 비로소 지팡이를 짚고 찾아가서 조석으로 모시며 시중을 들었다. 병환이 위중해지자 옆에서 간호하며 몸소 약시중을 들고 밤낮으로 쉴 틈도 없이 보살폈다. 홍공이 세상을 뜨자 직접 염습(斂襲)하고 입관(入棺)하는 절차를 정성껏 하였다. 장사의 예를 마친 후에 그는 통곡하며 집으로 돌아갔다. 노 동지는 대개 의인이라 할 것이다.

75. 우육불(禹六不)

우육불(禹六不)이란 자는 조현명(趙顯命) 정승 댁의 겸인이다. 그 사람됨이 심히 질박하고 정직하지만 술을 몹시 좋아하고 여색을 탐했다. 우리 집의 여종 막대(莫大)는 증조할머니의 교전비(轎前婢)[281]로 자못 어여뻤다. 우육불이 그녀를 첩으로 삼아 혹애한 나머지 매양 우리 행랑을 들락거렸다고 한다.

어느 날 우육불이 조 정승 댁에 있는데 마침 신임 통제사가 하직인사를 드리려고 찾아왔다. 고풍(古風)[282]을 청함에 두 냥을 내어주니 우육불

---

279 병신년(丙申年): 영조가 죽고 정조가 즉위한 1776년으로, 이때 홍봉한은 사도세자 문제로 실각하였다.

280 문봉(文峯): 현재 경기도 고양시 일산동구에 문봉동이란 지명이 있다. 홍봉한의 묘도 이곳에 있다.

281 교전비(轎前婢): 양반의 부인이 시집올 때 데려온 몸종으로, 가마 앞에 수행해 왔다는 뜻에서 붙여진 말.

은 받아서 앞에다 던지며 뱉는 말이었다.

"돌아가셔서 대부인 마님 옷이나 지어드리십시오."

통제사는 노여움을 띠고 뚫어져라 보다가 발걸음을 돌렸다. 그로부터 얼마 후에 통제사가 포도대장이 되어 서울로 올라왔다. 즉시 명을 내렸다.

"포교 중에 우육불을 잡아 오는 자에게는 내 중상을 내릴 것이다."

며칠 지나 과연 우육불이 붙잡혀 왔다. 곧바로 난장형(亂杖刑)을 실시하려는 즈음에 누군가가 이 사실을 급히 조 정승에게 보고했다. 조 정승은 당시 어영대장을 겸임하고 있었는데 초헌(軺軒)을 타고 지나다가 포도청 문밖에 세우고서

"우육불은 나의 겸인이오. 그가 비록 죽을죄를 지었더라도 한번 얼굴이나 보고 영결을 해야겠소. 잠깐 내보내 주오."

라고 전갈을 하도록 했다. 포도대장은 부득이 내보내면서 붉은 포승줄로 꽁꽁 결박을 짓고 교졸 10여 명을 따라붙였다. 우육불은 조 정승을 보고 울며 호소했다.

"대감님, 저를 살려 주옵소서."

"네가 죽을죄를 범했는데, 내 어떻게 살려내겠느냐. 아무리 곧 죽을 목숨이라도 너의 손이나 한번 만져 보고 영결해야겠구나. 묶은 것을 잠시 풀도록 해라."

조 정승이 이렇게 말하자 포교는 대장의 엄명이 있어 어렵다고 아뢰었다. 조 정승이 노하여 야단쳤다.

"얼른 풀어주지 못하겠느냐."

포교는 어쩔 수 없이 명을 받들어 포박을 풀지 않을 수 없었다. 조 정승은 우육불의 손을 잡고 초헌 위로 끌어올려 앉힌 다음, 발판을 구르

---

282 고풍(古風): 여기서는 새로 부임한 사람이 동료나 무슨 관련 있는 자들에게 대접하는 관행을 가리킨다.

며 어영청의 집사에게 분부하는 것이었다.

"따라오는 포도청 소속의 사람이 있으면 누구든 간에 잡아 묶어라."

군졸들이 "예에이~~" 하고 소리치며 초헌을 움직여 빨리 달려서 떠났다. 이후로 우육불은 집 안에 있으면서 대문 밖을 나가지 않았다.

조 정승이 세상을 떠난 후로 대를 이어서 아들 조재호(趙載浩)[283] 정승을 모셨다. 조재호 정승이 옳지 않은 처사를 하는 것을 보면 언제고 직간을 하였다. 조재호는 귀찮게 여겨서 꾸짖었다.

"네가 무엇을 안다고 감히 이러느냐?"

우육불은 곧바로 사당에 들어가서 대감을 부르며 통곡을 하였다.

"대감 댁은 얼마 지나지 않아 망하고야 말 것입니다. 소인은 이제 물러가옵니다."

하고서 다시는 그 댁에 발걸음을 하지 않았다.

임오년(1762)에 금주령이 내려서 지극히 엄하였다. 우육불은 술로 양식을 삼는 사람인데 오래 마시지 못하니 병이 되어 조석을 보전하기 어려운 지경에 이르렀다. 막대는 몰래 작은 항아리에 술을 빚어 밤이 깊기를 기다려서 권했다. 그는 깜짝 놀라 물었다.

"이건 어디서 난 물건이냐?"

"당신을 위해 몰래 조금 빚은 것이에요."

이 대답에, 그는 막대를 소리쳐 불러 밖으로 나가더니 손으로 그녀의 머리채를 붙잡아 끌고 다시 안으로 들어와서

"우육불을 잡아 왔습니다."

---

283 조재호(趙載浩, 1702~1762): 영조 때 우의정을 지낸 인물이다. 1762년 장헌세자(사도세자)가 영조에게 죽임을 당하는 참변이 일어났을 때 세자를 구하려고 했다가 도리어 몰려서 귀양을 갔다가 죽임을 당했다. 이 때문에 그에 관한 이야기가 꾸며진 것으로 생각된다. 그러나 조현명과 조재호의 사이는 부자간이 아니고 숙질간이다. 작자의 착오로 보이기는 하지만, 조재호의 행동을 부정적으로 느끼는 작자의 의식이 여기에 투영된 것으로 보인다.

하고, 이어 그 스스로 호령하고 대답하고 하는 것이었다.

"네 어찌해서 금주령을 어겼던고?"

"소인이 어찌 감히 그러겠습니까? 소인의 무식한 처가 소인의 병을 걱정해서 빚은 것이랍니다."

그리고는 이윽고 관원이 분부하는 소리로

"참(斬)하라!"

하더니 머리를 베는 시늉을 하였다.

"이러면 어쩔 것이냐? 나는 하찮은 백성이다. 감히 나라의 금령을 범한단 말인가. 크게 불가한 일이다."

하고는 술항아리를 들어 깨뜨리고 한 모금도 마시지 않았다. 그리하여 병으로 자리에 누워 다시 일어나지 못했다.[284]

76. 소교(素轎)

예전에 충청도의 한 선비가 누이동생을 시집보내는데, 혼례를 치르고 3일도 안 되어 신랑이 병이 들어 죽고 말았다. 선비 집에서 운구를 하여 가는 길에 누이동생도 함께 시가로 보내게 되었다.

선비가 그 뒤를 따라가서 강을 건너는데 비참한 심정을 이기지 못해 시 한 편을 지었다.

묻노라, 강상(江上)에 뜬 배야.

예로부터 지금까지 장가들러 오는 사람이 몇이며,

---

[284] 이 작품이 『청구야담』 권6에 「진충언입사곡사(進忠言入祠哭辭)」라는 제목으로 실려 있다.

시집가는 사람 몇이런고?

그럼에도 이런 모양의 신행은 없었겠지.

명정(銘旌)이 앞에 서고 소교(素轎)가 뒤를 따라

청상의 신부에 백골 신랑이로구나.

강상의 배야, 빨리 가지 말아라.

신랑의 혼은 아직 동상(東床)에 머물러 있으니.

강상의 배야, 더디게 가지 말아라.

신랑 집엔 외아들을 10년 기른 어머님이 계시니

어머님 아침이나 저녁이나 아들이 언제 오나 기다리는데

네가 상여로 돌아오다니, 이런 이치를 누가 하늘에 물어볼까.

저 몸종은 배에 기대 울며 말하네.

저 원앙새는 쌍쌍이 나는구나.

물 북쪽으로 산 남쪽으로.

　이 시를 관 앞에 써 놓았는데, 큰 소리가 울렸다. 이윽고 하늘에 무지개가 떠 강에서부터 관 위로 닿았다. 그러자 관이 저절로 갈라지면서 죽은 신랑이 살아났다. 이 또한 참으로 기이한 일이로다. 황당한 이야기에 가깝지만 우선 기록해둔다.[285]

---

285 이 작품이 『청구야담』 권6에 「기사인임강애만(起死人臨江哀輓)」이라는 제목으로 실려 있다.

溪西雜錄

卷1

자서(自序)

余自花山而移金陵, 由金陵而來南昌, 玆三者, 俱是峽邑之閑局也. 簿書不煩, 每春夏之交, 或鎭日而無一紙民訴. 以是之故, 得以養閑暮境. 花山有府內之金溥汝, 金陵有隣境之趙叔京, 二人者皆詩酒佳士也. 日夕追遊, 與之酬唱, 殆無虛日. 詞律之得頗贍, 而亦以慰客愁消永日矣. 於南昌則無此兩友, 山日抵年, 案牒多暇, 凡自坐臥, 無以遣懷. 年迫六旬, 而神精不至昏耗, 故仍臥念平日之所耳聞而目睹者, 自家間事蹟, 及外他前輩行于世之古談, 隨思隨錄, 使官童之解書者, 彙爲一書, 而題之曰『溪西雜錄』. 以倣古之人遣閑逐睡等書, 蓋多野乘之所不載者. 要作閑中消遣之資, 而無年條之編次, 錯亂甚矣. 未知覽是書者, 以爲如何? 至若閭巷稗說之自古流傳而可博一粲者, 幷闕之云爾. 歲黃鼠暮春之下澣, 溪西老夫, 書于南昌府竹裏館.

계서잡록서(溪西雜錄序)

溪西雜錄者, 以其所居在溪之西故, 準如氏因以自號而名其所著也. 噫! 古之博雅好奇之士, 必有所著, 流傳於後. 然所著不一, 或近於誕, 水邨天倪是已; 或近於俚, 慵齋叢話是已; 又或駭焉不經, 不足示於來許者有之. 獨此錄, 的採聞見, 無誕俚之訛, 摭實記述, 無不經之歎, 補野乘之所不載, 斥古談之所共知. 上自牧隱先公, 下至近世諸公, 苟有一事一言之奇, 可以傳後者, 無不錄焉. 編爲四冊, 非聰明强記, 何以述此? 至若名姓之或換, 事實之或舛, 各出聞見之異, 非作者過也. 今溪西雖處劇髮白, 神貌如壯年, 善作歌謠及俗樂府, 揮筆成腔, 篇篇可誦, 贈歌衆妓, 代述己意, 若自其口出. 所以完府歌曲傳於南國, 而最愛玉娘故, 送侍於余, 而贈歌最多, 已成一卷. 或以尋常書札, 演爲歌詞而寄之, 旣合於調, 曲盡其意, 才之敏華, 非可學而能焉. 且喜道古事, 夜晝而語不盡. 余嘗戲曰: "老兄一肚皮都是歌, 又不知幾十卷溪西錄, 尙餘於胸中未脫藁之草也歟!"主人既招我以序故, 辭不獲, 以作異日溪西楠樓從遊時, 一傳奇事者云爾. 歲癸巳孟春, 小楠居士沈能淑英叟序.

01. 목은 이색(牧隱 李穡)

先祖牧隱先生, 當國革命之時, 與圃隱先生, 義不仕本朝, 而圃隱則爲趙英珪鐵椎所椎, 寘于善竹橋上, 先生杜門自處. 太祖朝使之迎入, 而太祖下榻而迎之, 則先生長揖不拜曰: "老夫無可坐處." 乃退出. 及彝初之獄, 逮繫清州獄, 鞫問甚峻, 事將叵測. 一日黎明, 天乃大雨, 未及日中, 山崩水湧, 壞城門漲入, 城內屋舍皆沒. 問事官及諸隷皆漂溺, 攀鴨脚樹堇免. 事聞, 釋不問, 以是得全. 玉川君劉敞, 聞公被誣逮獄, 語人曰: "先生乃天挺生之人, 必有天變." 其言果驗. 有人題詩曰: "流言不幸及周公, 忽有嘉禾起大風. 聞道西原江水漲, 是知天道古今同."云, 載在野乘. 先祖之當初收議, 云當立前王之子. 嘗有詩曰: 人情那似物無情? 觸境年來漸不平. 偶向東籬羞滿面, 眞黃花對僞淵明. 其雍容就義可知也. 或問昆侖曰: "麗朝革命之時, 牧隱不卽致命, 雖未若圃老之明快, 而考其始終, 則乃心王氏, 畢竟全節之人. 而其謫長湍也, 呈都堂十絶, 有云'放榜辛朝始出身'. 牧隱若明知恭愍之子, 則豈忍以辛朝之說, 形諸吟詠乎?"曰: "其時國祚垂²⁸⁶絶, 訛言繁興, 禁密牀第之事, 有非外臣所得詳. 而禑旣名爲旽子而見廢, 牧老亦旣與聞於策立, 則詩句之云然, 固無足深怪. 然以當立前王子之說觀之, 其不敢必其非王氏可見. 設若牧老明知爲辛旽子, 則雖不能立懂於廢禑, 亦豈無擇立王氏他宗室之議耶? 此亦可見其微意也." 或曰: "禑昌之爲異姓, 中朝之所聞知而致詰者, 則其時國言之騰播, 此亦可見矣." 曰: "此尤不足爲公證.

---

286 垂: 저본에는 '無'로 나와 있는데, 최창대의 「書麗史禑昌事 答林彝好」(『昆侖集』 권14)에 의거하여 바꿈.

當是時, 天命已去, 人心有歸, 大小朝紳, 王氏之人絶少, 則所謂中朝詰問, 安知非使臣自唱自和之齊言耶? 耘谷異乎所傳聞, 異辭者情僞虛實, 宜無不知, 而記實之言, 顧不足爲斷案耶? 退溪先生書, 有云:'國家萬世後, 當從耘谷議'. 象村云, '禑昌之事, 當以元天錫爲信史'. 區區之見, 蓋亦有所受也." 昆崙旣如是, 可見百世公議也. 尤翁撰神道碑云, "史曰: 李某語人曰:'胡致堂以爲「元帝姓牛, 而東晉群臣安而不革者, 必以胡羯交侵. 若不憑依舊業, 安能係屬人心?」. 吾於辛氏, 不敢有異議者, 亦此意也'. 此筆似涉曲筆, 當時佐命諸公, 欲藉先生, 以成禑昌之爲正也云." 皆可爲信筆也. 而李芝湖選之雜錄, 誣以先生屈節於本朝云, 亦可駭異矣. 近者成海應作蘭臺史筆, 明知李選之誣, 而詳載前後事實. 李選未知何所據, 而如是爲言者, 其心術之不正有如是矣. 先生之伯胤被禍, 先生每向深山無人處, 痛哭而歸世云. 先生後命, 卽鄭道傳之所爲, 而實非太祖之本意也.

02. 포은(圃隱)의 출처 문제

鄭寒岡問於退溪曰: "曹南溟嘗以鄭圃隱出處爲疑, 鄙意圃隱一事頗可笑. 爲恭愍朝大臣十三年,[287] 於不可則止之道,[288] 已爲可愧. 又事辛禑父子, 謂以禑爲王出歟, 則他日放出, 己亦預焉何也? 十年服事, 一朝放殺, 是可忍乎! 如非王出, 則呂政之立, 嬴氏已亡. 而乃尙無恙, 又從而食其祿. 如是有後日之死, 深所未曉." 退溪答曰: "程子曰:'人當於有過中求無過, 不當於無過中求有過'. 圃隱大節, 可謂經緯天地, 棟梁宇宙. 而世之好議論·喜攻伐者, 不樂成人之美, 曉曉不已, 每欲掩耳而不聞也." 圃隱之立禑, 如是光明正大, 而南溟·寒岡, 俱是儒賢, 尙不無致

---

287 十三年:「答鄭道可問目」(『退溪先生文集』 권39)에는 '三十年'으로 나와 있음.

288 於不可則止之道: 저본에는 '於不可測之道'로 나와 있는데, 원서(「答鄭道可問目」『退溪先生文集』 권39)에 의거하여 바꿈.

訐, 至有退溪之辨破, 則牧隱先祖, 雍容就義, 有非後生所可測見而妄
議者也.

03. 목은집(牧隱集)

牧隱先生文稿, 皆遺失於毀板之餘, 開刊時, 鳩聚佛家所在碑石之文而
謄刊. 以是之故, 佛氏文字居多, 而且俱是奉教撰也, 非私自阿好而然
也. 後之人不知此狀, 或指以爲崇佛云, 良可歎也.

04. 토정 이지함(土亭 李之菡)

土亭諱之菡, 九代祖考之弟也. 生而穎悟, 天文·地理及醫藥·卜筮·術
數之學, 無不通曉, 未來之事, 預先知之, 世皆稱以爲神人. 兩足繫一圓
瓢, 杖下又繫一圓瓢, 行于海水之上如踏平地, 無處不往. 如瀟湘洞庭
之勝, 皆目見而來. 周行四海, 以爲海有五色, 分四方中央, 而隨其方位
而同色云. 家極貧寒, 朝夕無以供, 而不以介于心. 一日坐於內堂, 夫人
曰: "人皆稱君子有神異之術云, 見今乏粮將絶火矣, 何不試神術而救
此急也?" 公笑曰: "夫人之言, 旣如此, 吾當少試之矣." 命婢子, 持一鍮
器而諭之曰: "汝持此器, 往京營橋前, 則有一老嫗, 以百金願買矣. 汝
可賣來." 婢子承命而往, 則果有老嫗之願買者, 一如所指敎, 仍捧價而
來. 又命曰: "汝持此, 而往西門外市上, 則有簽笠人, 以匙箸將欲急賣
矣. 汝以此錢買來." 婢子又往, 則果符其言. 持匙箸來納, 卽銀匙箸也.
又命曰: "汝持此, 而往畿營前, 下隷方失銀匙箸, 而來求同色者矣. 示
此則可以捧十五兩錢, 汝可賣來." 婢子又往見, 則又符其言矣, 捧十五
兩錢而來. 更以一兩錢給婢子而言曰: "買器之老嫗, 初失食器而欲代
之矣. 今焉得其所失之器, 而欲還退. 汝可還退而來." 婢子又往見, 果
然, 仍還退其器而來. 以其錢與器, 傳于夫人, 使作朝夕之費. 夫人更請

加數, 則笑曰: "如斯足矣. 不必添加." 其神異之事, 類多如此.

05. 이경류(李慶流)

七代祖考佐郎公, 以兵曹佐郎, 當壬辰倭寇之亂. 而其仲氏投筆供武職, 助防將邊磯出戰時, 以其仲氏從事官啓下, 而名字誤以公書之. 仲氏曰: "以吾啓下, 而誤書汝名, 吾可往矣." 公曰: "旣以吾名啓下, 則吾當往." 仍束裝而辭于慈親, 蒼黃赴陣. 邊磯出陣于嶺右, 大敗而逃, 軍中無主將, 仍大亂. 公聞巡邊使李鎰[289]在尙州, 單騎馳赴之. 與尹公暹 · 朴公篪, 同處幕下, 又戰不利, 一陣陷沒, 尹 · 朴兩公, 皆被害. 公出陣外, 則奴子牽馬而待之, 見而泣告曰: "事已到此, 願速速還洛可也." 公笑曰: "國事如此, 吾何忍偸生." 仍索筆, 告訣于老親及伯氏, 藏于袍裾中, 而使奴傳之. 欲還向敵陣, 則奴子抱而泣不捨. 公曰: "汝誠亦可佳, 吾當從汝言. 而吾饑甚, 汝可得飯而來." 奴子信之不疑, 尋人家乞飯而來, 則公已不在矣. 奴子望敵陣, 痛哭而歸. 公以得飯爲托而送奴, 仍回身, 更赴敵陣, 手格殺數人, 而仍遇害. 時享年二十四, 四月二十四日, 而尙州北門外坪也. 其奴子牽馬而來, 擧家始聞凶報. 以發書之日爲忌日, 而始擧哀. 其奴自刎而死, 馬亦不食而斃. 以所遣衣冠, 斂而入棺, 葬于廣州突馬面先塋之左麓, 而其下又葬奴與馬. 尙州士林設壇而行俎豆之禮. 自朝家贈職都承旨. 乙卯正廟朝, 以親筆書忠臣義士壇, 建閣於北坪, 命使三從事並享, 而春秋行祀. 公卒後, 每夜來家中, 聲音笑貌, 宛如生時, 對夫人趙氏酬酌無異平昔. 每具饌以進, 則飮啖如生時, 而後乃見之, 飮食如前. 每於日昏後始來, 臨鷄鳴則出門而去. 夫人問: "公之遺骸在於何處? 若知之, 則將返葬矣." 公愀然曰: "許多白骨堆中, 何由辨知乎? 不如置之爲好. 且吾之白骨所埋處, 亦自無害矣." 其他家

---

289 鎰: 저본에는 '鑑'으로 나와 있는데, 오기로 보아 '鎰'로 바꿈.

事區處, 一如平時. 小祥後, 間日降臨矣. 及大祥時, 乃辭曰: "從今以後, 吾將不來矣." 時六代祖考府使公, 年四歲矣. 公撫而嗟嘆曰: "此兒必登第而不幸. 當不幸時然, 而伊時吾當更來." 仍出門. 伊後更無形影. 其後二十餘年後光海朝, 六代祖考登第, 謁廟之時, 自空中呼新恩進退, 人皆異之. 八代祖妣常有病患, 時則五六月間也. 喉渴, 而病患中謂侍者曰: "何由得喫一橘? 若得喫則渴病可解矣." 數日後, 空中有呼兄聲. 伯氏公下庭而仰視, 則雲霧中, 公以三橘投之曰: "老親念橘, 故吾於洞庭得來矣. 可以進之." 仍忽不見. 以橘進之, 病患卽差. 此是陶菴李文正神道碑銘曰: "空裏投橘, 神悅惚兮"云者, 卽此也. 每當忌辰行祀時, 闔門之後, 則必有匙箸聲. 庶曾大父秉鉉, 向我言, 自家少時參祀, 每聞此聲矣, 近日以來, 未嘗聞云矣. 宗家行祀時, 餠有人毛之入者, 罷祀後聞之, 則外舍有呼奴之聲. 家人怪而聽之, 則出自舍廊. 奴子承命而入, 則使捉致蒸餠婢子, 分付曰: "神道, 忌人毛髮, 汝何不察? 汝罪可撻." 仍命撻楚. 自是每當忌辰, 雖年久之後, 家人不敢少忽焉. 尹學士遑, 尹行恁之祖也; 朴學士篪, 朴長卨之祖也. 行恁當權時, 以當請不祧爲言. 先君子以爲不可曰: "不祧之典, 有大勳勞於邦家, 然後可矣. 未聞以節義不祧, 又未聞子孫干恩云矣." 行恁大怒, 只請尹朴兩學士不祧, 而公則不得預焉. 親盡而年前埋主於墓所.

06. 이병태(李秉泰)

從曾大父文淸公, 諱秉泰氏, 高祖考監司公之姪子也. 性至孝淸儉, 一毫不以取於人. 位至副學而居不容膝, 衣不掩身, 言議淸高, 有廉頑起懦之風. 自失怙之後, 就養於監司公. 監司公按海西時, 病患沈篤. 公時副學, 上疏陳情, 乞欲往省. 上特許之, 借隣戚家駑馬與奴, 發向海營. 中路馬斃, 仍徒步而及抵營下, 阻閽不得入. 盖門者見其破笠弊袍殆同乞人, 阻而不許入, 不知爲巡營親姪故也. 公亦不自言之, 少待于門外矣, 新延下隷之在京承顏者, 見之驚而迎拜, 前導而入. 及門, 監司公見儀, 叱責曰:“此何貌樣? 此是辱朝廷也. 汝旣請由, 則時任副學爺也, 乘騶而來可也. 今以乞客樣, 徒步下來, 自此海西之民, 以副學之位皆如此等人知之矣. 豈不貽羞乎? 可卽退去!”公不敢入門, 惶蹙而退于冊室矣. 少焉自內出送一襲衣·笠子·新巾·玉圈·紅帶, 使之改服而來. 公迫於嚴敎, 不得已承命改服, 上下一新. 始乃進拜於澄軒, 則監司公笑而敎曰:“乃今始知爲副學矣.”留月餘, 告歸臨發, 盡脫冠巾, 別封以置, 而還着來時之衣冠而歸.

07. 청백리(清白吏)

文淸公初除嶺伯, 辭不赴, 上怒之, 特補陝川郡. 邸人來見, 則絶火已數日矣. 所見悶迫, 以一斗粟·一級靑魚·數束薪, 入送于內矣. 公下直而出, 見白飯魚湯, 問家人曰:“此從何得?”家人以實對. 公正色曰:“何可受下隷無名之物乎?”仍以其飯羹, 出給邸人. 及到郡, 一毫不近, 治民以誠. 時値大旱, 一道皆祈雨而無驗. 公行祀後, 仍伏於壇下暴陽之中, 矢于心曰:‘不得雨, 則以死爲期.’只進米飮而數日心禱矣. 第三日之朝, 一朵黑雲, 出於所禱之山上矣. 暫時大雨注下, 一境周洽, 接界之他邑, 無一點雨之過境者. 一道之內, 陝川一境, 獨占大登, 吁亦異矣. 海印寺有紙役, 寺僧每以此爲痼弊矣. 自公上官之後, 一張紙曾不責出矣. 一日適有修簡事, 以簡紙三幅來納之意, 分付寺僧矣. 各房齊會, 每人一次搗砧, 以十幅來納之, 則公命捉入寺僧之來者而分付曰:“自官旣有三幅之分付, 一幅加減俱罪也. 汝何敢加數來納乎?”仍拔置三幅, 而還給七幅而送之. 其僧受簡而出給官隷, 則俱不受, 不得已掛之外三門楣之上而去. 伊後公適出門, 見而怪之, 問而知之, 笑而使置之案上矣. 遞歸時見之, 則加用一幅餘, 六幅置簿於重記. 公於暇日, 遊海印寺, 見題名之多, 指龍湫上特立之巖曰:“此石面題名則好矣, 而石立於水深處, 無接足處, 似無以刻之云矣." 諸僧聞此言, 七日齋戒而禱于山神. 時當五月, 潭水冰合, 仍伐木作梯而刻. 此是傳家之事, 而向於海印寺之行, 欲審其題名處而不得. 其已刓而然歟. 遞歸時, 邑中大小民, 遮路曰: "願留一物, 以爲永世不忘之資云云." 公曰: "吾於汝邑, 一無親身之物, 而製一道袍矣, 此以出給." 卽氁布也. 民人輩以此立祠, 而號曰淸白祠, 至今春秋享以俎豆焉.

08. 낮잠꾸러기 사위

從曾大父淸州公諱秉鼎, 伯高祖府使公伯胤也. 爲人坦率, 未嘗修飾邊幅, 工于文筆, 常自韜晦, 人無知者. 家貧無資身之策, 聘家極富饒, 自聘父母以下, 謾侮備至, 有時或往, 則岳翁問: "汝喫朝飯乎?" 妻娚在傍曰: "不問可知." 岳翁呼奴而言曰: "某處李郎來而闕食云矣. 內間如有水飯之餘者, 饋之好矣." 其薄待如此. 晚而贅居于妻家下房, 晝則終日鼾睡, 到夜人靜之後, 必暗暗讀書賦詩. 時當式科, 將設初試, 公口不言科事. 夫人問曰: "科期不遠. 君子不欲赴耶?" 公答曰: "雖欲赴擧試, 紙筆墨從何辦備乎?" 夫人乃出粧奩之屬, 賣而與之. 公以是辦備科具. 時諸妻娚及同婿, 皆紛紛治科具, 而一不問公之赴擧與否. 入場, 公與同婿及妻娚並高中. 其同婿則時宰相家子, 而妻家之愛婿也, 其接待比公不啻霄壤, 公晏如也. 榜出後, 諸人驚問曰: "君何以見科而得中也? 世事有未可知, 可謂倖科矣." 公答曰: "偶隨諸從之後, 得見餘文餘筆矣. 不意得中也." 諸人皆大笑. 及會試期, 公暗藏弧博紙局而入場. 早呈券, 而訪其妻娚之接, 則娚婿[290]姑未呈券矣. 仍出博局而要與之賭. 人皆詬罵, 而公一味欲賭, 又作戱談, 故使苦之. 諸人皆曰: "此君何爲而入場, 作此苦狀, 沮戱人科事也?" 擧毆逐之. 公出場而歸妻家, 則諸人亦皆出

---

290 婿: 저본에서 '妹'로 나와 있는데, 오기로 보아 '婿'로 바꿈.

來. 岳翁先問次婿之見科善不善. 其人對曰: "未及呈券, 方寫之時, 彼李生忽地突入, 以博局欲賭而沮戲之, 幾乎狼狽矣." 岳翁咄嗟而責曰: "汝以無識之兒, 不知科事之重, 胡爲戲人之科事也? 人之沒廉沒覺有如是矣." 使之退去, 公亦不介意. 及其榜出之日, 早飯後, 升門外桑樹而摘葚啗之. 而已榜軍來矣. 仍奪其秘封而見之, 則卽公之名字也. 仍謂來隷曰: "此是此家之第二婿得中也. 入門只云第二婿高中云云可也." 其隷如其言. 擧家相慶曰: "果然矣. 果然矣." "秘封何在?" 其隷答曰: "門外桑木上有一儒奪之." 云 岳翁及同婿出來索之. 公徐曰: "旣中司馬矣. 雖不見秘封, 庸何傷乎?" 諸人責之誘之, 使之下之, 則下來後, 示之曰: "此則吾之秘封也. 何爲索之?" 諸人始大驚訝之. 其妻娚及同婿皆見屈, 而公獨高中. 伊後卽登筮仕, 屢典州牧, 而妻家蕩敗家産, 貧無以聊生. 公迎來聘母于衙中厚待之, 而一不相面. 時人以是短之矣.

09. 이화중(李華重)

族大父華重氏, 莅魯城時, 兵使尹先蓋, 以軍器摘奸, 巡各邑, 到處作弊. 路上如有一塊石, 則必使首鄕首吏, 以齒拔之, 而以扶打其趾, 往往嘔血而死. 將到魯城界, 公以其兄, 差出治道監官, 使之境上待令. 公之爲政甚嚴, 吏民不敢違越. 兵使之兄, 不得已立於境上路邊矣. 兵使來到, 見其兄立於路, 下馬拜而問: "何爲而作此擧也?" 其兄叱之曰: "汝以兵使行次, 尊則尊矣, 作弊父母之鄕, 至使我至於此境, 此何道理? 吾則此土之民也, 奉行官令, 來治道, 汝可安過?" 兵使謝罪曰: "吾焉敢作弊於此邑耶? 願兄放心." 遂入縣, 席藁於三門之外. 公聞此報, 具官服出門外, 又向兵使而伏曰: "兵使道, 何爲作此過擧也?" 云云. 兵使萬端哀乞, 數食頃後, 始罷. 濟州進上, 每從此上去, 刷馬之責立, 幾近十餘駄. 公趁此時, 具袍帶祗, 迎于五里亭, 分付曰: "進上有所重, 可奉安于客舍." 隨後入來, 立于客舍廳下. "濟州進上, 吾當奉審." 一一解

卜, 則進上物種, 不過一二馱, 而其外無非濟牧之私卜也. 公怒叱曰:
"各邑刷馬, 豈爲濟牧進封物而立耶?"進上物種, 安于床上, 其外一併
屬公, 濟州下隸, 不敢出一言而去.

○ 귀 잘린 도적[耳割賊]

公之莅金山郡, 境內有他邑大同錢木上納全數見失之事. 自上命五營內
發捕而傳教, 有十日內, 不得捉, 則道伯當遠配, 各營將幷施軍律之教,
一道方以是驚怵. 時賊魁別號所謂耳割者, 居金山邑底, 而以妓爲妾,
晝夜以酒色爲樂, 其膂力絶倫, 人皆畏怵. 鎭營校卒來者, 皆知其此漢
之所爲, 而見必下拜而去. 是時, 公之姪子判書公復永氏, 在衙中, 年纔
弱冠矣. 知其事而心窃忿之, 以少年銳氣, 有欲捉之心, 親近厥妓, 使之
出入. 一日, 以炙鐵作索, 使妓掛之渠房, 賊漢如問之, 則以實言之. 妓
如其言, 賊見而問曰: "此鐵索, 誰之所爲也?"妓曰: "官家冊室之爲
也."賊曰: "年幾何?"妓曰: "十七八矣."賊曰: "此童頗奇矣. 以手伸
之."隨手而伸之矣. 妓告此由, 公於月夜携此妓, 到湧金門樓下, 一聳
而上樓, 又使其妓道此由. 賊乃於翌夜, 又到樓下, 一躍只近樓檻而下,
蓋賊則肥而鈍故也. 公知此狀, 以燒酒之最峻烈者給之, 使妓勸飮, 待
泥醉後, 鎖其房戶, 從後衝火. 其家在於湧金門傍, 公持鐵椎上門樓, 隱
身於棟樑之間. 須臾火起, 賊於醉睡中, 見火光, 推戶而戶鎖矣. 仍手擧
舍樑之隅而跳出聳身, 欲上門樓. 公從暗中, 以椎迎擊墮地. 仍以椎椎
折兩脚而入來. 蓋妓亦厭苦賊漢, 而畏不敢遽絶, 以是之故, 一從公指
揮故也. 翌日, 城內鼎沸以爲賊漢見捉云云. 自官使之捉入, 則無以起
動, 以束車馱入. 賊漢呼妓, 近前隨來, 且吸烟茶而入官門. 施威官庭而
問之, 則一一承服. 問其同黨, 則乃笑曰: "同黨不必問之, 此邑官屬,
亦皆吾黨也. 其可盡誅耶. 吾是偸公納之賊也, 只殺一人, 可矣, 不必濫
及他人. 然而冊室有少年童, 此童果奇矣. 吾是常漢, 智慮不及於兩班,
豈可以吾氣力見殺於口乳之童耶?"云. 而更不言. 雖問之而一無所答.

仍以報營, 捉上正法, 本邑首校白姓人, 承加資之典. 伊後, 公被罪於伯父公而還京第.

10. 이태중(李台重) ①

族大父三山判書公諱台重氏, 以言事忤上旨, 黜補甲山府使. 時靈城君朴文秀, 按北關矣. 聞公至, 坐於樂民樓上而待之. 公延命後, 入見巡使, 則文秀曰: "令監老論中峻論也, 吾亦於少論中以峻有名者也. 今日相逢, 適又從容, 請與議論, 可乎?" 公曰: "諾." 文秀曰: "吾則曰: 老少論俱是逆云矣." 公曰: "天下義理, 無兩是雙非, 下敎何爲也?" 文秀曰: "少論於戊申乙亥, 有擧兵之擧, 此則今朝之逆也, 老論終是景廟之逆也. 故云爾." 公笑曰: "老論無稱兵之擧, 何可與少論同日而語哉? 使道旣使之有懷無隱, 則終日危言而無誅, 可乎?" 朴曰: "諾." 公曰: "少論之中, 下官, 以使道爲逆賊云矣." 文秀大驚變色曰: "何謂也?" 公曰: "使道按廉三南, 爲三年之久矣, 獝賊之醞釀, 其果不知乎? 若曰不知, 則溺職矣; 若曰知之, 則豈不伏知情之罪乎? 以是, 知以爲逆矣." 文秀面如土色曰: "不必更論此等事. 名樓可張風樂矣." 仍呼妓設樂, 極歡而罷.

11. 이태중(李台重) ②

三山公, 以應敎自鄕承召, 上來留京. 一日, 往見李相天輔, 李相方帶三銓矣. 入門升軒, 則傔人輩睡而不起. 公問曰: "令監在家麼?" 傔人對曰: "在第而方就睡矣." 公曰: "何爲午睡也?" 曰: "昨夜與公洞洪參判令監, 夜話于里門內具判書宅, 達曉而來, 方就寢矣." 公曰: "汝須入稟." 傔人曰: "誰來云乎?" 公曰: "三山李應敎來云, 可矣." 傔人始知其爲學士, 入戶而攪之曰: "三山居李應敎來謁云矣." 李相蒼黃而起, 呼字曰: "子三, 何不入來乎?" 公開戶而立, 問曰: "令公無事乎?" 曰: "然." 公曰: "旣知其無事, 吾不必入門." 自外告退, 仍下堂, 不顧而去. 李相大驚訝, 詰問傔人輩知告以夜話事, 仍趣興隨後而來, 把袖而問曰: "君之不入門而來者, 必緣吾夜話之事而罪之耶! 吾於昨夕, 爲雲章所邀, 不得已偕往, 實非吾之所欲也. 君其恕之. 吾乃今知罪知罪." 公笑曰: "人孰無過? 改之爲貴. 雲章雖是知舊中人, 而失之太流矣. 兩班何可夜話於具宅奎之家乎? 吾初欲與令公絶交矣, 令公旣覺悟, 還可幸也"云. 李相大笑曰: "人謂君太執滯矣, 今果然矣. 然而吾當自飭矣."

12. 계방의 보물(桂坊之寶物)

英廟幸春坊, 命春桂坊官員進前, 討論經旨. 又敎曰: "今日適從容, 爾等各言古談, 以供一笑." 諸臣次第奏達, 時族叔郡守公運永, 以洗馬進前曰: "臣之桂坊, 近日有大得矣." 上曰: "何謂也?" 對曰: "春坊, 自前有投壺之器, 而桂坊獨無. 故臣等發簡於曾經之作守宰者, 收合錢兩而新造矣. 日前春坊, 以春坊投壺器, 不如桂坊之新件, 古風而換去矣." 上笑曰: "以新換舊, 何云大得也?" 對曰: "春坊之臣, 不知古事而然. 此投壺, 卽孝廟之在瀋陽也, 以此消遣, 及還而登大位, 仍以此賜送于春坊. 此是稀貴之器, 豈非大得乎?" 上仍命使持來, 撫摩而愀然. 春坊奏曰: "若然則此器還置春坊, 可矣." 上敎曰: "此則大不然矣. 留作桂坊之寶." 春坊之臣, 大以爲無顔, 而此器尙在桂坊.

13. 부제학댁 종씨(副提學從氏)

庶曾大父萬戶秉晋, 以御營廳別軍官, 出夜巡, 被酒坐於街上. 有燈燭導前, 而一儒生, 橫烟竹而過. 軍卒詰問其行止, 傍有一隷呵止曰: "汝爲敢問也?"云云. 如是之際, 萬戶追到而問之, 則其下隷, 又復如前呵之曰："副提學宅從氏, 方往其家, 何敢問之也?"萬戶曰："雖是副提學從氏, 白衣犯夜, 何爲犯法也?"其儒, 使之問："彼來者爲誰?"曰："吾牌將也."儒生曰："此牌將, 不解人事矣, 須諭之."其從者又曰："此位卽副學宅從氏也, 斯速退去. 牌將姓名爲誰?"萬戶曰："吾之姓名, 欲知之乎? 吾是副學之子, 副學之叔, 副學之從孫, 副學之四寸, 副學之五寸, 副學之六寸也. 以此六副學, 尙此行牌將事, 這位以單副學, 犯夜而侮人乎?"仍使軍卒挽止, 使不得前. 其儒生, 始大驚而無數稱謝, 久乃放送.

14. 군은 누구요(君爲誰)

三山族大父判書公之按箕皐也, 崔鎭海, 時爲宣川任, 李仁綱, 時在中和任. 崔則英廟外家也, 李則顯隆園外家也. 公於登程之日, 語人曰："此兩人, 何可置字牧之任也? 到卽黜罷云矣."及到中和本倅入謁, 公問曰："君爲誰? 對曰："東宮外四寸也."公張目曰："誰誰?"又對如前. 仍使退去, 卽地修啓曰："中和府使李仁綱, 毛羽未成, 言語做錯, 不得已罷黜云矣."到淇之後, 宣川府使來延命矣. 及入謁, 公又問曰："君爲誰?"崔鎭海答曰："小人, 宣川府使也."公厲聲曰："吾豈不知宣川府使耶? 問君爲如何人也!"鎭海曰："小人, 門閥卑賤, 而荷國厚恩, 滾到于此矣. 此任於小人, 過濫莫甚矣. 使道只可知宣川府使崔鎭海而已, 其餘不須問也. 小人連姻接族, 非市井則乃是吏胥也, 雖擧某某名字而對之, 使道何由知之乎? 此等處, 不必下問矣."公微笑而心善之, 款待而送之矣. 自此以後, 顧念異於他倅, 事事皆從. 一言契合, 有如是矣, 兩人之優劣, 從可知矣.

15. 나경언의 고변(羅景彦之告變)

祖考參判府君, 壬午五月, 陞通政而除刑議. 時判書李之億呈遞, 參判
李奎采呈告, 府君以獨堂上赴衙. 忽有一張所志曰:"宦官掖隷, 相與謀
議, 宗祀之危迫在呼吸, 堂上敎是急急奏達于大朝."云云. 府君覽而驚
訝, 捉入呈訴人, 問之則以爲渠是掖隷, 而姓名羅景彦也云. 問:"汝訴
何事?"景彦曰:"若自大朝親鞫, 則可以言之, 而雖推鞫, 固不可發說
矣, 何況刑曹之庭乎?"因緘口不言. 府君仍使枷囚, 袖其狀, 而往議于
時三相之家, 則皆曰:"請對可矣."仍與之請對而入侍. 有設鞫之命, 罪
人發遣, 禁都依法捉入于鞫庭. 上下問:"汝之此訴, 何爲而爲之?"對
曰:"難以口奏, 暫解縛, 則有所上之書."上命解縛, 則罪人解上衣, 而
坼其背, 自衣縫中出一紙而上之. 其書辭不知如何, 而盖語逼小朝者
也. 上親覽後, 命使焚之於帳前, 罪人卽使正刑. 其書則參鞫推官, 亦不
得見之. 府君在衛外, 聞此言, 趍出時, 章獻世子待命于興化門外, 命府
君進前而敎曰:"卿之呈凶書, 爲公乎? 爲私乎?"府君對曰:"小臣不知
凶書之如何."世子又敎曰:"旣袖納, 而敢曰不知乎?"府君對曰:"秋曹
之呈狀在此矣."仍自袖中出其狀而上之. 世子覽畢笑曰:"然則凶書從
何出乎?"對曰:"小臣亦不知, 而俄於衛外聞參鞫諸臣之言, 則罪人自
衣縫中出而納之云矣."敎曰:"若然則秋曹無罪, 而拿來時, 搜驗都事
·書吏·羅將不可無罪, 並捉囚可也."府君奏曰:"書吏·羅將, 自臣曹可
囚, 而都事則朝紳也, 非臣曹所可囚者矣."敎曰:"都事移送禁府."府君
承下敎退出, 傳睿敎于禁府, 而禁吏徐必蕃·羅將金去福捉囚矣. 仍睿
敎移送捕廳, 此是初五月事也. 而大朝大處分在於閏五月念後. 而伊後
上以恐傷世孫之孝心, 伊時政院日記及禁府文書, 并洗草於蕩春臺, 其
後浸浸日久, 皆不知壬午之有閏五月也. 一邊之言, 欲緣此而搆陷吾
家. 丙申有日和之凶疏, 至于壬子, 又有南學儒朴夏源之疏, 而至曰:
"與凶賊符同."云云. 人之搆誣, 胡至此極? 盖彼輩以爲五月某日凶賊獄
事出, 而某日有處分, 其間不過五六日云. 而不知有閏月, 而凶賊事出

於初五月, 處分在於閏月, 幾過一朔之後也. 必無不知之理, 而不如是,
無以搆成罪案故也. 時先府君以長湍府使, 廢務還第, 杜門而居, 與所
後先君子相議, 而草上言, 使所後先君子抱狀席藁于闕門之外, 而陳前
後事實, 將欲鳴寃. 過十餘日, 適値六月慶辰而乃撤. 七月十一日, 自畿
營以先君之廢務啓罷. 上答曰:“此豈若此乎? 事實之相左, 筵教之外,
又有先議大臣之一款, 興化門幕次入對時, 丁寧之教, 不但當之者之感
泣, 余亦奉若金石. 此狀啓還下送長湍府使, 使之當日還官.”
恩言如是鄭重, 使三十餘年所抱之寃, 一朝昭晰, 使之復見天日. 闔門
相聚而感泣, 卽日告辭于祖考神位前. 雖緣天日之無幽不照, 而正廟朝
恩澤, 與天罔極矣. 祖考參判府君先府君從兄弟, 俱以此積被一邊之
誣, 幾陷禍機, 畢竟伸雪至寃之事, 天神亦必照燭而然也.

16. 이산중(李山重)

生祖考軍資監正府君, 志行淸高, 人望之, 皆以爲非烟火中人也. 杜門看
書, 絶意於名利之場. 族大父三山判書公病重, 洪翼靖躬往問疾曰:“大
監如有不幸, 則一門之內, 誰有可繼者?”公曰:“有一人, 而以大監之力,
恐難起此人, 若起則世道之幸也.”翼靖問爲誰, 答曰:“三從弟, 其是也.”
盖指府君而言也. 翼靖大驚曰:“若然則與子熙氏何如?”子熙氏云者, 卽
副學公德重氏字也, 而翼靖姑母夫也, 平生所敬服故也. 公笑曰:“子熙
何可當也?”云云. 翼靖曰:“吾不知此人之如斯也.”自此以後, 必欲使之
登科, 屢次送言, 而府君一不應之. 仍以廢擧, 晚來爲親而屈於蔭路, 然
而翼靖秉國之時, 未嘗相關, 翼靖以是大怒, 而府君不以介意.

17. 이덕중(李德重)

人之登第, 必有見兆於夢寐者或多. 族大父副學公諱德重氏在西學峴

也. 家貧, 明曉將赴庭試科. 夫人貸米於人家, 不滿一升, 置之木器中
矣. 夜夢, 其米粒粒, 皆爲小龍, 充滿于木器之中矣. 驚覺而起, 親自舂
而淅之, 炊飯之際, 門外有剝啄之聲, 而三山判書公台重氏入來. 副學
公驚起延之而問曰: "兄何爲而今始入來?" 判書公曰: "徒步而來, 足繭
而日暮, 未及於昨日. 宿於城外店舍, 今始來到矣." 於公爲三從, 而時
居結城故也. 公入內, 問有餘飯, 則一器之外, 無他餘者. 公命使備送于
外舍, 吾與三從氏, 分喫而將赴擧矣. 夫人曰: "此飯決不可分喫." 公問
其故, 夫人以夜夢告之. 公責曰: "何可以此而獨喫, 使兄饑之乎? 若有
如此之心, 則天神必不祐矣." 使之出送. 夫人不得已出送, 從牕間窺之,
則三山公進飯而啗之, 以其半許副學公啗之, 與之入場矣. 榜出, 兩公
俱登第.

18. 이해중(李海重) ①

祖考參判府君, 庚午中謁聖科. 而伊時適患痢, 伯祖考使勿赴擧, 而府
君强請入場. 曉過鍾街, 有一人來拜曰: "書房主, 作科行乎?" 曰: "然
矣. 汝是誰也?" 其人曰: "小人卽鍾閣直也. 夜夢, 有一人, 直入鍾閣,
手持懸鍾而出外, 立於大街之上, 以拳三打. 小人驚悟於其聲, 心甚怪
訝而待之, 書房主先行此路, 儀形彷彿於夢中之人." 云云. 府君笑而過
矣. 其科, 果以三下見擢.

19. 이해중(李海重) ②

甲子年科, 祖考三兄弟, 皆將赴場. 參判府君夜夢, 外舍之庭, 變爲大
海, 波濤洶湧, 而一黃龍霹靂而聳, 身入雲中, 向西天而飛, 至于圓峰之
上升天, 而其後不知幾許之小龍, 隨其尾而上天. 府君驚悟而獨語曰:
"伯氏今番必登科." 云矣. 時天未曉, 而家內喧撓, 府君怪而問之, 則伯

嫂氏趙夫人順娩矣. 問男女, 則婢以男子對. 府君嗟嘆曰: "此兒必大貴, 而其子孫必多科第者."云矣. 先君子甲子生, 而登科於圓峴之下角峴, 第子與孫, 又多相繼而登科者, 果符參判府君之夢矣. 祖考參判府君之庚午登第也, 書手遲鈍, 未及寫半, 而帳已覆矣. 府君怒其遲, 欲奪試紙而出門, 則其人堅執不捨, 而猶書之. 已而, 上敎曰: "場中尙有書券者, 更使收券."此時猶未畢書, 帳又覆而日勢已晚矣. 上敎曰: "諸儒之作, 俱失意也. 場內如有未納券者, 命又收券." 令下而適書畢矣. 仍納之而嵬中. 無非數在而然也.

20. 이병상(李秉常)

族曾大父奉朝賀諱秉常氏, 風儀動盪, 美如冠玉, 朝野之人, 皆稱以神仙中人. 家在圓峴下冷井洞. 一日之夜, 滅燭將寢, 忽爾陰風入戶, 冷氣逼骨. 有一物, 臥於前, 以手撫之, 則如一塊枯木. 呼傔從, 擧燭火見之, 則乃一小斂之屍體也. 心甚訝異, 使之解絞而見之, 卽一老嫗也. 仍更結其絞而置之於廳上矣. 翌朝聞之, 洞口外賣餠家老嫗, 身死三日, 忽失屍體云云. 公使招其子而出給. 蓋此嫗, 每於公出入之時, 瞻其儀容, 欽慕不已, 以至身死而一念不解, 乃有此擧, 亦可駭異也. 宗室之子, 有一宰相, 以副价將赴燕. 發行前一日, 遭其母喪. 公爲其代, 一夜之間, 治行而發. 行至鳳山之客舍, 將就寢, 更深後, 忽有曳履聲開戶聲, 有一人嘖嘖而入, 以手撫之曰: "焉有不救護母病, 而作此行乎?"公思之似是遭喪人之翁, 而年前奉使出疆, 歸路得病, 死於此處者也. 乃曰: "吾則李某也. 某也爲副使, 遭故不來, 故吾乃代行矣."云爾, 則其人大驚, 而遽出門外. 此其宗室之魂, 而意其子之作行而來故也. 公之精神氣魄, 有如是矣.

21. 어사출두

文淸公奉使按廉于東峽, 行過一邑, 而邑內距路爲十餘里. 旣非抽栍之邑, 故不入而自外過去, 將向他邑. 到一村前而餒甚, 求飯於門前. 一女子, 出門而應曰: "無男丁之家, 貧窮極矣. 家有媤母而朝夕尙闕, 何暇有饋行人之飯乎?" 公問曰: "家長何處往?" 其女曰: "問之何爲? 吾之家長, 卽此邑之吏房也, 而惑於妖妓, 薄母出妻, 至於姑婦之在此耳"云, 而獨自叱責不已. 房內有老嫗聲曰: "阿婦, 何爲作不緊之言, 彰夫之惡乎? 不必如是."云云. 公聞而痛之, 仍復路而還向其邑底, 尋首吏之家. 時當午時, 入其家, 則首吏坐於廳上而喫午飯, 傍有一妓亦對飯. 公坐於廳邊而言曰: "吾是京中過客, 偶到此處而失時, 願得一盂飯而療飢焉." 時當歉歲設賑時也. 其吏擧眼而熟視上下, 而呼雇奴曰: "俄者爲狗産而煮粥者, 有餘乎?" 曰: "有矣." 吏曰: "以一器給此乞人." 已而, 雇奴以一器糟糠之作粥者, 來置于前. 公怒曰: "君雖饒居, 君則吏輩也. 吾雖行乞, 吾則士族也. 失時而覓飯, 則君以他一[291]盂饋之好矣. 若不然則雖除飯以給, 亦無不可, 而何乃以狗舐口吻餘物饋人. 此何道理?" 其人圓睜怪眼而辱之曰: "汝則兩班, 則何不坐於汝之舍廊, 而作此等行也? 今當慘歉之歲, 雖此物人不得得喫矣. 汝是何人而乃敢如是云?" 而擧粥椀打之, 傷額血流, 粥汁遍於身上. 公忍痛而出, 卽爲出道. 此時本倅, 適以賑餘之穀, 作錢而送京第, 文書見捉, 仍封庫罷黜, 而首吏及妓, 並杖殺之. 以一女子之怨言, 事至於此, 古所謂五月飛霜者, 政謂此也夫.

22. 큰형님 이희갑(李羲甲)

生祖考軍資監正府君之莅杆城郡也, 先妣有娠, 朔幾滿, 是甲申五月日

---

291 一: 저본에는 없는데, 일사본에 의거하여 추가한 것임.

也. 將解娩于本第, 發京行, 而先君子護行矣. 至甕遷, 暴雨大注, 電光雷聲, 亂人耳目, 轎馬頗驚. 先君子戒從者解轎繩, 而將以人夫作行. 轎未及於人肩, 霹靂一陣, 過馬頭而擊碎近地之檜木, 馬驚逸而跳躍, 轉于巖石之上, 沒入于海, 而轎則已擔矣. 先君子驚而急下轎於路左, 捲簾而見之, 則先妣適睡昏而不省, 卒無事. 而至七月, 伯氏乃降生. 貴人之生, 必有神祐而然也. 伯氏年纔四歲, 隨先妣往留水橋外宅矣. 時外宅內舍遭火災, 將謨改建, 棟樑椽木之材, 積置後庭, 伯氏遊於其下, 仍椽木而上, 所積之木材, 一時潰下, 伯氏仍在其亂木之中矣. 家人驚遑, 皆以爲必不幸矣. 先妣仍而昏塞, 外王考牧使公亦錯愕, 不知所爲. 少間, 使家僮移木而置之於他, 則三木相交而中如覆盆樣, 伯氏俯伏於其中, 心驚而面如土色, 一無傷損處. 外王考常敎此兒必大達云云.

23. 사론(士論)

國朝培養士林, 無論公私事, 士論主張是非. 若被儒罰, 則大臣以下不得行公. 由是儒生或以私嫌付罰, 至英廟朝始禁. 朝士施儒罰之風, 而人皆以士論爲重. 儒生中如有飭躬操行之人, 則大臣以下, 皆折節禮之, 如有大事, 則皆就議之. 生祖考府君, 以布衣居在城外, 而時原任大臣及宰相, 無不相訪, 門外軒車, 無日無之, 亦可見士論之重也. 至如校院儒任, 必擇文學人器而爲之, 而戚里則擯不許焉. 洪翼靖公, 每見先君子兄弟, 必托以其季胤圖差四忠祠有司. 先君子每托于親知間, 而以戚里之故, 終不許焉. 仲父通德郞府君, 身自爲之, 而仍以自代庫直, 以其望記持往翼靖家, 則翼靖見而喜動顏色, 招其季胤而言曰: "汝乃今爲兩班矣." 自禁營給庫直五緡錢, 亦可見儒任之重也.

24. 임금의 실언

癸巳, 所後先君子, 中司馬科. 有生進入侍之命, 以次進伏, 而奏職姓
名, 次至先君子, 奏以生員臣某. 上曰: "可奏其父名." 對以及第臣某.
上驚曰: "汝翁何爲而稱及第?" 對曰: "臣父待罪銓曹時, 以原在外, 擬
之於臺望, 有削職之命而然也." 上曰: "然矣." 命承旨, 書傳旨曰: "其
子登科, 其父之罪宜貫. 故參議某⋯⋯." 忽爾大驚曰: "吾妄發矣. 對人
子弟, '故'字何爲也?" 仍下敎曰: "汝翁長壽矣." 聖敎如此, 感祝無地.

25. 이복영(李復永)의 용력

族叔判書公復永氏, 世居結城三山地海邊也. 每潮汐水至, 海上三島望
之如三峰, 仍號三山. 後有山亭之四面欄檻者, 公居於此. 前有一大槐
古木, 而每朝, 自其中霧起, 遍于庭, 每日如此. 公於一日, 開戶熟視,
則烟霧之中自樹穴, 有一物擧頭, 公怪之. 適有馬上銃之在傍, 公仍向
而放之, 乃得中. 厥物縮頭而入. 少頃忽有霹靂聲. 驚起視之, 則大木乃
折, 有一巨蟒, 流血而半露身, 其大不知幾圍, 而角鬣且具矣. 自其穴蛇
虺之出者不知其數, 或大如棟樑橡木, 小如手指簡竹者, 相續不絶, 四
面環之, 而將向亭上. 公乃袒裼而拔銃鐵, 周行欄邊, 而蛇頭之近於欄
者, 輒皆[292]打之, 迅如風雨. 如或一隅放過, 則將爲所害矣. 自日出時打
之, 至于晚飯後, 不暫休息, 血流前庭, 腥穢彰天. 蛇盡而公亦疲, 喘息
而臥矣. 家人以公之久不出, 致訝來見, 則蛇積如阜, 皆大驚. 使健奴四
五人, 斥去于海水中, 而卒無事. 公之勇力有如是矣. 少時使妓輩數三
十人, 各以大筆染墨而環立. 公則在中, 而使妓環以筆點衣. 已畢見之,
無一點墨痕. 人皆驚訝. 後乃擧足示之, 則墨痕在矣. 蓋以足受之故也.

---

292 皆: 저본에는 없는데, 일사본에 의거하여 추가한 것임.

26. 담양 객사 귀신(潭陽客舍鬼神)

癸卯先府君掌試湖南, 設試圍於潭陽客舍. 夜牛明燭, 獨坐考閱試券, 忽有一丫鬟, 開門而入, 坐於燭後. 府君敎曰:"汝若官妓, 何爲不有招命而若是唐突?" 丫鬟無所對, 以手掩面, 張口作嘻笑狀, 兩牙長如戟叉. 府君知是爲不若, 遂徐喚傔從. 其女由所入門出, 傔從亦卽入門而不見云.

27. 전염병

甲辰夏, 積雨浹旬不霽. 有人來言, 圓峴下有貧士夫, 妻與子俱患時疾而餓死, 至五六日而尙未殮殯. 府君急使一隸, 先持數十緡錢往遺, 而貽書于知舊之諸處, 及戶判·惠堂·各營大將, 各令出米布以賻之. 一日, 一皂隸持綿布三疋·布二疋而來, 遺喪家曰:"聞有慘喪, 而洞中兩班旣已專當, 吾亦以如干購物送助." 家人問其來處, 則不答而去. 盖亦深感於府君之義者也. 吾家世居門外, 凡門外窮家婚喪, 府君多爲之擔當, 幾至數十百處. 有一親友, 遭其親喪及妻喪, 窮不能辦初終, 府君爲之經紀之. 其人死, 又爲之經紀之. 其後其弟爲臺諫, 以非理事論劾府君, 知舊間謗言大起. 其人來謝過, 未幾又染癘死. 人無入見者, 府君又委造其家近處, 出布帛成其棺斂而歸. 時論多之.

28. 역관 양국성(譯官 梁國成)

倭譯梁國成, 兒醫衡之子也. 衡出入門下者久矣. 其爲人妖邪妄悖, 府君斥而遠之, 絶不來往者, 數十餘年矣. 甲辰, 府君赴燕時, 特念舊誼, 以國成爲別陪行矣. 未復命, 而琿獄出, 衡也以同參正法矣. 府君渡江至灣上, 一日與主倅張樂于統軍亭. 門外鬧嘩, 忽報京捕校下來. 已而馳馬直入, 問書狀道所住處. 時滿座驚遑, 人無面色. 府君言笑自若, 問

曰:"何爲問之? 我是書狀也." 捕校曰:"有譏察事, 請辟左右." 灣尹以
下, 潮退而避. 捕校出示密旨, 則乃是爲捉梁國成而來矣. 府君仍命首
譯, 使之就捕, 而搜探文書, 則其父私書往復中, 必曰:"三大人卽世交
也, 想必厚待汝矣." 每書, 每有之. 府君一不拔之, 皆親監封之, 親書謹
封而出付矣. 伊后復命後, 自上問:"梁衡或相親乎?" 府君對曰:"果相
親, 而近年以來, 絶不往來者, 亦有年數矣." 上笑而教曰:"予亦知之.
向者文書中, 多有付托於卿之言, 而卿一不拔之者, 可見士大夫心事
矣." 申台耆, 時以問郎參鞠, 來傳伊時說話曰:"衡獄時, 君家相親之
說, 亦出於招辭. 自上教曰:'親有許多般, 汝之與李某相親之間如何
耶?', 對曰:'相親者久矣, 近年以來, 不相問聞矣'. 問于復永, 所對又如
此. 上教曰:'若然則何爲相親云耶?', 仍顧問郎曰:'李某家事, 公然謄
諸文案者, 不成說. 一竝拔之, 可也'"

29. 남한산성(南漢山城)

丁未, 先府君莅南城, 南城卽守禦營管下也. 九寺軍器, 使僧將掌之. 一
日僧將來告:"開元寺火藥六百餘斤見失." 凡失軍器, 法當抵死, 僧將
自以爲必死. 時守禦使卽金鍾秀也. 府君姑使擧實報狀, 而且抵書, 請
勿督捕以致煩擾, 一委本官處置. 守使答書許之. 府君遂使詗察南漢別
破陣. 春間搗火藥時, 或有潛得十餘斤者, 或數十斤者, 及此, 皆被捉,
繫囚十餘人. 其中雖有偸出寺庫中藥者, 亦無以知. 一日, 別破陣教師,
率其隊伍, 坐南將臺下而誓曰:"不知汝輩之中, 誰是偸出火藥者, 而賊
名都歸於全夥. 以何面目, 復對城中之人乎! 不如一齊自首, 五百人同
死一時." 於是, 軍心一變, 事將不測. 府君仍召教師而教曰:"汝等皆城
中精兵, 而且掌軍物, 豈有潛偸之理耶? 設或其中有偸藥之人, 豈可以
一二人之罪, 而延及衆人耶? 今悉放汝, 汝勿復疑." 遂令曰:"明日將搜
城內人家, 勿許一人出城." 翌日天未明, 首校來告:"夜於演武舘月

臺上, 得所失火藥." 卽令收聚秤之, 則得六百斤外, 又餘二百餘斤. 盖前日, 偸出於搗藥時者, 聞搜家之令, 而難以掩匿, 仍擧皆棄之也. 仍命封置於庫中. 譏察搜驗, 一時俱掇, 城內始帖然. 時方營建南將臺, 石柱各長數丈餘者三十八箇, 在於東門外十餘里地. 而時値嚴冬, 難於輪運, 方以是爲憂. 別破陣等來言: "小人等, 向被使道之大德而無以報. 請運石柱, 以效微勞, 仰答萬一." 遂不用牛車, 每石用八人, 以橫杠擔負. 擊鼓鱗次而進, 數日而畢. 府君欲授雇直, 而辭不受. 遂强與酒債五十兩而酬其勞.

30. 유언비어(流言飛語)

丁未四月十四日初昏, 幕校急入, 密告曰: "境內民人, 扶老携幼, 顚仆號哭, 爭入城內, 四門塡隘, 皆云避亂而入." 府君徐答曰: "但嚴飭巡微, 勿拒勿擾." 盖於是日, 訛言大起, 皆言:'賊逼畿甸', 一日之內, 圻湖間諸郡所在騷屑. 十五曉, 張鼓角, 由北門出, 行鄕校焚香禮, 直往演武館, 與幕客及守營本府諸校, 分兩隊射帿. 風流跌宕, 氣像安閒. 竟日劇歡而罷. 避亂之人, 相顧而謂曰: "吾使道雍容暇預如此, 必無事矣." 遂稍稍引去. 民人蕩散之際, 慮有空舍偸竊之患. 乃分遣捕校, 訶察坊曲, 一境晏然. 數日後, 廉探捉得先作訛言之人, 盖果川前座首也. 遂伏法.

31. 선정(善政)

庚戌, 先府君以格外別擇, 莅任陽德. 一日試射時, 有一校, 衣服襤褸, 執弓而前, 左右皆欲其中. 府君問曰: "彼何人, 而諸人皆欲其中乎?" 有對者曰: "此人, 劉姓也, 家甚貧, 三旬九食亦不能給家. 有二女, 年皆二十餘, 而尙不得嫁. 欲其中者, 爲得斗米耳." 時兵房軍官缺, 而諸校之爭窠也. 仍特差此人, 劉校持傳令而泣, 詑其妻孥曰: "今而後, 吾嫁

是女矣." 一邑怡然, 皆以爲積善. 當差之校, 亦曰: "善政. 吾不敢爲恨
矣." 一妓家與劉相鄰, 除夕往賀曰: "劉兵房, 今年快行久廢之祭祀乎."
曰: "以吾使道恩, 女子皆已定婚, 又行祖先之祭. 今年歲時, 樂莫樂
矣." 仍入其房, 則上鋪潔席, 而設一牀飯羹, 下設三四牀飯羹. 妓問曰:
"下四床爲誰而設?" 曰: "吾祖與父之床也." "上一牀爲誰?" 劉校之妻攢
手仰天, 曰: "吾使道床." 聞者捧腹.

32. 적성향교(積城鄕校)의 괴변(怪變)

壬子秋, 先府君莅長湍時, 積城校宮尤庵先生位版, 有毁書之變. 士林
齊起, 文訴沓至, 湍是捕營, 而積是管下, 故自巡營, 捉送鄕校齋任及守
僕輩十餘人, 滯月囚禁而盤詰, 終不得其端緖. 諸人所供, 皆歸罪於齋
任. 齋任名以老論, 年近七十矣. 盖伊日, 持紙筆而來, 謂守僕曰: "吾
精昏神迷, 奉安位版, 第次誰某不能記. 得欲書而識之." 仍啓門而入矣,
忽疾聲呼守僕曰: "尤庵位版, 何人作此變怪也!" 諸人皆入見, 則位板
前面, 書以'洪相德徐命珪氏'七字. 字畫不分明, 似非墨痕. 而齋任公然
持筆墨而入去, 則焉敢逃其罪乎. 仍發四面譏捕, 則皆云"齋任所爲". 府
君仍問齋任曰: "私謁聖廟, 已是大罪, 而汝何持筆入去乎?" 其人淚
墮[293]言零曰: "天奪其魄, 使小生入去. 無辭發明, 只願速死." 觀其氣
色, 似有寃枉, 而萬口一談, 歸罪於此人. 營門屢次移關, 使之嚴刑得
情. 京外士論譁然, 皆以爲緩於治獄, 至有泮儒通文之擧. 但牢囚而不
施刑, 居數日, 將就寢, 忽爾還起, 召捕校中伶俐者, 使之微服而前曰:
"守僕之至親, 與洞里人中與守僕而有隙者, 勿致擾亂而招來." 數日後,
果捉來守僕之異姓四寸吳姓人. 此人素以酒狂, 人皆擯之. 屢欲爲守僕
而不得. 每與守僕相鬩曰: "吾必陷汝於重罪, 而代汝爲守僕矣." 洪相

---

293 墮: 저본에는 '隨'로 나와 있는데, 문맥으로 보아 바꿈.

德在任, 以酗酒降定軍牢, 屢受嚴杖, 仍負其上京祭需而逃. 徐命珪在任時, 又以使令, 屢受罪者也, 仍令牢囚獄中. 刑吏王寬, 素稱伶俐, 奏事在前, 忽令拿下, 着枷嚴囚, 敎以待明朝治罪, 人莫曉其意. 數日後, 拿入王吏, 解枷給冠, 使之近前而問之, 則已得其情節矣. 盖刑吏同在獄中, 與吳漢相親, 先以他事酬酢, 仍及其事, 笑而謂曰: "此必是汝之所爲. 吾使道明察如神, 汝何敢發明乎? 且以汝一人之故, 許多人皆繫囚, 今至淹淹濱死, 豈非積不善耶. 汝若自首, 則不過發配, 一直隱諱, 則刑幾次自斃乎. 何其不思之甚乎?" 吳漢垂頭良久, 仍笑曰: "吾旣見捉, 豈敢逃罪乎. 使道何以知吾所爲? 吾見捉時, 固已知之"云云. 卽令拿入問之, 則一一吐實. 仍"何爲必書洪·徐兩人姓名?"曰: "兩等內, 屢受嚴杖, 故心所不忘也. 偶爾書之耳." "墨書之乎?"曰: "否. 以爪甲書之." "何爲書之?"曰: "欲使守僕得罪汰去, 而仍欲代之故耳." "何爲必於尤庵位版上書之?"曰: "不知誰何, 而入門初見故耳." 使之書納, 所書字, 則書以'洪相德·徐命珪'六字, 而字畫與位版上所書無疑一手. 仍敎曰: "有落字, 更爲書入." 吳哥笑曰: "必'氏'字也." 仍着枷下獄, 卽報營門, 以爲罪人斯得云, 則使朔寧倅定參覈官, 開坐問目, 吳哥略知文字, 參覈之'參', 誤認爲'斬'字, 號哭曰: "今日吾其死矣!" 及入庭, 仍變前辭, 府君高聲敎曰: "汝罪, 政合萬戮, 而但國法只有發配之典, 無可殺[294]之法, 甚可恨也." 吳哥始仰首而言曰: "今日不斬頭乎?" 仍直招, 與前相符. 遂捧招報營, 嚴刑定配. 伊時, 所捉齋任·守僕輩十餘人, 俱免罪放送, 則皆垂淚攢手而謝. 齋任尤爲感泣曰: "小生自作之罪, 無以發明. 雖使小生問于小生, 難免其罪. 年過七十, 精神昏耗, 致有此境, 自分必死, 得蒙明察之恩, 雪寃而歸. 年今老矣, 犬馬之勞, 無以自效, 死當結草, 圖報其萬一." 躕躇望望, 不忍便去. 余時侍側, 仍稟曰: "何以察其齋任之寃乎?" 敎之曰: "吾聞此人以老論爲名者, 必不於尤庵位

---

294 殺: 저본에는 '疑'로 나와 있는데, 일사본에 의거하여 바꿈.

版書之. 許多文字, 何必以洪·徐兩人書之？ 是以知其寃也."

33. 산송(山訟)

乙卯先府君, 以嶺伯巡到禮安. 李姓兩班, 卽退陶後裔也, 以山訟事來
訴. 盖李哥, 買一山地於孫哥兩班之先塋局內. 孫哥先山, 卽邑內吏申
哥之被侵處也. 旣斬破土, 而輀到山下, 方欲下棺時, 稱以孫哥四寸,
持²⁹⁵本價而來言曰：“吾之四寸, 貧窮無依, 至賣先山, 此大羞事. 吾賣
田畓, 具本價而來. 願還退"云. 故不得過葬而來呈. 此則本價百兩, 而
申哥吏潛給一百五十兩於孫哥四寸, 五十兩則分食, 而以百緡還退也.
雖詳知其事, 申哥旣以爲不給云, 孫哥旣以爲不受云. 使本官査査實,
則孫也以爲自官, 只卞其子孫之爲先祖還退已賣之先山而已, 不必問其
受錢與否也. '吾之受錢時, 誰人見之也？' 終不得其眞贓, 以此爲報矣.
事實雖如此, 而在法無以治之. 以題辭, 禁李哥不得入葬, 而至若申哥
吏, “渠乃以下吏, 初作戲於兩班葬事時者, 萬萬痛駭, 嚴刑一次, 放送"
爲辭矣. 一日李生來呈曰：“小生路逢申哥吏, 稠人場市之中, 萬端詬
辱. 乞治其罪." 使之捉入, 則申哥年近六十, 而素有富名者也. 以納粟
加資, 曾經衛將, 而其子壻弟侄二十有餘人, 皆經吏戶長, 有權力於一
鄕. 捉入之時, 子弟二十餘人, 皆免冠隨後而入. 府君問：“此是何人？"
有對以申哥之子侄. 乃厲聲而敎曰：“吾非惡刑, 而且非行刑於渠父, 渠
輩焉敢乃爾？" 一幷着枷嚴囚. 申漢則移囚安東. 巡到安東, 時當都會
也. 設場之後, 使多士環立, 而拿入申哥, 問：“何爲詬辱兩班？"對曰：
“小人焉敢詬辱. 路逢李哥兩班, 而問安則不下馬而答之. 故小人乃曰,
'兩班固如是乎！ 君乃以新寧倅籍勢耶. 吾亦平山申氏, 亦有一新寧倅,
足可籍勢者'云矣." 府君敎曰：“此非辱乎？ 汝是吏退者, 而何敢以新寧

295 持: 저본에는 '推'로 나와 있는데, 일사본에 의거하여 바꿈.

倅等說語, 侵兩班乎?"仍令嚴刑還下獄, 士之觀者, 皆稱快.

34. 칠성 바위(七星岩)

先府君按節嶺南, 群兄弟皆往侍焉. 達城北門之野, 有七塊巖石, 立如
七星樣, 考之邑誌云, "不知何時七塊石步而來, 人皆訝之曰: '石亦步行
乎'云爾, 則石仍留在云. 自其後以七星名其里". 余輩偶爾往遊, 見而異
之, 各於石面題名而刻, 盖余之兄弟亦數七故也. 仍買土而養木, 今焉
蔚然成林, 爲營邑遊覽之勝.

35. 태수희(太守戲)

金山地, 有假太守之行, 午人年少輩流來之戲劇也. 金倅李廷書大驚,
而發捕儒生七十餘人, 枷囚而星夜秘報. 先君笑而敎曰: "此必是太守
戲也."[296] 仍題送曰: "時和歲豊, 官邨無事, 年少儒生之作此戲劇, 可謂
賁餙太平. 然而生於鄒魯之鄕, 設爲俎豆之戲, 猶或可也, 具吏鄕·備卒
隸, 張傘呼唱, 來往於白晝大道之中, 而恬不知愧. 當初之不能禁止者,
父兄之過也. 何足深責? 數日牢囚, 足可懲罪."一幷放送, 施以停擧之
科, 一境士子競來, 贍誦而歎服矣.

36. 임금의 정탈(定奪)

正廟朝, 先府君以左承旨在院, 伯氏以玉堂坐直. 一日講筵, 伯氏以上
番, 林相漢浩以下番登筵. 罷後上問: "上番知下番之年記乎?"伯氏對

---

296 金山地~此必是太守戲也: 저본에는 '金山地, 有假太守, 作弊民間. 此是年少儒生, 弄假成
眞之致也. 金倅發捕捉囚, 而報營事甚難處.'로 나와 있는데, 일사본에 의거하여 바꿈.

曰:“適忘而不知矣.”上下責教曰:“下番與予同庚, 而上番不知. 若然則予年亦不知矣. 寧有如許道理?”仍命承旨, 書傳教曰:“不知君年, 焉知親年? 萬萬駭然. 以此下教, 往示于不知君親年者之翁息.”又教曰:“不知君親年者誰也? 其翁誰? 自政院捧現告以入.”現告書以不知君親年者翁左承旨, 不知君親年者二校理. 盖伯氏一校理, 而朴大成吉源, 時二校理, 而誤書以二校理者也. 上又教曰:“左承旨誰也? 二校理誰也? 書姓名, 以入政院.”以左承旨某也, 二校理朴吉源也, 以入, 上大笑, 入侍諸臣莫不掩口. 盖自上已知二校理之爲誰, 而故有此教也. 朴大成卽洞里人, 而與先府君友善者也. 先府君每戲之曰:“此是, 榻前定奪者也”云爾. 則朴大成, 笑而不答, 一時傳爲笑事.

37. 살인 옥사

丁巳夏, 先府君, 以前望除刑議. 上曰:“政官騎堂, 別無所難, 人皆可爲, 而至如刑官, 則予難其人. 此所以特除也. 刑官一窠, 卿不可辭也, 卿須豫知之.”自六月至九月而不得遞, 逐日赴衙, 剖決如流, 務從平反. 典獄久囚之可赦而不得赦者凡七人, 而滯囚已十餘年之久矣. 因論斷草記, 一時皆減死, 或定配或特放. 俾匹夫匹婦無一人含冤於聖明之世. 殺獄之疑者·囚徒之冤者, 皆付之生路, 前後所賴活, 凡二十餘人. 嘗教小子輩曰:“獄情不可不詳審爲之. 當殺而不殺則傷法, 不當殺而殺之則有所不忍, 不可毫髮之差者.”在昔先考之莅文化也, 信川有一獄事. 信川將校之老退者, 家則鉅富, 而年老無子, 至回甲之年, 産一男, 狀貌非凡, 愛之如金. 年近七八歲, 使出入於衙中, 而學文字, 衙中諸人, 亦皆奇愛之. 其父慮其或入於官役, 吏校及通引之廳, 皆以數百金納爲留財, 而只願勿侵官役, 使之遊學矣. 一日, 其人披髮號哭而入庭, 搥胸頓足, 絶而復甦, 叩地而哭曰:“小人之子, 俄爲人所殺. 只願使道, 報此深讐.”一郡之人, 無不慘愕, 細問其故, 則不知何人, 割其腎囊而殺之矣. 聞極驚駭, 卽發跟捕. 過數日, 捕校捉一人而來, 卽旅店之小二也.
伊日, 背負其兒, 而往見隣巫神祀, 日暮後, 還置中門內云. 探其囊中,
則有油紙一片, 紙有裹肉血痕云. 卽爲捉致問之, 則伊日果與之往隣
家, 還置其家. 其後事不得知之, 至若囊中紙之血痕, 卽向日犒軍時裹
肉炙, 而歸遺老母云. 而其狀貌獰猂, 蓬頭戟髥, 年可四十餘總卬. 使之
施威嚴刑, 則箇箇承服, 以爲果受他人之金, 割其腎囊而與之. 其人則
生面也, 不知在於何處, 而以風瘡求八九歲兒腎囊, 故受錢二十緡, 埋
之於主人家馬廐. 後兒腎, 則裹以此紙, 而與之矣. 使人掘出, 則馬廐
後, 果有十二緡錢, 仍結案而成獄. 此時上下官屬, 無不齊憤, 限死嚴
刑, 幾至膝摧而骨碎. 數朔之後, 文化捕校之出使者, 彷徨于溫井近處,
則有一人, 瞻前顧後, 蹤跡頗殊常, 執而詰問, 又探囊而見之, 有一箇兒
腎囊裹置者. 因私自亂挺而究覈, 則卽某里之十歲童也. 非但今番, 向
日往信川邑內, 誘引[297]某人之子, 割腎而噉之云. 卽結縛而來棵, 細問
先後首末, 則此漢, 果是向來殺人之賊也. 因移送信川, 而向日所囚店
小二, 特爲放送, 則已不能行步矣. 始問之, 則垂淚而言曰: "囊中之紙
血痕, 果是犒軍時, 裹肉者也. 廐後之錢, 卽賣水而聚利者也. 而嚴刑之
下, 不忍其痛楚, 不得已誣服"云云. 雖以此獄事看之, 凡諸獄情, 不可
不詳細審愼, 三覆成案, 良有以也. 此是, 余過庭時, 承問者也, 而今乃
爲汝曹道其事.

38. 임금의 하교

丁巳夏, 先府君以前望除承旨, 入侍誠正閣. 上敎曰: "予每有所一番言
及於卿者, 而未果矣. 向來壬子年南學儒疏事於卿家, 可謂經一劫運,
而亦可謂遇害爲福矣. 某年秋曹事之萬萬非當, 非但予之素所悉知者,

---

297 引: 저본에는 '川'으로 나와 있는데, 일사본에 의거하여 바꿈.

伊時先世子下令, 亦有所照燭無餘, 則世道雖險, 不知其本事顚末, 而公然齮齕於卿家者, 誠可異也. 鞫庭凶書與曹庭所志, 段落各殊, 則雖今日在延諸臣身經某年者, 夫誰不知也. 以是之故, 予於己酉園誌之改撰也, 羅賊事, 有所區別而書者, 卿亦庶幾得聞而知之矣. 非不欲一番洞諭, 而事係不忍言不忍聞, 且無事端, 故仍循以度矣. 畢竟儒疏, 出而搆誣無餘, 人心世道, 何如是艱險? 然而仍此昭晣, 則亦可謂幸矣. 卿之平生重厚謹愼, 風流才諝, 無睚眦於一世者, 亦仍此端而積受齮齕, 中間之沈滯潦倒, 亦未必不由於此. 予維洞悉, 而卿之如此, 誠亦卿之運數, 有時否塞而然矣. 予則旣有奉承於先世子下令者, 故向來畿營狀啓判付, 有所洞諭之擧, 卿家積年之冤枉, 快得暴雪於卿家, 豈非大幸耶."府君俯伏恭聽, 不覺血淚被面, 聲淚俱發, 掩抑對曰:"臣叔積年抱冤之事, 幸賴天地之仁, 日月之明, 照燭無餘, 昭晣至此, 臣家世世生生, 雖粉身糜骨, 何以報答萬一耶."上揮手曰:"此非如此之事, 莫非我先世子日月之明, 無幽不燭之, 至仁盛澤也. 且事在疑似而曲費造化, 則曰恩曰德猶或可也, 而此事則不過實狀之始爲昭暴而已, 何恩德之有也. 從此以後, 世人寧或有齮齕於卿家之理耶. 予每惜卿之才諝器量, 而屢有下敎於筵中者矣."

39. 충청도 감사

戊午秋, 先府君以都承旨入侍, 時錦伯辭疏入來. 時方次對, 而大臣登筵矣. 上命府君書錦伯批旨曰:"疏辭依施."仍敎大臣曰:"湖西一路, 旱災太甚, 元元嗷嗷. 此時, 道臣不可不別般極擇. 卿可呼薦, 卽地下批可也."李秉模近前曰:"魚用謙·朴宗來, 可合矣."上曰:"不可. 此時民事不可付之生手, 更爲薦望, 而以二品擬入也."李又曰:"沈晉賢可矣."上曰:"此外更無他人耶? 更爲薦望也."李沈吟良久, 對曰:"以臣愚見, 終不思可合之人. 知臣莫如君, 維在聖簡."上曰:"都承旨, 何如?"李未

及對, 又下問曰: "何如? 何如?"李對曰: "通達鍊熟之人矣." 上曰: "嶺
臬之遞歸, 不過一載, 而方當朝著無人之時, 此人不可出外, 而左右思
之, 非此莫可. 湖中豈可抛棄乎?" 仍命吏判擬望以入, 蒙點. 繼有不多
日內, 辭朝之敎. 次對罷後, 有都承旨入侍之敎, 府君近前, 上曰: "卿
之還朝未幾, 而又有此行事, 雖不獲已, 而予心之悵缺, 無以形言. 不久
當召還, 其間須好過也. 湖西之歉荒, 前古所無, 其接濟之策, 將何以經
紀耶?" 對曰: "臣雖聞大槩, 而在此無以質言仰對矣." 上曰: "卿須下
去, 從便爲之. 湖西一路, 予不復憂慮, 一任於卿矣."

40. 진휼책

時道內大饑, 民皆流離, 又相聚爲盜, 境內騷然. 流播京師, 所聞甚駭.
下車之初, 民人十百爲群, 競來呼訴, 無非求活, 簿牒盈庭, 至於鷄鳴而
不知止. 府君一一曉喩, 先布朝家軫恤之盛德, 次喩營門請穀賑貸之
政, "汝等皆安堵以待. 不必如是騷動." 云云. 民人皆攢手曰: "唯望使道
處分, 若乳兒之望哺. 今聞下敎, 豈欺我哉!" 皆退歸. 從此以後, 民皆
相賀曰: "吾等幸逢此使道, 將免於溝壑之塡, 豈不樂哉!" 民訟頓息, 境
內晏如. 至於守令輩皆曰: "今逢此使道, 一道民命, 可無虞矣." 若來訴
其田畓之災結, 則皆曰: "不必多言, 營門必有處分矣." 民皆歡欣鼓舞.

41. 평안도 감사

己未冬, 先府君移除箕伯. 入侍時, 上敎曰: "卿之居外亦云久矣. 當此
朝廷乏人之時, 如卿之材器, 不欲更使出外, 而顧今關西一道, 萬不成
說, 若非卿則無以坐鎭. 西京繁華, 自古有稱, 而挽近以來, 民生之憔
悴, 錢穀之殫竭, 日以益甚. 卿須下去, 一一復舊, 使予無西顧之憂也."
府君以才不稱任, 且歷典諸藩, 縷縷陳懇, 而終不聽施. 退出後, 又以疏

辭, 而恩批去而愈摯. 其後入侍, 又於前席辭免, 則上敎曰: "前席辭免,
非大臣則不敢, 箕伯焉敢乃爾?" 仍傳曰: "箕伯使之明日辭朝." 府君不
得已退出. 人或曰: "前席辭免, 非大臣不爲, 或未及知耶?" 府君笑曰:
"吾豈不知? 我國自古外輕內重, 古人則以出外爲左遷矣. 今則雖郡縣
之長, 若或連莅, 則人皆欽羨, 况於雄藩乎? 方伯之任, 不輕而重, 非但
吾才之不逮. 方今欲爲方伯而不得者甚多, 而吾是何人, 八九年間, 連
按四藩, 有若非此, 莫可者然. 畢竟狼狽, 吾所自知. 以是之故, 欲於前
席辭免, 期於獲罪, 而竟未如意, 可歎可歎!"

42. 죽은 자는 말을 못한다

中和縣, 有一殺獄, 卽金哥漢入其族侄婦房中, 而其侄婦以刀割金哥而
死. 自本里[298]仍爲私和而掩置矣, 入於本郡, 廉探而報于營門者也. 其
女則以爲厥漢暗地入房, 恐有强奸之事, 故以刀刺之云云, 而厥漢則自
來酗酒者, 而每每言其女之短處, 心常不快者云云. 諸議皆以爲 "此漢之
突入女子之房, 其心可知. 必緣欲行奸而然, 不然則豈入女子之房乎?"
府君敎曰: "厥漢之入房, 只緣無間出入之故也. 寧或有奸計而入耶? 渠
則已死矣, 今無可明之辭, 而執其然疑之迹, 驅人於敗倫之科者, 其於
死者, 豈不冤乎? 大抵獄情聽其兩人之言而決之. 至若一生一死, 而全
爲生者, 不顧死者, 豈可成說乎? 諸議極不穩當. 文案一成, 便作千古
之罪人, 此豈仁人君子之心乎?"

43. 민심(民心)

先府君莅南城時, 値有靖陵動駕之命. 先府君以道路都差員, 方修治漢

---

298 而死. 自本里: 저본에는 '而自死, 本里'로 나와 있는데, 일사본에 의거하여 바꿈.

江津浮橋. 畢役之後, 江源出處, 大雨暴下, 至夕, 江水漲溢, 船艙浮橋
之上, 水深二三尺, 而明曉卽出宮日也. 擧皆驚遑, 以土石塞之, 至於朝
飯時, 而不得禁其水之汎濫. 大駕入晝停所, 畿伯及都差員, 有拿入之
命, 並罷職. 而時命先府君, 以白衣董役. 時廣州一境之民千百爲群, 號
訴于駕前, 以爲"民人若失此倅, 則如幼子之斷乳. 願借數年". 上敎曰:
"汝輩今年田租之稅減半矣, 皆退去." 民人輩皆泣訴曰: "不願田稅之減
半, 只願賢倅之更留"云云. 上笑曰: "民願雖如此, 罪不可貰也." 及先府
君以白衣董役也, 民人輩以爲"若去水患, 則官家將仍"云, 而無論男女,
一時赴役. 女子戴土石, 童稚手掬沙土, 一時並役, 至於斷流之境, 大駕
利涉. 民情於斯大可見矣.

44. 사당(舍堂)

先府君按嶺時, 適値六月十八日誕辰, 大會道內守令三十餘人, 設宴以
飾慶, 日暮而罷. 先府君對諸守令而敎曰: "今日之會, 以我之故, 諸守
令不得盡歡. 濟勝之具, 歌舞之妓, 並當出送, 夜會營吏廳, 終宵讌飮可
也." 仍分付各掌, 使之備送, 列邑倅齊會張樂. 酒至半酣, 一邑倅乘酒
興, 盡去袍帶, 粧居士樣, 以一妓作舍堂樣, 擊小鼓對舞於庭, 座中皆大
笑. 盖此邑倅自少善於此, 有名於世者, 徹曉而罷. 先府君聞而駭之, 敎
之曰: "寧有官長, 作此駭擧於營下之會耶?"
臘貶置之下考.

45. 큰형님

先府君按海營時, 伯氏適作覲行, 諸兄弟畢集. 一日夜侍坐, 更深後告
退, 則先府君命伯氏獨留. 余出門而適坐窓後, 先府君敎于伯氏曰: "汝
於汝弟太嚴毅, 汝弟輩見汝皆畏縮, 不敢仰視. 汝以長兄, 如是導率, 故

汝弟輩幸不外入, 而今則年紀俱長成, 不必如是矣." 伯氏敬受教, 自是
之後, 多假辭色.

46. 삼마치(三馬峙)

閔僉知百顔, 武弁百恒之庶弟也. 居統營幕, 眄固城妓而生女, 年幾及
笄, 未及率去矣. 先府君按節嶺南, 所後先君子, 適翫景于閑山島, 過固
城, 見其女憐之, 使具人馬, 而送于京中. 其家嫁于洪川地. 余在洪川
時, 閔氏之舅家李氏, 在[299]其官門不遠之地. 以針線資生, 衙中婢僕輩
衣裳, 給貰而使之縫造. 其八歲兒每每往來, 以是之故, 奴輩皆憐之, 或
給餠肉之屬, 自內衙亦知其可矜之狀, 每以米肉等屬給之, 閔氏感之.
其夫李生士允者, 亦出入官門而親熟矣. 其爲人性懶, 十指不動, 而衣
食全資於其內. 故余每責之曰: "男子而不得使妻子衣之食之, 乃反貽
憂於妻者, 豈是男子之道乎? 山田甚多, 何不力農?"云矣, 而終不爲之.
辛巳春忽來言曰: "民將移居于三馬峙洞矣"云. 故問其由, 則以爲有空
舍, 且田多空閑之地故也. 余責之曰: "何處無田? 唯在人之勤力與否.
君居生長之村, 則雖至飢餓之境, 或有溫水以救之者, 而離群索居, 誰
復知君之狀而憐之也. 且三馬峙, 虎豹之穴也. 聞人家只有二云. 君欲
以其可憐之妻爲虎食而生此意也. 切不可爲." 申申言之, 且使其隣里渠
之戚叔, 又挽止矣. 終不聽而移去云. 故余謂兒輩曰: "士允之妻, 過分
於士允矣. 無其妻然後, 渠乃餓死. 此行必使其妻投虎口矣." 數日後,
士允來見嚬蹙而言曰: "昨日, 民之妻爲虎噬去."云云. 余聞而高聲責叱
曰: "吾豈不云乎?"仍使下隷, 逐士允出門外. 急調軍丁, 多發砲手, 使
之往尋其屍, 則已盡食其肥肉, 而只餘骸骨. 仍備給布木, 使之葬之. 而
士允者仍絶之.

---

299 在: 저본에는 '居'로 나와 있는데, 일사본에 의거하여 바꿈.

47. 납속동지(納粟同知)

壬戌, 先府君仍伯氏謫居, 棄官而卜居于樂溪新舍, 以耕稼漁獵自娛.
而九月之日, 余往省焉. 時秋潦新收, 稼禾登場, 政是楓菊佳節. 先府君
與六七冠童, 釣魚於前溪, 以蒻笠携漁竿, 混於野老之班. 余時侍傍, 忽
有一儒生, 荷靑袱曳竹杖而來, 坐溪邊, 向先府君而問曰: "君在何處?"
答曰: "在於此藪內之村矣." 其人又曰: "觀君金圈, 無乃納粟同知乎?"
曰: "然矣." 其人曰: "旣納粟, 則家必富矣." 曰: "略有富名矣. 願問生
員何處人氏, 而緣何過此?" 其人曰: "吾在湖中某地矣, 聞京都之繁華,
方欲一覩而來矣. 過此時, 聞此藪內, 京中李參判令監遞箕伯而來留
云. 然否?" 曰: "然矣." 其人曰: "此令監, 以厚德君子今古福人, 有名於
京鄕. 欲一承顔而無其路矣. 君亦知此令監乎?" 曰: "旣居其籬下, 寧有
不知之理耶?" 其人曰: "若然則能使我通刺, 而使得一拜乎?" 答曰: "如
我鄕居之人, 何敢薦人於宰相宅乎? 此則無奈何矣." 其人又曰: "君有
子幾人?" 答曰: "有七八人矣." 其人曰: "有福之人. 福乃與李參判相同
矣." 仍請烟茶, 先府君以草盒置之於前. 其人開盒而驚曰: "此是三登
草也. 何處得來?" 曰: "旣在李參判宅洞內之故, 得於其宅矣." 其人曰:
"好矣! 如此之草, 吾所初見. 幸許如干乎?" 先府君笑而許之, 以其半給
之. 其人稱謝曰: "回下, 當更訪於此處." 云而去. 座中之人莫不絶倒曰:
"此人有眼無珠矣. 雖以儀表見之, 豈或彷彿於野老乎!" 先府君笑而敎
曰: "鄕曲年淺無知之輩, 無或怪矣. 吾仍此而半日消遣矣." 大笑而罷.

48. 꿈속의 일

余於七歲時, 在樂溪, 侍先妣寢矣. 夜夢出門, 則有一居士, 呼余而謂
曰: "汝可隨我而往吾家." 仍背負余而行, 轉入深山之中. 入一洞府極
淸潔, 而有茅屋數間, 而前後有奇花瑤草·珍禽異鳥. 一老嫗, 迎謂曰:
"此是誰家之兒乎?" 對曰: "此是某處之兒, 而與吾有緣故, 吾故率來."

云矣. 仍留在其處, 過數三日後, 余忽有戀父母兄弟之心, 號泣不食. 其人問余何故, 余乃以所懷言之. 居士顧謂老嫗曰: "此兒不欲留, 將若之何?" 老嫗曰: "塵緣未盡而然也. 渠旣欲歸, 則送之無妨矣." 居士又背負余而下山, 置之門外而言曰: "吾於七十二年後, 又當來, 率汝而去." 云. 而仍驚覺. 先妣以余之夢中號泣, 怪而問之, 余仍備陳夢事. 先妣仍呼燭而書之于曆書. 至今思之歷歷, 七十二年後云者, 無乃七十二年之壽限者耶? 自七歲而計七十二年, 則又或至七十九耶? 是未可知也.

49. 동파촌(東坡村)

長湍東坡驛村後山, 余眞外家先塋也, 松楸菀密. 丙申, 眞外從祖退軒趙公, 追奪官爵, 戚叔兄弟皆被謫. 退軒公夫人金氏, 與子婦守墓舍. 東坡村人輩, 日事樵採四山, 幾至童濯. 戚叔監役公, 自湖中適往省. 一日, 具酒肴, 布席于村前路上, 會洞人而諭曰: "汝輩以吾家廢蟄之故, 斧斤日入於先山松楸, 豈不痛迫? 今以酒肴饋之, 從此以後, 更勿犯斫爲可!" 云云. 村民中, 年老稍解人事之人, 皆曰: "下敎旣如此, 小人輩何可更犯乎?" 云. 而年少悖惡之漢, 每每大呼曰: "犯斫彼山然後, 彼家酒饍, 更可得喫." 云云. 其害尤甚. 有黃首爲名[300]人, 卽一村之惡種也. 與人相鬨, 必援劍自劃其胸, 不知老少班常之分, 人皆畏之如蛇蝎. 此漢每每斫薪於山上, 山直奴見而禁之, 則此漢持斧而突入大門, 以斧斫之, 曰: "逆賊之家, 破家可也!" 外舍廳與門皆碎破, 又入內斫破中門, 又斫大廳. 機時金夫人姑婦, 皆戰慄不敢出一言, 蒙被而伏. 厥漢一場詬辱而去. 趙同知榮煜, 卽退軒公庶再從也. 赴統營幕, 適歸家, 家在近. 其翌日, 來拜于金夫人, 夫人泣道其狀, 同知曰: "此漢殺之無惜." 仍出外, 呼統營下隸之率來者數人. 奴輩數人, 捉來黃首爲名漢. 此漢

---

300 名: 저본에는 '言'으로 나와 있는데, 일사본에 의거하여 바꿈.

被捉而叱辱不絶於口. 同知乃大聲叱曰:"吾雖廢族, 班名則自在, 汝焉敢若是? 吾年今六十餘而位在同知, 於分足矣. 家無一子, 單獨一身而已. 打殺汝而代殺, 則吾所甘心." 仍分付奴隷以麻繩綑縛, 以如指大新苗之枝, 自頭至下, 不計杖數而打之. 四五人遞臂而打之, 初則辱聲如前, 末乃哀乞, 打至數百杖, 氣息奄奄. 仍問曰:"厥漢死乎?" 奴隷對曰:"死矣." 仍曳出之於門外曰:"姑置門外, 待回甦, 更打矣." 仍使奴, 自外潛解其縛而放之. 黃首者收拾精神, 膝行歸其家, 其夜率妻子逃走, 不知去向. 自此以後, 雖落葉一片, 村人輩不敢窺見, 松楸仍以長養. 趙同知此擧可謂快矣. 余問曰:"如是打之, 若至死境, 則將若之何?" 同知笑曰:"伊時則眞箇有代死之心." 云矣.

50. 두견주(杜鵑酒)

吾家之在角峴, 時有盜入內挾室. 時當春節, 杜鵑酒方釀醅, 盜仍傾瓮而飲之, 醉倒而鼾息如雷. 及曉, 家人驚怪, 開門而視之, 則器皿衣服, 盡數偸出, 作一負卜而枕之昏睡矣. 仍呼奴縛之, 送于捕廳, 卽軍門軍士, 而其鑰封各色俱備, 不知其數矣. 事甚絶倒, 玆記之云耳.

51. 혜경궁 회갑연

正廟乙卯, 卽惠嬪回甲之年也. 上以喜懼之心, 兼以不洎之痛. 閏二月奉慈宮, 幸華城, 行酌獻禮于顯隆園, 還御行宮, 設宴進酌. 命慈宮內外親同姓八寸, 及異姓六寸, 無論文蔭武, 皆參宴. 又命侍衛文武百官, 及軍兵皂隷, 並揷花. 時余以慈宮外戚六寸親所後, 先府君及諸昆弟, 皆預是宴. 未明赴行宮庭, 慈宮御洛南軒房, 房垂珠簾, 上侍于簾外廳上. 簾前置大畫樽, 揷三色桃假花, 遮日竹皆束花. 文武侍衛及預宴諸臣伶官奴隷, 皆揷花, 其燦爛輝煌, 殆難名狀. 儀仗及贊引擧行, 皆以妓女行

之. 庭設大風樂, 無論文蔭武弁, 各以一大卓賜饌. 又宣醞, 妓女垂五色
汗衫, 輪回擎銀盃而進, 殆至十餘盃. 上敎曰: "今日不醉無歸.", 皆盡
量而飲. 余則以花挿于衣袊之前. 蓋不欲簪于首, 而有妨科名故也. 酒
過數三巡, 而有失儀之慮, 拜受而潛瀉于座下. 午後進饌床, 並與前進
者, 而置于左右而已. 上製下七律一首, 命預宴諸臣賡韻. 賤臣賡進曰:
"天眷吾東景籙新, 邦家大慶萃今春. 壽康宴設呼千歲, 長樂樽開頌六
旬. 盛禮欣瞻天上樂, 彩花遍挿殿前人. 微臣此日無疆祝, 玄圃仙桃結
幾巡."云云. 趁夕暫退. 夕飯後, 又入庭, 仍達夜. 夜設煎鐵, 每人各一
器, 蠟燭如臂大間一人. 設置行宮簷椳, 以靑紅紗燈籠懸之, 照耀如晝,
此身怳如在玄圃·瑤池也. 罷漏後退出, 東方旣白, 歸依幕少睡. 翌日行
養老宴, 各賜黃巾·鳩節, 父老皆乘醉呼千歲, 一時幷起舞, 亦一可觀.
夕上御將臺, 放火砲·埋火砲, 火光遍于城中, 砲聲動山岳. 又行城操滿
城通紅, 卽一壯觀. 夜久罷歸下處. 翌朝將回鑾, 有待令于始興之下敎
故, 與平汝隨後陣作行, 到始興, 日幾夕矣. 承旨傳下敎曰: "今日慈宮
欲招見汝輩矣, 氣度不平, 汝輩好好還家." 承命退出. 明日卽冷節. 自
華城距樂溪不過四十里地, 而自始興相距稍遠, 而且不知程道. 所騎之
馬, 卽海營雇馬, 帶隷卽海營奴也, 幷皆初行樂溪. 道里問于店家, 則以
爲'軍川場市邊東行'云. 故寸寸問而作行, 到軍川, 日已暮矣. 時有微
月, 尋徑而行, 誤入山路, 行十餘里, 馬忽驚却, 鞭之不行, 隨後之隷,
疾聲而呼父母, 直向馬前而立. 余與平汝, 驚駭而問之, 則口不能對, 只
以手指傍. 仍諦視, 則有一大巖在於路傍四五間之地, 而巖上時有二盞
燈, 火光明滅不定, 知其爲虎也. 心雖驚惻, 無可避之道, 仍與平汝敲石
出火, 爇于烟茶, 而以其竹向虎在處, 噓之以出火光, 而使搖馬頷鈴, 徐
徐作行, 行幾數十里, 而其巖一樣在其在處而已. 遠村有犬吠聲, 心甚
欣然, 只尋犬聲而訪人家, 始得出大道, 此是秋峴也. 到店門, 呼主人開
門, 無一人應聲者, 蓋夜已深矣. 主家之犬, 見人而吠, 纔出門, 爲虎所
攫去. 目見其狀, 毛骨竦然, 急聲呼主人, 主人漢始開門而迎之曰: "未

知何許行次, 而深夜到此? 此地有虎患, 昨夜囕一人. 以是之故, 日暮之後未明之前, 人無敢出門. 行次何爲涉險而來耶?"云云. 急開窓戶而入, 則鷄已亂唱, 而汗透于衣裳. 仍闕夕食, 而與平汝相枕而昏倒. 天明後, 始促飯, 而踰後嶺作樂溪行. 行節祀回, 語平汝曰:"此日午前極繁華矣, 夜來極危殆. 一日之間, 事多如此."仍與一笑.

52. 홍장(紅嬙) 이야기

余於庚辰八月, 作嶺東之遊, 登江陵鏡浦臺. 臺在湖上, 湖卽鏡湖也. 十里平湖, 流穩而不深, 自古以來, 曾無溺死之患, 一名稱以君子湖. 湖之外有海, 與天同大, 隔一沙隄而駭浪日打, 未嘗潰決, 各成一區, 亦一異事. 俗傳, 湖之基, 卽古富人之居而性吝, 積穀萬包, 一粒不以與人. 一日, 門外有一老僧乞粮, 主人答以爲無. 僧正色曰:"旣有前後積峙而以無爲言, 何也?"主人怒曰:"胡僧焉敢乃爾!"仍以器盛人矢以給之, 僧乃開囊拜受而去. 未幾, 雷雨大作, 地忽瀦陷而爲湖, 一門之人, 無一免者. 包穀散而入水, 皆化爲蛤, 名曰‘齊穀’. 江邊男女, 朝暮採拾, 以作歉歲救荒之資云. 事近齊諧, 而姑錄之. 湖之中有紅嬙巖, 紅嬙古之名妓也. 巡使某巡到時, 甚嬖之, 不能忘情, 每逢本倅, 娓娓言之. 本倅卽其切友也, 欲誑之, 佯言:"月前已死"云爾, 則巡使茫然盡傷. 其後巡到, 悵然如失, 忽忽不樂. 本倅以爲,"今夜月色正好, 盍遊鏡湖乎? 湖是仙區, 每於風淸月白之時, 往往有笙簫鸞鶴之聲. 紅嬙名娼也, 安知不爲仙而隨伴遊此乎? 若爾則庶幾一遇."巡使欣然從之, 泛舟溯月, 凝神瞻望. 于時, 山月如畫, 水天一色, 蒼葭白露, 烟消風淸. 夜三鼓, 忽有玉簫一聲, 自遠而來, 嗚嗚咽咽, 若近若遠. 巡使側耳而聽, 整襟而問曰:"此何聲也?"本倅曰:"此必是海上仙女之遊也. 使道必有仙緣而得聞此聲矣. 且尋聲, 則似向此船而來, 事亦異矣."巡使意欣然庶遇, 爇香而待. 良久, 一葉小船, 隨風而過, 有一鶴髮老叟, 星冠羽衣, 端坐船

上. 前有靑衣雙童, 橫吹玉簫, 傍有一小娥, 翠袖紅裳, 捧盃而侍立, 飄
飄有凌雲步虛之態. 巡使如痴如醉, 注目而視之, 則船近處, 完是紅嬙.
仍起身, 而超上船頭, 稽首而拜, 曰:"下界俗骨, 不知眞仙之降臨, 有
失迎候, 願眞仙赦罪." 老仙笑而答曰:"君是上界仙侶, 謫降人間已久
矣. 今夜之遇, 亦一段仙緣也." 仍笑指在傍之佳人, 曰:"君知此娘乎?
此亦玉帝香案前侍兒, 謫降塵世矣. 今則限滿而歸矣." 巡使擧目而視
之, 則果是前日之紅嬙, 而靑山乍嚬, 秋波微動, 如怨如愁, 殆不能定
情. 巡使乃執手而泣曰:"汝何忍捨我而歸之乎?" 紅嬙亦掩淚而對曰:
"塵緣已盡, 亦已焉哉! 紫皇以相公戀妾之情, 誠格于天, 給妾一宵之
暇, 隨君而來, 以爲一會之期耳." 巡使對老仙曰:"旣承玉帝之詔, 倘許
紅嬙之暇否?" 老仙笑而答曰:"旣聞命矣, 姑與之偕行. 老夫厭烟火之
氣, 不得近城. 君須與紅娘, 同舟而歸." 仍戒紅娘曰:"此亦上界已定之
緣. 須與此人, 偕入城中, 未明時出來, 則吾將艤船待矣." 紅嬙斂袵而
言曰:"謹奉敎矣." 老仙起送巡使及紅嬙于船上, 一陣淸風, 回棹而去.
巡使與紅嬙, 同輿而來, 携入寢室. 其繾綣之情·雲雨之夢, 無異常時
矣. 睡到日出, 忽爾驚覺, 意謂之紅嬙之已去矣, 擧眼視之, 則紅嬙完然
在傍而理粧矣. 怪而問之, 則笑而不答. 俄而本倅入來, 笑而問曰:"陽
臺之夢·洛浦之緣, 其樂如何? 下官不可無月姥之功矣." 巡使始知見
欺, 相與大笑. 蓋本倅已前期, 粧出老仙及仙童而欺之故也. 其所遇宛
如楊少遊之於春娘之事也. 其處有巖, 曰名以紅嬙. 此事載於邑誌云,
而余未得見, 只憑傳言錄之如右耳.

53. 괴질(怪疾)

戊午冬, 輪感自西而起, 遍行京鄕. 人之得是感而死者, 十至七八. 世稱
燕京病也云矣. 辛巳壬午兩年, 有怪疾, 亦自西而起, 人之死亡相續. 其
症瀉泄一二次, 而自脚部有氣衝上, 至腹則輒死. 俗云鼠升, 其氣之衝

上也. 或如雞卵, 或如栗子, 形於外而衝上, 若鍼其氣而出毒血則或生. 辛巳年則夏潦陰濕故, 近水之人多傷, 壬午年則亢旱炎熱故, 依山之人多傷, 傳染如運氣, 遍行八道, 人無免焉. 余在洪川, 時辛之秋適作楓岳之遊, 到九龍淵, 聞七弟之訃. 擧哀於神興寺, 蒼黃復路, 到洪界泉甘之店舍, 患此症. 一夜之間, 瀉泄數十次, 强以疾馳還官, 多服消導之劑, 幸而免死. 而自此以後, 元氣萎薾, 百病交作, 蓋是前所未聞之怪症也.

54. 과장(科場)

伯氏, 嚴於科場之弊, 如關節等事及借述等節嚴禁, 子侄輩使不得生意. 而嘗敎曰: "勤於科工, 而年紀老大, 或倩人述之猶或無怪, 以蒙騃之兒, 買一等文筆而觀光, 又托于主試, 而得參初會試, 而自以爲慶喜, 若然則一二歲乳兒, 獨不爲之乎! 有何慶喜, 有何意味? 吾之子侄, 若以其所賦科工來覽于我, 所作如成說, 則可許赴矣, 不然則雖白首不許矣. 子侄輩不敢違命." 侄兒一人纔冠, 而自其翁任所適仍事上洛, 時當科期也, 伯氏以工夫之未就, 開場之日, 使之還發衙行. 時有親知人, 聞此事, 亦停其子之科.

55. 김재찬(金載瓚)

伯氏之按灣府也. 金領相載瓚, 以冬至正使來到, 而以細微事起怒於下隷, 以不善檢飭, 首鄕首校首吏以下至奴令妓輩, 一時拿入, 至於二十餘人之多, 刑棍笞杖, 一時幷施, 所見愁痛. 時伯氏在座, 金公時以目微察氣色. 伯氏氣色晏如, 金公仍謂曰: "吾於君之邑隷治罪者多, 於君之心得無未安底意耶?" 伯氏笑而對曰: "大監之於侍生, 父執尊長也. 侍生設有過失, 可以庭叱, 何況下隷乎? 且別星行次, 推治下隷然後, 擧行可以小勝矣." 小無幾微色而終日談笑, 至暮而罷. 金公笑謂傍人曰:

"今行, 得見一大臣[301]矣." 又抵書于先府君曰: "來見令胤, 則年少之人,
剛柔得宜, 局量恢弘, 爲朝廷之幸也云云." 瑞興妓鏡梅, 頗有姿色, 伯
氏年前過去路薦枕矣. 其後金公以箕伯歷路, 不知伯氏之所眄而近之
矣. 其後伯氏又以問禮官作西行過是邑, 鏡梅來謁, 伯氏敎曰: "箕伯大
監, 不知吾之所眄而近汝矣. 吾則旣知箕伯大監之近汝, 而何可近之
乎? 雖有先後之別, 而箕伯大監於吾爲切親之尊長也. 旣知之後, 不可
不遠嫌也." 仍出送. 後金公聞之, 歎曰: "不意年少之處事如此. 吾不及
矣." 其後回還路, 仍不更近, 遂爲閑田. 伯氏嘗敎余輩曰: "色界上難以
責人云者, 亦是不經之言也. 人不愼於色界上而其可曰爲人理乎? 汝輩
須戒之."

56. 큰형님의 가문 경영

伯氏篤於友愛, 朝夕之間, 一有異味, 則必分送之, 夜寒埃冷, 則雖深夜
之後, 必分柴而使煖之. 諸家有憂患, 則雖深更, 必往告之, 伯氏必也起
寢, 而躬來審視, 指示其可用之藥. 以是之故, 諸家之憂, 伯氏在傍, 則
非但病心之慰悅, 其家人皆知以爲無慮. 至於藥餌之節, 躬自看檢用
之. 兄弟姊妹之家, 皆計口排日而給粮, 異姓六寸之貧不能自存者, 亦
繼粮而饋之, 待以擧火者十餘家. 每於日出之前, 中門始開, 則荷橐之
奴·戴器之婢, 成群而來, 則計其口而分給一日粮. 余嘗稟告曰: "每日
給粮, 酬應若是甚[302]繁, 何不於晦日預給來朔一月之粮乎?" 伯氏笑而
敎曰: "不可矣." 余心不服矣. 甲戌伯氏按北關之節, 仲氏莅淸道. 余以
其次, 當家政分給諸家之粮, 苦於每日往來而分給, 乃以一月粮, 前期
而給之矣. 及至念後, 各家告饑, 蓋以其粮換作柴饌故也. 余乃曰: "吾

---

301 得見一大臣: 저본에는 '得一大臣見'으로 나와 있는데, 일사본에 의거하여 바꿈.
302 甚: 저본에는 '其'로 나와 있는데, 일사본에 의거하여 바꿈.

伯氏, 眞聖人也."云矣. 乙亥之春, 米一石價爲二十七兩之多, 一朔有
貿穀米三十斗之卅石, 然後可以分排一朔之粮, 七月之晦, 以此數貿之
矣. 至八月望間, 年事占登, 米一石價爲七兩. 一望之間, 失六百金, 至
今思之, 歎惜矣.

57. 시벽 문제(時僻問題)

沈鏊, 門外人也. 少業科工, 與伯氏年久同硏. 家素貧寒, 其親喪及妻
喪, 無以辦諸具, 伯氏一一備送, 情好之篤, 無異骨肉. 其叔魯賢者, 薄
有才藝, 遊於門外士友之家, 而與余同硏, 每呼以接長, 往來無間. 忽於
壬子癸丑間, 時僻之論出, 而魯賢奔走於沈煥之及賊裕之門, 而又使其
侄托迹. 時其侄已釋褐矣. 一日曉, 忽來見伯氏以爲: "君知時像乎?" 對
曰: "不知矣." 沈鏊曰: "時牌如徐有隣者, 皆歸於逆邊矣. 而僻牌得時,
如吾宗人今方騰颺, 君可與我偕往好矣." 伯氏曰: "吾則不知時僻之如
何. 去則君可自去, 何乃携我而去也? 吾則自吾也, 別無所主處, 又無
可去處矣." 沈鏊脅之誘之, 無所不至. 伯氏正色曰: "言且休矣. 君欲去
則去矣. 吾何可隨君耶?" 沈鏊乃歎曰: "君太固執矣. 日後如有禍罟, 則
吾當拯出矣." 伯氏笑曰: "君之意, 可感云矣." 伊後, 魯賢者, 必欲陷害
吾家, 其背恩如此. 辛酉伯氏居謫于漆原也. 沈鏊時以守宰, 一不書問,
最後七八朔之後, 付書于京矣. 及到乙丑裕賊獄事起, 魯賢以同參伏
法, 沈鏊廢枳, 居于金浦・洪川等地而死. 旣死, 無以掩身返葬. 伯氏聞
而憐之, 優送喪需, 時論多之.

58. 병통 없는 것이 병통이다

七弟文汝, 性行高潔, 文思淸絶. 自幼少時, 有奇疾, 積年沈痼. 每以文
字寓心, 無書不覽, 尤工於詞律, 句作淸新, 不愧唐宋諸作. 晚而應擧,

屢屈會圍, 仍落拓不得志, 以詩酒自娛, 竟無所成, 而纔過四十而夭命矣. 夫其諸作詩與文有如干篇, 可以傳後, 未脫藁. 余嘗謂文汝曰: "詩律之作, 乘興而吟咏, 興盡而乃已可也. 君則每於吟咏之時, 苦費心神, 至於吐血之境, 何必乃爾." 文汝笑曰: "各隨其性而然也. 而吾兄諸作, 太不思想而句作無病, 其無病乃是爲病. 弟之所不服也云." 余笑而答曰: "毋論有病無病, 聊以自適, 君之勞心焦思, 吾亦不服矣."
乃與大笑.

59. 홍경래 난

辛未西賊洪景來·李希著, 起兵於博川·嘉山等地, 連陷郡縣. 嘉山郡守鄭著, 罵賊不屈而死, 其外皆望風迎降者. 急報日至, 朝野洶洶, 兵判沈象奎, 請閉四大門. 時伯氏以備堂參座, 力言其不可曰: "城門一閉, 則人心一倍騷撓矣. 城門之閉, 小無所益, 不如依前開閉以定人心." 時相從其議. 是時, 城內外無賴之輩, 會于圓峴之上, 列書門外饒居之家, 約以巡撫使出戰之後, 行劫爲計, 而余之大家, 亦參其中矣. 其中一人, 以筆劃于吾大家之上, 曰: "此則大不可矣." 其黨怪而問之, 則答曰: "此家世居城外, 未嘗有不仁之政於洞民, 自來以仁厚有德之家, 稱於世. 吾輩之所稔知者也. 吾輩何可有犯乎?" 衆皆曰: "諾云." 伊時, 參其黨之人, 傳于親知人而來傳矣.

60. 홍천 고을

戊寅春, 余莅洪川. 洪是峽中閑邑, 民俗淳厚, 訟牒稀濶, 與邑居金德翁相從.[303] 及其侄而述箕曾·聖與箕晳, 其從侄溥汝箕燾諸人, 日夕追遊,

---

303 從: 저본에는 '種'으로 나와 있는데, 문맥으로 보아 바꿈.

日以爲事, 五年如一日. 而金友善居鄉, 凡係官事淂失, 一不相干, 足迹不及於公門. 余每朝夕, 扶杖而訪之, 情誼之篤, 無異骨肉. 金友每戒余以辭氣之暴怒, 多所資益焉. 德翁嘗曰: "明府性急, 非攝生之方也. 民之性甚緩, 民當先嘗明府之藥果也." 余笑曰: "吾當先嘗兄之藥果矣." 如是詼謔, 德翁不幸以辛巳輪疾, 竟不起. 余爲文而哭之.

61. 홍천 향교(洪川 鄕校)

洪邑之鄉校聖殿頹圮, 霖雨之時, 則以油紙覆于各位位版, 所見駭怪. 客舍又如是雨漏, 殿牌幾至傷敗. 余乃謀其重建, 遂鳩聚財力而一新之. 客舍門, 無題額之名, 余乃以華陽舘名之, 刻而懸之. 其前有江而無號, 故余以華陽江名之, 客舍之額, 亦取此義也. 五聖位牌, 移奉後, 毀撤舊殿, 則殿之下, 掘土而爲窟, 狐狸居焉者, 近百餘年, 人之髑髏, 委積如皐. 余謂齋任儒生曰: "私家之廟如埋凶, 則其家敗亡, 今此鄉校, 卽一邑儒生之宗家祠宇也. 而穢惡之物若是其多, 此邑儒生之一初試不得者良以此也. 吾乃今爲一邑多士而掃除之, 從此庶有科名矣云." 仍使役夫, 并修掃而拾其骸骨, 則幾至數三負. 擇其山後精潔處而埋之. 一新棟宇, 盖百七十年後重建矣.

62. 통인(通引)

在洪邑時. 一日吸烟茶而坐, 知印一人, 持公事而入門, 不省而誤蹴簡竹, 烟臺之入上脣幾二寸許矣. 流血淋漓, 知印面無人色, 戰慄而立. 余時精神昏迷, 少焉更甦, 而以不謹責之. 首吏來請罪, 余以眚災原之. 其後, 適得一大體鏡, 置之前矣. 知印又蹴而碎之, 余亦不問矣. 時當夏節, 懸門於樑上之鐵釘, 使知印下之, 則以杖擊而下之, 門落而爐破. 余乃嚴杖, 人或問其前後之異, 余曰: "向日之事, 渠輩不知而爲之者, 今日之事, 渠乃知而故犯也. 故治罪有前後之異云."

63. 호랑이(虎) ①

洪邑多虎患. 一日之朝, 一大虎上南案山, 山於官閣相望之地也. 調發
吏奴, 各執創釰而行獵. 卞哥吏一人, 頗有氣力, 執創居先而上. 虎乃顧
而咆哮, 卞吏乃蹲坐而吐黃水, 少許而死. 其威猛可知, 竟捉是虎.

64. 호랑이(虎) ②

斗村面有一人, 賣炭而歸, 以支機置于牛廐之後. 至夜, 一大虎來蹴牛
廐, 牛驚而人覺, 擧火發喊, 虎乃驚而逸. 支機索, 以人毛之合爲者, 偶
繫于其後足, 虎乃跳躍, 則其支機自後而打, 愈跳愈打, 其勢然也. 畢竟
支機皆破碎, 而只有一股木, 連打其背. 虎乃不勝其憤怒, 嚙其脛而碎
之, 其索終不解. 仍臥于隱寂庵前藪, 而大聲咆哮. 日出後, 庵僧聞之,
皆立於岸上而觀之. 有一僧乘醉而言曰:"折脛之虎, 焉敢害人? 吾欲近
前而見之." 仍往其近處, 足滑于莎岸, 轉而近虎之前, 則乃嚙其禿頭而
死. 僧徒急來告, 故遣砲手而捉之. 擔來見之, 則其索尙繫其後足矣.

65. 울지장군(尉遲將軍)

洪之東面, 卽麟蹄界也. 立三間院宇, 每當春秋巡歷時, 遞馬及延逢于
此. 前有數十戶村, 號爲院村. 庚辰元春, 院村一人, 爲見姑母之在京江
者, 其姑乃是巫女也. 歲時自多餠肉之屬, 適見其姪, 以畫門神之紙, 裹
餠與肉而遺之曰:"歸可餽妻子." 其人受而歸, 分餽其妻子, 以其紙, 置
于篋笥矣. 其妻忽有病, 問于巫女, 則曰:"家有畫神之祟也." 乃出而示
之, 則其巫女搖鈴奮身, 而言曰:"吾乃尉遲將軍, 何爲置之汝家! 可奉

安乎公廨." 其民祝曰:"公廨無可合處, 何以爲之?" 巫使畫紙奉而隨之, 揭之于院宇之中央壁上矣. 自其後, 人之騎牛馬而過者, 不下則必有殃焉, 來人去客, 必敬禮, 而置一葉錢而去, 爲一村之弊. 至二月望間, 巡行將入境矣. 居民來訴其由故, 使之巫去之, 而無敢着手者. 適有隱寂庵一年少僧, 過而見之曰:"此畫若給我, 則可作山門之門神." 衆皆誘而許, 使持去. 其僧果持去而付之山門矣. 數日後, 同房一僧, 忽有狂疾, 高聲曰:"吾乃尉遲將軍, 而非汝山門之門神也. 焉敢使吾置之於此也? 斯速還奉于公廨. 不然則山寺並當滅亡" 云云. 諸僧驚訝咎罰, 當初持來之僧, 使之還置于前在之處. 其僧持畫而來院村, 則院村民人又不受而逐之, 可謂進退維谷. 其僧怒從心上, 以謂"旣不容於山門, 又不容於民村, 持此安歸? 死則一也.", 仍以火燒. 仍以無事, 亦可異矣.

66. 도깨비(魍魎)

辛巳五月之日, 夕飯後, 兒輩來言, "內衙有魍魎之變" 云. 余不以爲然, 而遽起入內, 則婦女輩驚惶而面如土色. 余怪而問之, 則對曰:"忽有土塊瓦礫之屬, 來打囱戶" 云. 故余少坐而察之, 則婢輩走告曰:"俄者打東上房門戶矣, 今則打西上房門戶" 云. 故余又往西上房, 則又"打東上房" 云. 隨余之往, 避之而打之, 竟夜如是. 余入處內房而鎭之. 每日不止, 故使渾家出避于將廳, 而將治送京第. 余則獨留東軒, 內門之外無此患. 內眷出避之後數三日, 仍無消息. 故余適出見而言曰:"今則無事, 稍待凉生後, 可作京行" 云. 而入來矣. 又聞投石如在衙時云. 余乃曰:"神人之厭飫已久, 不可以居矣." 仍治送京第, 而余獨留矣. 發送之四五日後, 邑底輪氣大熾, 數日之間, 死者殆近五六十. 余又治行而上京. 此則有若鬼物之指導也, 豈不異哉? 冊室卽草室也, 伊時午適入來, 開後牕而坐, 其墻外則冊室也. 余偶爾擧眼而見之, 青色火倏起於冊室屋上, 草盖之上, 少頃延燒, 使之撲滅, 此是鬼火也. 一日之夕, 聞內衙

庭醬瓮打破之聲, 使之見之, 則如木枕之石塊, 無數亂下, 打醬瓮聲如
霹靂. 而瓮則少不傷破而如前, 亦可異也. 此皆目見者也.

67. 홍천의 뽕나무

洪邑, 務蠶農而多山桑. 男女成羣而採之於山上, 每年人之爲虎囕傷者
多. 余乃勸民種桑, 以大戶八十株, 中戶五十株, 小戶三十株定式, 而或
種之家後籬下, 或種之田邊, 而送校考其勤慢, 則其中民人之懈怠者,
至有折枝而揷于地, 以充株數. 故余嚴治[304]之矣. 後聞桑林或有茂密
者, 得其效云. 邑基西北甚虛, 故置土而種樹, 今則成林云.

68. 삼인봉(三印峰)

移金陵. 邑之爲基, 水口不得關鎖, 風水之言, 以爲邑人之貧, 皆由於此
云. 故置土於湧金門外, 植木如洪邑之爲. 官府之東, 有小峰而縹緲. 時
仲氏以善山倅來臨, 成汝以順天倅亦來會矣. 共上其峰而嘯咏, 立石表
之曰: ‘三印峰’. 在善山則東閣之後, 有一大巖石, 刻以‘三印巖’. 其後余
陪仲氏, 往遊于讓汝知禮任所. 而臨溪獵漁, 又名曰[305]‘三印浦’. 俱傳爲
美事.

69. 삼십이층(三十二層)

伯氏登庚戌科時, 李後秀者-判書祖源之子也, 亦赴此科. 夢見空中有
彩閣三十二層, 仍步上第一層, 則有一白髮翁, 坐而使之去, 曰: "可下

---

304 治: 저본에는 ‘杖’으로 나와 있는데, 일사본에 의거하여 바꿈.
305 曰: 저본에는 없는데, 일사본에 의거하여 추가한 것임.

去." 後秀下第二層, 老人又踵而逐之, 次次至最下層. 又仍逐, 仍問曰: "此是誰家而然也?" 老人曰: "此是李某之第, 汝不可暫留." 後秀懇乞暫留, 老人不聽而蹴, 而下去. 驚悟則一夢也. 是科, 後秀入於預備而落. 對人而道此夢曰: "空然爲[306]李某做夢也云爾."

70. 말꿈(馬夢)

己巳冬, 余與成汝, 中增廣監試終場, 鼎佺中九日製而許付. 監試初場待榜之日, 一婢, 言于內間曰: "夜夢見三馬馳入舍廊前庭, 一場咆哮, 一則越墻而走"云云. 此婢不知馬夢之有應於司馬也. 余聞之, 而以爲三叔佺中二人可占云矣, 俱屈, 而鄕外書手二人之留于家者, 俱中而去. 余於年來連居憂, 辛酉則仍伯氏居謫而不赴擧, 七次監試不得見矣. 每於監試設行之夜, 夢見馬逸, 每每逐出矣. 庚午監會之中, 夢見一馬入門, 縶而騎之. 馬夢之應於小科云者, 亦不虛言矣.

71. 평양의 번화(平壤之繁華)

箕城自古稱繁華之勝地. 其江山秀麗, 樓臺華侈, 士民皆以遊行行樂爲事. 春之花辰, 秋之楓節, 乘小舟, 或張樂·或歌嘯·或吹笛·或彈琴, 或上或下, 蔽於江上. 遊俠之輩·歌舞之徒, 不絶於大道, 專以聲色·飮食·衣飾相尙, 以是之故, 諺云: "箕城之人, 家無三世富云." 而燕貨委積於市, 多富商大賈, 世所稱西京而比之中國秦淮兩浙者也. 城內人居稠密, 衢隘而路狹, 又多蓄狗豚之屬, 左右多汚穢之物, 而勝槩專在於城外之江上矣. 伯氏嘗敎曰: "欲翫箕城, 須到長林盡頭, 望見粉堞耀日·彩閣入雲, 白沙淸江之上, 帆檣紛集·樓臺影倒, 儘是畵中景也. 徘徊

---

306 爲: 저본에는 없는데, 일사본에 의거하여 추가한 것임.

眺望而嘆曰: ‘果是絶勝之名區’云. 切勿渡江入城而直還, 則眞是見箕
城全面目, 心乎不忘矣. 如一入城內麤穢, 而不忍見, 使觀外而嘆賞之
心一時消耳, 豈不可恨也哉!” 此教儘是趣語. 余亦遍遊城內外, 而蓋知
此教之不誣也.

72. 민애(閔愛)

余在箕營冊時, 暮春者率妓樂而巡城行, 行且休, 至普通門, 城上望見
一大瓦家, 問: “是誰之家?”, 則一妓答曰: “乃是營妓閔愛之家”云故,
又問曰: “此妓何爲而獨占大家舍?” 妓輩笑曰: “有奇談云爾, 而不肯
言.” 此時, 閔愛之弟閔玉者隨來故也. 余乃強而問之, 則其妓之言曰:
年前, 鄭判書等內, 其冊房注書進賜, 嬖閔愛而沈惑, 須臾使不離側. 外
城, 時有李座首者, 累萬金之巨富也. 封錢一千兩而言: “若使閔愛一與
我接言, 則當給此錢”云云. 人有傳之者, 閔愛欲其錢, 而無計出外. 一
日自外相約於李某, 而對注書進賜, 暗暗抆涕, 則注書怪而問之, 對曰:
“小人早失生母, 就養於外祖母矣. 今日其亡日也. 而外家無人奉祀, 勢
將闕祭故, 是以悲之.” 注書聞其言而憐之, 自營庫備給祭需, 而使之出
去行祀. 心猶疑之, 密送近侍之知印, 使之探之, 則祭是虛名, 而方與李
某行樂矣. 入以所見白之, 注書勃然大怒, 急起向宣化堂叩門. 時夜已
半, 使道驚覺而問之曰: “注書乎, 何爲不寐而來也?” 對曰: “閔愛欺我,
以有祭而出去, 方與外城李座首某行樂, 寧有如許切憤之事乎? 願大人
急發羅卒, 男女並捉入嚴治之.” 使道責曰: “此是胡大事, 而半夜三更,
如是作怪? 速爲還去, 安寢可也.” 注書頓足曰: “大人若不聽小子之言,
則有死而已.” 使道咄嗟曰: “下去矣.” 仍呼侍者, 招入入番捕校, 而分付
曰: “汝率入番羅卒盡數出去, 環圍閔愛家, 而其男女一索縛來.” 捕校
承命而出, 以卒圍其家, 而校立其門前, 使之開門, 則時微雨. 李某在房
而戰慄. 閔愛曰: “少勿驚㤼. 收拾衣冠, 自後抱妾之腰”云. 而以裳盖

頭, 仍以覆李哥之身, 有若避雨者, 趁出而入[307]於門內曰: "不知何許人, 而夜來叩門?" 校曰: "不須問誰某, 速開門!" 閔愛曰: "開門何爲?" 仍開門, 而潛使李哥隱身於門扇之後. 校卒輩不顧, 而直入房內, 承此時李乃出門, 而使避于其前家三和妓娘伊之家矣. 校卒遍搜于房內外而無人. 閔愛問曰: "何爲而來?" 校卒答曰: "使道分付, 汝與外城李某同寢, 使吾輩一索縛來云, 故來耳. 李哥何在?" 閔愛曰: "此處之無人, 君輩所目見也. 李哥非蠅蚊之微物, 豈可隱置乎? 曲曲搜見可也." 校乃遍索而不得矣. 不得已還告此由而置之矣. 其夜, 閔愛與李哥行樂於娘伊之家. 而翌日作書告訣曰: "小人侍進賜, 別無得罪, 而半夜動軍搜驗家內, 小人逆家乎? 何爲而欲籍沒也? 小人雖不得被上德於進賜, 何忍被鄰里之嗤笑乎? 從今以後, 無更對之顔面矣. 願進賜更勿念如妾醜行之流, 更擇絶代人中潔行者薦枕焉. 妾亦人也, 何可於外祖母忌日而行淫乎?" 云矣. 注書怒而數日絶之, 終不能忘情, 以書招之則辭不入. 如是者又數三日矣. 注書終不能忘情, 一日之內, 往復至於五六次, 而終不肯. 仍問曰: "是誰之言也? 若指示其人, 則當入去矣." 注書不得已而以知印爲對, 則答曰: "此知印, 乘進賜之不在, 嘗執妾手故, 妾果批其頰矣. 以此之嫌, 至有此誣告, 此知印若逐出而治罪, 則當入去"云. 注書不得已分付首吏, 使之嚴治, 而除案黜之. 閔愛始入來云矣. 其後李座首以爲, "吾初以千金許汝矣, 汝之奇謀, 令人可服, 使我得免伊夜之辱者, 尤可奇矣.", 加以五百金, 以此之錢, 買此屋云云. 余聞而一笑.

73. 밀화 갓끈(蜜花貝纓)

伯氏除灣尹, 將啓程, 以朝體, 往辭於訓將趙心泰. 趙帥, 自來親熟之間, 臨別言曰: "少年名官新資之行, 不可不好事. 吾有純蜜花貝纓之好

品, 當借之矣, 以此爲贐焉."伯氏還第之後, 卽使一隷出送, 盖是自燕市新出者而大如栗子, 價近千金之纓也. 伯氏懸之赴任, 後以爲他人之重寶不可久留, 仍作書還送矣. 其後趙帥對先府君而笑曰:"子弟令監, 盖是今世罕有之無欲人也. 吾之向來借纓, 非借之也, 欲贐之也, 而以借爲言矣, 去卽還送. 今之名士見此等物, 必欲奪之, 百般要之, 而子弟則入手之物趁卽還送, 其廉潔可知. 而大異於今世之人也"云爾.

74. 가정교사 김동지(金同知)

金同知觀洙者, 陽智人也. 自弱冠時來留吾家, 或間一二年來往於其家, 而長在吾家. 爲人質直, 一毫不以取人, 一毫不以與人. 家間大小事, 皆擔着而看檢者至五十餘年之久矣. 其同鄉人, 皆誹笑曰:"何不歸家力農而浪遊京中耶?"云. 而金君不以介意. 連居先府君幕府, 所得盡貿田土, 晚來號爲富家翁. 余於辛丑失恃後, 弟兄六人, 撫養無人, 金君夜則同衾而寢, 晝則訓書而課工, 俱得成就者皆此人之功也. 查丈金判書文淳, 嘗稱之曰:"安得如此人, 任以家政耶?", 謂伯氏曰:"此是君家寶也"云. 年老後, 始歸家, 而聞病重之報, 余曺往見於鳳巖之家. 金君握手嗟嘆曰:"今將與君輩而訣矣. 今之來訪, 亦是厚誼, 安得使吾少須臾無死, 更入洛下, 君之兄弟與子女, 面面一見而歸死, 則死無恨矣"云. 其綣綣於吾家者有如是矣. 有一子, 繼先誼而往來不絶.

75. 희작(戱作)

余之諸兄弟幼時, 受業於金同知觀洙. 其生日在至月, 吾輩以如干衣襪, 備給而戱作賀箋曰:"陽動葭灰虎交之日纔過, 慶逐草席達生之辰載屆. 脫耳之辰, 攢手曷已. 仰惟先生, 陽智生員, 冊房神將, 優遊京洛四十載, 自稱吾吾子先生, 嘗以吾吾堂爲號. 勸課兒童六七人, 不過都都平丈我. 古

有學究教授學徒『論語』：〝郁郁乎文哉,〞誤以〝都都平丈我〞云. 盖橫看也. 念弟子等,
側目而對, 偏首而聽, 千字·史略·通鑑, 虛工夫於十載, 錦囊吐手木襪,
仰好事於三層.〞云云. 以爲一時傳笑之資矣.

余在金陵, 善山倅李友率卿, 生日卽五月, 設盂酌而邀余, 余以病未赴,
以賀箋送之曰：〝女悅男欣, 角解之月纏屆；五月黍角解故云, 而挾書以角先
生. 辰良日吉, 達生之辰載回. 脫耳之辰, 攢手曷已. 仰惟使君, 古之班
也, 今何姓焉. 本全義, 有俗談之譏者故耳, 煞星照妻妾之宮, 美諡已加以
衝葬；古人有妻妾之連喪者, 時人加諡曰衝葬. 盖云衝則葬故也. 李友喪妻妾故耳.
元年建太子之號, 寶位誕承於乾隆. 李友初字則嘉卿, 以嘉慶之故, 改以率字.
人皆以乾隆太子戲之故云耳. 府有解語之花, 幾多洗兒錢賞賜；民猶偃風之
草, 應有續壽衣進呈. 古之太守, 生朝受略遺曰：〝此是續壽衣, 不可不受〞云. 念
老友, 嶠南惡隣, 泮中舊伴, 莫往莫來矣, 嗟阻懸弧之筵；曷飲曷食之,
恐有遺矢之歎.〞云云. 時有隣倅之來者, 見而絕倒云矣.

溪西雜錄

卷2

01. 천명(天命)

成廟時或微行. 一夜雪月照耀, 上與數三宦侍, 微服而行, 行到南山下.
時政三更後, 萬籟俱寂, 而山下數間斗屋燈火明滅, 有讀書聲. 上以幅
巾道服, 開戶而入. 主人驚起延坐而問曰: "何許客子, 深夜到此?" 上對
曰: "偶然過去, 聞讀書聲而來." 仍問曰: "所讀何書?" 對曰: "易經也."
上與之問難, 應對如流, 眞大儒也. 問"年記幾何?" 曰: "五十餘矣." "不
廢科工乎?" 曰: "數奇之故, 屢屈科場矣." 請見其私草, 乃出示, 則箇箇
名作也. 上怪而問曰: "如許實才, 尙未決科, 此則有司之責也." 對曰:
"奇窮之致, 何可怨有司之不公乎?" 上熟視其中一篇題與所作, 仍問曰:
"再明有別科, 其或聞之否?" 對曰: "不得聞知矣. 何時出令乎?" 上曰:
"俄者自上有命, 第爲努力見之." 仍辭出, 使掖隸, 以二斛米·十斤肉,
自外投之而去. 還宮後, 仍命設別科. 及期, 御題以向夜儒生私草中題
出揭, 而只待其文之入來. 未幾, 試券入呈, 果是向夜所覽之賦也. 自上
大加稱賞, 多下御批而擢置第一矣. 及其拆榜之時, 呼入新恩, 則非向
夜所見之儒, 卽一少年儒也. 上訝然而敎曰: "此是汝之所做乎?" 對曰:
"非也. 果逢於小臣老師私草中而書呈也." 上又敎曰: "汝師何不赴擧?"
對曰: "臣之師, 偶飽米肉, 猝患關格而不得入來. 故小臣懷其私草而來
矣." 上默然良久, 使之退[1]. 蓋所賜米肉, 過飽於饑腸而生病也. 由是觀
之, 豈非天命耶? 此儒生仍此病不起云矣.

02. 인작(人鵲)

成廟夜又微行過一洞, 洞是幽僻處. 遠見柴門開處, 一女子出來, 而門
前之樹有鵲聲. 其女子四顧而無人, 仍往其樹下, 又作鵲聲, 而以口含
木枝而上, 上有鵲聲而受之. 上心竊訝之, 仍咳嗽, 則其女子驚避于門

---

1 退: 저본에는 '退' 다음에 '盡'자가 있는데, 이본들에 의거하여 삭제함.

內. 又有一人從樹上跳下, 而入柴門. 上追到而問其由, 則其人答曰:
"自少業科工, 年近五十, 而尙未得決科. 曾聞家有南鵲巢則登科云. 故
此樹種于門前者, 已過十餘年, 而鵲不來巢. 吾今夜與老妻, 作雌雄鵲
相和之聲, 而含木枝作巢. 以爲閒中戲劇, 而不幸爲客子所覩. 請問客
子何許人, 而深夜到此?"上笑而憐之, 以過客爲答. 還宮翌日, 出科令,
以人鵲爲題. 一場士子, 皆不知解題, 此士子獨知之, 呈券而登第. 南鵲
之靈有如是, 此亦會時而然矣.

03. 이석(李石)

成廟, 夢見黃龍由崇禮門而入, 額上書以李石. 上驚而覺之, 問內侍,
"夜如何?"其對曰:"幾至罷漏時矣."仍命一別監, "卽往于門內, 門鎖開
後, 如有初入之人, 毋論某人, 率置于汝家後回奏."別監承命而出, 少
俟于門內, 少焉開門, 而有一總角, 負炭石而入. 別監仍執留, 其人驚惶
戰慄, 乃携至渠家而來奏. 時, 謁聖科只隔數日矣. 上命別監, "姑留汝
家而饋朝夕, 及科期, 加冠而備給儒巾靑袍, 如試紙筆墨勿給, 而汝與
偕入場內, 第觀其動靜之如何."別監承命而出, 問其兒曰:"汝入去科
場乎?"對曰:"小人無識之人, 而以賣炭爲業, 何由而入場乎?"云云. 別
監依下敎, 備給巾服而强使入場, 同坐壯元峰下, 只觀光矣. 日稍晚, 榜
幾出, 時多士會于峰下. 傍有白髮老儒, 頻頻熟視, 仍近前而問曰:"汝
乃石伊乎?"答曰:"然矣."老儒執手而垂涕曰:"汝果生存於此世乎! 吾
與乃翁卽切友也. 與乃翁同硯不知幾年矣, 某年疾疫, 汝家闔門病死.
伊時, 汝之乳媼抱汝而逃走云矣. 時汝年不過數三歲矣, 今於長成之
後, 吾何以記得汝乎? 今於此相逢, 吾心忽爾有感, 認汝也丁寧如是,
豈非天耶! 汝翁私草在於吾, 而今日之題, 吾與汝翁舊時宿搆也. 吾則
以吾之所搆用之, 今餘汝翁之作, 汝已觀科乎?"對曰:"何敢觀科? 爲
此人所勸, 以欲瞻闕內威儀而入來矣."其儒曰:"吾有空正草, 汝可觀

科." 仍書, 秘封以李石書之, 而呈卷矣. 未幾榜出, 李石居魁矣. 呼新恩後, 上命入侍而問曰: "此是汝作乎?" 李石以實稟達, 上命尋其老儒生入侍, 下教曰: "今除汝齋郎, 可敎李石以文字也." 仍除一齋郎, 而使李石受業矣. 其後李石位至參判, 爲成廟朝名臣云爾.

04. 서고청(徐孤靑)

徐孤靑起, 沈相悅家私奴也. 沈相死後, 敎訓其孤, 每朝問候於夫人, 前後戶庭躬自灑掃. 沈之子或有過失, 則必開廟門而或撻或責, 其謙恭守分如此. 一日, 以意外事受罪於夫人, 而歸其家, 家卽²沈相家門外. 翌日, 軒軺塡巷而來, 沈相家人意謂將入其門矣, 過門而入孤靑家. 婢僕以此事告于沈相夫人, 夫人悔之招問, 孤靑則答曰: "小人適出入於宰相門下矣. 諸宰相, 以小人之受罪致慰而來矣." 夫人始大驚, 從此以後, 不以奴婢待之. 孤靑行誼, 大有勝於龜峯者矣.

05. 정북창(鄭北窓) ①

鄭北窓磏, 順朋之子也. 生而神異, 百家術數之學無不通曉, 逆知未來之事, 至如鳥獸之音, 皆知之. 隨其父入燕, 諸國使來者, 各隨其方音而酬酢如流. 琉球國使來言曰: "吾在吾國時推數, 則某年月日入中國, 當遇矣天下異人, 子³眞是耶." 仍出示所記冊子, 年月日相符矣.

---

2 卽: 저본에는 '乃'로 나와 있는데, 익선재본 D에 의거하여 바꿈.
3 子: 저본에는 '才'로 나와 있는데, 익선재본 D와 일사본에 의거하여 바꿈.

06. 정북창(鄭北窓) ②

北窓之年友一人, 病重而醫藥無效. 其老父知北窓之神異, 來問, 則答
曰: "年數已盡, 無可救之道矣." 其父泣而哀乞, 願知其可救[4]之方. 北
窓憐其情理, 曰: "然則不得不減吾十年之壽, 以添公之子年限矣." 仍
曰: "公於來夜三更後, 獨自步上南山絶頂, 則必有紅衣‧黑衣之二僧,
相對而坐矣. 伏於其前而哀乞公子之命, 其僧雖[5]怒而逐之, 切勿退去,
雖[6]以杖毆之, 又勿去. 務積誠意, 則自有可知之道矣." 其人如其言, 至
其夜, 獨自乘月而上南山, 果有二僧如其言. 仍於前泣乞. 二僧驚曰:
"過去山僧, 暫憩于此矣. 公是何許人, 來此作駭擧也. 公子之命壽脩短,
貧僧何以知之? 斯速退去." 其人聽若不聞而一樣哀乞, 其僧怒曰: "此
是狂人也, 可毆逐矣." 擧杖打之. 痛不可忍, 而如前伏而泣乞. 良久, 朱
衣僧笑曰: "此必是鄭䃤之所指導也. 此兒所爲可恨[7], 當以渠之壽減十
年, 而添此人之壽, 無妨矣." 黑衣僧點頭曰: "然矣." 二僧始扶而起之
曰: "聊試之矣." 黑衣僧自袖中出一冊子, 以給朱衣僧. 朱衣僧受之而
對月光擧筆, 若有書字樣, 而言曰: "公之子從今延十年壽矣. 可歸語鄭
䃤, 使勿復洩天機也." 仍忽不見. 盖朱衣僧南斗也, 黑衣僧北斗也. 其
人歸家矣, 其子之病漸瘳, 十年後仍死. 北窓年過五十而卒, 一如其言.

07. 곽망우당(郭忘憂堂)

郭再祐, 玄風人也, 號忘憂堂, 當倭亂起義兵, 所向無敵. 血染衣甲而
盡赤, 軍中號曰: '紅衣將軍.' 多建大功, 亂定後, 復還鄕廬, 不聞世事.
入山修鍊, 不知所終. 其父八兄弟, 皆以'走'字爲行[8]而俱有膽略, 里中

---

4 救: 저본에는 '效'로 나와 있는데, 익선재본 C와 일사본에 의거하여 바꿈.
5 雖: 저본에는 '惟'로 나와 있는데, 이본들에 의거하여 바꿈.
6 雖: 저본에는 '惟'로 나와 있는데, 이본들에 의거하여 바꿈.
7 恨: 저본에는 '限'으로 나와 있는데, 익선재본 C와 일사본에 의거하여 바꿈.

皆敬憚之. 每相戒曰: "郭走可畏."云云. 今之俗所謂'郭走鬼'者, 盖出
於此.

08. 김덕령(金德齡)

金德齡, 勇力絶倫, 能超數仞之墻. 盖其兩腋有肉翅[9]云. 當倭亂, 起義
兵, 所向必捷[10], 倭奴, 皆避其鋒. 光海在分司時, 封爲翼虎將, 而綉于
旗, 使建[11]于前. 大功未就, 爲權奸所構誣, 發遣禁都, 而以檻車囚而拿
來. 一日, 行到一處, 暫憩, 傍有山極其高峻, 絶頂之上, 有人呼金德齡
字曰: "吾在此俟汝. 汝上來, 與之飮酒面訣, 爲好."德齡自檻車中請
曰: "此是吾之切友也. 暫開車鎖, 而使之往見也."都事不許, 德齡曰:
"豈以吾之逃避爲意慮耶? 吾以臣子, 順受君命, 故就拿耳. 不然而欲避
之, 此世無可捉我之人. 君試見之."仍一運身, 鐵索自斷. 又以手一打
檻車, 破碎, 仍出而聳身. 一躍直上其山頂, 與其人握手大哭. 而其人責
之曰: "吾每戒汝, 以我國偏小, 難以容身, 愼勿出世, 與我偕隱爲可矣.
汝不聽吾言矣, 竟何如?"德齡揮淚[12]而言曰: "此亦天也命也, 奈何奈
何?"其人酌酒以勸曰: "今日, 與汝永訣[13]矣. 其懷當何如[14]? 汝旣到此,
順受天命可也."德齡曰: "吾亦然矣."仍連倒數盂, 揮涕而別. 其人[15]仍
忽不見, 而德齡又爲飛身, 下來復入車中, 傍[16]視皆失色.

---

8 行: 저본에는 '號'로 나와 있는데, 익선재본 D에 의거하여 바꿈.

9 翅: 저본에는 '翅'로 나와 있는데, 일사본과 익선재본 C에 의거하여 바꿈.

10 捷: 저본에는 '捿'로 나와 있는데, 일사본, 익선재본 C, 익선재본 D에 의거하여 바꿈.

11 建: 저본에는 '健'으로 나와 있는데, 일사본, 익선재본 C, 익선재본 D에 의거하여 바꿈.

12 淚: 저본에는 '哭'으로 나와 있는데, 일사본, 익선재본 D에 의거하여 바꿈.

13 永訣: 저본에는 '訣'로 나와 있는데, 익선재본 C에 의거하여 바꿈.

14 其懷當何如: 저본에는 '倘作何懷'로 나와 있는데, 익선재본 C에 의거하여 바꿈.

15 其人: 저본에는 없는데, 익선재본 D에 의거하여 추가한 것임.

16 傍: 저본에는 '榜'으로 나와 있는데, 일사본, 익선재본 D에 의거하여 바꿈.

及到京, 上鞫問¹⁷, "汝何故¹⁸爲謀逆?"供曰: "初無是事, 而爲奸臣所構." 使之結案, 則終不伏曰: "若以忠孝二字結案則可矣, 不然則決不署名矣." 仍許之, 以'不得平亂, 爲臣不忠; 不得揚名顯親, 爲子不孝'結案而伏法. 正刑之時, 刀刃不入, 德齡笑曰: "汝輩, 雖萬番試刃, 決不得害我. 我自受刃然後, 可也." 仍引頸, 而先去鱗甲, 然後下刀如其言, 頭乃斷. 以其忠義勇力, 不能成功, 而爲人所陷害, 可勝歎惜. 後乃伸雪復官.

09. 공북루시(拱北樓詩)

李月沙廷龜, 以文章名於世. 其時, 則柳西坰根, 亦是文章人也, 而月沙不許可, 西坰以是大怒, 語言之間, 每至不好之境. 西坰出按湖西之時¹⁹, 而月沙之親知人, 有推奴事向湖中, 要得一札於中營. 月沙笑曰: "此翁與吾, 以文字間事大端得罪, 若以吾言爲托, 則反爲害焉, 不如不爲." 其人强請之, 月沙思之良久, 乃曰: "聞此翁新修拱北樓而有題咏云. 君不必受吾書, 到錦營通刺, 則必邀見矣. 入見, 而以來時見吾爲言, 則必也發怒曰, '某也, 又貶吾詩乎'云矣. 君答曰, '不如是, 而對小生而言曰, '西坰今番拱北樓題詠詩, '蘇仙赤壁今蒼壁, 庾亮南樓是北樓'之句, 雖盛唐諸作, 無出此右矣'云云. 如是則似有助矣." 其人, 牢記而去. 到錦營通刺, 則果邀見矣. 禮罷曰: "小生來時, 見月沙令公而來矣."

西坰聽罷, 勃然變色曰: "某也, 又斥吾詩文耶?"對曰: "不如是矣. 令公新修拱北樓, 而有題咏否?"曰: "然矣."曰: "某公以爲第二聯, 卽盛唐諸作之所讓頭云矣."西坰欣然曰: "此吾果是平生之甲作也. 某也, 能

---

17 及到京, 上鞫問: 저본에는 '及到上京, 鞫問'으로 나와 있는데, 일사본, 익선재본 C, 익선재본 D에 의거하여 바꿈.

18 故: 저본에는 없는데, 익선재본 C에 의거하여 추가한 것임.

19 之時: 저본에는 없는데, 익선재본 D에 의거하여 추가한 것임.

知此, 渠於詩律工夫有進而然也."仍朗詠一次, 而問曰:"君何爲而來
此?"其人對以所來之由. 西坰曰:"兩班何可躬自推奴乎? 第留在營中.
吾當使之收殺以來矣."仍嚴關于該邑, 使之一一卽刻收捧上送, 而如或
遲延, 則首吏鄕當嚴處云云. 過幾日, 某邑之報上來, 而奴貢一一收來,
仍厚遣行資而送之. 其後遞歸時, 月沙往候, 則西坰曰:"近來, 君之詩
律之工, 大進矣."月沙曰:"何謂也?"西坰曰:"君能知拱北樓詩, 豈非
將進效耶?"月沙笑曰:"令公此詩尤不成說. 赤壁·蒼壁·南樓·北樓之
說, 豈成說乎? 此吾所以尤不服令公者矣."西坰默然良久, 乃怒曰:"吾
見欺於汝云矣."聞者絶倒.

10. 월사부인(月沙夫人)

月沙夫人, 權判書克智女也. 有德行, 二子白洲·玄洲皆顯達, 而治家儉
素, 華麗之衣, 未嘗近於身. 時某公主家迎婦, 自上命滿朝命婦皆赴宴.
諸家婦女, 競以華侈相尙, 伊日之宴, 珠翠綺羅, 奪人眼目. 追後, 有
一[20]轎子入來, 而一老婦扶杖而來, 葛衣布裳, 鬖劣極矣. 將升堂, 主人
公主, 倒履下迎, 年少諸婦, 莫不指笑而驚訝, 不知爲誰家夫人. 主人迎
之上座, 執禮甚恭, 人尤訝之. 進饌後, 其老婦人, 先起告歸, 主人以日
勢之尙早挽止, 則老婦人曰:"鄙家大監, 以藥院都提調, 曉已赴闕, 伯
兒, 以長銓, 方赴政席, 小兒, 以都承旨, 坐直. 老身歸家, 而可備送夕
飯矣."座中大驚, 始知爲月沙夫人.

11. 동동희(鼕鼕戱)

李石樓慶全, 卽鵝溪之子也, 少有文筆. 明廟之世, 有鼕鼕鼓之遊, 午人

---

20 一: 저본에는 없는데, 익선재본 D에 의거하여 추가한 것임.

年少才子輩, 皆參是遊. 或披髮徒跣擊鼓而舞于街上, 或歌或哭, 日以
爲常. 午人之不拘禮節, 有如是矣. 宣廟餞天使于慕華館宴饗臺, 天使
欲試我國之才, 臨行, 請于上曰: "俺, 今方啓行而有忘置事. 雖急遽而
不得不奉請耳. 白司馬琵琶行韻, 使朝臣中能詩者, 卽地次韻以贐否?"
上問于諸臣, 無一人應對者. 或曰: "儒生中有李慶全者, 非此莫可矣."
上命使入侍, 時石樓亦參鼕鼕鼓之遊, 乘醉而在通衢[21]上矣. 使者傳上
命而與之偕來, 則石樓進前而伏. 上命次白詩題, 而天使呼韻, 使之應
口輒對. 石樓以蓬頭突鬢, 面帶紅潮, 隨其韻而口呼製進. 天使疑其宿
構, 至老大嫁作商人婦之句婦字, 故換夫字而呼之, 應聲曰: "傷時從
古有志士, 恨別由來無丈夫." 天使大驚稱贊, 卒篇而日未午矣. 天使顧
謂諸人曰: "朝鮮亦有才士云矣."

12. 초혼(招魂)

鄭忠州百昌, 少時亦行鼕鼕鼓之戱, 善於巫覡招魂之[22]事. 莅忠州時, 白
江李相敬輿爲道伯. 一日, 往營下時, 適從容, 巡使問曰: "牧使尙能行
招魂之事乎?" 答曰: "然矣." "若然則試使我一見如何?" 答曰: "諾." 請
修掃洞房之靜僻處焉. 巡使依其言淨[23]掃, 而使之行之, 則鄭忠州焚香
搖鈴, 招來白江之大人魂, 言語酬酢, 一如常時. 白江大驚, 懇請止之,
而終不聽, 依前招呼. 白江百般哀乞而乃止.

13. 서경덕(徐敬德)

徐花潭敬德, 博學多聞, 天文·地理·術數之學, 無不通曉. 卜居于長湍

---

21 衢: 저본에는 '街'로 나와 있는데, 익선재본 C, 익선재본 D, 일사본에 의거하여 바꿈.
22 之: 저본에는 없는데, 익선재본 D에 의거하여 추가한 것임.
23 淨: 저본에는 '精'으로 나와 있는데, 익선재본 C에 의거하여 바꿈.

花潭之上, 仍以爲號. 一日, 會學徒講論, 忽有一老僧, 來拜而去. 花
潭, 送僧之後, 忽爾嗟歎不已. 學徒問其故, 花潭曰: "汝知其僧乎?"
曰: "不知矣." 花潭曰: "此是某山之神虎也. 某處人之女, 方迎壻, 而今
將被其害[24], 可憐矣." 一學徒問曰: "先生旣爲知之, 則有何可救之道
乎?" 花潭曰: "有之, 而但無可送之人矣[25]." 學徒曰: "弟子願往矣." 花
潭曰: "若然則好矣." 仍授一書曰: "此是佛經也. 其家在百里之地某村
某處, 汝持此經, 往其家. 勿先泄, 而但使之具床卓·燭火於廳上後, 使
其處女, 處之房中, 而鎖四面門, 又使健婢五六人, 堅執勿放. 汝於廳
上, 讀此經, 而勿誤句讀, 則挨過雞鳴之時, 自可無事矣. 戒之愼之!"
其人承敎, 而馳往其家, 則上下紛紛. 問之, 則以爲'明日[26]將迎壻, 今方
受綵'. 其人入見主人, 寒暄罷後, 仍言曰: "今夜主家有大厄. 吾爲此而
來, 欲使免焉, 可如斯如斯!" 主人不信曰: "何處過客, 作此病風之言
也?" 其人曰: "無論吾言之病風與否, 過今夜, 則自有可知之道矣. 過
後, 吾言如無靈, 則伊時毆逐, 無所不可. 第須依吾言爲之, 可也." 主人
心甚訝然, 第依其言, 鋪設而俟之. 其女亦如其人之言, 處之房內. 其人
端坐於廳上[27]燭影之下, 而讀經矣. 三更時候, 忽有霹靂聲, 家人皆戰慄
走避. 見一大虎蹲坐於庭下而咆哮, 其人顏色不變, 讀經不撤. 此時, 其
家處女, 稱以放矢, 限死欲出, 諸婢左右執挽, 則處女跳踉不可堪. 其虎
忽爾大吼, 而噬破廳前木, 如是者三矣. 仍忽不見, 而處女昏絶矣. 家人
始收拾精神, 以溫水灌之口, 須臾得甦. 其人讀罷出外, 則擧家來稱[28]
謝, 皆以爲神人, 以數百金, 欲酬其恩. 其人謝曰: "吾非貪財而來者."
仍拂衣告辭. 而還拜花潭而復命, 則花潭笑曰: "汝何爲誤讀三處?" 其

---

24 將被其害: 저본에는 '將爲其害矣'로 나와 있는데, 익선재본 C에 의거하여 바꿈.

25 矣: 저본에는 '也'로 나와 있는데, 익선재본 D, 일사본에 의거하여 바꿈.

26 明日: 저본에는 '明'으로 나와 있는데, 익선재본 D에 의거하여 바꿈.

27 於廳上: 저본에는 '廳上'로 나와 있는데, 익선재본 C에 의거하여 바꿈.

28 稱: 저본에는 '揖'로 나와 있는데, 익선재본 D에 의거하여 바꿈.

人曰: "無誤讀處矣." 花潭曰: "俄者, 其僧又過去, 而謝我活人之功. 又曰: '經書誤讀三處, 故噬破廳木.' 以識之云矣?" 其人思之, 果是誤讀時也.

14. 박엽(朴曄) ①-용골대(龍骨大)·마부대(馬夫大)

朴曄, 光海朝人也, 有將略, 天文·地理·奇耦·術數之學, 無不通解. 以光海之同壻, 爲關西伯十年不遞, 威行西關, 北虜畏之, 不敢近邊. 一日, 呼幕客, 具酒肴以給, 曰: "持此而往中和駒峴下, 留待則必有二健夫執策而過者矣. 以吾之言致意, 曰: '汝輩雖來往我國亦有月矣. 他人皆不知, 而吾則已知矣. 行役良苦, 爲送酒肴, 可一醉飽而速歸可也云.' 而傳之." 幕客往駒峴而待之, 則果有二人之過者. 幕客依其言傳之, 則二人相顧失色而答曰: "吾輩雖來此, 何敢慢將軍乎? 將軍神人也, 將軍之世, 吾輩何敢更來乎!" 仍飮酒而去. 盖此是龍骨大·馬夫大也. 潛來我國, 爲探虛實, 而或爲政院帶隷, 人皆不知而曄獨知之.

15. 박엽(朴曄) ②-누르하치

朴曄有嬖妓, 一日問曰: "今夜, 汝欲隨我, 而往一處, 將壯觀乎?" 妓曰: "敬諾." 至夜, 曄躬自牽出靑驟,[29] 而輔鞍騎之, 而置妓于前, 而以禾細束其腰, 而繫于自家身上, 戒使闔眼, 曰: "愼勿開." 仍加策, 則兩耳只有風聲. 到一處, 使妓開眼, 始乃收拾精神, 開眼而視之, 則廣漠之野, 雲幕連天, 燈燭輝煌. 使妓伏於幕中坐板之下, 曄兀然坐[30]於床上矣. 少焉, 有鳴鑼聲, 胡騎千萬, 捲地而來. 有一大將, 下馬杖劍而[31]入

---

29 驟: 저본에는 '驢'로 나와 있는데, 일사본에 의거하여 바꿈.

30 然坐: 저본에는 '座然'으로 나와 있는데, 일사본에 의거하여 바꿈.

31 而: 저본에는 없는데, 일사본에 의거하여 추가한 것임.

幕, 笑曰: "汝果來矣." 曄應聲曰: "然矣." 其將曰: "今日, 可試劍技, 以決雌雄可也." 曰: "諾." 仍杖劍起而下床, 與其胡將, 對立於平原之上, 以劍共爲刺擊之狀. 未幾, 兩人化爲白虹, 聳入天中, 空中只聞搏擊聲. 少焉, 胡將仆地. 曄,[32] 自空飛下, 踞胡將之胸, 而問曰: "何如?" 胡將僕僕謝曰: "從今以往, 不敢復與爭衡矣." 曄笑而起, 仍與之同入帳中, 呼酒相飲, 而胡將先起告歸. 胡騎又如前, 前擁後遮而去. 未及數馬場, 一聲砲響, 許多胡兵, 連人帶馬, 皆騰入天上, 而煙焰漲天, 而只餘胡將一人. 胡將更來乞命, 曄點頭而許歸. 仍呼妓出, 騎騾如來時樣而歸. 盖此是金汗之父魯花赤演武之所也. 而胡將卽其人, 而數萬騎一時盡爲燒死云爾.

16. 박엽(朴曄) ③-호승(虎僧)

朴曄之按關西, 有親知宰相, 送其子而托之曰: "此兒姑未冠而使卜者推數, 則今年有大厄, 而若置之將軍之側則無事云. 故玆送之, 乞賜留置, 俾得度厄." 曄許使留之. 一日此兒晝寢, 曄使之攪睡而言曰: "今夜汝有大厄. 汝若依吾言則可免矣, 不然則不可免矣." 其兒曰: "敢不如命乎!" 曄曰: "第姑俟之." 日暮黄昏後, 牽出自家所騎之騾, 鞴鞍而使其兒騎之而戒之曰: "汝騎此而任其所之. 此騾行幾里, 到一處當立, 汝始可下鞍, 尋逕而行. 行幾里, 必有一巨刹, 而年久廢寺也. 入其上房, 則有一大虎皮, 汝試可蒙其皮而臥. 有一老僧來索其皮矣, 切勿給. 如是, 至見奪之境, 則以刀欲割之,[33] 彼不敢奪. 如是而相持, 至鷄鳴後則無事矣. 鷄鳴後, 許給其皮可也. 汝能行此乎?" 對曰: "謹受敎矣." 仍騎騾而出門, 則其行如飛, 兩耳但聞風聲. 不知向何處, 而度山踰嶺, 至一

---

32 曄: 저본에는 없는데, 일사본에 의거하여 추가한 것임.
33 之: 저본에는 없는데, 일사본에 의거하여 추가한 것임.

山谷中而乃立. 仍下鞍, 而帶微月之光, 尋草路而行. 行幾里, 果有一廢寺. 入其寺而開上房之戶, 則塵埃堆積, 而房之下垊有大虎皮一張矣. 仍依其言, 蒙皮而臥矣. 數食頃後, 忽有剝啄之聲, 一老僧狀貌兇獰者, 入門而言曰: "此兒來矣." 仍近前曰: "此皮, 何爲蒙而臥乎? 速還我!" 其兒不答而臥自如矣. 其僧欲奪之, 則擧刀作欲割之狀, 其僧退坐. 如是五六次, 相持之際, 鷄聲喔喔. 其僧微笑曰: "此是朴曄之所爲, 亦復奈何." 仍呼起其兒曰: "今則還皮於我, 固無妨. 可起坐." 其兒旣聞朴曄之言, 故仍給其皮而起坐. 其僧又曰: "汝可脫上下衣給我, 而切勿開戶而見之也." 其兒依其言, 解衣給之. 其僧持其衣與皮而出外, 其兒從容窓穴而窺見, 則其僧擧皮蒙之, 則變爲一大虎, 大聲咆哮, 仍向前, 啣衣幅幅裂之. 仍還脫皮, 又爲老僧. 入戶而開一弊箱, 出僧之上下衣, 使服之. 又出一周紙軸, 披以³⁴見之, 以朱筆點其兒之名字上. 仍言曰: "汝可出去, 語朴曄云, '不可泄天機也'. 汝從今以後, 雖入虎群中, 決無傷害之慮矣." 又給一片油紙曰: "持此而出. 如有攔于路者, 出示此紙." 其兒依其言出門, 曲曲有虎而遮路, 每示此紙, 則低頭而去. 未及洞口, 又有一虎遮前, 故示出此紙, 則不顧而將噬. 其兒曰: "汝若如此, 則與我偕至寺中, 決訟于老僧之前可也." 虎乃點頭, 與之偕至寺中, 則老僧尙在. 道其狀, 僧叱曰: "汝何違令?" 其虎曰: "非不知令, 而餓已三日. 見肉而何可放送乎? 雖違令, 而此則不可放送矣." 老僧曰: "然則給代可乎?" 曰: "然則幸矣." 僧曰: "從東行半里許, 則有一人, 着氈笠³⁵而來矣. 可作汝療飢之資也." 其虎依其言出門, 數食頃後, 忽有砲聲之遠出. 僧笑曰: "闕漢死矣." 其兒問其故, 僧曰: "渠是我之卒徒. 不從令, 俄使往東, 給砲手矣." 盖着氈笠人云者, 卽砲手故也. 其兒辭而出洞則天曉, 而騾齕草矣. 仍騎而還, 見朴曄而言其狀. 曄點頭而治送其家. 其後此

34 以: 저본에는 '而'로 나와 있는데, 일사본에 의거하여 바꿈.
35 氈笠: 저본에는 '笠氈'으로 나와 있는데, 일사본에 의거하여 바꿈.

兒果大達云爾.

17. 박엽(朴燁) ④-홍전립(紅氈笠)

癸亥李延平諸人, 將謀舉義, 具綾城仁垕亦預, 而時在朴燁幕下. 一日告辭, 朴燁贐以紅氈三十駄, 仁垕辭以無用. 燁笑曰: "將有日後之用, 第爲持去." 仍執手而托曰: "日後君幸收吾屍." 仁垕驚曰: "此何敎也." 燁曰: "君第銘于心." 仁垕辭退矣. 後朴燁受後命時, 舉朝皆恐, 無人敢下去者. 仁垕自請下去而處絞, 則燁多讎家, 其讎家諸人, 一時持刀而入. 仁垕一並禁之, 入棺送喪行, 行到中和, 仁垕除御將, 仍先還矣. 讎家追至, 破棺而寸斷以去, 此是殺千人之害也. 朴燁少時, 推數則曰: '不殺千人, 千人殺汝.' 千人乃具仁垕少字, 而燁誤知, 而多殺不辜, 以充千人之數, 良可歎也. 反正時, 仁廟之軍, 無以區別, 以其紅氈, 作氈笠而着之, 今之紅氈笠卽其制也. 朴燁知之, 而有此贈之.

18. 박엽(朴燁) ⑤-반정(反正)

癸亥三月反[36]正, 朴燁獨坐燭下, 拊劍發歎. 窓外有咳嗽聲, 問: "誰也?" 對曰: "幕客某也." 曰: "何爲而來?" 對曰: "使道聞京城之奇乎?" 曰: "聞知矣." 對曰: "使道將何以爲之?" 曰: "試問於汝, 將何以爲之?" 對曰: "小人有上中下三策, 使道擇於三策可也." 曰: "何謂上策?" 曰: "使道舉兵而叛, 北通金人, 則臨津以北, 非朝家之有也. 下不失尉佗之計也." 曰: "何謂中策?" 曰: "急發兵三萬人, 使小人將之, 鼓行而向京, 則勝敗未可知也." 曰: "何謂下策?" 曰: "使道世祿之臣也. 順受國命可也." 朴燁默然良久, 喟然歎曰: "吾從下策." 曰: "小人自此告辭." 仍不

---

36 反: 저본에는 '返'으로 나와 있는데, 익선재본 D, 일사본에 의거하여 바꿈.

知去處. 未知此人爲誰, 而姓名亦不露於世.

19. 정충신(鄭忠信)

鄭錦南忠信, 光州人也. 其父以鄉任在鄉廳, 年近六十而無子. 一日之夜, 夢見無等山折裂, 而青龍躍出來纏于身. 仍而驚覺, 汗出浹背. 心竊怪之, 仍以更臥, 又夢見此山又折裂, 而白虎跳出, 又抱于懷. 又驚覺而起, 仍而不寐. 時夜將半而月色滿庭. 下階徘徊月下, 見一人臥於竈邊, 往視則乃是食婢也. 忽爾心動, 與之合, 仍而有娠, 生忠信. 骨格超凡, 旣長, 爲本州知印矣. 權元帥慄, 時以牧使, 見而異之, 知其非凡類, 仍率來京中, 送于其女婿李鰲城家, 以傔從育之. 後當倭亂, 多建奇勳, 位在副元帥封錦南[37]君. 其在北邊, 與魯花赤相親. 一日魯花赤請與飮酒, 出見其諸子, 次次來拜, 皆偃坐受之, 及到第六子, 忠信熟視而起敬. 魯花赤問曰: "汝何爲見此兒而起敬也?" 曰: "不意秦始皇復出." 魯花赤曰: "汝猶不知矣. 此兒乃唐太宗也. 此是金汗也. 後果代皇明而爲天子.

20. 이기축(李起築)

李起築, 店舍雇奴也. 爲人甚魯鈍,[38] 不知東西, 而只以飽食爲好, 有絶倫之力. 店主以奴隸使之. 主家有女, 年及笄, 而稍解文字, 性又穎敏. 父母鍾愛, 欲擇佳婿而嫁之, 其女不願曰: "吾之良人, 吾自擇之. 願嫁于李己丑也." 己丑者己丑生, 故仍以名呼之. 起築云者, 後改之故也. 其父母大驚而叱責曰: "汝何所緣, 而欲嫁于雇奴乎?" 使勿更言, 則其女以死自期,[39] 不願他適. 父母責之論之, 終不聽計, 無奈何, 遂許之.

---

37 南: 저본에는 '城'으로 나와 있는데, 일사본에 의거하여 바꿈.
38 魯鈍: 저본에는 '鈍魯'로 나와 있는데, 익선재본 C에 의거하여 바꿈.
39 期: 저본에는 '己'로 나와 있는데, 익선재본 C에 의거하여 바꿈.

其女, 旣以己丑作配, 不願在此, 與之欲上京, 買斗屋而資生云云. 其父母, 亦以爲在此, 惹人笑恥, 不如各居之爲好, 仍給家産之資而送之. 其女與己丑, 上京買舍於壯洞, 而沽酒爲業. 酒甚淸冽, 人皆稱之. 一日, 以『史略』初卷授之, 而標於"伊尹廢太甲放桐宮"篇而示曰: "持此冊, 往神武門後, 松陰[40]下有諸人之聚會者, 以冊置于前, 而願受學焉." 己丑依其言而往, 則果有七八人, 團會而酬酌. 聞其言, 而相顧大驚曰: "誰所使也?" 對曰: "小人之妻如是云矣." 諸人問其家而偕往, 則其女迎之座, 而設酒肴待之. 仍托曰: "列位之事, 妾已知之. 家夫愚癡而有膂力, 日後自有用處. 事成之後, 得參勳錄, 幸矣. 吾家有酒而旨且多, 議事時, 必會于妾家無妨. 妾家靜僻, 無有人知." 衆皆驚異而許之. 盖此卽昇平·延平諸人也. 其後, 擧義而入彰義門時, 己丑居前, 折將軍木而入, 事定[41]策勳, 參二等功臣.

　　李公卽完豊府院君之從弟完溪君, 而初名卽町字也. 癸亥以先鋒將靖社. 至丁丑二月, 奉世子大君, 率八壯士入瀋護從, 五年始歸, 則有識字者, 寧有不知爲何人哉? 此冊所記, 卽池錫福之事, 而誤傳者也. 看者不可不知也. 完溪君之改名, 仁廟特爲書下今名, 使書錄勳故也.[42]

21. 정명수(鄭命壽)

丙子南漢下城, 仁廟[43]祇迎淸將于路左, 通官[44]鄭命壽, 我國人也, 其父殺人而伏誅, 命壽逃入淸陣, 以通官出來. 騎馬而過, 以鞭指仁廟發悖

40　松陰: 저본에는 '陰松'으로 나와 있는데, 일사본에 의거하여 바꿈.

41　事定: 저본에는 '事之'로 나와 있는데, 익선재본 D에 의거하여 바꿈.

42　해당 단락은 익선재본 A의 미주(眉注)로 적혀 있는 내용임.

43　廟: 저본에는 '朝'로 나와 있는데, 익선재본 D에 의거하여 바꿈.

44　官: 저본에는 이 뒤에 '將'자가 있는데, 익선재본 D에 의거하여 삭제함.

言而去. 惜乎! 若使江東諸臣在此, 則必有寸刀之試, 而我朝諸臣, 無
一人知主辱臣死之義, 可勝痛歎! 當此之時, 如有卽地刺殺者, 則可以
有光於後世矣, 而不得辦此, 爲千秋忠臣[45]烈士之恨焉.

22. 미정의 물(尾井之水)

白沙在光海朝, 疏陳廢母而謫于北靑. 有病而飮啖之節, 不適於口, 每
思尾井之水·枉尋里之沈菜, 而遠莫致之, 恨歎而已. 一日, 錦南在京,
仰見天星, 大驚曰: "鰲城大監, 將不幸矣." 仍急鞴馬, 而一器盛尾井
水, 一器盛枉尋里沈菜, 駄之而晝夜兼程, 而行到北靑之謫所. 姑使勿
通, 而先以尾井水作茶飮, 枉尋里沈菜作饌而進. 白沙啖菜飮水而問
曰: "鄭忠信來矣, 何不入見我乎?"云.

23. 마의(馬醫)

錦南以捕將兼都監中軍, 一日往拜于白沙. 白沙曰: "吾之所騎馬, 吾甚
愛, 其良馴善步矣. 今忽有病, 汝試看審用藥, 可也?"錦南敬諾而下堂,
躬自牽出, 步于庭下, 審其病而議藥. 時一宰相, 適在座, 問錦南曰:
"令公知馬病乎?"對曰: "畧知之."宰相曰: "明日, 可訪我?"錦南曰:
"諾."明日, 錦南[46]往見其宰相, 則指馬而言曰: "此馬有病, 令公旣知馬
病云矣, 可暫見之而示藥."錦南出坐于廳, 而呼隷曰: "急往都監, 招一
馬醫以來."下隷承命而去. 宰相曰: "令公旣知之矣, 何不親見乎?"錦
南曰: "小人雖疲魯, 顧其位則乃武宰, 何可作馬醫事乎?"宰相曰: "然
則, 昨於鰲城宅, 何爲議馬病?"錦南冷笑曰: "大監, 何可與鰲城大監比

---

45 臣: 저본에는 없는데, 익선재본 D에 의거하여 추가한 것임.
46 錦南: 저본에는 없는데, 익선재본 C에 의거하여 추가한 것임.

論乎?"仍辭去.

24. 용음(龍吟)

宣廟幸灣上, 而天將李如松, 將兵渡鴨江而來. 忽有一種之怪說, 以朝臣中有名望者柳西崖成龍·李漢陰德馨·李白沙恒福, 皆人心所歸云, 而傳說藉藉, 擧朝恟懼不知計所出. 漢陰見白沙曰: "世豈有如此之變怪乎? 此將奈何?"白沙答曰: "君幸而爲吾上矣." 少焉, 白沙入見領相尹梧陰斗壽而道此事, 梧陰張目熟視而無言. 白沙惶怯, 而退語人曰: "吾平生, 未嘗有驚怯之事, 今日領相座上, 不覺惶汗之霑背也."時朝臣中有請上北望號痛, 天將聞玉音, 曰: "此龍吟之聲也." 邪說遂寢云.

25. 숙세지원(宿世之怨)

李鰲城恒福, 號白沙, 文學才諝·德行名節之兼備, 當推爲第一. 少時與隣居宰相之子, 親熟, 相與往來. 其人積年沈痼, 漸至無奈何之境. 其父以其獨子之病, 晝宵焦心, 邀醫問卜, 無所不至. 一日, 聞有一盲名卜, 知人之死生. 送騎迎來, 使之卜之, 則卜者作卦, 沈吟搖頭曰: "必不幸矣. 將於今年某月日, 將死矣."其父涕泣曰: "其或有可救之方乎?"卜者曰: "第有一事之可救, 而此則不可發說矣."其父曰: "願聞之."卜者曰: "若言則吾必死矣. 何可爲他人而代死乎?"其父又泣而詰之, 卜者作色言: "主人之言, 可謂非人情之言也. 好生惡死, 人之常情也. 主人欲爲其子, 吾獨不爲吾身乎? 此則不必更問矣."主人無奈何, 而但涕泣而已. 其病人之妻, 自內持小刀而出來, 把卜者之項而言曰: "吾是病人之妻也. 夫死則吾欲下從, 已決于心. 汝若不知占理而不言, 則容或無怪, 而旣已解之矣, 且有可救之方云. 而以死爲言, 終不言之, 吾旣聞知, 到此地頭, 何可顧男女之別乎? 吾將以此刀刺汝, 而吾亦自刺矣.

汝之死則一也, 旣知一死, 則何不明言而救人命乎!"卜者默然良久, 乃曰: "駟不及舌, 政謂此也. 吾將言之, 放手可矣." 仍言曰: "有李恒福者乎?" 主人曰: "果有, 而卽吾兒之友朋也." 卜者曰: "自今日, 邀此人, 與之同處, 使之不暫離. 使過某日, 則自無事矣." 且曰: "吾於伊日當死, 吾之妻子可善顧恤, 視同家人."云, 而仍辭去. 其後, 主人邀白沙, 道其事, 而强請同處, 白沙許之. 自其日, 白沙來留其家, 與病人同坐臥. 至伊日之夜, 白沙與病人, 同枕而臥矣, 三更則陰風入戶, 燭光明滅, 而病人昏昏不省. 白沙臥見燭影之後, 有一鬼卒, 狀貌獰悍, 杖劍而立, 呼白沙之名. "李某, 汝可出給我此病人." 白沙曰: "何謂也?" 鬼曰: "此人與我有宿世之怨, 今夜某時, 卽報讎之期也. 若失此期, 則又不知何時可報矣." 白沙曰: "人旣托我以子, 則吾何可給汝, 而使之殺之乎? 斯速退去." 鬼曰: "汝不給我, 則我將並與汝而殺之矣." 白沙曰: "吾死則已矣. 不死之前, 決不給汝矣." 鬼乃大怒, 擧刀而向之, 忽爾悚然而退. 如是者三次, 仍擲劍俯伏而泣請曰: "願大監憐我之情事, 而出給此人." 白沙曰: "汝何不殺我乎?" 鬼曰: "大監國之棟樑, 名垂竹帛之正人君子, 吾何敢害之? 只願出給病人[47]." 白沙曰: "殺我之外, 無他策矣." 仍抱病人而臥, 如是之際, 遠村鷄鳴矣. 鬼乃大哭曰: "不知何年可報此讎, 豈不冤恨哉! 此必是某處某盲之所指也. 吾可雪憤於此人矣." 仍杖劍而出門, 不知去處. 此時, 病人昏絶矣. 以溫水灌之口得甦. 而翌朝向日之下, 卜者訃書來矣. 其主家, 厚遺其初終葬需, 優恤其妻子矣.

26. 송익필(宋翼弼)

宋龜峯翼弼, 安相瑭家, 甘丁之子也. 宋祀連作妾而生龜峯, 而奇傑文章, 道學蔚然, 爲後生之師表. 如栗谷李[48]先生·牛溪成先生, 皆許與而

---

47 病人: 저본에는 없는데, 익선재본 C에 의거하여 추가한 것임.

交遊, 學者稱以龜峯先生. 然而爲人, 負氣傑鶩, 其謙恭自卑[49]之德, 不及於徐孤靑. 嘗[50]對栗谷曰: "叔獻, 與吾連婚何如?" 栗谷笑曰: "我國自有名分, 此則不可矣." 龜峯笑曰: "叔獻, 亦未免[51]俗客." 云. 龜峰非不知故, 出此言者, 聊試栗谷而然也. 然而其[52]傲態如此. 沙溪金先生, 師事之龜峰, 嘗往沙溪家, 則餽以豆飯, 龜峰責之, "汝以雜飯饋我, 決非待長者之道也." 云耳. 龜峰遭其母氏喪事, 門人問: "銘旌何以書之?" 曰: "叔獻來當書之." 少俟之, 而已栗谷來弔, 而書銘旌曰: "私婢甘丁之柩." 門人皆失色. 栗谷之書, 龜峰之受, 豈他人所可爲[53]者耶?

27. 왕세정(王世貞)

月沙赴燕京, 與王弇州世貞相親熟, 結以文章之交. 一日早朝往見, 則弇州具公服而起曰: "適有入闕之事, 少間當還. 君須於吾書樓上, 披覽諸書, 而待吾來也." 仍囑其家丁, 使備朝饍而進之. 弇州出門後, 餠麵酒肉魚果之屬, 相續而進, 月沙且啖且看書矣. 日晩, 弇州出來問: "月沙, 朝饍已罷否?" 對曰: "朝飯, 曾不喫矣." 弇州驚訝而責家丁, 對曰: "俄者已進矣." 弇州大笑曰: "吾忘之矣. 朝鮮人, 以一椀白飯, 一器藿湯, 爲朝夕飯矣. 豈如吾儕之所啗耶? 斯速備飯而來." 云. 月沙還歸後, 嘗對人而言: "吾於此羞愧欲死." 云矣. 一日, 月沙往見弇州, 則蜀郡太守爲其父求碑文, 而禮單以蜀錦一車[54], 雙陸一隊分, 美人青紅裳各十五, 而以黃金爲盧而送之. 大國饋遺之豊如是矣.

---

48 李: 저본에는 없는데, 익선재본 C에 의거하여 추가한 것임.

49 卑: 저본에는 '俾'로 나와 있는데, 일사본에 의거하여 바꿈.

50 嘗: 저본에는 '常'으로 나와 있는데, 익선재본 D에 의거하여 바꿈.

51 免: 저본에는 '晩'으로 나와 있는데, 일사본에 의거하여 바꿈.

52 而其: 저본에는 없는데, 익선재본 C에 의거하여 추가한 것임.

53 爲: 저본에는 '受'로 나와 있는데, 익선재본 D에 의거하여 바꿈.

54 車: 저본에는 이 뒤에 '人'자가 있는데, 『계서야담』에 의거하여 삭제함.

28. 신익성(申翊聖) ①

東陽尉申翊聖, 象村之子也. 文章才諝, 冠於當世. 嘗以身爲駙馬, 不得致位卿相爲至[55]恨[56]. 每對翁主叱責曰: "吾非都尉, 則此世之文衡, 捨我其誰?" 每出入, 未嘗乘軒而遵大路, 必騎驢遮面而行間路, 恒自鬱鬱不得志. 至親之家有婚事, 欲借金轎而用之, 東陽使之借之. 尙宮內人曰: "此轎, 翁主所乘者, 不可借人." 東陽尉怒曰: "有轎而不許人乘, 將焉用哉?" 命使碎之. 宣廟知其不得爲文衡爲恨[57]. 文衡圈點後, 被圈人出題試之, 而使東陽尉考試曰: "考被抄於文衡人之試文, 反復勝於文衡乎?"云矣.

29. 신익성(申翊聖) ②

東陽尉善推數. 一日, 作湖中掃墳之行, 行到一店舍, 將中火. 店主之家, 有牝驪産駒, 東陽尉以其日月時成四柱, 則乃是名馬也. 呼主人謂之曰: "此駒, 吾欲買之, 汝肯許之否?" 店主曰: "此是駑駘之雛也, 有何論價之可言乎?" 東陽尉曰: "不然. 凡物皆有主. 吾之行中, 持來者只此錢而已." 乃以三十兩給之, 店主大喜過望而受之. 東陽尉又謂店主曰: "此駒, 姑馴養於汝家. 從當牽去."云而去. 自此以後, 稱以東陽宮兒駒云矣. 此駒過數三歲後, 橫逸不可制, 見人欲踶齧, 人皆畏避. 仍斷勒索而上後山, 任自齕草, 仍不還歸者亦有年. 過三四年後, 東陽尉又作楸行, 入此店, 則此馬咆哮一聲, 自山上飛也, 似下. 來見東陽尉, 似有欣悅之狀. 東陽手自拊摩, 勒而鞴鞍, 牽而上洛矣. 此馬駿逸無比, 號稱千里馬, 有名於都下矣. 光海聞而入之司僕內寺而喂之. 東陽以廢母收議時, 立異, 謫居于濟州. 一日, 忽有馬嘶聲如霹靂, 東陽尉大驚曰: "此

是某馬之聲也, 而寧有越海來此之理耶?"云矣. 未幾, 此馬疾走而入來,
猶輔法鞍. 東陽尉益驚訝, 以手撫摩而言曰: "汝欲活我, 自今更勿出
聲." 仍於後作地窖而藏之. 蓋光海御此馬欲橫馳于春塘臺矣, 馬仍跳
跟, 落光海于地, 跳出禁門, 直向濟州, 亂流渡海而來者也. 其翌年癸亥
三月, 馬忽長號數聲. 東陽尉大驚, 而又以言戒之. 此日, 仁祖反正日
也. 東陽尉解配而歸, 常騎此馬, 未知其後之如何. 後聞其母馬, 夏日齕
草于江邊矣, 一日, 雲霧四塞, 暴雨注下, 有一龍, 自江出身, 交合云.
此是龍種而然也.

30. 기천(沂川) 홍명하(洪命夏)

洪相沂川命夏與金判書佐明, 俱是東陽尉女婿也. 金公, 早登科第, 聲
望蔚然. 洪公, 以四十窮儒, 家貧贅居于東陽門, 自聘母翁主以下, 皆賤
待之. 妻娚申冕者, 亦早登第, 而爲人驕亢, 待沂川尤薄, 以奴隷視之.
一日對飯, 適有雉脚之爲饌者, 申冕擧而投之於狗曰: "貧士之床, 雉脚
何爲?"公但含笑, 而少無怒意. 東陽尉獨知其晚必大達, 每責其子, 而
加意於洪公. 金公之爲文衡也, 洪公做數首表而示之曰: "可做科業耶?"
金公不見, 而以扇揚之曰: "豹乎! 彪乎!"洪公笑而收之. 一日, 東陽尉
出他暮歸, 聞小舍笙歌之聲, 問於傍人, 則以爲令監與金判書令監及他
宰數人, 方張樂而遊矣. 申公問洪生在座否. 曰: "洪生在下房而睡矣."
申公顰眉曰: "兒輩事可駭矣."仍請洪公而問曰: "汝何爲不參於兒輩之
遊耶?"對曰: "宰相之會, 非儒生之所可參. 況是不請客也耳."申公曰:
"汝則與吾一遊好矣."仍命樂, 盡歡而罷. 申公有疾濱危, 公把沂川之
手, 一手擧盃而勸飲曰: "吾有一言之可托于汝者. 可飲此盃, 而聽我臨
終之言."洪公謙讓曰: "未知有何下教, 願先承教後, 飲此盃."申公連
曰: "飲盃後, 吾當言之."洪公一味不從, 申公四五次勸之, 而終不聽.
仍擲盃於地而含淚曰: "吾家亡矣."仍賞命, 盖似是托子之言也. 其後

洪公登第, 十餘年之間, 位在左相. 肅廟朝, 申冕獄事出, 而自上問于洪
相曰:"申冕, 何許人也?"洪相對以不知, 仍伏法. 冕之平日行事, 沂川
含憾久矣. 但旣受知於東陽尉, 則一言救之, 以報東陽知遇之感可也.
不此之爲者, 沂川事, 極可咄歎. 沂川拜相之後, 金公佐明, 尙帶文衡之
任, 燕京奏文, 文衡製進, 而以四六爲之. 先鑑于大臣而入啓例也. 金公
以其所製之表, 入覽于大臣, 洪公以扇揚之曰:"豹乎! 彪乎!"此亦量狹
之事也.

31. 대관(臺官)의 직언(直言)

孝廟朝議仁廟謚, 以仁祖定望矣. 兪市南棨上疏駁正曰:"多殺不辜, 可
謂仁乎? 屈膝虜[58]庭, 可謂祖乎? 請大行大王謚號改正."上痛哭而書于
壁上曰:"兪棨父讎."卽命設鞫殿庭[59]. 此時, 上下驚惶, 禍將不測, 人
無敢言者. 尹臺某, 以正言泣辭老親曰:"朝廷方有過擧, 小子以臺官義
不可泯默, 若諫諍則必不免禍矣."其老親亦泣曰:"汝旣食君之祿, 何
可不盡忠乎?"仍與之相訣而送之. 尹臺直入臺廳, 發啓曰:"撲殺諫臣,
桀紂之所不爲. 請停刑."又啓曰:"殿下行此, 無前之過擧. 無一人匡救
者請, 在廷臣僚, 並削職而已."答曰:"依啓."市南之此疏, 無愧於古人
直截之風, 而恐欠爲親諱之義. 世人如或以此等事, 加於其親, 則看作
世讎, 至于子孫, 而相阻隔君臣之間. 雖異於此, 而謚號改正, 恐涉太過
矣. 尹臺之匡救忠直, 固可嘉, 而孝廟環轉之量, 欽歎萬萬.

---

58 虜: 저본에는 '奴'로 나와 있는데, 일사본에 의거하여 바꿈.
59 庭: 저본에는 '政'으로 나와 있는데, 일사본에 의거하여 바꿈.

32. 회양협(淮陽峽)

鄭陽坡少時, 與親友二人, 讀書于山寺. 一日, 與之論懷, 而各言平生所
欲爲. 陽坡曰: "吾則早登科第, 坐于廟堂之上, 致君澤民, 名垂竹帛則
好矣." 一人曰: "吾則不顧仕宦, 擇居於山明水麗之地, 以山水娛我平
生, 是所願也." 一人獨無言, 兩人問曰: "君何無一言乎?" 其人曰: "吾
之所欲, 爲大異於二君, 不須問矣." 二人强之, 乃曰: "吾不幸而生於偏
邦,[60] 自顧此世, 無可容身之所, 不如自橫. 吾志[61]爲大賊之魁, 而處於
深山窮谷之中, 率數萬之衆, 奪不義之財, 以供軍糧, 橫行山間, 而歌童
舞女, 羅列於前, 山珍海錯, 厭飫於口, 如斯度了則幸矣." 二人大笑, 而
責之以不義矣. 其後, 陽坡果登第, 位至上相. 一人以布衣終老, 而一人
則不知下落矣. 陽坡之按北關也, 其布衣之人, 窮不能自存, 恃同硏之
誼, 徒步作乞駄之行, 向北關矣. 行到淮陽之地, 忽有一健奴, 輞一駿驄
而迎於前曰: "小人, 奉使道將令, 來待于此, 亦已久矣. 快乘此馬, 而
行可也." 其人怪而問: "汝使道誰也, 而在於何處?" 奴對曰: "去則自可
知之矣." 其人仍上馬, 則其疾如飛. 行幾里, 又有一馬之待者, 且有杯
盤之供. 怪而又問, 則其答如前. 行幾里, 又如是. 漸入深峽之中, 而夜
又不休息, 炬火導前而行. 其人不知緣何向何處, 只從其奴之言而行
矣. 翌午, 入一洞口, 深山之中, 人居櫛比, 中有一大朱門. 入三重門,
而下馬而入, 則階下一人, 頭戴紫總笠, 身被藍色雲紋緞天翼, 腰繫紅
帶, 足穿黑靴, 而身長八尺, 面如傅粉, 河目海口, 儀表堂堂, 威風凜
凜. 軒然而笑, 執手而共升階曰: "某也, 別來無恙乎?" 其人初不知何許
人矣, 坐定熟視, 則乃是山寺同[62]苦之時, 願爲賊將者之人也. 其人大驚
曰: "吾輩山門各散之後, 不知君之踪跡矣, 今乃至於斯耶?" 其賊將笑
曰: "吾豈不云乎? 吾今得吾志, 不羨世上之富貴矣. 人生此世, 豈不有

---

60 邦: 저본에는 뒤에 '也'가 더 있는데, 문맥으로 보아 삭제함.
61 志: 저본에는 '之'로 나와 있는데, 익선재본 C에 의거하여 바꿈.
62 同: 저본에는 '洞'으로 나와 있는데, 다른 세 본에 의거하여 바꿈.

意於功名進就乎? 然以[63]其命, 懸於他人之手, 畏首畏尾, 平生作蠅營
狗苟之態, 一有所失, 則身棄東市, 妻子爲孥, 此豈所願者耶? 吾今擺
脫塵臼, 入於深山之谷, 衆爲數萬, 財積阜陵. 吾非如鼠竊狗偸之所爲,
而探囊刧篋者也. 吾之卒徒, 遍於八道, 燕市倭館之物, 無不畢至, 貪官
汚吏之財, 必也攘奪, 權與富, 不讓於王公. 人生幾何? 聊以自適吾意
耳." 仍命進杯盤, 有美女數雙, 擎盤而進, 水陸畢陳, 酒旨而肴豊, 與之
盡歡. 同卓而食, 同床而寢. 明日與之同覽軍中財貨及山水勝槩. 仍言
曰: "君之此行, 欲見鄭某而去者, 將有所求耶?" 曰: "然." 賊將曰: "此
人之規模, 君豈不知耶? 雖有贈, 而未洽於君之所望矣.[64] 不如更留幾
日, 自此直歸可也." 其人曰: "必不然矣. 舊日同硏之情, 彼亦念之矣."
賊將曰: "量其贐物, 不過幾兩矣. 何可爲此而作遠行乎? 吾當有贐矣,
勿往可也." 其人不聽, 而決意欲行. 賊將[65]曰: "旣如是, 吾不可更挽,
惟君意行之." 又留數日, 其人要行, 賊將使奴馬護送如來時, 而臨行戒
之曰: "君見鄭某, 切勿言吾之在此也. 鄭某雖欲捕我, 不可得矣. 言出
之日, 卽吾聞之矣. 若然則君之頭不可保[66]矣. 愼之勉之, 勿出口可也."
其人發矢言曰: "寧有是理?" 賊將笑而送之出門. 其人依前乘其馬, 出
山外大路, 牽夫辭而去. 其人徒步作行, 到北營而見監司, 寒喧禮罷後,
其人低聲密告曰: "令公知吾輩少時山寺讀書時作伴之某人去處乎?" 監
司曰: "一自相別之後, 不知下落矣." 其人曰: "今在令公之道內而卽大
賊也. 渠言則有衆數萬云, 而皆散在各處, 渠之部下無多, 而俱是烏合
之賊徒也. 令公若借我伶俐之健卒三四十人, 則吾當縛致營下矣." 監司
笑曰: "渠雖賊魁[67], 而姑無作弊於郡邑者, 且量君之智勇才力, 恐不及

---

63 以: 저본에는 '而'로 나와 있는데, 다른 세 본에 의거하여 바꿈.

64 矣: 저본에는 없는데, 일사본에 의거하여 추가한 것임.

65 將: 저본에는 없는데, 일사본에 의거하여 추가한 것임.

66 保: 저본에는 '報'로 나와 있는데, 일사본에 의거하여 추가한 것임.

67 賊魁: 저본에는 '魁賊'으로 나와 있는데, 일사본에 의거하여 바꿈.

此人矣. 空然惹起禍機乎. 君且休矣." 其人作色曰:"令公知大賊之在
境, 而掩置不捕, 後若滋蔓, 則責歸於誰也? 公若不從吾言, 吾於還洛
之後, 當告變矣." 監司不得已許之. 留數日而送之, 所贐之物數, 符賊
將之言. 擇校卒如數而給之. 其人率校卒, 更向此路. 埋伏於山左右叢
樾之間, 而戒之曰:"吾將先入去矣, 汝等姑俟之." 行至幾里, 來時牽騎
來邀之人又來, 而傳其賊將之言, 與之偕來, 而不送騎矣. 心竊怪之. 行
到洞口, 一聲號令, 使之拿入. 無數健卒, 以繩縛之, 前擁後遮, 如快鶻
搏兎樣而入門. 其人喘息未定, 拿至庭下, 仰見賊將, 盛備威儀而坐[68].
怒叱曰:"汝以何顏來見我乎?" 其人曰:"吾有何罪, 而待我至此之辱
也." 賊將叱曰:"吾豈不云乎? 汝往北營, 所得豈不符我言乎? 且汝以
吾事泄于北伯, 不念臨別之托, 尙何撓舌?" 其人曰:"天日在上, 吾無是
事. 君從何聞知而疑我乎?" 賊將號令卒徒曰:"可拿入北營校卒." 言未
已, 數十箇北營校卒, 一時被縛而伏于階下. 賊將指示曰:"此是何許人
也?" 其人面如土色, 無語可答, 只稱死罪死罪. 賊將冷笑曰:"如渠腐鼠
孤雛, 何足汚我刃也? 棍之可也." 仍下十餘杖而依前縛之, 使之解其校
卒曰:"汝等良苦, 何爲隨此人而來?" 命各賜二十兩銀子而送之曰:"歸
語爾主將, 更勿聽此等人之語也."云云. 仍使卒徒, 出各庫財帛·銀錢·
器用等物, 而或馱或擔, 而一時擧火燒其屋宇曰:"旣被人知, 不可以處
矣[69]." 更使一卒, 驅逐其人, 出之門外大道. 仍不知去處. 其人艱辛得脫
而前進, 歸家則已移他洞矣. 尋其家而入, 則門戶之大, 比之前家大不
同矣. 問於家人則, "以爲在北營時, 豈不作書而送物種乎?" 其人驚訝,
出而[70]視之, 則恰如自家之筆, 實非自家之爲也. 其錢與布帛之數甚夥.
然默而思之, 此是賊將之所送, 而做自家之筆迹而送之者也. 後乃悔之
云爾. 或云:"北伯非陽坡"云, 未可知矣.

---

68 而坐: 저본에는 '坐而'로 나와 있는데, 일사본의 의거하여 바꿈.

69 矣: 저본에는 '也'로 나와 있는데, 일사본에 의거하여 바꿈.

70 出而: 저본에는 '而出'로 나와 있는데, 일사본에 의거하여 바꿈.

33. 요동벌(遼東)의 추위

孝廟亦間間微行. 一日夜, 步過宮牆後, 時雪夜甚酷, 軍舖守直一人, 自外而入曰:"寒威如此, 何以經夜?"一人曰:"今夜何爲而寒乎云哉?"一人曰:"何謂也?"曰:"吾輩遼東野露宿時, 豈可曰寒乎?"其人曰:"吾輩何爲而露宿遼東耶?"曰:"主上今方議北伐, 如此之時, 吾輩豈不從征乎?"曰:"無是理矣."曰[71]:"懷德宋相大監, 日前入來獨對, 已定計云矣."其人曰:"必不然矣."曰:"汝何以知之?"曰:"主上無威斷, 此等大事, 何以辦之乎?"曰:"汝又何以知之?"其人曰:"主上若有剛斷, 則年前以王子守江華時, 金慶徵豈不斬頭? 一慶徵尙不得正其罪, 何況上國乎? 吾是以知之."孝廟聞此言, 不勝忿恨而還宮.

34. 과천(果川) 산지기

孝廟朝, 尤庵先生, 受不世之遇. 明春秋大義, 孝廟以北伐之事, 委之先生. 先生非不知北伐之事不濟, 而將以伸大義於天下後世, 如諸葛武侯之六出祈山之意. 而時輩不諒此意, 每以尤翁之議爲迂濶, 此輩顧何足責乎! 尤翁獨對罷後, 歷見陽坡鄭相太和. 時其弟鄭相至和在座, 嚬眉而避曰:"此老何爲而來也?"已而尤翁坐定. 陽坡問曰:"今日獨對, 上下酬酢如何?"尤翁曰:"卽北伐事而上以軍糧之轉輸無人爲憂, 故小生薦大監矣. 未知大監意向如何?"陽坡曰:"小生才雖不及於蕭何, 豈不效蕭何之爲耶? 軍糧一事, 小生自可當之."尤翁曰:"若然則國家之幸也."少間更無酬答之聲, 鄭相在挾室, 高聲問曰:"厭漢去乎?"陽坡微笑曰:"果川山直漢已去, 而宋相在座矣."言畢, 尤翁起出門. 陽坡呼其季責曰:"君, 何言輕若是? 鄭相曰:"伯氏, 何[72]以運糧擔當? 以今經

---

71 曰: 저본에는 없는데, 익선재본 D에 의거하여 추가한 것임.
72 何: 저본에는 '俄'로 나와 있는데, 문맥으로 보아 바꿈.

費, 何以繼軍糧耶? 不量事勢, 而乃反輕言之若是乎? 弟所心笑而不服
也." 陽坡笑曰: "君, 量吾不能當耶?" 鄭相曰: "伯氏雖有可當之才, 其
於無穀何?" 陽坡又笑曰: "兵渡鴨江, 則吾可督糧矣." 一笑而罷.

35. 복제(服制) 문제[73]

尤翁遭遇孝廟, 如孔明之於昭烈也. 寧有一毫貶薄之意哉! 至於服制之
議, 則此天經地緯也, 豈有私意於其間也哉? 南人中[74]如尹鑴·許穆輩,
指以爲有貶薄之意於先生云云, 而尤翁竟以是被禍. 吁! 亦冤且痛矣.

36. 노소분당(老少分黨) ①[75]

尼尹以背師見棄. 君師父一也, 生三事一之義至重矣. 若使爲師者[76], 設
有誣辱其親之事, 在弟子之道, 固當思其自靖, 不可以倒戈矣. 至如[77]尼
尹則不然. 尤翁, 初無誣其親之事, 而只以墓文之不叶所望, 生釁而排
斥, 乃曰: "栗谷有入山之失, 先人無可死之義." 栗翁若有與人約死之
事, 則引而言之可也. 今於此, 初不襯着, 而如是之言, 亦可異也. 且尼
尹見南人輩得時, 尤翁必無幸矣, 而恐禍及己, 以早自立異之計, 至有
做出己酉擬書之擧, 其患得失之病, 有如是矣. 其上疏言, 其親之稱以
死罪臣云者, 非以向日自廢事而言也, 卽遁慢君命而然也云云. 魯西尹
宣擧之在江都, 與友及妻約死而不死, 此爲自家沒身之恨, 死之一字,
固不可容易責之於人者也. 宣擧以此自廢, 如尤春諸先生, 以其悔過爲

73 저본과 익선재본 D에만 있음.
74 南人中: 저본에는 '南中人'으로 나와 있는데, 익선재본 D에 의거하여 바꿈.
75 저본과 익선재본 D에만 있음.
76 若使爲師者: 저본에는 '若使爲師則'으로 나와 있는데, 익선재본 D에 의거하여 바꿈.
77 如: 저본에는 '於'로 나와 있는데, 익선재본 D에 의거하여 바꿈.

貴而[78]許與也. 自家之疏稱以死罪者, 以此也. 而其子則反以此誣其旣骨之親, 此豈人子之道乎? 尼尹見擯於尤門之後, 自付於少輩而已, 初非少輩之領袖也. 少輩領袖, 當以趙持謙·韓泰東爲首可也, 而今之小論者[79]稱曰明齋, 推以爲首, 還可呵也.

37. 노소분당(老少分黨) ②[80]

尼尹之不貳尤門時, 門徒之少者, 或受業於尼尹, 此無怪之事也. 韓慶州聖輔, 卽尤門高第也, 而四兄弟中三人, 受業於尤翁, 其中一人及子侄, 皆受學於尼尹. 韓慶州無嗣, 以其侄配夏爲子矣. 及其尼尹之見擯也, 韓公使配夏絶尼尹曰: "彼旣背師之賊也, 不可相通矣." 配夏曰: "大人旣以背師爲罪, 何使小子又背師也? 此則不敢奉命矣." 以是之故, 父子不相見幾月矣. 配夏, 後以奉命往湖西, 慶州戒之, "過淸州, 須拜華陽洞先生影幀而去可也". 配夏曰: "敢不如命." 發行渡江, 則其弟配周追到, 曰: "聞[81]伯氏欲拜宋某之畵像云然否?" 答曰: "然矣." 配周曰[82]: "宋某卽凶逆也, 伯氏何可拜其祠乎?" 配夏曰: "父命也, 何可不奉乎?" 配周曰: "伯氏如欲往拜, 則弟當隨往, 將唾其像. 而自此弟當書白於伯父之前矣." 仍作書曰: "宋某, 擧世方欲寢皮食肉, 伯父何可使兄欲拜於其祠乎?" 云云. 答曰: "汝欲寢先生之皮, 先寢吾皮, 汝欲食先生之肉, 先食吾肉." 云云. 配夏兄弟, 以是見棄於世. 其後尼尹削逸疏出. 韓慶州之第三弟之子進士, 早孤而就養於其伯父矣. 適以泮任書謹悉. 其妹卽尼尹之子婦也. 尼尹呼其子婦而問曰: "汝知汝家事乎?" 答

---

78 而: 저본에는 '於'로 나와 있는데, 익선재본 D에 의거하여 바꿈.

79 者: 저본에는 없는데, 익선재본 D에 의거하여 추가한 것임.

80 저본과 익선재본 D에만 있음.

81 聞: 저본에는 '間'으로 나와 있는데, 익선재본 D에 의거하여 바꿈.

82 配周曰: 저본에는 없는데, 익선재본 D에 의거하여 추가한 것임.

曰: "不知." 尼尹曰: "汝之娚以泮任請吾削逸矣. 女子之道, 所重在舅家, 汝可往辭于汝家祠宇, 而絶娚妹之情義可也." 其妹乘轎, 直到祠堂前, 痛哭而辭, 不見其娚而歸.

38. 유신(儒臣)[83]

肅廟朝, 於春塘臺池邊, 建三間樓, 名曰觀豊樓. 時尹判書綵, 以副學上疏諫曰: "非時土木之役, 亡國之兆." 上優批, 而以豹皮一領賞之, 命使之親受. 尹承命而入闕, 則一宦侍導前, 至春塘臺. 已而軍卒高聲, 而有捉入之命, 尹被拿伏於庭下矣. 上以便服坐於一小樓上, 教曰: "汝試見此樓. 此不過三間也. 有何土木之非時而亡國之可言乎? 汝輩所居有山亭水閣, 而吾獨不得建此小樓耶? 汝輩欲釣名而有此疏, 心常痛恨[84]. 可以決棍矣." 尹乃對曰: "小臣之罪, 雖萬死, 顧其職則玉署之長也. 殿下不可以辱儒臣矣." 上曰: "儒臣獨不可治罪乎?" 命決棍五度後, 教曰: "汝以儒臣, 受此棍治, 已是汝之羞辱也. 汝可出而言之, 在予爲過擧, 而汝獨不僇辱身名乎!" 命給豹皮而出送.

39. 궁중의 놀이(宮中戲)

肅廟朝有患候, 一日命入梨園樂及妓女, 自內張樂. 時臺諫尹某, 獨詣臺廳, 啓以不正之色・不雅之樂, 此是前代帝王所以亡國者也, 亟賜撤去云云. 上大怒, 卽有親鞫之命, 擧朝皇皇. 爲先自禁府[85], 臺官・書吏・喝導, 並蒙頭捉待. 禁堂・捕將皆命招, 諸事預備, 而無動靜, 管絃之

---

83 저본과 익선재본 D에만 있음.

84 恨: 저본에는 '限'으로 나와 있는데, 익선재본 D에 의거하여 바꿈.

85 府: 저본에는 없는데, 일사본에 의거하여 추가한 것임.

聲不絶. 申後下敎曰: "更思之, 臺言好矣. 俄者設鞫之命還收" 臺臣及
下隷, 一倂特放, 而不可無襃異, 內下茶啖二床·御酒二瓶, 一則餽臺
隷. 又命賜虎皮一領. 臺諫及下隷, 驚魂纔定, 盡意醉飽, 上下俱沈醉.
及其退歸之時, 前導下隷, 蒙虎皮而呼唱於大道路, 傍觀者問其故, 則
答曰: "吾主上殿下, 挾娼會飮, 見捉於禁亂, 吾方收贖而歸" 云云. 聞者
絶倒. 諫院至今有虎皮之藏焉.

40. 혼서지(婚書紙)

尹判書絳, 肅廟朝人也. 初娶, 有二子趾完·趾善, 而喪配更不娶矣. 其
伯子仕至亞卿, 其仲子通政. 而尹判書晚年按湖西, 巡部之路, 過一邑,
邑底之人, 無論上下男女, 觀者如堵. 而婦女輩依短籬而立, 人衆籬弱,
籬乃仆諸婦女, 皆蒼黃走避. 其中一處女, 不慌不忙[86], 擧止從容, 引回
身而坐. 尹判書在轎內見其狀, 問之, 則此邑首鄉之女也. 入縣後, 招致
首鄉而問曰: "汝有女而年今幾何?" 首鄉俯伏, 流汗而答曰: "小人只有
一女, 而年今二十, 姑未適人矣." 尹曰: "吾欲聘以爲繼室. 明當入門,
汝可設禮而待也." 首鄉唯唯而退. 翌日, 尹乃具冠服, 馬頭送綵而成禮,
一宿而歸. 更思之, 卽一妄擧也. 仍羞愧, 不使家人知之. 遞歸時, 亦不
言之, 置而不率去矣. 一日, 門外誼譁, 傳言[87]夫人行次到門矣. 其二子
莫曉其來意, 問曰: "此何事也?" 尹判書, 囁嚅曰: "汝父行老妄之事矣.
已到此, 此將奈何?" 未幾, 一弊破之轎子, 以木裳爲帳, 駕牛而來, 下
轎於中門之內. 一女子, 方面巨口, 腰大一圍, 身長八尺, 從容步上大廳
之上, 坐定呼婢子近前. 于斯時也, 參判·承旨二夫人, 皆驚惶, 諸婢子
莫不掩口, 上下皇皇. 其夫人大叱曰: "婢子何不近前?" 其中膽大一婢,

---

86 忙: 저본에는 '犯'으로 나와 있는데, 익선재본 D에 의거하여 바꿈.

87 言: 저본에는 없는데, 익선재본 D에 의거하여 추가한 것임.

忍笑而趍前，則其夫人曰：“聞汝家有參判・承旨兩令監云，使之入來.”
婢子出外而傳言，則判書語其二子曰：“第往見之.”二人入來，則其夫
人曰：“斯速還出，具巾服而來.”二子不得已出外，着道袍而入，則又使
之立於庭下，自懷中出一婚書紙，擲之于前曰：“汝輩試見此. 旣有此，
則吾非汝之庶母也，卽是繼母也. 汝翁不知緣何而絶我，汝輩旣出身，
位至金玉之班，而人事如此，不得修身齊家，而何可事君乎? 天尊地卑，
寧有如許道理?”兩人俯首聽命，只稱死罪而已. 命使升堂，坐受其子與
婦之拜. 又命修內上房而入處，門內肅然. 判書在外聞之，吐舌而無言.
處上房一朔，而呼伯婦謂之曰：“吾之處上房，非欲久計也. 稱以主母，
不知家産之如何矣. 今焉過一朔，皆有棨領矣. 從今君可以主饋. 吾則
退居越房，可也.”仍移處焉. 其後産二子趾仁・趾慶，皆顯達. 判書棄世
後，四子二相・二判書，遞相榮養. 夫人年過八十，而病將至屬纊之時，
四子奉藥水，涕泣而勸進，夫人搖頭曰：“吾以遐鄕微門之女，幸托高
門，又以公等之誠孝，一生安樂矣. 年今八十，又將進藥而冀生乎? 只
有一生之恨[88]，公等念我. 我有一侄矣，幸忝一命之官，則死將瞑目矣.”
四人齊聲泣，對曰：“小子輩謹當奉敎矣，願進此藥.”云云.
夫人不飮而考終，二大臣・二重臣，執喪矣. 滿朝皆來慰問，四人對長
銓，泣傳臨終之言. 伊後果得除匠作監云耳.

41. 유상(柳常)

柳常者，肅廟朝名醫也. 尤精於痘疫方，人家小兒之救活者甚多. 有一
中村家，甚富饒，兩世寡居，只有遺腹子一人，年纔五六歲，而未經疫者
也. 其母，買舍於柳醫之門前，托兒於柳醫，饌品之新出・酒肴之豊潔，
逐日饋之，如是者數年，朝夕不忘. 柳亦憐其心而感其意，率置其兒而

---

88 恨: 저본에는 '限'으로 나와 있는데, 익선재본 D에 의거하여 바꿈.

訓之矣. 一日, 其兒患痘, 而初出之日, 已是不治之症也. 柳醫矢于心曰:"吾若不得救出此兒, 不敢復以醫術自處矣."藥罐五六箇, 羅于前, 分溫涼熱冷, 補瀉之劑而別煎之, 隨症之變而用矣. 一日, 似夢非夢間, 一人來呼柳醫之名曰:"汝何爲而必欲救此兒之病也?"柳曰:"此兒家情景可矜, 必欲救活矣."其人曰:"汝必欲活乎? 吾則必殺之矣."柳醫曰: "汝何[89]爲必欲殺之?"其人曰:"此是與我有宿怨故也. 汝不必用藥."云云. 柳醫曰:"吾技窮則未知其如何, 而吾技不窮矣. 汝雖欲殺之, 吾則必欲活之矣."其人曰:"汝第觀之."柳醫亦曰:"汝第觀之."其人, 有怒氣而出門. 柳醫連用藥餌, 艱辛至二十日矣. 一日, 其人又來而問曰: "從今以後, 汝其可活此兒乎? 汝第觀之."仍出門而去矣. 少焉, 門外喧擾, 內局吏隷, 及政院隷, 喘息而來言:"上候以痘症不平, 斯速入侍."連忙催促, 疾馳而去. 入闕之後, 仍更不得出來矣. 數日間, 其兒仍不救云矣. 肅廟痘候極重, 柳醫欲用猪尾膏, 以此稟于明聖大妃殿, 大妃殿大驚而敎曰:"如此峻劑, 何可進御乎? 此則不可矣."柳醫, 時伏于簾下, 大妃在簾內下敎:"汝欲用此藥耶?"柳醫曰:"不可不用."大妃殿頓足曰:"汝有兩頭乎?"柳醫俯伏而奏曰:"小臣之頭可斷, 此藥進御後, 可以責效矣."大妃終不許進. 柳醫乃袖其器而入診, 潛自進之. 食頃之後, 諸症差勝, 而聖候平復. 雖賴天地神明之佑, 而柳醫之術, 亦可謂神矣. 其後以此勞, 除豊德府使赴任矣. 一日, 肅廟進御軟泡湯, 而仍成關格, 以撥馬召柳醫入診. 柳醫罔夜上來, 到新門, 門姑未開, 自門內告于兵曹, 使之稟而開門. 往來之際, 稍遲延, 柳醫見城底一草堂燈火熒然, 仍暫憩于其家矣. 一老嫗問于房內之女兒曰:"俄者, 米泔水置之何處? 恐滴於太泡上矣."柳醫怪而問之, 則對曰:"米泔水滴於太泡, 則卽時消融故也."已而, 門鑰出來, 城門開矣. 柳乃赴闕, 而問症候, 則以軟泡湯而滯也. 卽使內局入米泔水一器, 微溫而進御矣. 滯氣乃降, 事亦異矣.

---

89 何: 저본에는 없는데, 익선재본 D에 의거하여 추가한 것임.

42. 보은(報恩)

一儒生, 投筆而業武藝, 習射于慕華館. 夕陽時罷歸, 有一內行, 駕轎而
來, 後無陪行, 只有一童婢隨後而頗姸美. 儒生見而欲之, 腰矢肩弓而
隨, 或前或後, 風吹簾捲, 瞥見轎內, 女人素服而坐, 眞國色也. 儒生神
精怳惚, 心內暗忖: "此是誰家女子? 第隨往而探之其家." 仍隨後而行.
遵大路入新門, 則轉向南村某洞一大第而入. 儒生彷徨門外, 日勢已
暮, 仍轉向店舍買食, 而帶弓矢周察其家前後, 無可闖入處. 其家後墻,
依一小阜而不高, 登阜而俯視, 則其墻內有花園, 叢竹蔚密, 可以隱身.
乃帶月色, 蹜墻後, 由園而下, 則其下卽其家後面. 東西兩房, 燈火熒
然, 照後雙窓, 仍往其窓下, 潛窺東房, 則有一老嫗, 倚於枕上, 而俄者
所見之女子, 讀諺書冊於燈下, 聲音琅琅如碎玉. 儒生潛伏於窓下, 而
以窓隙窺見而已. 老嫗謂其女子曰: "今日似必困憊, 可歸汝房休息."
其女子承命而退歸西房. 儒生自外, 又往西邊窓外窺見, 則女子喚童婢
謂曰: "行役之餘, 汝亦困憊矣. 可出宿于汝母家, 明朝早來." 童婢出
門, 女子起而閉上窓戶. 儒生暗喜曰: "此女子旣獨宿, 吾當乘間突入可
也."云. 而屛氣窺見, 則其女子開籠而出鋪錦衾, 吸煙茶而坐燈下, 若
有所思想者然. 儒生心竊訝[90]之. 少焉, 後園竹林, 有人迹之聲.[91] 儒生
驚怯, 而隱身以避而見之, 則有一禿[92]頭和尙, 披竹林而來, 叩後窓. 自
內開窓而迎之. 儒生隨其後, 而從窓窺見, 則其和尙摟抱其女子, 淫戲
無所不至. 已而, 其女子起向卓上, 拿下酒壺饌盒, 滿酌而勸之, 和尙一
吸而盡. 問曰: "今日墓行, 果有悲懷否?"女子含笑曰: "惟汝在, 吾何悲
懷? 且是虛葬之地, 亦有何悲懷之可言乎?"又與僧一場淫戲, 而躶體
同入衾中, 相抱而臥. 此時, 儒生初來欲奸之心, 雲消霧散[93], 而憤慨之

---

90 訝: 저본에는 '怪'로 나와 있는데, 일사본에 의거하여 바꿈.

91 後園竹林, 有人迹之聲: 저본에는 '後園竹林有聲, 若有人迹'으로 나와 있는데, 익선재본
    D에 의거하여 바꿈.

92 禿: 저본에는 '虎'로 나와 있는데, 익선재본 D에 의거하여 바꿈.

心倍激矣. 仍彎弓注矢, 從窓穴滿的, 射去一矢, 正中和尙之禿頭, 頂門
上挿去. 女子驚起戰慄, 急以衾, 裹其僧之屍, 置之樓上. 儒生細察其動
靜, 更踰後墻而出來. 時已漏罷矣, 仍還家矣. 其夜, 似夢非夢間, 有一
靑袍少年, 年可十八九, 來拜於前曰: "感君之報讎, 是以來謝." 儒生驚
問曰: "君是何許人, 而所仇何人? 吾無爲君報仇之事, 何爲來謝?" 其
人掩抑而對曰: "某乃某洞某宰之獨子也. 讀書于山寺時, 使主人僧, 持
粮饌往來於家中矣. 淫婦見而欲之, 遂與通奸矣. 某於歸覲之路, 此僧
同行, 到無人之地, 蹴吾殺之, 以屍體置之山後巖穴間者, 于今三年矣.
某[94]旣已冤死, 而無以報讐雪恨矣. 昨夜君之所射殺者, 卽其僧也, 其女
子, 卽吾之內也. 此讐已雪, 感謝無地. 又有一事奉托者, 君須往見吾父
親, 告吾之屍體所在處, 使之移窆, 則恩又大矣." 言訖而忽不知去向.
儒生驚覺, 則一夢也. 心甚異之, 翌日, 更往其家, 通刺而入, 則有一老
宰起迎坐定, 儒生問曰: "子弟有幾人?" 主人掩淚而言曰: "老夫命途奇
窮, 無他子女, 五十後, 得一兒子, 愛如掌珠, 纔成婚, 往山寺課工, 爲
虎所嚙去, 終祥未過." 儒生曰: "小生有一疑訝事, 第隨我而訪屍身所
在處, 可乎?" 主人大驚痛曰: "君何由知之?"[95] 對曰: "第往見之, 可也."
主人卽具鞍馬, 與之同行, 至其寺, 下馬登山, 由寺後行幾步, 有岩石而
有穴, 以土石塞其口. 使下隷去其土石, 而以手探之, 則有一屍體. 出而
見之, 果爾其子, 而顏色依舊. 其老宰抱屍而哭, 幾絶而甦, 仍向其儒生
問: "汝何由知之? 此必是汝之所爲也." 其儒生笑曰: "吾若行兇, 則何
可見公而道之耶? 第爲治喪而歸, 問其由於令子婦處, 其房樓上, 有一
物之可證者, 公須速行之." 其老宰, 一邊運屍, 安于僧舍之內, 使辦喪
需而歸家, 直入子婦房, 問曰: "吾有朝服之置於汝樓上矣. 吾可出而見
之? 須開樓門." 其子婦, 慌忙而對曰: "此則兒當出來, 何煩尊舅之親搜

93 霧散: 저본에는 '散霧'로 나와 있는데, 익선재본 D에 의거하여 바꿈.
94 某: 저본에는 '其'로 나와 있는데, 일사본에 의거하여 바꿈.
95 君何由知之: 저본에는 '君由何知'로 나와 있는데, 익선재본 D에 의거하여 바꿈.

乎也?"云, 而氣色頗殊常. 老宰仍向樓, 開鎖而入, 則有穢惡之臭, 搜至籠後, 有以衾裹者, 出而置之房內, 則卽一少年胖大和尙之屍, 而箭揷於頂門上矣. 老宰問曰: "此何爲也?" 其子婦, 面如土色, 戰慄不敢對. 仍出請其父與兄, 道此事而黜之. 其父以刀刺而殺之云矣. 仍改葬其子之屍於先山之下矣. 一夜, 其儒生又於似夢非夢之間, 其少年又來, 百拜致謝曰: "君之恩, 無以酬之. 今科期不遠, 而場內所出之題, 吾之平日所做者也. 其[96]文吾可誦而傳之, 君須書之, 入場後呈券則必第矣." 仍誦傳一首賦, 題是'秋風悔心萌'也. 其儒生受而書之矣. 日後科期已迫, 入場則果出此題矣. 仍書其賦而呈券, 至'秋風颯兮夕起, 玉宇郭乎峥嶸'之句, 秋字誤換書以金字矣. 時竹泉金公鎭圭主試, 見此券曰: "此賦果是善作, 而似[97]是鬼神之作. 無乃欲試吾輩試覽之故耶?"云, 而讀至金風颯兮夕起之句, 笑曰: "此非鬼作." 仍擢置第一. 人問其故, 竹泉答曰: "鬼神忌金, 若是鬼作, 則必不書金字也. 故知非鬼作."云矣. 榜出, 其儒生果登魁科. 其姓名, 考之科榜則可知爲誰某, 而未及考見焉.

43. 김진사(金進士)

金進士某者, 有智略而家貧落拓, 鬱鬱不得志. 時有親知宰相之子, 約與明日同往東郊, 迎吊親友之返虞. 其日未明, 窓外有人來言曰: "某家某送騎云, '聞某友返虞, 未明入來. 吾輩須於平明出城, 人馬玆送之, 急急騎來.'" 金生信之不疑, 騎馬出門, 其行如飛. 由東城外鐘岩而日尙未出, 金生問于牽夫曰: "汝家上典, 在於何處?" 對曰: "在於前面." 仍加鞭而行. 度樓院, 遵大路而行, 行到一處, 則又有一健夫, 具鞍馬而待, 又傍有一人, 具酒肴飯, 供而進之. 金生心益疑怪而問曰: "汝輩是何人,

---

96 也其: 저본에는 없는데, 익선재본 D에 의거하여 추가한 것임.
97 似: 저본에는 '以'로 나와 있는데, 익선재본 D에 의거하여 바꿈.

而此何爲也?"其人答曰:"第可飮喫, 換騎而行, 則自可知之."金生不得已依其言, 飮罷換騎而行. 行到五六十里, 又有人, 備酒食·鞍馬如俄者樣矣. 金生第又如前飮而換騎, 晝夜不止, 每於五六十里, 必有人之留待, 而由鐵嶺, 轉而入山路. 踰嶺度山, 行幾日, 至一處, 則四山環圍之中, 有一洞府. 洞中人家櫛比, 有一大舍如公廨樣, 朱門而有三. 下馬歷重門而入, 則有大廳而題額曰'聚義廳'. 兩邊有房舍, 金生入門, 則有一丈夫, 擁衾而臥. 左右有侍兒數人, 扶將而坐, 氣息奄奄, 向金生而言曰:"吾亦京洛之人, 誤入於此, 積有年矣. 今則病且死矣, 無人可代我[98], 聞君有智略, 故奉邀到此地頭, 不必苦辭. 若欲圖免, 則必有大禍矣, 愼之愼之. 麾下軍卒, 有千餘名, 倉庫亦實, 可代吾而善處置. 吾雖賊魁, 而未嘗行不忍之事, 如貪官汚吏之物, 富民之吝而不給人者, 燕市倭館物貨之出來者, 量其可取而取之, 以充軍需之用, 君亦依此爲之可也. 人生在世, 功名在天, 非人之可爲者. 曷若坐此而號令軍中? 歌姬·舞女·山珍·海錯, 不患不足, 可謂公卿不換者也, 勉之勉之."言訖而臥, 更無所言. 金生始知其賊將, 而滿心驚訝. 無計脫身. 第坐於廳上, 則如軍校者十餘人, 來拜於前庭下, 軍卒一時皆來謁. 以絲笠藍袍, 加之於身, 金生不得已受而着之. 其供饋等節, 極其豊潔. 金生處於越房, 是夜賊將殞命. 軍中擧哀, 掛孝治喪, 極其侈麗. 成服後, 瘞之于山後之麓. 金生, 左思右想, 無計可脫. 留七八日後, 軍中往往有偶語曰:"舊帥已殞, 新帥代坐, 而于今近十日, 別無出謀發慮, 似是一箇飯囊, 將焉用之? 更俟幾日, 如一樣如是, 則不可不殺之, 而更求[99]他人爲好"云云. 金生微聞此言, 大生恐怵. 翌日之朝, 坐廳上, 招軍校之爲首者, 分付曰:"間緣舊帥喪禮未畢, 無暇問之矣. 見今軍中需用, 能無匱乏者耶?"對曰:"如干所儲, 幾盡於喪需. 見今餘者無多, 方以此爲悶矣."金生曰:

---

98 我: 저본에는 없는데, 일사본에 의거하여 추가한 것임.
99 求: 저본에는 '救'로 나와 있는데, 익선재본 C에 의거하여 바꿈.

"自明日, 當分送軍卒, 軍令板斯速入來."其校承命而退, 未幾, 入軍令板. 而背後列書可儌之人家. 金生乃以永興朱進士家劃出, 則首校俯伏請曰:"此家果是巨富, 而實無可儌之望. 其洞中四五百戶, 俱是奴屬, 而每戶門楣, 懸一大鈴, 以其索頭都聚于一索, 掛於朱家. 如有警, 則一搖鈴索, 許多之鈴, 一時應之. 一入之後, 萬無出來之望, 此將奈何?"金生乃叱曰:"將旣出令, 則雖水火固不可辭焉. 敢亂言以撓軍心乎?"卽爲拿入, 嚴棍六七度後, 分付曰:"此則吾當親往矣."明日, 金生粧出營裨樣, 以靑天翼佩將牌, 如大箱子大籠等屬數十駄, 載之於馬. 隨後人皆以驛卒樣粧出, 而日暮時馳入朱進士家, 以爲咸營進上領去裨將云. 入門則朱進士連忙延接. 敍寒暄後, 向主人而言曰:"此是營門別進上物種也. 有所重大, 不可置之於外, 可置之于廳上."主人依其言, 置之廳上, 備夕飯饋之. 到夜, 與主人聯枕矣. 主人睡夢之中, 胸膈塞鬱, 驚覺而開眼, 則俄者營裨者, 據胸而坐, 手執長釖而言曰:"汝出聲, 則當以釖斬之矣. 須勿驚怪, 亦勿發聲. 吾非營裨, 乃是賊魁也. 欲借軍粮於汝, 汝指示錢帛所在處, 則汝可活矣. 不然則汝命止於今夜. 汝命爲重乎, 錢布爲重乎?"主人面如土色, 惶汗浹背而哀乞曰:"謹當一一奉行, 幸勿傷吾."賊將許諾, 仍招卒徒之隨來者, 開庫而一一搜出. 如斯之時, 家人皆驚動, 或有近之者, 則朱者連聲曰:"須勿近我, 而庫中之物, 任其收去!"於是, 賊徒闌入庫中, 布木之屬, 銀錢之物, 出而駄之, 並其主人家牛馬而駄之, 殆近數百駄. 使之運出洞口後, 乃左手執其主人之手, 右手執其長釖, 同行出門. 至於洞口外, 而抛却主人, 乃上馬去如風雨之驟. 一行所得, 殆過萬餘金, 軍中莫不稱神. 過四五日後, 又使入軍令板, 劃出釋王寺. 首校者又稟曰:"此寺洞府, 只有一路, 若深入而官軍塞洞口, 則無以出來, 此將奈何?"金生又叱退而分付曰:"今番吾又當作行."仍粧咸興中軍服色, 而多率校卒. 賊徒中數人, 以紅絲結縛, 隨後而入寺. 坐于樓上, 而捉入賊漢, 鉤問惡刑備至, 賊招出僧徒隨縛, 寺中四五百餘僧無不縛之. 仍使搜出佛器及錢帛等屬, 一並駄之於

馬, 而鱗次出送. 時有數僧採樵於山上, 見其狀, 急告于安邊官. 本倅大
驚急發奴令軍校輩, 掩入洞中. 賊徒聞此報, 急告金生, 金生乃以賊徒
中四五名, 削髮爲僧徒樣, 面帶血痕, 作痛聲而出, 向官軍曰: "賊徒踰
後山而去. 官軍速由後山之路, 不必入此洞口." 官軍聞之, 一倂由山後
路而去. 金生仍從洞內脫身而走. 又得錢帛百餘馱, 軍需之用裕足矣.
如此設計而收納者, 不止於此, 而不得盡錄. 過數三年後, 金生聚卒徒
而言曰: "汝輩亦皆平民也, 而迫於饑寒, 乃有此擧, 然此非長久之計也.
汝輩各分金帛, 而衣食不艱, 則何必如是也? 吾亦非久居此之人也. 庫
中所在之物, 各自均分, 還歸古里, 以作平民, 好也. 未知汝輩之心如
何?" 諸人皆曰: "唯將軍命." 金生乃出所積之財, 一一均分以給各人, 使
各歸鄉里. 以火燒其屋宇, 騎馬出山, 還歸本第云. 此是[100], 余幼少時所
聞於[101]人者, 而金生之名忘未之記, 未知於古, 果有此人此事不也.

44. 발계(發啓)

趙持謙號汚齋, 韓泰東號是窩, 每以金煥獄事爲非, 欲因此而除老論.
每當[102]臺職, 欲以是發之啓辭, 僚員中論議不一, 未克售計矣. 一日講
筵, 趙以司諫, 韓以執義登筵, 而三司之中, 無一老論之參者. 只有疎齋
李公, 時年十八, 以弘文正字適參矣. 韓·趙以爲時不可失, 將欲發兩司
合啓. 老論之在外諸人, 皆曰: "今則大禍將起矣. 此將奈何? 李某以二
十前新進, 何以相機周旋乎?"云矣. 講筵罷後, 承旨命兩司, 進前傳啓,
韓·趙起伏而傳啓, 將發新啓之際, 疎齋奏曰: "今日講筵何等嚴重, 而
臣見執義韓泰東泥醉矣. 推考何如?" 盖韓不飮酒, 有鼻病, 鼻梁皆紅故
也. 承旨高聲曰: "臺諫斯速避嫌." 韓心知其事不成[103], 不勝忿憤, 遽起

---

100 此是: 저본에는 '此時'로 나와 있는데, 익선재본 D에 의거하여 바꿈.

101 於: 저본에는 없는데, 익선재본 C에 의거하여 추가한 것임.

102 當: 저본에는 '堂'으로 나와 있는데, 일사본에 의거하여 바꿈.

而避嫌之時, 口又訥, 語音不分明. 上曰:“大醉矣. 罷職可也.”趙以獨臺, 不得發啓而罷. 其後, 少論臺官, 以疎齋之欺罔慘駁, 而其臨時處變, 亦可見矣.

45. 나씨 부인(羅氏夫人)

文谷金公, 諱壽恒, 夫人羅氏也, 明村羅良佐之妹也. 有識鑑, 爲女擇婿, 使第三胤三淵, 往見閔氏諸少而定婚. 三淵往見而告曰:“閔家兒皆氣短, 且貌不颺, 無可合者.”夫人曰:“此是名家也, 後進必不然矣.”其後, 三淵擇定於李氏兒而來言曰:“今日果得佳郎矣.”夫人問曰:“爲誰而風範如何?”對曰:“風儀動盪, 才華發越, 眞大器之人也.”夫人曰:“若然則好矣!”及迎婿合巹之日, 夫人見而歎曰:“三兒有目而無珠矣.”三淵怪而問之, 則夫人曰:“新郎佳則佳矣, 壽限大不足, 遠不過三旬. 汝何[104]所取而定婚也?”已而, 熟視而又歎曰:“吾女先死矣! 亦復奈何.”云云. 而責三淵不[105]已, 三淵終不以爲然. 一日, 閔趾齋鎭厚·閔丹巖鎭遠·諸從兄弟, 俱以弱冠, 適有事而來矣. 三淵入告曰:“母氏每以閔家之不得連婚爲恨[106]矣, 今閔家少年來矣. 母氏可從窓隙窺見, 必下諒小子言之不誣也.”夫人從而窺見, 而又責三淵曰:“汝眼果無珠矣. 此少年俱是貴人, 名垂後世之大器也. 惜乎不得連婚矣!”其後, 果符其言, 閔公俱大達. 而李氏年纔過三十, 以參奉夭, 而夫人之女, 先一年而歿. 夫人嘗[107]織錦布三端, 而以一端造文谷之官服, 二端深藏, 而第二胤農岩登第, 而不許造朝衣. 其後, 夢窩以蔭官登第, 仍使造朝衣, 一端

---

103 成: 저본에는 '勝'으로 나와있는데, 일사본에 의거하여 바꿈.
104 何: 저본에는 '可'로 나와 있는데, 익선재본 D에 의거하여 바꿈.
105 不: 저본에는 '曰'로 나와 있는데, 익선재본 D에 의거하여 바꿈.
106 恨: 저본에는 '限'으로 나와 있는데, 일사본에 의거하여 바꿈.
107 嘗: 저본에는 '常'으로 나와 있는데, 익선재본 D에 의거하여 바꿈.

又藏之, 孫婿趙文命登第, 又使造朝衣, 三人俱位至三公. 夫人之意, 以
爲未至三公之人, 不可許故也. 農岩登第而入謁, 夫人嚬眉曰:"何爲而
如山林處士樣也?"其後, 夢窩登第而入謁, 則笑曰:"大臣出矣."云云.

46. 병조 서리(兵曹胥吏)

二憂堂趙忠翼公, 喪配後, 悲不自勝. 時判騎省, 而適有公故, 曉起而俟
曹吏之來請坐, 而無消息. 幾至日出而不來矣, 公大怒, 趣駕而赴. 公該
吏使之捉待, 拿入而將棍治矣. 吏乃泣而對曰:"小人有切悲之情事, 願
一言而死!"公問:"何故?"吏曰:"小人喪妻, 而家有三幼稚矣. 一子年纔
五歲, 二子纔三歲, 一女生纔一朞, 小人身兼慈母, 而養育之. 今曉欲起,
則稚女號[108]呼故, 請隣家女乳之, 少焉, 兩子又飢號, 小人以錢買粥而饋
之, 如斯之際, 自爾晚矣. 小人旣知有公故, 且知大監威令, 焉敢故爲犯
科乎?"公聞而悲之, 揮涕曰:"汝之情事, 恰似余矣."仍放釋, 優給米布,
以爲養兒之資. 蓋吏無此等事, 而知公之情事故, 以此飾詐而圖免也.

47. 조문명(趙文命)

兪文翼公拓基, 按嶺南時, 巡到慶州. 府尹則趙相文命也. 知其爲人之
大可用故, 欲試其量, 仍一微事, 推治邑隸, 無人免者. 旣罷, 顧謂府尹
曰:"吾到令監邑, 推治下隸, 若是之多, 於令監之心, 得無如何底意
乎?"趙相笑而對曰:"使道旣按一道, 則此是使道之下隸也. 且下隸輩
渠自得罪而被刑杖, 於下官何關焉?"氣色自如. 公笑曰:"吾今幸得一
大臣矣!"其後公以正卿, 出補楊牧, 而趙相時帶摠使. 楊是摠使之管
下. 兪公以牧使, 一日投刺於摠使, 禮畢而將出門, 趙相笑曰:"年前,

---

108 號: 저본에는 '啼'로 나와 있는데, 익선재본 D에 의거하여 바꿈.

吾於大監前, 作此禮矣. 今大監, 又作此禮於吾之前, 世事固未可知矣."
公熟視而笑曰:"惜乎! 未得爲首相矣."其後趙相果至左相, 未躋領相.
古人之以一言知其位限者, 如此.

48. 이덕재(李德載)

三淵金先生諱昌翕, 晚居于雪嶽庵, 以永矢[109]爲名. 與僧同處, 一日夜,
同房僧, 爲虎嚙死. 淵翁爲文吊之, 不勝慘惻. 數日後, 女婿李公德載,
來拜, 時年不過十六七歲. 淵翁言前狀, 戒勿出外. 夕飯後, 李公不知去
處, 淵翁連呼而無應聲. 始大驚, 聚會僧徒, 火炬而推尋. 時月色如晝,
李公猶自徘徊於在後山[110]. 淵翁見而大責曰:"吾不云乎, 日前同房僧
爲虎所嚙. 汝以幼稚之兒, 獨自登陟於昏夜無人之中, 倘有虎豹之患,
其將奈何? 汝之不聽長者之訓, 有如是矣."李公含笑而隨後下來. 到庵
坐定, 淵翁又責之戒之, 李公笑而對曰:"岳翁以同房僧之爲虎所嚙, 久
愈疚懷, 故小子俄於山上, 刺殺大虎, 爲僧報仇耳."淵翁不信曰:"寧有
是理?"云矣. 翌朝與諸僧往見, 則山下之壑, 一大虎亂刺而倒. 衆皆大
驚異. 蓋李公有絶人之力, 而又善劍術故也.

49. 주시관(主試官)

竹泉每每主試, 試鑑如神. 適作湖中楸行而回, 時當監試會期. 有一士
子, 騎馬而在前, 馬上常手持一冊子, 而終日看之. 中火宿所之時, 必同
店矣. 竹泉心甚怪之, 及到宿所店, 使人邀來而問之, 則卽赴會試人也.
自言:"兩老親侍下, 今行爲七八次, 每屈於會圍, 情理切迫."云云. 又

---

109 永矢: 저본에는 '永'으로 나와 있는데, 일사본, 익선재본 D에 의거하여 추가한 것임.
110 猶自徘徊於在後山: 저본에는 '獨自後山絶頂之上, 明月之下'로 나와 있는데, 익선재본
D에 의거하여 바꿈.

問[111]：“所看冊何書？而須臾不暫離手也.”對曰：“年來所作私草, 而今則精神昏耗, 掩卷輒忘, 故常目在之意故也.”竹泉請其冊子見之, 則簡簡善作, 仍嗟歎而問曰：“課工如是勤實, 句作又如是淸新, 何爲而屢屈也？ 此是有司之責也！”其人曰：“今則年老多怯, 自作自書之時, 字畫每每橫書, 如是而安得不屈乎？ 今行又當如此, 初不欲赴, 而爲老親所勸, 不得已作此不緊之行也.”竹泉憐而悶之, 慰諭曰：“今番須努力而觀之.”仍爲入城, 而當會試主試, 考券[112]之時, 有一券[113]字畫, 皆或左書橫書. 竹泉見而笑曰：“此必是厥者之券[114]也！”仍向諸試而言曰：“此是老儒實才之券[115]也, 今番吾輩可積善矣.”仍不問而[116]擢置矣. 及其榜出, 見其封內, 則年紀[117]不至衰老, 心竊[118]訝之矣. 放榜後, 新恩之來見恩門也. 此人亦來見, 竹泉賀曰：“積屈之餘, 得此一捷者, 幸矣！”其人對曰：“初試, 卽初爲之矣.”又曰：“老親侍下, 可以供歡矣.”又對曰：“永感下矣.”竹泉怪而問：“向於路上, 何爲飾詐欺我也？”其人避席, 俯伏而對曰：“小生知大監之主試, 故以此欺之. 不如是, 大監豈或擢拔乎？ 自知死罪”云. 竹泉熟視而笑而已.

50. 별성(別星)

老峰閔公鼎重與驪陽閔公維重, 友于篤至. 嘗嗜酒, 而監司公每禁之, 使不得放飮矣. 監司公, 按節原營, 兄弟俱作覲行, 伯則以亞銓承召, 季

111 問: 저본에는 ‘聞’으로 나와 있는데, 익선재본 C에 의거하여 바꿈.
112 저본에는 卷으로 나와 있는데, 익선재본 D, 일사본에 의거하여 바꿈.
113 저본에는 卷으로 나와 있는데, 익선재본 D, 일사본에 의거하여 바꿈.
114 저본에는 卷으로 나와 있는데, 익선재본 D, 일사본에 의거하여 바꿈.
115 券: 저본에는 ‘卷’으로 나와 있는데, 익선재본 D, 일사본에 의거하여 바꿈.
116 而: 저본에는 없는데, 익선재본 D에 의거하여 추가한 것임.
117 紀: 저본에는 ‘記’로 나와 있는데, 일사본에 의거하여 바꿈.
118 竊: 저본에는 ‘切’로 나와 있는데, 익선재본 C에 의거하여 바꿈.

則以副學承召, 一時並到. 閔公於此日, 使之許飮. 兄弟對酌沈醉後, 仍
出往客舍. 坐廳上而連使進酒, 下隷以巡使分付, 不敢繼進爲言. 二公
醉中大言曰: "汝之巡使, 接待別星, 固不當如是"云云, 而昏睡矣. 醒後
聞其酒中失言, 兄弟大驚, 席藁於門外, 監司公笑而不責.

51. 항우(項羽)

有一武擧子-忘其姓名-. 洞有一廢舍, 此亦緣鬼崇而廢棄者也. 諸擧子
約會于其家, 將賭雜技, 而使此人先往, 修掃而俟焉. 其人夜往其家, 燃
燭鋪席, 天忽大雨. 夕鍾已鳴, 人不得往來, 其人秉燭坐獨, 夜至三更,
忽有軍馬之聲. 其人驚訝, 擧目而見之, 則有一將軍, 帶劍騎馬, 而率無
數甲兵入來矣. 其人乃下廳, 而伏於階下, 視其將, 則重瞳而所騎乃烏
騅也. 到階前下馬, 而使起曰: "汝可隨我而乘軒." 其人惴惴慄慄屛息,
而隨後上廳. 將軍坐於上座, 而命之坐, 仍問曰: "汝知我爲誰乎?" 此擧
人略解『史記』. 答曰: "視將軍之眼, 乃是重瞳, 所騎又是烏騅也, 無乃
西楚伯王乎?" 笑而答曰: "然矣. 然而吾與沛公八年相爭, 畢境爲沛公
所輸. 世人以我爲何如人也? 吾於戰場, 非智力之不足, 乃天之所亡也.
世人其知乎?" 其人曰: "此則載在『漢史』'南宮酒席之問答', 豈不聞知
乎?" 神將怒叱, 曰: "噫! 竪子無足言也. 所謂『漢史』, 我死後幾年後所
做出也. 吾何以知之? 汝第言之." 其人曰: "其書曰: '沛公用三傑, 大王
有一范增而不能用. 以是之故, 勝敗辦矣'云矣." 神將咄歎曰: "果有是
事, 吾亦悔之." 其人曰: "小擧平生有歆惜者, 可以質之於大王之前."
曰: "何事?" 對曰: "大王雖有東城之敗, 一渡烏江, 再起江東之兵, 則天
下之得失, 有未可知也. 且大王以單騎橫行於世, 此世之上, 無有敢縛
致大王者矣. 大王何爲而不勝一時之憤, 至於自刎之境, 豈不可惜者耶!
大丈夫何爲作兒女子區區小節之事耶?" 神將聽未半, 以劍擊柱而起曰:
"言且休矣. 吾亦思之, 忿恨欲死. 吾去矣." 仍下軒騎馬而出中門. 其人

潛躡其後，則到後面而滅．心甚訝之，及天明，往審其後面，則有虛廳四五間，而塵埃堆積之中，壁上付項羽起兵渡江之畫，及鴻門宴畫，而幾盡破傷矣．仍以其畫本，燒之于火矣．此後無此患，其人仍入處焉．

52. 유척기(兪拓基)

申判書銋，號寒竹堂，有知人之鑑．喪獨子，有遺腹女，而年及笄矣．其孀婦每請于其舅曰："此女之郎材，尊舅必親自相之而擇之．" 申公曰："汝求何許郎材?" 對曰："壽至八十而偕老，位至大官，家富而多男之人則幸矣．" 公笑曰："世豈有如此兼備之人乎? 若副汝願，猝難得矣．" 伊後，出門而歸，則必問郎材之可合者，每每如是矣．一日，申公乘軒而過壯洞，群兒嬉戲叢中，有一兒年可十餘歲，而蓬頭突鬢騎竹，而左右跳踉．公停軺熟視，則衣不掩身，而河目海口，骨格異凡．仍命一隷，使之招來，則掉頭不肯，公使諸隷扶得以來．其兒號哭曰："何許官員，空然捉我? 我有何罪而如是也?" 諸隷擁至軺前．公問曰："汝之門閥何如人也?" 對曰："門閥知之何爲? 吾是兩班也．" 公又問："汝年幾何，而汝家何在? 汝姓云何?" 對曰："欲捧疤軍丁乎? 何爲而問姓名·年歲·居住也? 吾姓兪氏也，吾年十三也，吾家在於越洞矣．何爲問之? 速放我去．" 公放送而尋其家，則不蔽風雨之斗屋也．只有寡居之母夫人，公招婢子，傳喝曰："'我是某洞居申某也．吾有一個孫女求婚矣．今日定婚於宅都令而去'云云．" 而仍飭下隷歸家愼勿言．仍適他，暮歸則孀婦又問郎材矣．公笑曰："汝求何許郎材?" 其孀婦對如初．公又笑曰："今日得之矣．" 孀婦欣然而問："誰家之子，家在何處?" 公曰："不必知其家矣．後當知之．" 仍不言矣．及到迎綵之時，始乃言之．自內急送解事一老婢，往見其家計之貧富·郎材之姸醜．其婢子回告曰："家是數間草屋而不蔽風雨，竈下生[119]苔，鼎上有蛛絲，而郎材則目大如筐，髮亂如蓬，無一可取，無一可見．吾小姐入門之後，則杵臼必當親執矣．以吾小姐如花如玉, 生長綺紈之弱質, 何可送于如此之家乎?"孀婦聞此言, 膽落魂飛, 而卽受綵之日也. 事到無奈何之境, 仍飮泣而治迎郎之具矣. 翌日, 新郎入來行禮, 孀婦審視, 果如婢言, 而卽一可憎之郎也. 心焉如碎碎, 而無奈何矣. 過三日後送郎, 而夕時新郎又來矣. 申公問: "汝何爲更來也?"新郎曰: "歸家, 夕飯無期, 且有順歸人馬, 故還來矣."公笑而留之. 自此每每留在, 而連日內寢, 新婦以質弱之女子, 見惱於丈夫, 幾至生病之境矣. 公憂之, 諭之曰: "汝何爲連日內寢也? 今日可出外, 與吾同寢可也?"新郎曰: "受敎矣."及夜, 公就寢而新郎寢具鋪之於前矣. 乍闔眼, 則兪郎以手槌公之胸矣. 公驚曰: "此何爲也?"新郎對曰: "小婿果不安其寢, 昏夢之中, 每有此等事矣."公曰: "後勿如是."對曰: "諾."未幾, 又以足擲之, 公又驚覺而責之而已. 又以手足, 或打或擲, 公不堪其苦, 乃曰: "汝可入內而宿. 吾則不可與同寢矣."新郎, 仍捲其寢, 荷而入內. 則時其家族黨婦女之來者, 適留於新房中, 夜三更驚起而避. 新郎高聲而言曰: "諸婦女皆急避, 而獨留兪書房宅, 可也."云云. 如是之故, 妻家上下, 皆厭苦之. 申公按海藩也, 內行將率去, 而使兪郎陪來. 孀婦請曰: "兪郎不可率去. 姑留之, 使吾女暫時休息, 可也."公不許而率去矣. 及墨進上之時, 公呼兪郎而問曰: "汝欲墨乎?"對曰: "好矣."公指示而言曰: "任自擇去."兪郎躬自擇之, 大折墨百同別置. 該監裨將前奏曰: "若如此, 則進上恐有闕封之慮矣."公曰: "使之急急更造."兪郎還至書室, 幷給下隸, 無一餘者云. 兪郎卽兪相拓基也. 享年八十而偕老, 位至[120]領相, 子有四人, 家又富, 果符申公之言. 其後, 兪公爲海伯, 率女婿洪南原益三而去矣. 又當墨進上時, 呼洪郎, 而使之任自擇去, 則洪郎擇其大折二同·中折三同·小折五同而別置. 公曰: "何不加擇?"洪郎曰: "凡物, 皆有限用處. 小婿若盡數擇之, 則進上何

---

119 生: 저본에는 '主'로 나와 있는데, 익선재본 C에 의거하여 바꿈.
120 至: 저본에는 '之'로 나와 있는데, 일사본, 익선재본 C, 익선재본 D에 의거하여 바꿈.

以爲之? 洛下知舊, 何以問之乎? 小婿則十同優可用矣." 公睨視而笑
曰: "緊莫緊矣. 可作蔭官之材云矣." 果如其言.

53. 해인사(海印寺) 노승(老僧)

陝川守某年六十, 只有一子而溺愛, 敎訓失[121]方年至十三歲, 而目不識
丁. 海印寺有一大師, 僧自前親熟, 往來衙中矣. 一日, 來見而言曰: "阿
只年幾長童, 而將不入學[122], 將何以爲之?" 倅曰: "雖欲敎文字, 而慢不
從命. 不忍楚撻, 以至於此, 深以爲限." 大師曰: "士夫子弟, 少而失學,
則將爲世棄人. 全事慈愛, 而不事課工, 可乎? 其人物凡百, 可以有爲,
而如是抛棄, 甚可惜也. 小僧將訓學矣, 官家其許之乎?" 倅曰: "不敢請
固所願也. 大師若敎訓, 而使之解蒙, 則此豈非萬幸也." 大師曰: "若然
則有一事之可質者, 以生殺惟意爲之, 只可嚴立課程之意, 作文記踏印
而給小僧. 且一送山門之後, 限等內官隷之屬, 一不相通, 割斷恩愛然
後, 可矣. 至於衣食之供, 小僧自辦之, 如有所送者, 僧徒往來便, 直送
于小僧許爲宜. 官家其將行之乎?" 倅曰: "惟命是從矣." 仍如其言, 書文
記給之. 自伊日, 送兒于山門, 而絶不相通. 其兒上山之後, 左右跳踉,
慢侮老僧, 辱之頰之, 無所不爲. 大師視若不見, 任其所爲. 過四五日後
平朝, 大師整其弁袍, 對案跪坐, 弟子三四十人, 橫經侍坐, 禮儀整肅.
大師仍命一闍利僧, 拿致厥童. 厥童號哭詬辱. 曰: "汝以僧徒, 何敢侮
兩班至此也! 吾可歸告大人, 將打殺汝矣." 仍罵曰: "千可殺, 萬可殺,
賊禿! 云云." 限死不來, 大師大聲叱之, 責諸僧使之縛來. 諸僧齊來,
縛致之於前. 大師出示手記. 曰: "汝之大人書此給我. 從今以往, 汝之
生死, 在於吾手. 汝以兩班家子弟, 目不識字, 全事悖惡之行, 生而何

---

121 失: 저본에는 '矣'로 나와 있는데, 일사본, 익선재본 C, 익선재본 D에 의거하여 바꿈.
122 學: 저본에는 '覺'으로 나와 있는데, 일사본, 익선재본 C, 익선재본 D에 의거하여 바꿈.

爲？此習[123]不祛, 將亡汝之門戶矣, 第受吾罰." 仍以錐末, 灸火待赤,
而刺之于股. 厥童昏塞, 半餉而甦. 大師又欲刺之, 仍哀乞曰: "自此以
後, 惟大師命是從, 更勿刺之." 大師執錐, 而責之誘之, 食頃而後始放.
使之近前, 以千字文先授之, 而排日課程, 不許少休. 此童年旣長成, 智
慮亦長, 聞一知十, 聞十知百. 四五朔之間, 千字·通史, 皆通曉, 而晝夜
不輟, 孜孜不懈. 一年之餘, 文理大就, 留山寺三年, 工夫已成. 每於讀
書之時, 獨語于心曰: '吾以士大夫, 受此辱於山僧者, 皆不學之致也.
吾將勤工, 登科後, 必欲打殺此僧, 以雪今日之恨云云.' 而一念不懈, 尤
用工力, 大師又使習科工. 一日, 使近前而言曰: "汝之工夫, 今則優,
可作科儒. 明日可與我下山." 翌日, 仍率來衙中而言曰: "今則文辭將
就, 登科後, 文任亦可不讓於他. 小僧從此辭歸." 仍留置而去. 其童子
始議婚成親, 而上京後, 出入科場, 數年之後決科. 數十年之間, 得爲嶺
伯, 始大喜心語曰: '吾今而後, 乃可殺海印寺老僧以雪向日之憤云矣.'
及按道而出巡也, 申飭刑具作別杖, 而擇執杖之善者三四人以從. 將到
山門, 而欲撲殺此僧之計也. 行到紅流洞, 此老僧率諸僧, 祇迎于路左,
巡使見之, 仍下轎, 執手而致款. 老僧欣然而笑曰: "老僧幸而不死, 及
見巡使威儀, 幸莫甚焉." 仍與之入寺, 老僧請曰: "小僧之居房, 卽使道
向年工夫處也. 今夜, 移下處, 與小僧聯枕無妨矣?" 巡使許之, 與之同
寢. 更深後, 僧問: "使道兒時受學時, 有必殺小僧之心乎?" 曰: "然矣."
僧曰: "自登科至建節, 而皆有此心乎?" 曰: "然矣." 僧曰: "發巡時, 矢
于心, 而欲打殺小僧, 至有別刑杖, 擇執杖之擧, 然否?" 曰: "然矣." 僧
曰: "若然則使道何不打殺, 而下轎致款乎?" 巡使曰: "向來之恨[124], 心
乎不忘, 及對君顏, 此心氷消雲散, 油然有欣悅之心故也." 僧曰: "小僧
亦已揣知矣. 使道位可至大官, 而某年月日, 按節箕城時, 小僧當送上

---

123 習: 저본에는 '僧'으로 나와 있는데, 일사본, 익선재본 C, 익선재본 D에 의거하여 바꿈.
124 恨: 저본에는 '限'으로 나와 있는데, 일사본, 익선재본 C, 익선재본 D에 의거하여 바꿈.

佐矣. 使道必須加禮, 而如見小僧樣, 與之同寢, 可矣. 愼勿忘置, 必須
如是." 巡使許諾. 老僧又出示一紙, 曰: "此是小僧爲使道, 推數年生而
編年也. 享年幾許, 位至幾品, 昭然可知, 而俄所言箕營事, 愼勿忘却."
巡使唯唯. 翌日, 多給米布錢木之屬而去. 其後遇幾年後, 果爲箕伯. 一
日, 閽者告曰: "慶尙道陜川郡海印寺僧欲入謁矣." 巡使怳然覺悟[125], 卽
使入來. 使之升堂, 把袖促膝, 問其師之安否. 夕餐與之聯床, 至夜又與
之同寢. 至更深, 房堗過溫, 巡使仍易其寢席而臥矣. 昏[126]夢中, 忽聞有
腥穢之臭. 以手撫僧, 則僧之臥處, 有水漬手. 仍呼知印, 擧火而見之,
則刀刺於僧腹, 五腸突出, 血流遍地. 巡使大驚, 急使運置於外. 翌朝窮
査, 則巡使所嬖之妓, 卽官奴之所昵, 而彼此大惑者也. 以是含憾, 爲刺
巡使而入來, 謂下堗之臥者卽巡使[127]也, 而刺之矣. 仍拿致嚴覈, 則一
一直招, 遂置之法, 治僧之喪, 送于本寺. 盖大師預知有此厄, 而故使上
佐代受故也. 其後, 功名壽限, 皆符大師之推數矣.

54. 호팔자(好八字)

柳生某者, 洛下人也. 早有文名, 二十前登司馬, 而家甚貧寠, 居於水原
地. 其妻某氏, 才質俱美, 以針線資生矣. 一日, 門外傳言, 有一女子善
劍舞戲云, 柳生招入內庭, 而使之試藝. 其女子入來, 熟視柳妻, 直上廳
而相抱放聲大哭. 莫知其故, 問于其妻, 則答以爲: "曾所面熟之人故也"
云. 仍不試劍技, 而留數日而送之矣. 越四五日後, 望見前路, 三箇新轎
駕駿馬, 而前有婢子數雙亦騎馬, 後無陪行, 而直向其家. 柳生訝之, 使
人問: "何來內行, 誤入吾家?" 下隷不答而入門, 下轎於內門之內, 人馬
皆息於店幕. 柳生倍生疑訝, 書問其內, 則以爲: "從當知之, 不必强

125 悟: 저본에는 '語'로 나와 있는데, 일사본, 익선재본 C, 익선재본 D에 의거하여 바꿈.
126 昏: 저본에는 '忽'로 나와 있는데, 일사본, 익선재본 C, 익선재본 D에 의거하여 바꿈.
127 使: 저본에는 '使道'로 나와 있는데, 일사본, 익선재본 C, 익선재본 D에 의거하여 바꿈.

問."云云. 而自伊日夕飯, 饌品豊潔, 水陸備陳. 柳生心尤訝惑, 又書問
之[128], 則以爲: "只可飽喫. 不必問之, 從當知之. 數日則不必入內."云
矣. 其明日朝夕飯, 又如是. 過數日, 其內書請以爲作京行云云. 柳生怪
之, 請於中門內暫面而問曰: "內行從何處[129]以來也, 朝夕之供, 何爲而
比前豊厚也, 洛行云云, 何爲而言也, 洛行有何委折而何以治行而發程
耶?" 其妻笑曰: "不必强問, 從當知之矣. 至於京行之人馬, 卽不必掛
念. 自當備待. 只可治行而已." 柳生怪訝, 而任其所爲矣. 翌日, 三轎依
前駕馬, 而自家所騎之馬, 亦已具鞍以待矣. 第騎馬而隨後矣. 到京城
南門, 而會洞一大第, 三轎入於內門, 自家下馬於中大門之外, 而入則
卽一空舍也. 而鋪筵設席, 書冊筆硯之屬・唾壺溺器之物, 左右羅置, 有
冠者數人, 如傔從樣待令而使喚. 已而奴輩四五人, 入庭現謁. 柳生問
曰: "汝輩誰也?" 對曰: "皆是宅奴子也." 柳生曰: "此宅, 誰人之宅也?"
對曰: "進士主宅也." 又問: "左右鋪設之物, 則何處得來者也?" 對曰:
"皆是進士需用什[130]物也." 柳生, 驚訝如座雲霧中. 夕飯後, 舉燭而坐,
其妻作書曰: "今夜當出送一美人, 庶慰孤寂之懷也"云. 柳生答以爲:
"美人誰也, 此何事也?". 其妻曰: "從當知之."云. 而至更深後, 傔從輩
皆出外. 自內門一雙丫鬟, 擁出一箇絶代美人凝粧盛飾, 而坐於燭下.
侍婢又鋪寢具而入. 生仍問以何許人, 則笑而不答, 仍與之就寢. 明朝,
其妻以書賀得新人, 而又曰: "今夜當換送他美人."云云. 柳生莫知其
故, 任之而已. 其夜侍婢如前擁一美人而出來, 察其形容, 則乃是別人.
柳生又與之同寢矣. 翌朝, 其妻又以書賀. 午後, 門外忽有喝導聲, 一隷
入來而告曰: "權判書大監行次入來." 生驚而下堂拱立. 俄而一白髮老
宰相, 乘軒而入來, 見柳生, 欣然把手, 而上堂定坐. 柳生拜而問: "大
監不知何許尊貴人, 而小生一未承顔, 何爲降臨也?" 其宰相笑曰: "君

---

128 저본에는 없으나, 익선재본 C에 의거하여 추가.

129 저본에는 없으나, 익선재본 C에 의거하여 추가.

130 什: 저본에는 '汁'으로 나와 있는데, 익선재본 D에 의거하여 바꿈.

尙未覺繁華夢耶? 吾第言之. 如君之好八字, 今古罕倫者也. 年前, 君
之聘家與吾家及譯官玄知事者, 家俱[131]隔牆, 而同年同月日, 三家俱産
女. 事甚稀異故, 三家常常相互送兒而見之. 及稍長之時, 三女朝夕相
從而遊嬉, 渠輩私自以同事一人, 矢心相約[132], 而吾亦不知, 彼家必不
知矣. 其後, 君之聘家移居, 而不聞聲息矣. 吾女卽側出也, 年及笄欲議
婚, 則抵死不願曰: '旣有前約, 當從君妻而事一人. 其外雖老死父母家,
決無入他門之念.'云云. 玄家女子, 又如是云, 責之誘之, 終不回心, 至
於過二十五歲, 而尙未適人矣. 向聞玄女學劍技, 粧男服出遊八方, 將
尋君之聘家云矣. 日前逢着於水原地云矣. 再昨之夜, 出來佳人, 卽吾
之庶女也, 昨夜之出來佳人, 卽玄家女也. 家舍及奴婢什物書冊與田土
等屬, 吾與玄君排置者也. 君一擧而得兩美人及家産, 古之楊少遊, 無
以加此. 君可謂好八字也."仍使人招玄知事以來. 須臾一老者, 金圈紅
帶, 來拜於[133]前. 權判書指而言曰:"此是玄知事也."云. 三人對坐, 盛
設酒肴, 終日盡歡而罷. 權卽權大運也. 柳生與一妻二妾, 同室和樂者
數年. 一日, 柳妻謂其夫曰:"見今朝廷, 南人得時, 而權判書南魁而當
局矣. 近日事, 無非滅倫之事, 不久必敗, 敗則恐有禍及之[134]矣. 慮不
如早自下鄕, 以爲免禍之計矣."柳生然其言, 盡賣家産[135], 而携妻妾還
鄕, 更不入京城矣. 甲戌年坤殿復位之後, 南人皆誅竄, 權大運亦參其
中, 而柳生[136]獨不被收坐[137]之律, 柳妻可謂女中之知識者也. 豈當時午

---

131 俱: 저본에는 없는데, 익선재본 D에 의거하여 추가한 것임.

132 以同事一人, 矢心相約: 저본에는 '矢心同事一人相約'으로 나와 있으나 익선재본 D에
의거하여 바꿈.

133 於: 저본에는 없는데, 일사본에 의거하여 추가한 것임.

134 及之: 저본에는 '已之'로 나와 있는데, 익선재본 C에 의거하여 바꿈.

135 産: 저본에는 '粧'으로 나와 있는데, 익선재본 C, 일사본에 의거하여 바꿈.

136 繁華~柳生: 익선재본 D에는 본초(本草)에 낙장(落章)이 있어 해당 부분의 개략적인
내용을 현토체로 적어두었음.

137 坐: 저본에는 '座'로 나와 있는데, 익선재본 D에 의거하여 바꿈.

人宰相輩所可及者耶!

55. 겸인 홍동석(傔人 洪東錫)

洪東錫者, 惠局吏而二憂[138]堂傔人也. 辛壬[139]之間, 少論臺官, 發[140]啓
而故使東錫寫之. 東錫投筆曰: "子不可以手寫其父之罪名. 傔從之於
官員, 有父子之義, 小人不可寫." 諸臺, 怒使囚之, 至於受刑數三次, 而
終不書之. 及二憂堂謫濟州也, 東錫, 自退而隨往. 至下後命之時, 悔軒
聞此報, 走馬發, 行及未三十里, 而賜藥都事先入去矣. 藥椀促使飲之,
則東錫在傍, 請曰: "聞罪人之子, 不久入來云. 少延晷刻, 以爲父子相
面之地." 云云. 則都事不許. 東錫乃蹴其藥椀而覆之. 諸人皆失色, 而
無奈何矣. 都事不得已以藥椀爲海水漂沒修啓, 而[141]悔軒入來矣. 自禁
府更送藥水之際, 拖至月餘矣. 及受後命之時, 二憂堂顧謂悔軒曰: "東
錫, 汝可視以同氣." 東錫隨喪上來, 復爲惠吏, 世世永襲, 而其子孫出
入趙公之門下而通內外. 其孫禹鼎, 卽吾先君傔從也, 而亦有義氣之
人. 以司僕吏老退, 後加資, 年前身故.

56. 관상(觀相)

連山人金銖者, 善相人, 出入四大臣門下. 辛壬年前, 見郊外動駕, 遍觀
班行間諸人, 而獨自咄嘆, 至最後散班有一朝士, 貌寢而騎駑馬參班.
而過者問其人, 則或曰: "沈僉知." 云. 又問家在何洞, 而知之, 翌日往
訪. 則沈僉知者, 驚而起迎曰: "聞名久矣, 無由邀來, 今焉甚風吹到?"

---

138 憂: 저본에는 '優'로 나와 있는데, 익선재본 D에 의거하여 바꿈.

139 壬: 저본에는 '任'으로 나와 있는데, 문맥으로 보아 바꿈.

140 發: 저본에는 '廢'로 나와 있는데, 일사본에 의거하여 바꿈.

141 而: 저본에는 없는데, 익선재본 D에 의거하여 추가한 것임.

金某曰: "某有相人之術, 請相令監之狀而來矣." 仍言曰: "令監大貴人也. 數年之間, 位必至一品矣." 沈曰: "寧有是理?" 曰: "無相法則已矣, 若有, 則言不誣矣." 又曰: "有所托於令監者, 令監能不忘而記有否?" 沈曰: "第言之." 金請紙筆, 書曰: "某年月日, 湖西金某還歸[142]故土, 而更不出門." 云. 而付之壁, 曰: "日後, 必有事端矣, 生今日自此直還鄉, 而更不入洛矣. 令監須銘念而活我." 沈驚訝曰: "何其言之妄[143]也?" 金曰: "無論言[144]之妄與不妄, 第以此爲證." 云而辭出. 沈心竊訝之. 沈卽檀也, 辛壬年, 以判金吾當大獄, 鞫庭之招出湖西金某, 雜出於奴僕之招, 而尙今出入云. 沈檀始乃大覺曰: "金生可謂神人也." 遂言: "金生年來不在京, 吾所稔知也." 遂極力而救之.

57. 노론사대신(老論四大臣)

景廟患候彌留, 而儲位未定. 時三宗血脈, 只有英廟而已. 四大臣夢窩金公昌集·疏齋李公頤命·寒圃齋李公健命[145], 以爲國家深長之慮, 發建儲之請, 李公廷熽, 上疏請之. 如趙泰耈·崔錫恒·金一鏡·柳鳳輝之徒, 必欲沮戲其議. 二憂堂趙公泰采, 卽泰耈從行間也. 三相慮其爲泰耈邊, 不以大議議之. 趙公往見三公曰: "公等聞有大議, 而不使小生聞知何[146]也? 或以小生之從行間事而然耶? 公私自別, 義理至嚴, 何可以私害公耶? 小生亦參其議." 仍相與之定議, 此之謂四大臣也. 耈輝輩, 忌英廟之英明, 樂景廟患候中用權, 遂起大獄. 四大臣及向國效忠之

---

142 歸: 저본에는 없는데, 익선재본 D에 의거하여 추가한 것임.

143 妄: 저본에는 '忘'으로 나와 있는데, 익선재본 D에 의거하여 바꿈.

144 言: 저본에는 없는데, 익선재본 D에 의거하여 추가한 것임.

145 疏齋李公頤命·寒圃齋李公健命: 저본에는 '寒圃齋李公頤命·疏齋李公健命'이라고 나와 있는데, 李頤命과 李健命의 호를 오기한 것으로 보아 바꿈.

146 何: 저본에는 '可'로 나와 있는데, 익선재본 D에 의거하여 바꿈.

臣, 一倂除去, 大而誅戮, 小而竄配, 朝著一空. 此是辛壬士禍也. 二憂
堂亦在其中, 其季胤悔軒公, 泣乞于泰耇兄弟之門, 耇與語曰: "汝翁如
有一言于吾輩, 則當極力救之矣." 悔軒泣傳其言, 則二憂堂怒叱, 而終
無一言, 以至於受後命之境, 而公少無悔心. 甲辰, 英廟登極後, 幷復
官. 丙申, 正廟致祭文有曰: '禍起蕭墻[147], 忠逆乃判'者, 此也. 時禍色
滔天, 老論一邊人, 皆一網打盡, 其婦女皆發配. 余[148]曾大姑母適金公
達行, 以夢窩孫婦, 亦在編配之[149]中, 禁府隷問名, 則其婢子打頰曰:
"汝焉敢問吾內上典名字乎?"云. 聞者齒冷.

58. 장붕익(張鵬翼) ①

張武肅公諱鵬翼, 以家貧親老, 投筆而位至秋判. 當戊申及乙亥逆變,
躬擐甲冑杖釰, 立殿門之外, 英廟始乃就寢. 其佩國安危如此. 以刑判
兼訓將及捕將, 常乘軒車. 一日, 出城過一洞, 則時當生進放榜, 曲曲絃
歌, 家家選優. 路傍井邊, 有婢子汲水, 而傍人問之曰: "汝家新恩, 何
以應榜?"對曰: "應榜, 猶屬餘事. 朝夕難繼, 吾家老上典, 方在顧領中,
應榜何可念及乎?"云. 時, 武肅公聞其言, 停軺而使厥婢近前而問曰:
"汝家何在, 而汝主方應榜乎?"答曰: "家在某處." 手指而示之, 不遠之
地, 而不蔽風雨而數間斗屋也. 公仍呼新來, 則儒生不肯曰: "武將何可
呼我? 我不可以出." 公乃曰: "吾亦生進矣. 以生進呼生進, 無所不可,
斯速出來." 儒生不得已出來, 數次進退, 偕入其門. 問曰: "應榜何以爲
之?"對曰: "朝夕全闕, 何論應榜也?"公曰: "此則吾當備給矣." 又曰:
"旣是侍下, 則當率倡矣." 對曰: "雖是侍下, 應榜亦無以爲之, 何敢議到
於率倡乎?"公曰: "不然矣. 侍下而何可不率倡乎?"仍分付捕廳, 倡優

---

147 蕭墻: 저본에는 '肅壇'으로 나와 있는데, 익선재본 D에 의거하여 바꿈.
148 余: 저본에는 없는데, 익선재본 D에 의거하여 추가한 것임.
149 之: 저본에는 없는데, 일사본에 의거하여 추가한 것임.

四人極擇而服餙務從鮮明, 唱榜前待令. 而"吾將留宿於此而一游矣".
自都監新營, 盛設夜饌, 備待于此處, 左右山棚, 使捕廳待令分付. 日暮
後, 鋪陳於其家前通衢之上, 終夜張樂, 及曉而罷. 又以錢三百, 獻壽於
其老親而去. 先輩之風流, 有如此矣.

59. 장붕익(張鵬翼) ②

高王考致祭時, 朝士多會. 時, 張武肅公, 以漢城判尹兼訓將[150]而參座
矣, 大廳之上, 依席枕, 吸烟茶. 兪公拓基, 以臺官後至, 及到廳邊, 還
下去, 會客皆莫知其故矣. 兪相坐於小舍, 而分付諫院吏曰:"大廳上,
橫竹倚枕之重臣誰也?"對曰:"訓鍊使道也."兪相叱曰:"今日公會也.
武將焉敢如是無禮於公座乎? 下隸發牌, 捉囚可也."訓局隸以諫院分
付, 告于公, 則[151]公乃投竹而起曰:"可以去矣."一蹙眉而網巾折裂. 伊
後, 逢兪相, 以執法之意致謝, 而交歡而罷. 兪相之執法, 武肅公之氣
岸, 槩可見矣.

60. 장붕익(張鵬翼) ③

張武肅公, 嚴於忠逆之分, 如時相李光佐, 必去姓而呼. 次對時, 光佐奏
曰:"近日, 武將驕蹇事多寒心. 臣旣忝在大臣之列, 而武將慢侮弐甚,
朝體恐不如是矣."上曰:"武將誰也."對曰:"訓將也."上將欲下問之
時, 右相丹巖閔公入來, 武肅公下階而拱立, 筵臣皆驚駭. 公隨右相上
來, 就座後, 公起伏曰:"小臣之敬大臣如是矣. 彼領相則逆賊也, 臣雖
武臣, 何可禮賊臣耶?"上大怒命削職.

---

150 訓將: 저본에는 없는데, 익선재본 D에 의거하여 추가한 것임.

151 下隸發牌, 捉囚可也. 訓局隸以諫院分付, 告于公, 則: 저본에는 없는데, 익선재본 D에
의거하여 추가한 것임.

61. 대장 신여철(大將 申汝哲)

申大將汝哲, 少時習射于訓鍊院. 歸路, 都監軍一人, 乘醉詬辱, 仍蹴殺之. 直入李貞翼公浣家, 通刺, 使之入來. 而寒暄罷後, 李公問: "何爲來見?" 汝哲對曰: "某, 名某也. 俄於射亭歸路, 都監軍士, 如斯如斯, 某果蹴殺之矣. 此將奈何?" 公笑曰: "殺人者死, 三尺至嚴, 焉敢逭其律?" 汝哲曰: "死則一也. 殺一軍士而死, 非大丈夫之事也. 欲殺其大將而死, 如何?" 李公曰: "汝欲殺我乎?" 汝哲曰: "五步之內, 公不得恃其衆也." 李公笑曰: "第姑俟之." 仍分付於都監執事曰: "聞軍卒一人, 乘醉於街上, 托以佯死, 須擔來." 下隷承命而擔來, 則拿入決棍而出之. 仍以無事, 李公使留之, 曰: "汝大器[152]也. 可親近往來." 愛之如親子姪, 一日, 招而言曰: "吾之親知人家, 在不遠, 而以染疾擧家皆死, 無人斂襲. 諸具吾已備置, 今夜, 汝可往其家, 躬自斂襲, 可也." 申師承命曰: "諾." 至夜, 執燭而往, 則一房之內有五屍矣. 乃以布木, 次次斂之, 至第三屍, 將斂之時, 忽然屍起而打頰, 燭乃滅矣. 申師小不驚動, 以手按之, "焉敢如是?" 云. 呼人爇燭而來, 其屍起坐大笑, 乃是李公也. 蓋李公欲試其膽氣, 而先臥屍側矣.

62. 부평 김생(富平 金生)

世傳, 若通內侍之妻, 則登科云. 趙相顯命, 少時聞其言, 而欲一試之, 使人居間而致意於壯洞一宦侍之妻. 其女許之, 約以某日內侍入番後潛來矣. 及期委往, 則果無人矣. 仍與其女, 交歡而臥矣. 夜將闌, 有開門聲, 而內侍入來. 趙相驚惶, 莫知所爲, 其女指之曰: "但坐此, 隨問隨答, 可也." 而已, 宦者着公服而入來, 其女問曰: "大監, 何爲而夜出也?" 宦侍曰: "適承命, 往毓祥宮歸路爲暫見君而來矣." 仍顧見趙相而

152 噐: 저본에는 '哭'으로 나와 있는데, 익선재본 C에 의거하여 바꿈.

言曰：“此何人也？”其女笑而對曰：“富平居吾之娚兄也.”宦侍致疑曰：
“君是富平金生乎？何不趁卽來訪，而今始來也？何時入來乎？”曰：“今
夕始來矣.”伊時，適有科期，宦侍曰[153]：“欲見科而來乎？”曰：“然矣.”
宦侍忽忽而起曰：“吾今入去矣. 須與君妹，敍阻懷也.”臨起，托曰：“君
於入場後，必坐於薑田上，則吾當以水刺茶啖退物，得給矣.”曰：“諾.”
宦侍出門後，笑而與其女同寢，至曉乃去. 數日後，入場而慮其來訪，坐
於壯元峰下. 見一內侍與一紅衣者，遍訪於場內曰：“富平金生，坐於何
處？”云云. 諸人皆不知，而趙相心獨知之，其人漸近，趙相乃以扇掩而
臥，知舊之在傍者，嘲之曰：“汝是金生乎？何爲聞其聲而避臥也？”
趙生不答而臥矣. 其宦侍來訪而問之，傍人以弄談指示曰：“臥此矣.”
宦侍擧扇而見之曰：“然矣. 君旣在此，而雖是喧擾之中，何不應聲也？”
自紅衣袖中，出果肴之屬而饋之曰：“以此，作饒飢之資.”云云. 一接皆
笑，而趙相無一言矣. 果登是科，以此每每見嘲[154]於親知中云云爾.

63. 철공(鐵公)

金鉉[155]者，英廟朝臺臣也. 鯁直敢言，人號曰鐵公. 宋淳命[156]除箕伯，
辭朝出南門外，時有餞之者，盂盤豊厚. 金鉉適在座同盂矣. 撥床未幾，
而宋對座客而言曰：“吾之姑母家在近，暫辭而來矣. 可少坐焉.”仍出
門而去. 未幾還來，將欲發行，座客皆作別而去. 金正色而言曰：“令監
不可發行. 須遲待焉.”宋曰：“何故也？”金曰：“令監以主人，不顧座上
之客而出門，此則大失賓主之體禮矣；飮食出給下人，而旋卽出門，下
隷何暇[157]得喫餘瀝乎？此則不通下情矣. 大失體禮，不通下情，而何可

───────────
153 始來也~宦侍曰: 저본에는 없는데, 익선재본 D, 일사본에 의거하여 추가한 것임.
154 嘲: 저본에는 ‘朝’로 나와 있는데, 익선재본 C, 익선재본 D, 일사본에 의거하여 바꿈.
155 金鉉: 『영조실록』에는 ‘金㙆’으로 나와 있음.
156 宋淳命: 『영조실록』에는 ‘宋淳明’으로 나와 있음.

受方面之責, 而導率列邑守宰乎? 吾將治疏矣." 仍起去. 宋意其戲言而發程矣. 金歸家, 而卽治疎駁之曰: "臣於新箕伯, 私席有一二事目見者, 大失體禮, 不通下情, 不可置之方伯之任. 請改差." 上以依施下批, 宋纔到高陽而見遞. 古之官箴, 乃如是矣.

64. 이술원(李述原)

英廟戊申, 嶺南賊鄭希亮, 起兵於安陰, 以應麟[158]佐. 希亮, 桐溪之宗孫也, 初名遵儒, 而以名祖之孫, 稱有學問, 頗有名於嶺右者也. 以其梟獍之性, 敢生射天之計, 以熊輔爲謀主, 而先發凶檄, 進兵居昌, 本倅逃走, 執座首李述原, 而使之起軍, 則李述原據義責之, 辭氣澟烈. 賊使之降, 則述原憤罵曰: "吾頭可斷, 此膝不可屈於汝也. 汝以名祖之孫, 世受國恩, 國家何負於汝, 而汝乃作此擧也? 獨不忝於汝祖忠節乎?" 賊怒以刀脅之, 述原終不屈, 遂遇害至死, 罵不絶口. 其子遇芳, 收其屍斂之, 安于枕流亭而哭曰: "父讐未雪, 吾何生爲? 且復讐之後, 乃可葬也." 仍白衣起軍, 與賊戰于牛頭嶺之下, 遇芳居先力戰, 夜登皐而呼曰: "居昌之軍民, 聽我言! 希亮國賊也, 汝輩若從之, 則死亡無日矣. 汝輩之中, 或有縛致吾陣者, 赦前罪而錄勳. 利害逆順不難卜矣." 云. 而周行倡聲, 邑校數人, 適在賊陣, 夜縛希亮而致之. 陣中諸議, 皆以爲 '囚之檻車, 上送大陣, 可也.' 遇芳泣曰: "殺父之讐, 吾何可一時共戴一天下乎?" 仍以刀刳其腹而出肝, 祭于其父柩前, 仍行襄禮. 自朝旌其閭而贈職, 建祠于熊陽面, 名曰'褒忠祠', 春秋享之. 李遇芳, 以承傳筮仕, 官縣監.

---

157 暇: 저본에는 '可'로 나와 있는데, 익선재본 D, 일사본에 의거하여 바꿈.
158 麟: 저본에는 '獜'으로 나와 있는데, 익선재본 D, 일사본에 의거하여 바꿈.

65. 마상재(馬上才)

時賊報日至, 朝廷洶洶. 以吳命恒爲巡撫使, 李遂良爲副, 出陣于安城
地. 與麟佐軍相對而陣, 命恒使騎兵先出戰, 遂良曰: "步卒在前, 騎兵
在後, 可也. 今使騎兵在前, 騎如不利, 則步卒不戰而自散, 以騎先戰,
不可也." 命恒不從, 遂良不得已以騎兵接戰. 騎士中, 有善於馬上才者,
縱馬而或臥或立, 出沒馬服下. 麟佐眇一目, 初見馬才而心異之, 從幕
內穿穴而見之, 騎士中有善射者, 仍臥於鞍上, 而彎弓射之, 中其目, 兩
眼俱眇. 軍中大亂, 官軍仍以乘勝, 賊大潰, 追至竹山, 而獲麟佐, 斬之.

66. 남연년(南延年)

麟佐之起兵也, 初糚喪車, 而兵器束作棺樣, 擔軍皆賊徒也. 以數十喪
車, 舉擔入淸州城內, 營將南忠壯延年及幕客洪霖, 言于兵使李鳳祥
曰: "喪車多入城內, 事甚怪訝. 請搜見而譏察焉." 兵使醉而答曰: "過
去喪車, 何必疑訝? 君等退去, 可也." 時夜將半, 有一雙鵲, 上下於樓
上之樑而噪之, 逐之不去. 已而亂作, 城中大亂, 賊兵擁入營門, 兵使昏
夢之中, 走避于後庭竹林之中. 忠壯坐于樓上而號令, 賊有問兵使去
處. 忠壯曰: "我也." 罵賊不屈而遂遇害. 賊中有知面者, 見之曰: "非
也." 遂至竹林而又刺殺之, 洪霖以身覆之, 幷被害. 兵使·營將及裨將,
自朝家幷施旌閭, 贈職之典. 其後, 有人題詩于淸州城外南石橋石上
曰: "三更鳴鵲繞樑喧, 燭滅華堂醉夢昏. 裨將能全蓮幕節, 元戎反作竹
林魂. 雲惟死耳傳唐史, 陵獨何心負漢恩. 堪笑漁人功坐受, 一時榮寵
耀鄕村." 此詩傳播, 而不知誰作也. 又其後, 南忠壯緬禮時, 請輓於知
舊之間, 有儒生兪彦吉, 卽兪知樞彦述從行間也. 詩曰: "吾頭可斷膝難
摧, 千載森森萬刃催. 是夜人能貞節辦, 暮春天以雪風哀. 名符漢塞張
拳死, 姓憶睢陽嚼指回. 堪笑五營巡撫使, 忍能無恙戴頭來." 李氏子孫
見此詩, 指以淸州詩亦此人所作也. 至於鳴冤之境, 兪生竟被謫, 便是

詩案也.

67. 기우객(騎牛客)

尹判書汲, 美風儀, 善文翰, 志又亢, 未嘗輕與人交. 其在漢城判尹時, 府隷皆以爲當今之世, 地處也·風儀也·言論也·文華也無出於此大監之右云矣. 一日, 罷衙歸路, 路逢一騎牛客, 衣弊縕而過. 彼此見而俱下軺下牛, 執手而問上來之由, 騎牛客[159]曰: "聞美仲闕食, 已三日云. 而昨日吾家適受還, 故戴米而來, 將饋之"云云. 府隷莫不驚, 而探知騎牛客, 卽臨齋尹副學心衡也. 美仲李正言彦世之字也.

68. 고려장군(高麗將軍)

崔相奎瑞, 少時[160]約諸友, 會做于小貞洞空舍. 此舍, 有鬼崇人多死, 以是之故, 廢棄者有年. 其內廳頗敞, 每日晝會夕散, 以做科工矣. 一日, 奎瑞先到而天仍暴雨, 終日不霽, 道路不通. 看看日勢將暮, 夕飯艱辛備來, 罷後, 明燭而坐于廳上. 夜幾二三更, 陰風肅然, 忽有曳履聲. 奎瑞[161]方看書而窺視, 則有金甲胄將軍, 杖劍而威風凜凜, 其後有一金冠朝服之宰相, 執笏而來, 當燭而立. 在前者高聲叱曰: "汝以妙少儒生, 見長老之來, 而偃坐不起, 於禮可乎?" 奎瑞仍起而揖曰: "適耽看文字, 不知長老之臨, 有失迎拜之禮, 不勝悚仄." 其人欣然而笑曰: "今而後見丈夫矣." 擧手請坐, 朝服者侍甲胄者而坐. 甲胄者掀髥而言曰: "吾乃高麗將軍也. 在後人卽角干而吾子也. 吾之父子有所訴於人者, 每

---

159 衣弊縕而過. 彼此見而俱下軺·下牛, 執手而問上來之由, 騎牛客: 저본에는 없는데, 익선재본 D, 일사본에 의거하여 추가한 것임.

160 少時: 저본에는 없는데, 일사본에 의거하여 추가한 것임.

161 奎瑞: 저본에는 '錫鼎'으로 나와 있는데, 일사본에 의거하여 바꿈.

每入來, 則其殘生驚怵而死, 以是至今有言而莫吐. 今見君而不如前人
樣, 可知大貴人也. 吾之墓, 在於舍廊前簷東邊石柱下, 吾子之墓, 在於
西邊石柱下. 人皆不知而立柱於墳墓之上, 年久而石柱漸漸沒入于地,
今則幾近於板上. 情理切迫, 欲以此由訴于主人, 而以爲移窆之計矣.
事不如意者, 積有年矣, 何幸逢君! 君其爲我而移葬, 則將有厚[162]報
矣." 奎瑞曰: "此是非難之事, 旣非吾家, 且無入手之物, 何以辦之?"
其人曰: "此不難矣. 今所坐廳第幾板下, 掘地數尺, 則有銀瓮之埋置,
可出而用, 作此需也." 奎瑞曰: "諾." 其人父子稱謝而去, 纔下廳而不知
去處. 天明雲收雨止, 奎瑞歸家, 訪問其家之主, 而以歇價買之. 掘廳下
之土, 則果有銀瓮. 仍出而換錢, 毀其外舍前簷而去石柱, 則其下果有
玄棺之以銀索懸之者, 一則書而'高麗將軍', 一則書以'高麗角干'. 奎瑞,
爲文而祭之, 移葬於他山淨潔處矣. 伊後, 前來之將軍·角干, 又來而稱
謝曰: "賴君之力, 吾之父子體魄, 幸得其所. 此恩將何以報之? 吾爲君
推數平生, 編年而來, 以此爲報恩之[163]資. 且有一言之可托者, 君須牢
記而勿忘也. 君於某年必爲騎判, 承命之日, 仍卽下鄕. 不者, 大禍將
至, 愼之愼之, 勿忘勿忘." 奎瑞曰: "諾." 其人仍辭去矣. 其後登第, 而
家間休咎·官職除拜之日時, 無不相符. 後丁未年間, 爲兵判, 仍忘其神
人之托, 而數日行公. 一日, 爲見知舊之返虞, 出城外, 後有呼奎瑞之名
者. 顧視則其神人立於雲烟之間, 大責曰: "君何爲以忘吾言而不下鄕
也? 禍機迫頭, 斯速下去!" 奎瑞怳然覺之, 卽日呈疏而歸龍仁墓下矣.
翌年三月戊申賊變, 奎瑞先聞而告變, 參錄勳. 此事載其年譜. 余曾未
得見, 而只憑傳者之言以錄之. 奎瑞卽崔錫鼎初字也.[164]

---

162 厚: 저본에는 '後'로 나와 있는데, 익선재본 C, 일사본에 의거하여 바꿈.
163 之: 저본에는 없는데, 일사본에 의거하여 추가한 것임.
164 奎瑞卽~初字也: 해당 구절은 저본과 일사본에 협주로 붙어 있음.

69. 와퇴법(臥椎法)

李兵使源, 提督如松之後也. 朝家以提督之有勞於壬辰之役, 收用其孫, 位至兵使. 有勇力, 能超數仞之墻, 彎一石弓. 其堂叔某居于春川地, 而躬耕資生. 亦有膂力神勇, 而人皆不知. 春耕時, 家貧無牛, 乃手自把耒耟而耕田, 則反勝於牛之所耕. 以是人或怪之. 其知舊有爲豊川倅. 一日, 委往見之, 仍言曰: "吾有大禍, 欲圖免而力不足. 君以故人之情, 能活我乎?" 倅曰: "何謂也?" 曰: "吾之氣力健實然後, 可免此禍, 而窮不能如意. 自今日, 君可饋我全牛乎? 喫十牛[165], 則可免矣." 倅許之. 李生每日使牽牛而來, 屠于前, 而飮其血, 又擧肉而吮之, 色白然後棄之. 連日如是, 托于本倅曰: "日間, 有一僧來問吾之下來與否矣. 以'姑不來'爲答[166]. 而彼若不信, 則吾以期日之書[167], 置矣, 出此而示之." 倅許之矣. 過數日, 闍[168]者入告曰: "有江原道五臺山僧請謁矣." 使入來, 則一狀貌獰狚之健[169]僧入來, 施禮而問曰: "春川李生來此乎?" 答曰: "有約而姑不來矣." 僧曰: "與小僧丁寧約會于此, 而期過不來, 甚可訝矣." 倅出示其書曰: "有書此在, 汝試見之. 某日當來云矣." 其僧見書畢, 辭曰: "伊日謹當更來."云, 而出門. 倅怪之, 問于李生, 則曰: "此僧卽殺我之人也, 而吾氣力未充實, 不能敵彼, 故欲調補十餘日後, 始欲與之較力矣." 到其日, 厥僧又來請見. 時李生在座, 其僧入來, 又問: "李生之來否?" 李生開戶而言曰: "余果來矣." 僧冷笑曰: "汝旣來矣, 可出來." 李生自腰間出一鐵椎而下堂, 與僧對立. 其僧又出一椎, 與之相擊. 未幾, 幷化爲一, 帶白虹, 亘于天際, 而空中只有椎擊之聲. 已而, 李生自空中挾椎而落來, 仰面而臥如屍. 傍人皆驚駭, 李乃瞬目而使勿

---

165 牛: 저본에는 '日'로 나와 있는데, 익선재본 C에 의거하여 바꿈.

166 答: 저본에는 '言'으로 나와 있는데, 익선재본 C에 의거하여 바꿈.

167 書: 저본에는 '書書'로 나와 있는데, 문맥으로 보아 바꿈.

168 闍: 저본에는 '門'으로 나와 있는데, 익선재본 C에 의거하여 바꿈.

169 健: 저본에는 없는데, 익선재본 D에 의거하여 추가한 것임.

近. 少焉, 其僧自雲中又椎挾而飛下, 如胡鷹之搏雉. 將近李生之前, 李
生忽擧椎, 而其僧頭碎而斃於地. 李生喘息而起曰:"吾與此僧, 每較椎
法, 力弱不得勝. 今日又幾爲渠所輸, 不得已用臥椎法, 幸而渠不知而
直下矣. 渠若知此法而橫下, 則吾不得免矣. 此亦數也."云. 而更留數
日, 告歸春川. 倅問僧之來歷, 則不答而去. 隱於春川山下云云.

70. 육상궁(毓祥宮)

英廟每幸毓祥宮, 趙判書重晦[170], 以臺臣上疏, 以爲:"歲時未行太廟之
謁, 先幸私廟, 於禮不可云云."上大怒, 卽以步輦, 直出興化門. 時當倉
卒, 侍衛之臣, 陪護之軍, 皆未備. 由夜峴到毓祥宮, 垂涕而敎曰:"以
不肖之故, 辱及亡親, 以何顔面更對臣民乎? 予當自處. 令軍兵執戟環
衛, 而大臣以下一勿許入, 如有[171]許入, 則大將當施軍律."又敎曰:"八
十老人, 若坐氷上, 不久當死."仍以手足, 沈之前池氷雪之水. 時當早
春, 氷未解之. 時百僚追到, 而被阻搪不得入. 正廟以世孫獨侍立, 叩頭
涕泣而諫之, 終不聽. 少焉, 玉體戰慄. 世孫泣而復諫, 則上曰:"斬趙
重晦頭, 來置之目前, 則予當還宮."世孫忙出門, 招大臣令曰:"趙重晦
斯速斬頭而來."時金相相福, 獨立於衛外, 奏曰:"趙重晦, 無可斬之
罪. 何可迫於嚴命, 而殺不辜乎? 惟願邸下, 務積誠意, 期於天意之回."
世孫頓足而泣, 又下令曰:"宗社之危, 迫在俄頃, 大臣何愛一重晦, 而
不奉命乎?"金相對曰:"此是大朝之過擧. 何可仍過中之擧, 殺言官乎?
臣雖死, 不敢奉令."上下相持之際, 自上下敎曰:"趙重晦姑勿斬, 先以
庭請啓辭入之."右相仍與諸臣, 呼草登啓以入. 上覽之, 裂書而擲于地
曰:"此是啓辭乎? 乃是趙重晦之行狀也."諸臣改草以亟正邦刑入啓.

---

170 晦: 저본에는 '誨'로 나와 있는데, 익선재본 D에 의거하여 바꿈.
171 有: 저본에는 없는데, 익선재본 D에 의거하여 추가한 것임.

上命三倍道, 濟州安置, 卽日發送而還宮. 趙未及濟州, 而有放釋之命.

71. 성초점(省草店)

李判書鼎輔, 以副學遭故. 一日, 往省湖中先山, 聞獨子病報, 蒼黃復道, 行到省草店. 時日暮而貫目商人十餘人先入店矣. 李公處于越小房, 夜深月明, 仍不寐而坐. 一商人開戶而出溺, 仰見天象, 忽呼同伴之字曰: "某也出來." 而已, 一人又出, 相對而坐. 一人指示星辰曰: "畢星犯某星, 明午必大雨, 數日不止矣. 趁早朝起動, 越某川, 可也." 一人仰視曰: "然矣." 仍與之酬酌. 一人問曰: "今日所逢守令行次, 汝知之乎?" 曰: "聞是靈光倅也." 曰: "其人何如?" 曰: "風儀動盪矣." 曰: "其面目能無凶氣乎?" 曰: "十年之後, 必舞於車上矣. 至凶之像也." 曰: "今日, 入此店喪人知之乎?" 曰: "極貴人. 見今似貴, 至宰相之班矣." 曰: "其眉間得無所見[172]之氣耶?" 曰: "其形極淸秀, 子宮甚貴, 必聞獨子病報而去. 然而明日午後, 已不救[173]矣. 仍而無嗣可慮." 李公聞而訝異, 開戶而視之, 則二人仍入房內, 鼻聲如雷. 李公高聲曰: "俄者酬酌之人, 誰也? 願一見之." 連聲而無應者. 未幾鷄唱, 行人皆起, 催飯而出門. 李公亦秣馬而發. 過午後, 大雨果注, 川渠漲溢, 行人數日不通. 到家則其子已死, 果符其言. 而靈光倅卽申致雲[174]也, 乙亥謀逆伏誅.

72. 주금(酒禁)

柳統制鎭恒, 少時以宣傳官入直矣. 時歲壬午, 酒禁極嚴. 一日月夜, 上忽有入直宣傳官入侍之命, 鎭恒承命入侍, 則出一長劍以賜, 而敎之

---

172 見: 저본에는 '現'으로 나와 있는데, 익선재본 D에 의거하여 바꿈.
173 救: 저본에는 '敢'으로 나와 있는데, 익선재본 D에 의거하여 바꿈.
174 申致雲: 저본에는 '沈致雲'으로 나와 있는데, 일사본에 의거하여 바꿈.

曰:"聞閭閻尙多釀酒云. 汝須持此劍出去, 限三日, 捉納則好矣. 不然
則可以汝頭來納." 鎭恒承命而退歸家, 以袖掩面而臥. 其嬖妾問曰:
"何爲如是忽忽不樂也?"曰:"吾之嗜飮, 汝所知之也. 而斷飮已久, 喉
渴欲死."其妾曰:"暮後可圖, 第姑俟之."及夜, 其妾曰:"吾知有酒之
家. 除非吾躬往, 則無以沽來."仍佩壺而以裙掩面出門. 鎭恒潛躡其後,
則入東村一草家, 沽酒而來. 鎭恒飮而甘之, 更使沽來. 其妾又往其家
而沽來, 鎭恒佩壺而起. 其妾怪而問之則答曰:"某處某友, 卽吾之酒伴
也. 得此貴物, 何可獨醉? 欲往與之飮云."而出門, 尋其家而入戶, 則
數間斗屋, 不蔽風雨, 而一儒生挑燈讀書, 見而怪之, 起而迎曰:"何
來[175]客子, 深夜到此?"鎭恒坐定而言曰:"吾是奉命也."自腰間出酒壺
曰:"此是宅中所沽也. 日前下敎, 如斯如斯, 今[176]旣見捉, 則不可不與
之同行矣."其儒生半餉無語曰:"旣犯法禁, 何可稱頉? 然而家有老親,
願一辭而行, 如何?"柳曰:"諾."儒生入內, 低聲呼母, 其老親驚問曰:
"進士乎, 何爲不眠而來也?"儒生對曰:"前豈不仰[177]陳乎? 士夫雖餓
死, 而不可犯法云矣. 慈氏終不信聽, 今乃見捉, 小子今方就死矣."其
老親放聲大哭曰:"天乎地乎! 此何事也? 吾之潛釀, 非貪財而然也, 欲
爲汝朝夕粥飮之資矣. 今乃如是, 此是吾罪也. 此將奈何?"如是之際,
其妻亦驚起, 搥胸而號哭. 儒生徐言曰:"事已到此, 哭之何益? 但吾無
子, 吾死之後, 子可奉養老親如吾在時. 某洞某兄, 第有子幾人, 一子率
養而安過."申申付托而出. 柳在外聞其言, 而心甚惻然. 及儒生之出來
也, 問之曰:"老親春秋, 幾何?"曰:"七十餘矣."曰:"有子乎?"曰:
"無矣."柳曰:"此等景色, 人所不忍見. 吾則有二子, 又非侍下. 吾可以
代死, 君則放心."酒壺並使出來, 仍與之對酌, 而打破其器, 埋之于庭.
臨行又言曰:"老親侍下, 家計不成說. 吾以此劍, 聊表一時之情, 須賣

---

175 來: 저본에는 '事'로 나와 있는데, 익선재본 D에 의거하여 바꿈.

176 今: 저본에는 없는데, 익선재본 D에 의거하여 추가한 것임.

177 仰: 저본에는 '抑'으로 나와 있는데, 일사본에 의거하여 바꿈.

而供老親, 可也."解佩刀與之而去. 主人苦辭而不顧而去. 主人問: "姓
名爲誰?"對曰: "吾乃宣傳官也. 姓名何須問之耶[178]?"飄然而去. 翌日
卽限也. 入闕待罪, 則自上問曰: "果捉酒而來乎?"對曰: "不得捉矣."
上怒曰: "然則汝頭何在?"鎭恒俯伏無語良久, 仍命三倍道, 濟州安置.
鎭恒在謫幾年, 始解配, 十餘年落拓. 晚後復職, 得除草溪郡, 而在郡數
年, 專[179]事肥己, 民皆嗷嗷. 一日, 繡衣出道而封庫, 直入政堂, 首鄕首
吏及倉色諸人, 一幷拿入, 刑杖方張. 柳從門隙窺見, 則的是向者東村
酒家之儒生也. 仍使之請謁, 則御使駭而不答曰: "本官何爲請見? 可謂
沒廉也."鎭恒直入而拜, 御使不顧而正色危坐. 柳乃問曰: "御使道知
此本官乎?"御使沈吟不答, 而獨語于口曰: "本官吾何以知之?"柳曰:
"貴第前日豈不在於東村某洞乎?"御使微驚曰: "何爲問之?"柳曰: "某
年某月某日夜, 以酒禁事奉命之宣傳官, 或記有否?"御使尤驚訝曰:
"果記得矣."柳曰: "本官卽其人也."御使急起把手而淚如雨下曰: "此
是恩人也. 今之相逢豈非天耶?"仍命退刑具, 及諸罪人一幷放之, 終夜
張樂娓娓論懷. 更留數日而歸, 仍卽褒啓. 繡啓之褒獎, 前未有出於此
右者. 自上嘉其治績, 特除朔州府使. 伊後此人位至大臣, 而到處言其
事, 一世譁然義之. 柳鎭恒一蹴頭位, 至統制使. 此是少論大臣, 而忘其
姓名, 不得記之.

73. 동방일사(東方一士)

洪翼靖公鳳漢, 卽高王考第三[180]婿也. 惠嬪, 誕降于平洞故第, 長於吾
家, 以至於入宮, 晚年每下問舊第之尙傳與否. 洪公登第後, 遭遇英廟,
眷注隆重. 秉權數三十年, 而其子弟次第決科, 門庭烜爀. 時金龜柱亦

---

178 耶: 저본에는 '也'로 나와 있는데, 익선재본 D에 의거하여 바꿈.
179 專: 저본에는 '全'으로 나와 있는데, 일사본에 의거하여 바꿈.
180 三: 저본에는 '二'로 나와 있는데, 일사본에 의거하여 바꿈.

以戚里, 相頡頏而有猜忌之心. 收拾人心, 自處以下士, 儒生之婚喪, 貧不能辦者, 皆力爲之助. 以是之故, 聲譽蔚然. 金參判光默, 正言時往拜洪相, 而洪相時適入內舍, 廉從輩未卽通, 以至食頃之久. 金台乃大慍, 不見而去. 自是之後, 大生嫌隙, 仍附於金與金鍾秀, 諸人相黨, 號曰 '攻洪'. 十八學士論議峻激, 而皆以龜柱爲領袖, 自此南北黨始分矣. 儕流中老熟之論, 皆以爲嬪宮孤危, 洪相不可斥. 彼輩皆目之謂[181]'洪黨', 互相攻擊. 龜柱欲求儒生中疏斥洪相之人, 時淸州儒韓鏔, 以『裕昆錄』事上京, 將治疏, 而爲人猙毒, 龜柱與之親密, 置之家後山亭, 待之如燕丹禮荊卿也. 每以攻洪事言之, 則鏔曰: "吾以他事上京. 彼旣與我無嫌, 則當局首相, 吾何故疏論也云云." 龜柱曰: "聊試耳." 更不强勸. 一日, 洪相爲見龜柱而來, 聞後堂喧笑聲, 問曰: "後亭有人乎?" 曰: "有淸州韓鏔者, 卽東方一士也. 吾故[182]邀置家中." 洪相曰: "令監[183]與吾俱是戚里也, 不必延攬人客矣云." 而少焉歸去矣. 翌日, 龜柱粧出一隷, 假做洪相之傳喝, 迨渠之在座而傳之. 相約後, 坐山亭與韓酬酌, 忽有一隷來, 問: "令監何在?" 龜柱曰: "何處來?" 隷對曰: "小人卽國洞領相宅隷也. 大監傳喝以爲, '昨奉尙慰, 夜候如何? 昨豈不云乎. 吾與令監俱是戚里也, 不必延攬人客, 而至如淸州韓哥者, 尤是怪物也, 不可久留, 斯速逐送爲好云云.'" 韓鏔聞此言, 勃然大怒, 面色靑紅, 仍起而請疏草. 主人以不必如是, 挽止, 則怒髮衝冠. 拂袖而起, 左挾斧, 右持草席, 走伏闕門之外, 而疏曰: "請斬洪鳳漢之頭, 以謝神人事云云." 自上卽爲行刑, 其後, 又有沈儀[184]之之疏. 大抵俱是死黨也, 而龜柱之激使呈疏也.

---

181 謂: 저본에는 '爲'로 나와 있는데, 익선재본 D에 의거하여 바꿈.

182 故: 저본에는 '姑'로 나와 있는데, 익선재본 D에 의거하여 바꿈.

183 監: 저본에는 없는데, 익선재본 D에 의거하여 추가한 것임.

184 儀: 저본에는 '懿'로 나와 있는데, 오기로 보아 바꿈.

74. 노동지(盧同知)

盧同知者, 南陽人也. 善射而數奇, 每榜初試, 而會試則每見[185]屈. 一日乘醉, 而人定後, 立於六曹前大道上矣. 時則御營廳發巡日也. 邏卒執之, 則仍以手搏[186]之. 牌將又來, 又打之, 連打四五人而又不去. 各牌邏卒, 并會而結縛, 待明朝, 捉待于大將門外. 大將卽洪相也. 洪相使之拿入, 問: "汝知巡邏法意乎?" 曰: "知之." 曰: "然則何爲打巡邏也?" 對曰: "欲一言而死, 願暫解縛." 公命解縛, 盧君起而對曰: "小人卽南陽擧子也. 畧有勇力, 善騎射, 而以數奇之故, 會試之赴, 已近十次, 而今番又見屈矣. 自顧身世, 求死不得, 欲托跡宰相之門, 以爲發跡之計, 而亦無其路. 方今名望無出於使道之右, 竊欲一次承候, 而爲閽所阻. 故出此計, 打巡邏, 則必也拿致此庭, 一次承顔[187]而陳情故也. 若不打而犯夜, 則不過自執事廳棍治而放之矣, 何由入此庭乎? 使道須俯諒此簡事狀. 一人敵二人, 則曰兼人之勇, 而小人則打五人, 可謂兼五人之勇也. 使道使小人, 得處門下則何如?" 洪公熟視而笑曰: "俄者被打之校, 在於何處?" 厥校承命而待, 則公命曰: "汝輩校卒五人, 被打於彼一人, 將焉用哉? 汝可解將牌而退去可也." 仍命退, 而以其傳令牌使盧君佩之, 而使之處門下矣. 其爲人百伶百俐, 每事中主人之意. 由是寵愛日隆, 家間內外大小事, 一併委任, 而出納適中, 無一事踈虞. 洪公視之如左右手. 自別軍官陞資, 而以久勤窠, 得爲宣沙浦僉使. 赴任之時, 洪公書托於箕伯, 及兵使每事斗護, 滿瓜而三年之間, 一不書問于洪公, 門下人皆訝以爲背恩之人云矣. 及其遞歸來謁, 則公欣然曰: "間者無故, 而官況所得幾何?" 對曰: "小人以使道恩澤, 得爲腴鎭, 三年所得爲幾許[188], 買南陽田土幾許, 今則可謂足過平生矣." 洪公喜曰: "甚可幸

---

185 見: 저본에는 '每'로 나와 있는데, 익선재본 D에 의거하여 바꿈.

186 搏: 저본에는 '縛'으로 나와 있는데, 이본들에 의거하여 바꿈.

187 顔: 저본에는 '候'로 나와 있는데, 이본들에 의거하여 바꿈.

188 爲幾許: 저본에는 '幾何'로 나와 있는데, 익선재본 D에 의거하여 바꿈.

也."盧君仍起而告辭. 公驚曰:"汝旣來此, 何不留在, 而卽日還歸耶?"
對曰:"小人效誠盡力於使道者, 將以有所求而然也. 今焉所得冾爲過
望, 則更留何爲? 從此而告退."公無語而許出之. 出門時, 或有責忘恩
之人, 盧君[189]笑曰:"吾豈不知耶? 吾在使道門下十餘年矣. 諸道饋遺之
物[190], 使道何曾盡覽乎? 如干之物, 皆爲吾輩之用, 吾以殘鎭斂使, 雖
竭一鎭之力而進封[191], 不過爲傔從輩眼下物而已, 不緊甚矣. 吾以此之
故不爲也."仍歸南陽, 絶踪絶信, 仍不相通矣. 及到丙申, 洪公廢居于
高陽文峯墓下. 時則傔從一人無來[192]侍者. 盧君始扶杖而來, 侍朝夕服
事. 及病重之時, 左右扶侍, 親嘗藥餌, 晝夜洞屬. 卒逝之後, 手自斂襲
而入棺. 至葬而畢禮後, 痛哭而歸. 蓋是義人也.

75. 우육불(禹六不)

禹六不者, 趙相顯命傔從也. 人甚質直, 而嗜酒貪色. 吾家婢莫大者, 曾
祖妣轎前婢也. 人頗姸美. 六不乃作妾而大惑, 每出入廊下. 一日, 在趙
相家, 新統使下直而來. 請古風, 則給二兩, 六不受而還擲于前曰:"歸
作大夫人主衣資!"統制使含怒熟視而去矣. 其[193]後爲捕將而上來, 仍
出令曰:"捕卒中, 如有捉納禹六不者, 吾施重賞."過數日, 果見捉, 直
欲施亂杖之刑. 人急告于趙相, 趙相時帶御將, 乘軒而過捕廳門外, 駐
軒而傳喝曰:"此是吾之傔從也. 渠雖有死罪, 欲一面而訣, 須暫出送."
捕將不得已出送, 以紅絲結縛, 校卒十餘人隨而來. 六不見趙相而泣
曰:"願大監活我."趙相曰:"汝犯死罪, 吾何以[194]活之. 然而汝旣死矣,

---

189 盧君: 저본에는 없는데, 익선재본 D에 의거하여 추가한 것임.

190 饋遺之物: 저본에는 '饋遺'로 나와 있는데, 익선재본 D에 의거하여 바꿈.

191 封: 저본에는 '俸'으로 나와 있는데, 익선재본 D에 의거하여 바꿈.

192 來: 저본에는 '求'로 나와 있는데, 익선재본 D에 의거하여 바꿈.

193 其: 저본에는 '仍'으로 나와 있는데, 일사본에 의거하여 바꿈.

吾欲把手而訣, 可解縛." 捕校以大將令爲難, 趙相怒叱曰: "斯速解之!" 捕校不得不承命而解縛. 趙相執其手, 而仍上置其輻軒, 踏板上, 仍分付御廳執事曰: "如有追來之捕廳所屬, 一倂結縛." 軍卒唱諾, 而回車疾馳而還. 留之家中, 而不使出門. 趙相死後, 侍其子趙相載浩, 常見有不是事諫之, 則趙相叱曰: "汝何知而敢如是乎云云." 六不直入祠堂, 呼大監而哭曰: "大監宅不久必亡. 小人從此辭退云." 而仍更不往其家. 及到壬午年, 酒禁之令至嚴. 六不以酒爲粮, 斷飮已久, 仍以成病, 有朝夕難保之慮. 莫大潛釀一小缸, 夜深後勸之, 則驚曰: "此物何處得來?" 曰: "爲君之病, 潛釀矣." 仍呼莫大而出外, 以手握渠之髻而拿入曰: "禹六不捉入矣." 渠自作分付曰: "汝何爲而犯禁釀酒乎?" 又自對曰: "小人焉敢乃爾? 小人無識之妻, 爲小人病而釀之矣." 官又分付曰: "可斬." 仍作斬頭樣, 曰: "如此則何如? 吾以小民, 何敢冒犯國禁乎? 大是不可." 仍破瓷而不飮. 仍臥病而不起云耳[195].

76. 소교(素轎)

湖中古有一士人, 迎妹婿, 而三日內仍病不起. 自士人家治喪, 而并孀妹送于舅家. 其士人隨後渡江, 士人不勝其悲慘之懷, 仍賦詩曰: "問爾江上船, 古又今, 娶而來幾人, 嫁而歸幾人? 未有如此行, 丹㫌先素轎後, 靑孀婦白骨郎. 江上船歸莫疾, 郞魂猶在臥東床. 江上船歸莫懶, 聞有郞家十年養孤兒之萱堂. 萱堂朝萱堂暮, 望子不來, 來汝喪. 此理誰復問蒼蒼. 小婢依船泣且語, 彼鳥元央, 猶自雙雙飛飛, 水之北山之陽云." 而書置于柩前, 一聲長號. 少焉, 忽有長虹, 自江中亘于柩上, 已而柩自坼[196]裂, 死者還起云. 亦可異矣! 事近齊諧, 而姑錄之.

---

194 以: 저본에는 없는데, 익선재본 D에 의거하여 추가한 것임.

195 云耳: 저본에는 없는데, 익선재본 D에 의거하여 추가한 것임.

196 坼: 저본에는 '折'로 나와 있는데, 익선재본 C에 의거하여 바꿈.

찾아보기

이희평(李羲平, 1772~1839)

본관은 한산(韓山), 자는 준여(準如), 호는 계서(溪西)이다. 친부는 이태영(李泰永, 1744~1803)인데 이도영(李道永, 1749~1805)에게 출계하였다. 1810년 진사시에 합격하였고 홍천 현감(洪川縣監), 금릉 군수(金陵郡守), 거창 군수(居昌郡守), 전주 판관(全州判官) 등을 거쳐 황주 목사(黃州牧使)에 이르렀다. 지방관으로 나가 있던 기간 이외에는 주로 서울 서대문 밖의 원현(圓峴: 둥구재) 아래와 지금의 성남시 분당구 수내동(藪內洞)에 있던 낙계촌(樂溪村)에 거주하였다. 가요와 속악부를 잘 지었다고 전하며, 언뜻 범상해 보이지만 천연의 글쓰기 방식을 구사한 것으로 평할 수 있다. 저서로 부친 이태영의 사적을 기록한 『과정록(過庭錄)』(1807)과 야담집 『계서잡록(溪西雜錄)』(1833)이 전한다.

익선재 야담 연구반

익선재는 임형택 교수가 정년을 맞으면서 마련한 연구 공간이다. 장소가 마침 서울의 익선동이기도 하여 익선재로 이름한 것이다. 이곳에 학문 연구에 뜻을 둔 학인들이 주기적으로 만나 한문고전을 읽고 토론하는 모임을 꾸려왔다. 이 모임의 야담 연구반에서 『한문서사의 영토』(전2권)를 편찬, 간행하였고 이어 『이조한문단편집』의 전면적인 개정판을 모두 4책으로 내놓은 바 있었다. 이번에 『계서잡록』을 정리, 역주하는 작업을 마무리지어 출간하는 것이다. 본래 더 많은 인원이 참여했으나 최종 역주 및 교정 작업에 참여한 명단만 적는다.

임형택　성균관대학교 명예교수
강수진　경상국립대학교 경남문화연구원 학술연구교수
김유진　덕성여자대학교 국어국문학전공 조교수
김지윤　서울대학교 국어국문학과 박사
양영옥　성균관대학교 대동문화연구원 책임연구원
이승은　고려대학교 국어국문학과 부교수
이주영　동국대학교 국어국문문예창작학부 강사
정성인　동국대학교 글로벌학생팀 강사

한국야담번역총서 04

계서잡록

2025년 3월 17일 초판 1쇄 펴냄

지은이 이희평
옮긴이 익선재 야담 연구반
펴낸이 김흥국
펴낸곳 보고사

책임편집 이경민
표지디자인 김규범

등록 1990년 12월 13일 제6-0429호
주소 경기도 파주시 회동길 337-15 보고사
전화 031-955-9797(대표)
팩스 02-922-6990
메일 bogosabooks@naver.com
http://www.bogosabooks.co.kr

ISBN 979-11-6587-812-2 94810
　　　979-11-6587-496-4 (set)
ⓒ 임형택, 2025

정가 28,000원